集人文社科之思　刊专业学术之声

集刊名：中国佛学
主办单位：中国佛学院

THE CHINESE BUDDHIST STUDIES

总 顾 问：演 觉
顾　　问：楼宇烈　杨曾文
责任编辑：思　和

编辑委员会（以姓氏笔画为序）

可 潜	圣 凯	向 学	行 空
纪华传	李四龙	宏 度	张 军
张风雷	昌 如	明 杰	明 海
宗 性	宗 舜	性 朴	思 和
觉 灯	觉 深	通 贤	济 群
理 证	黄夏年	清 远	湛 如
路 攀	源 流	魏道儒	

地　　址：北京西城区法源寺前街 7 号
邮　　编：100052
电话 / 传真：010-83517500
电子邮箱：zhongguofoxue@126.com

二〇二三年总第五十期

集刊序列号：PIJ-2011-046
集刊主页：www.jikan.com.cn/ 中国佛学
集刊投约稿平台：www.iedol.cn

中文社会科学引文索引(CSSCI)来源集刊
AMI （集刊）入库集刊
中国知网 CNKI 收录
社会科学文献出版社（CNI）名录集刊
集刊全文数据库（Jikan.com.cn）收录

《中国佛学》 编委会 编

中國佛學

二〇二三年总第五十期

社会科学文献出版社
SOCIAL SCIENCES ACADEMIC PRESS (CHINA)

目　录

Contents

I Buddhism in Chinese Tradition

History Studies

Theoretical Studies

II　Buddhism in Theravada Tradition

白鹤美术馆藏《涅槃经集解》写本的再发现及研究[*]

菅野博史　　张文良

【内容提要】　《大正藏》所收《涅槃经集解》的版本是以《续藏经》的版本为底本，而《续藏经》的版本则以日本奈良西大寺所藏写本为底本。《续藏经》本现藏于日本神户市白鹤美术馆，直到最近才进入佛教研究者的视野。通过对诸版本的比较研究，可以发现这一版本的形成和流传的过程。同时，作为南北朝时期流传下来的佛教文献，该写本对我们探讨早期经典注释形式的演变及南北朝佛教思想史具有重要文献学价值。

【关键词】　《涅槃经集解》　南本《涅槃经》　白鹤美术馆藏《涅槃经集解》

【作　者】　菅野博史，文学博士，日本创价大学教授，研究方向为中国佛教；张文良，文学博士，中国人民大学佛教与宗教学理论研究所教授，研究方向为中国佛教、日本佛教。

　　自昙无谶在北凉玄始三年至十年（414～421）译出四十卷《涅槃经》之后，其"一切众生悉皆成佛"说，与儒家的"人人皆可为尧舜"说暗相契合，成为在中国佛教徒中接受度最高的思想之一。在《涅槃经》译出之后，围绕着什么是涅槃、获得涅槃的过程是顿悟还是渐悟、是否存在没有佛性的一阐提（极恶之人）、众生之外山川草木有没有佛性等问题，自东晋末年以迄隋唐，包括道生、宝亮、法朗、吉藏、

＊　本研究得到 JSPS 科研经费（课题号：JP19K00065）的支持，同时是中国教育部人文社会科学重点研究基地项目"南北朝《涅槃经》注释书的综合研究"（项目号：19JJD730005）的部分研究成果。

净影寺慧远、法宝、灌顶、湛然等当时一流的佛教思想家都曾通过注疏《涅槃经》的方式，提出自己的见解，从而形成中国佛教思想史的重要侧面。

在《涅槃经》的注释史上，《涅槃经集解》（简称《集解》）居于特殊地位。如著作名所示，《集解》是一部关于《涅槃经》的集注，全书共七十二卷（现存七十一卷），据学术界考证，其成书年代当在梁天监年间（502～519）。序言部分收录了道生、僧亮、法瑶、宝亮、智秀、法智、法安、昙准等十人的言论。编者在对《涅槃经》的宗旨进行说明时，除了以上十人，还提到道慧、法智、明骏等人的见解。第二卷之后的内容则是对《涅槃经》从序品到憍陈如品的随文解释，其中涉及十九人的相关注释。[①] 可以说，这部著作全景式地展现了南齐至梁之间《涅槃经》思想的全貌，是非常珍贵的佛教文献。由于南北朝时期的著作大多散佚不传，这部七十一卷的大部头著作能够流传下来，极为难得。它不仅对于研究南北朝时期的《涅槃经》传播有重要意义，而且对于研究整个南北朝佛教思想史都具有珍贵的文献价值。

《涅槃经集解》有诸多写本，其中保存在神户市白鹤美术馆的《涅槃经集解》属于奈良写经中的逸品，具有很高的文献学价值。但由于属于国宝级文物，以往外界难以窥其原貌，除了个别语言学家曾利用这一文献研究平安时代的日语现象外，佛教界尚没有对此进行专门研究。直到最近，日本创价大学和白鹤美术馆合作，对其进行了整理和初步研究，其史料价值才得以初步彰显。以下，本文结合《涅槃经集解》的研究史，对白鹤美术馆藏《涅槃经集解》（简称"白鹤本"）的文献价值略作考察，以期对国内外学者的南北朝佛教研究领域有所助益。[②]

一 "白鹤本"与《涅槃经集解》诸本之间的关系

我们现在最容易看到的《涅槃经集解》版本是收录于《大正藏》第三十七卷的

[①] 根据菅野博史在 "《大般涅槃經集解》的基礎研究"（『東洋文化』66、1986 年 2 月、93 - 173 页。收录于菅野博史：『南北朝・隋代の中国仏教思想研究』大藏出版社，2012 年，351 - 428 页）一文的统计，《集解》共辑录了十九位注释者的注释，各注释者的注释数如下：道生（260）、僧亮（2130）、法瑶（267）、僧宗（1155）、宝亮（1081）、道慧（61）、智秀（387）、慧朗（80）、明骏（83）、敬遗（31）、昙济（28）、昙纤（17）、法莲（12）、昙爱（10）、慧诞（6）、法安（4）、法智（3）、慧令（1）、智藏（1）。

[②] 本文系张文良以菅野博史的 "《大般涅槃经集解》的基础研究" 一文为基础，同时参考其他相关论文的内容改写而成，菅野博史对全文进行了校阅。

版本。这一版本的底本是《续藏经》本，即收录于《续藏》1－94－2～4 的版本。而这一版本是大正大学图书馆藏本（抄写于德川时代，简称"甲本"）与圣语藏本〔抄写于唐开元二十八年（740），简称"圣本"〕的对校本。下面依次考察"《续藏经》本"、"甲本"和"圣语藏本"的情况。

（一）《续藏经》本

《续藏经》本所依据的是京都大学附属图书馆的藏教书院文库本。此本抄写于20世纪初，应该是为了收录于《续藏经》而抄写的。其原本则是西大寺本，关于西大寺本与京都大学本之间的关系，中野达慧有一则跋文：

> 昔梁高僧宝亮等，奉武帝优诏，撰集此书。帝嘉其成而赐序。诚为旷世之盛仪，载详史乘焉。然流传久绝，无知之者矣。而南都西大寺所藏，已经一千有余年。系唐人书写。笔力勇健，墨痕丽伟，可谓稀代国宝也。明治维新，百度皆革。佐伯弘澄长老，董寺务，深忧其散佚，秘而不出。挽近遭澄长老寂。摄津国御影富豪嘉纳治兵卫君，继其遗志，捐万余金，奉之自家，亲膺严护之任，将传龙华三会，其用心亦勤矣。君南都中村家出，笃敬三宝，善行彰著。幼入嘉纳家，长绍隆祖业，遂为我邦酿酒之巨擘。白鹤之名，高闻海外，实因君改善酿造之功。其贡献国家者不少矣。予痛此书之将坠，慨后学之不闻，聊记缘由，收之大日本续藏经，而寿不朽。冀扶律谈常之教盛行当今，排邪扶正之说，遍被末代。因之获续佛祖慧命，开四众迷蒙，则其益不亦大乎？
>
> 　　　　　　　　　　　时大正元年八月十九日　中野达慧谨识①

　　从这则写于1912 年的跋文可以看出，京都大学写本的原本是在明治维新之后，由西大寺当时的住持佐伯弘澄②转让给神户的酿酒业富豪嘉纳治兵卫。嘉纳治兵卫所酿造的"白鹤"牌日本酒驰名国内外，后来建有白鹤美术馆，收藏文物和美术作品。③

---

① 《续藏经》1－94－4，第368 页右下至左上。
② 佐伯弘澄（1824～1906），曾担任东大寺真言院住持，明治7 年（1874）担任西大寺住持，明治28 年（1895）担任真言律宗初代管长。
③ 白鹤美术馆于1934 年开馆，创办人为白鹤酿造第七代掌门人嘉纳治兵卫（号鹤翁，1862～1951），收藏作品1450 余件，其中日本国宝两件。展品类型包括青铜器、陶瓷器、漆器、经卷古书、名家画作等。

西大寺版《涅槃经集解》就保存在白鹤美术馆。可惜的是，迄今为止，佛教学术界并没有对这一版本进行任何研究。①

不过，"《续藏经》本"所收《涅槃经集解》的原本并不是全本，在历史上曾经有过补充和再治。如卷第五十之末的题记中有如下记载：

> 《涅槃经集解》七十一卷。去享保年中，获西大寺经藏古本，书写之焉。彼本黄峯赤轴，古代雅物。偶阙九轴，厥所阙者，自四十一，迄第五十，其中唯存第四十三。予叹其不全备，索之诸方。闻武府东叡山凌云院前大僧正实观秘藏之。其本又自第一至第十之十轴逸矣。尝戒坛院慧光赴东都之日，与实观相语，而欲令互寄补其阙，幸得实观本。跋记以延历寺本校阅云尔。不日缮写，情愿果遂。僧正亦补其阙焉。今年庚申，闲暇之间，欲补西大寺古本之阙。手自以粗纸调经卷，自三月二十日，迄五月二十三日。摩挲病眼，九轴写之，庄严既毕，以纳于彼寺矣。不年而三本全备，不亦说乎。功德普及三界灵，种因遂感四德果。
>
> 时元文第五岁次庚申六月下弦。
>
> 东大寺真言新禅两院前兼住戒坛院前长官宝生院闲人成庆寓于北林精舍谨记。春秋五十六，夏腊通三十八，别二十八。②

从这段题记可以看出，"《续藏经》本"的祖本应该是"西大寺经藏古本"。但此本不是全本，缺卷41～42、卷44～50等九卷。抄写者成庆得到东叡山凌云院实观所藏本，补写了所缺的九卷，并将其奉纳于西大寺。成庆在抄写过程中，还与延历寺所藏本进行了校阅。从题记内容看，成庆得到西大寺本的时间是"享保年中"，即公元1716年至1736年，而完成抄写的时间是"元文五年"，即1740年。

在"《续藏经》本"卷六十二末有题记云：

① 只有古日本语研究者曾利用白鹤美术馆藏《涅槃经集解》进行相关研究，如筑岛裕《平安时代语新论》，东京大学出版会，1969，第614～617页。大坪併治：《白鹤美术馆〈大般涅槃经集解〉卷十一的训点》，《训点语与训点资料》1966年第32辑。
② 《大正藏》第37册，第530页下。

弘安八年乙酉三月十日，于西大寺宝塔院，为补缺，书写之毕。

唐人诚心。①

这里讲到弘安八年（1285）唐人诚心为补西大寺藏《涅槃经集解》之缺，而在西大寺的宝塔院抄写了部分内容。这里没有明确抄写的具体内容，据近藤喜博的研究，诚心所补抄的是卷 62～66、卷 68～69 等七卷的内容。② 但诚心抄写的底本为何，尚不明确。诚心其人的来历不详，应该是中国到日本的一位僧人。

从以上题记内容以及现代人的研究结果看，"《续藏经》本"是以西大寺所藏本为基础底本经过补充和再治而收录于《续藏经》。作为奈良时代写本的西大寺本《涅槃经集解》有五十五卷（第十一卷是奈良末年抄写，底本属于另外的系统）。之后，有诚心抄写的七卷、成庆抄写的九卷补充进来，形成我们现在所看到的七十一卷《涅槃经集解》。这一全本《涅槃经集解》在大正年间被收录于《续藏经》，现保存于神户市的白鹤美术馆。

（二）甲本

从相关题记看，"甲本"的底本中，年代较近的是享保二年（1717）的抄写本。《涅槃经集解》卷五十七之末的题记云：

享保二年丁酉霜月二十六日，于南都东大寺真言院，以西大寺常住物御本，书写毕。沙门亮然重庆。生年六十，夏次四十二。③

由此可见，抄写者是奈良东大寺真言院的亮然重庆，其底本则是西大寺所藏本。但在享保年写本与西大寺所藏本之间，还存在另一个版本的抄本，因为《大正藏》的校订中提到有观应年间的"古本"。在《涅槃经集解》卷七之末的校订云：

此下甲本奥书曰：古本云，观应元年庚寅十月十六日，于大和州大御轮寺，

① 《大正藏》第 37 册，第 571 页中。
② 近藤喜博：「大般涅槃経集解—白鶴美術館所蔵本について」、『MUSEUM』1964 年 11 月号、东京国立博物馆发行。
③ 《大正藏》第 57 册，第 561 页。

点写之毕。为西大寺每年讲经御本而已。愿以点写力，上生兜率天，愿共诸众生，奉见弥勒佛。大御轮寺圆宗，生年六十五，夏次四十五。①

由此题记可见，此"古本"是大和州大御轮寺的圆宗在观应元年（1350）所抄写的版本。而且，其底本同样是西大寺的版本。②

但无论是圆宗的抄写本，还是亮然重庆的抄写本都不是全本，而是残本。由于我们现在看不到"甲本"的原本，所以只能根据《大正藏》所收本的校订情况来推测。一般来说，如果卷末有"题记"或校异，说明此卷存在；而如果既无题记也无校异，此卷缺本的可能性就很高。而两者皆缺的部分包括卷 1～4、卷 41～42、卷 44～50、卷 60～71。如上所述，"《续藏经》本"的原本缺卷 41～42、卷 44～50 等九卷，既然"甲本"与"《续藏经》本"一样以西大寺本为基础而抄写，缺此九卷的可能性极高。同时，缺卷 1～4、卷 60～71 的可能性也较高。

（三）圣语藏本

《大正藏》在收录"甲本"时，与圣语藏本进行了对校。我们现在通过宫内厅公布的相关资料，即《宫内厅正仓事务所所藏圣语藏经卷第一期　隋唐经篇》（CD 编号 017/018）以及《宫内厅正仓事务所所藏圣语藏经卷第二期　太平十二年御愿经第三次配本》（CD 编号 067/068），可以看到此版本的原貌。此本也不是全本，缺卷 1～10、卷 14～15、卷 17、卷 20～32、卷 35、卷 39、卷 42～43、卷 48、卷 50、卷 61、卷 64、卷 69～70 等部分。此版本与西大寺本一样，都属于奈良写经，但不属于一个系统。

除了以上版本，在日本所藏的《涅槃经集解》版本还有被认定为"国宝"的日光轮王寺本。此本缺卷 1～10、卷 69～71。这或许是上面提到的实观所藏写本和延历寺本的祖本。

综上所述，"白鹤本"虽然是经过补写和再治的版本，但至少其中的五十五卷作为奈良时期的写本，是现存《涅槃经集解》最古老的写本之一。而且，《续藏经》和《大正藏》所收《涅槃经集解》的底本都以西大寺藏本为基础，与"白鹤本"属于同一系统。

---

① 《大正藏》第 37 册，第 410 页上。
② 卷三十七之末的题记，接续上述内容又云："享保二年酉六月下弦，于病床，书写此卷了。"《大正藏》第 37 册，第 497 页上。观应二年（辛卯）卯月十日，于大和州大御轮寺，点写之了。

二　"白鹤本"的文献价值

近年，笔者得到公益财团白鹤美术馆的协助，看到了《涅槃经集解》写本的照片版，从而能够一窥这一古老而又带有神秘色彩写本的真面目。在此，对参与拍摄工作的白鹤美术馆学艺委员山中理、海原靖子、田林启表示感谢。在得到照片版之后，我和中国人民大学的留学生孙茂霞合作，对其中的第18～20卷的内容做了初步研究。① 这部分内容属于对南本《涅槃经》"如来性品"的注释部分，集中讨论佛性问题，所以具有重要的理论意义。

我们通过对《大正藏》所收版本与"白鹤本"的比较可以看出，在大多数场合，"白鹤本"的文字更为合理；但在少数场合，《大正藏》本的文字似乎更合理。例如，《涅槃经集解》第一卷中两个版本的文字差异如下：

《大正藏》本		白鹤本
377a21	析	折
377a22	豢	象
377a22	日	目
377b03	負	貞
377b08	名	容
377c18	宗	宋
377c22	瞻	瞻
377c22	論	繪
377c25	手	乎
377c29	放	方
378a15	明	缺
378a26	知	如

---

① 参见菅野博史、孙茂霞「白鹤美術館所蔵『大般涅槃経集解』写本について―巻第1～3、18～20の校訂―」。『東アジア仏教研究』第14号，2016，第85～95页。

378b28	入	八
378c07	脩	備
378c26	德	餘
378c29	囑	矚
379b05	理	理之
379b09	循	脩
380a14	合	含
380c07	瞻	瞻
381a02	行	行所
381a28	德	像
381b24	脩	修
381c05	化	代
381c06	暮	薯
381c06	靶	範
382a18	陀	純陀
382a27	也	也即卅六問問分也
382a29	醫	毉
382b06	有	第
382b15	倒	到
383a04	倒	到

　　最初的三处差异出自《涅槃经义疏》序，即"反八邪而归一味，析世智之角，杜异人之口。导求珠之心，开观豢之日。救烧灼于火宅，拯沉溺于浪海"。[①] 这里出现的"析""豢""日"，语义不通，而"白鹤本"则分别是"折""象""目"，从上下文看，显然"白鹤本"的文字更合理。而"判科段第八"介绍道慧之说云："第三流通说，从名字功德，讫四倒也。""四倒"是佛教的专有名词，而"白鹤本"则作"四到"，显然是抄写之误。

---

① 《大正藏》第 37 册，第 377 页上。

　　如果能够利用"白鹤本"与《大正藏》本、圣语藏本进行对较，就可以得到一个较为理想的《涅槃经集解》的版本。这也是笔者希望接下来要进行的工作。

　　因为《涅槃经集解》辑录了自东晋道生到梁代宝亮等的相关注释，透过此书，我们可以窥知中国佛教早期注释书的某些特征。

　　在中国佛教早期经典注释中，存在着从"注"到"疏"的转变。"注"和"疏"的主要区别是，"注"需要将经典的全文标出，然后对经文分出段落，分别加以解说。由于需要标出原典的全文，所以一般是针对篇幅较短的经典进行"注"，如《维摩经注》《心经注》等。而对篇幅较长的经典做"注"，将原文标出意味着艰苦的劳作，所以通常用"疏"或"义疏"的方式进行，即不是标出原典全文，而只标出经文的起始和终结之处，如"从××迄××"。以往，笔者根据"《大正藏》本"和"《续藏经》本"《集解》，推测此书属于"疏"而非"注"，因为这两个版本都没有标出南本《涅槃经》的全文，而是用"从 A 至 B"的方式来标出要注释的段落。据此，笔者认为《集解》所辑录的各家注释应该是"疏"，而非"注"。

　　但随着"白鹤本"的再发现，笔者的这种推断被证明是错误的。实际上，京都大学的船山彻先生曾告知笔者，"圣语藏本"是标出《涅槃经》全文的。而笔者看到"白鹤本"照片版之后，也认识到《集解》是首先将南本《涅槃经》要注释的部分全文标出，然后才给出诸家的注释。从这个意义上说，《集解》是"注"而非"疏"。至于为什么"《大正藏》本"和"《续藏经》本"都只注明原文"从 A 至 B"，或许是抄写者为了节省时间和体力。但西大寺的原抄本显然全文抄出，这表明《集解》的原始形态是将南本《涅槃经》的全文抄出而成的。

　　值得注意的是，在早期佛教经典的注释中，对大部头经典的"注"似乎不限于《涅槃经》。据传完成于公元 522 年的灵辨所著《华严经论》就是对六十卷《华严经》的注释书。而且，灵辨在对《华严经》进行注释时，首先抄录所要注释的部分的全文，然后进行注释。由于《华严经》本文就有六十卷，所以《华严经论》加上注释达到了一百卷的规模。

　　在南北朝早期出现对大部头经典如《涅槃经》和《华严经》的全文注释，或许与 5 世纪后半叶北方的战乱有关。由于战乱，佛教经典的翻译事业处于停滞状态，而已经翻译出来的经典的流传也遇到很大障碍。为了满足佛教界的信仰需求，经典的注释者就不惮劳苦，在全文引述原典的同时，对经典进行注释。由于《华严经论》

留下的只是残篇，而且以往的研究较少，所以包括笔者在内的研究者对大部头经典的注释方式产生了错误认知。"白鹤本"的重新发现和《华严经论》的研究，纠正了这一错误认识。

三　《涅槃经集解》的研究概况

虽然《涅槃经集解》保存完好，具有重要的文献价值，但自布施浩岳出版《涅槃宗之研究》中对该文献做过初步的研究以来，相关研究一直没有大的进展。笔者近年陆续发表了"《大般涅槃经集解》的基础研究""《大般涅槃经集解》中的道生注""《大般涅槃经集解》中僧亮的判教思想""《大般涅槃经集解》中僧亮的感应思想""《大般涅槃经集解》中僧宗的判教思想"等论文，对《大般涅槃经集解》的作者等进行了考证，对其中所反映的佛教思想进行了考察分析。[①]

关于《集解》的作者，学术界曾提出了宝亮说、明骏说、建元寺法朗说。宝亮说的根据是《梁高僧传》卷八"宝亮传"有"天监八年初，敕亮撰《涅槃义疏》十余万言。上为之序曰……"[②]而且，梁武帝为《集解》所作的序文中也有"以天监八年五月八日乃敕亮撰《大涅槃义疏》，以九月二十日讫"[③]的说法。但宝亮受梁武帝的敕命而撰述的是《大涅槃经义疏》，而非《集解》，而且在《集解》中，宝亮的注释被安排在诸家注释者的中间，并没有得到特殊对待，这似乎显示宝亮并非《集解》的作者。

持明骏说的学者包括佐佐木宪德、布施浩岳等。其理由包括：《东域传灯目录》中有"集解大涅槃经记一卷　释明駮"，这里的"明駮"应该是"明骏"之误，可见，明骏曾著《集解大涅槃经记》一卷，从著作名称可以推测，明骏应该是《集解》的编者；明骏的"注"几乎都出现在诸家注释之后，而且加"案"字，即以"明骏案"的形式出现，显示出明骏在诸家注释者中处于特殊地位。但历代高僧传中都没

---

① 参见菅野博史「『大般涅槃経集解』における道生注」（『日本仏教文化研究論集』5、1985 年 3 月、74～85 頁）、「『大般涅槃経集解』における僧亮の教判思想」（『印度学仏教学研究』35－1、1986 年 12 月、78～81 頁）、「『大般涅槃経集解』における僧亮の感応思想」（『東方』3、1987 年 12 月、166～174 頁）、「『大般涅槃経集解』における僧宗の教判思想」（『印度学仏教学研究』37－1、1988 年 12 月、87～91 頁）。以上论文收录于菅野博史：『南北朝・隋代の中国仏教思想研究』大蔵出版社，2012，第 429～474 页。

② 《大正藏》第 50 册，第 381 页下。

③ 《大正藏》第 50 册，第 382 页上。

有收录明骏的传记，据汤用彤的推测，他应该是梁武帝时代的人物，与僧朗、宝唱共同编著了《涅槃经集注》。但由于没有确切的证据，此说仍然属于推测性质的结论。而且，明骏的名字不仅没有出现在僧传中，也没出现在对涅槃宗进行概括整理的吉藏和灌顶的著作中，这是很不正常的现象。①

　　持法朗说的学者最多，如汤用彤、宇井伯寿、横超慧日、菅野博史等。其根据是《唐高僧传》"宝唱传"的如下说法："天监七年，帝以法海浩汗，浅识难寻，敕庄严僧旻，于定林上寺，缵《众经要抄》八十八卷。又敕开善智藏缵《众经理义》，号曰《义林》八十卷。又敕建元僧朗注《大般涅槃经》七十二卷。"② 这里明确提到建元寺僧朗奉敕命撰述《涅槃经》注，而且卷数是"七十二卷"。但这里有三点疑问：第一，如果作者是僧朗，为什么《集解》中没有收录僧朗的注释；第二，这里提到天监七年僧朗作《注》，但《集解》中却出现完成于天监八年的宝亮的《涅槃经义疏》的注疏；第三，这里提到僧朗的《注》是七十二卷，而现在看到的《集解》却是七十一卷。关于第一个疑问，横超慧日、汤用彤等认为这里的"僧朗"应该是"法朗"之误写，而且这里的"法朗"应该就是《集解》中出现的"慧朗"。关于第二个疑问，《历代三宝纪》只是提到法朗天监年间奉敕作《集注》，并没有说是"天监七年"，而且即使其在天监七年开始工作，其完成年代也不一定是天监七年，其间，收录完成于天监八年的宝亮的作品是完全可能的。关于第三个疑问，汤用彤认为《集解》除了七十一卷的正文之外，原本还有总目一卷，后来散佚，所以我们看到的才是七十一卷。

　　众所周知，在《涅槃经》早期传播史上，道生是一位有着重要影响的人物。据《出三藏记集》卷十"道生法师传"记载，在六卷《泥洹经》传到建康，道生在研究此经的佛性说时，大胆地提出一阐提也能成佛。由于六卷《泥洹经》主张一阐提没有佛性、不能成佛，道生之说直接与经典的说法相矛盾，故遭到建康僧团的攻击，认为他背离经典、宣传邪说，因而被逐出建康。等到四十卷《涅槃经》传到建康，其中果然有一阐提成佛的说法，道生一时声名鹊起。唐道暹《大般涅槃经玄义文句》

---

① 藤本贤一认为，明骏有可能是在《集解》完成之后，撰写了《集解大涅槃经记》，并对《集解》原本做了评点，所以才出现了"明骏案"的说法。参见藤本贤一「『大般涅槃経集解』の編者について」、『天台学報』14、1971。

② 《大正藏》第50册，第426页下。

还曾提到道生曾为六卷《泥洹经》作疏，后世称之为"关中疏"。① 但此疏并没有流传下来，我们难以把握其内容。不过，由于《集解》中收录了道生对《涅槃经》的260 条注释，所以我们可以透过这些注释一窥道生《涅槃经》注释的特色。

道生的"关中疏"在分量上只有"五十余纸"，比不上现存的《注维摩经》和《法华经疏》，在内容上也多是重复《涅槃经》本身的内容，缺乏思想的创建。这与《涅槃经》刚刚传入、其思想尚未能充分被理解有很大关系。尽管如此，道生的注释还是有值得注目之处。如关于"大般泥洹"之"大"，道生将其解释为"理"（佛性）的常住，而"般泥洹"则解释为烦恼的止灭。"理"原本是中国传统思想中的概念，指事物的条理、规律等。道生以"理"诠释"佛性"，可以说是一种"格义佛教"的做法，通过这种诠释丰富了"理"这一概念的内涵，其也成为"理"进入佛教思想体系的重要契机。

我们从《集解》中也可以看到中国佛教早期判教思想的端倪。如僧亮认为释迦牟尼的教说是从浅至深逐步展开的，而《涅槃经》则是最高的教说。从教理上区分，一代时教可以区分为"常教"和"无常教"；从佛法的究竟性来看，又可以区分为"偏教""圆教"或"权教""实教"。《涅槃经》作为宣扬佛性常住的经典，显然属于"圆教""实教"。在南北朝时期的判教说中，《涅槃经》一般被定位于"常住教"，这种思想的源头可以追溯到僧亮。僧宗则基于《涅槃经》"圣行品"的"五味"譬喻，将佛教分为"小乘教""三乘通教""抑扬教""同归教""常住教"。虽然其中的"抑扬教""同归教""常住教"的概念还不是很明确，但其内涵已经展现出来。这种说法与吉藏在《三论玄义》中所介绍的慧观的"五时判教"（"三乘别教""三乘通教""抑扬教""同归教""常住教"）在内容上很类似，显示出这种判教说曾是当时佛教界接受度较高的学说。

---

① 道暹《大般涅槃经玄义文句》卷下："宋主惊叹，发使迎生。旋至都城，披经本，略叙疏义，五十余纸。其义宏深，其文精邃，唯释盘根错节难解之文，于此经大宗，开奥藏。自后讲者，称为关中疏。"《续藏经》第36 册，第40 页中。

金刚智弟子大智禅师小考

定 源

【内容提要】 《宋高僧传》卷一所载金刚智弟子大智禅师，长期被学术界认为是北宗神秀的弟子义福。徐文明先生对此虽有怀疑，但没有进一步论述。本文利用《释氏稽古略》的一条注释，并结合相关历史事实，论述金刚智弟子大智禅师并非义福，而是道氤的观点。本文的研究，一方面使得学术界基于金刚智与义福的师徒关系来讨论开元时期禅密交涉的问题失去了前提；另一方面加深了我们对道氤修学内容的认识。

【关键词】 金刚智 大智禅师 道氤 义福

【作 者】 定源，日本国际佛教学大学院大学文学博士，现为上海师范大学哲学与法政学院副教授，研究方向为佛教文献学。

赞宁《宋高僧传》卷一"唐洛阳广福寺金刚智传"载有以下一段文字：

> 开元己未岁达于广府，敕迎就慈恩寺，寻徙荐福寺。所住之刹必建大曼拿罗灌顶道场，度于四众。大智、大慧二禅师，不空三藏，皆行弟子之礼焉。①

开元己未，即开元七年（719），金刚智于这一年航海至广州，之后北上长安，先后敕居于慈恩寺和荐福寺，并于所住寺院建立大曼拿罗灌顶道场，度化四众，当时向金刚智行弟子之礼者有大智、大慧二禅师以及不空三藏。不空三藏，北天竺人，

---

① 《大正藏》第 50 册，第 711 页中。

十五岁时跟随金刚智学习，开元年间来华，与金刚智、善无畏一同在当时的长安和洛阳弘扬密教，被后人合称为"开元三大士"。这一点已为大家所熟知，无须赘述。而关于大智、大慧二禅师到底分别是谁？管见所及，笔者认为最早对此作出具体解释的应该是周一良先生。1945年，周先生在哈佛燕京学社刊物——《哈佛亚洲学刊》第8卷第3、4号发表他提交给哈佛大学的博士学位论文 Tantrism in China（《中国的怛特罗教》）。该文前半部分是针对《宋高僧传》所收善无畏、金刚智和不空三人传记所作的译注，在对金刚智传的译注中对"大智"与"大慧"二人附有脚注，指出大智是义福，大慧是一行。①

　　一行，《旧唐书》卷一九一与《宋高僧传》卷五均有传记。他俗姓张，钜鹿（今河北邢台）人，早年礼普寂禅师披剃出家。开元五年（717）被召入京，之后随从金刚智、善无畏研习密法，并参与他们的译场。一行精通禅、律、密等教理，对天文、五行、医药等领域亦有研究，又因敕修《大衍历》而受到唐玄宗的敬重，被尊称为"国师"。他于开元十五年（727）九月入寂，年仅四十五岁。圆寂后，玄宗为其御制碑铭，并赐谥号为"大慧禅师"。从一行的生平传历，以及他与金刚智的关系，乃至从玄宗所赐谥号来看，前揭金刚智传中的大慧禅师系指一行，则没有任何异议。

　　上述周先生的博士学位论文，二十多年前由复旦大学历史系教授钱文忠先生译成中文，并以《唐代密宗》为题正式出版②，随后该文被收入《周一良集》，故其内容广为学界所知。应该说，将周先生早年在海外发表的论文译介回国，对我们进一步了解周先生的学术成就是一件功德无量之事。然而，稍感遗憾的是，钱先生的这部译著，误译之处不少。关于这一点，新加坡佛学院纪赟先生业已指出。③ 就其中"大慧"一词的注释，原著内容是"Dhyāna Master Ta-hui was I-hsing"，而钱先生却译作"大慧即义净"，即将"I-hsing"（此为"一行"的威妥玛注音）一词误解为"义净"。④

　　虽则如此，周先生主张金刚智弟子大智禅师是义福的观点，目前几乎成为学

---

① Chou Yi-liang, "Tantrism in China", *Harvard Journal of Asiatics Studies*, Mar, 1945, Vol. 8, p. 276.
② 周一良：《唐代密宗》，钱文忠译，上海远东出版社，1996。此译本后来收入《周一良集》，辽宁教育出版社，1998。
③ 参见纪赟《浅谈钱文忠译〈唐代密宗〉中的翻译问题》，《佛学研究》2016年总第25期，第369～378页。
④ 周一良：《唐代密宗》，钱文忠译，第43～44页。

界的共识。例如，吕建福先生在他的专著《中国密教史》（修订版）第四章"唐代密宗的形成和发展"中谈到金刚智诸弟子。他在引用《宋高僧传》金刚智传内容后指出："大智禅师就是禅宗神秀弟子义福。按《宋高僧传》义福本传，义福于开元十一年（723）随驾东都，二十年（732）卒，赐谥号大智禅师，当在此间师事金刚智。"① 该书不仅主张金刚智弟子大智禅师是义福，而且进一步指出义福师事金刚智的大体时间。

义福是北宗神秀（606～706）的杰出弟子，在中国禅宗史上具有一定的地位和影响。由于金刚智传中的大智禅师长期被学术界认为是禅宗义福，所以金刚智与义福的师承关系及其两人的交往，就成为唐开元年间密禅交涉的现象之一而受到关注。比如，日本学者田中良昭先生曾经在他的《敦煌禅宗文献研究》中专设"初期禅宗和密教"一节，论及金刚智与义福的关系，并指出义福于神龙年间（705～706）自嵩山到达京师长安，居住终南山化感寺约二十年。开元十年（722）应长安道俗之邀，迁住慈恩寺。由于田中先生将义福与金刚智的初次见面时间设定在开元七年（719），因此他认为义福向金刚智行弟子之礼这件事，只能发生在义福居住化感寺的这段时间，当时义福大约六十多岁。也就是说，义福遇见金刚智，已是他晚年的事情。

倘若金刚智弟子大智禅师确实是指禅宗义福的话，上述吕建福先生和田中先生的推断自然可以信从。可是，金刚智弟子大智禅师到底是不是禅宗义福，徐文明先生曾经在他的《禅宗北宗与密教关系研究》一文中表示过怀疑，他说：

> 言大慧一行、不空为其（笔者按：金刚智）门人，自有根据，而称大智禅师义福（658－736）为其弟子，则是新说。此说被作为北宗与密教关系密切的一个重要证据，广为接受，其实则不能成立。此说唯见于《宋高僧传》，在唐代史料中则找不到类似的说法。据《开元释教录》卷九："开元八年中方届京邑……实斯人矣。"这是关于金刚智来华之后经历的最早记录，其中没有提到义福。《贞元新定释教目录》卷九载有吕向《行记》大半及混伦翁《塔铭并序》全文，其中也没有提及义福。另外在有关义福的碑文中也没有提到他与金刚智的关系，

---

① 吕建福：《中国密教史》（修订版），中国社会科学出版社，2011，第297～298页。

表明二人确实没有师承关系。从情理上讲，金刚智来华时，义福已是一代宗师，且年长十三岁，没有理由拜金刚智为师。《宋高僧传·义福传》称其"以二十年卒"，金刚智传言其"二十年壬申八月既望"灭化，均误，其实义福卒于开元二十四年（736），金刚智卒于开元二十九年（741），因此僧传也会有错误，对之不可迷信盲从。①

徐先生指出金刚智与义福的师徒关系，仅见载于《宋高僧传》，在吕向《金刚智行记》和义福碑文等唐代文献中则找不到有力的旁证，而且从他们两人的年龄差距以及金刚智来华时义福已是一代宗师的声望来看，义福向金刚智行弟子之礼，于情理上也是说不通的。何况《宋高僧传》记载义福与金刚智的卒年均存在错误，僧传记载未必可信。显然，徐先生的言下之意是大智禅师义福作为金刚智的弟子或许也是《宋高僧传》的误记。徐先生的如上观察极为敏锐，具有一定的启发意义，尤其谈到义福和金刚智的卒年问题，的确揭出《宋高僧传》史料的局限。

金刚智弟子大智禅师到底是不是义福，可以容后再述。首先，从史料角度来看，记载大智禅师是金刚智弟子，其实并非始于《宋高僧传》。就笔者所知，唐代杜鸿渐（？～776）撰《三藏和尚记》中已有言及，其文曰"所居之处，常建大漫荼罗，以度四众，大智禅师，皆其门人也"②。杜鸿渐是金刚智的在家弟子，这篇《三藏和尚记》是他在金刚智于开元二十九年（741）圆寂之后不久撰写的。不过，这篇碑文在中国本土业已亡佚，所幸很早以前就传到日本，并被日本僧人荣海撰述的《类聚八祖传》卷三所引用，以上所引文字即见于该书金刚智传的"受法弟子门徒事"条目下，其中明确记录大智禅师是金刚智的门人。可见，记载大智禅师是金刚智弟子，其实可以在比《宋高僧传》更早的唐代文献中找到史料依据，而且就记录于杜鸿渐为其师所撰的碑铭当中，应该说，其所录内容是值得信赖的。

《三藏和尚记》在中国本土虽已亡佚，但《宋高僧传》曾有谈及，即《金刚智传》末有"灌顶弟子中书侍郎杜鸿渐，素所归奉，述碑纪德焉"③。这意味着《宋高僧传》作者赞宁有可能见过这篇碑文。不仅如此，根据日本学者岩崎日出男先生的

---

① 徐文明：《禅宗北宗与密教关系研究》，《社会科学研究》2013 年第 4 期，第 128 页。
② 《续真言宗全书》第 33 册，第一印刷出版株式会社，1983，第 72 页。
③ 《大正藏》第 50 册，第 712 页上。

研究结果显示①，《三藏和尚记》与《宋高僧传》的《金刚智传》，两者内容大部分可以对应，表明赞宁在撰写《金刚智传》时，直接参考过《三藏和尚记》。也就是说，《宋高僧传》记载大智禅师是金刚智弟子，并非没有根据，在资料史源上出自有据。

需要说明的是，无论是《三藏和尚记》，抑或《宋高僧传》，两者仅仅记载大智禅师是金刚智弟子，史料原文并未提及义福是金刚智弟子。而将"大智"其人勘定为义福，则是我们后人的解读。

义福在《旧唐书·方伎传》与《宋高僧传》卷九虽有立传，但更为重要的生平资料则是严挺之撰写的《大智禅师碑铭》。严挺之是义福的在家弟子，根据他所撰的这篇碑铭，义福于开元二十四年（736）五月二十五日入寂，玄宗赐其谥号为"大智禅师"。此碑立于开元二十四年九月，原石如今尚存于西安碑林。此碑由当时书法家史惟则书丹，全文为隶书，苍劲有力，颇具风骨，故曾被宋代赵明诚《金石录》和朱长文《墨池编》等文献著录。它作为一种金石或书法文献，受到历代金石学家的广泛关注。同时此碑作为义福生平的第一手资料，长期以来也备受禅学研究者重视。

学术界之所以将金刚智弟子大智禅师比定为禅宗义福，笔者认为至少有以下两个方面因素：其一，在现当代佛教学术研究中，禅学研究始终是热门议题。因此，义福作为神秀弟子，受到学界关注也就不足为奇了。而且，严挺之撰《大智禅师碑铭》原石现存，拓本流传甚广，义福拥有大智禅师的谥号，更是广为人知。所以学者对于大智禅师的记录，首先想到禅宗义福，似乎也是自然的结果。其二，如前所述，金刚智于开元七年（719）来华，直至开元二十九年（741）于洛阳广福寺圆寂，他在华的时间共有二十二年，其活动区域主要在长安和洛阳两地。义福虽早于金刚智五年去世，但他毕竟住过长安慈恩寺、洛阳福先寺，而他的足迹也基本集中在长安与洛阳。也就是说，无论是从义福的生卒年代、活动地点，还是他圆寂后获得大智禅师的谥号来看，将金刚智弟子大智禅师比定为义福，也是符合一般历史事实推理的。也许正因为如此，针对金刚智弟子大智禅师是义福的观点，就笔者所知，目

---

① 〔日〕岩崎日出男：《杜鸿渐撰述〈金刚智三藏和尚记〉の逸文について.》，载福井文雅博士古稀记念论集《アジア文化の思想と仪礼》，春秋社，2005，第663~679页。本文曾由赵新玲译为中文，刊载于吕建福主编《密教文献整理与研究》，中国社会科学出版社，2014，第75~86页。

前除了徐文明先生曾经提出质疑之外，尚未有人发表过不同的看法。

其实，关于金刚智弟子大智禅师到底是谁？元代觉岸编著的《释氏稽古略》已经明确提出另一种观点，请看该书卷三所收《金刚智传》云：

> 开元七年达于广府。次年至京，敕迎舍大慈恩寺，广弘秘密，建曼荼罗法。寻徙荐福寺，大智（道也）胤、大慧（一行也）二禅师，不空三藏，皆师事之。①

这段文字显然承袭自《宋高僧传》中的《金刚智传》而来，两者关键的区别是，上文在"大智"与"大慧"二禅师之后，分别有括号内的小字注文。对此，细心的读者也许已经注意到，其中"（道也）胤"的"胤"字，原来应该也是小字。我查阅了中国国家图书馆藏元刻明修本《释氏稽古略》卷三部分，其中与上文的相应内容，即"道胤也"三字，果然与"一行也"三字一样，均为小字注文。可见，将小字注文的"胤"作为大字混入本文，应是后代版本的误录，故而造成如上不可连读的情况。实际上，《释氏稽古略》的注释原文"道胤也"三字，已经指明"大智"是道胤，"大慧"是一行。《释氏稽古略》的这一观点同样见于明代宋濂撰、祩宏辑《护法录》中的《释氏护教编后记》一文：

> 唐开元中，智（笔者按：指金刚智）始来中国，大建曼荼罗法事。大智道胤、大慧一行及不空三藏，咸师尊之。②

这段文字应该是参考《释氏稽古略》的前揭内容而撰写的。总之，通过以上两则文献的记载可以清楚知道，迟至元明时期，所谓金刚智弟子大智禅师，都是指道胤，而不是当前学术界普遍认为的义福。

应该指出的是，查诸史料，将金刚智弟子大智禅师理解为道胤，《释氏稽古略》是现知最早的史料出处。由于它是晚至元代的记录，也许有人对此会产生疑问，即

---

① 《大正藏》第 49 册，第 826 页上。
② 《嘉兴大藏经》（新文丰版）第 21 册，第 661 页下。

《释氏稽古略》的记载到底可靠不可靠？

　　《释氏稽古略》是一部编年体佛教史书，其内容基本依据前代史料编纂而成。就其中所载《金刚智传》内容来看，该传文末有小注"唐旧史并赞宁僧统僧传"，这说明《释氏稽古略》中的《金刚智传》曾参考过唐旧史以及《宋高僧传》。此所谓唐旧史，不知具体所指，在现存《旧唐书》和《新唐书》中并未查阅到关于金刚智的内容。《释氏稽古略》指出金刚智弟子大智和大慧分别是指道氤与一行，这种观点既然是以小字注的方式出现，一般的理解，这可能是该书编者觉岸自己附加的注释。当然，也不能排除他人附加的可能性。无论如何，这种注释很难想象是凭空捏造出来的，它应该有一定的史料依据，只是我们目前尚未找到它的史料来源而已。我们知道，古代文献保存至今者固多，但由于各种原因，业已亡佚者亦不在少数。比如本文前面谈到的《三藏和尚记》，假如当年该记文本没有传到日本，我们今天也许就无从知道它的内容。因此，尽管《释氏稽古略》是元代编纂的作品，但它主张金刚智弟子大智禅师是道氤的观点，是不能轻易否定的。

　　《释氏稽古略》主张大智禅师系指道氤，这一观点是否可信？或者说道氤是不是金刚智弟子？当然还要结合考察道氤的生活年代及其生平事迹，才好做出进一步的推定。

　　有关道氤的传记资料，主要见于《宋高僧传》卷五。根据宋传记载，道氤生于唐总章元年（668），圆寂于开元二十八年（740）。他是长安高陵（今西安市高陵区）人，俗姓长孙。弱冠之前，他偶遇梵僧而剃度出家，之后主要活动于长安和洛阳两地，晚年居住长安青龙寺，直至去世。

　　如前所述，金刚智是开元七年（719）先抵广州，之后北上长安，直至开元二十九年（741）在洛阳广福寺圆寂。金刚智在华前后二十二年，其活动足迹主要也在长安与洛阳两地。道氤与金刚智的去世时间前后仅相差一年，两人生前的活动区域几乎相同。如此看来，在时间与空间上，他们两人之间有所交涉是极有可能的。

　　我们注意到，宋传在记录金刚智弟子时，对于一行的表述，采用的称谓是"大慧"的谥号。依此类推，"大智"也应该是一种谥号。历来将大智普遍理解为义福，就是基于义福拥有大智禅师谥号之故。根据宋传记载，道氤于玄宗一朝的佛教贡献颇巨，他于开元二十八年（740）圆寂后，"圣恩追悼，生荣死哀光于僧伍"。不过，玄宗是否赐其谥号为大智禅师，宋传没有提及，其他文献也未见记载。虽则如此，道氤比金刚智早一年去世，在杜鸿渐为金刚智撰写的《三藏和尚记》中已经提到金刚智弟子大智禅师。道氤身后获得大智禅师的谥号，至少符合杜鸿渐记录的时间节点。

此外，宋传将大智、大慧二禅师并举，既然大慧是一行，那么大智是否为道氤，也可以从一行与道氤之间的关系来加以进一步分析。谈及一行与道氤之间的关系，至少有以下两点值得指出。

第一，开元十二年（724），一行禅师在洛阳大先福寺，召集天下英彦共立论场，当时众人推举道氤首登讲座，因其所立论议，屈伏大众，无人驳难，从而获得一行的赞誉，所谓"大法梁栋，伊人应焉。余心有凭，死亦足矣"[①]。乍看之下，一行的用词颇似长辈对晚辈的口吻，实际上，一行比道氤年小十五岁，他用这种语气讲话，可能与他早年得到玄宗器重，之后被尊称为"国师"的政治地位有关。上述一行的那番话，充分反映出一行对道氤所寄予的厚望。

第二，开元十五年（727）一行圆寂，玄宗亲自为其撰写塔铭，并于次年七月三十日偕东宫京官御驾至一行塔前，为其举行斋供法会。那场法会由道氤主持，并作导文（悼文）表白。该文目前尚存于敦煌遗书，题曰"大唐开元十六年七月三十日敕为大惠（慧）禅师建碑于塔所设斋赞愿文"[②]。文中极力赞扬一行的学问与道德，认为一行具备"孔夫子之德""庐山远法师之器""大迦叶之行""妙吉祥菩萨之事"，并愿一行"知足天宫，暂观慈氏，安养世界，一见弥陀，还向阎浮，济人护法"。该文作为一种悼念性文字，虽难免有溢美之词，但道氤之所以主持该场法会，并亲自撰文表白，除了一方面需要考虑玄宗与道氤之间的密切关系之外，另一方面也反映出一行生前与道氤的友好来往。因此，一行与道氤共同跟随刚刚来华不久的金刚智学习，且共同成为金刚智的弟子，这是极其自然的事情。当然，金刚智抵达长安的时间当在开元八年（720），而一行于开元十五年（727）去世，一行与道氤两人一起师从金刚智，只能发生在一行去世之前的七年时间之内。

另据《宋高僧传》记载，金刚智抵达长安以后，先是住在慈恩寺，随即迁居荐福寺，接着才提到大智、大慧和不空三人向其行弟子之礼。根据这样的叙述逻辑，

---

① 《大正藏》第 50 册，第 734 页下。
② 参见拙稿《敦煌遗书所见道氤〈设斋赞愿文〉及其研究价值》，《华东师范大学学报》（哲学社会科学版）2016 年第 1 期。

大智、大慧等人可能是在长安荐福寺师从金刚智学习的。值得注意的是，道氤于开元十六年（728）撰写"设斋赞愿文"时，他的自署是"大荐福寺沙门"，这表明开元十六年及其前后，道氤的僧籍隶属于荐福寺。道氤具体哪一年入住荐福寺，虽然难以断定，但金刚智在荐福寺建立曼荼罗灌顶道场绝不早于开元八年。由此看来，道氤跟随金刚智学习，很可能与他是荐福寺僧人的身份有关。

如果承认开元八年至开元十五年期间，道氤与一行共同向金刚智学习的话，那么道氤当时的年龄则在五十三岁至六十岁，一行的年龄在三十八岁至四十五岁。当然，这是最大时限范围内的推测。从常理上讲，道氤与一行随金刚智学习的时间，当在金刚智到达长安的开元八年或稍后不久。

总之，根据以上论述，笔者主张金刚智弟子大智禅师并非学术界长期且普遍认为的义福，而是与一行有着密切关系的道氤。这一结论倘若无误，历来基于金刚智与义福的师承关系，进而讨论开元年间禅密交涉的内容，将失去基本的前提，故而也就没有学术意义。而另一方面，则可以重新认识道氤与金刚智之间的交涉，并有助于加深我们对道氤佛学修养等方面的认识。

佛典译场建制中期转向的引领者

——唐初波颇译场

华婷婷

【内容提要】 汉译佛典译场是在中国特有的文化环境中传法僧为了在汉地传播佛法，与汉地僧人、居士一同组建的翻译团队。在千年翻译史中，随着翻译经验的累积与历史环境等的改变，译场也经历了从分工粗略化的大众译场到分工细致化的专家译场的转变，本文着重讨论代表这一转变的"波颇译场"。波颇译场出现了新的分工"证义"与"证译"，尤其"证义"是译场类型发生转变的直接原因。因此，波颇译场在译场发展史上具有承上启下的重要地位，其对玄奘译场等后世译场的建制具有明显的示范作用。

【关键词】 佛典汉译 译场制度 波颇译场

【作 者】 华婷婷，浙江大学哲学学院博士研究生。

在汉地建立译场以传译佛典的历史自汉灵帝时竺佛朔等译《般舟三昧经》（179年）始[1]，终于宋神宗关闭译场（1082年），其间持续了九百多年。在整个译场发展史中，研究译场的学者们，如曹仕邦先生，根据译经方式的不同，对隋唐以前的译场与隋唐以后的译场作出了区分，并指出二者之区别在于译经的同时是否讲经[2]。王文颜先生也作出了类似区分：一种是采用讲经同时译经方式的大译场，一种是专家

---

[1] 汉桓帝时安世高译《安般守意经》等未出现明显的译场记载，故此处不论。

[2] 详见曹仕邦《中国佛教译经史论集》，东初出版社，1990，第19～30页。

组成的小译场。① 船山彻先生总结："最值得瞩目的区分方式，是根据是否有听众，以及分工组织的疏密程度，再依照年代顺序，将译场划分为两类型。换言之，第一类型是附带讲经型态，由多数人参与，属于分工体制粗略化的译场；第二类型是仅由较少数的专家组成团体，属于分工体制明确化的译场。绝大多数六朝时期的译场属于前者，玄奘及其以后的译场属于后者。"② 但是，不同于船山彻先生认为晚至玄奘时方有专家型译场，曹仕邦先生认为这两种类型的译场之转变发生在隋朝。笔者支持曹仕邦先生的观点，并且认为唐代首个译场——波颇译场全面体现了这一译场类型的转变，厘定了后世译场的组织架构，领导了译场自早期到中期的转向。故而应当从译场具体建制方面考察其在译场分工上体现的重要转变，明确其在译场发展史上的重要地位。

一 波颇译场的建制

（一）波颇其人

波颇是《宝星陀罗尼经》（*Ratnaketudhāraṇīsūtra*）、《般若灯论释》（*Prajñapradī-pamūlamadhyamakavṛtti*）与《大乘庄严经论》（*Mahāyānasūtrālaṃkāra*）三部重要经典的译主。其中，《宝星陀罗尼经》是《大方等大集经》中《宝幢分》的异译本，内容较《宝幢分》广出许多；《般若灯论释》是中观学派的重要论师清辨对中观根本经典《中论》的注释；《大乘庄严经论》是瑜伽行派最为重要的论典之一，被汉地与藏地共同尊为《弥勒五论》的其中一论。

译主之名宋代以前并无，此处在波颇作为梵文贝叶经的源文本提供者与译场中译经义旨主导者的含义上使用。赞宁《宋高僧传》中对译主一职的定义为："此务所司，先宗译主，即赍叶书之三藏，明练显密二教者充之。"③ 此处主要有两方面值得注意：第一，"赍叶书"指作为佛典源本的提供者，因而也是译事得以发起的关键因素；第二，"明练显密二教"指深解佛教义理，能解释经论义旨，在宋代谓明练显

---

① 详见王文颜《佛典汉译之研究》，天华出版事业股份有限公司，1984，第 131~160 页。

② 详见船山彻《佛典汉译史要略》，收于冲本克己等编，辛如意译《佛教的东传与中国化》，法鼓文化出版社，2016，第 252 页。

③ （宋）赞宁撰《宋高僧传》卷三，《大正藏》第 50 册，第 724 页中。

密，宋以前谓通达经律论，修习戒定慧的三藏。①

波颇全名波罗颇迦罗蜜多罗（Prabhākaramitra，564～633），又意译为"作明知识"，略称"波颇"，又意译作"光智"，另外还有一略称作"波罗颇蜜多罗"②（以下仍简称"波颇"），中印度人。波颇十岁出家，熟识经律论三藏，精通戒定慧三学，曾于那烂陀寺跟从戒贤论师学习《十七地论》（即《瑜伽师地论》），又因《十七地论》中涉及小乘学说，故又学习了小乘诸论，可谓大小兼通，学识广博。其于贞观元年（627）抵达长安后，当时学僧皆来造访请教，渐以学识名闻京城，终于在贞观三年（629）三月获唐太宗召见，与太宗一番对谈后，受到赏识，而获准翻译佛典，并受到朝廷支持，组织译场，供给译场所需物资等。以波颇为缘起而组织起来的这个译场是唐朝的第一个译场，自此开始了唐朝恢宏的译经事业。

（二）波颇译场之建制

按照译经先后顺序，辑录波颇译三部佛典序言中有关译场情况如下。

《宝星陀罗尼经》序中记载："有诏所司搜扬硕德兼闲三教备举十科者一十九人，于大兴善寺，请波颇三藏，相对翻译，沙门慧乘等证义，沙门玄謩等译语，沙门慧明、法琳等执笔承旨，殷勤详覆，审名定义，具意成文。起贞观三年三月，讫四年四月。"③

《宝星陀罗尼经》是译场组建之后第一部译成的经典，序言中简要记述了慧乘等

---

① 有关外国僧在决定译经宗旨方面的主导作用，也如《出三藏记集》中记载，"法显以晋义熙二年还都，岁在寿星，众经多译，唯弥沙塞一部未及译出而亡。到宋景平元年七月，有罽宾律师佛大什，来到京都，其年冬十一月，瑯琊王练、比丘释慧严、竺道生于龙光寺，请外国沙门佛大什出之。时佛大什手执胡文，于阗沙门智胜为译，至明年十二月都讫。"（《大正藏》第55册，第21页上）法显虽然取回佛典，但是未能全部译出便去世，虽然当时仍有通外语之人，但是仍然等到罽宾律师佛大什到来之后才翻译这部《弥沙塞律》，原因正在于需要熟悉律典的外国僧在场，才能确保译文的正确性。汤用彤先生亦言："按古时译经，或由记忆诵出，或有胡本可读。善诵读者，须于义理善巧，但不必即通华言。故出经者之外，类有传译者。《道行》《般若》，均朔佛所出，而谶所译也。但至写经时，因系出经者所传授，故常提为其所译（盖出者不但须能讽诵，且于经有深入了解，译时能解释其义。传译者仅须善方言，地位较不重要）。"《汤用彤全集》（第一卷），河北人民出版社，2000，第52页。

② 日本学者久留宫圆秀认为作明知识（Prabhākaramitra）乃是先由《古今译经图纪》杜撰出来的名字，然后被《续高僧传》《开元释教录》沿用。而另一日本学者赤羽律认为作明知识（Prabhākaramitra）早在法琳的《辩正论》中就已经出现。《辩正论》卷4："爰有中天竺国三藏法师，本刹利王种姓，刹利帝名波罗颇迦罗密多罗，唐言作明知识。远闻唐国弘阐大乘，故涉葱河来游圣世。"《大正藏》第52册，第513页中。法琳曾亲自担任波颇译场的笔受，因此必然熟知其全名，因此这个记载是准确的。详见〔日〕Akahane Ritsu, "Prabhākaramitra: His Name and the Characteristics of His Translation of the *Prajñāpradīpa*", *Journal of Indian and Buddhist Studies* Vol. 63, No. 3, 2015, pp. 201-207.

③ （唐）释法琳撰《宝星经序》，《大正藏》第13册，第536页下。《辩正论》中"玄謩"用"玄谟"。

人负责证义之职，玄謨等人负责译语，慧明、法琳等人负责执笔（笔受）。由此可见，译场分工的意义亦在于对译文精益求精的态度，译场参与者们在翻译过程中反复琢磨译语，以使译文传达原文之义旨。

《般若灯论释序》中记载："四年六月移住胜光，乃召义学沙门慧乘、慧朗、法常、昙藏、智首、慧明、道岳、僧辩、僧珍、智解、文顺、法琳、灵佳、慧赜、慧净等传译，沙门玄謨、僧伽及三藏同学崛多律师等，同作证明，对翻此论。尚书左仆射邢国公房玄龄、太子詹事杜正伦、礼部尚书赵郡王李孝恭等，并是翊圣贤臣，佐时匡济，尽忠贞而事主，外形骸以求法，自圣君肇虑，竟此弘宣，利深益厚，实资开发。监译敕使右光禄大夫太府卿兰陵男萧璟，信根笃始，慧力要终，寂虑寻真，虚心慕道，赞扬影响，劝助无辍。"①

此慧赜所作序中列举出了参与译场的僧人名，但是没有显示出分工，统称为传译，但是实际上包含了证义与笔受（见下文的译场列位）；说明了玄謨、僧伽及崛多三位通晓梵语的僧人在译场中的职能是翻译论典以及证明翻译；另外说明了房玄龄、杜正伦与李孝恭对译场资助开发之功以及萧璟对译场的支持与宣扬之用。

《大乘庄严经论序》载："又敕尚书左仆射邢国公房玄龄、散骑常侍行太子左庶子杜正伦铨定，义学法师慧乘、慧朗、法常、智解、昙藏、智首、道岳、惠明、僧辩、僧珍、法琳、灵佳、慧赜、慧净、玄謨、僧伽等，于胜光寺共成胜业。又敕太府卿兰陵男萧璟监掌修缉……慧净法师，聪敏博识，受旨缀文；玄謨法师，善达方言，又兼义解，至心译语，一无纰谬。以七年献春此始撰定斯毕，勒成十有三卷二十四品。"②

此序中明确朝廷官员参加译场起到铨定译文的作用，监译敕使负责修缉的工作，并载明慧净法师为笔受之人，玄謨法师为译语之人。另外，从《续高僧传·慧净传》中可知，慧净作为《大乘庄严经论》的笔受，曾缵写《大乘庄严经论疏》三十卷③，笔受者缵写译文之疏解是译场之传统，如前真谛译场所译诸经论多同伴有疏解，正是在翻译过程中，译主为了使参译者们理解译文而对原文予以解释，笔受者对此进行记录。译场所出之疏应是理解译文的宝贵资料，可惜这些疏很少保留下来。

---

① （唐）释慧赜：《般若灯论释序》，《大正藏》第30册，第51页上。
② （唐）李百药：《大乘庄严经论序》，《大正藏》第31册，第589页上。
③ （唐）道宣：《续高僧传》卷三，《大正藏》第50册，第442页下。

（三）波颇译场所体现的重要转变

1. "证义"一名始现

《宝星陀罗尼经》序中明确列出"证义""译语""执笔"（同"笔受"）三种分工，"证义"一名在译场分工中首次出现，具有重大意义。曹仕邦先生甚至认为，"'证义'是转变后新方式之特征，而其名称首见于此，故严格分工实始于唐世也。"① 笔者认为，"证义"这一分工的出现是译场规模发生由大至精之转变的直接原因。魏晋南北朝时期附带讲经的大译场往往参加者有几百人众，但是几百人中负责核心翻译任务如译语、笔受者仅是其中少数人，另外一些人或者在传译讲经时做记录，辅助笔受工作；或者在不解译文意时提出问题，与主译团队讨论文旨，甚至对译文提出质疑，与主译团队进行辩论，他们在译经能否为汉人读懂方面发挥了重要作用。

如鸠摩罗什译场在翻译《百论》时："有天竺沙门鸠摩罗什……常味咏斯论以为心要。先虽亲译，而方言未融，致令思寻者踌躇于缪文，摽位者乖连於归致……以弘始六年，岁次寿星，集理味沙门与什考校正本，陶练覆疏，务存论旨，使质而不野，简而必诣，宗致尽尔，无间然矣。"② 吉藏《百论疏》言"理味沙门即解义之流，凡五百余人"③。五百余义解僧在译场中考定校正罗什早先的译文，讨论之繁复可以想象。罗什译场在翻译其他经论时所集之理味沙门甚至达到上千人。

又《阿毗昙毗婆沙论》序中所记载浮陀跋摩译场情况亦相似，"天竺沙门浮陀跋摩……以乙丑岁四月中旬，于凉城内苑闲豫宫寺，请令传译，理味沙门智嵩、道朗等三百余人，考文评义，务在本旨，除烦即实，质而不野"④。

可见这两个译场义解僧（理味沙门）的主要职能在于：第一，与主译团队讨论译文，务必保证译文完全表达出经论原文义旨；第二，考评修订，删除繁重部分，精简译文；第三，在文体上质朴而不粗拙，符合汉地人的阅文习惯。

而在波颇译场中首次出现的"证义"一名实际上总结了这些义解僧们在译场中起到的作用，"证义"一职的设立将这几百人的团队精减至数十位专家，并且将人员

① 曹仕邦：《中国佛教译经史论集》，第 24 页。
② （后秦）僧肇：《百论序》卷一，《大正藏》第 30 册，第 168 页上。
③ （隋）吉藏撰《百论疏》卷一，《大正藏》第 42 册，第 236 页中。
④ （北凉）道挻：《阿毗昙毗婆沙论序》，《大正藏》第 28 册，第 1 页中。

固定下来，由专人负责厘定译文。

《开元释教录》中详细记载了参译者之具体任职："下诏所司搜扬硕德兼闲三教备举十科者一十九人，于大兴善创开传译。沙门玄谟、僧伽等译语，及三藏同学崛多律师证译；沙门法琳、惠明、慧赜、慧净等执笔，承旨殷勤详覆，审定名义，具意成文；沙门慧乘、法常、慧朗、昙藏、智解、智首、僧辩、僧珍、道岳、灵佳、文顺等证义。又敕上柱国尚书左仆射邢国公房玄龄、散骑常侍太子詹事杜正伦、礼部尚书赵郡王李孝恭等参助铨定；右光禄大夫太府卿兰陵男萧璟总知监护。百司供送四事丰华。至四年四月译《宝星经》讫。后移胜光又译《般若灯论》《大庄严经论》，至七年春勘阅既周，缮写云毕。"①

《开元释教录》中的记载与《武州缘山经阁高丽藏》中对翻译《般若灯论释》时的译场列位记载②大体相符，现转录如下。

译场列位表

	译语	执笔	证义	参助铨定	总知监护
1	玄谟	法琳	慧乘	上柱国公房玄龄	光禄大夫太府卿兰陵男萧璟
2	僧伽	惠（慧）明	法常	散骑常侍太子詹事杜正伦	
3		惠（慧）赜	惠（慧）朗	礼部尚书赵郡王李孝恭	
4		惠（慧）净	昙藏		
5			智解		
6			智首		
7			僧辩		
8			僧珍		
9			道岳		
10			灵佳		
11			文顺		

从《开元释教录》与《译场列位》之记载可以确定，"证义"这一分工仅慧乘、法常、慧朗、昙藏、智解、智首、僧辩、僧珍、道岳、灵佳、文顺十一人，与此前

---

① （唐）智升撰《开元释教录》卷八，《大正藏》第 55 册，第 553 页下。
② 参见〔日〕鹈饲徹定《译场列位》，1863，第 9～11 页。电子资源见 https：//bird. bukkyo-u. ac. jp/collections/yakujoretsui-01／。

三五百人相比，缩减了几十倍。然而，虽然人数减少了，但是这十一名僧人却是官方从各地选拔出来的当时僧人中的翘楚。

笔者检索《续高僧传》后发现这十一名证义僧人中的五人出现在僧传当中：（1）慧乘，受陈、隋、唐三朝君主器重，以辩才折服当时，在世时讲《大般涅槃经》《仁王般若经》《金鼓经》（即《金光明经》）《维摩诘经》《菩萨地持经》《成实论》等。①（2）法常，钻研《摄大乘论》，且博考《成实》《毗昙》《华严》《地论》之同异，尤其擅长《摄大乘论》，多次讲解此论。②（3）昙藏，跋涉于东南西北各地学习，"听涉之最，无与为俦"，似乎尤其擅长《菩萨地持经》，尤为皇室尊重。③（4）智首，特善律典，以一己之力在一时掀起修习律之风潮，在波颇译场中，"有义涉律宗，皆咨而取正"。④（5）道岳，潜心钻研《俱舍论》，设法从广州显明寺获得慧凯亲承、真谛口传之《俱舍论疏》，得以精通《俱舍》，其作为汉地僧人对《俱舍》的理解得到波颇的肯定。⑤由此可见，担任"证义"一职者，皆为精通义理的高僧大德，他们或者博学多才，或者专精于某方面之学问，是从万千僧众中精心选拔出来的能力出众者。

"证义"一职的设立是导致译场从大众参与的附带讲经型译场发展至专家型译场的直接原因，这些大德们既具有佛学素养又具有文学造诣，既是中国文化环境中的听众代表，也是文本的二次创作者，深度影响了译文的呈现。

2. "缀文"一名始现

"缀文"也见于波颇译场，但与"笔受"并没有区别。后世"缀文"一职有时作为"笔受"的异名，有时与"笔受"区别开来，在分工上有所不同。同工异名的情况，如玄奘译场早期只有"缀文"或"笔受"二者之其中一种，贞观十九年（645）《大菩萨藏经》译场仅设"缀文"而无"笔受"。分工不同的情况，如玄奘译场后期"笔受"与"缀文"兼设，龙朔元年（663）《大般若经》译场既设"笔受"，又有"缀文"。

而在宋代译场，"缀文"的职能已经固定成将梵语的宾动式表达习惯调整为汉语

---

① （唐）道宣：《续高僧传》卷二十四，《大正藏》第 50 册，第 633～634 页。
② （唐）道宣：《续高僧传》卷十五，《大正藏》第 50 册，第 540～541 页。
③ （唐）道宣：《续高僧传》卷十三，《大正藏》第 50 册，第 525～526 页。
④ （唐）道宣：《续高僧传》卷二十二，《大正藏》第 50 册，第 614～615 页。
⑤ （唐）道宣：《续高僧传》卷十三，《大正藏》第 50 册，第 527～528 页。

的动宾式表达习惯。《佛祖统纪》："第六缀文，回缀文字，使成句义。（如笔受云：'照见五蕴，彼自性空见。'此今云：'照见五蕴皆空。大率梵音多先能后所，如念佛为佛念，打钟为钟打，故须回缀字句，以顺此土之文。'）"① 但是《佛祖统纪》所列九项分工"译主""证义""证文""书字""笔受""缀文""参译""刊定""润文"中并无"译语"一职，而是由"笔受"负责翻梵为汉。② 与唐代译场不同，《般若灯论释》译场列位中，执笔者则有法琳、慧明、慧赜、慧净四人，法琳所作《般若灯论释序》中说"缚解品已前慧赜执笔，观业品已后法琳执笔"③，并没有提到另外两人，可能慧赜、法琳为首要"执笔"，职责偏向于"笔受"，而另外慧净与慧明分别是慧赜、法琳的助手，职责偏向于"缀文"。

3. "证译"一名始现

上文《开元释教录》言"三藏同学崛多律师证译"也是"证译"一职之首次见载，并非曹仕邦先生所说"《义净传》略云：'居士东印度瞿县金刚、迦湿弥罗国王子阿顺等证译。'为最早之记载。"④

"证译"的职能可能包括与主译商量梵文含义，确保所阐释的梵文意义准确，似乎也为了证明译文与梵文原意相符，但是否包含这方面的意义尚无法确定。这取决于证译者是否精通汉语，若崛多律师即阇那崛多，则无疑是证明翻译的最佳人选。因为阇那崛多精通汉语，具有丰富的翻译经验，故而能够同时参考梵文原文与汉译文，对译文的准确性作出评判。⑤

"证译"一职的设立，亦是译场进一步完善的标志。早先译经时，译场中可能只有一位精通外文的译者，而主译不通汉语，不能进一步确认译语的正确性，导致译

---

① （宋）志磐：《佛祖统纪》卷四十三，《大正藏》第49册，第398页中。
② "第五笔受，翻梵音成华言（纥哩那野，再翻为心；素怛览，翻为经）"，第398页中。
③ （唐）法琳：《辩正论》卷四，《大正藏》第52册，第513页下。
④ 曹仕邦：《中国佛教译经史论集》，第64~65页。
⑤ 波颇译场中的"崛多律师"是否为隋朝著名译师"阇那崛多"并不明确，《续高僧传》中记载崛多"至开皇二十年（600）便从物故，春秋七十有八"（卷二，《大正藏》第50册，第434页下），但是《大唐内典录》却说"仁寿之末（604），崛多以缘他事流摈东越"（《大正藏》第55册，第280页上），二者虽然都是道宣所作，却前后不一，互相矛盾；并且，《添品法华序》言崛多在仁寿元年（601）参与整理翻译《添品法华经》，故而其不可能逝世于600年。阇那崛多僧传中确实记载其擅长律学，律师之称亦合理。若正是此崛多，则其参加波颇译场时达百岁高龄，并非完全不可能。另外，王亚荣先生在《从波颇到玄奘翻译集团——唐代第一次佛经翻译高潮》（《佛学研究》1993年第2期，第28页）一文中，认为崛多是与波颇一同东行的同行僧人之一，但是并未提到文献记载，笔者亦未检阅到任何文献资料。

文出现讹误。在波颇以后的译场中，基本上都设立了"证梵文、梵语"一职，应是"证译"一职的演化。例如，担任波颇译场的玄谟此后又担任了玄奘译场的"证梵文、梵语"。

4. 朝廷官员参与

上柱国尚书左仆射刑国公房玄龄、散骑常侍太子詹事杜正伦、礼部尚书赵郡王李孝恭等参助铨定；右光禄大夫太府卿兰陵男萧璟总知监护是朝廷重要官员实际参与译场分工且担任职能的首次记载。这些朝廷官员负责译场的物资供应、人员配备，审核润色译文，在译经完成后奏报皇帝，乃至主管整个译场。他们的在场更象征着朝廷对译经事业的支持。这一设置受到玄奘及后世译场的效仿，玄奘大师曾亲自请求朝廷派遣官员参与协助译场工作，分担部分职责。①

（四）小结

波颇译场最为重要的改进是"证义"与"证译"的设立，设置这两个分工的目的正在于："函丈则究其是非，文虽定而覆详，义乃明而重审"②，反复评量译文，考察文义是否明确、适当，用词是否恰当，行文是否流畅；以及"意在明德同证，信非徒说，后代昭奉，无疑于今耳"③，表明译文经过精通梵文与汉文经典的义学高僧的检查校正，文字与宗旨等必无差错，非肆意杜撰而来。可以说，在新增"证义""缀文""证译""监译""铨定"这些译场新分工的基础上，波颇译场已经基本形成了较为完备的制度，后世译场基于此又有了进一步的细化，出现了"证文""证梵文""证梵语"等分工。

二　波颇译场之承上启下地位

（一）对隋唐译场之继承

隋朝结束了魏晋南北朝的分裂局面，实现了国家的大一统。隋文帝积极支持佛教的发展，兴建大批佛教寺院，召集各方义学僧入长安，搜求佛教典籍，在皇家寺

---

① 有关朝廷官员之参与译场，见杨志飞《论玄奘译场的文臣监译》，《唐史论丛》2020 年第三十辑，第 217 ~ 234 页。
② （唐）释慧赜：《般若灯论释序》卷一，《大正藏》第 30 册，第 51 页中。
③ （唐）道宣：《续高僧传》卷三，《大正藏》第 50 册，第 440 页中。

院设立官方译场，组织翻译佛典。王文颜先生在《佛典汉译之研究》中对隋朝译经评价："在出经方面，隋代虽然乏善可陈，但在译场制度的发展方面，隋代却是一个关键时期。"①

隋朝时共成立五次译场，前两个译场（昙法智译场与毗尼多译场）较简单，仅仅由译主、笔受组成。从那连提黎耶舍开始，译场渐完备，最显著的变化是增加了"监掌翻事，铨定宗旨"的大德数十人，阇那崛多译场的大德"慧远"等十人，皆是当世最具盛名的义学僧。②

笔者认为阇那崛多的译场颇值得注意，因为阇那崛多本身精通两种语言，翻译的经典质量精良。③其译场也显示出分工有序的样貌："达摩笈多、高天奴、高和仁同传梵语；十大德僧休、法粲、法经、慧藏、洪遵、慧远、法纂、僧晖、明穆、昙迁等监掌始末，诠定旨归；沙门明穆、彦琮重对梵本，再审覆勘，整理文义。"④阇那崛多译场十名大德作为僧官监控掌管整个译场，铨定译经宗旨，与波颇译场中由作为皇家参与译经的代表——朝廷官员负责监掌译场与铨定的职责不同；又无"证义"分工，仅有明穆与彦琮两人既负责对照梵文校订，又负责整理文义，可与波颇译场之"证义"与"证译"相当。波颇译场部分继承了阇那崛多译场，是由朝廷组织起来的专门译场，故而由朝廷派遣专人负责监管译场，译场规模相较于魏晋南北朝时极大地缩小了，仅由十几人组成。但是波颇译场中分工有了较准确的定名，职责有了较为明确的划分，是有记载的明确完整分工之制度化译场之开端，并且被后世译场延用，波颇以后的玄奘译场、菩提流志译场等等也再不复几百人的规模，译场人数多与之相近。可见，译场自隋唐时期正式发生了改变，并且一直持续到后世，波颇译场代表了新的译场类型。

（二）对玄奘及其后译场之示范

玄奘大师的早期译场除了细分出"正字"一职，其他基本上与波颇译场一致，如贞观十九年（645）于弘福寺所译《大菩萨藏经》之译场列位：弘福寺沙门灵润证义，沙门文备证义，罗汉寺沙门惠贵证义，实际寺沙门明琰证义，宝昌寺沙门法祥

---

① 王文颜：《佛典汉译之研究》，第 92 页。
② 参见王亚荣《长安佛教史论》，宗教文化出版社，2005，第 115 ~ 143 页。
③ （唐）道宣：《续高僧传》卷二："金以崛多言识异方，字晓殊俗，故得宣辩自运，不劳传度，理会义门，句圆词体，文意粗定，诠本便成。笔受之徒不费其力，试比先达，抑亦继之。"（《大正藏》第 50 册，第 434 页中）
④ （唐）道宣：《续高僧传》卷二，《大正藏》第 50 册，第 434 页上 ~ 中。

证义，静法寺沙门普贤证义，法海寺沙门神昉证义，廓州法讲寺沙门道深证义，汴州演觉寺沙门玄忠证义，蒲州普救寺沙门神泰证义，线州振响寺沙门敬明证义；普光寺沙门栖玄缀文，弘福寺沙门明濬缀文，会昌寺沙门辨机缀文，终南山丰德寺沙门道宣缀文，简州福聚寺沙门靖迈缀文，蒲州普救寺沙门行支缀文，栖岩寺沙门道卓缀文，邠州昭仁寺沙门惠立缀文，洛州天宫寺沙门玄则缀文；大总持寺沙门玄应正字；大兴善寺沙门玄谟证梵文。①

正如上文所说，这时期的"缀文"仍旧没有同"笔受"分开，故而只出现了"缀文"，而无"笔受"，以"缀文"代"笔受"。此译场由"证义""缀文""正字""证梵文"组成，基本上承袭波颇译场的设置。后期玄奘大师译场又进一步细化了译场制度，将"缀文"和"笔受"区别开来。玄奘大师的译场是中期译场的典型代表，他之所以能够以不可思议的速度翻译出数量惊人的经典，且同时能保证译文的质量，除了他本人具有绝伦的学识与语言能力，亦极大地得益于结构合理、运转流畅的译场制度。译场诸僧各司其职，保证了翻译效率的同时仍能保持译文的高质量。

宋代译场的分工虽在各资料里记载稍有不同，但是大体范围与唐代译场类似，如《祥符录》《景祐录》中所录分工：译主、证梵义、证梵文、笔受、缀文、证义、润文、监译。②

三　结语

笔者认为之所以在隋唐时期有从附带讲经形态的大译场到专家译场的重大转变，除了经过几百年翻译经验的累积之外，有几大原因值得注意：第一，译经的场所固定在朝廷指定的皇家寺院，如大兴善寺中，在地理上与大众分离开；第二，在大一统的国家形式下，文化的发展也被囊括在国家意识形态建设下，译经由皇家诏令展开，受到朝廷的物资与人力支持，并在朝廷的指导与监督下进行。第三，魏晋南北朝时期翻译的经典涵盖了经律论，汉地僧人们积极学习这些经典，学识素养得到极大提升，不同于罗什初至汉地时僧人们因汉译佛教经典有限而学养不足，故而具有

---

① 〔日〕鹈饲徹定：《译场列位》，第 11 ~ 13 页。
② 参见冯国栋《宋代译经制度新考——以宋代三部经录为中心》，《历史语言研究所集刊》，2019，第 77 ~ 123 页。

了成立专家团队的僧才基础。第四，隋唐时期国家处于统一状态后，与周边邻国的外交关系发生了转变，如波颇本在突厥传法，但是出使突厥的唐使欲请波颇前往大唐，却不得突厥王准许，然在唐朝廷的诏令下不得不放行波颇。在大一统的国家形态下，即使朝廷本身并不十分支持佛教，但是为了彰显国家风范或者基于外交方面的考量，也会欢迎印度或者西域来的僧人及汉地西游归来的僧人。①

波颇自贞观元年（627）到达长安，贞观三年（629）开始进行译经工作，直至卒于长安，虽然译出的经典只有三部，但是作为唐代的首位译主，以其为中心，组建了唐代第一个官方支持的译场，在继承隋代译场设置的基础上，又进一步细化了分工，为唐代的译场建制奠定了雏形，开创了唐代宏伟的译经事业，其在译经史上的重要性应当得到重视。汉译译场自竺佛朔开始，再经魏晋南北朝繁盛的译经活动积累，到隋朝设立翻经院，后由唐承袭，经历了汉代初创期译场，魏晋南北朝早期译场而至隋唐及以后中期译场，逐步完善了译场制度。译场制度是译经活动得以延续千年、如此规模宏大的佛教经典得以译出的不可或缺因素，而波颇译场理应在浩荡的译经史当中留名。

---

① 关于译场与外交事业的关系，参考范晶晶《佛教官方译场与中古的外交事业》，《世界宗教研究》2015 年第 3 期，第 74~82 页。

中国典籍中的冥界观

——以佛教传入中国前后为例

崔立国

【内容提要】 中国古代本土典籍有对于死后世界较为具体的描述，形成初具体系的独特冥界观，其思想来源主要是儒家、道教和巫术，呈现出与现实世界极为相似的比拟特点，生前与死后的世界浑然不分。佛教传入中国后，中国冥界内涵为佛教地狱观所拓展，本土其他思想体系和民间信仰的观念同时析入，最终于唐代前期形成成熟而完备的地狱观。本文从构成冥界必不可少的灵魂、主宰、空间、机制四个要素出发，论述死后世界在佛教传入中国前后两个阶段中的不同特点。

【关键词】 冥界 地狱 轮回 因果报应

【作 者】 崔立国，文学博士，四川师范大学巴蜀文化研究中心助理研究员，研究方向为先秦汉唐文学。

文化学者常言中国文化殊少超越性精神，此言揆之于佛教传入中国前的本土思想和观念基本可以成立，在佛教传入中国后则大有可榷之处。佛教传入中国前，中国人关于死后世界的想象与现实世界高度一致，魂魄的特质、冥界的机构设置都跟现实世界无异，可视为对现世的照搬。冥界观念虽已有雏形，但相对其他宗教与文化而言，其向度比较单一而乏纵深。这种俗世化特征并非一成不变，佛教的传入给中国死后世界注入全新思想内容，极大开拓古人对于死后世界的想象，早期冥界观遂有相应的改观。佛教的地狱观结合、吸纳中国原有的冥界观，呈现出的死后世界系统而完整，具有光怪陆离的色彩、立体丰富的层次和蔚为大观的体系，显示中国古人对于死后世界的关注和思考已相当严肃且深入。以下从灵魂主体、地域空间、机构设置、运行机制四个方面，将佛教传入中国前后两个阶段作一比较，指出佛教思想与观念对于中国冥界观的具体影响。

一　灵魂主体

汉代以前中国本土的灵魂观较为朴素，灵魂跟肉体在外形、力量、重量、功能等方面相似之处甚多，二者同样需要喂养，可婚配，有惧怕，会消亡。换言之，灵魂具有肉体化的特征。佛教对此带来的最大变化是灵魂可以轮回，当时人很快接受这一说法，并创造出大量极具想象力的魂游地狱的文学作品。

（一）魂魄肉体化

人死为鬼的观念在春秋时已盛行，《左传》多次提到人死后仍有魂、魄，[1] 子产指出人的魂魄有阴阳和强弱之别，[2] 也有大小、轻重之分。[3] 鬼有其标准形象，"外在特征一是大头，二是难看"[4]。本应无形无相的鬼竟与现世中人的肉体特征几无二致，说明"鬼的基本形状还是人的形状的翻版，只不过做了一些夸张、放大或缩小"[5]。其他早期文明中的鬼魂也有比照现实肉体的现象，但如此高度类似的情形则不多见。

如同肉体需要进食以维系生存一样，鬼魂也需要人为其祭祀。祭祀祖先的观念由来已久，《诗经》的颂诗就是这种仪式的表达，此传统至今仍不绝如缕。同样在民间盛行的还有冥婚观念，毋庸说也是灵魂肉体化特点的体现，且早在周代就已出现，如《周礼·地官·媒氏》："禁迁葬者，与婚殇者"，郑玄的注和贾公彦的疏认为其

---

① 如"天夺之魄矣""天又除之，夺伯有魄""心之精爽，是谓魂魄。魂魄去之，何以能久？"见（清）阮元校刻《十三经注疏》下册，中华书局，1980，第1888、2009、2107页。

② "人生始化曰魄。既生魄，阳曰魂。用物精多，则魂魄强。是以有精爽，至于神明。匹夫、匹妇强死，其魂魄犹能凭依于人，以为淫厉，况良宵，我先君穆公之胄、子良之孙、子耳之子、敝邑之卿，从政三世矣。郑虽无腆，抑谚曰：蕞尔国，而三世执其政柄。其用物也弘矣，其取精也多矣。其族又大，所凭厚矣。而强死，能为鬼，不亦宜乎？"见（清）阮元校刻《十三经注疏》下册，第2050页。

③ 《左传·文公二年》："吾见新鬼大，故鬼小。先大后小，顺也。"见（清）阮元校刻《十三经注疏》下册，第1839页。《搜神记》卷十六"宋定伯"故事中，鬼认同宋定伯关于新鬼比旧鬼重的说法，见（晋）干宝撰、汪绍楹校注《搜神记》，中华书局，1979，第199页。

④ 叶舒宪：《"鬼"的原型——兼论"鬼"与原始宗教的关系》，《淮阴师范学院学报》（哲学社会科学版）1998年第1期，第87页。

⑤ 普慧：《汉代巫鬼崇拜及其对六朝鬼神文学的影响》，《文学遗产》2013年第5期，第25页。

所言即是冥婚。① 孙逊指出志怪小说中常见的人鬼恋想象也跟冥婚习俗有关。②

《左传》中伯有的灵魂是在人为其立后享祀之后方停止为害人间。伯有生前遭遇不幸，死后变为厉鬼报复郑人，③ 可见鬼魂和现实世界共享着一致的正义观。伯有的诉求得到满足后停止作祟，子产对此的解释是"鬼有所归，乃不为厉，吾为之归也。"这与《说文解字》训"鬼"为"归"是一致的，在其他典籍如《礼记·祭法》《尔雅·释训》《韩诗外传》《尸子》《说苑·反质》《论衡·论死》《列子·天瑞》中，也有相同的表述。④ 类似亡魂影响现世的情形还可在《左传·宣公十五年》中看到，晋国魏颗擒获秦国大力士杜回是得益于亡灵的帮助。⑤ 可见，亡灵可与现实互动：夜里托梦给人，在战争中绊跌人。两者的不同之处在于伯有之魂是报怨，魏颗之魂则是报恩。

鬼作祟使得现实中的人充满恐惧，但古人也有禳鬼之术。最早为人所知的就是使用桃木。《周礼·夏官·戎右》云："赞牛耳，桃茢"，郑玄注说："桃，鬼所畏也。"⑥《礼记·檀弓下》曰："君临臣丧，以巫祝桃茢执戈，恶之也。"郑玄注："桃，鬼所恶。"⑦《论衡·订鬼》引《山海经》说："黄帝乃作礼以时驱之，立大桃人，门户画神荼、郁垒与虎，悬苇索以御。"⑧

鬼并非永恒不变，但其变化仅限于自身所属类别之内，不会成为其他的物类，迥异于后世常说的跨界幻化。鬼魂还会随着时间的推移而消散，如成语"魂飞魄散"

---

① （清）阮元校刻《十三经注疏》上册，第733页。

② 孙逊：《中国古代小说与宗教》，复旦大学出版社，2000，第76页。

③ "郑人相惊以伯有，曰：'伯有至矣'，则皆走，不知所往。铸刑书之岁二月，或梦伯有介而行，曰：'壬子，余将杀带也。明年壬寅，余又将杀段也。'及壬子，驷带卒，国人益惧。齐、燕平之月，壬寅，公孙段卒。国人愈惧。其明月，子产立公孙泄及良止以抚之，乃止。"见（清）阮元校刻《十三经注疏》下册，第2049～2050页。

④ "众生必死，死必归土，此之谓鬼""鬼之为言归也"，见（清）阮元校刻《十三经注疏》下册，第1595、2592页。"人死曰鬼。鬼者，归也"，《太平御览》卷883所引《韩诗外传》，见（宋）李昉等撰《太平御览》第4册，中华书局，1960，第3923页。"鬼者，归也。故古者谓死人为归人"，见李守奎、李轶《尸子译注》，黑龙江人民出版社，2003，第141页。"精神离形，而各归其真，故谓之鬼。鬼之为言归也。"见（汉）刘向撰，向宗鲁校证《说苑校证》，中华书局，1987，第528页。"人死精神升天，骸骨归土，故谓之鬼〔神〕。鬼者，归也。"见黄晖撰《论衡校释》第4册，中华书局，1990，第871页。"精神离形，各归其真，故谓之鬼。鬼，归也，归其真宅。"见杨伯峻撰《列子集释》，中华书局，1979，第20页。

⑤ "及辅氏之役，颗见老人结草以亢杜回，杜回踬而颠，故获之。夜梦之曰：'余，而所嫁妇人之父也。尔用先人之治命，余是以报。'"见（清）阮元校刻《十三经注疏》下册，第1888页。

⑥ （清）阮元校刻《十三经注疏》下册，第857页。

⑦ （清）阮元校刻《十三经注疏》下册，第1302页。

⑧ 黄晖撰《论衡校释》第4册，第939页。今《山海经》无此文。

正是此意，胡适对此说："早期中国人的华夏宗教含有着一些有关人类死后遗存的观念的，不过赋予生体以生命和知识的人体灵魂，虽视其强弱而做一个短时期的鬼神，却仍渐渐地衰萎而终至完全消散，它不是不灭的。"①

灵魂与肉体最大的区别在于空间上的自由移动，可以进出阳世，能力大于人。②但如同生死过程不可逆一样，人活着时可以招复暂时脱离肉体而游走于外的灵魂，死后的灵魂则无法再重新回到肉体之中，也就是说灵魂并无轮回。汉魏时期大量的诗作都有对人生苦短、良辰不再的抒发，③即是现世中人对死后灵魂渐灭的无奈与感慨。灵魂不灭的观点在汉代有些变化，长沙马王堆汉墓升天帛画显示灵魂可往他处，但灵魂需要享祀的特点依然得以保存。

（二）灵魂轮回说

佛教传入中国后，本土灵魂观最突出的改变是灵魂轮回说。安世高所译《佛说分别善恶所起经》提到"五道"（天、人、饿鬼、畜生、地狱），④中国佛教徒加上阿修罗道后变为"六道"。佛教宣扬人死后可再生，如《佛说观佛三昧海经》卷六所云："三界众生轮回六趣，如旋火轮。"⑤人的生命在三界六道中循环往复，直至涅槃方可跳出。这种观念跟中土大异其趣，很快引起中国僧人的注意，慧远在《三报论》中说："世典以一生为限，不明其外。"⑥慧琳《白黑论》中以代表佛教的黑方说："周、孔为教，正及一世，不见来生无穷之缘。"⑦

死后的灵魂不再固守于冥界一处，而是有着流变轮转，这也跟佛教动态的人观一致。佛教认为人由"五蕴"——色、受、想、行、识和合而生，其中色蕴是物质层面，依其特性又可分为地、水、火、风四种。受、想、行、识四蕴合称为"名"，"名"与"色"一起合称为"名色"。受蕴指六种感官活动，想蕴是知觉意象，行蕴是意志活动，识蕴是持恒的意识互动或未接触对象的单纯感性，识蕴统摄前三蕴，

① 胡适：《中国人思想中的不朽观念》，《胡适全集》第 8 卷，安徽教育出版社，2003，第 167～168 页。
② 萧登福：《先秦冥界思想探述（下）》，《鹅湖月刊》1986 年第 12 期，第 37 页。
③ 徐干："人生一世间，忽若暮春草，时不可再得。"阮瑀："丁年难再遇，富贵不重来，良时忽一过，身体为土灰。"曹植："人居一世间，忽若风吹尘。""盛时不可再，百年忽我遒。""人生处一世，去若朝露晞。"见逯钦立辑校《先秦汉魏晋南北朝诗》上册，中华书局，1983，第 376、380、422、425、454 页。
④ （后汉）安世高译《佛说分别善恶所起经》，《大正藏》第 17 册，第 516～517 页。
⑤ （东晋）佛陀跋陀罗译《佛说观佛三昧海经》，《大正藏》第 15 册，第 674 页。
⑥ （南朝梁）僧祐撰《弘明集校笺》，李小荣校笺，上海古籍出版社，2013，第 292 页。
⑦ （梁）沈约撰《宋书》第 8 册，中华书局，1974，第 2389 页。

是一切认识活动赖以发生的基础。① 五蕴相互配合构成人生命生灭流转的十二个阶段，称为十二因缘或十二支，即：无明、行、识、名色、六入、触、受、爱、取、有、生、老死，每个都为后者的因。"无明"乃盲目意志，其行动为"行"，行后有"识"的投胎，精神与物质的结合是为"名色"，"六入"是眼、耳、鼻、舌、身、意，"触"为触觉，"受"为情绪，"爱"是贪欲，"取"为妄取，"有"指因果之业，"生""老死"乃来世之结果。世间万物都要经历成、住、坏、空的历程，都因缘而起，因缘而灭。人的物质因素时刻在变，意识也同样处于不断变动之中，生命并非实存。换言之，人之生存不具有实体性，人生之苦的本原在于将时时变动的生命执着为恒常。

佛教中的轮回并无主体，即"无我"，其说建立在"不常不断"原则之上，人死永灭和灵魂永存是需要破除的"断见"与"常见"。但佛教主张有业力，业力不会随着肉体朽坏而消失，变动不居的生命由业力支配，业力也遵循因果规律，推动着轮回的发生。这种思想过于抽象，在印度尚且有轮回主体之争，传入中国后，跟中国原有的玄学结合，产生长达千年的"神灭、神不灭"论争。轮回主体的本意为国人所理解经历了较长的过程，其中既有鸠摩罗什的批评，也有关于神灭论的反复论辩，还有大量佛教经典的传译。如果对高僧大德来说，理解和接受轮回说尚且如此艰难，对于民间信徒而言，清楚认识其本意更非易事。

本土思想虽然主张灵魂不灭，但却并无轮回转世之说，这种外来观念极大地刺激了古人的想象，带来文学中全新的风貌，六朝小说中大量魂游地狱故事即据此而来。② 如葛兆光所言："从生死异路变成生死轮转，这一思想的变化构成了中国人的一个绝大观念，也成了中国文学的一个普遍主题。"③ 其主要的理据即是灵魂轮回说，"佛教重视如何通过死亡世界，道教重视如何躲过死亡世界，前一种的思想底牌是'三世轮回'，后一种的思想指向是'飞升成仙'"④。还应该指出的是，轮回说的目

① 海波：《佛说死亡——死亡学视野中的中国佛教死亡观研究》，陕西人民出版社，2008，第63页。
② "南朝前期，讲述魂游地狱故事的小说很少，真正本土化的只有《幽明录》中的'赵泰'条，到了梁朝，因佛教大盛，包含此故事的小说数量大增。"见刘惠卿《离魂与冥游：六朝小说魂游地狱故事的宗教性考索》，《民族文学研究》2013年第3期，第11页。
③ 葛兆光：《死后世界——中国古代宗教与文学的一个共同主题》，《扬州师院学报》（社会科学版）1994年第3期，第40页。
④ 葛兆光：《死后世界——中国古代宗教与文学的一个共同主题》，第39页。

的是要破除轮回，[1] 六道处于轮回之内，此中众生称为"六凡"，轮回之外还有"四圣"——声闻、缘觉、菩萨、佛，则在解脱之境。

二 地域空间

中国古人对死后世界的想象，在不同时期有不同思想形态，总体上呈现出由于追求彼岸世界不成功，从而转移到重视此岸世界的世俗化特点。佛教中的地狱观将这一世俗化的地域空间延展为审判的场所，也就不可避免地添加上使人惊惧乃至恐怖的色彩。

（一）空间此岸化

商和西周之时古人已有上天的观念，先王、先公灵魂升天后跟上帝或祖先在一起。甲骨卜辞中常有"宾于"的字样（如合1401、合1402、合1655等），指的是商王死后上升到帝或祖先的左右。周初金文《大丰簋》云："衣（殷）祀于王不显考文王，事喜（熹）上帝。文王监在上。"《诗·大雅·文王》："文王在上，于昭于天……文王陟降，在帝左右"。东周时死后的世界指的是含义较为模糊的黄泉，如《左传·隐公元年》郑庄公立誓与母亲"不及黄泉，无相见也"。

秦汉之际中国流行成仙学说，仙人概念最早出现于《庄子·逍遥游》和《楚辞·远游》，司马相如《大人赋》和王褒《圣主得贤臣颂》承其绪，透露出成仙的条件需要"绝世离俗"。秦皇汉武多次派人外出求仙未果之后，仙人也由"出世型"过渡到"入世型"，因为这些帝王贵族们一方面企求不死，而另一方面又不肯舍弃人世的享受。人要成仙无须再离群索居，跟日常生活相隔绝。秦始皇派遣方士前往的地方是海上，汉武帝求仙的地方又多出西北昆仑一域，[2] 无论昆仑、蓬莱两大神话系统何者更早，二者都存在于天地之间，人可以直接寻见。求仙不成之后，出现的是得道升天的传说。《论衡·道虚篇》记载淮南王"举家升天，畜产皆仙。犬吠于天

---

① 海波：《佛说死亡——死亡学视野中的中国佛教死亡观研究》，第67页。
② 顾颉刚认为东方蓬莱神话系受西方昆仑神话影响，见顾颉刚《〈庄子〉与〈楚辞〉中昆仑与蓬莱两个神话系统的融合》，《中华文史论丛》1979年第2辑，第31、35页。李炳海论述昆仑神境下狭上广的形态是东海三神山的投影，见李炳海《以蓬莱之仙境化昆仑之神乡——中国古代两大神话系统的早期融合》，《东岳论坛》2004年第4期，第141页。

上，鸡鸣于云中"①。《仙人唐公房碑》对此又有扩展，乃至房屋、牲畜也可同去。升天无须离开本土本乡，主体也扩大到普通人，其形态显然也是照搬地上的生活样态，只是将场所置换而已。

成仙的前提在于人长生不死，面对现实生活中无处不在的死亡现象，汉代人发展出冥界存在于地上可见的空间之中的观念，升到天庭的是人不死的肉身，去往冥界的则是前文述及的人的魂魄。人死后魂赴泰山报到，顾炎武对此有详尽考证。② 至于很多学者提到的"蒿里"，顾炎武认为是泰山下的山名"高里"之误。③ 后世学者认同此观点，提出梁甫和高里可能分指魂与魄所去的地方，即陆机《泰山吟》一诗中的"神房"和"幽涂"。依此说，魂魄各自所去的则是不同地方。梁父县和高里山虽名字有别，但都在泰山郡，因此容易导致后来二者再次混淆、魂魄均归一处的情况。

魂魄无论是去梁父县还是高里山，总归都在世间土地上，显示出冥界和人间杂然不分的特点。死后世界的观念此时尚不够发达，④ 跟后世恐怖的死后世界相比并没有太多令人震怖的地方。长沙马王堆三号墓和湖北江陵凤凰山 168 号汉墓的考古文物显示，灵魂并非空手前去，而是携带大量的物品，简牍中还写到要将其呈报给地下世界的主宰，⑤ 俨如现实生活中的运行规则一样。汉代墓葬中出土的大量陶器，几乎再现了当时人衣食住用行的所有生活场景和用具，是地下世界与现实世界几无差异的又一旁证。

（二）地狱恐怖说

据《汉语大词典》所释，"地狱"一词最早出现于《三国志·魏志·蒋济传》，"济曰：'贼据西岸，列船上流，而兵入洲中，是为自内地狱，危亡之道也'"，⑥ 该词"比喻险恶悲惨的境地"。"地狱"作为梵文 niraya 或 naraka 的意译，意为"苦的世界"，此外还有"泥犁耶""泥犁""那落迦"等音译，意译也有"苦器""苦具""不乐""可厌"等。

---

① 黄晖撰《论衡校释》第 2 册，第 317 页。
② （清）顾炎武撰《山东考古录》，《顾炎武全集 5》，上海古籍出版社，2011，第 120 页。
③ （清）顾炎武撰《山东考古录》，第 119～120 页。
④ 何俊编，侯旭东等译《东汉生死观》，上海古籍出版社，2005，第 90 页。
⑤ 如 168 号汉墓简牍："十三年五月庚辰，江陵承敢告地下丞：市阳五大夫燧少言与大奴良等廿八人，大婢益等十八人，轺车二乘，牛车一两，驷马四匹，騊马二匹，骑马四匹，可令吏以从事。敢告主。"见李均明、何双全编《秦汉魏晋出土文献散见简牍合辑》，文物出版社，1990，第 77 页。
⑥ （晋）陈寿撰《三国志》第 2 册，陈乃乾校点，中华书局，1959，第 451 页。

佛教传入中国之初，地狱类经典即开始译介，如安世高所译《佛说十八泥犁经》《佛说罪业应报教化地狱经》《佛说分别善恶所起经》《佛说鬼问目连经》，其中多有地狱名称及其苦状的描绘。嗣后，还有多种翻译问世，① 其中失译的就有 21 种。② 《十住毗婆沙论》中酷刑和刑具种类之多可谓集天下之大成，读之让人不寒而栗：

> 斧、钺、刀、矟、矛、戟、弓、箭、铁划、椎、棒、铁锵、莫锲、铁矛赞刀、铁臼、铁杵、铁轮，以如是等治罪器物，斩、斫、割、刺、打、棒、剥、裂、系、缚、枷、锁、烧、煮、考、掠，磨碎其身，捣令烂熟。狐、狗、虎、狼、狮子、恶兽，竞来龃掣，食啖其身；乌、鸹、雕、鹫，铁嘴所啄。恶鬼驱逼，令缘剑树，上下火山，以铁火车加其颈领，以热铁杖而随捶之，千钉鍐身，划刀刮削；入黑暗中，燋勃臭处，热铁镊身，商割其肉，剥其身皮，还系手足；镬汤涌沸，炮煮其身；铁棒棒头，脑坏眼出；贯着铁串，举身火燃，血流浇地；或没屎河，行于刀剑、锵刺恶道，自然刀剑从空而下，犹如驶雨，割截肢体；辛咸苦臭，秽恶之河，浸渍其身；肌肉烂坏，举身堕落，唯有骨在。狱卒牵扯，蹴蹋捶扑。有如是等无量苦毒。寿命极长，求死不得。③

地狱思想在文学中较早出现于《幽明录》"康阿得"条、"石长和"条，④ 两人可能都是西域胡人，⑤ 其死后复生故事中都有对地狱惨状的描写。前者如"因见未事佛时亡伯、伯母、亡叔、叔母，皆着扭械，衣裳破坏，身体脓血。复前行，见一城，其中有卧铁床上者，烧床正赤。凡见十狱，各有楚毒，狱名'赤沙''黄沙''白沙'，如此'七沙'，有刀山剑树，抱赤铜柱，于是便还"，后者如"道两边棘刺皆

① 如灵、献时支娄迦谶译《道行般若经》卷三"泥犁品"，三国吴康僧会译《六度集经》卷一、三、五，吴维祇难译《法句经》有"地狱品"，西晋法立、法炬译《大楼炭经》卷二"泥犁品"，东晋竺昙无兰译《佛说泥犁经》《佛说四泥犁经》，符秦昙摩蜱、竺佛念译《摩诃般若钞经》卷三"地狱品"，东晋僧伽提婆译《三法度论》卷下"依品"，姚秦鸠摩罗什译《小品般若波罗蜜经》卷三"泥犁品"，元魏般若流支译《正法念处经》，刘宋求那跋陀罗译《佛承说罪福报应经》，梁宝唱、僧旻撰《经律异相》卷四十九及卷五十"地狱部"，陈真谛《立世阿毗昙论》等。

② 〔日〕道端良秀：《中国佛教思想史研究》，平乐寺书店，1979，第 93～94 页，转引自侯旭东《东晋南北朝佛教天堂地狱观念的传播与影响——以游冥间传闻为中心》，《佛学研究》1999 年，第 248 页。

③ 龙树造，（后秦）鸠摩罗什译《十住毗婆沙论》，《大正藏》第 26 册，第 21 页。

④ 王青：《西域冥府游历故事对中土的影响》，《新疆大学学报》（社会科学版）2004 年第 1 期，第 104 页。

⑤ 刘惠卿考证康氏、石氏当为西域人，见刘惠卿《离魂与冥游：六朝小说魂游地狱故事的宗教性考索》，第 10 页。

如鹰爪。见人大小群走棘中，如被驱逐，身体破坏，地有凝血"①。本土化之后的
"赵泰"故事（《冥祥记》）常为学者所引，其中地狱苦状亦复相类，② 给人印象极为
深刻。

摆脱地狱受苦的方法是信佛，但这并非早期魂游地狱故事的重点，其重点乃在
于突出地狱中的血腥、残酷、污秽、阴暗、悲惨，以此达到宗教宣佛、政治教化的
目的。如慧琳《白黑论》所云："设一慈之救，群生不足胜其化，叙地狱则民惧其
罪，敷天堂则物欢其福。"③ 北周道安《二教论》中道教驳佛教说："佛经怪诞大而
无征，怖以地狱，则使怯者寒心；诱以天堂，则令愚者虚企。"④ 这些反驳者的话从
侧面说明地狱恐怖所带来的震动。官府对之认可和支持，则基于其中的教化作用，
如齐梁时人萧琛说："今逆悖之人，无赖之子，上罔君亲，下虐侪类，或不忌明宪，
而乍惧幽司，惮阎罗之猛，畏牛头之酷，遂悔其秽恶，化而迁善。此佛之益也。"⑤

地狱之苦借着讲经、倡导、变相图、变文、小说得以传播，深入人心之后对现
实法律产生意外影响，如顾炎武《日知录》卷三十所言："昔宋胡寅谓阎立本写地狱
变相，而周兴、来俊臣得之济其酷。"⑥ 王晶波、王晶也认为后世酷刑与之有关。⑦

三　机构设置

佛教传入中国前，阴间的冥府和阳世的官府相差无几，冥界也有自己不同层级

---

① 鲁迅校录《古小说钩沉》，齐鲁书社，1997，第 207 页。
② "遣泰为水官监作吏，将二千余人，运沙神岸。昼夜勤苦。后转泰水官都督，知诸狱事。给泰兵马，令案行地
狱。所至诸狱，楚毒各殊。或针贯其舌，流血竟体。或披头露发，裸形徒跣，相牵而行。有持大仗，从后催
促。铁床铜柱，烧之洞然；驱迫此人，抱卧其上。赴即焦烂，寻复还生。或炎炉巨镬，焚煮罪人。身首碎堕，
随沸翻转。有鬼持叉，倚于其侧。有三四百人，立于一面，次当入镬，相抱悲泣。或剑树高广，不知限量。
根茎枝叶，皆剑为之。人众相訾，自登自攀，若有欣竞，而身体割截，尺寸离断。"见鲁迅校录《古小说钩
沉》，第 279 页。
③ （南朝梁）沈约撰《宋书》，第 8 册，第 2389 页。
④ （唐）道宣撰《广弘明集》，《大正藏》第 52 册，第 141 页。
⑤ （南朝梁）僧祐撰《弘明集校笺》，李小荣校笺，第 480 页。
⑥ （清）顾炎武著，黄汝成集释《日知录集释》下册，栾保群、吕宗力校点，上海古籍出版社，2006，第 1720 页。
⑦ "南北朝以至唐宋时期法外酷刑的泛滥，与佛教地狱观念的传播有着密切关系，佛教宣扬因果报应、轮回转
世，轻视现世、追求来生的思想对中国社会民众心理产生了深远的影响，同时也为酷刑在中国历史上的'复
活'及其'合理化'提供了宗教 - 伦理基础。"见王晶波、王晶《佛教地狱观念与中古时期的法外酷刑》，
《敦煌学辑刊》2007 年第 4 期，第 154 页。

的组织结构，需要有亡魂在其中做工，连官吏也经常要从人间遴选。唐代之后地狱的主宰换成地藏十王，至今民间追悼亡灵，为其定时供奉，显然是受佛教思想的影响。

（一）冥吏人间化

《山海经》除了上文提到的神荼、郁垒"阅领万鬼"外，还讲到西王母管理群鬼，其形象较为可怖，"豹尾虎齿"，"蓬发戴胜"，迥异人类。有学者推测，其起源可能是西北以貘族侍奉的图腾神像。① 这一形象后来在道家色彩较浓的《汉武帝内传》中得以改观，王母不再狰狞可怕，变为雍容华贵的女仙，同时也不再做群鬼的首领，民间更为熟悉的地下世界主宰是泰山府君。

作为冥府主宰的"泰山府君"，名称最早见于《搜神记》卷四的"胡母班"条，之前冥府主宰的名字为"泰山神"。该故事大意为胡母班路过泰山侧，为泰山府君召见，托其带信给女婿河伯，胡氏完成所托回复消息时见亡父在阴间受苦，遂恳请免除劳役，得准。泰山府君系由何人担任并未明说，但在《列异传》的"蔡支"条提到泰山神的身份，该条同样是泰山神请阳世之人带信的故事，但致信对象换成身为天帝的外孙，则泰山神自是天帝的外祖。故事最后泰山神报答蔡支的方式，是将其亡妻籍于生录中，使其返阳复生，二人团聚。

以上两则故事中值得注意之处有三：一是冥界的主宰需要阳世的人为其代转书信，而且跟阳世之人有密切的血缘关系，此仍不脱灵魂肉体化的特点；二是冥界和人间杂然相处，并不需要经历一个特别的入口，蔡支是迷路后不知不觉进入冥界，胡母班是跟随引导直接进入，这正是上述空间此岸化的体现；三是冥界有一定的组织机构和活动，有不同的层级，亦仿照民间役使亡魂。《博物志》卷一援引《孝经援神契》载："泰山一曰天孙，言为天帝孙也。主召人魂魄，东方万物始成，知人生命之长短。"其说跟《列异传》的"蔡支"条极为相似，不同之处在于这里的泰山主宰变成天帝之孙，祖孙身份得以调换。

志怪小说中有一些故事讲冥界主宰要从人间选任，显示冥界和人间有着较为密切的关系，如《三国志·魏书》中记载，管辂对其弟辰说："但恐至太山治鬼，不得治生人，如何！"②《列异传》"蒋济亡儿"条则透露出冥界不同等级的职位也由死后

① 朱芳圃：《西王母考》，《开封师范学院学报》1957 年，第 1 页。
② （晋）陈寿撰《三国志》第 3 册，陈乃乾校点，第 826 页。

之人担任。《幽明录》"索卢贞"条官职更密集，需要的人更多。该条载索卢贞死后发现自己人世间上司苟羡之子在主事，自己"算未尽"，本应放归，但"官须得三将"，于是推荐像自己一样"干捷"的龚颖，不久又见到老邻居"为太山门主"。

城隍作为阴曹地府，遍布全国，也是"依世俗政府的行政管理区划组成"①，其制度系仿照现实世界，其中的人情世故和办事规则乃至官场弊端也和世间无异。如蒋济亡儿托梦为其调动职位；《甄异传》中沈姓之人请外兄将自己和一女子放还，代价只是金钏二双；《搜神后记》李除死后见人用钱财买通勾命使者得还，于是效法之。人间能够干涉冥界的官职变动，收贿在冥界跟现实中一样大行其道。冥界官府的运行纪律远算不上严明，跟人间一样充满失误和疏忽，类似《幽明录》中索卢贞"算尚未尽"而被拉入地府的例子可谓屡见不鲜。

对比先秦典籍中死后世界"犹抱琵琶半遮面"的情形，魏晋时期的志怪小说收录有大量生入冥界、死而复生故事，鲁迅说有些故事是文人的实录。② 志怪小说中何者为道家思想、何者为佛教思想的内容难以完全剥离开，但对照后世的小说及佛教用语，不难发现志怪小说中大量存留着中国本土的宗教思想。死后世界的组织结构和行事方式跟人间几无二致，现实中人常使用的拉关系等做法在冥界中依然通行，冥界如同人间的翻版，将人间的规则原原本本地复制过去。

（二）地藏十王说

东汉末年安世高时，汉译佛典已有"太山地狱"一词。三国支谦时，"太山"可单表地狱，此系佛教混同中国本有泰山信仰之故，典籍中"太山""泰山"常混用不分。但主宰者已发生变化，不再是泰山府君，而是《地狱经》《净度三昧经》《长阿含经》中提到的阎罗王。

阎罗王本为毗沙国王，战死后成为地狱主，有臣佐十八人，③ 中国的十八层地狱即由此而来。阎罗虽为地狱主，但在《长阿含经》卷十九《世纪经·地狱品》中也要受酷刑，"有大狱卒，捉阎罗王卧热铁上，以铁钩擘口使开，洋铜灌之，烧其唇舌，从咽至腹，通彻下过，无不焦烂。"④

---

① 〔美〕杨庆堃：《中国社会中的宗教：宗教的现代社会功能及其历史因素之研究》，范丽珠等译，上海人民出版社，2007，第153页。

② 鲁迅：《中国小说史略》，中华书局，2010，第22页。

③ （南朝梁）僧旻、宝唱等撰集《经律异相》，上海古籍出版社，1988，第262页。

④ （后秦）佛陀耶舍、竺佛念译《长阿含经》，《大正藏》第1册，第126页。

《洛阳伽蓝记》是最早记载阎罗王的中国典籍："崇真寺比丘惠凝，死一七日还活，经阎罗王检阅，以错名放免。"① 后《冥祥记》也化用该故事。② 同冥界的官职需要人死后轮流担任一样，阎罗王也从民间选拔忠良耿介之人，如战功彪炳的韩擒虎，就曾任过该职。③ 这是佛教和中国本土文化传统相融合的又一体现。据姜守诚研究，除韩擒虎外，还有唐代相国杜邠公、北宋寇准、包拯、范仲淹、林衡等人也都曾被选过。④ 与此同时，道教也吸收佛教地狱观，将阎罗思想融入自己的神仙系统当中。

唐末，十王信仰出现，地藏王地位提升，阎罗王地位下降。地藏王信仰同样是中国文化涵融佛教因素的体现。地藏信仰的经典主要是地藏三经，即《大乘大集地藏十轮》、《地藏菩萨本愿经》和《占察善恶业报经》。六世纪中叶以前，地藏信仰已传入中国，地藏王以誓愿"地狱不空，誓不成佛；众生渡尽，方证菩提"而为百姓喜闻乐见。地藏起初以苦行僧的形象示人，唐中叶以后，逐渐以冥界救赎者的形象显现，并与十王结合起来。⑤ 晚唐时的敦煌文书 S.431《地藏菩萨本愿经》载有地藏菩萨与阎罗王共同执掌地狱：

> 尔时地藏菩萨在南方琉璃世界，以净天眼观地狱之中受苦众生……地藏菩萨不忍见之，即从南方来到地狱中，阎罗王共同一处，别床而坐。有四种因缘：一者恐阎罗王断罪不平；二者恐文案交错；三者恐未合死者横死；四者恐受罪已了出地狱迟。有其四种因缘，所以来到地狱之中。⑥

在敦煌文书 P.2003《佛说阎罗王授记四众预修生七往生净土经》（即通常所说《佛说十王经》）中，先前由阎罗王独掌地狱大权的状况，此时已为地藏菩萨统率的十殿阎王所取代，这一转变"标志着佛教地狱中土化的完成"。⑦

---

① （北魏）杨衒之撰《洛阳伽蓝记校注》，范祥雍校注，上海古籍出版社，2011，第 79 页。
② （宋）李昉等编《太平广记》第 2 册，中华书局，1961，第 659 页。
③ （唐）魏徵等撰《隋书》第 5 册，中华书局，1973，第 1341 页。
④ 姜守诚：《十王信仰：唐宋地狱说之成型》，《湖南科技学院学报》2010 年第 9 期，第 86~87 页。
⑤ 庄明兴：《中国中古的地藏信仰》，台湾大学出版委员会，1999，第 104、142 页。
⑥ 黄永武主编《敦煌宝藏》第 3 册，新文丰出版公司，1986，第 484 页。
⑦ 钱光胜：《佛教地狱观念与唐代的入冥小说》，《和田师范专科学校学报》（汉文综合版）2006 年第 4 期，第 105 页。

民间至今仍在恪守的"七七""百日""周年""三年"，即为亡灵在地狱面临不同的王所审判的日子。阳世之人为使亡故亲人免于受苦而设斋供养十王，形成十斋丧俗。① "两宋及以后，地藏十王信仰稳定发展。一方面，从地藏十王造像构图、绘制手法以及十王面相、服饰、帽型等诸多方面来看，极具中国本土化特征……另一方面，道教将源于佛教的地藏十王纳入其冥界架构体系之中，称十位真君，为丰都大帝所统管。"② 这是其本土化过程的继续，但核心内容是在唐末确定下来的，之后并无实质改变。

四　运行机制

报应论在中国本土思想中由来已久，深深打上了中国文化重视现世的烙印。报应论虽带有儒道两家的特色，如儒家偏重作为家族整体的伦理一面，道教亦有"承负"说、"天算"说，但报应都集中在此世实现，绝无佛教的地狱惩罚乃至前世、后世说。佛教业报轮回观念使善恶果报理论更趋完善，丰富了善恶报应思想。③

（一）报应现世化

善有善报，恶有恶报，是先秦时期人们普遍信奉的观念。《易传·文言传·坤文言》曰："积善之家，必有余庆；积不善之家，必有余殃。"④《老子》言："天道无亲，常与善人。"⑤《国语·周语》载："先王之令有之，曰：'天道赏善而罚淫……'"⑥《韩非子·安危》云："祸福随善恶。"⑦ 这些朴素的信念传达出至少两个信息：一是道德善恶产生与之相应的福祸结果，且往往施报在家庭单位上；二是无人可以逃脱这一基本的正义网络。

《左传》记有现实中多个予以佐证的例子。上文提到魏颗受报，是其善行回报到自己身上的记载。成公十五年，晋国郤氏陷害并杀掉伯宗，韩献子曰："郤氏其不免

---

① 朱凤玉：《论敦煌文献叙事图文结合之形式及功能》，载樊锦诗、荣新江、林世田编《敦煌文献·考古·艺术综合研究——纪念向达先生诞辰110周年国际学术研讨会论文集》，中华书局，2011，第562页。

② 韩红：《佛教传入后中土冥界观演变研究》，《敦煌学辑刊》2017年第4期，第98页。

③ 王月清：《中国佛教善恶报应论初探》，《南京大学学报》（哲学·人文·社会科学版）1998年第1期，第61页。

④ （清）阮元校刻《十三经注疏》上册，第19页。

⑤ 陈鼓应：《老子注译及评介》，中华书局，1984，第354页。

⑥ 徐元诰撰《国语集解》，王树民、沈长云点校，中华书局，2002，第68页。

⑦ （清）王先慎撰《韩非子集解》，钟哲点校，中华书局，1998，第198页。

乎！善人，天地之纪也，而骤绝之，不亡何待？"① 表达的是恶行终将回报于施为者本身的信念。昭公八年，楚灭陈国，晋侯问史赵"陈其遂亡乎？"史赵答不会，其中一个理由是"盛德必百世祀"②，这里善报回报的对象是国家。僖公二十三年，晋怀公杀死狐突后，卜偃说他："己则不明，而杀人以逞，不亦难乎？民不见德，而唯戮是闻，其何后之有？"③ 言其将得到无后的报应。

　　道德善恶产生与之相应的福祸结果无人可以逃脱。行为主体和报应承担者有时可以分开，但报应法则不会改变，即使施为者本身没有应验，报应还会落到其后代的头上，这显然是儒家伦理观念，每个人都被置于家族背景之下，"一荣俱荣，一损俱损"。同时也是由中国思想独有的现世特点决定的，即正义一定要在现世中得以实现和维护，因死后世界和现实世界之间不存在相互转化的可能，从生到死是一去不复返的过程，所有的快意恩仇都要在现世中完成。由此带来的一个问题是，如果好人受苦，坏人享福，报应说如何得以维系？

　　这个问题在宗教学中被称为"神正论"或"神义论"，基督教对此的处理是上帝存在说，在中国没有至高创造主的情况下，弥合该问题的是积恶积善说、隐慝说。"积恶积善说能够对正在春风得意的恶人作出善恶报应的合理解释……隐慝说使那些似乎没有恶行的人遭受的祸殃具有报应意义，因为他们暗中做了人所不知的坏事。"④郑庄公面对胞弟共叔段的阴谋作乱，屡屡说"多行不义必自毙""将自及""不义不昵，厚将崩"，就是在等待施为者恶贯满盈后报应到来。

　　汉代道教《太平经》的"承负"说与之相类："力行善反得恶者，是承负先人之过，流灾前后积来害此人也。其行恶反得善者，是先人深有积蓄大功，来流及此人也。能行大功万万倍之，先人虽有余殃，不能及此人也。"⑤ 不过，还有一个悬而未决的问题有待解答，即子孙为什么要为先祖的恶行付上代价，而且行善要万万倍于行恶，方能抵消恶行带来的报应，现实中其操作难度之大可想而知。

　　《太平经》中还有一种观点可以称之为"天算说"，是对子孙承受代价观念的修正，"不知天遣神往记之，过无大小，天皆知之。簿疏善恶之籍，岁日月拘校，前后

①　（清）阮元校刻《十三经注疏》下册，第 1915 页。
②　（清）阮元校刻《十三经注疏》下册，第 2053 页。
③　（清）阮元校刻《十三经注疏》下册，第 1815 页。
④　陈筱芳：《中国传统报应观的源头：春秋善恶报应观》，《求索》2004 年第 4 期，第 171 页。
⑤　王明编《太平经合校》，中华书局，1960，第 22 页。

除算减年；其恶不止，便见鬼门"①。《老子想尔注》亦云："罪成结在天曹，右契无到而穷，不复在余也。"② 《抱朴子·对俗篇》亦称："行恶事大者，司命夺纪，小过夺算，随所犯轻重，故所夺有多少也。"③ 人的行为不仅有上天为之详细记录——这是由古代典籍中所谓的"司命"完成的，而且跟人自己的寿命有着直接关系，关注的同样是人的善恶道德层面。

（二）因果报应说

"中国传统报应观具有伦理性、家族性、现世性和功利性，而保持印度精神的佛教果报观则具有戒律性、个体性、出世性和精神性。"④ 中国本土善恶报应观念中，施行者和承担者可以分开，子孙常为祖先的行为付出代价或得到好处，但佛教里则是自作自受，如《泥洹经》所云："父作不善，子不代受。子作不善，父亦不受。善自获福，恶自受殃。"⑤《佛说无量寿经》亦说："独生独死独去独来，当行至趣苦乐之地。身自当之无有代者，善恶变化殃福异处。宿豫严待当独趣入，远到他所莫能见者，善恶自然追行所生。窈窈冥冥别离久长，道路不同会见无期。"⑥ 无论报应需要多长时间，都无人可以代替，⑦ 但这种思想却与中国本土思想混合在一起产生嬗变，作恶者可能祸及子孙，如《冤魂志》所载司马景王杀害夏侯玄后，后者向上帝申诉，致司马景王薨且无嗣。⑧

地狱虽然仍有误勾人命的事情发生，但对人的审判则非常严密，不容出错，因其涉及人的"来世"如何，这一点迥异于此前本土的冥界观。《冥祥记》"沙门慧达"条记有刘萨荷抵赖杀鹿，结果当时场景马上再现，坐骑也说话做证，让其无法隐瞒。"沙门僧规"条记有称量罪福之秤和记录善恶的簿册，也使人的恶行无法逃匿。

---

① 王明编《太平经合校》，第 526 页。
② 饶宗颐：《老子想尔注校证》，上海古籍出版社，1991，第 31 页。
③ 王明：《抱朴子内篇校释》，中华书局，1985，第 53 页。
④ 陈筱芳：《春秋宗教习俗》，四川大学博士学位论文，2004，第 193 页。
⑤ 郗超：《奉法要》，（南朝梁）僧祐撰，李小荣校笺《弘明集校笺》，第 718 页。
⑥ （曹魏）康僧铠译《佛说无量寿经》，《大正藏》第 12 册，第 274 页。
⑦ 慧远《三报论》云："经说：'业有三报，一曰现报，二曰生报，三曰后报。'现报者，善恶始于此身，即此身受；生报者，来生便受；后报者，或经二生、三生、百生、千生，然后乃受。受之无主，必由于心；心无定司，感事而应；应有迟速，故报有先后。"见（南朝梁）僧祐撰，李小荣校笺《弘明集校笺》，第 288 页。
⑧ （北齐）颜之推著，罗国威校注《冤魂志校注》，巴蜀书社，2001，第 26~27 页。

业报法则失效的唯一方法是跳出生死轮回，进入因果之外的涅槃境界，得到最后的解脱，这需要信仰佛法，信佛者和不信者在地狱中有不同的待遇。《幽明录》中石长和本人是佛弟子，独行平道中，不受棘刺之苦。该条中孟承夫妇二人遭遇有别，孟承生时未信死后为役，其妻以其信佛之故，"晏然与官家事"。类似故事在志怪小说中不胜枚举。① 入冥又复生者，后来都洗心革面，皈依三宝，有的出家（如刘萨荷、支法衡），有的改信（如舒礼"不复作巫师"），有的改掉陋习（如阮稚宗"由是遂绝渔猎"），并积极劝化他人，弘扬佛法。

生者也可以为死者禳灾追福。《佛说盂兰盆经》云七月十五日以盂兰盆供养众僧，可使"现在父母，七世父母，六种亲属，得出三途之苦，应时解脱，衣食自然，若复有人父母现在者，福乐百年，若已亡七世父母生天"②。《优婆塞戒经》说："若父丧已堕饿鬼中，子为追福当知即得。"③ 这些都突破了业报自作自受的茧缚。

唐代以后的入冥故事不再以地狱刑罚为重点，而更关注"如何争取解脱或减轻报应，即超度与救赎"，④ 为此不惜使用匪夷所思的手段。如《广异记》"邓成"条，记述阎王亲自上阵劝众畜生放过邓成，使其还阳：

> 王谓曰："邓成已杀尔辈，复杀邓成，无益之事。我今放成却回，今为汝作功德，皆使汝托生人间，不亦善哉！"悉云"不要功德，但欲杀邓成耳"。王言："如此于汝何益？杀邓成，汝亦不离畜生之身。曷若受功德，即改为人身也。"诸辈多有去者，唯一驴频来蹋成，一狗啮其衣不肯去。王苦救卫，然后得免。⑤

写经造像也是积累功德的方法之一，《广异记》江陵尉薛涛、《忏悔灭罪金光明经冥报传》张居道因许诺以后要如此行，遂被放阳复生。还有一种最不可思议，即《法华传记》中释惠道受沙门指点，临时撒谎发愿也可以还阳。⑥ 这些做法貌似损害了业报论，却是佛法慈悲的体现，也切合中国人善于变通的心理特征。佛教初传时

① 如《冥祥记》"唐遵"条、"张应"条、"王胡"条，《幽明录》"康阿得"条。
② （西晋）竺法护译《佛说盂兰盆经》，《大正藏》第16册，第779页。
③ （北凉）昙无谶译《优婆塞戒经》，《大正藏》第24册，第1059页。
④ 王晶波：《果报与救赎：佛教入冥故事及其演化》，《敦煌学辑刊》2015年第3期，第23页。
⑤ （宋）李昉等编《太平广记》第2册，中华书局，1961，第3038页。
⑥ （唐）僧详撰《法华传记》，《大正藏》第51册，第83页。

张扬地狱恐怖是为了更快引人信佛，已经传扬开后宣示宽大为怀也是为了坚定皈依者的信心，其宗旨是一致的。

五　结语

中国传统文化追求"天人合一"，人下学上达、体天知命，可"赞天地之化育""与天地参"（《中庸》），可"与天地合其德，与日月合其明，与四时合其序，与鬼神合其吉凶"（《周易》），其中并没有一个西方式的独立于宇宙之外的创造主，不存在人有原罪、神和人有绝对差别的说法。这一特点反映在本土冥界观的灵魂主体、地域空间、机构设置和运行机制上，呈现出死后世界和现实生活高度同质同构的典型特征，具体表现为魂魄肉体化、空间此岸化、冥吏人间化、报应现世化。这几点都显示出中国本土冥界观有自己鲜明的特色，中国古人执着于现实人生，呈现出重生轻死、好生恶死的强烈生命意识和现实生活气息。死后的世界是现实世界的延伸，二者没有实质差别。冥界或可称为悲惨，但远够不上神秘和恐怖。虽然死后世界已初具体系，但由于与现实世界高度一致，确有扁平化和超越因素不明显的俗世特点，基本可视之为现实世界的推演与再现，其中并无使人战栗、惊怖的惩罚，也就无法对现实世界构成足够的制约力量。

佛教传入中国后，中国冥界观产生极大的改变，在深度和广度上都有拓展，形成系统、完备的地狱观，体现在灵魂轮回说、地狱恐怖说、地藏十王说和因果报应说几个方面。灵魂轮回说使死亡不再只是生命不可逆的单向过程，而是六道中不断流转往复，直到跳出这一苦涩的循环。地狱恐怖说的威慑力予人以力量和勇气，可与现实世界中的丑恶现象相抗衡，使人不得不据此调整现实生活的重心，将大量精力投入到如何躲避死后地狱受苦的现世人生中。地藏十王说则结合了中国人善于综合的特征，形成严明而有序的审判机制，也将生前和死后摄入同一体系之中，现实中的境遇和地狱中亲人的遭遇密不可分，凸显出中国人独特的伦理诉求。因果报应说让人警惕自己的言行举止，也使人心存罪业得以宽赦的期望。佛教地狱观突破了前人对于死后世界的想象，奠定后世中国人的生死观，也在文学层面带来丰富而瑰奇的内容。

谶纬嬗变中的佛教中国化

——以佛谶兴起与流布为例

旦巴贡布

【内容提要】 神秘主义是古典时代经久不衰的传统，各大宗教普遍具备神秘主义的预言传统。佛教亦是如此，比如说各类经典中大量出现的授记（vyākaraṇa），本义是指经典教义言说的一种方式，后来逐渐演化为预言成佛的一种代称。中国本土自秦汉之际逐渐流行的谶纬，也是一种基于神秘主义特色的预言类型。恰逢其时佛教传入中国，于是佛教徒很快学会使用这种本土的神秘主义来解释和维护自身。这种尝试使得独特的佛谶之说出现，往往充当预测政治走向和个人祸福吉凶的功用。谶言的意图是宣示政权合法性，即正统性所在。政治势力和佛教因各自的现实处境，彼此需要对方的支持。佛教为统治者提供正统性的宣扬，同时在为政权正统性背书的前提下，获得统治者的支持。

【关键词】 谶纬 佛谶 正统性

【作 者】 旦巴贡布，哲学博士，兰州理工大学马克思主义学院讲师，主要研究方向为唐宋佛教。

一 谶言泛化与佛谶的出现

刘熙《释名》中说："谶，纤也，其义纤微也；纬，围也，友覆围绕以成经也。"[①]

---

① （汉）刘熙撰《释名》，中华书局，2016，第91页。

由此可见，"谶纬"二字最早并不具备后世所谓的神秘主义指向。谶纬是中国古代思想的重要内容之一，[①] 这种神秘主义的预言能够极大满足缺乏认知手段的古人，因此自两汉以后愈发兴盛，大行其道。伴随秦汉之际社会思想发展变化，逐渐生起后世认知中的"谶纬"[②] 之说。谶纬之说于中国古代影响极大，当时谶言的主要表现形式是政权更替中的政治预言。谶言自汉代以来便广泛流行，如西汉末年出现的"赤精子"之谶，以及更始帝和光武帝刘秀的"赤九"谶，皆是通过谶言宣示自己是正统天命所在。[③] 东汉以后谶言更是广泛流行，《后汉书》中记载："宛人李通等以图谶说光武云：'刘氏复起，李氏为辅。'"[④] 以至于出现光武帝因为图谶中预言刘氏将再次兴起，所以才决定起兵这种说法。谶言作为政治生活中的重要角色，一直活跃于中国政治舞台之上。

两汉政治传统中相当重视作为政治预言的谶言，《后汉书》中评价道："汉自武帝颇好方术……及光武尤信谶言，士之赴趣时宜者，皆骋驰穿凿，争谈之也。"[⑤] 汉光武帝笃信谶纬之说，因为大臣桓谭认为"谶言非经"。光武帝大怒之下几乎诛杀桓谭，由此可见他对于谶言的笃信至深。[⑥] 当时的部分学者为了迎合上意，甚至将谶纬视为"内学"和"孔丘秘经"。由于两汉历代统治者笃信方术与谶纬，当时的士人都非常热衷于谶纬之说，这也为后世谶纬的流行奠定了初步的基础。

东汉是佛教传入中国的关键时期，学界一般以汉明帝永平年间遣使求法，为佛教传入中国之始，该说最早见于《牟子理惑论》（《弘明集》），对此历来有不少争议。汤用彤先生《汉魏两晋南北朝佛教史》认为此说是较为可靠的，用不少篇幅详细考证。[⑦] 但学界也有不同意见，汉学家马伯乐（Henri Maspero）认为该说荒诞不经，完全是三四世纪佛教界创作的说法。许理和（Erik Zürcher）认为依据非官方的材料可以证明，佛教在相当早的时候已经出现在散居中国的外国侨民群体之中。[⑧] 他

---

① "由于谶纬综合了战国秦汉间诸多学派的思想，又纳入了古史、天文、历法、地理、方术等知识体系，具有相当独特的文献价值。"（徐兴无：《谶纬文献与汉代文化构建》，中华书局，2003，第1页）
② 所谓"谶"，代指秦汉间巫师、方士编造的预示吉凶的隐语；"纬"是汉代迷信附会儒家经义的一类书。
③ 详见代国玺《"赤九谶"与两汉政治》，《文史哲》2018年第5期。
④ （南朝宋）范晔撰《后汉书》卷一，中华书局，2000，第2页。
⑤ （南朝宋）范晔撰《后汉书》卷八十二，第2705页。
⑥ （南朝宋）范晔撰《后汉书》卷二十八，第961页。
⑦ 汤用彤：《汉魏两晋南北朝佛教史》，上海人民出版社，2015，第13～22页。
⑧ 〔荷〕许理和：《佛教征服中国》，江苏人民出版社，2017，第30页。

的主要依据是一些考古资料的发现，以及《出三藏记集》中记载公元 3 世纪就已经流传着许多梵文本经卷。[①] 综合以上诸说，可以认为至少在东汉时期，佛教已经传入中国并具有一定的影响力和受众。

在早期佛教传入中国的过程中，出现了一个非常值得注意的现象，即最早的佛教是作为类似黄老之术而接受，这与两汉时期普遍流行的神秘主义氛围不无关系。正是由于这种普遍喜好神秘主义的社会氛围与环境土壤，中国才会将佛教当作一种神仙方术接纳和信仰。例如《后汉书》记载，楚王刘英喜好黄老之术，也曾学习佛教，甚至他为自证清白，以佛为神灵起誓。[②] 我们从用词来观察，佛教是被作为"仁祠"，而非主流意识形态之外的"淫祀"，这说明当时的社会对佛教的观感还是相当友好的，并未有基于华夷立场的不满。当时的普遍风气是将佛教等同于黄老之术，认为佛教是好清虚无为、止杀去恶、简朴淡泊之道。[③] 另外，早期来华的僧人往往被当作具备神异能力的奇人而记载，如《高僧传》中记载安世高时说："高穷理尽性，自识缘业，多有神迹，世莫能量。"[④] 他的传记中除去译经等活动，基本都是神通示现的内容。《高僧传》中的十门划分中就有单独的神异作为一门，收录二十位有神异记载的僧人。早于《高僧传》编撰的《后汉书》中有单独的"方士列传"，这是史书题材中第一次将方士异人单独记载，内容是活跃在当时的一些神异人士，稍后编纂的《高僧传》可能正是受此启发。于是后世僧传中不乏记叙高僧的神异能力，而大部分信徒也往往沉浸于此，津津乐道超自然力量。

魏晋南北朝以后，谶言作为神秘主义的政治预言依然相当流行。有关当时谶纬和佛教的研究，已经有了相当丰硕的成果。[⑤] 当时的佛教谶言相当受到欢迎，恰如汤用彤先生所说：

---

① 〔荷〕许理和：《佛教征服中国》，第 32 页。

② （南朝宋）范晔撰《后汉书》卷四十二，第 1428 页。

③ 汉桓帝时期宫中同时供奉黄老与浮屠之祠，当时的大臣襄楷上书说："或言老子入夷狄为浮屠。"应当是老子化胡说的最早演绎。（范晔撰《后汉书》卷四十二，第 1082 页）

④ （南朝梁）僧佑撰《出三藏记集》卷十三，《大正藏》第 55 册，第 95 页上。

⑤ 严耀中：《魏晋南北朝时期的占卜谶言与佛教》，《史林》2000 年第 4 期，第 12～17 页；吕宗力：《谶纬与魏晋南北朝佛教》，《南京大学学报》2010 年第 4 期，第 109～159 页，二文对此都做过不少分析。孙英刚的《神文时代：谶纬、术数与中古政治研究》（上海古籍出版社，2016）更是对于中古时代知识、信仰和政治合法性的一次令人印象深刻的讨论。

　　北朝经学上承汉代，本杂谶纬。而元魏僧人，颇兼知术数，则亦汉世佛道与阴阳历数混杂之余绪。汉魏以后，北方释教巨子：后赵之佛图澄，姚秦之罗什，北凉之昙无谶，均善方术。而澄之弟子道安亦特精七曜。[①]

　　北朝的经学继承汉代经学传统，两汉之际正是谶纬流行的时代，所以当时的经学中不免夹杂谶纬之学。北魏时期这些自西域、印度而来的高僧中大多具备良好的天文知识，不乏帮助君主制定历法的记载。古代天文、阴阳、术数、谶纬等观念，本来就没有明确的边界，是相当混杂的概念。阴阳、术数、谶纬所代表的神秘主义氛围，正是当时社会的普遍风气。佛图澄之所以位居后赵国师，鸠摩罗什受到后秦隆重礼遇，道安成为佛学大师，与他们本身就是这类神秘主义知识的掌握者密切相关。当时政局的动荡不安，个人的希冀与命运飘零实在是难以掌握，这些掌握神奇预言能力的僧人，能够作为帝王的座上宾，想必与此也不无关系。《高僧传》道安传记提到姚苌门下有位隐士王嘉，即谶书《王子年歌》的作者。他曾经非常隐晦地暗示只有姚苌的儿子才能打败符登，而道安和王嘉之间也有往来。[②] 这位因为"偿债"而丢掉性命的预言者，慧皎对他的评价是"事过多验"。慧皎继而认为与道安交往的人中大多都是拥有此类神奇能力的人。由此可见当时这种拥有神秘政治语言能力的人是相当受欢迎的，在各类史料传记中不乏记载，佛教徒也留下与这类人物交往频繁的记载，以突出传主交游的广泛。

　　谶言是中古政治生活中的重要元素，以往这些谶言的创作是代表传统中国的方外隐士。伴随佛教进入社会主流话语体系，越来越多的僧人开始承担以往隐士的预言家角色，于是佛谶也随之出现。在这当中首推佛图澄，《高僧传》记载："至建平四年四月，天静无风，而塔上一铃独鸣。澄谓众曰：铃音云：'国有大丧，不出今年矣。'是岁七月勒死。子弘袭位。"[③] 他因为塔上的风铃声而能预言石勒的死亡，显然也是一种"非凡"的谶言能力。后赵政权的政治斗争一直相当激烈，佛图澄不免也卷入旋涡之中。但是由于他极高的政治站位，对于时局的精确掌握，所以每次都是站在胜利者一方，故而成为混乱后赵政权中的中坚国师。这种异乎寻常的"预言能

---

①　汤用彤：《汉魏两晋南北朝佛教史》，第 370 页。

②　（南朝梁）慧皎撰《高僧传》卷五，《大正藏》第 50 册，第 354 页上。

③　（南朝梁）慧皎撰《高僧传》卷九，《大正藏》第 50 册，第 384 页中。

力"无疑是他的最大护佑。南朝名僧宝志（志公），因其神秘的行事方式和隐喻式的谶言在南朝地位颇高。时人评价他："与人言语，始若难晓，后皆效验。时或赋诗，言如谶记。京土士庶，皆共事之。"① 宝志和尚言语隐晦，凡事言之必，又诗文、谶记，所以很受士人和庶民的欢迎，都喜欢和他交往。《南史》中记载他曾与梁武帝对话：

> 梁武帝尤深敬事，尝问年祚远近。答曰："元嘉元嘉。"帝欣然，以为享祚倍宋文之年。虽剃须发而常冠帽，下裙纳袍，故俗呼为志公。好为谶记，所谓《志公符》是也。②

历代王朝的开创者似乎很多都乐于询问王朝寿命的长短，梁武帝在得到宝志的回答后，自认为萧梁至少享有和晋室一样的国祚，远胜前朝，自然非常满意。保志虽然剃发，但是一直是士人打扮，大家都称呼他为志公。由于他常作谶记，后来出现"志公符"的这种说法。宝志和尚的谶言在当时影响极大，后人根据他的言辞发展出"志公谶"，试图将他含混不清的言辞与政权交替附和在一起。③ 由于当时谶纬之说的流行，以至于不少佛教典籍在塑造佛陀菩萨形象之时，都将谶纬作为一项必备技能赋予他们。如北朝的《付法藏因缘传》中说释迦："诣师学书技艺图谶。"④ 鸠摩罗什译的《龙树菩萨传》中称赞龙树："天文地理图纬秘谶，及诸道术无不悉综。"⑤ 由此种种，可见当时谶言之说与佛教的交融程度。

大多数谶言都是政治预言，越是政治动乱和政权兴替的年代，它越有需求。汉代勃兴的谶纬之学与恰逢其时传入中国的佛教产生种种交互，自然也是意料之中的事情。在佛教谶言的类型中，除去预言个人命运得失的类型以外，很多都是隐含天命变化、皇权更替的谶言。这种谶言还与当时影响极大的五德终始说产生交汇，比如说佛图澄与隐士麻襦之间的对话：

① （南朝梁）慧皎撰《高僧传》卷十，《大正藏》第50册，第394页上。
② （唐）李延寿撰《南史》卷七十六，中华书局，1975，第1901页。
③ 范学辉："其谶语的影响很大，南朝的更替，唐、宋等大王朝的兴起，统治者都曾经利用过宝志的谶语作舆论上的宣扬。"［（宋）钱若水修，范学辉校注《宋太宗皇帝实录校注》卷三十三，中华书局，2012，第322页］
④ （北魏）昙曜、吉迦夜撰《付法藏因缘传》卷一，《大正藏》第50册，第299页中。
⑤ （后秦）鸠摩罗什译《龙树菩萨传》，《大正藏》第50册，第154页上。

先是，佛图澄谓季龙曰：“国东二百里某月日当送一非常人，勿杀之也。”如期果至。季龙与共语，了无异言，惟道：“陛下当终一柱殿下。”季龙不解，送以诣澄。麻襦谓澄曰：“昔在光和中会，奄至今日。酉戌受玄命，绝历终有期。金离消于壤，边荒不能遵。驱除灵期迹，莫已之懿。裔苗叶繁，其来方积。休期于何期，永以叹之。”澄曰：“天回运极，否将不支。九木水为难，无可以术宁。玄哲虽存世，莫能基必颓。久游阎浮利，扰扰多此患。行登陵云宇，会于灵游间。”澄与麻襦讲语终日，人莫能解。有窃听者唯得此数言，推计似如论数百年事。①

麻襦本人是一位相当神秘的人物，他身着麻襦布裳，状如乞丐，言语又非常癫狂，后来被石勒的手下献给石勒。面对石勒，他只留下一句“陛下当终一柱殿下”的谶言，石勒大惑不解，只能把他送到佛图澄面前。在后世解读中，这句谶言说的是慕容儁在灭亡后赵后，把石勒的尸体扔到漳水里，尸体靠着桥柱不漂走。

本段对话的核心在于围绕当时主流的政治正统性观理论——五德终始学说而展开。五德终始学说应当是中国历史正统观念中影响力最为深远的一种说法。对话中所谓光和中会是说光武帝建立东汉，西汉立国之初本来是水德，但是后来改为火德。东汉立国后自认为火德，故而也称“炎汉”。曹魏政权自认为遵照禅让故事继承汉朝，其德位应当发生变化，所以是土德。本来准备接受曹魏禅让的晋国，是准备一切照旧，按照前代正朔服色，但是依据《宋书》中的记载，情况发生变化，当时有位大臣表示反对。孙盛曰：“仍旧，非也。且晋为金行，服色尚赤，考之天道，其违甚矣。”②晋武帝接受他的意见，西晋也是既然接受禅让，自然在德位上要发生变化。所以晋朝在五德中是属于金行，应该是金德。五胡十六国时期的北方政权纷乱，北朝的割据政权在追溯正统时候一般都会认为自己是继承晋朝的法统，而非之前的割据政权。前文说明晋朝是金德，那么后赵自然就是水德。我们从二人含混不清的隐语中，可以看到一方面是说明东晋已经丧失天命，并不具备正统，另一方面却又暗示此时后赵的水德已经取代晋朝的金德。至于其中其他语句，相当隐晦生涩，确实难以捉摸，

---

① （南朝梁）慧皎撰《高僧传》卷九，《大正藏》第50册，第386页上。
② （南朝梁）沈约撰《宋书》卷十四，中华书局，1974，第333页。

故而大家只能"人莫能解",二人晦暗不明的对话被后人认为是推测百年的时局。

二 唐宋佛谶的流行与兴盛

隋唐时期,以僧人作为宣示者的佛谶愈发流行。比如隋文帝杨坚,传说他出生后由智仙尼抚养长大,而智仙尼预言他将做帝王。不仅佛教有诸多谶言,道教中预言帝王当兴的谶言也是较为常见。以隋文帝杨坚为例,他的传记中有道士不停地预言他将要做天子。他们在杨坚还是北周臣子的时候就预言杨坚将做天子,当然为自己也获得足够的政治回报,后来各自获得官职封赏。比如说《唐会要》记载道士焦子顺颇有神通,甚至为杨坚献上受命之符,获得天师之赐。[①] 一般认为杨坚本人是一个较为虔诚的佛教徒,但是可以看到作为帝王的他,很明显是实用主义的政治家做派,并不放过任何能够增加自己政治合法性与正统性的宗教手段。

李唐与道教的联系更为密切,李唐自认老子后裔,奉道教为国教。唐高祖起兵时,道士王知远就预言李渊会做皇帝,李渊非常欣喜,还特意去拜访老君庙。李唐出自陇西李氏,属于关陇贵族集团。李渊的祖父李虎是当时西魏的八柱国之一,李氏家族历来有和鲜卑王室通婚的传统,故而有胡族血统。所以当时的汉族世家大族,如著名的五家七宗相当轻视李氏一族,一直认为李唐王室就是胡族,甚至拒绝和李唐皇室的联姻。所以,后世认为李唐追认为老子后裔,一般也有宣示其血脉为华夏正统的考量。此外,自汉代一直到南北朝,社会上相当流行一种谶言,预言老子的后人李弘会拯救世人,由此产生"老子度世,李氏当王"的谶言。有关于此的研究,具体可以参考法国人塞德尔《老子和李弘:早期道教救世论》一文。[②] 李唐建立的过程中也包含不少谶言,比如说温大雅的《大唐创业起居注》中提到,李渊在起兵之前就有"桃李子歌"谶言流行。[③] 在温大雅的解释中,这句民谣所说的"李"正是李渊的家族姓氏,而李渊又是唐国公,陶唐则是上古的圣君。这首谶言在当时的山

---

① "道士焦子顺能役鬼神,告隋文受命之符。及立,隋授子顺开府柱国,辞不受。常咨谋军国,帝恐其往来疲困,每遣近宫置观,以五通为名,旌其神异也,号焦天师。"〔(宋)王溥:《唐会要》卷五十,中华书局,1960,第876~877页〕

② 〔法〕塞德尔:《老子和李弘:早期道教救世论》,王宗昱译,《国际汉学》2004年第2期。

③ 《桃李子歌》曰:"桃李子,莫浪语,黄鹄绕山飞,宛转花园里。"案:"李为国姓,桃当作陶,若言陶唐也。配李而言,故云桃花园,宛转属旌幡。"〔(唐)温大雅:《大唐创业起居注》,上海古籍出版社,第11页〕

西地区流传相当广泛，李渊于是响应符谶，笼络人心，招兵买马。李渊统一天下后，裴寂为首的大臣为劝进其接受禅让，又举出慧化尼之谶。① 《大唐创业起居注》中一共留下慧化尼五首谶谣，都是用谶言指出李唐将要取代隋朝统治天下。慧化尼是何人不得而知，我们大概只能推测她是当时活跃在北方地区，具备神奇预测能力，且颇有名气的一位尼姑。因为有关李渊的预测并不是她唯一的谶言，《北齐书·窦泰传》记载："初泰将发邺，邺有惠化尼谣云：'窦行台，去不回。'"② 窦泰出兵以后果然被宇文泰击败身死，此处的慧化尼与《起居注》中应当为同一人。

　　唐代早期对佛教的政策相当不友好，李渊登基之初对于佛教都是颁布各类限制的政策，当时的大臣傅弈也是多次上书要求废除佛教。唐太宗时期的《道士女冠在僧尼之上诏》中明说："至于称谓，道士女冠、可在僧尼之前。庶敦本之俗，畅于九有。尊祖之风，贻诸万叶。"③ 李世民确立道先佛后的排序，后来又颁布种种裁汰僧尼的命令。当时的高僧法琳非常抗拒李世民的佛教政策，甚至考证唐室的祖先实出于元魏拓跋氏，唐太宗自然龙颜大怒，将其流放到益州。唐高宗在乾封元年（666）二月拜访老君庙后，更是将老子追奉为太上玄元皇帝。《旧唐书》中记载贞观十七年（643）八月，凉州发现有祥瑞文字的石头，出现这样的文字："太平天子李世民，千年太子李治……七佛八菩萨及上果佛田。"④ 将李唐国运与诸佛菩萨相连接，为李治做太子造势。唐太宗后来更是派遣臣下拜祭，说道："迨于皇太子治，亦降贞符，具纪姓氏，列于石言……敢因大礼，重荐玉帛，上谢明灵之贶，以申祇栗之诚。"⑤ 拜祭的文字非常肃穆，官方以相当高的规格拜谢神明，也是为李治进行政治造势。

　　中国历史上唯一的女皇帝武则天，也是历来最笃信佛教的帝王之一。她与佛教的关系非常复杂，一方面是出于自身虔诚的信仰的因素，另一方面则大肆借助佛教为自己鼓动造势，而在这一过程中便出现不少佛谶。比如说最为有名的便是公元 690 年薛怀义和法明等人为了谶应符命伪造《大云经》，言武则天是弥勒下生，

---

① 裴寂等又依光武长安同舍人强华奉赤伏符故事，乃奉："神人太原慧化尼……歌词曰：'东海十八子，八井唤三军。手持双白雀，头上戴紫云……于是寂等再拜舞蹈，称万岁而出。'"〔（唐）温大雅：《大唐创业起居注》，第 56～57 页〕
② （唐）李百药撰《北齐书》卷十，中华书局，1972，第 194 页。
③ （宋）宋敏求编《唐大诏令集》卷第一百十三，中华书局，2008，第 587 页。
④ （后晋）刘昫等撰《旧唐书》卷三十七，中华书局，1975，第 1349～1350 页。
⑤ （后晋）刘昫等撰《旧唐书》卷三十七，第 1350 页。

武后大喜。① 所谓弥勒下生，来自佛教中释迦佛涅槃之后，未来将有弥勒降生凡间拯救世人之说。自佛教传入中国后，此说经常被各种民间和官方利用，借口自己是弥勒下生以达其政治目的。薛怀义等人伪造的《大云经》说武则天是弥勒下生，应当做凡间之主，而唐室衰微不可避免。武则天自然是大为欢迎，迅速将此经颁行天下。公元693年南天竺的沙门达摩流支进献《佛说宝雨经》（下简称《宝雨经》），第一卷中提到：

> 尔时东方有一天子名曰月光，乘五色云来诣佛所，右绕三匝，顶礼佛足，退坐一面。佛告天曰："汝之光明甚为希有！天子！……以是缘故，我涅槃后，最后时分，第四五百年中，法欲灭时，汝于此赡部洲东北方摩诃支那国，位居阿鞞跋致，实是菩萨，故现女身，为自在主……"②

释迦在伽耶山讲法时，东方月光天子前来拜见，于是释迦告诉他未来将投生于支那国（中国）名为月净光天子，成就阿鞞跋致（avinivartanīya，意为不退转）的菩萨果位，且能够成为自在主（天子）护持佛法。武则天自然是大喜过望，激动地在《新译华严经序》中表示："殊祯绝瑞"。③ 有关《宝雨经》中这段内容，日本学者滋野井恬在考察萧梁曼陀罗仙译《宝云经》七卷本、曼陀罗仙与僧伽婆罗共译《大乘宝云经》七卷本、南朝宋法护译《除盖障菩萨所问经》二十卷本三个译本后发现并没有这段月光天子的内容，而且他依据发现的敦煌写卷推测有可能是译场的其他人添加的内容。④ 更为重要的是，按照佛教传统来说，女性生有五障（pañcaāvaraṇāni）⑤ 不能成佛，如《法华经》第四卷中文殊说龙女修成菩提果位，智积菩萨认为不可能，舍利弗也认为"女身垢秽，非是法器，云何能得无上菩提？"女性是不足以成就觉悟

---

① "言则天是弥勒下生，作阎浮提主，唐氏合微。故则天革命称周，怀义与法明等九人并封县公，赐物有差，皆赐紫袈裟、银龟袋。其伪《大云经》颁于天下，寺各藏一本，令升高座讲说。"［（后晋）刘昫等撰《旧唐书》卷一百八十三，第4742页］

② （唐）达摩流支译《佛说宝雨经》卷一，《大正藏》第16册，第284页中。

③ "朕曩劫植因，叨承佛记。金仙降旨，大云之偈先彰；玉宸披祥，宝雨之文后及。加以积善余庆，俯集微躬，遂得地平天成，河清海晏，殊祯绝瑞。"［（唐）武则天：《大方广佛华严经序》，收于实叉难陀译《大方广佛华严经》卷一，《大正藏》第10册，第1页上］

④ 〔日〕大西磨希子：《唐代官方写经及其传播——以〈宝雨经〉为线索》，祝世杰译，《丝绸之路研究集刊》第2辑，2018，第102页。

⑤ "一者、不得作梵天王，二者、帝释，三者、魔王，四者、转轮圣王，五者、佛身。"［（后秦）鸠摩罗什译《妙法莲华经》卷四，《大正藏》第9册，第35页下］

的。所以在这段故事的最后，龙女向释迦献出价值三千世界的宝珠后，转为男身才得以修成佛位。①《宝雨经》中身为女性的月净光天子成就不退转菩萨和转轮圣王位，并不符合经典所说，不过《宝雨经》试图为此辩解：

> 天子！然汝于五位之中当得二位，所谓阿鞞跋致及轮王位。天子！此为最初瑞相。汝于是时受王位已，彼国土中，有山涌出五色云现。当彼之时，于此伽耶山北亦有山现。天子！汝复有无量百千异瑞，我今略说，而彼国土安隐丰乐，人民炽盛，甚可爱乐，汝应正念施诸无畏。天子！汝于彼时住寿无量，后当往诣睹史多天宫，供养、承事慈氏菩萨，乃至慈氏成佛之时，复当与汝授阿耨多罗三藐三菩提记。②

《宝雨经》首先用诸如五色彩云，大山出现，乃至人民安居乐业的种种祥瑞，来预示月净光得以超越五障的可能性。后面的内容才是关键，直接说月净光天子未来将会在兜率天供养弥勒，直到弥勒降世后会被授记予无上正等正觉，月净光天子的最终权威来源还是归于弥勒。由此来看，《宝雨经》与《大云经》为武周政权增加合法性的经典，思路都是一致的，皆是想用弥勒降世的传说，进一步增加自己政权的正统性。毕竟对于未来之事，谁也没有必然的把握，难以验证真假。由此可见，佛教徒为了取得世俗政权的支持，有可能会创造违背经典教义的故事。

《太平广记·谶应部》中也收录很多唐代谶言，其中有不少佛谶。③ 唐玄宗刚登基时，洛阳白马寺的铁像头发生神奇的坠落，后世解读为朝廷对于僧尼的管制越发严格。④ 安史之乱后唐玄宗逃亡蜀中，当时的佛教信徒刘禹锡重新释读所谓的南朝流

---

① （后秦）鸠摩罗什译《妙法莲华经》卷四，《大正藏》第 9 册，第 35 页下。
② （后秦）鸠摩罗什译《妙法莲华经》卷四，《大正藏》第 9 册，第 35 页下。
③ 唐景龙年，安乐公主于洛州道光坊造安乐寺，用钱数百万。童谣曰："可怜安乐寺，了了树头县。"后诛逆书，并杀安乐。斩首悬于竿上，改为悖逆庶人。[（宋）李昉：《太平广记》卷第一百六十三，中华书局，1961，第 1179 页] 当时的安乐公主权势熏天，甚至想做皇太女。她本人笃信佛教，花费巨资兴修佛寺，但是当时的谶言却预言她被诛杀的凄惨结局。景龙年间还有不少佛谶流行："唐景龙中谣曰：'可怜圣善寺，身着绿毛衣。牵来河里饮，踏杀鲤鱼儿。'至景云中，谯王从均州入都作乱。败走，投洛川而死。"[（宋）李昉：《太平广记》，第 1179 页]
④ "唐神武皇帝七月即位，东都白马寺铁像头，无故自落于殿门外。自后捉搦僧尼严急，令拜父母等。未成者并停革，后出者科决，还俗者十八九焉。"[（宋）李昉：《太平广记》卷第一百六十三，第 1184 页]

行的佛谶——志公谶：

> 刘禹锡曰："逆胡之将乱中原，梁朝志公大师已赠词曰：'两角女子绿衣裳，却背太行邀君王，一止之月必消亡。'两角女子安字也，绿者禄也。一止正月也，果正月败亡。圣矣符志公之寓言也。"①

所谓两角女子，正合一个"安"字，绿字则是"禄"，太行则是指"山"字，合为安禄山。一止之月就是正月，是指安禄山正月被儿子安庆绪杀死一事。志公和尚因为神奇的预言能力故而相当有影响力，他留下的谶言被刘禹锡解读为预言安禄山的造反和败亡。《宋高僧传》中记载的唐代潞州僧人普满，其行为不拘一格，多有颠倒之处，经常能够预测未来。他在当时的潞州佛舍留下了佛谶一则："此水连泾水，双朱血满川。青牛将赤虎，还号太平年。"② 对于普满的预言，事发后众人才领悟普满所说的正是朱泚、朱滔之乱。甚至在后人的释读中，青牛和赤虎的意象被准确解读到叛乱发起和结束的时间点。

唐末五代时期佛谶相当繁盛，比如收于《全唐诗》的一则："石榴花发石榴开。"③ 传说此谶是洪州上篮院一位精于术数的和尚所作，考《景德传灯录》有洪州上篮院禅师数位，但是并无机缘语句录入，故而不知这位和尚是何人。回到谶言来看，所谓"石榴"，是指开创后晋的"石"敬瑭和开创后汉的"刘"知远。这两个王朝都是历经两代帝王便灭亡，国祚不过二世，正好应此谶。之后这位和尚又作谶，预言洪州将因为杨行密失陷。南方地区的佛谶也极多，比如说吴越钱氏治下的杭州，有位人称还乡和尚曾作谶言，预言钱氏将向宋朝称臣："还乡寂寂杳无踪，不挂征帆水陆通。蹋得故乡回地稳，更无南北与西东。"④ 福州地区流传一首童谣，据说是僧人为记，内容是预言福建地区的政治动乱："潮水来，岩头没。潮水去，矢口出。"⑤ 其所指应当是当时福建的政局。唐末福建观察使陈岩去世后，他的女婿范晖据守福州。当时泉州刺史王潮派遣自己的兄弟王彦复和王审知攻取福州，后来占据福建成

① （宋）李昉编《太平广记》卷一百六十三，第 1185 页。
② （宋）赞宁撰《宋高僧传》卷二十，《大正藏》第 50 册，第 841 页中。
③ （清）彭定求编《全唐诗》卷八百七十五《上蓝和尚晋汉二代谶》，中华书局，1960，第 9905 页。
④ （清）彭定求编《全唐诗》卷八百七十五《杭州还乡和尚唱》，第 9906 页。
⑤ （清）彭定求编《全唐诗》卷八百七十五《福州记》，第 9907 页。

为割据政权闽国的奠基者。潮水当然是说王潮，"岩头没"说的是陈岩的去世。王潮后来传位给弟弟王审"知"，也就是谶谣里的"矢口"。当时福建地区还流行一则《黄涅槃谶》："先打南，后打北，留取清源作佛国。"① 预言闽国政权将灭亡，但是佛教重镇泉州清源山并不会受到影响。另一则发生在蜀中，唐末出生的王缄本来是进士出身，后来因为政治动乱削发出家，所以被称为僧缄。他遇到当时的孟蜀举子王处厚，以"周士同成，二王殊名。王居一焉，百日为程"② 为谶，预言王处厚只能享受幽冥的官职，没有机会享受阳间的官职。

赵宋政权建立的过程中也有佛谶的出现，有关于此的研究成果不少。比如刘长东《宋代佛教政策论稿》第一章便是专门讨论宋太祖受禅的佛教谶言与宋初政教关系的重建，③ 牧田谛亮《赵宋帝室的佛教信仰》一文中也有所提及。④ 首先是赵普《皇朝飞龙记》记载一则有关志公和尚的佛谶：

> 先是，民间有得梁朝沙门宝志铜碑记，多谶未来事。云："有一真人在冀川，开口张弓在左边，子子孙孙万万年。"江南李王名其子曰"弘冀"，吴越钱镠诸子皆连"弘"字，期应图谶。及上受禅，而宣祖之讳正当之，始知天命有所归矣。⑤

志公和尚的谶言自南北朝到唐宋年间非常流行，南方割据政权听到以"弘"为谶，将享有子子孙孙永远传续的未来，所以有不少在子孙的姓名中加一个弘字。比如说南唐的第二位君主李璟，他的世子就取名为李弘冀。吴越钱镠的儿子的名字几乎都带一个弘字。吴越最后三位君主的名字分别是钱弘左（忠献王）、钱弘倧（忠逊王）、钱弘俶（忠懿王）。吴越国向宋朝称臣后，为了避讳赵弘殷，都去掉了名字中的"弘"字。但是在宋朝的解释中，宋太祖似乎更加符合佛谶。因为赵匡胤祖籍是河北涿郡人，正是冀州。他的父亲赵弘殷正好带一个"弘"字，正是应谶之人。依据《宋史·太祖本纪》记载，赵匡胤在游荡时得到一位僧人的谶言，去北边寻求机

---

① （清）彭定求编《全唐诗》卷八百七十五《黄涅槃谶》，第 9907 页。

② （清）彭定求编《全唐诗》卷八百七十五《僧缄示王处厚》，第 9907 页。

③ 刘长东：《宋代佛教政策论稿》，巴蜀书社，2005，第 8~55 页。

④ 参见〔日〕牧田谛亮著《中国近世佛教史研究》，索文林译，华宇出版社，1983。

⑤ 曾枣庄、刘琳主编《全宋文》第三册，上海辞书出版社，2006，第 99 页。

会："汉初，漫游无所遇，舍襄阳僧寺。有老僧善术数，顾曰：'吾厚贶汝，北往则有遇矣。'会周祖以枢密使征守真，应募居帐下。"① 后来他来到郭威帐下，郭威死后他随周世宗柴荣建功立业，最终陈桥兵变黄袍加身。根据《佛祖统纪》的记载，已经失传的《杨文公谈苑》中杨亿曾说："晋开运间，宋城有异僧状如豪侠，挟铜弹走草莽上。指州地曰：'不二十年当有帝王由此建号。'"② 赵匡胤在后周时是归德军节度使，而归德在唐代又被称为宋州。赵匡胤在受禅后，也是以宋为国号建国。《佛法金汤编》中收录一则来自祖秀《欧阳外传》的麻衣僧佛谶，其中的内容除去预言赵匡胤将做皇帝以外，还包含不少对于历代帝王灭佛的报应之说：

> 初，太祖目击周世宗镕范镇州大悲菩萨铜像铸为钱。太祖密访麻衣和尚，问曰："自古有毁佛天子乎？"麻衣曰："何必问古事，柴官家目击可验。"太祖曰："主上（世宗）神武聪明，善任人，日夜图治，以混一为心，有唐太宗之风，不知天下何甘定矣？"麻衣曰："甲子至，将大定。"太祖因问："古天子毁佛法，与大周何如？"麻衣曰："魏太武毁寺、焚经像、坑沙门，故父子不得其死。周武帝毁佛寺、籍僧归民，未五年遽萦风疹；北伐，年三十六崩于乘舆，国亦寻灭。唐武宗毁天下佛寺，在位六年，年三十二，神器再传，而黄巢群盗并起。"太祖曰："天下久厌兵，毁佛法非社稷福，奈何？"麻衣曰："白气已兆，不逾数月至。申辰当有圣帝大兴。兴则佛法赖之亦兴，传世无穷，请太尉默记之。"及即位，屡建佛寺，岁度僧人。③

麻衣和尚是当时相当神秘的一位僧人，根据《补续高僧传》中的记载，他应该主要活动在当时的山西、陕西一带，据说他："发河图之秘，以授华山处士陈抟。"④ 若记载为真，他便是陈抟的师傅。所谓"甲子至，将大定"等谶言都是预言赵匡胤将做天子。据说后来宋太祖亲征太原的时候，在潞州经过麻衣和尚的寺院以后，他在佛前发誓此次征伐不滥杀一人。我们回到二人的对话中来，二人先是讨论周世宗

---

① （元）脱脱等撰《宋史》卷一，中华书局，1985，第 2 页。
② （南宋）志磐撰《佛祖统纪》卷四十三，《大正藏》第 49 册，第 394 页中。
③ （明）心泰编，真清阅《佛法金汤编》卷十一，《卍新续藏》第 87 册，第 416 页中。
④ （明）明河撰《补续高僧传》卷二十三，《卍新续藏》第 77 册，第 516 页下。

何时能够平定天下，按理说当时的周世宗确实如赵匡胤所说颇有雄主之姿，可惜短命。至于二人对于三武灭佛的讨论，基本都没有跳脱报应的轮回。麻衣和尚给出的种种回答，几乎就是明示赵匡胤将夺得天下，请他护持佛教。确实这段史料的可靠性是存在一定疑问的，大抵是后人的穿凿附会。不过赵匡胤对于当时的灭佛运动大概内心是有疑虑的，因为他在登基后立刻大力恢复支持佛教。

有关宋王朝的建立，还有一则相当有名的定光佛之谶，南宋朱弁的《曲洧旧闻》中记载道：

> 五季割据，干戈相寻。有一僧佯狂而言多应，尝谓人曰："汝等望太平甚切，若要太平，须待定光佛出世。"至太祖一天下，皆以为定光佛后身，盖用此僧语也。[1]

所谓定光佛是过去一位古佛，释迦佛在因位时曾买五朵花奉献给此佛，因而获得未来成佛的授记。一般认为，宋太祖被视为定光佛化身的佛谶的出现，与隋唐至五代相当流行的定光佛信仰有关。这种定光信仰的出现，应当与天台宗有密不可分的关系。相关学者研究认为，在天台宗记载中有一位定光的僧人预言智颇将驻锡天台山。鉴于天台宗在唐宋是与禅宗分执佛教界牛耳的宗派，故定光佛应化垂迹观念在五代和宋的流行，应该受天台宗宗佛化天台僧定光，借以将智颇圣化为佛陀，这与天台一脉当时巨大的影响力也分不开。[2] 宋朝皇室与佛教有相当紧密的联系，查《宋人轶事汇编》一书，赵匡胤陈桥兵变和借口北伐之时，他的母亲杜太后当时就在一所名为定力院的佛寺，司马光《涑水纪闻》如是说：

> 太祖之自陈桥还也，太夫人杜氏，夫人王氏，方设斋于定力院。闻变，王夫人惧，杜太夫人曰："吾儿平生奇异，人皆言极富贵，何忧也？"[3]

这则故事流传极广，在后世笔记中有多次记载。有关杜太后是否曾经躲在佛寺

---

① 丁传靖辑《宋人轶事汇编》卷一，中华书局，2003，第2页。
② 刘长东：《宋代佛教政策论稿》，第35～36页。
③ 刘长东：《宋代佛教政策论稿》，第5页。

是有争议的，比如刘长东就认为，笔记之中记载的事在正史之中并无记载，且关键细节多有偏差。但是"其欲以之为政教良性关系作注解的用意，是非常明显的；尽管其解释基于之不太信实的故事而令人难以信服"①。宋代有关佛教的种种谶言，乃至宋皇室和佛教之间千丝万缕的关系。这种记载经常出现在佛教典籍之中并不是值得诧异的事。宋王朝与佛教之间的紧密关系是存在的。因为当时的士人笔记中，除去杨亿这种虔诚的佛教徒记载，像司马光这样力主辟佛的儒家信徒也会记录这些对佛教有利的内容，说明这些事件的部分在一定程度上是有一定事实根据的。另外，这种记载能够反映当时的社会普遍认为佛教具备相当的护佑能力。

三　佛谶的正统性意图

佛谶究其本源，本质是本土的神秘主义借用外来宗教的身份，频繁宣示的一种预言。宗教的神秘色彩促使佛谶成为政治工具，作为政权合法性和正统性的一种背书。这种神秘主义的预言，不仅流行于东方世界，西方世界也同样流行，如古希腊最为著名的德尔斐神谕。预言自古就是神秘主义的表现形式之一，世界各国的历史中不乏各种神奇隐晦的古代预言。英国著名历史人类学家基思·托马斯（Keith Thomas）在《16 和 17 世纪英格兰大众信仰研究》中曾专门讨论"古代预言"。在他看来古代预言是运用难以捉摸、含混不清的和模棱两可的散文或诗句片段，它既没有明确的根据，也不是巫术性或宗教性的。通常它被认为是来自某个历史人物或神话人物，但也并非一成不变的。② 诚然，预言的最大特色就是在于它的模糊性与含混感，很难给以非常确定的推测。他的功能发挥往往依赖于解读者的水平，通过各种合理化的诠释，试图证明预言的正确性。但是就实际情况而言，这种预言往往与宗教和巫术有着密切的关联，在中国尤为如此，佛谶便是最佳的形式。

如果我们回到人类的本性来说，现实生活的苦恼很大程度上就是对于不确定性的焦虑。我们人类趋利避害的本能，总是驱使我们想要在复杂的情况下做到最优化的选择。今人如此，古人更如是。政治生活是古代生活的主旋律，而它又是最难以

---

① 刘长东：《宋代佛教政策论稿》，第 8 页。
② 〔英〕基思·托马斯：《16 和 17 世纪英格兰大众信仰研究》，芮传明、梅剑华译，译林出版社，2019，第 509 页。

捉摸之事，谶纬之学的出现似乎是必然之势。尤其是在古代缺乏认知手段的前提下，神秘主义的预言成为便易的手段。人们热衷于此，希冀以此达成自己的政治目的。当这预言披上佛教的外衣，就成为我们讨论的佛谶。基于现代科学思维的立场，这种预言未来的神秘主义能力是不可能存在的。

　　文中所列举的佛谶，不过都是在后人的解释中实现逻辑自洽，毕竟谶言的最大特色就是其模糊性提供了足够的解释空间。佛谶不可能真的是通过神秘主义的力量所获得，但是编造这些佛谶的僧人，肯定对于时局有着更加深刻的认识和把握。比如说佛图澄身居国师之位，游走于各个政治势力之间，他能够掌握的情报应当是相当全面，所以他能够言中未来并不稀奇。而且，佛谶的解读非常依靠后来者的释读，在后验的情况下，必然会出现幸存者偏差。所以我们几乎无法看到失败的"佛谶"，只能够看到"应验"的佛谶。另外，这种神秘的预言也能带来坚定的信念，正如基思·托马斯认为预言的根源在于："它们只能被视为一种宣传工具，其基础即是一条永恒的真理：最能使事业成功的莫过于坚信所从事的事业注定要成功。"[1] 汉光武帝刘秀不会仅仅因为"刘氏当兴，李氏为辅"的谶言就草草起兵造反，唐高祖李渊也不会是仅仅被道士的言辞和谶纬所打动，武则天更不会在僧人进献经典后就决定称帝。他们一定是出于自身实力的考量，以及时局的变化发展，抱有坚定的必胜信念才决定如此行事。

　　当然，我们不能够以现代的眼光彻底否定佛谶存在的价值和意义。古代世界的思想、信仰、生活与我们当下有着极大的差异，看似反智的佛谶，反而是类似当时认知世界的一种手段。如果我们只是将佛谶作为一种浅薄的无稽之谈，是有失公允的。这些模糊不清的佛谶，能够反映当时的思想状态与生活方式，甚至是暗藏的政治形势。而且谶言在当时拥有相当强大的社会影响力，备受统治者所忌惮。历代统治者对于谶言的态度也是相当复杂的，他们在借用谶纬宣示正统性同时又禁绝谶纬。两晋、南朝、北朝都有禁绝图谶的命令，隋代二帝王对于谶纬也是采取禁止的态度，特别是隋炀帝继位后更是大力打击。皇帝为了禁绝谶言，不惜采取物理焚毁和肉体消灭的程度。统治者在并未上台之前乐于谶纬流布带来的神圣性，但是在继位登基后，立马会对其采取高压禁绝姿态。究其原因，还是因为谶纬在民间具有极大的影

---

① 〔英〕基思·托马斯：《16 和 17 世纪英格兰大众信仰研究》，芮传明、梅剑华译，第 540 页。

响力，受众又广，很容易为心怀不轨的人利用。

佛谶是古代佛教主动介入现实政治生活的一种方式，通过种种预测希冀满足自身的政治需求。谶言的意图是宣示政权合法性，即正统性所在，它的出现背景多是在政权动荡之中。政治势力和佛教因各自的现实处境，彼此需要对方的支持。自佛教传入中国之后，作为宗教的佛教为统治者提供正统性的需求，而佛教也在为政权正统性背书的前提下获得统治者的支持。隋文帝杨坚、武则天、宋太祖无一不是借用佛教谶言来渲染自身的正统性所在。我们可以看到在复杂的政教关系中，虽然小有龃龉，但是皇帝与佛教都是在竭尽所能地各取所需，互相利用。佛教能够维护王朝的正统性，还可以获取自身的切实利益。佛教通过佛谶的形式介入现实的政治生活和社会生活，试图达成自身或是他者的需求，必然会影响自身的行事逻辑和判断，政治的正统性诉求也带来佛教自身的正统性诉求。

苏州寺、僧与地方社会的融合[*]

——以明初整顿释教为视角

孙少飞　李明轩

【内容提要】　明太祖对佛教的清理整顿，使寺僧受到严格的限制与区隔，进而使佛教弃置于公共权威的边缘。通过对苏州寺、僧及地方社会互动关系的考察，我们发现洪武时期的佛寺归并没有使僧俗分离得以实现，反而整合了地方公共空间与文化资源。明初苏州籍的上层僧人心怀靖退之志，虽不得已应诏奔赴都城，却逐渐将入世的目光下移，专注在地方寺院的构建上。随着洪武末年政局的转换，盘绕在苏州佛教上层的"乌云"有所舒张，部分寺僧积极承担寺院的复振，既注重经营佛教与士人的关系，又留心整理寺院的文化历史承传。这意味着明代寺院与地方社会的关系，绝非仅在明末士绅社会崛起中扮演"背景"的角色，而是自明初整顿释教以来，寺院就植根在地方社会，发挥其相对自主的人文与教化功能。

【关键词】　明初整顿释教　苏州寺僧　地方社会融合

【作　者】　孙少飞，哲学博士，河南大学宗教学研究所、河南省佛教中国化研究中心讲师，研究方向为宋明佛教思想史；李明轩，哲学博士，河南大学哲学与公共管理学院讲师，研究方向为宗教社会学。

元兴，崇尚释氏。[①]其程度之深，超出了历代奉佛的时期。元人危素言："盖佛

---

* 本文系河南省哲学社会科学规划年度项目"北宋开封佛教社会史研究"（项目号：2020CZX019）的阶段性研究成果。

① （明）宋濂等撰《元史》第十五册，中华书局，1976，第4517页。

之说行乎中国，而尊崇护卫，莫盛于本朝。"① 明初徐一夔云："方元室全盛之日，崇尚佛乘前古未有。"② 对于各种宗教信仰，蒙元均采取兼容并包的宽容政策，其中佛教尤其藏传佛教，最为元室帝王所尊。在此背景下，汉传佛教也受到保护与崇信，其社会经济地位远远高于两宋时期。然而，过度宽松的环境却造成了佛教发展的冗滥，戒律松弛，宗风不振。有鉴于前代之弊，洪武立国初期，出于统治需要，对佛教采取整顿、限制的政策。学界也积累了众多基于宏观视角的研究。③ 然而，以微观视角立足区域考察明初整顿释教的实际执行情况及其对地方社会的影响等方面，尚缺少较为专门的探讨。本文在前人已有讨论的基础上，以明初毗邻都城南京且释教信仰氛围浓厚的苏州为研究对象，通过梳理明代苏州方志、佛教僧史、寺院碑铭、士人文集等文献资料，尝试更为深入地探讨与明初整顿佛教及苏州地方社会相关的议题。

一 整理融合：洪武归并与苏州地方寺院

洪武年间，明太祖朱元璋清理释教，总体上对佛教采取了既整顿和限制，又保护和提倡的政策。④ 此一基本政策贯穿于明初洪武、永乐时期，其内容主要表现为对僧团的全面整顿，包括：实行普给度牒办法，严格剃度制度；编订周知版册，强化僧籍管理；严肃僧尼戒律，禁止僧俗杂处；拆并部分寺观，严禁私创寺院庵堂；颁

① （元）危素：《扬州正胜寺记》，魏伯城、魏同贤、马樟根主编《全明文》第二册，上海古籍出版社，1992，第 258 页。
② （明）徐一夔：《重刊〈中峰和尚广录〉序》，蓝吉富编《大藏经补编》第 25 册，华宇出版社，1985，第 691 页。
③ 陈高华：《朱元璋的佛教政策》，《明史研究》1991 年第 1 辑；周齐：《试论明太祖的佛教政策》，《世界宗教研究》1998 年第 3 期；何孝荣：《明代佛教政策述论》，《文史》2004 年第 3 辑；何孝荣：《试论明太祖的佛教政策》，《世界宗教研究》2007 年第 4 期；任宜敏：《明代佛教政策析论》，《人文杂志》2008 年第 4 期；赵长贵：《明太祖佛教政策演变论说》，《北方论丛》2013 年第 5 期。此外，部分专著亦有相关章节论及该主题，参见周齐《明代佛教与政治文化》，人民出版社，2005；何孝荣：《明代佛教史论稿》，宗教文化出版社，2016。学界新近的主题研究，可参考张德伟《明代佛教政策研究》，《世界宗教研究》2018 年第 5 期；何孝荣、李明阳：《论明初的佛教寺院归并运动》，《南开学报》（哲学社会科学版）2018 年第 5 期。
④ 何孝荣将明太祖的佛教政策归诸当时的社会原因及其个人经历等方面，具体而言表现在五个方面：其一，佛教具有"阴翊王度"的功能，是明太祖保护和提倡佛教的根本原因；其二，对佛教的特殊感情，是明太祖保护和提倡佛教的重要原因；其三，历代佛教政策实施的经验教训，是明太祖制定佛教政策的重要借鉴；其四，明初佛教存在诸多问题，是明太祖整顿限制佛教的直接动因；其五，对佛教的整顿和限制，也是取缔和平息白莲教等民间宗教组织和发动的反抗斗争的需要。详见何孝荣《试论明太祖的佛教政策》，《世界宗教研究》2007 年第 4 期，第 24 ~ 26 页。

行《清教录》，捕杀僧徒中的"逆党"。① 其中，拆并部分寺观的"佛寺归并"，是明初佛教政策的重要组成部分。②

明初"佛寺归并"是一场由都城逐渐扩展至全国的清理佛教寺院运动。根据《金陵梵刹志》卷二《钦录集》记载，洪武五年（1372）七月十六日，中书省奉圣旨将天禧寺、能仁寺旧有常住田土、寺家物件、寺院钱粮等，归入蒋山寺寺产之内；将天禧寺、能仁寺原有僧人收入蒋山寺。同日，中书省又奉旨重申将天禧寺、能仁寺僧人交由蒋山寺收执，并按贤否清理蒋山寺僧团。③ 此处所说的天禧寺、能仁寺、蒋山寺，皆是都城南京的重点寺院。这一举措是明初洪武归并佛教寺院的肇端。洪武六年（1373）十二月，"并僧道寺观"。其具体因由是"时，上以释老二教，近代崇尚太过，徒众日盛，安坐而食，蠹财耗民，莫甚于此"。④ 基于前代奉佛之弊，明太祖诏令："府州县止存大寺、观一所，并其徒而处之，择有戒行者领其事。"⑤ 显然，朱元璋已经将"佛寺归并"的举措施诸全国各地的府州县。洪武二十四年（1391），"令清理释道二教"，"凡各府州县寺观，但存宽大可容众者一所并居之，不许杂处于外，违者治以重罪，亲故相隐者流，愿还俗者听"。⑥ 同时，诏令："天下僧道有创立庵堂寺观，非旧额者，悉毁之。"⑦ 不仅要归并寺院，而且要废毁无"旧额"的寺庵，这是"并僧道寺观"举措的延续，且更加严厉。在同年六月初一颁布的《申明佛教榜册》中，明太祖阐述了其清理佛教的初衷："今天下之僧，多与俗混淆，尤不如俗者甚多，是等其教而败其行，理当清其事而成其宗。"⑧ 僧俗混滥杂处乃至僧格堕落，是洪武帝清理释教的最初动机。在其所颁十一则条文中，提及"佛寺归并"：第一条，令府州县僧纲司、僧正司、僧会司验明所属僧人，"杂处民间者，见其实数，于见有佛刹处，会众以成丛林，守清规以安禅"；第二条，敢有不入丛林、潜住民间者，一经他人告发或官府捉拿，"必枭首以示众"⑨。七月初一，明太祖

① 白文固：《洪武、永乐年间对僧团的全面整顿》，《青海民族学院学报》（社会科学版）2004 年第 4 期，第 96 页。
② 何孝荣、李明阳：《论明初的佛教寺院归并运动》，《南开学报》（哲学社会科学版）2018 年第 5 期，第 100 页。
③ （明）葛寅亮撰《金陵梵刹志》上册，何孝荣点校，天津人民出版社，2007，第 49 页。
④ 《明太祖实录》卷八六，上海书店出版社，2015，第 1537 页。
⑤ 《明太祖实录》卷八六，第 1537 页。
⑥ （明）申时行等编《明会典》，中华书局，1989，第 569 页。
⑦ （明）申时行等编《明会典》，第 569 页。
⑧ （明）葛寅亮撰《金陵梵刹志》上册，何孝荣点校，第 60 页。
⑨ （明）葛寅亮撰《金陵梵刹志》上册，何孝荣点校，第 60 页。

令礼部官员"着落僧录司差僧人将榜文去，清理天下僧寺"①。在给礼部的圣旨中，明太祖重申："凡僧人不许与民间杂处，务要三十人以上聚成一寺，二十人以下者听令归并成寺。其原非寺额，创立庵堂寺院名色并行革去。"② 这里提出并明确了"佛寺归并"的相关标准。为保证整顿措施的落实，礼部派遣僧善思等五人，携榜文前往各地布政司，"清理僧人，归并成寺"③。

　　洪武二十七年（1394）正月初八，明太祖降旨指责僧众伪滥："迩年以来，踵佛道者未见智人，但见奸邪无籍之徒，避患难以偷生，更名易姓，潜入法门，以其修行之道，不足以动人，一概窘于衣食，岁月实难易度，由是奔走市村，无异乞觅者，致使轻薄小人毁辱骂詈，有玷佛门。"④ 为此，他特敕礼部颁行"所避所趋"条例，详列僧人"所避"者有五条、"所趋"者有三条，以及其他细则五条。其中"凡僧之处于市者，其数照'归并条例'，务要三十人以上聚成一寺，二十人以下者悉令归并，其寺宇听僧折改，并入大寺。如所在官司有将寺没官，及改充别用者，即以赃论"⑤，重申和补充了之前颁布的"佛寺归并"诏令，并对僧人寺产予以明文保护。至此，洪武初期的"佛寺归并"举措愈加严格，其整顿和限制佛教的政策更为完备。

　　洪武"佛寺归并"明确了寺院归并的标准，厘清了僧俗大众的界限。尤其是洪武二十四年（1391）、洪武二十七年（1394）的清理榜文，多次指出明初僧俗混滥乃至僧人败行以辱释教的状况，成为"佛寺归并"的出发点。经过不断地叠加、重申与完善，明太祖认为只要能够贯彻这样的归并条例，就能够"行之岁久，佛道大昌"。为保证归并条例的实施，对"官民僧俗人等敢有妄论乖为者，处以极刑"⑥。总之，明初"佛寺归并"的重心在于僧俗的区隔、僧人的类分、寺院的离合。

　　中央政策至地方的实施并非一蹴而就，在初刻于洪武十二年（1379）的《苏州府志》"寺观"条中，记录了苏州各地存废寺院的"名额"及"处所"："岁月□□，更重罹燹毁，古迹多废，鞠为茂草者有焉，今姑录其名额、处所，以备参考。"⑦ 并

---

① （明）葛寅亮撰《金陵梵刹志》上册，何孝荣点校，第60页。
② （明）葛寅亮撰《金陵梵刹志》上册，何孝荣点校，第62页。
③ （明）葛寅亮撰《金陵梵刹志》上册，何孝荣点校，第63页。
④ （明）葛寅亮撰《金陵梵刹志》上册，何孝荣点校，第66页。
⑤ （明）葛寅亮撰《金陵梵刹志》上册，何孝荣点校，第67页。
⑥ （明）葛寅亮撰《金陵梵刹志》上册，何孝荣点校，第68页。
⑦ （明）卢熊编《苏州府志》，成文出版社，1983，第1740页。该志"寺观"条中，收录了苏州府辖内吴县、长洲、常熟、嘉定、吴江、昆山、崇明等地的寺庵。

未记载当时苏州地方寺院的归并情况。尽管洪武六年（1373）已经发出"并僧道寺观"的诏令，但是若以地方志书的记载作为依据，可推断苏州府落实"佛寺归并"的政策不早于洪武十二年（1379）。在初刻于弘治元年（1488）的《吴江县志》"寺观"条中则出现了对"佛寺归并"的描述："吴江虽在王化之区，亦多崇建，而胡元之世为尤盛，梵宫琳宇，棋布星列，凡一千八十余所。……我朝复先王之化，立法归并丛林，而寺观庵院尚存一百三十余所。"① 此后的正德《姑苏志》卷二十九"寺观上"亦称："吴中多佛老之区，虽更洪武归并，而其庐故在也。"② 据此推测，苏州府在洪武中后期彻底推行了"佛寺归并"政策，而这可能跟洪武二十四年（1391）《申明佛教榜册》的颁布有关。

正德《姑苏志》中"寺观"条对佛寺归并记录较为完备，可据其了解明初苏州地方丛林寺院的归并情况，兹录如下：

苏州辖区	丛林总数	归并总数	文献来源
在城	寺十七所	寺十五所、庵六十七所、院十五所	《姑苏志》卷二十九
郭外	寺四十所	寺三十一所、庵一百七十二所、院十一所	《姑苏志》卷二十九
昆山县	寺九所	寺二所、庵十二所	《姑苏志》卷三十
常熟县	寺十所	寺三所、庵三十八所、院六所	《姑苏志》卷三十
吴江县	寺二十一所	寺五所、庵一百二十三所、院五所	《姑苏志》卷三十
嘉定县	寺二十四所	寺六所、庵三十五所、院四所	《姑苏志》卷三十
太仓州	寺十一所	寺四所、庵三十所、院五所	《姑苏志》卷三十
崇明县	寺四所	无归并	《姑苏志》卷三十

由上述可知，明初苏州"佛寺归并"后，郭外所存丛林总数最多，其次是嘉定县、吴江县以及在城区域。从所归并寺、庵、院的总数看，归并力度最大的依然是苏州城郭外区域，其次是在城区域、吴江县及嘉定县。可见苏州"佛寺归并"的重点区域是在府城"郭外"，显然是贯彻了《申明佛教榜册》中"僧人不许与民间杂处"的僧俗分离原则。从表面上看，在明初"佛寺归并"运动的整顿限制下，靠近

---

①　（明）莫旦编《弘治吴江县志》，学生书局，1987，第263页。
②　（明）王鏊编《姑苏志》，学生书局，1986，第371页。

都城的苏州府"严格依照明太祖诏令而归并丛林"①，落实了旨在进行"区隔""分离"的寺院归并条例。然而，在洪武末年、永乐初期，苏州部分被归并的寺院却悄然复修，成为整合、凝聚地方社会力量的重要媒介。② 例如，据传始建于汉末，而"寺之名迹固弗泯也"的宝光寺。

宝光寺，在苏州长洲县治东北，相传是汉末郁林太守陆绩舍宅而建。吴赤乌年间，寺获赐额"宝光"，属于十方讲刹。根据曾棨所撰碑铭可知，历经两晋、隋、唐以来，宝光寺废而复兴、堕而复振，但"寺之名迹固弗泯也"，始终作为苏州地方的名刹而存在。"名迹固弗泯"，已然成为当地历史文化的构成部分。元至正年间，宝光寺"历历完具，宏壮雄伟，冠于一方，可谓盛矣"③。明洪武初期，为开拓郡城，遂将该寺迁至跨塘桥西，当齐门、娄门之要冲。洪武朝《申明佛教榜册》颁布同年（1391），僧湛源圆以苏州僧录司副都纲的身份居于此寺，并着力弘传贤首宗教观。从其学者四方云集，而湛源圆"讲说究竟，克阐厥宗"，使宝光寺成为苏州弘扬华严宗的重要寺院之一。在闲暇之余，湛源圆常与文人儒士、地方缙绅作诗文唱和。永乐初年，楚兰馨公住持宝光寺，其志意欲兴造，"以复前代之规制"。永乐九年（1411），在其徒众大桢、大衍等的同心协力下，化缘出资，鸠工兴造，三年后方竣工。经历元末的兴盛、洪武的迁徙、永乐的兴造，宝光寺维持了苏州名刹的身份，故被视为"桑门之盛事，东南之伟观"④。

明初苏州宝光寺的兴复转折，从寺僧的立场而言，意味着寺院宝刹的重振、宗风规制的接续。因此，即便楚兰馨公赴北京校雠藏典，也不忘请人撰著记文以述寺院兴废的本末。或许正是僧人有兴废继绝的自觉意识，才使宝光寺"绵历累代上下千有余年而逾远逾盛"⑤。然而，寺院兴造的背后，离不开地方信徒、缙绅士夫的支

---

① 何孝荣、李明阳：《论明初的佛教寺院归并运动》，《南开学报》（哲学社会科学版）2018 年第 5 期，第 104 页。

② 其实，在洪武三十五年（1402），江南地区就已经出现对明初"佛寺归并"政策的反复。"凡称丛林者，皆洪武二十四年清理佛教时归并诸小庵院而成；其归并者，三十五年俱令复旧，有反盛于丛林者。"详见（明）顾清编《正德松江府志》下册，上海书店，1990，第 55 页。由此可知，在松江府地区，已有不少被归并的庵院重新复兴，甚至比归并而成的丛林寺院还要兴盛。而在其"反盛"的背后，是有永乐皇帝之政策支持的。靖难之役成功后，朱棣将建文四年改为洪武三十五年，并在此年颁布诏令："凡历代以来，及洪武十五年以前，寺观有名额者，不必归并，新创者归并如旧。"在年限上放宽了对归并寺院的条件要求，部分早期归并的寺院得以保存甚至恢复。详见（明）申时行等编《明会典》，第 569 页。

③ （明）曾棨：《重建宝光贤首讲寺碑》，（明）周永年编《吴都法乘》卷十，第 312 页上。

④ （明）曾棨：《重建宝光贤首讲寺碑》，（明）周永年编《吴都法乘》卷十，第 312 页上。

⑤ （明）曾棨：《重建宝光贤首讲寺碑》，（明）周永年编《吴都法乘》卷十，第 312 页上。

持，所谓"仍资檀施，庀材鸠工"。吴宽《书重刊宝光寺碑后》记载："夫吴之佛寺无虑数百区，往往富贵之人求福田利益舍宅为之。"① 福田利益是信徒所关注的世俗追求，是促使他们捐资寺院的基本动机。宝光寺作为苏州地方的名刹，虽然兴废交替，但是终能名迹固存、盛事再现，与地方士人换取"福田利益"的动机不可分离。因此，尽管在洪武二十四年（1391）颁布了归并诏书，但依然阻止不了当地士人再现宝光寺"东南之伟观"风采的追求。

对于当时的儒士而言，宝光寺在明初的重兴，则蕴含有另一层深义在内。曾棨受楚兰馨公之托，撰著《重建宝光贤首讲寺碑》。在叙述宝光寺逾远逾盛的原因时，曾棨指出除了佛氏之灵"默相阴祐"外，同样也跟三国儒士陆绩之孝行夙著、流风遗韵有关："彼于其乡者，有不能以遂泯欤？是可书也。因并书，俾刻诸石，庶后之人得有所考。"② 汉末吴人陆绩以"孝行"而为后人称道，被士人视为可资书写表彰的践行儒家孝道伦理的代表，这就是曾棨所言"有不能以遂泯"的核心，也是宝光寺不断兴造的深层原因。对此，明人吴宽说："陆公亦有舍宅之说，岂公没后子孙为之耶？否则吴人慕其德，相与尸而祝之于此以成之耶？"③ 吴宽更倾向于认为宝光寺的肇端，是由于吴人歆慕陆绩孝行而促成的。因此，明初宝光寺的再造，意味着陆绩孝行遗韵的重辉。在苏州地方社会，这是值得重新书写并刻石流传的典范，"庶后之人得有所考"④。

总之，明初苏州宝光寺的重建，是僧俗两界以作为公共空间的寺院为依托，进行信仰资源与地方社会文化整理的活动。僧人将寺院重建作为华严宗风延续的标志，而儒士则将寺院重建当成陆公孝道流风的再兴。支撑寺院兴造的士庶大众或诸檀越，既被视为儒家孝行教化的对象，也被当作主动追求福田利益的信徒。我们通过明初宝光寺重建的例证，可以看出洪武归并对苏州地方社会的整合功能。

二　东鲁西竺：明初苏州僧人群体的跃动

在平定张士诚割据势力以后，苏州佛教寺院及僧侣就同南京朱元璋明朝政权产

---

① （明）吴宽：《家藏集》卷五十三，上海古籍出版社，1991，第499页。
② （明）曾棨：《重建宝光贤首讲寺碑》，（明）周永年编《吴都法乘》卷十，第312页上。
③ （明）吴宽：《家藏集》卷五十三，第499页。
④ （明）曾棨：《重建宝光贤首讲寺碑》，（明）周永年编《吴都法乘》卷十，第312页中。

生了紧密联系。在洪武朝早期，明太祖朱元璋对佛教采取保护和提倡的政策。如同中国历代奉佛帝王，明太祖将征召全国名僧、高僧汇聚于都城作为其尊崇佛教政策的措施之一。洪武元年（1368），明太祖"征天下高僧赴京师大兴法事"①。同年，"俾浙之东西五府名刹住持咸集京师"②。将有名望的僧人诏往都城南京，或咨问佛法禅意，或主持荐亡法会，或拣拔僧材从政，诸多举措彰显了明初朱元璋对佛教及僧人的积极态度。在整体和缓的背景下，苏州僧人作为重要的佛教群体也活跃在都城南京。然而，随着洪武十三年（1380）胡惟庸案的发生，这场党狱危机影响到明太祖对佛教的态度，由初期对佛教的保护和提倡，转而采取监管和高压的政策。③ 此时，活跃于都城南京的苏州上层僧人似乎感觉到局势的压抑与诡谲，其明智之士多采取急流勇退的策略，进而将故地苏州作为避祸遁居的理想之所。

元末明初的苏州僧人群体，在佛学造诣及世俗学问方面有较高的水准且涌现出不少优秀代表。明初文士宋濂说："姑苏之区，山川清妍，其所毓人物，性多敏慧。学禅那者，以攻辞翰、辨器物为尚，虽据位称大师，亦莫不皆然。"④ 因此，此类僧人成为明太祖所欲结纳与笼络的重要对象。

力金，字西白，号白庵，苏州姚氏子。十一岁时，力金祝发出家并受具足戒，依本郡吴县宝积院道原衍公为弟子。此后，先学佛教名相，"精研三观、十乘之旨，领其枢要"⑤。后力金改弦更辙而由教入禅，至杭州径山寺参访古鼎祖铭禅师。在径山时，古鼎对力金"以法器相期"，常对其进行禅法开导，而力金能够"奋迅踊跃，直触其机"，最终有契于古鼎禅法并成为其嗣法弟子。⑥ 元至正十七年（1357），力金出世住持苏州瑞光寺，后受请迁住嘉兴天宁寺。明洪武元年（1368），太祖创设善世院，"俾擢有道浮屠，莅天下名山"⑦。杭州净慈寺主持尚虚，皆想请力金出任住持，

---

① （明）释幻轮编《释鉴稽古略续集》卷二，《大正藏》第 49 册，第 922 页上。
② （明）释幻轮编《释鉴稽古略续集》卷二，《大正藏》第 49 册，第 921 页下。
③ 卜正民指出："也许 1380 年以后，洪武帝不再把佛教当作国家的中心公共权威结构的要素之一；相反，对他来说，佛教隐约地成了潜在的不稳定的、相对独立的领域，如不加监察则只会削弱公共权威。佛教不再是统治的资源，而是对统治的威胁。僧人们也不再是智者，而不过是江湖骗子、逃税者。僧人们的广泛存在，意味着监管权威的削弱。"详见〔美〕卜正民《明代的社会与国家》，黄山书社，2009，第 212 页。
④ （明）宋濂：《宋濂全集》第五册，浙江古籍出版社，1999，第 1608 页。
⑤ （明）宋濂：《宋濂全集》第三册，第 1098 页。
⑥ （明）宋濂：《宋濂全集》第三册，第 1098 页。
⑦ （明）宋濂：《宋濂全集》第三册，第 1098 页。

但均被其力辞而退隐庵居。不久，力金受明太祖征召，住持南京大天界寺。^① 其间，明太祖对其慰劳优渥，"万机之暇，时召入禁庭，奏对多称旨"^②。洪武四年（1371）春，明太祖"诏集三宗名僧十人，及其徒二千，建广荐法会于钟山"^③。力金受命"总持斋事"，所创之"仪制规式，皆堪传永久"^④。后力金以母亲年迈为由，推举径山宗泐自代而复还庵居。洪武五年（1372）冬，明太祖再建广荐法会，并"诏师阐扬第一义谛"^⑤。

由于力金"精通西竺典，及东鲁诸书"^⑥，"妙悟真乘，旁通儒典，为丛林之所宗师"^⑦，明太祖才征召其住持都城大天界寺，并令其两次参与钟山广荐法会。然而，力金素有退隐庵居之意。在洪武五年（1372）后，力金因"年暮，欲谢退"，而遭到明太祖的拒绝。力金喟然道："吾以虚名滥当圣代，每怀煨芋。诸公，予不逮矣。"^⑧ 此中，"每怀煨芋"形象表现出力金惴惴不安且急于退隐的迫切心情。在都城南京，对盛名之累的后果，力金始终心怀戒惧。这从他对同时期的见心来复的预言中就可以看出。^⑨ 由于执意退隐，力金"遂称病笃，解还旧隐"^⑩。当时，诸方丛林"嘉金靖退，为丛林福云"^⑪。洪武六年（1373）十二月二十四日，力金因疾去世，世寿四十七，僧腊三十六。

愚庵智及，与白庵力金同出元叟行端禅系，^⑫ 亦是明初苏州僧人急流勇退的典型

---

① 白庵力金的前任为觉原慧昙禅师，是元代禅僧笑隐大䜣之嗣法弟子，其于洪武元年（1368）住持天界寺，洪武三年（1370）奉使西域，洪武四年（1371）九月病卒。详见（明）释幻轮编《释鉴稽古略续集》卷二，《大正藏》第49册，第924页下。

② （明）宋濂：《宋濂全集》第三册，第1099页。

③ （明）宋濂：《宋濂全集》第三册，第1099页。

④ （明）宋濂：《宋濂全集》第三册，第1099页。

⑤ （明）宋濂：《宋濂全集》第三册，第1099页。

⑥ （明）宋濂：《宋濂全集》第三册，第1099页。

⑦ （明）宋濂：《楞伽阿跋多罗宝经集注题辞》，（宋）释正受集注《楞伽经集注》卷一，《卍续藏》第17册，第229页上。

⑧ （清）释自融撰《南宋元明禅林僧宝传》卷十一，《卍续藏》第79册，第635页上。

⑨ 根据清代史料《南宋元明禅林僧宝传》卷十一记载："初，高帝诏选名宿，辅导诸藩，而蜀王椿师事见心复。复名溢都中，金叹曰：复公其不免耳。复果罹难而终。"洪武二十四年（1391），见心来复被指为胡惟庸党，而坐凌迟处死。

⑩ （清）释自融撰《南宋元明禅林僧宝传》卷十一，《卍续藏》第79册，第635页上。

⑪ （清）释自融撰《南宋元明禅林僧宝传》卷十一，《卍续藏》第79册，第635页上。在力金本传之后，自融赞文有云："知退而不知进者，滞于寂也。知进而不知退者，伤于勇也。白庵其无滞伤之病。"可见，清代僧人对白庵力金嘉于靖退的行为是青睐有加的。

⑫ 白庵力金之师为古鼎祖铭，与愚庵智及同出元叟行端门下，故在行辈上，愚庵智及是白庵力金的叔伯辈。

代表。根据宋濂《明辩正宗广慧禅师径山和上及公塔铭》记载，智及字以中，苏州吴县顾氏子，幼年入穹窿山海云院为童子。"释书与儒典并进，其师嘉之。"① 同其师往见王都中，"公大赏异，留居外馆，抚之如己子"。② 王都中师从理学家许衡，"即知所趋向，中年尤致力于根本之学"③。智及在其门下，或受其儒学影响。之后，智及祝发出家，并受具足戒。智及先学华严宗法界观门，后至南京集庆寺参访笑隐大䜣禅师。然而在大䜣处，智及"微露文彩"，多致力于诗骚文章。后经同袍聚上人劝诚，返回穹窿山海云院从事禅观修行。因睹秋叶坠落于庭，"豁然有省，机用彰明，触目无障"④。不久，智及至杭州径山寺礼谒元叟行端，求其印证。元叟以法器相期许，对其多番勘辨，"精神参会，不间一发"⑤。除参究禅法外，智及又"取三乘十二分教，益温绎之，宗通说贯"⑥。总之，在释书、儒典以及禅法方面，智及获得了教内外的称许认可。

元至正二年（1342），智及出世昌国隆教寺，后转普慈寺、净慈寺、径山寺等名刹。⑦ 明洪武三年（1370）秋，朱元璋"复征天下有道禅师，均赴天界，其赴诏尊宿三十余员"⑧。此中包括愚庵智及与其同门楚石梵琦、无梦昙噩。然而"暮年不得已，再赴明高帝诏抵京"⑨，似乎暗示其被征召赴都的不得已。明太祖的此次征召，主要是向僧侣们咨问"鬼神幽玄不测之理"⑩。在此期间，愚庵智及同其师兄弟三人，屡入宴文楼论道。同年七月，智及师兄梵琦圆寂，由此获得辞归苏州穹窿山的机会。⑪ 这是智及被初次诏入都城南京。退归苏州穹窿山海云院后，智及"杜口危坐，屏去

① （明）宋濂：《宋濂全集》第五册，第 1608 页。
② （明）宋濂：《宋濂全集》第五册，第 1608 页。
③ （明）宋濂等撰《元史》第十四册，第 4232 页。
④ （明）宋濂：《宋濂全集》第五册，第 1609 页。
⑤ （明）宋濂：《宋濂全集》第五册，第 1609 页。
⑥ （明）宋濂：《宋濂全集》第五册，第 1609 页。
⑦ （明）宋濂：《宋濂全集》第五册，第 1609 页。
⑧ （清）释自融撰《南宋元明禅林僧宝传》卷十，《卍续藏》第 79 册，第 630 页上。
⑨ （清）释自融撰《南宋元明禅林僧宝传》卷十，《卍续藏》第 79 册，第 630 页中。
⑩ 朱元璋撰有《鬼神有无论》，其中论曰："其鬼神之事未尝无，甚显而甚寂，所以古之哲王，立祀典者，以其有之而如是，所以显寂之道，必有为而为。"详见（明）朱元璋著，胡士尊点校《明太祖集》，黄山书社，1991，第 223 页。
⑪ 据姚广孝《径山第五十三代住持明辩正宗广慧禅师愚庵及和尚行状》记载："大明洪武庚戌，师称老，退归海云。"洪武庚戌，即洪武三年（1370）。（清）释自融撰《南宋元明禅林僧宝传》卷十有云："抵京未几，会楚石迁化，由此得辞还穹窿山。"

椹楗，山云海月，代为发机"，并且自号"西麓退叟"。① 此举足见其靖退之志。不过，洪武六年（1373），明太祖"诏有道浮屠十人，集京师天界寺"②。愚庵智及再次被征召，且实居被征僧人之首，但因"以病，不及召对"③。智及再次被征入都，尤其表现出急于辞归的心志。洪武七年（1374）冬，被征至京的无愠恕中禅师辞还故土。智及撰偈颂三首以赠之，其中有云："靖退只今非小节，知心未许石门聪。"④此时在智及看来，抽身而退已然并非属于小节，而是关涉处身立命的大要。在一则拈颂中，智及说道："大法一丝悬九鼎，去来心事许谁知。"⑤ 可见，进退、去来的问题始终萦绕于智及心间。⑥ 洪武八年（1375），智及终于获赐还归苏州穹窿山海云院。其间，智及"设玄关，广绝交友，得足不越阃者三年"⑦。洪武十一年（1378）九月，愚庵智及病逝于穹窿山，世寿六十八，僧腊五十一。⑧

行中至仁，与愚庵智及、楚石梵琦、无梦昙噩、古鼎祖铭为同门，皆为径山寺元叟行端法嗣。至仁自号"澹居子""熙怡叟"，江西鄱阳吴氏子，其父仲华为江州儒学教授。至仁七岁时得度出家，师从江州报恩寺真牧纯公，"自幼见地颖拔，迥出常儿"⑨。西域指空和尚路过报恩寺，因见至仁禀赋迥异，遂"授以戒及持摩利胝天咒法"⑩。后在其师真牧建议下，至仁赴径山寺参访元叟行端禅师。经多番勘辨，元叟让至仁"留侍香，继掌外记"⑪。由于喜获爱徒，元叟对其徒众说："仁书记，虎而翼者也。"⑫ 此后，至仁出世蕲州德章寺，次住绍兴云顶寺、绍兴崇报寺、苏州虎丘云岩寺、苏州万寿禅寺。当是时，"法道衰微，位以求得"，独至仁能够韬光养晦，

---

① 姚广孝：《径山第五十三代住持明辩正宗广慧禅师愚庵及和尚行状》，收录于（明）宋濂著，栾贵明编《姚广孝集》第一册，商务印书馆，2016，第 263 页。
② （明）释净柱辑《五灯会元续略》卷二，《卍续藏》第 80 册，第 485 页中。
③ （明）释净柱辑《五灯会元续略》卷二，《卍续藏》第 80 册，第 485 页中。
④ （明）释观通等编《愚庵智及禅师语录》卷九，《卍续藏》第 71 册，第 696 页下。
⑤ （清）集云堂编《宗鉴法林》卷六，《卍续藏》第 66 册，第 314 页下。
⑥ 在其诸多诗文作品中，愚庵智及屡次表示其心怀靖退之旨趣。例如，《答谢前虎丘行中法兄过访》有云："勇退急流今古少，相看白发弟兄稀。"《答前开元方崖法兄》亦云："勇退曾闻法云本，高闲谁似觉天清。"详见（明）释观通等编《愚庵智及禅师语录》卷九，《卍续藏》第 71 册，第 695 页上。
⑦ 姚广孝：《径山第五十三代住持明辩正宗广慧禅师愚庵及和尚行状》，收录于（明）姚广孝著，栾贵明编《姚广孝集》第一册，第 263 页。
⑧ （明）宋濂：《宋濂全集》第五册，第 1610 页。
⑨ （明）释文琇集《增集续传灯录》卷四，《卍续藏》第 83 册，第 306 页中。
⑩ （明）释文琇集《增集续传灯录》卷四，《卍续藏》第 83 册，第 306 页中。
⑪ （明）释文琇集《增集续传灯录》卷四，《卍续藏》第 83 册，第 306 页中。
⑫ （明）释文琇集《增集续传灯录》卷四，《卍续藏》第 83 册，第 306 页中。

"五名刹皆公卿敦迫而赴，故一出人皆尚之"①。除禅法造诣颇深外，至仁旁通儒家外典，尤善《易》学。然而，至仁凡有所论著，皆是为匡扶释教，并"不以此自多"②。当时名士，如虞集、黄溍、张翥、宋濂等辈，均对其赞誉有加。张翥赞其"今代能仁叟，高风播海崖"③，宋濂誉其"虎丘尊者名浮屠，见性炯若摩尼珠"④。可见，无论是内学还是外典，行中至仁在当时皆有所得。

明洪武三年（1370）秋，明太祖"以鬼神情状幽微难测，意遗经当有明文，妙柬僧中通三藏之说者问焉"⑤。于是，"浙水东西被召者，凡十有六人"⑥。行中至仁，与其同门楚石梵琦、无梦昙噩、愚庵智及皆在征召之列。入都后，至仁诸僧被安置于大天界寺。针对明太祖所问的"鬼神之理"，至仁"与同召者曰：鬼神之说，当本佛旨以对。及为书以进，上大悦"⑦。同年七月，其师兄楚石梵琦圆寂，或许即在此年，至仁返回苏州住持虎丘禅寺。⑧

然而，晚年自称"第以衰病"而退居虎丘的行中至仁，却因重修苏州万寿禅寺之事同都城南京的政治局势产生了联系。⑨ 万寿禅寺为苏州古刹，位在长洲县东北二里。⑩ 元末天下大乱，万寿禅寺为兵所焚，"群僧散走，鞠为榴𪌝之场"⑪。明洪武六

---

① （明）释文琇集《增集续传灯录》卷四，《卍续藏》第83册，第306页中。
② （明）释文琇集《增集续传灯录》卷四，《卍续藏》第83册，第306页下。
③ （明）释文琇集《增集续传灯录》卷四，《卍续藏》第83册，第306页下。
④ （明）宋濂：《宋濂全集》第五册，第1613页。
⑤ （明）宋濂：《宋濂全集》第二册，第589页。
⑥ （明）释至仁撰《楚石和尚行状》，（明）释祖光等编《楚石梵琦禅师语录》卷二十，《卍续藏》第71册，第660页上。
⑦ （明）释文琇集《增集续传灯录》卷四，《卍续藏》第83册，第306页下。
⑧ 根据《增集续传灯录》卷五"苏州万寿莹中景瓛禅师"章记载：洪武四年（1371），"澹居出主虎丘，师躬辅翼，迨迁万寿犹从之"。此中，"澹居"即指行中至仁。
⑨ 行中至仁的嗣法弟子释文琇在编纂《增集续传灯录》时，对有关其师入明后的活动事迹所述颇为简略，内容仅涉及洪武初期应诏入都与暮年养闲苏州松林兰若。此后的明清禅史灯录等资料，与行中至仁有关者多沿用文琇所载之事略。然而，行中至仁自南京返归苏州虎丘后，尚有复建重兴万寿禅寺的重要活动。文琇为苏州昆山人，且师从行中至仁，以情理推测则不应忽略此事。不过，宋濂《苏州万寿禅寺重构佛殿碑》较为详细地记载了至仁及其万寿禅寺重兴之事，结合碑文及相关史实进行考察，发现此事的背后关联到明初党狱案。或许出于某种政治上的避讳，释文琇才没有载录与其师相关的此事。
⑩ 万寿禅寺始建于晋义熙年间，初名"净寿院"，沙门法惛开山。南朝梁时，院更名为"安国"。唐长寿二年（692），院又更名为"长寿"，不久毁于战火。吴越时期，中吴军节度使钱文奉重修，并更名"安国吴长寿禅院"，以禅僧明彦为住持。宋大中祥符二年（1009），丁谓奏改院名"万寿"。崇宁二年（1103），诏加"崇宁"于"万寿"之上。政和初年，又更名为"天宁"。绍兴七年（1137），诏更名"万寿报恩光孝禅寺"，为宋徽宗荐严之所。详见（明）宋濂《苏州万寿禅寺重构佛殿碑》，《宋濂全集》第五册，第1611页。
⑪ （明）宋濂：《宋濂全集》第五册，第1611页。

年（1373），蒲圻魏观出任苏州知府，巡视寺院废基而有重建之意。魏观感叹道："是刹之废，不得名浮屠不足以起之。行中禅师仁公，乃寂照和上世嫡，今住虎丘，德涵道融，堪为人天师，且兼通儒家经，发为辞章，严简而有法，内外之学双至，中兴之责，庶其在是乎？"① 在魏观看来，能担当万寿寺起废之责的人选莫过于行中至仁。经过使者三番礼请，至仁终于应允住持万寿寺并着手重建事务。② 在至仁的筹划下，历时近两年重建大雄宝殿。③ 大殿竣工后，至仁以"吾耄矣，宜选春秋强盛者继之"为由，退居于苏州松林兰若。④ 此后，万寿寺重建事宜，由其法侄莹中景瓛接续。

从表面上看，苏州万寿寺的重修只是习以为常的佛刹兴复事件，其实却与知府魏观主政苏州及其后来的党祸有关。根据《明史·魏观传》记载，魏观元末隐居蒲山，后为太祖拔擢而历官明廷。洪武五年（1372），"廷臣荐观才，出知苏州府"。魏观尽改前守苛政，"以明教化、正风俗为治""修建黉舍，聘周南老、王行、徐用诚，与教授贡颖之定学仪，王彝、高启、张羽订经史，耆民周寿谊、杨茂、林文友行乡饮酒礼"。⑤ 未久，"政化大行，课绩为天下最"⑥。魏观在苏州施行仁政教化，然其罹祸则与恢复原有府治有关。张士诚据吴期间，将原府治迁往都水行司，而于旧治遗址修建宫室。魏观主政后，以府治其地湫隘，遂又迁往旧基。然而，"或潜观兴既灭之基"，明太祖"使御史张度廉其事，遂被诛"。⑦ 洪武七年（1374），魏观由于明太祖的猜度而被杀害，受其牵连的还有高启等人。⑧ 以此审视重修万寿寺之事，则是知府魏观治理苏州、明教正俗的一环。大雄殿重构时，魏观诸人正当罹难。或许为免于党狱牵连，行中至仁才在次年大殿告成后以

---

① （明）宋濂：《宋濂全集》第五册，第1612页。
② 根据《苏州万寿禅寺重构佛殿碑》记载："曾未几何，僧之散者复还，远近清修士鱼贯而来，有馈食者，有供三衣者，有施黄白金者。"由此可见，行中至仁在苏州丛林当中的影响与号召力。
③ 始于洪武七年（1374）春二月，告成于洪武八年（1375）冬十月。
④ （明）宋濂：《宋濂全集》第五册，第1612页。
⑤ （清）张廷玉等撰《明史》第十三册，中华书局，1974，第4002页。
⑥ （清）张廷玉等撰《明史》第十三册，第4002页。
⑦ （清）张廷玉等撰《明史》第十三册，第4002页。
⑧ 《明史·高启传》记载："知府魏观为移其家郡中，且夕延见，甚欢。观以改修府治，获谴。帝见启所作上梁文，因发怒，腰斩于市，年三十有九。"（清）张廷玉等撰《明史》第7册，第7328页。

年迈为由抽身离退。[①] 洪武十五年（1382），至仁圆寂于松林兰若，世寿七十四，僧腊六十七。

三　净域憩寂：社会人文网络中的苏州佛教

对释教的清理整顿贯穿洪武时期，且采取的国家监管及行政控制越来越严密。洪武二十九年（1396），礼部曾奉旨"将已前出的榜文编集成书，颁示天下僧、道、寺、观，申明周知"[②]，"将节次圣旨、榜文、条例刊布，务要人各一本，永为鉴戒"[③]。此可视为对洪武时期清教政策的结集。通过细密而全面的整顿，明太祖想要达到"行之岁久，佛道大昌"的目的。明成祖朱棣夺位后，重申并遵循了洪武旧制。然而，明初的整顿释教，表面上维持了佛教的繁盛，实质则加剧了佛化事业的消沉、教理研究的衰微。"通过洪武朝晚期的重新组织，佛教被排除在公共权威、意识形态以及其他权威结构之外。"[④] 至明中晚期，佛教寺院成了地方精英塑造自身地位的"背景"。[⑤]

明初的苏州佛教，有"东吴禅法正荒凉"[⑥] 之状。在回顾元末浙河东西禅林尊宿唱道东南的盛况后，道衍在《径山南石和尚语录序》中说："不数十年，诸大老相继入灭，禅林中寥寥然，一无所闻。"[⑦] 又言："间有俊杰之士，深伏草野而不肯出，虑世之泾渭不分，珠璧瓦砾之相混故也。"[⑧] 而面对洪武整顿释教及明初政局的态势，

---

① 行中至仁撰著《集杜句述怀寄见心书记》诗，其文有云："宿鸟恋本枝，南雁意在北。飘飘愧此身，一岁四行役。"又云："吾道属艰难，鸾凤有铩翮。天门郁嵯峨，乘槎断消息。干戈尚纵横，道路时通塞。顾惟鲁钝姿，养生终自惜。桃源无处寻，黎民糠秕窄。故国莽丘墟，梦归归未得。"此中，见心书记即见心来复，明初都城南京较活跃的上层僧人，后受胡惟庸案牵连而罹难。在此"述怀"诗中，行中至仁一方面赞叹见心来复的德才，另一方面则处处表达自己退隐故地、安身自惜的心志。此诗虽未明载撰作年代，但将其与至仁见微知著、急流勇退的行事抉择相结合，则更能体会其平昔的志趣。该诗文详见（清）顾嗣立编《元诗选初集》，中华书局，1987，第2510页。

② （明）葛寅亮撰《金陵梵刹志》上册，何孝荣点校，第69页。

③ （明）葛寅亮撰《金陵梵刹志》上册，何孝荣点校，第70页。

④ 〔美〕卜正民：《明代的社会与国家》，第218页。

⑤ 卜正民指出："当寺院与地方社会结构交融到一起——随着明代中期士绅捐赠的普及，情形确实如此——佛教便为地方精英提供了一个背景，使他们能够以某种意义上独立于国家之外的术语为自己创造某种身份认同。因此，佛教寺院对士绅来说是有吸引力的。"详见〔美〕卜正民《明代的社会与国家》，第233页。

⑥ （明）释宗谧等编《南石文琇禅师语录》卷四，《卍续藏》第71册，第727页中。

⑦ （明）姚广孝著，栾贵明编《姚广孝集》第一册，第314页。

⑧ （明）姚广孝著，栾贵明编《姚广孝集》第一册，第314页。

部分上层苏州僧人选择急流勇退，将苏州故地作为避居归隐的"世外桃源"。"厌看功臣树色苍，故山端的胜殊方。"① 吴中故山被描述为惬意的归休之地。明初苏州僧人眼光向下，依托"桑麻原隰连香径，金碧楼台崎宝坊"② 的寺院，不仅营造了"春风短策劳相过，活计都卢为举扬"③ 的地方净域，而且构建了"紫藤坞里归逢雪，煨芋曾烦慰客愁"④ 的憩寂所在。

　　前文所说的愚庵智及，为元末明初苏州籍禅僧，其所行履之处，"东南士庶，莫不慕风向化"⑤。明洪武三年（1370），智及初次退归穹窿山海云院后，尽管"杜口危坐，屏去槌椎"，但凭借其禅学造诣与修养，依然"禅衲骏奔，户履常满"⑥。智及处事通变，说法之余能够百废俱举，海云院得以"规模崇广，比旧尤胜"⑦。营构了"也知宜眺望，不独可安禅"⑧ 的净域。因此，海云院连同其所在的因百丈泉与连理山茶著称的穹窿山北麓，经常出现在明初中期苏州文士诗赋中。⑨

　　启宗大佑，活跃于明洪武及永乐初期，随时事变化而往还在南京与苏州之间。根据姚广孝《前僧录司左善世启宗佑法师塔铭》记载，大佑字启宗，号"蘧庵"，苏州吴县人。大佑生于奉佛世家，十二岁时出家在寄心庵。此后，大佑与古庭善学为友，修习贤首之学，又从东皋妙声学天台教观。因阅元僧玉岗蒙润《四教仪集注》有所省悟，大佑对"天台一宗纲格诸书，若素习而贯通焉"⑩。在天泉余泽处，大佑被任以忏司之职。因见吴中僧人多于戒检有亏，教门中人多滞于语言文字，大佑遂

①　（明）释观通等编《愚庵智及禅师语录》卷九，《卍续藏》第71册，第694页上。
②　（明）释观通等编《愚庵智及禅师语录》卷九，《卍续藏》第71册，第694页上。
③　（明）释观通等编《愚庵智及禅师语录》卷九，《卍续藏》第71册，第694页上。
④　（明）高启：《过海云院赠及长老》，（明）高启著，金檀辑注《高青丘集》，上海古籍出版社，1985，第613页。
⑤　（明）姚广孝：《径山第五十三代住持明辩正宗广慧禅师愚庵及和尚行状》，（明）姚广孝著，栾贵明编《姚广孝集》第一册，第263页。
⑥　（明）姚广孝：《径山第五十三代住持明辩正宗广慧禅师愚庵及和尚行状》，（明）姚广孝著，栾贵明编《姚广孝集》第一册，第263页。
⑦　（明）姚广孝：《径山第五十三代住持明辩正宗广慧禅师愚庵及和尚行状》，（明）姚广孝著，栾贵明编《姚广孝集》第一册，第263页。
⑧　（明）姚广孝：《秋日重游穹窿山海云精舍十首》，（明）姚广孝著，栾贵明编《姚广孝集》第一册，第71页。
⑨　明初苏州文士王行《过西山海云院（院有连理山茶屏甚奇古）》诗云："苍崖压境竹缘坡，疏雨苔花两屐过。童子候门说问讯，老僧入座说伽陀。茶屏古翠连枝巧，萝屋繁阴蔽暑多。百丈泉头借禅榻，尧天安乐有行窝。"诗文见（明）王行《半轩集：方外补遗》，影印《文渊阁四库全书》第1231册，台湾商务印书馆，1986，第466页。
⑩　（明）姚广孝：《前僧录司左善世启宗佑法师塔铭》，（明）姚广孝著，栾贵明编《姚广孝集》第一册，第299页。

游杭州净慈寺参访愚庵智及禅师。虽然对禅学深有所得，但在愚庵禅师建议下，大佑重归讲教，并遥嗣于玉岗蒙润。

明洪武四年（1371）冬，"诏征江南有道浮图来复等十人，诣于京师，命钦天监臣奢以谷旦，就蒋山太平兴国禅寺丕建广荐法会"[①]。大佑即在受诏僧侣之列，并参与了次年的蒋山广荐法会。洪武十年（1377），明太祖"诏天下沙门讲《心经》《金刚》《楞伽》三经，命宗泐、如玘等注释颁行"[②]。同年，大佑升住苏州北禅寺，"与众讲说《心经》《金刚》《楞伽》三经"[③]。大佑住北禅寺讲解三经，应该与此年的这则诏令有关。在北禅寺期间，大佑对三经提挈要义以开示学者，博得了当地义学僧侣的叹服。其实，北禅寺是元明时期苏州天台宗的重镇，天泉余泽、九皋妙声等先后于此弘教。有如此的宗学传承，再加上大佑的德业影响，北禅寺"檀施日凑，集于自然"，遂能"建大佛殿，以容多士祝釐"[④]。不久，大佑倦于人事而退归山中。嗣后，南洲溥洽、一庵一如等分别在此传法，"郡之乐善者皆心悦诚服，率其子弟日诣讲下，请受《法华经》旨"[⑤]。这与大佑早期在此的弘化分不开。

退还西山后，大佑专修念佛三昧，昼夜不懈、寒暑不辍。大佑精于天台教观，更深于净土妙义，撰有《阿弥陀经略解》《净土指归集》。根据撰者题名前的"吴郡沙门""吴郡北禅寺沙门"可知，这两部净土著作应产生在苏州。根据弘道所作序文推测，两部著作的完成当不晚于洪武二十五年（1392）四月，而此年正是大佑第二次受诏入京担任僧录司右善世的时间。大佑的这两部净土著作完成后，随即在浙江四明、江苏苏州等地刊刻流传，促进了净土信仰的地方传播。洪武二十九年（1396），大佑升任僧录司左善世。洪武三十一年（1398），大佑有感于时局变化，而弃官辞归苏州穹窿山。永乐三年（1405）夏，大佑应诏入都。次年，大佑奉命纂修释书，书成而遘疾去世。尽管有三番入都并担任僧官的经历，但大佑在苏州北禅寺及西山庵

① （明）宋濂：《蒋山广荐佛会记》，《宋濂全集》第三册，第 707 页。
② （明）葛寅亮撰《金陵梵刹志》上册，何孝荣点校，第 50 页。
③ （明）姚广孝：《前僧录司左善世启宗佑法师塔铭》，（明）姚广孝著，栾贵明编《姚广孝集》第一册，第 299 页。
④ （明）姚广孝：《前僧录司左善世启宗佑法师塔铭》，（明）姚广孝著，栾贵明编《姚广孝集》第一册，第 299 页。
⑤ （明）杨士奇：《僧录司右善世南洲法师塔铭》，（明）杨士奇著，刘伯涵、朱海点校《东里文集》，中华书局，1998，第 374 页。

居地的经营，仍被时人视为"如日当午，馨无侧影"①。

苏州吴江接待寺的兴复，与明初有中义顿有密切关系。根据陈继《有中传》记载，义顿，字有中，号松轩，姑苏长洲谢氏子。十二岁时，有中出家于本郡白龙兰若，后赴都城从学南洲溥洽，得授天台教观宗旨。学有所成后，有中东归苏州逍遥林，曾受请住持圆通寺、永定寺。不久，有中又应地方信众之请，致力于重建名刹胜感接待寺。② 吴江接待寺，在东郭外南津口，俗称"南寺"。宋绍熙二年（1191），僧寂照开山，赐额"承天万寿"。元至元二十年（1283），寺改名"接待"。③ "吴江为南北孔道，而津口接待寺适当其冲"④ "为云水之游所必经，瓢笠之侣所时集"⑤。明初的接待寺，随着年深岁远，而化为荆棘之所。在吴江士人的迎请下，有中义顿着手兴复此寺。"闻其风而趋向者交至，以财而投施者交至，献投而致功者交至。为殿为堂，为楼阁廊庑，楹具数百，岿然伟观，视旧而过胜之。"⑥ 在地方士人的支持下，有中修复寺院名胜八处，即玄音堂、含晖楼、挹清阁、止息斋、云深处、一掬轩、松花室、听闻室。其"为宏丽之室，而命以名者，多所诗歌之什"⑦。复建后的接待寺胜迹，蕴含有浓郁的人文气息，而给人"其足快悦心志者"⑧，且因其地处要冲且景物俱佳，明中期以后屡次出现在文人诗作中。⑨

有中义顿善为诗章，遍咏其寺院八处胜迹。不仅如此，有中还"求咏于钜公名士，咏于其徒，咏于其逸人"⑩。宣德三年（1428）夏，有中义顿北上都城，"从游贤公卿间，而与天下之善学佛者交"⑪。有中此行，或许与求诗文赋咏有关，且其有所

---

① （明）释宗谧等编《南石文琇禅师语录》卷四，《卍续藏》第71册，第733页中。

② （明）陈继：《有中传》，蓝吉富编《大藏经补编》第34册，第242页。

③ （明）莫旦编《弘治吴江志》，第267页。

④ （明）释德清：《吴江接待寺十方常住记》，蓝吉富编《大藏经补编》第34册，第391页。

⑤ （明）吕纯如：《吴江接待寺禅堂饭僧田碑记》，蓝吉富《大藏经补编》第34册，第757页。

⑥ （明）陈继：《有中传》，蓝吉富编《大藏经补编》第34册，第242页。

⑦ （明）陈继：《送有中师序》，蓝吉富编《大藏经补编》第34册，第554页。

⑧ （明）陈继：《送有中师序》，蓝吉富编《大藏经补编》第34册，第554页。

⑨ 例如，（明）文徵明《九日娄门胜感寺》诗云："晚禾垂穗野田平，九日登临宿雨晴。出郭由来少尘事，逢僧聊得话浮生。秋霜落木黄花节，破帽西风白发情。却喜东林能破戒，提瓶沽酒醉渊明。"此中，"胜感"即接待寺。诗文颔联"出郭由来少尘事，逢僧聊得话浮生"，表达了诗人对接待寺出尘幽静的认同，以及在其中追求闲逸憩息的向往。

⑩ （清）卞永誉纂辑《式古堂书画汇考》，浙江人民美术出版社，2012，第1140页。

⑪ （明）陈继：《送有中师序》，蓝吉富编《大藏经补编》第34册，第554页。

得而南还苏州。此外，有中还"集众作而刻于石"①，刻石意味着将寺院人文传承永久。通过有中致力于寺院人文的建设，"接待之名称扬于时，而君子乐过之者诚在此也"②。与其相交的翰林院五经博士陈继说："俟予亦南还，过而下之，相与盘礴，不知永叔其于我游者何如耶？"有中则答复他道："吾志有定所者久矣，子无迟其归。"③通过致力于寺院的恢复事宜，有中义顿联络疏通了苏州陈继等文士，而接待寺遂成为"君子乐过之者"的理想所在。神宗万历年间，接待寺虽一度因倭寇之患而废，但"僧跋寺名犹表"④"现载古志最称奇胜"⑤，成为此后苏州士绅重兴寺院的契机。⑥

　　明初洪武对释教的整顿，诏令条例完备且管控严密，永乐朝对其虽有松动却依然遵循太祖旧制。苏州辖域内的寺院庵堂在洪武中后期开始归并，然而在洪武、永乐政权转换之际，以僧俗隔离为旨趣的苏州寺院归并，却给当地社会带来了社会文化资源的再整合。以宝光寺为例，重兴的寺院既意味着附着其上的佛教宗学传承的再造，又意味着释教之外的儒家地方文化遗产的再显。在归并与整合中，地方寺僧、文士缙绅、庶民百姓等，以寺院为公共场域从而得到秩序井然的安排。明初苏州上层僧人多往来于都城南京与苏州之间，而随着明政权集权化的态势，由元入明的苏州僧人多怀急流勇退之志，他们的目光开始转向地方，致力于寺院在当地网络中的功能构建。明初政权的转换，尤其是都城的北移，苏州僧人以寺院为依托，积极主动地营造人文社会中的净域所在。这些明初的苏州寺僧，既注重经营与士人的关系，又留心整理寺院的文化承传。北禅寺、接待寺及相关僧人的事迹说明，苏州寺僧的兴造努力，为地方士人提供了不止于"背景"色的活动场域。

---

① （清）卞永誉纂辑《式古堂书画汇考》，第 1140 页。
② （清）卞永誉纂辑《式古堂书画汇考》，第 1140 页。
③ （明）陈继：《送有中师序》，蓝吉富编《大藏经补编》第 34 册，第 554 页。
④ （明）陆光祖撰《吴江接待寺新建禅堂记》，蓝吉富编《大藏经补编》第 34 册，第 390 页。
⑤ （明）释真可撰《吴江接待寺募建具区楼引》，蓝吉富编《大藏经补编》第 34 册，第 838 页。
⑥ 万历十五年（1587），陆光祖撰《吴江接待寺新建禅堂记》；万历二十四年（1596），释真可撰《吴江接待寺募建具区楼引》；天启二年（1622），释德清撰《吴江接待寺十方常住记》；崇祯元年（1628），吕纯如撰《吴江接待寺禅堂饭僧田碑记》。如上所列碑文一再记述了明晚期接待寺在士绅及僧俗的结合下重修重建之事。

僧官制度：作为佛教中国化的特征

于　超

【内容提要】　中国历史上僧官制度的创立，不仅创新了印度佛教中国化路径，而且对中国社会文化的发展产生了积极的作用。本文探讨了僧官制度设立的意义、初衷、前提与准则。通过对历史事件的回顾、梳理，本文指出中国佛教僧官制度的设立，是历史上佛教中国化进程的必然产物，既体现印度佛教对于中国社会的认同与适应，更是其转化为中国佛教后能够不断发展的基石。据此，本文从历史上僧团组织形式、寺院经济模式构造，分析了僧官制度设立的必要性。此外，本文亦依据宗法制度有关"皇权"与"教权"的秩序差别，探讨儒家依周礼主张"皇权至上"与以人为本的"人文政治"理念，对佛教僧官制度设立所依据的"政主教从"秩序的意义。

【关键词】　僧官制度　佛教中国化　僧团组织

【作　者】　于超，中国人民大学佛教与宗教学理论研究所博士研究生。

一　引言

依据学者研究，中国佛教僧官制度最早可能出现在魏晋南北朝时期。《续高僧传》中记载："释僧迁……中兴荆邺，正位僧端……昔晋氏始置僧司，迄兹四代，求之备业，罕有斯焉。"① 引文中虽指出在晋代就已经设置僧司，但未明确是在西晋还

---

① （唐）道宣：《续高僧传》卷6，《大正藏》第50册，第475页下至第476页上。

是东晋。谢重光先生又根据其他史料进一步推测，认为晋代产生全国性僧官的下限不会迟于隆安五年（401），因为此时僧官制度属于初创阶段，内容上则有待继续丰富。①

另有，北魏道武帝（371～409）在皇始年间（396～398）曾经召请赵郡沙门法果至京师，敕命他为"道人统"，统摄全国僧众，并给予优厚的礼遇。北魏"道人统"的角色，可视为管理全国佛教事务的最高僧官。

关于僧官制度的产生，学术界一般采用宋僧赞宁（919～1001）肇始于后秦的说法，即大约在弘始七年（405）。依据《高僧传》卷六《僧䂮传》中记载，其时姚兴崇尚佛法，他所统辖的境内佛教发展迅速，佛事法会盛行，境内多有世人舍弃世俗生活而遁入空门。随着鸠摩罗什大师（344～413）来到长安弘法，更是吸引偏远地区僧人云集长安。一时之间长安城内僧尼云集，人数大增，但由于僧人素质参差不齐，破戒犯律之徒屡见不鲜："大凡一宗教既兴隆，流品渐杂，遂不能全就正轨。"②所以，后秦主姚兴觉得有必要设立僧正（僧官）职位，以国家法律形式规范僧众管理，整顿佛教败坏状况，维护佛教纯洁性。因此，姚兴以行政方式下诏建立僧官制度，任僧䂮为僧正，赏赐助手三十人，从事全国僧人的管理事务。此乃中国佛教僧官制度设立前后因果关系有详细记载的文献。③

从历史发展的角度来看，任何一种外来文化，都会受到本地文化的抵制，佛教自然也不例外。面对着以儒家文化为主导的多种文化的挑战，佛教不仅加强自身改造与中国文化相融合，扎根于华夏土壤，寻求最大公约数，逐渐发生质的改变，并且慢慢地从出世的宗教组织演变为带有经济和政治性质的社会团体，远远不同于印度佛教的形态。中国封建王朝统治者为了妥善处理与佛教的关系，必须建立一套方便、适宜的管理体系。那么，中国佛教僧官制度的设立，不仅依据时空地理和人文政治因素，以最适当的范式，规范了佛教管理，更从外在条件与内在实践面向，构建印度佛教中国化进程的独特性。

---

① 谢重光、白文固：《中国僧官制度史》，青海人民出版社，1990，第12～13页。
② 汤用彤：《汉魏两晋南北朝佛教史》，上海人民出版社，2015，第241页。
③ （南朝梁）慧皎：《高僧传》卷6，《大正藏》第50册，第363页中。"兴既崇信三宝，盛弘大化，建会设斋，烟盖重叠，使夫慕道舍俗者，十室其半。自童寿入关，远僧复集，僧尼既多，或有愆漏。兴曰：……宜立僧主，以清大望。因下书诏：大法东迁，于今为盛，僧尼已多，应须纲领，宜授远规，以济颓绪。僧䂮法师学优早年，德芳暮齿，可为国内僧主……至弘始七年，敕加亲信，伏身白从各三十人。僧正之兴，䂮之始也。"

二　僧官制度设立的意义

中国佛教僧官制度的出现，历史上为印度佛教的中国化提供了可能性，创造了"中国化"视野下佛教作为制度性宗教体系，在历代社会背景、时代因素、人文政治情境下有效得到延续与发展的条件。

众所周知，佛教的产生，既与古印度传统的婆罗门教有千丝万缕的联系，又是批判婆罗门教的一种"新沙门"思潮。不过，就其在古印度社会的发展轨迹而言，因为缺乏有力的社会背景与人文政治支持，佛教的影响力一直甚微。11 世纪时，伊斯兰教对印度的入侵和宗教迫害又给衰微的佛教一个致命的打击，许多著名的佛寺，如那烂陀寺和超岩寺等被毁坏，大批的佛教高僧被迫逃到尼泊尔、西藏或东南亚避难，导致佛教在印度基本消失。①

印度佛教的消亡，在一定程度上可归因于其自身缺少与本国政治文化与社会人文的紧密互动有关。当然，这其中的另一重要因素，是印度佛教受到古印度文化四种性制度的限制，其时的佛教教职人员，具有相似于印度教"婆罗门"的地位，这种地位处在"刹帝利"种性（也即统治阶层）之上。因此，古印度历代统治者基本上未以行政方式干预佛教事务，未设立如佛教中国化的僧官制度，即在统治阶层的行政引导下，形成一套行之有效的利国佑民的管理模式，使佛教得到有效延续与发展的同时，也参与到社会服务与建设。

历史上，由西域传入汉地的佛教，在适应中国社会各层人文政治文化的情形下，有了鲜明的本土化特征，形成中国化的佛教，具有独立性，同时又与中国社会的人文政治文化产生了紧密的联系。譬如，在中国封建社会的特定语境下，佛教突破印度模式，探索自身本土化的发展特色，而僧官制度作为佛教中国化的创新与缩影，就在此中应运而生。佛教僧团组织、寺院经济与"政主教从"模式三大因素，影响了历代中央政府关于如何设立僧官制度的决策。

在古印度，佛教僧团组织的存在形式，主要是以"身合同住"与"见和同解"追求身心解脱为目的，旨在通过佛法的修持解决生命的痛苦，实现解脱。不过，随

---

① 朱明忠：《佛教在印度的产生、发展与消融》，《南亚东南亚研究》2021 年第 3 期，第 148 页。

着印度佛教传入中国后，为迅速能够植根于中国大地，有些佛教僧团组织开始将佛经记载的"神迹"与中土瑞应信仰结合起来，视为"佛教中国化"的弘法方式，开启全新的传教模式。这种结合吸引了中国社会民众的注意力，引导印度佛教中国化。更在一定程度上，加速佛教中国化进程，扩大影响受众范围，为印度佛教的进一步中国化，提供了重要途径，逐步涉及中国社会组织、文化民俗与政治经济等领域。

中国佛教僧官制度的设立，无疑是佛教中国化进程中社会经济与人文政治因素的结合产物。通过僧官制度的设立，佛教主动寻求适应中国社会传统儒家宗法制度下"政主教从"的人文政治模式。同时，统治者将佛教纳入中央行政管理事务中，使其能够更好地发挥自身的宗教属性与社会服务功能，无形中推动印度佛教的中国化。

三　规范僧团管理是僧官制度设立的初衷

如何与中国文化嫁接自然是佛教初入中国后急需解决的问题。汤用彤先生在《汉魏两晋南北朝佛教史》一书中指出："楚王英交通方士，造作图谶，则佛教祠，亦仅为方术之一。盖在当时国中人士，对于释教无甚深之了解，而羼以神仙道术之言。"[1]　就早期印度佛教在中国的宗教属性与文化层面而言，汤先生的理解是假设印度佛教传到中土后，借助统治阶层对佛教的不了解，将其作为一种方术，同中国民俗文化的"祠"结合，减少国人排斥心理，从而得到接纳与流传。

笔者认为，这一点在地域政治与宗教文化差异层面上，有较为明显的不同。譬如，汉朝统治阶层就曾以行政的方式，将印度佛教与本土政治与宗教文化，进行了分化处理，禁止汉人出家。依据南朝梁人释慧皎（497～554）在其所撰《高僧传·佛图澄传》记载："往汉明感梦，初传其道。唯听西域人得立寺都邑，以奉其神。其汉人皆不得出家。"[2]　慧皎的记载，体现了地域政治与宗教文化的差异，促使汉明帝从行政需要出发，允许西域来华者"立寺都邑，以奉其神"，不过对于汉人出家是不允许的。就此而言，说明早期印度佛教来华，统治阶层利用地域政治与宗教文化差

---

① 汤用彤：《汉魏两晋南北朝佛教史》，第 38 页。
② （南朝梁）慧皎：《高僧传》卷 9，《大正藏》第 50 册，第 385 页下。

异性，阻断汉人出家，将佛教限制在本土政治与宗教文化之外，因此，当时的印度佛教也就没有相应的契机形成日后具有中国化特色的僧官制度。最为明显的一点是，早期与佛教有关的人与事，都作为"外交事务"处理，交由接待外宾的鸿胪寺掌管。

到两晋时期（265～420），佛教的影响慢慢渗透到中国社会各个阶层中。从政府明令汉人禁止出家，到颍川人朱士行作为"汉地沙门之始"，汉人出家为僧者络绎不绝，并逐渐在佛教传播中发挥重要作用。正如荷兰学者许理和所讲："对于中国人来说，佛教一直是僧人的佛法。"[1] 两晋也是佛教中国化，汉地高僧辈出的时期，在数量上第一次超过来华的印度高僧。凭借个人的感召力和佛教的号召力，这些高僧逐渐打造出有别于印度佛教的具有中国特色的佛教僧团组织。此中佼佼者，有道安（312～385）、慧远（334～416）以及竺僧朗（生卒年不详，今陕西西安人）所带领的僧团组织，不仅具有宗教组织属性，也显露一股不容忽视的社会团体力量。在历史因缘条件具足的情况下，结合当时中国社会背景与人文政治需求，如何建立有效的管理机构，僧官制度渐渐浮出水面。这主要体现佛教在中国化的进程中，汉地僧团组织在扩大规模、保留佛教神圣超越性的同时，也彰显自身具备世俗化的社会服务功能。

以道安法师为例，在华北一带弘扬佛法，扩大佛教的影响力，吸引了大量徒众追随。在河北时，他教化的人多至"中分河北"的程度，在襄阳时，"四方学士竞往师之"。此外，因为僧团人数众多，道安法师进行多次分化，遍及长安、荆州、江陵、庐山等地，形成一个广泛而强大社会组织，说明当时的佛教中国化进程与僧团组织的发展迅速，进而不得不作出分化，以适合管理及契合佛教中国化的社会需求。

竺法朗入泰山，形成泰山僧团，成为一时楷模，许多人士慕名向之，就连前秦苻坚、后秦姚兴和东晋孝武帝司马曜等统治者都与其有交往。另外，慧远大师的僧团在当时也有重要的影响力。

事实上，中国历史上自东晋以降至南北朝，由于社会动荡、政局不稳，全国各地佛寺与僧尼数量，在此期间呈直线迅速增长之势。依据《释老志》《释迦方志》《洛阳伽蓝记》等史料记载，南北朝时期的僧尼数量，可制表如下[2]：

---

[1]〔荷〕许理和：《佛教征服中国》，李四龙、裴勇等译，江苏人民出版社，1998，第2页。
[2] 崔佳：《北魏僧官制度探析》，河南大学硕士学位论文，2018，第19页。

南朝	僧尼人数	北朝	僧尼人数
宋（420～479）	36000	北魏太和元年（477）	77258
齐（479～502）	32500	北魏延昌年间（513～515）	《释老志》载成倍增长
梁（502～557）	82700	北齐（550～577）	2000000
陈（557～589）	32000		

从表格中可见，北魏至北齐时期，佛教在中国化的道路上快速发展，出家僧人的数量在短时期内成倍增长，更是成为社会稳定与政治形态不可小觑的力量。其中，北魏时期更是形成佛教中国化的重要转折点。如，孙昌武教授在其《北方民族与佛教：文化交流与民族融合》一书中指出："北魏是佛教中国化的重要阶段。出家者众多，僧团膨胀，据记载魏末各地僧尼达二百余万。"①

然而，随着汉地投入佛门的出家僧人越来越多，寺院僧尼鱼龙混杂，违规犯戒之事，时有发生。更有甚者，社会无赖与盗贼山寇混入僧团，组织徒众暴动，破坏社会安定，动摇统治根基等。至此，僧团组织的纯洁性，受到了破坏与质疑。其时的佛教僧团组织，已俨然成为统治者不得不正视的社会力量。如何规范僧团组织管理，引导其发挥合理的社会功能与作用，便是其时统治者所关注与需要解决的问题，最后僧官制度的运用而生，成为政治稳定与民生发展的必要选择。

四　寺院经济是僧官制度设立的前提

在中国历史上，佛教僧官制度的设立进程，除了统治阶层从政治层面上给予积极的引导之外，佛教寺院经济模式也在其中构成了僧官制度得以设立的前提。毫无疑问，经济是物质基础，物质基础决定了上层建筑。这种辩证逻辑关系，也适用于解释历史上寺院经济与僧官制度的设立。寺院经济是佛教自身得以延续与发展的物质基础，僧官制度作为规范佛教管理的一套行政体系，其上层结构必然也要依据有效的寺院经济模式，才得以建立与实行，又会反作用于经济基础。就中国佛教寺院经济的模式而言，主要有两种：第一种建立在信徒的供养与布施之上；第二种建立在经营相关的产业与物业之上。前者继承了印度佛教传统，形成寺院经济结构的基

---

① 孙昌武：《北方民族与佛教：文化交流与民族融合》，中华书局，2015，第113页。

本模式；后者是佛教中国化的不共之处。

　　寺院经营相关产业与物业是中国佛教特有的经济模式，也是佛教中国化的一大特质。此中首先体现的是佛教为达到自给自足，经营商铺田产，以及从事农业劳动生产型经济作物等；其次是对剩余价值的有效利用，将其转化为佛教传播的媒介。这一点是不同于印度佛教寺院经济模式的。按照印度佛教的比丘戒律要求，出家人是不可以"掘地"的，戒律也禁止僧人进行一切与农业相关的劳作生产，更不允许出家人捉持金银，开展与经营性质相关的经济活动。佛教中国化，从"因地制宜"的角度出发，一开始便没有明确反对僧人捉持金银，或者寺院积蓄财富。这是因为中国和印度两国文化不同。

　　寺院经济具有正反两面双重作用。寺院除了要自给自足之外，还担负着供给僧团日常开支，以及行使社会服务功能（比如开展社会慈善事业）的责任，树立佛教的"慈悲济世"的良好形象，"助王化于治道"。也因此，中国佛教在历代都享有国家免税的政策。可以这么说，中国文化特性与相应外部条件因素，促使印度佛教在中国化的进程中，发展出与中国社会文化和人文政治相匹配的寺院经济模式。

　　就此而言，中国化的佛教寺院经济在魏晋南北朝时期，已经达到高度的自给自足的条件，形成剩余价值的积累，在中国封建社会中占有举足轻重的地位。然而，当寺院经济积累超过社会经济所能承受的能力，就不可避免地产生负面效应。任继愈先生指出："这种佛教寺院经济力量逐渐强大，除了采取土地剥削为主要剥削方式以外，还经营高利贷、招纳佃客，与当时一般门阀地主所采取的剥削方式完全相同。"[1]在这种土地剥削的方式中，由于僧人占有绝大多数的生产资料，逐渐变成农耕时代有别于世俗界的另类"地主阶层"，即僧侣地主，与之对应的则是"白徒""养女""僧祇户""佛图户"等依附民和奴隶阶层的存在。二者之间已不限于是经济上的奴役关系，甚至在严格意义上是统治与被统治关系。依附人户长期在寺院受驱驰，服役至老死，非遇放免，不能离开寺院领地。[2]

　　这类"地主阶层"—富有的僧人阶层—作为寺院经济的既得利益者，进一步将

---

① 罗莉：《论寺庙经济——中国寺庙经济现象的历史考察与现实分析》，中央民族大学博士学位论文，2003，第23页。

② 谢重光：《中古佛教僧官制度和社会生活》，商务印书馆，2009，第178页。原注释：分见敦煌文书 S.542 背（八）《吐蕃戌年沙州诸寺丁口车牛役薄》；吐鲁番文书《唐宝应元年（762）建午月西州使衙牒》，《文物》1975年第7期。

寺院经济融入宏观的社会经济当中，影响了古代社会民生与政治进程。历史上，佛教寺院经济体量的增加，不仅容易引起佛教内部的腐败，同时也直接与当时统治阶级的行政纲要产生对立，成为国家行政的"疾"与"患"。如《弘明集》载："（僧人）或垦植田圃，与农夫齐流，或商旅博易，与众人竞利；或矜持医道，轻作寒暑；或机巧异端，以济生业，或占相孤虚，妄论吉凶；或诡道假权，要射时意；或聚畜委积，颐养有余；或指掌空谈，坐食百姓。斯皆德不称服，行多违法，虽暂有一善，亦何足以标高胜之美哉……是执法者之所深疾，有国者之所大患。"[1] 可见，寺院经济体量的增加，在一定程度使佛教过度世俗化，不仅染污佛教出世精神的纯洁性，同时也损害世俗民生与统治阶层的行政利益，成为民生与行政路上的绊脚石，这也是历史上统治阶层要求设立僧官制度以规范僧团管理的一大因素所在。

五　政主教从为僧官制度设立的准则

就历史而言，古代中国与印度对"教权"与"皇权"的关系，体现出骤然不同的理解。高鸿钧教授在《新编外国法制史》指出人类社会出现的四种政教关系，其中，古代中国属于"政尊教卑型"，以及古代印度则为"政卑教尊型"。[2] 中国的封建社会，政治上以帝王为中心，以皇权至上为理念，这一点不同于古印度。对于佛教的"教权"何去何从的最终决定权，始终掌控在统治阶层的"皇权"手里。也因此，历代统治阶层对于佛教的态度—或信仰支持或行政需要—直接影响了佛教的命运。虽然印度佛教的戒—律结构与传统中国法的礼—法结构在功能上可资类比，但在内容上存在诸多的差异。[3] 一般而言，世俗统治阶层必然以政权为重，不可能允许佛教的"教权"对其政权产生任何形式的威胁。因此，保证"皇权"高于"教权"的政主教从模式，也就成了历代帝王设立僧官制度，以便规范管理佛教的要务。

自西汉以来，儒家依周礼等经典，制定一套区分"君统"与"宗统"的政权、族权、神权、夫权秩序有别的宗法制度理论。此中，排在首位的"政权"，也即指君统"皇权"，就是把统治者的地位置于最高；而佛教所代表的"神权"（或"教权"）

---

①　（南朝梁）僧祐：《弘明集》卷6，《大正藏》第52册，第35页中。
②　高鸿钧、李红海：《新编外国法制史》（上册），清华大学出版社，2015，第57页。
③　鲁楠：《正法与礼法—慧远〈沙门不敬王者论〉对佛教法文化的移植》，《清华法学》2020年第1期，第36页。

更是排在了宗统血缘关系的"族权"之后。这一套宗法制度理论，历来影响着中国的政治、经济与文化的发展脉络。

佛教东传来华，如何适应中国社会宗法制度，成为迫在眉睫的问题。道安大师是佛教中国化第一推手，一句"不依国主，则法事难立"的佛教立论，不仅是他在面对政局动荡、战乱频仍时代的一种无奈心声，也是僧团领袖能够认同和适应中国社会结构，即从政教的主从关系出发，自觉地改变印度佛教模式，进行佛教中国化的实践，如，教团管理的中国化、僧尼规范的中国化、修持方式的中国化、经典翻译的中国化和佛教义理的中国化等。道安佛教中国化的探索和本土化的改造，不仅是其本人主动尝试把佛教纳入社会政治结构中的努力，也是中国本土固有礼法体系对宗教的本质要求。

道安弟子慧远更是以佛教中国化的方式回应了时代对佛教的挑战，[①] 妥善调和"政主教从"的关系。东晋庾冰以世俗礼法的重要性，"因父子之敬，建君臣之序，制法度，崇礼秩，岂徒然哉，良有以矣"[②]，责难佛教与纲常相悖。另有，桓玄在与慧远的书信来往中，依旧强调世俗礼法对佛教的约束。慧远则说：

> 出家则是方外之宾，迹绝于物，其为教也，达患累缘于有身，不存身以息患；知生生由于禀化，不顺化以求宗。求宗不由于顺化，故不重运通之资；息患不由于存身，故不贵厚生之益。此理之与世乖，道之与俗反者也。是故凡在出家，皆隐居以求其志，变俗以达其道。变俗则服章，不得与世典同礼；隐居，则宜高尚其迹。夫然，故能拯溺族于沉流，拔幽根于重劫；远通三乘之津，广开人天之路，是故内乖天属之重，而不违其孝；外阙奉主之恭，而不失其敬。若斯人者，自誓始于落簪，立志成于暮岁，如令一夫全德，则道洽六亲，泽流天下；虽不处王侯之位，固已携契皇极，大庇生民矣。[③]

对于桓玄的主张，慧远并没有完全驳斥，而是采取以一种间接的方式进行解释，将佛教信徒分为在家和出家两种。在家信徒应该秉持世俗礼法，尊亲敬君，而出家

---

① 方立天：《慧远与佛教中国化》，《中国人民大学学报》2005 年第 1 期，第 28 页。
② （南朝梁）僧祐：《弘明集》卷 12，《大正藏》第 52 册，第 79 页中至下。
③ （南朝梁）僧祐：《弘明集》卷 12，《大正藏》第 52 册，第 83 页下至第 84 页上。

信徒要"隐居求志""变俗达道"，所着服饰也应与世俗有异。同时，慧远大师为避免与政治权力和世俗礼法冲突，主张佛教的救度众生，与统治阶层在行政与利民方面，有异曲同工之妙。另外，在《沙门不敬王者论》中，虽然慧远刻意回避了宗法制度下君统"皇权"与"教权"的秩序差别，但是依旧不得不面对宗法制度的挑战而做出改变，以求符合中国宗法制度下僧团内部管理模式。事实也证明，崇尚宗法制度的历代统治阶层，从来就没有放弃过君统"皇权"与"教权"秩序差别意识，对佛教进行了必要、有效的管控与约束。

就中国民族多元与政治文化的复杂性而言，佛教能够广泛传播的另一个原因在于得到北方少数民族政权的支持。葛兆光教授认为："确实汉族的帝王是否要信仰佛教，是有一些传统和伦理的障碍。可是，在石虎的时候就不一样了……他说，我自己就来自边壤，当然应当遵守本俗，而'佛是戎神，正所应奉。'"① 这样，通过统治者信佛，把佛教与政治—特别是国家治理—紧密结合起来。那么，将佛教事务作为国家管理的内容之一，自然不像汉族王朝那样受到强大阻碍。沙门统法果主动礼拜皇帝，甚至以皇帝喻佛。"明元好道，即是当今如来，沙门宜应尽礼……能弘道者人主也，我非拜天子，乃是礼佛尔。"② 即便僧人领袖向统治者直接示好，但在北朝史还是发生过北魏太武帝和北周武帝两次灭佛事件。就此而言，虽然政治文化可以不同，但是统治阶层的特性却是一致的。也即，对佛教的"真虔"，并不代表着统治阶层放松对佛教的管制，王权限制教权的斗争始终存在，更多的是体现了统治阶层采用"以僧治僧"模式，在无形之中将佛教纳入国家行政体制之中，加强对佛教的监管，以确保"教权"与"皇权"的隶属关系，并因此形成历代僧官制度设立的重要准则。

六　结语

综上所述，中国佛教僧官制度的设立意义、初衷、前提与准则，是历史上佛教中国化的结果。印度佛教的中国化进程，体现在僧团组织形式、寺院经济与政主教

---

① 葛兆光：《〈魏书·释老志〉与初期中国佛教史的研究方法》，《世界宗教研究》2009 年第 1 期，第 29 页。
② 谢重光：《中古佛教僧官制度和社会生活》，第 381 页。原注释：《册府元龟》卷五一《帝王部·崇释氏》。

从的中国化关系上。其中，彰显了统治阶层从行政层面对佛教进行规范的管理，以保障佛教的延续与发展进程中利国佑民，并据此定位佛教的社会功能及其在宗法制度中的角色地位。从另一层面而言，历史上僧官制度的设立，也突显佛教中国化进程的顽强生命力与适应力；体现佛教无我利他、圆融中道精神。此外，中国佛教的僧官制度，作为佛教中国化的一种独特体系，展现在儒家宗法制度中，以人为本的人文政治特征。最后，笔者认为历史上僧官制度的设立，不仅是在符合中国国情与社会人文政治需求的情况下，发展出的一种卓有成效的佛教管理体制，也是佛教中国化进程中自身的有效延续与发展—在延续佛教出世解脱精神的同时，发展了体系化入世护国佑民的社会服务功能。

《庐山记》版本研究

——兼论大正藏本的问题

林莉莉

【内容提要】 北宋陈舜俞所撰《庐山记》，作为一部庐山志书，具有极高的历史和文献价值。然北宋地志，亡佚者多，《庐山记》也未能幸免。20 世纪初，罗振玉在日本偶见足本《庐山记》，大喜过望，将其带回中国影印，总算失而复得。此记现存版本不多，诸版本间存在或多或少的差异，学界对其研究不甚深入。本文意在梳理现存《庐山记》各版本间的谱系关系，并指出传播最广的大正藏本存在的底本及录文问题。同时，该记作为中国古籍由域外回归国内的案例，其谱系流传反映出中国古籍文献的传播路径，也对今后域外汉籍的整理、重印工作具有一定的参考价值。
【关键词】 陈舜俞 《庐山记》《庐山记》版本谱系

【作 者】 林莉莉，上海师范大学宗教学专业佛教文献方向硕士研究生。

《庐山记》作为一部庐山专志，为北宋陈舜俞所撰，详细记录了古代庐山一带的人文地理、名胜古迹、诗词碑文等，具有极高的历史和文献价值。

《庐山记》开篇有李常、刘涣两篇序文，正文部分共五卷八篇，分别作"揔叙山篇第一""叙山北篇第二"为卷一；"叙山南篇第三"为卷二；"山行易览篇第四""十八贤传篇第五"为卷三；"古人留题篇第六"为卷四；"古碑目篇第七""古人题名篇第八"为卷五。

宋代以后，《庐山记》逐渐散佚。至清乾隆时期，馆臣奉命编修《四库全书》，仅寻得"兵部侍郎纪昀家藏本"，内容包括三篇残卷[①]并释慧远《庐山记略》一卷。馆臣对《庐山记》的评价颇高，曰："北宋地志，传世者稀。此书考据精核，尤非后来《庐山纪胜》诸书所及。虽经残缺，尤可宝贵。"[②]《四库提要》又言："校勘《永乐大典》，所缺亦同。"[③] 可见，至晚于明永乐时期，《庐山记》足本在中国已难以找寻。直到 20 世纪初，罗振玉在日本偶见原藏于高山寺而当时藏在成篑堂文库的《庐山记》五卷（以下简称"高山寺旧藏本"），于民国六年（1917）将其影印刊入《吉石盦丛书二集》（以下简称"吉石盦本"），自此足本《庐山记》才得以重现在国人面前。

目前学界对《庐山记》的版本考察，管见所及，李勤合先生于 2010 年所撰《陈舜俞〈庐山记〉版本述略》[④] 一文，较为集中且全面地对《庐山记》各个版本进行了简介，可并未对各版本间的关系作系统阐述。他认为，该记在明代应仍存有足本，但这一推断仅是依据明代陈第《世善堂藏书目录》"庐山记五卷，陈舜俞"[⑤] 的著录而得出的，尚嫌证据不足。

在现存众多版本中，《大正藏》第 51 册收录的《庐山记》（以下简称"大正藏本"）流传和应用范围最广。在《陈舜俞〈庐山记〉版本述略》中，李先生已经指出大正藏本的底本"大谷大学藏本"的版本形态与吉石盦本相同，但未作深入探讨。另外，大正藏本文末附有一篇罗振玉的跋文，是罗振玉为吉石盦本所作（以下简称"罗氏跋文"），此前的研究对此跋文有颇多误解。胡耀飞先生在《宋人陈舜俞〈庐山记〉所见吴·南唐史料考论》中推测，大正藏本可能是罗振玉校勘后的足本，与笔者后文的论断基本相同；然而认为跋文中的校勘内容与大正藏本无法对应[⑥]，则有待商榷。事实上，跋文提及的三处缺叶，[⑦] 卷一一叶已由罗振玉据元禄本补足，卷四两叶仍缺，大正藏本同之，可见大正藏本与跋文内容的一致性。李勤合等所撰《足

---

① 三篇作"总叙山篇第一""叙山北篇第二""叙山南篇第三"，实际仅《庐山记》前两卷。详情可参考（清）纪昀等纂《钦定四库全书总目》（整理本）上，卷七十地理类三，中华书局，1997，第 956 页。

② （清）纪昀等纂《钦定四库全书总目》（整理本）上，卷七十地理类三，第 956 页。

③ （清）纪昀等纂《钦定四库全书总目》（整理本）上，卷七十地理类三，第 956 页。

④ 李勤合：《陈舜俞〈庐山记〉版本述略》，《图书馆杂志》2010 年第 10 期，第 74～77 页。

⑤ （明）陈第撰《世善堂藏书目录》上，收录于《续修四库全书》影印《知不足斋丛书》，上海古籍出版社，1995，第 515 页。

⑥ 胡耀飞：《宋人陈舜俞〈庐山记〉所见吴·南唐史料考论》，《长江文明》2011 年第七辑，第 52 页。

⑦ 罗振玉撰《吉石盦丛书》本《庐山记》书跋，《大正藏》第 51 册，第 1051 页下。

本〈庐山记〉在近代的重新发现》，认为大正藏本书末附有罗氏跋文，是表明了"《庐山记》收入《大正藏》正是受了罗振玉的影响"①，其实应无法得出这样的结论。

足本《庐山记》在中国的再次现世，无疑难能可贵。然而，综观对此记的研究，还存在诸多不足与误解。或仅对其各个版本进行单独描述和研究，或着眼于内容而对版本及其流传情况一笔带过，尚未有文章系统阐述各版本之间的谱系关系。同时，大正藏本作为受众最广的版本，不仅在底本选择时因未用善本，存在较大量的讹脱甚至错简，且在录文方面也有可指摘之处。鉴于此，本文将重点围绕以上两个问题展开论述，力图描绘一张《庐山记》的版本谱系网络，并对大正藏本的底本及录文过程中存在的问题进行探讨，希望能对今后《庐山记》相关的研究有所助益。

一　《庐山记》版本介绍

《庐山记》现有三卷本和五卷本两种形态。

三卷本是以《四库全书》收录的《庐山记》（以下简称"四库本"）为代表，囊括之后由其衍生出来的本子。四库本的底本是纪昀家藏残卷，内容为"总叙山篇""叙山北篇""叙山南篇"三篇并释慧远《庐山记略》一卷，《庐山记略》不知是何人所附，②三篇则实际仅为《庐山记》前两卷。当时馆臣只知《庐山记》共五卷，并不知篇数，故而误将三篇分为三卷，遂出现"三卷本"这样一种新的形态。③之后，清代钱熙祚辑刻《守山阁丛书》收录了四库本。过去的研究对三卷本《庐山记》已有较多阐述，故本文将五卷本作为主要的探讨对象。

现存宋版五卷本《庐山记》仅有两个本子，其一高山寺旧藏本，罗振玉称其"高山寺藏本"④，今藏德富苏峰成篑堂文库⑤；其二目前藏于日本国立公文书馆内阁文库（以下简称"内阁文库本"）。现对诸五卷本逐一介绍。

---

①　李勤合、马新蕾、滑红彬：《足本〈庐山记〉在近代的重新发现》，《郧阳师范高等专科学校学报》2011年第1期，第44页。

②　（清）纪昀等纂《钦定四库全书总目》（整理本）上，卷七十地理类三，第956页。

③　罗振玉撰《吉石盦丛书》本《庐山记》书跋，《大正藏》第51册，第1051页下。

④　罗振玉撰《吉石盦丛书》本《庐山记》书跋，《大正藏》第51册，第1051页下。

⑤　成篑堂文库藏书楼后归日本御茶之水图书馆所有，御茶之水图书馆现名"石川武美纪念图书馆"。

（一）高山寺旧藏本与吉石盦本

1992年，日本的川濑一马先生编著出版了《御茶之水图书馆藏新修成箦堂文库善本书目》（以下简称"善本书目"），其中收录了高山寺旧藏本《庐山记》①。据善本书目可知，该版本卷二、卷三为宋椠本，卷一、卷四、卷五为旧抄补。罗振玉于1909年在成箦堂文库中见到此本，民国六年（1917）从德富苏峰处借得，刊入《吉石盦丛书二集》。据罗氏跋文可知，高山寺旧藏本抄本部分"于宋讳皆阙笔，盖亦从宋本出"，刻本部分则应是刊于宋高宗之后，而早于宋光宗。该本卷二、卷四、卷五首页均钤有"高山寺"印。②

罗振玉并未对高山寺旧藏本进行精校，罗氏跋文中道："卷一第二叶据元禄本补之，其他诸叶则元禄本亦阙，怨世遂无他本可据补矣。"③ 罗氏据元禄本补写的"卷一第二叶"，考察高山寺旧藏本手写汉字页码，应实为卷一第六叶。④ 但值得注意的是，吉石盦本中罗振玉补写一叶之后开始错简，即该叶末"南对高岑"，本应接续第七叶首"上有奇木"，却直接跳至第十一叶首"北望溢江"。实际上，若按高山寺旧藏本手写页码编排，此处文序无误，可见此错简至少在高山寺旧藏本抄写过程中是正确的。导致错简的原因有两种可能：一是罗振玉在编辑刊印吉石盦本过程中出现了排版问题；二是古代抄写之后，装帧顺序有误，而罗振玉拿到时已有错简。

罗振玉从苏峰处借得高山寺旧藏本影印了吉石盦本之后，其跋文也同样附在了高山寺旧藏本之后。⑤ 那么我们可以推断，他补写的卷一缺叶，应该也被高山寺旧藏本接纳。故如今所见之吉石盦本，基本就是1917年后高山寺旧藏本的全貌。由于高山寺旧藏本暂不得见，下文提及高山寺旧藏本的内容，均是通过吉石盦本得知。

---

① 〔日〕川濑一马编著《御茶之水图书馆藏新修成箦堂文库善本书目》，御茶之水图书馆，1992年10月，第937页。

② 参见罗振玉编《吉石盦丛书二集》所收高山寺旧藏本《庐山记》（影印本）。亦可对照罗振玉撰《吉石盦丛书》本《庐山记》书跋，《大正藏》第51册，第1051页下。

③ 罗振玉当时未见内阁文库本，故有此叹。参见罗振玉撰《吉石盦丛书》本《庐山记》书跋，《大正藏》第51册，第1051页下。

④ 《吉石盦丛书二集》自身未见有页码，高山寺旧藏本第一、四、五卷（抄本部分）均有手写汉字页码，以"叶"为单位，一叶同吉石盦本二页。卷一自序开始标注，从"三"至"卅四"，前缺"俯视之图"（"一"）及目录（"二"）各一叶；卷四从"四一"至"四廿九"，"四"指第四卷，缺"四廿一"和"四廿八"二叶；卷五从"五（之）一"至"五（之）十九"。下文均以高山寺旧藏本手写汉字页码为准。

⑤ 〔日〕川濑一马编著《御茶之水图书馆藏新修成箦堂文库善本书目》，第937页。

（二）内阁文库本

内阁文库本，刊刻年代推定为南宋绍兴年间，应不晚于绍兴中期。① 本文推断其年代略晚于高山寺旧藏本刻本部分。

关于该本外观形态，吴怿先生撰有《新见〈庐山记〉版本及价值》② 一文，作了一些描述。五卷分作五册，封页上分别作"仁""义""礼""智""信"。卷一首页为李常序中提及"俯视之图"③，接着为目录，以及李常、刘涣两篇序文。每卷首页上方均有"秘阁/图书/之章"印，卷一首页下方钤有"佐伯侯毛利/高标字培松/藏书画之印"，为日本古代丰后国佐伯藩主毛利高标（1755～1801）旧藏，于其死后的文政十年（1827）进献给幕府。

内阁文库本保存完好，无缺页、无脱文，堪称善本，也是目前所见传世的唯一完整的宋代刻本，属于日本"重要文化财"（注："重要文化财"是日本文物保护专用名词）。目前，该本的电子扫描版已由日本国立公文书馆官网公开，但国内学界对其利用极少。

（三）元禄十年和刻本与殷礼在斯堂本

日本尾崎七左卫门等曾于元禄十年（1697），刊印了和刻本《庐山记》（以下简称"元禄本"）。如今在日本国立公文书馆内阁文库、国立国会图书馆，以及个别日本高校图书馆均有馆藏。其中，日本国立国会图书馆藏本保存较完好，扉页印有"洛下尾崎盈䌸堂藏版"字样，且钤有"盈䌸""思无邪"两枚朱印。

该本于李常、刘涣两篇序言之后，附有"庐山十八贤图赞"，内容实为宋代李冲元撰《莲社十八贤图记》，记后紧接宋代李公麟所绘《莲社十八贤图》，被分割成十八页附于该本之中。④ 题字道："偶得此图附于《庐山记》首，以资好事雅观，览者宜以上中下迭之而得其意也。"卷五末尾署刊印人与刻印时间，作"元禄十丁丑岁季春上浣/京寺町四条/尾崎七左卫门/同五条/梅村弥与门/江户通石町三町目/山形屋

① 〔日〕尾崎康：《日本现在宋元版解题史部（下）》，《斯道文库论集》第28辑，《松本隆信名誉教授追悼纪念论集》，庆应义塾大学附属研究所斯道文库，1993，第48页。

② 吴怿：《新见〈庐山记〉版本及价值》，《江西省图书馆学会年会论文集》，南昌市江西省图书馆学会，2013，第18～23页。

③ 《钦定四库全书总目》提要称其为"俯仰之图"。参见（清）纪昀等纂《钦定四库全书总目》（整理本）上，卷七十地理类三，第956页。

④ 李蜜：《〈庐山记〉与〈莲社图〉》，《版本目录学研究》第七辑，第241～252页。

吉兵卫/店"。

而殷礼在斯堂本，则为元禄本的重刊本。实际上，在罗振玉见到高山寺旧藏本之前，在日本已访得元禄本，可一直未有暇刊印，直到民国 17 年（1928），终以东方学会的名义将其刊入《殷礼在斯堂丛书》。文末附罗振玉跋文一篇，称"讹夺一仍本来，不加改正"，可见并未校勘，只是重新排版刊印。

（四）其他五卷本

五卷本除以上诸版本外，另有大正藏本、便利堂影印本、《庐山志副刊》本等版本。大正藏本将于后文作详细阐述。

便利堂影印本，为日本昭和 32 年（1957）以内阁文库本为底本影印的本子，日本诸多高校图书馆均有收藏。

《庐山志副刊》本，是收录在吴宗慈于民国 23 年（1934）刊行的《庐山志副刊》中的《宋陈舜俞庐山记》。封面题字"四库全书所收守山阁丛书残本、日本大正刊大藏经所收大谷大学藏本及元禄十年刊本合校本"，可吴宗慈却不知并非是《四库全书》收录守山阁丛书残本，而是守山阁丛书收录了四库本。

二　《庐山记》版本谱系

（一）内阁文库本与高山寺旧藏本

鉴于内阁文库本与高山寺旧藏本同为宋本，二者之间应存在一定的联系。

高山寺旧藏本抄本部分，很难判断所据底本为何。但刻本部分的卷二、卷三，其版式、字体等特征与内阁文库本完全相同。二本字体均为欧体，每半叶九行，每行十八字，版心白口，上下黑色单鱼尾，版框左右双栏，上下单栏。版心鱼尾下方印有卷数，再往下有页码和刻工名，二本亦相同。刻工名有"阮宗""吴渭""赵佑""范宣""吴恭""周""小范"等，查上海图书馆古籍刻工名录，为浙江地区刻工。可见二本应从同一底版印出。

不过，经仔细对校，两本的卷二、卷三也有细微差别。主要有以下三点：

第一，存在个别改字的现象。例如卷二第二十一叶，高山寺旧藏本作"大构禅刹"，"构"字避讳缺笔；而内阁文库本作"大建禅刹"。可见为避当时皇帝宋高宗赵构讳，索性将"构"改为"建"。又如卷三第七叶，高山寺旧藏本作"刺史桓伊","桓"字缺末笔,而内阁文库本改"桓"作双行小字的"犯渊圣御讳"。① 高山寺旧藏本多次出现缺笔的"桓玄"二字,内阁文库本均作缺笔的"恒玄",应是为避宋高宗之兄宋钦宗赵桓之讳。由改字的情况可以推断,内阁文库本应为高山寺旧藏本卷二、卷三的后印本。

第二,印刷清晰程度不同。在刻印过程中,后印本往往较初印本字画模糊。对比两个刻本,可以看出高山寺旧藏本除个别字因年代久远而脱落之外,其印刷则较内阁文库本更为清晰。后者有多叶字体漫漶不清,尤其是卷二第十二叶至第二十二叶,卷三第一、卷二两叶等,此外还存在较明显的墨迹深浅不一的情况。

第三,有的字高山寺旧藏本避讳缺笔,而内阁文库本却有添笔。如"敬""征""洹"等。观其墨迹颜色,添笔的墨迹比印刷的墨迹颜色略浅。考虑到内阁文库本有较多后人的朱笔圈点,此类避讳字的添笔极有可能是后人所加。

上述差异表明,高山寺旧藏本刻本部分的刊印年代,应略早于内阁文库本。且在善本书目中,高山寺旧藏本也被认定为初印本,② 亦可参证。

（二）大正藏本与高山寺旧藏本

据大正藏本校记记载,其底本为日本"大谷大学藏本,卷第一第四第五古写,第二第三宋椠"③,版本特征与高山寺旧藏本完全一致。不由让人猜测,所谓的"大谷大学藏本",是否与高山寺旧藏本存在关联,甚至就是指高山寺旧藏本?我们通过比对大正藏本和高山寺旧藏本,发现如下情况:

第一,讹脱情况一致。鉴于内阁文库本最为完整,将二本均与内阁文库本进行对校,发现大正藏本卷一、卷四、卷五存在大量讹脱,仅卷一异文就多达150处,而卷二、卷三则错漏极少;高山寺旧藏本讹脱较大正藏本略少,但情况与之基本相同。

考察高山寺旧藏本,即可解释这种现象:卷一、卷四、卷五为古抄本,卷二、卷三为宋椠。一方面在抄写过程中会出现传抄之误,故而抄本部分的讹脱更多;另一方面抄本的字迹比刻本更难辨认,且存在大量的字迹不清、修改等情况,有些漏抄的句子以小字添加于字缝之间,更增加了认字的难度。例如大正藏本卷一:"山在

---

① "渊圣皇帝"为宋高宗建立南宋王朝后对其兄宋钦宗赵桓的尊称。
② 〔日〕川濑一马编著《御茶之水图书馆藏新修成篑堂文库善本书目》,第937页。
③ （宋）陈舜俞撰《庐山记》,《大正藏》第51册,第1024页下。

江州寻阳。南滨宫亭。北对九江。"① "寻阳"，内阁文库本作"寻阳南"，大正藏本脱一"南"字。查高山寺旧藏本，原作"山在寻阳南，南滨宫亭"，只是第二个"南"字中间有一团黑墨，极易让人以为是抹去衍字，反而导致大正藏本脱字。同时，高山寺旧藏本因年代久远，书角磨损，脱字多出现在四角，此为自然现象。而大正藏本脱字，除部分可能是据元禄本补录之外，竟大多数都与高山寺旧藏本吻合，这绝难说是巧合。可见，大正藏本的讹脱可以在高山寺旧藏本中追溯原因。

第二，缺叶情况一致。罗氏跋文中道，高山寺旧藏本"卷一阙第二叶、卷四阙第二十一及二十八两叶"②。前揭卷一缺叶实为第六叶，已被罗振玉补足；而卷四则确实缺少"四廿一"与"四廿八"二叶。查高山寺旧藏本卷四缺叶处内容，大正藏本亦缺。第二十一叶是从江为《简寂观》的末句"吟余却叹浮生事，画□□□□□"③之后，至孟宾于《简寂观》"钱烬满庭人醮罢"之前。第二十八叶则是从文通大师匡白《题东林二首》之末句"重来卧石楼"之后，至修睦《简寂观》"人似鹤"之前。两段脱文，据内阁文库本，分别录文如下：

［录文一］
《游匡庐》　张又新
读史与传闻，匡庐擅高称。及兹浅游历，听览已可证。气秀多异花，景闲足幽兴。泉声隐重薮，狄影瞥危礠。崖壑相吐吞，林峦玄绵亘。披藤入荒莽，打草成新垣。山近状渐奇，迹穷景逾胜。惬心忘险远，惫足祇蹭蹬。跻岭云外晴，出山岚已憎。回途眷犹顾，浚谷皆微峻（一作峻）。

《春暮寄东林寺行言上人》　张毅夫
驻旆息东林，清泉洗病心。上人开梵夹，趋吏拂尘襟。游宦情田浇，拘牵觉路沉。炉峰霄汉近，烟树荔萝阴。溪浚龙蛇隐，岩高雨露侵。猿声云壑断，磬韵竹房深。危礠随僧上，云溪策杖寻。古苔疑组绣，怪石竞敧岑。欲问吾师法，衰年力不任。

---

① （宋）陈舜俞撰《庐山记》，《大正藏》第 51 册，第 1025 页上。
② 罗振玉撰《吉石盦丛书》本《庐山记》书跋，《大正藏》第 51 册，第 1051 页下。
③ 据内阁文库本可知，此处"画"应作"尽"，脱字处作"被流年减鬓毛"。

《归宗寺右军墨池》　　孟宾于

澄月夜阑僧正定，风生时有叶飘来。几人到此唯怀想，空绕池边有却回。

［录文二］

《西林》　　僧应之

寺与东林景物齐，泉通虚阁接清溪。树从山半参差碧，猿向夜深相对啼。岚滴杉松僧舍冷，月明庭户鹤巢伭。徘徊寻遍幽奇处，已有前朝作者题。

《留题东林寺二首》　　赐紫沙门修睦

二林乘兴出，几日见归程。有翼便飞去，何劳更此生。川长云迤逦，溪静月分明。菓熟僧相待，庭闲鹤自行。楷颐桎栯稳，远梦石床平。是院水皆到，无窗书不盈。登楼双眼饱，倚桧片心清。夜永莲花漏，殿高神运名。参空寒峤色，压雨古松声。早晚挈瓶入，孤吟猿鸟情。

底事匡庐住忘回，其如幽致胜天台。僧闲吟倚六朝树，客思晚行三径苔。明月入池还自出，好云归岫又重来。不知十八贤何在，说着令人双眼开。

《简寂观》　　同前

正同高士坐烟霞，思着闲忙又是嗟。碧峀观中人似鹤，红尘路上事如麻。石肥滞雨添苍藓，水腻长松落翠花。莫道此间无我分，遗民长在惠持家①。

第三，错简情况一致。大正藏本卷一存在一处错简：

今子□仿佛矣。甘露戒坛在寺之东南隅……盖前世之深林幽谷。承平岁之辟为屋庐，以会商旅坟□在东林犹藏其手泽。……贯休天祐间人，距今一百五十余年。寺僧亦不知，域遂在喧阗之中。②

---

① "人似鹤"至"惠持家"部分，底本未缺。
② （宋）陈舜俞撰《庐山记》，《大正藏》第51册，第1029页上至第1030页上。

"今子"与后文不连贯，查内阁文库本，大正藏本文序有误。"今子"（1029 页上）[①] 后应接"□（孙[②]）在东林犹藏其手泽"（1029 页下），实作"今子孙在东林犹藏其手泽"。换言之，"□（其）仿佛矣……以会商旅坟"（1029 页下），应与后文"□（孙）在东林犹藏其手泽……寺僧亦不知"（1029 页下 ~ 1030 页上）互换文序，则分别作"寺僧亦不知其仿佛矣""以会商旅坟域遂在喧阓之中"。

因错简处于大正藏本一栏的中间位置，显然并非大正藏本编辑错误所致，而应是底本如此。查高山寺旧藏本，果然错简内容一致。然而，值得注意的是，若按高山寺旧藏本汉字页码编排，除抄写者误将"廿五"叶标注成"廿六"外，本该文序无误。可见，是高山寺旧藏本的装帧错误，造成了"廿二""廿五"[③]"廿六""廿三""廿四""廿七"这样的次序，只需将"廿五""廿六"两叶与"廿三""廿四"对调顺序即可。

第四，高山寺旧藏本卷一文末写有"一校了于字莫改本品方木也"字样，卷四、卷五文末分别写有"一校了于字莫改"。[④] 而大正藏本卷一、卷四、卷五文末，也恰好都有与前者一模一样的文字，显然并非巧合。

第五，末尾跋文相同。前文提过，罗振玉在借用高山寺旧藏本影印吉石盦本之后，罗氏跋文同附于高山寺旧藏本末尾；而恰巧大正藏本末尾也有该跋文。若大正藏本与高山寺旧藏本毫无关联，则难以解释大正藏本跋文的来源；但若其底本即为高山寺旧藏本，就显得合情合理。之前学者因不知这其中的缘由，遂产生本文序文中所列举的若干误解。

至此，已经可以看出，大正藏本的底本确应为高山寺旧藏本无疑，可缘何大正藏本又说其底本为"大谷大学藏本"呢？由此产生三种不同的猜想：

第一种，大谷大学藏有一本和高山寺旧藏本一模一样的本子，但这种可能性微乎其微。并且，通过查看大谷大学目前的藏书目录，笔者也未曾发现一本宋椠配抄本的《庐山记》。

第二种，高山寺旧藏本从高山寺流传至成篑堂文库，被罗振玉借走影印并附上跋

---

① 引文后括号内为大正藏本第 51 册的页码和栏数，下同。

② 大正藏本脱文，据内阁文库补，下同。

③ 高山寺旧藏本该叶标记为"廿六"叶，实应作"廿五"，底本有误。

④ 善本书目亦有所记载。参见〔日〕川濑一马编著《御茶之水图书馆藏新修成篑堂文库善本书目》，第 937 页。

文，罗氏归还以后，该本至少在大正藏刊印期间（1924～1934）被大谷大学所藏。然而，1992 年编著出版的成篑堂文库善本书目，其中仍有高山寺旧藏本①；日本尾崎康先生于 1993 年发表的《日本现在宋元版解题史部（下）》一文也显示，宋椠配抄本、钤有"高山寺"印的《庐山记》当时被收藏在"御茶之水图书馆（成篑堂文库）"②。若上述假设成立，为何高山寺旧藏本又回到了成篑堂文库？这种藏书转移的情况，至少目前还未有证据支持，而在成篑堂文库的其他藏书中也并无先例，故可能性也极小。

第三种，大正藏本的底本记录有误。虽然尚未有研究指出过《大正藏》的底本记录存在错误，但为了修订《大正藏》，当时的编者向许多藏书部门借过底本，其中就有大谷大学。底本数量之巨，不胜枚举，统计工作也必然十分繁重，如此情况下，若说大正藏本《庐山记》的底本记录，误将"成篑堂文库藏本"写作"大谷大学藏本"，也不无可能。同时，经多方搜寻，依然未寻得"大谷大学藏本"原本，也未见相关的研究，其存在的真实性就很值得商榷。

通过如上分析，笔者更倾向于第三种猜想。若此推断成立，那么所谓的"大谷大学藏本"即为莫须有，大正藏本的底本就是高山寺旧藏本。而今后的研究者在利用《大正藏》时，就不得不再对其底本记录多加查证。

（三）元禄本与高山寺旧藏本

江户时代是日本出版史的繁盛时期，涌现了大量的和刻本中国古籍。③ 元禄本《庐山记》亦是当时的产物。由于元禄本并未记录其底本为何，如今只能通过版本对校，找到蛛丝马迹。本文初步推测元禄本与高山寺旧藏本存在一定关联。现将结果呈现如下。

1. 一致性

第一，讹字情况一致。譬如高山寺旧藏本卷一有："有三石梁，长十余丈，阁才盈赤，其下无底。"又有"石形若羊马来道"。查内阁文库本可知，"阁"应作"阔"，"来"应作"夹"，是高山寺旧藏本抄写错误。而元禄本也分别作"阁才盈赤""羊马来道"，错字相同。诸如此类，在全书中不胜枚举。甚至卷一有一处，高

① 〔日〕川濑一马编著《御茶之水图书馆藏新修成篑堂文库善本书目》，第 937 页。
② 〔日〕尾崎康：《日本现在宋元版解题史部（下）》，《斯道文库论集》第 28 辑，《松本隆信名誉教授追悼记念论集》，第 49 页。
③ 金程宇：《〈和刻本中国古逸书丛刊〉前言》，《东华汉学》2012 年第 16 期，第 261～262 页。

山寺旧藏本作"其左有翠林，青雀白猿之所憩，玄鸟之所蛰。"查内阁文库本，"玄鸟"后本无脱字，但抄写者误抄"盖此"二字后又划掉，极似脱文，且考虑到与前句对仗，元禄本此处就恰好作"玄鸟□□之所蛰"。不得不说，二者讹字情况的一致性，已足以引起注意。

第二，衍文情况一致。据内阁文库本和四库本，《庐山记》第一篇的标题应作"揔（总）叙山篇第一"，而高山寺旧藏本和元禄本均作"揔叙山水篇第一"，"水"为衍字。

第三，语序错误相同。对校内阁文库本发现，高山寺旧藏本有数处抄写时的语序错误，而元禄本也有同样的错误。比如高山寺旧藏本卷一有"寻阳记又云：秦始皇七十年，东登庐山，以望九江。""秦始皇七十年"不合史实，查内阁文库本，"七十"作"十七"。查元禄本，同作"七十"。亦有高山寺旧藏本卷四《登石门最高顶》一诗中将"基阶"抄作"阶基"，元禄本同之；卷四韦应物《简寂观西涧瀑布下作》中"聊将横笛吹"，高山寺旧藏本将"横笛吹"抄作"横吹笛"，元禄本亦同。诸如此类，二本均有着相同的语序错误。

第四，脱文情况十分接近。不论是个别字词的脱文，抑或是整段的脱文，元禄本都与高山寺旧藏本保持高度一致。单就元禄本中以"□"表示的脱文字数，全文总计51字。高山寺旧藏本同为脱文的有39字，另有5字未脱，2字讹误①。其余5字，查高山寺旧藏本与内阁文库本，是元禄本错将非脱字处标作"□"。在39字相同脱文中，10处为高山寺旧藏本书四角磨损所致，应属偶然现象，而元禄本既与之相同，可见元禄本之底本应和高山寺旧藏本存在关联。另外，高山寺旧藏本卷四所缺二叶，之前已有录文，元禄本卷四亦缺。

2. 差异性

第一，高山寺旧藏本脱字数量较元禄本更多。主要原因应是高山寺旧藏本从宋代流传至今，必然产生的自然破损。一方面，若元禄本当时以高山寺旧藏本为底本，1697年的高山寺旧藏本必然比220年后罗振玉所见的本子要完好得多。另一方面，不可否认元禄十年的日本或许还有其他版本的《庐山记》流传，元禄本参考了其他本子，甚至是以其他本子作为底本，也是有可能的。

---

① 此2字讹误是由高山寺旧藏本与内阁文库本对校得出。

第二，卷一错简情况并不相同。上文提到，高山寺旧藏本与大正藏本卷一存在同一处错简，[1] 而元禄本此处却文序无误。此外，罗氏跋文中提及"第二篇'影图者'以下，元禄本错简十余行"[2]。查元禄本，第十八叶确有错简二十行有余，可高山寺旧藏本同处却无错简。

经上述分析，元禄本在刊刻过程中必然参考过高山寺旧藏本，应是可以确定的；但高山寺旧藏本是否就是元禄本之底本，则无法断定。笔者倾向于高山寺旧藏本就是元禄本之底本这一猜想。二者的差异性除了高山寺旧藏本的自然破损外，还可能是元禄本通过理校、他校等方法，在底本基础上进行了精校。至于错简的差异，前已提及，高山寺旧藏本汉字页码基本无误，元禄本完全可能对文序进行更正，即便又产生了新的错简，也是小范围的错误。倘若这种结论能够成立，就足以推断，高山寺旧藏本在整个《庐山记》版本系统中，具有极其重要的地位。

（四）版本谱系图

综上所述，得出《庐山记》各版本的谱系图如下[3]：

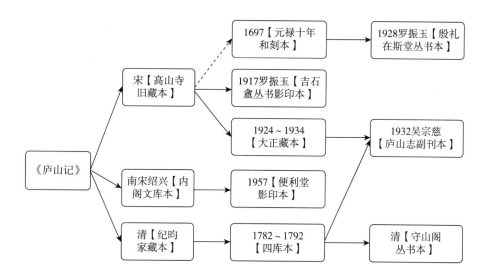

① （宋）陈舜俞撰《庐山记》，《大正藏》第 51 册，第 1029 页上至第 1030 页上。
② 罗振玉撰《吉石盦丛书》本《庐山记》书跋，《大正藏》第 51 册，第 1051 页下。
③ 鉴于笔者倾向于认为所谓的"大谷大学藏本"并不存在，遂不将其列入版本谱系。实线箭头表示版本继承关系，虚线表示结论尚有可商榷之处。

三 大正藏本录文问题及其原因

一直以来，大正藏本《庐山记》的运用范围最广，一方面因为中国台湾地区 CBETA 电子佛典将大正藏电子化，传播较广，且易于获取；另一方面则因为相比过去的四库本残卷，大正藏本至少是较为完整的本子。然而，若将其与内阁文库本、高山寺旧藏本、元禄本等进行对校，则发现大正藏本实是问题最多的本子，尤其是以高山寺旧藏本抄本部分为底本的卷一、卷四、卷五。这固然跟底本自身存在莫大关系，却也有不少是由于大正藏本利用底本不善而导致的录文问题。以下谨对不同情况的问题进行分类探讨，管窥大正藏整体的录文情况。

（一）底本正确而录文有误

在大正藏本的讹脱中，有一部分其底本高山寺旧藏本实则无误。

首先，究其根本原因，是大正藏本录文者的汉字识字功底不佳。如大正藏本卷一有：

> 昔匡俗庐于山，有少年屡诣之。自通曰姓刘名越，家在前山之左，邀俗过之旦日。至山下有石，高二尺许，即予居。可叩之。（第 1027 页下）

"邀俗过之旦日"语句不通。查内阁文库本，"旦日"原作"且曰"。高山寺旧藏本亦为"且曰"，大正藏本形近而讹。类似的识字错误，还有将"郡"错认作"群"①，将所有"衰"字认作"哀"或"襄"，将"卿"字均认作"乡"② 等，都反映出录文者认字功底的欠缺。

其次，高山寺旧藏本抄本部分的书写特点，也增加了大正藏本的录文难度。

第一，有数叶的抄写字体潦草，加之年岁久远，墨迹不清，不易辨认。

第二，是抄写者的书写习惯。首先，木字旁与提手旁书写非常相似，以致大正藏本常将二者混淆。譬如卷一第一篇篇名，大正藏本作"椋叙山水篇第一"③，高山

---

① （宋）陈舜俞撰《庐山记》，《大正藏》第 51 册，第 1027 页下。
② 高山寺旧藏本作"卿"，是"卿"的异体字，与"乡"的繁体"郷"形似。
③ 上文已论述，第一篇篇名应作"揔叙山篇第一"，高山寺旧藏本、大正藏本、元禄本均衍"水"字。

寺旧藏本中"椋"实作"抳"，古同"揔"；内阁文库本和元禄本亦作"揔"。再如，大正藏本将"挂"录作"桂"①，"抵"录作"柢"②，"捧"录作"棒"③等，均为相同原因。其次，书写口字旁时仅于字左上角以两点代替，有的墨迹甚浅，极易忽略。例如大正藏本将"嗔"认作"真"④，就属此种情况。

第三，高山寺旧藏本于首次誊抄之后，还进行了"二次加工"⑤，包括涂改、删除、行间添写字句等。涂改和删除往往导致行文不畅，录文者易错看、漏看。而行间添写往往字体极小并时有模糊，更给录文工作造成困难，从而衍生出讹字、衍字、脱漏，甚至错简等问题。大正藏本中诸多录文错误的原因就在于此，如大正藏本卷一有"今庐山略记并游石门诗序刊石于寺"⑥，"今"之前有脱文，据内阁文库本补，作"今本十卷，寺僧抄补用以讹舛"；查高山寺旧藏本卷一第二十二叶首，"庐山略记"之前实有行间小字添加，作"□□□⑦寺僧抄补用□□⑧舛今"。只是字迹模糊，遂导致大正藏本脱文。

（二）擅自改字而未出校注

大正藏本的录文是采用"校异"的方式，即仅在脚注中标出校本异文而不改变底本。因此，若是擅自修改录文内容却不出校注，则不符合规范。大正藏本的校本为元禄，标作"甲本"⑨。经对校，发现大正藏本有未按标准标出校注的情况，特此列举一二，以见一斑。

1. 底本不清，据甲本补而未出校注

如高山寺旧藏本卷二第一叶："观之碑刻皆言其然，□□□是也。"查大正藏本，

---

① （宋）陈舜俞撰《庐山记》，《大正藏》第 51 册，第 1030 页中。
② （宋）陈舜俞撰《庐山记》，《大正藏》第 51 册，第 1030 页下。
③ （宋）陈舜俞撰《庐山记》，《大正藏》第 51 册，第 1043 页中。
④ （宋）陈舜俞撰《庐山记》，《大正藏》第 51 册，第 1027 页上。
⑤ "二次加工"为方广锠先生针对敦煌写本提出的概念，具体参见方广锠《略谈敦煌遗书的二次加工及句读》，《方广锠敦煌遗书散论》，上海古籍出版社，2010，第 219～233 页。此处对此概念的使用，可参考定源法师（王招国）《关于〈续藏经〉的底本问题——以〈名僧传抄〉为例》，《佛光学报》2021 年第 1 期，第 157～188 页。
⑥ （宋）陈舜俞撰《庐山记》，《大正藏》第 51 册，第 1028 页下至第 1029 页上。
⑦ 底本脱字。
⑧ 底本不清。
⑨ 据大正藏本注释可知，甲本为"元禄十年刊帝国图书馆藏本"，即元禄本，下同。参见（宋）陈舜俞《庐山记》，《大正藏》第 51 册，第 1024 页下。

此处未夺，作"考之不"①，与元禄本相同②。查内阁文库本，作"考之非"，故知高山寺旧藏本原应亦作"考之非"，但后期脱文。大正藏本应是据元禄本补，然却未见校注提及。

2. 不按底本录文，擅自据甲本改字而未出校注

此种情况目前只发现可能的一例。即高山寺旧藏本卷四第十八叶有白居易《出山吟》，其颈联与尾联分别作"行随出洞水，回别绿岩竹。早晚重来游，心期瑶草绿"。两处"绿"，内阁文库本同之，大正藏本均作"缘"。元禄本第一字作"缘"，第二字作"绿"，大正藏本可能是参考过元禄本故作改动，却未见校注。不过，也可能是大正藏本录文者将"绿"误认作"缘"，属于认字错误，不论哪种情况，均反映出大正藏本的录文存在问题。

3. 据底本录文，甲本有异文而未出校注

此类有两种形式：第一，底本正确但为异体字或字体不清（作"A"），大正藏本因不识而错录（作"B"），甲本正确且清晰（亦作"A"），而大正藏本却未出校注说明甲本异文；第二，大正藏本据底本如实录文，甲本存在异文，大正藏本却未出校注。

第一种情况，如卷一中有韩愈诗句"数行衰泪落烟霞"，其中"衰"字，高山寺旧藏本作"裵"，是异体字，大正藏本错认作"哀"③。元禄本作"衰"，可大正藏本未出校注标明甲本异文。

第二种情况，譬如大正藏本卷一"岭奇故神明鳞萃。略绝故人迹自分"④，查内阁文库本，"略"应作"路"。高山寺旧藏本亦讹，元禄本作"路"无误，但大正藏本也并未就此异文作出校注。

（三）甲本可补底本脱字而未补

这种情况在大正藏本中也时有出现。如大正藏本卷一有"旧名西林兴□□□"⑤，缺字部分可据元禄本补作"国中赐"，但大正藏本仍缺字。再如，大正藏本卷一有脱文较多的一段作：

---

① （宋）陈舜俞撰《庐山记》，《大正藏》第 51 册，第 1032 页上。
② 元禄本《庐山记》卷二，叙山南篇第三，第 1 叶。
③ （宋）陈舜俞撰《庐山记》，《大正藏》第 51 册，第 1030 页下。
④ （宋）陈舜俞撰《庐山记》，《大正藏》第 51 册，第 1025 页下。
⑤ （宋）陈舜俞撰《庐山记》，《大正藏》第 51 册，第 1029 页中。

远公山记云，有□夫见人着沙门服，凌虚直上，回身踞鞍，良久□与云气俱灭。此则得道者，亦所谓阿罗寺之类也。山深地灵，圣贤所宅，不为过矣。祥云之上十里上有□□□峰顶有庵，同名云顶。亦庐山之一峰，特□□□也。由祥云八里，至月轮庵。月轮之旁，有灵□□□灵泉七里，至报国庵。由报国一里，东南出官道□甘泉驿。又五里至崇胜禅院，旧名观音圆通道场。①

该段脱文处，元禄本均未缺，分别作"野""方""云顶峰""然而高者""灵泉庵由""过"。可大正藏本却未据元禄本补字，可见大正藏本对其校本未善加利用。

四　结语

本文通过梳理《庐山记》版本谱系，解答了过去学者遗留的一些疑问，包括学界所谓的"三卷本"和"五卷本"两种形态产生的历史缘由，以及各个版本之间的前后联系。不过，除本文提及的版本之外，国内外是否尚存其他本子，还有待进一步确认，但通过本文的梳理，相信能够为今后整理及研究《庐山记》奠定前期的文献基础。

同时，经考察发现，大正藏本所记录的《庐山记》底本——"大谷大学藏本"——极可能为莫须有，其真正底本应是高山寺旧藏本。若果真如此，那么今后学者在参考大正藏的底本记录时，就需要更加审慎。至于当年大正藏本为何不选择堪称善本的内阁文库本作为底本，虽有些令人费解，但或许是珍贵藏品不易取用的缘故。然而，即便不考虑底本缺损导致的讹脱，大正藏本自身的录文问题，如前所揭，也十分突出。

在现存的众多志书中，《庐山记》作为一部庐山专志，其内容之丰富，已经超出一般的志书范畴。该书包含许多业已亡佚的唐代诗文，以及宋代庐山地区的碑刻文字，为研究庐山历史以及唐宋佛教文化等，均提供了可靠的资料，具有极高的文献价值。能够失而复得，实乃中华文化之幸！

---

① （宋）陈舜俞撰《庐山记》，《大正藏》第51册，第1031页下。

　　如今，在禹域之外，仍存有大量汉文古籍，反映出自古以来中国在文化交流与输出方面的优势地位。可叹的是，其中很大一部分在国内业已亡佚，且不乏珍贵汉籍。《庐山记》经罗振玉由日本带回重刊，就是由域外回归国内的珍贵古籍之一。本文通过这一案例，管窥了历史上中国古籍文献的传播路径，为今后域外汉籍的整理、重印工作献出绵薄之力。相信随着中华民族的伟大复兴，会有更多文化瑰宝回归祖国大地。

敦煌本《沙弥五德十数》研究[*]

伍小劼　张喆妤

【内容提要】　《沙弥五德十数》文本未收录于藏经中，但在敦煌文献中共发现十号。十号文献虽内容基本相同，但在文本顺序上有所不同。敦煌本《沙弥五德十数》是寺院说戒时所用的文范，应用于授沙弥戒、布萨时，沙弥在日常学习中需要熟知并念诵。道宣还明确了"十数破外道"的功能，敦煌本虽然没有此内容，但文中有所提示，且"十数"名相与"破外道"内容可以进行互文。诵"五德十数"的环节虽然延续到了明清以来的受十戒仪式中，但藏经中保存的受沙弥戒仪式文本却不见破外道部分的内容。敦煌本和明清以来授十戒仪式程序中"五德十数"的演变，展示出了文本和实践的动态发展过程。
【关键词】　《沙弥五德十数》　传戒正范　授十戒文范

【作　者】　伍小劼，哲学博士，上海师范大学哲学系副教授，研究方向为佛道教文献；张喆妤，上海师范大学哲学系宗教学硕士研究生，研究方向为佛教文献。

在授沙弥或沙弥尼戒时，藏经中提到需要诵"五德十数"，如唐朝道宣所说"次为说五德，如《福田经》云……《僧祇》云：应为说十数"①。道宣还提出"《爱道尼经》云：应为沙弥尼等说五德十数"②。唐朝怀素的《四分律开宗记》有云："古

---

* 本文为国家社科基金重大项目"英国图书馆藏汉文敦煌遗书总目录"（项目号：15ZDB034）、"汉文大藏经未收宋元明清佛教仪式整理与研究"（项目号：17ZDA236）的阶段性研究成果。

① （唐）道宣撰述《四分律删繁补阙行事钞》，《大正藏》第40册，第150页下。
② （唐）道宣撰述《四分比丘尼钞》，《卍续藏》第40册，第714页中。

师云：'应法沙弥，教诵五德十数。然十数者，是沙弥法。'"① 可见寺院对沙弥和沙弥尼受五德十数十分看重。虽然这些经典中"五德十数"的出现频率较高，但是诵"五德十数"究竟是怎样的仪式，在给沙弥授戒时这一环节处于什么样的地位呢？

在藏经当中，如失译经典《沙弥十戒法并威仪一卷》尾题后附有"五德十数"的内容，② 题为宋求那跋摩译的《沙弥威仪》中有沙弥十数和五德的内容，③ 但没有与此相关的专门文本。近段时间，笔者把敦煌文献中关于佛教基础知识文献进行了全面的录文整理，发现题名《沙弥五德十数》的文本共有 10 号，分别是斯 03908 号、斯 04361 号、伯 3015 号背、伯 2280 号、北敦 02126 号 2、北敦 08289 号背、北敦 08491 号 2、上博 48（41379）、北大 D165.2、羽 227，十号文献题名互有参差，但实际内容总体相同，本文统称为"敦煌本《沙弥五德十数》"。

在对敦煌本《五德十数文》的研究中，郝春文和陈大为对《沙弥五德十数》做了初步的解释，他们认为寺院比较重视"沙弥五德十数"的修习。文中列举了斯 04361 号、伯 3015 号背、上博 48（41379）等三个敦煌文献，并对文献中的尾题和小字稍加分析，录文了斯 04361 号最后三宝等内容，认为这是沙弥用来学习的佛教基本知识。④ 张慕华认为在伯 3235 号 2 中"五德十数"参与到了沙弥受十戒仪式中，文字的内容与敦煌本有差异。⑤ 宗性收集到的近现代以来传戒文本《三坛传戒正范》中有涉及"沙弥五德十数"⑥，杨晓燕提到了《五德十数》作为当代五台山尼众佛学院的课程之一，并且属于汉传佛教模块课程。⑦ 这说明沙弥对"五德十数"的学习一直延续到如今社会的某些佛学院中。

在对敦煌本《沙弥五德十数》进行考察时，笔者发现敦煌本的文献情况比较复杂，且敦煌遗书中有《沙弥五德十数文》应用的记载。结合上述学者的研究，笔者接下来拟进行以下工作，首先对敦煌本进行录文整理和校勘，讨论不同文本的差异

① （唐）怀素撰《四分律开宗记》，《卍续藏》第 42 册，第 501 页上。

② 《沙门十戒法并威仪一卷》，《大正藏》第 24 册，第 932 页中。

③ （宋）求那跋摩译《沙门威仪》，《大正藏》第 24 册，第 935 页上。

④ 郝春文、陈大为：《敦煌的佛教与社会》，甘肃教育出版社，2013，第 178~180 页。

⑤ 张慕华：《敦煌写本佛事文体结构与佛教仪式关系之研究》，《中山大学学报》（社会科学版）2013 年第 1 期。

⑥ 宗性：《〈三坛传戒正范〉版本综述》，《佛学研究》，2010。

⑦ 杨晓燕：《当代尼众教育模式研究》，中央民族大学硕士学位论文，2011，第 41 页。

性；其次考察敦煌本在实际仪式中所处的环节以及其功能；最后尝试讨论"五德十数"对近代以来授沙弥戒仪式的影响。

一 敦煌遗书中的《沙弥五德十数》文本

《沙弥五德十数》文在敦煌本中共见 10 号，分别是斯 03908 号、斯 04361 号、伯3015 号背、伯 2280 号、北敦 02126 号 2、北敦 08289 号背、北敦 08491 号 2、上博 48（41379）、北大 D165.2、羽 227。

斯 03908 号有题名"沙弥受三归十戒五德十数威仪法文"，内容仅残存 6 行文字。斯 04361 号内容完整，首题有"沙弥五德十数"，后有题记"戊子年六（？）月十日鄙僧书，净土寺付沙弥念记"。笔者推测斯 04361 号中戊子年的年份大概率为 928 年。①

伯 3015 号背，有首题"沙弥五德十数"，最末有小字"礼僧次而出"。伯 2280号护首题"沙弥七十二威仪一卷"，首题"沙弥十戒五德十数及七十二威仪依诸律经论等集"，尾题"沙弥威仪经一卷"，尾有题记"□巳年六月廿七日比丘智藏记之也"。

北敦 02126 号 2 有提示"沙弥诵五德十数"，此号没有向大德僧念诵的第一段，直接从描述"五德"开始，与其他卷号都不相同。北敦 08289 号背缺少十数文，文字亦有参差。北敦 08491 号 2 有节目"五德十数文"，文字完整。

上博 48（41379），有首题"沙弥五德十数文"，文字有错漏。北大 D165.2 是残文，有首题"五德十数文"，"言五德"之后残缺。羽 227 有首题"沙弥五德十数"，文字完整。

在上述文献中，斯 03908 号、北敦 08289 号背、北大 D165.2 的文献有残缺，其余文献内容较为完整。斯 04361 号在其他几号内容的基础上，多加了三宝、四谛、四大、五蕴、六根等内容。

由于该文本篇幅不长，笔者录文如下，以便参考。内容有缺及文字残存较少者不纳入校本。录文整理本所用底本、校本如下，底本为伯 3015 背；校本分别为甲本

---

① 虽然戊子年指向不是特别清晰，但敦煌文献中有斯 371 号《戊子年十月一日净土寺试部帖》，伯 2049 号《后唐同光三年正月沙洲净土寺直岁保护手下诸色入破历算会牒》，伯 2049V 号《后唐长兴二年正月沙洲净土寺直岁愿达手下诸色入破历算会牒》，伯 3234V 号《甲辰年二月后沙洲净土寺东库惠安惠戒手下便物历》等，敦煌文献所收藏的净土寺活动大多活跃在 10 世纪初至 10 世纪中叶之间，所以推测斯 4361 号中戊子年的年份大概率为 928 年。

上博 48（41379），乙本斯 04361 号，丙本北大 D165.2，丁本羽 227，戊本北敦 02126 号 2，己本伯 2280 号，庚本北敦 08491 号 2。

　　［录文］

　　沙弥五德十数①

　　大德僧听②：我沙弥③某甲④，稽首和南⑤，大德僧足，俱某甲⑥自惟宿庆恩会。此生过大觉之余晖，预法流之将渐。一心慕⑦道，割爱辞亲，随佛出家，供养三宝。但⑧以年齿，有阙未涤⑨，戒律清净，僧轮⑩莫沾其位⑪。今僧⑫布萨演大毗尼，胜妙特尊，故非我分，法有简⑬退。今欲辞尊⑭，然佛制沙弥，令⑮诵五德十数⑯，用⑰光正道，以验⑱邪人，今欲对众陈章⑲，愿⑳垂听许。㉑

　　言五德㉒者，《福田经》云㉓：一者，发心离俗㉔，怀㉕佩道故；二者，毁其

---

① 甲本、乙本、丙本、丁本、戊本自此起。甲本作"沙弥五德十数文"，乙本、丁本作"沙弥五德十数"，丙本作"五德十数文"，戊本作"沙弥诵五德十数"，己本作"沙弥十戒五德十数及七十二威仪"，庚本作"五德十数文"。
② "大德僧听"，甲本作"尊众忆念"。
③ "沙弥"，庚本作"沙弥尼"。
④ "某甲"，甲本、丙本作"某甲等"。
⑤ "稽首和南"，甲本作"执首南"，庚本作"稽首和合"。
⑥ "俱某甲"，甲本作"俱某甲等"，丙本作"沙弥某甲"，丁本作"但某甲"，己本无。
⑦ "慕"，庚本作"暮"。
⑧ "但"，甲本作"从"。
⑨ "涤"，甲本作"椤"，丙、己、庚本作"濯"。
⑩ "轮"，乙本、丙本作"伦"。
⑪ "莫沾其位"，丙本作"莫覆其往"。
⑫ "僧"，甲本无。
⑬ "简"，甲本作"谏"，庚本作"间"。
⑭ "但以年齿，有阙未涤，戒律清净僧伦，莫沾其位。今僧布萨演大毗尼胜妙特尊，故非我分，法有简退。今欲辞尊"，丁本无。
⑮ "令"，丁、己本无。
⑯ "令诵五德十数"，甲本作"令诵五德十数文道佩，故二者毁其形好，应法服用"。
⑰ "用"，甲本作"故"，丙本无。
⑱ "验"，甲本作"舍"，乙本作"藏"。
⑲ "章"，甲本、乙本、丁本作"彰"。
⑳ "愿"，己本作"伏"。
㉑ 戊本无第一段。
㉒ 丙本自此止。
㉓ "《福田经》云"，戊本无。
㉔ "离俗"，乙本作"出家"。"发心离俗"，戊本作"出家离俗"。
㉕ "怀"，底本、甲本、乙本作"坏"，据文意改。

形好，应法服故①；三者，永割亲爱，无的②寞③故；四者，委④弃身命，遵⑤崇道故；五者，志⑥求大乘，为⑦度人故⑧。

尔时世尊，而说偈言：毁形守志节⑨，割爱无所⑩亲⑪；出家弘⑫圣道，愿⑬度一切人⑭；五德超俗务，是名⑮良福田；供养护永安⑯，其福第一尊。

言⑰十数者，《僧祇律》云⑱：一者，一切众生，皆依⑲饮食而［存；二者，⑳］名色；三者，三受；四者，四圣谛㉑；五者，五受蕴㉒；六者，六入㉓；七者，七觉分；八者，八圣道；九者，九有情㉔居；十者，十一㉕切入。

已说五德十数竟。

唯愿三宝，久住世间。弘济有情，四心无尽。用资敬业㉖，普施群生。同发胜心，成无上道㉗。清众威重，得㉘润尘沙。幸㉙愿慈悲，布施

① "故"，无。
② "的"，甲本作"谪"，戊本作"底"。
③ "寞"，甲本、乙本、丁本、戊本、庚本作"莫"。
④ "委"，甲本作"畏"，乙本、丁本作"妄"。
⑤ "遵"，甲本、丁本作"尊"。
⑥ "志"，乙本作"正"。
⑦ "为"，丁本作"誓"。
⑧ "为度人故"，甲本作"为度人天故"。
⑨ "毁形守志节"，乙本作"毁形意节"。
⑩ "所"，乙本作"示"。
⑪ "亲"，甲本作"亲亲"。
⑫ "弘"，甲本作"知"。
⑬ "愿"，丁本、庚本作"誓"。
⑭ "愿度一切人"，甲本作"誓度人天一切"。
⑮ "名"，乙本作"为"。
⑯ "永安"，己本作"安乐"。
⑰ "言"，乙本作"然"。
⑱ "《僧祇律》云"，戊本无，庚本作"《福田经》云"。
⑲ "依"，甲本作"因"。
⑳ "存；二者"，底本缺，据校本补。
㉑ "四圣谛"，戊本作"四谛"。
㉒ "五受蕴"，丁本、戊本作"五蕴"。
㉓ "六入"，甲本、己本作"六触入"。
㉔ "有情"，甲本、乙本、丁本、戊本、庚本作"众生"。
㉕ "十一"，庚本作"十"。
㉖ "四心无尽，用资敬业"，乙本作"四心无尽，愿众弘慈，布施欢喜，用资敬业"，己本作"境业"，庚本作"景业"。
㉗ "同发胜心，成无上道"，甲本作"有情同发胜心，成无道"。
㉘ "得"，甲本、己本、庚本作"德"。
㉙ "幸"，甲本、己本、庚本作"伏"，乙本作"唯"。

欢喜。①

　　礼僧次而出。

　　《沙弥五德十数》中第一段和最后两段的内容对于敦煌的文本十分重要，因为藏经中除了五德十数的名相、偈语，并没有前后两段，而敦煌本却形成了一个相对完整的文本。第一段沙弥首先向大德僧念诵，用的是佛经中常用的句式，表明自己的向佛和皈依三宝之心。其后又提到"但以年齿，有阙末涤；戒律清净，僧轮莫沾其位"，这应该与《僧祇律》中的一则典故有关：

　　尔时有檀越就精舍中饭僧，时有一人黑色大腹来在上座处坐，须臾僧上座来问："汝几腊？"答言："坐处食饭一种，用苦问岁为？"上座威德严肃言："咄！汝下去！"复坐第二上座处，须臾第二上座来问："汝几岁？"答言："坐处食饭一种，用苦问为？"如是展转，乃至沙弥中。沙弥推排问言："谁是汝和上？谁是汝师？沙弥有几戒？沙弥应数有几？初名何等？一者，一切众生皆仰食。二，二名色。三，三痛想。四，四圣谛。五，五阴。六，六入。七，七觉意。八，八正道。九，九众生居。十，十一切入。沙弥法应如是数。"答言："我是难陀、优波难陀上众弟子。"诸比丘以是因缘往白世尊。佛言："非难陀、优波难陀上众弟子，此是自出家人。"②

　　此篇讲述了沙弥念诵"十数"来验"外道"修行者的故事，所以佛让沙弥念诵《五德十数》，目的是破斥"外道"，以正佛教正道，并验邪人。

　　第二段引用《福田经》叙述何为"五德"，摘自于《福田经》，即《佛说诸德福田经》，西晋的法立、法炬合译而出，记述了佛说示五净德、七法，谓发心离俗等五净德名为福田，又说建立佛图、僧房等七法为福田。其中"一者，发心离俗，怀佩道故"，甲本、乙本、丁本均相同，只有底本作"发心出家"，虽然语句稍有不同，但表达的主旨没有改变。其中"四者、委弃躯命，遵众善故"中的"遵众善故"，敦

----

① 诸本至此止。己本后有小字"作礼已，随次第出"。乙本后添加了"三宝""四谛""四大""五蕴""六根"等内容。并有题记"戊子年六（？）月十日鄙僧书，净土寺付沙弥念记"的内容。

② （东晋）佛陀跋陀罗共法显译《摩诃僧祇律》，《大正藏》第22册，第417页上。

煌本均作"遵崇道故",藏经中后者的语句更多,虽然摘自于《福田经》,但在抄录和传播过程中,变为了"遵崇道故"。

第三段为叙述完五德之后,有佛祖的偈言,也摘录于《福田经》:"尔时世尊以偈颂曰:'毁形守志节,割爱无所亲。出家弘圣道,愿度一切人。五德超世务,名曰最福田。供养获永安,其福第一尊。'"① 但经过时间的推移,这段偈言慢慢应用在出家的程序中的剃发环节,即阿阇梨为即将出家的沙弥剃度,许多佛律经典中也多有记载,如《四分律删繁补阙行事钞》:"阿阇梨乃为剃发,旁人为诵出家呗云:'毁形守志节,割爱无所亲;弃家弘圣道,愿度一切人。'"② 《法苑珠林》:"然后阇梨乃为剃发,《度人经》云:'为剃发时傍人为诵出家呗云,毁形守志节,割爱无所亲;弃家入圣道,愿度一切人。'"③

第四段从《僧祇律》中引述"十数",摘自于《摩诃僧祇律》卷二十三,④ 该经略称《僧祇律》,东晋佛陀跋陀罗与法显共译,是部派佛教大众部所传之律藏,有关僧中所行仪式行事、羯磨及日常衣食住等规律制条之随类解说。

最后一段是发愿三宝,沙弥"用资敬业,普施群生,同发胜心",最后成无上道。

敦煌本《沙弥五德十数》斯 04361 号、伯 3015 号背、上博 48 号(41379)、羽 227 号等都有首题"沙弥五德十数(文)"和"已说五德十数竟",残本北大 D165.2 号有首题"五德十数文",北敦 02126 号 2 有首题"沙弥诵五德十数文",说明这是一个完整的文献。

《沙弥五德十数》的十号文本虽文意大致相同,但细节上仍有区别。BD02126 号 2 首题、尾题都有,但没有首段的内容。斯 04361 号净土寺所用的文本,字迹清晰,错别字也较少。在发愿三宝结束后,又在文中最后添加了"三宝、四谛、四大、五蕴、六根"等基础佛教知识,都是对"十数"中专有名词的再解释。题记中的"净土寺付沙弥念记",即是净土寺给予沙弥日常记诵、念诵。所以笔者推断,净土寺的《沙弥五德十数》之所以比其他文本多了内容,是因为净土寺想要沙弥在念诵此文本

① (西晋)法立、法炬译《佛说诸德福田经》,《大正藏》第 16 册,第 777 页上及中。
② (唐)道宣撰述《四分律删繁补阙行事钞》,《大正藏》第 40 册,第 150 页中。
③ (唐)道世撰《法苑珠林》,《大正藏》第 53 册,第 448 页中。
④ (东晋)佛陀跋陀罗共法显译《摩诃僧祇律》,《大正藏》第 22 册,第 417 页上。

时，同时学习佛教专有名词的基本概念，并让某位僧人抄录下来，然后给寺院的沙弥学习，或是由学习的沙弥按照范本抄写。伯 2280 号后有 "作礼已，随次第出"、伯 3015 号后有 "礼僧次而出"，可知这两号文本用于仪式中，在后文将会叙述。

这些文本最大的差异主要集中在最后一段。羽 227 的《沙弥五德十数》中，把 "但某甲等，□遂有缺未躅，戒律清净，僧轮莫沾其位。今僧布萨演大毗尼胜妙特尊，故非我分" 这一句放到了文章末段，而其他文本则是在首段出现。北敦 02126 号 2 最后一段的发愿三宝也比别的文本简短。上博 48（41379）39 和伯 3015 号背末段大致相同，伯 3015 号背作 "同发胜心，成无上道"，上博 48（41379）39 作 "有情同发胜心，成无道"。斯 04361 号相比前两者多了 "愿众弘慈，布施欢喜"。敦煌本这 6 号文献，虽然表达的内容大致相同，但其中的语句顺序不同，内容的增减，都体现了敦煌本《沙弥五德十数》在运用过程中不断变化、动态发展的历史过程。

二　敦煌本《沙弥五德十数》的具体施用

在敦煌本《沙弥五德十数》中，伯 2280 号后有 "作礼已，随次第出"。伯 3015 号背最后有一行小字 "礼僧次而出"，郝春文、陈大为认为在一月两度举行的布萨活动中，沙弥须当众念诵《沙弥五德十数》，且 "当指念完《沙弥五德十数》，再向僧人行礼后退出"①，这说明敦煌本是仪式所用文范，是某个仪式的一部分。在敦煌文献伯 3235 号 2 中，完整地介绍了十戒仪式，敦煌本《沙弥五德十数》就是其中的某一环节。

伯 3235 号 2《受十戒文》中，"十六，次说犯戒……十七，次说五德十数，本文如羯磨……十八，次说六念法"，此篇文献详细记载了沙弥受十戒的完整过程。张慕华提出 "从 '十四，次说十戒相者' 起至 '廿一' 是附属于受戒的一些补充程序"。② 关于 "十数"，伯 3235 号 2 有较为详细的解释，藏经中《毗尼讨要》中的说法与伯 3235 号 2 相似，两者重合度很高，接下来笔者把三者对 "十数" 的解释罗列为表，以便比较查看。

---

① 郝春文、陈大为：《敦煌的佛教与社会》，第 179 页。
② 张慕华：《敦煌写本佛事文体结构与佛教仪式关系之研究》，第 44 页。

	《沙弥五德十数》	伯 3235 号 2	《毗尼讨要》
一者	一切众生，皆依饮食而存	一切众生皆依饮食而存，破自我外道，以洮糠饮汁，滄风服气。	一切众生皆依仰食（为破自饿外道，彼以洮〔糠〕饮汁，滄风服气等）。
二者	名色	名色，破自然外道，如犊子饮乳，松直□曲，乌白乌玄，火上水下，风轻地重，并无有因，自然而生。	名色（为破自然外道，如犊子饮乳，棘尖乌黑，火上水下，风轻地重，并无有因，自然而生）。
三者	三受	三受，破梵天为因外道，自在梵王，众生父母瞋喜，由于彼天。	痛痒想（为破梵天为因外道，自在梵王，众生父母，众生瞋喜，由于彼天）。
四者	四圣谛	四圣谛，破无因果外道，如水草木，自生自灭，人亦同之。	四谛（为破无因果外道，如草木自生自死，人亦同之）。
五者	五受蕴	五受蕴，破神我外道，执于身中，别有神我，以为主宰。	五阴（为破神我外道，执于身中，别有神我，以为宰主）。
六者	六入	六触入，破一识外道，如一室六户，猕猴遍历，根亦如是，一识神游。	六入（为破一识外道，如一室六窗，猕猴遍历，根亦如是，一识通游）。
七者	七觉分	七觉分，破不修外道，以却顺观见八万劫，外更不见境，号为真谛涅槃，如转缕丸高山，缕尽丸止，何须修道等。	七觉意（为破不修外道，以却顺观见八万劫，外更不见境，号为真谛涅槃，如转缕丸高山，缕尽丸止，何须修道等也）。
八者	八圣道	八圣道，破邪因外道，或持乌鸡鹿狗牛兔等戒，或修八禅，或修邪慧邪进，以为真道，背于八正。	八正道（为破邪因外道，或持乌鸡鹿狗牛兔等戒，或修八禅，或修邪慧邪智，以为真道，背于八正）。
九者	九众生居	九众生居，破色无色天计涅槃外道，以二界有无，想宝心沉没处，谓是穷理，此乃众生所居。	九众生居（为破色无色天计涅槃外道，以二界有无，想定非想定，心沉没处，谓是穷理，此乃众生所居也）。
十者	十一切入	十一切入，破色空外道，以外道用色破欲，有以空破色，有谓空至极今立十处，但是自心运用多少，实唯一识，本无前境，妄立是非，我见不除，还受生死，故①。	十一切入（为破色空外道，用色破欲，有以空破色，有谓空至极今立十处，但是自心运用多少，实唯一识，本无前境，妄立是非，我见不除，还受生死，故《智度论》云：外道能生禅定，船度欲色界海，无色如大海，深广不能度，由不破我心故）。

注：伯 3235 号 2 中"故"后面的内容是"十八，次说六念法"。

从上表能看出，伯 3235 号 2 和《毗尼讨要》是对敦煌本《沙弥五德十数》中"十数"的功能性解释，两处说法为简繁之分，并不矛盾，前两者认为十数是对十种外道邪见的破斥，也是核查僧尼是否为正规僧团出家的依据。《毗尼讨要》中也有

"有十数，为破外道十种邪见，故亦欲令行者为防出家真伪"① 的说法。所以在上文提到的典故中，可以解释沙弥向黑色大腹者背诵"十数"的原因，是确认他是否是真正的僧人。

关于玄恽的《毗尼讨要》撰成时间，根据圣凯法师的推断，应该是在显庆（656～659）年间在西明寺弘律时所写。② 又道宣所撰《四分律删繁补阙行事钞》（以下简称《行事钞》）也有十数破外道的内容，《行事钞》于武德九年（626）六月完成初稿，因而《行事钞》比《毗尼讨要》更早撰写出来。《行事钞》的"十数"在《沙弥别行篇》这一章节中，《毗尼讨要》中"十数"在《受十戒章》中，《沙弥别行篇》的内容与《受十戒章》后半段的内容很大程度上相似，主要集中在佛经的引用上，但佛经中未找到原句，例如《沙弥别行篇》中有"《祇》中不得畜众多沙弥，听一极至三人。若大德比丘多人与儿令度苦劝与犹人，故不从遣，与余人，得自教诏"③。《受十戒章》有"《僧祇》云：'不得畜众多沙弥，听一极至三人。若大德比丘多人与儿令度苦劝与人犹，故不从遣，与余人，得自教诏'"④。《摩诃僧祇律》却作"佛言：'汝云何多度沙弥？从今日后不听畜众。'若畜一极至三听畜，若大德比丘多人宗重，应语：'与余人。'……如是应语：'与余人，得自教诏'"⑤。前两者引用的内容在原佛经基础上进行了概括，而概括的内容相差无几，又《行事钞》比《毗尼讨要》问世更早，所以玄恽关于十戒的内容应是引用了道宣所写，十数破外道的内容玄恽也借鉴了道宣，而《毗尼讨要》中破外道的内容以小字出现。

关于"五德十数"出现在沙弥受戒仪式中一环的来源，《沙弥十戒法并威仪》（失译附东晋录）的文末中，有"五德十数（简）"的内容。《沙弥十戒法并威仪》最早出现在道宣所著《大唐内典录》⑥ 中，在《大唐内典录》之前的目录并没有出现过《沙弥十戒法》，说明其出现时间较晚，大约在《法经录》与《大唐内典录》之间。之后该经中的诵"五德十数"被道宣引入到了受戒的仪式当中。在道宣之后，

---

① （唐）玄恽纂《毗尼讨要》，《卍续藏》第 44 册，第 386 页下。
② 圣凯：《敦煌遗书〈毗尼心〉与莫高窟 196 窟比较研究》，《西南民族大学学报》（人文社科版）2017 年第 7 期，第 43 页。
③ （唐）道宣撰述《四分律删繁补阙行事钞》，《大正藏》第 40 册，第 149 页下至第 150 页上。
④ （唐）玄恽纂《毗尼讨要》，《卍续藏》第 44 册，第 385 页上。
⑤ （东晋）佛陀跋陀罗共法显译《摩诃僧祇律》，《大正藏》第 22 册，第 460 页下至第 461 页上。
⑥ （唐）道宣撰述《大唐内典录》，《大正藏》第 55 册，第 310 页下。

怀素所集《僧羯磨》中"汝已受戒竟，当供养三宝，勤修三业：坐禅、诵经、勤作众事。（授已，教诵十数……）"①。笔者现推测道宣是现已知在著作中最早把"五德十数"纳入沙弥受十戒仪式中的僧人，并阐述了十数破除外道的意义。总而言之，"五德十数"出现在沙弥受戒仪式是从唐代开始，由道宣提出，之后并被很多僧人接受并运用。

在整个受戒仪式过程中，往往是沙弥受十戒的程序结束后，再进行"五德十数"的念诵，《行事钞》《毗尼讨要》和伯3235号2都是如此，所以笔者认为张慕华所说"五德十数"是十戒后的补充内容并不完全准确。五德十数也是十戒仪式的内容之一，不仅说沙弥五德十数，还有六念、受持衣钵等，都是沙弥需要学习背诵的内容，是沙弥威仪的一部分。

在伯3235号2中，还多次提到"羯磨"，如"九，次问遮难，为三种遮难，其文如羯磨"，"十，此示五戒相，其文亦如羯磨"。在讲述"十数破外道"内容前也提到"羯磨"，为"十七，次说五德十数，本文如羯磨"，这说明伯3235号2在使用过程中还需要参照"羯磨文"，而且此文为当时敦煌地区僧人所熟知。伯3235号2第十七条里面只有"十数破外道"，没有五德的内容。根据上述资料，笔者推测敦煌本很可能就是"羯磨文"中的一部分，因为在授十戒仪式中额外需要"十数破外道"，所以伯3235号2中加上了这一内容。笔者搜索敦煌文献，暂未找到与其对应的"羯磨文"，但有些羯磨文中有"五德十数"的名相描述，例如斯5088号，北敦06591号2等。

"五德十数"还运用在不同的说戒场合，如布萨仪式中。根据《行事钞》所记："大僧说戒日，沙弥多具华香汤水供僧众具，于布萨处张施罗列……行筹讫，将至僧中，付僧维那总合唱数。彼送筹者，还来本处，差一人为说戒师，诵《沙弥戒经》，谓《爱道尼经》及《五德十数》等。"②《毗尼讨要》也有相同的运用场景，"次别行者，若布萨时各各当处，自集一堂，烧香散华汤水，行筹差人说戒唱梵……欲唱大数之时，应将己所行筹入僧中付僧维那，令总唱数，彼送筹者，还至本处。次差一人，诵《爱道尼经》《沙弥十戒》《五德十数》……戒师应作白云：大（德姊）一心

---

① （唐）怀素集《僧羯磨》，《大正藏》第40册，第514页上。
② （唐）道宣撰述《四分律删繁补阙行事钞》，《大正藏》第40册，第151页中。

听今日，是（沙弥沙弥尼）布萨说戒日，欲说《十戒》《爱道尼经》，并其《五德十数》，具白如是"①。从中可以看出，不管是大僧说戒日或布萨说戒日或是寺院投票日，都会让沙弥念诵《十戒》《爱道尼经》及《五德十数》等。定宾所作《四分律疏饰宗义记》中还有"维那次来至上座前礼，胡跪合掌，请云：今白月十五日……次诵戒人，驱沙弥出。沙弥对僧，说十数竟，还房作业，不劳诸师浪捧异端"②，这与敦煌本中伯 3015 号的题记"礼僧次而出"和斯 04361 号题记"净土寺付沙弥念记"相互印证。在十五日布萨诵戒时，让沙弥对着僧人念诵十数，结束以后便礼僧而退出，回房继续修习。这也更加确定了敦煌本是在说戒日时所用的实用性文本的文范，不仅在每月两次的布萨日时使用，还应用于非布萨时的说戒场合。

关于"十数"的功能，从表中能看出，伯 3235 号和《毗尼讨要》都涉及验邪人的问题，敦煌本虽然没有具体展开，但在第一段中提到了，即"然佛制沙弥，令诵五德十数，用光正道，以验邪人"，所以敦煌本可以通过伯 3235 号 2 和《毗尼讨要》进行互文。《行事钞》和《毗尼讨要》中都没有明确说明其功能，但在其他僧人著作中可以窥见。唐朝僧人大觉认为"应为说十数者，疏云：有三意须明也。一者斥邪徒，二者显正义，三捡贼住。若识此三意，则可知也。言十数者，即是十种增数法门，故曰也"③。宋朝僧人元照提出"十数中对破外计，以别邪正"④；从上可以看出"十数"的主要功能是破斥外道以及分辨僧团人员。从破外道的内容来看，破斥的应该是与佛教思想理念不符的言论。而在近现代通用戒本《传戒正范》中，有"和尚抚尺云：诸沙弥等，我已授汝十戒之相竟……今当更示汝等五德十数，壮悦道志，依而奉行，增长智慧成就辩才，教化众生，令入佛道"⑤，已经没有了破斥外道的功能，而是代替以显现佛道正义，能使沙弥增长智慧以及辩论能力，让沙弥得以教化众生，令其入佛道的功能。

上文说到，道宣应是把五德和十数破外道的内容首次加入受十戒仪式和布萨仪式中。成书于 645 年的道宣所撰《四分律比丘尼钞》中，破外道的内容进一步省略，即

---

① （唐）玄恽纂《毗尼讨要》，《卍续藏》第 44 册，第 386 页中。
② （唐）定宾撰《四分律疏饰宗义记》，《卍续藏》第 42 册，第 249 页下至第 250 页上。
③ （唐）大觉撰《四分律行事钞批》，《卍续藏》第 42 册，第 1052 页中。
④ （宋）元照撰《四分律删补随机羯磨疏济缘记》，《卍续藏》第 41 册，第 206 页上及中。
⑤ （清）读体撰《传戒正范》，《卍续藏》第 60 册，第 661 页下至第 662 页上。

"一者，一切众生皆依食故（为破自饿外道）；二者，名色（为破自然外道）……"①，这呈现了受十戒仪式发展的动态过程，十数破外道的内容很多，在之后僧人的受戒仪式中，此内容长度渐渐缩减。至于在伯 3235 号 2 中保留了完整的内容，笔者推测当时敦煌僧人根据道宣所写的受戒仪式把十数破外道的内容完整抄写下来。然而在实践中，受戒仪式有长有短，有时因为时间限制，只能人为地缩短仪式文本内容，所以抄写完整内容能根据实际，弹性调整文本所用时长。

不仅唐宋时沙弥受十戒有"五德十数"的程序，其也延续到了明清。藏经中有明朝法藏撰《弘戒法仪》，其中有"善男子等，我已授汝十戒之相已竟，更示汝等五德十数。壮悦道意，依而奉行，增长智慧，成就辩才，教化众生，令入佛道。言五德者……"②。清朝见月（读体）律师所撰《传戒正范》，有"今当更示汝等五德十数。壮悦道志，依而奉行，增长智慧，成就辩才，教化众生，令入佛道。所言五德者……"③，《弘戒法仪》中"五德十数"在"次差阿阇黎授沙弥十戒法仪第八"的"十，听教"这一部分中，《传戒正范》的在"第十，听教嘱法"中。这两本关于"五德十数"的内容差别很小。宗性在《〈三坛传戒正范〉版本综述》中提出，第一号文本《弘戒法仪》"是现见最早而又较完整的有关传戒的仪范"④。文中的第五号文本是"《传戒正范》，四卷，共三册，金陵刻经处刻本并流通，简称为'金陵本'"⑤。据此笔者在网上找到了见月律师（1601～1679）编撰的《传戒正范》，于 2002 年由金陵刻经处出版，可以对应宗性文中的第五号文本，并且该本与藏经收录的文本内容相同。宗性论文中的第一号和第五号文本，其"五德十数"的位置和藏经中的位置相同。藏经中和宗性论文中的两本《弘戒法仪》和两本《传戒正范》以及笔者网上搜寻到的《传戒正范》这五本文本，都有"五德十数"的程序，但只有"五德十数"名相的展开，并没有敦煌本的首段和末段，也没有破外道的内容。因而笔者推测明清以来沙弥受十戒仪式，有"五德十数"的程序。但与敦煌本《沙弥五德十数》相比，独立的文本已经不见，这也体现了文本在运用和实践中的演变过程。

①（唐）道宣撰述《四分律比丘尼钞》，《卍续藏》第 40 册，第 714 页中。
②（明）法藏撰《弘戒法仪》，《卍续藏》第 60 册，第 588 页上。
③（清）读体撰《传戒正范》，《卍续藏》第 60 册，第 662 页上。
④ 宗性：《〈三坛传戒正范〉版本综述》，第 132 页。
⑤ 宗性：《〈三坛传戒正范〉版本综述》，第 132 页。

三　结语

本文对敦煌遗书中的《沙弥五德十数》进行整理录文，考察诵五德十数在一件内容为沙弥授戒敦煌文献中的位置及其作用，所得认识如下。

第一，敦煌本《沙弥五德十数》在藏经中未收录，笔者发现敦煌文献存在着十号文献，并对其进行了录文整理和校勘。从斯 04361 号的题记中可以看出，《沙弥五德十数》用于沙弥平时的教学和记诵，可以说是每个僧人都需要熟知熟记的知识，文本利用率很高，其重要性不言而喻。伯 2280 号后有"作礼已，随次第出"、伯 3015 号后有"礼僧次而出"，证明其是仪式性的文本。十号文献虽然体例大致相同，但文献之间的顺序和内容上又略有不同，其展示出了敦煌本的动态形成发展过程。

第二，道宣把"五德十数"首次放入到受十戒仪式的一部分中，在受十戒完成之后进行。伯 3235 号 2 中有"羯磨本"的存在，笔者推测敦煌本是"羯磨本"中的一部分，但在受十戒仪式时，还需加上"破外道"的内容。不仅如此，在不同的说戒场合，也有"五德十数"的程序，例如每月两次的布萨仪式，或是寺院投票日，所以敦煌本《沙弥五德十数》正是用于说戒场合的实用性文本的文范。十数还有破外道的作用，虽然破外道的内容因为历史演变或是仪式时间长短不同，而进行了缩减甚至于消失，但其功能依然存在，敦煌本中有体现该功能的文字。

第三，从《传戒正范》和《弘戒法仪》可以看出，"五德十数"的程序也延续到了明清以后寺院的沙弥受十戒仪式中，但只保留了"五德""十数"的名相，没有破外道的内容，也没有敦煌本这样独立的文本。可见随着历史的发展，文本以及传戒仪式都有演变，笔者今后应收集更多相关资料，进一步考察中古时期到近现代授戒仪式的发展与演变。

告别"祖统解构"式的禅宗研究[*]

——以曹洞新宗为例

孔　雁

【内容提要】　关于禅宗的研究，近一个世纪以来备受瞩目的研究成果主要集中在《灯录》的真伪考辨和禅宗的正统性上。莫舒特（Morten Schlütter）也不例外。他发现 12 世纪曹洞宗的法系传承、祖师传记、禅法风格相较于传统发生了很大的改变，故而称之为"曹洞新宗"。然而，"祖统建构"并非宋代禅宗的特色，亦非禅宗的独创，甚至不是佛教特有的文化传统。我们应该跳出解构祖统的窠臼，把注意力转移到僧团实际上如何运行，以及祖统对僧团的自我身份认同和僧团运行的作用等问题上。

【关键词】　曹洞新宗　祖统解构　身份认同　禅宗

【作　者】　孔雁，哲学博士，上海社会科学院宗教研究所助理研究员。

曹洞宗在整个宋代禅宗中是十分独特的，既不像临济那样始终保持着一定的兴盛，也不像法眼、云门等其他宗派那样"极盛而衰"，反而是"极衰而盛"，一度与临济、云门分庭抗礼。此外，该宗的法系传承、祖师传记、禅法风格在这一时期有了很大的改变。整个曹洞宗的法脉系谱即是在这一时期完成的，从青原以下，承石头法系，经洞山良价、曹山本寂开山立宗，经云居道膺（？～902）—同安道丕—同安观志—梁山缘观—大阳警玄（943～1027）—投子义青（1032～1083）传至芙蓉道楷（1043～1118）和大洪报恩（1158～1011）。尽管文献记载也有洞山良价—九峰普

---

*　本文为上海市哲学社会科学规划青年课题"宋代曹洞宗研究"（项目号：2020EZX004）的阶段性研究成果。

满系的法脉系谱，后世普遍接受的还是前者。五代至北宋初，曹洞衰微，以至于道膺以下至大阳警玄之间的禅师在早期禅籍中几乎没有什么记载。《景德传灯录》中最早记载了同安道丕、同安观志、梁山缘观、九峰普满、同安威、大阳警玄、投子义青的传记，但都比较简短。《天圣广灯录》和《建中靖国续灯录》中的记载也不多。《禅林僧宝传》增加了很多投子义青和大阳警玄的记载。南宋以后编纂的灯录记载就更加丰富和集中。

莫舒特（Morten Schlütter）就此提出了一个非常大胆的观点："始于十一世纪晚期，复兴曹洞宗的天才宗教家们创造了一个有完整僧传、生动的文学和富有特色的教导和禅修风格而实质上是全新的禅宗宗派。"[1] 他称之为"曹洞新宗"（New Caodong Tradition）。他认为整个曹洞宗的祖统便是在这一时期完成的，而这个建构成就了曹洞宗的复兴。

然而，祖统的建构对于禅宗而言已经完全不是新鲜的事了。事实上，洞上宗[2]的创立者良价（807～869）认归石头一系就已经开了系谱构建的先河，摆脱马祖旁支出身，直向上溯一代，归宗于历史记载模糊的石头希迁（700～790），意欲与马祖嫡系相较。而后，曹山续洞上一宗，成为曹洞宗时又有所添糅。[3] 大阳警玄（943～1027）托浮山法远（991～1067）传法的故事不过是重唱旧曲。

一　"祖统解构"式的禅宗研究

关于禅宗的研究，近一个世纪以来备受瞩目的研究成果主要集中在《灯录》的真伪考辨和禅宗的正统性上。这种怀疑主义直接指向禅宗的正统性，似乎解构了"祖统说"就瓦解了禅宗存在的合法性。胡适（1891～1962）开启了质疑《灯录》禅宗史之先河，并掀起"疑古"潮流，影响至今。20世纪20年代他在撰写关于中国禅宗的史稿时发现当时所存的禅宗材料，至少有百分之八九十是北宋和尚道原、赞

---

[1]　Morten Schlütter, *How Zen Became Zen: The Dispute Over Enlightenment and the Formation of Chan Buddhism in Song-Dynasty China*, Honolulu: University of Hawaii Press, 2008, p. 173.

[2]　曹洞宗初名洞上宗。之所以后来叫"曹洞宗"，一说是取自六祖曹溪慧能与洞山良价之名；一说是取自洞山良价与其弟子曹山本寂之名。见（宋）善卿编《祖庭事苑》卷7《曹山》，《卍新续藏》第64册，第414页下。

[3]　徐文明：《唐五代曹洞宗研究》，中国社会科学出版社，2012，第442～448页。

宁、契嵩以后的材料，往往经过了种种妄改和伪造的手续，包括神会的作品和《坛经》的三个古本。通过对这些材料的研究，他重构了早期禅宗史的面貌，说慧能其实并非六祖，这一"正统"的说法是由神会所伪造，目的是立自己为七祖。胡适在比对了神会的语录和《坛经》之后，更声称《坛经》也是其所伪造。神会是六祖慧能的传奇形象以及这一祖统的建构者。① 这一"石破天惊"的研究震颤了当时的学术界和佛教界。其后经过众多学者对敦煌文献的研究，早期禅宗的"信史"逐渐清晰起来。②

马克瑞（John R. McRae）在他的成名作《北宗与早期禅宗的形成》（1986）一书中对早期禅宗祖师的生平、作品和教法进行了详密的考证，可以说基本颠覆了禅宗《灯录》中所记载的早期禅宗史。他认为"灯统"学说代际传承的传奇是早期禅宗最重要的创新之一，③ 应该将其与历史区分开来。他认为传为禅宗三祖、四祖和五祖的具体教说无法与历史上的具体人物相关联。此外他还系统解构了《灯录》中以慧能为正统的南宗禅的"历史"，认为从严格的历时性视域而言，《坛经》的叙述是绝对无效的。不论是大家耳熟能详的神秀与慧能的偈语对比，还是弘忍传位于慧能等，可能都没有如《坛经》所陈述的那样而发生过。其至"渐"与"顿"不能用来归纳神秀与慧能这两个历史人物的禅法。④ 马克瑞的主要兴趣在史实辩证上，虽然在学术史上颠覆了《灯录》史和南宗禅的正统性，为北宗洗刷了污名，⑤ 但并未进一步说明神会盗用南宗的名号、污名化神秀一系是如何做到的？《灯录》传承的文本为何要如此发展？禅宗的身份认同为何会如此演进？他所颠覆的到底是什么？要回答这些问题，只有历史和哲学的视角是不够的。

---

① 参见〔日〕柳田圣山主编《胡适禅学案》，正中书局，1975。胡适：《胡适说禅》，文化艺术出版社，2012。

② 〔日〕宇井伯寿《禅宗史研究》，岩波书店，1939。〔日〕柳田圣山：《初期禅宗史书の研究》，法藏馆，1967。〔日〕筱原寿雄、田中良昭编《敦煌佛典と禅》，大东出版社，1980。〔日〕田中良昭：《敦煌禅宗文献の研究》，大东出版社，1983。〔日〕田中良昭：《慧能：禅宗六祖像の形成と变容》，临川书店，2007。John R. McRae, *The Northern School and the Formation of Early Chan Buddhism*, Honolulu: University of Hawaii Press, 1986. Bernard Faure, *The Will to Orthodoxy: A Critical Genealogy of Northern Chan Buddhism*, California: Stanford University Press, 1997. 龚隽：《禅史钩沉——以问题为中心的思想史论述》，三联书店，2006。洪修平：《中国禅学思想史》，中国人民大学出版社，2007。杜继文、魏道儒：《中国禅宗通史》，江苏人民出版社，2007。

③ John R. McRae, *The Northern School and the Formation of Early Ch'an Buddhism*, Honolulu: University of Hawaii Press, 1986, pp. 10 – 11.

④ Ibid., pp. 15 – 147.

⑤ 他将北宗失落的原因归结为与政治走得过近、牛头宗和洪州宗的崛起、关于禅宗传灯理论的不成熟性等。

佛尔（Bernard Faure）对于唐代禅宗南北宗之争作了出色的研究。他指出"两宗的矛盾实际上仅仅是正统性的意欲（will to orthodoxy）的结果，这是早期禅宗的特征"[1]。"顿渐"原与南北没有对应关系，是南宗对正统性的意欲使得"顿渐"有了某种"范式的价值"。他认为北宗最终被污名化、被排斥，其实某种程度是乃是由于禅的正统建构的行事方式，为了树立宗派的自觉，有必要将某个群体定为"替罪羊"，使其成为象征性的异端，这个宗派就是"北宗"。[2]

颠覆禅宗史书写的著作不断出现，为我们提供了很好的理解和解释框架，并以现代人的眼光重新审视中国禅宗史，区分历史事实和传奇。然而，"事实"并不止于此。正如印顺法师所言："其实禅宗的存在与发展，不是凭借这些祖统说而发扬起来的……祖统的传说，可能与实际有距离，但与禅法传承的实际无关。"[3] 对于"历史事实"，印顺法师也给出了新的定义。"优越的禅者，谁都会流露出独得心法的自信，禅门的不同传承，由此而传说开来。到底谁是主流，谁是旁流，要由禅者及其门下的努力（不是专凭宣传，而是凭禅者的自行化他），众望所归而被公认出来的。这就是历史的事实。"[4] 每个文本形成所根据的内容，尤其是《灯录》和僧传，起初都是被记录下来的传说。而传说难免有不同的版本。传说的多样性受到各种因素影响而有所增添、削减，再加上由于传说的不完整而附加的想象，或因其他目的而成立新说，然后再不断被记录和传抄，情况自然更加复杂。时间上更先的作品未必就是原作的代言人而成为评定真伪的标准，佛教外部的材料也未必比佛教内部的更加可靠。因为许多碑铭都是由僧人委托士大夫所撰写，而士大夫本人未必对佛教内部有深入的了解，所依据的资料不少是来自委托他们的僧人。这样士大夫的作品变成了许多僧人的"传声筒"。当然也不能过于高估《灯录》和僧传的史实性，要综合多方资料进行考证。笔者所要强调的是，文本、历史事实的考证并不能代表全部的禅宗，并不是禅宗"以心传心"的实际。

---

① Bernard Faure, *The Will to Orthodoxy: A Critical Genealogy of Northern Chan Buddhism*, California: Stanford University Press, 1997, p. 4.

② Ibid., p. 10.

③ 印顺：《中国禅宗史》，中华书局，2012，第 5 页。

④ 印顺：《中国禅宗史》，第 5 页。

二 "祖统建构"并非是宋代禅宗的特色

首先，如果我们把眼光放到整个中国禅宗史中去看，会发现禅宗自其开端就伴随着祖统的建构。"禅"①原本是佛教修行方式的一种，但随着禅宗的发展，逐渐形成一个以此为主要修行方法的宗派，发展出一套独特的思想体系。被传为中国禅宗"初祖"的菩提达摩约在 6 世纪活跃在中国的北方地区，②与正统、政权都比较疏离。③虽然菩提达摩及其追随者形成了一个小群体，但"禅宗"尚未出现。7 世纪中叶，一个独具特色的僧团在庐山地区形成。而这一僧团的领袖道信或许并没有意识到自己属于菩提达摩的世系。④ 7 世纪末，这一原本边缘性的僧团日渐有了走向正统的可能性和意愿。东山法门试图靠近朝廷，法如（638～689）、老安（581～600/708/709）⑤、神秀（606？～706）等先后被帝王召见。与之相应，禅宗祖统的建构开始于此。《唐中岳沙门释法如禅师行状》（《金石萃编》卷六）中留下了最初的痕迹，开"传灯"理论背景与禅宗身份之先河。后来在神秀弟子们的努力下，东山法门在

---

① "禅"是"禅那"的音译（梵文：**ध्यान**，dhyāna，巴利语：**झान**，jhāna），意译为思维修或静虑。将注意力集中在一个固定的目标上（奢摩他），以慧对它进行静观（毗婆舍那），由此进入四禅，进而得到解脱智。词语原出自《奥义书》，为印度教术语，为"六支瑜伽"的第三支、"八支瑜伽"的第七支，是修习瑜伽的高级阶段。后为佛教所吸收，为"三无漏学"（戒、定、慧）与"六度"（布施、持戒、忍辱、精进、禅定、般若）之一。汉传佛教中也将其译为止观。汉传佛教中的禅，为禅那的简称。

② 最早关于"达摩"的记载是杨衒之的《洛阳伽蓝记》。然而根据马克瑞的考证，《洛阳伽蓝记》中的"达摩"与《续高僧传》中的"达摩"形象差异太大，或为同名。他考证菩提达摩约于公元 479 年从海路抵达中国南方，最迟是在公元 495 年，可能早在公元 480 年左右抵达中国北方。见 John R. McRae, *The Northern School and the Formation of Early Ch'anBuddhism*, Honolulu: University of Hawaii Press, 1986, p. 7。

③ 当时北方有三个禅师群体：其一是勒那摩提及其弟子僧宝、僧达，名闻京、洛；其二是佛陀跋陀及其弟子道房、僧稠；其三是菩提达摩及其弟子慧可、林法师、僧副、道育。其中声势最为浩大的一支是僧稠系与僧宝系。僧稠的弟子相当多，势头很盛。菩提达摩一系在当时的势力远不如其他两系，思想也与他们大有不同。此外，天平元年（534），慧可往邺都弘法，称"滞文之徒，是非纷举"，且最终被迫害致死。僧副也不得不南下梁国，止于钟山定林寺。他们对其他禅系批评较多，似乎在教内很难被接纳。即便是在后来达摩的传奇故事中，达摩与梁武帝的对话也是不欢而散的收场，反映出早期达摩系僧团与教内正统和世俗政权的疏离。梁、陈之间，南方也崛起了一批禅师群体：其一是以金陵为中心，以栖霞诸寺为据点的禅师团体，大都兼习慧业，偏于空宗；其二是以荆州、衡岳为中心的禅师团体，例如荆州天皇寺法懔、法忍，长沙寺法京、智远，襄阳景空寺法聪，庐山法冲，光州大苏山慧思等。

④ Bernard Faure, *The Will to Orthodoxy, A Critical Genealogy of Northern Chan Buddhism*, California: Stanford University Press, 1997, p. 5.

⑤ John R. McRae, *The Northern School and the Formation of Early Chan Buddhism*, Honolulu: University of Hawaii Press, 1986, pp. 57–58.

两京扎稳脚跟。神会在此与法如系竞争宗脉正统，吸引了大批学徒，并最终如愿以偿。唐末五代时期，新的禅宗派系在各地兴起，包括保唐宗、洪州宗和牛头禅①。8世纪中叶，所有禅宗派系，包括北宗、荷泽宗、保唐宗、牛头宗，都积极参与了传奇式祖统说的开创与完善，② 以便建立禅宗在佛教传统中的正宗地位。③ 到了宋代，这种倾向就更加明显。已经有不少研究成果表明许多唐代禅师的圣传故事多是宋代禅僧的构建④。而每种构建都有着祖统建构的目的。例如，20 世纪 20 年代，在朝鲜发现久佚的《祖堂集》便是曹洞宗改宗青原行思一系而大造舆论的作品。杭州灵隐寺契嵩著《传法正宗记》十卷、《正宗论》二卷、《禅门定祖图》《辅教编》三卷、《镡津文集》十九卷上表进献。宋仁宗赐号"明教大师"，并准许其入藏。他反对天台宗所信奉的《付法藏传》之说，厘定禅宗世系为二十八祖，强调禅是教外别传，引起了天台僧人的抗辩，以至于双方往复争论。这反映出禅宗试图通过与"教"划清界限、另造祖统的策略，从而声称自己为新的正统。而后五灯续出，各有其宗派背景，故而撰写时偏好于在本宗禅师事迹、语录上着笔墨⑤。更为重要的是，他们撰写这些《灯录》的呈阅对象皆为皇帝或高官，以期敕令入藏，颁布刊行⑥。因此在写

---

① 禅的正统性从神秀的谱系转移到马祖道一。马祖道一的剃度师是资州智诜门下的唐和上，而智诜是五祖弘忍的弟子，长期在蜀传法。他当时的地位远在法如、神秀之后，其历史建构中的形象亦不如慧能。马祖道一的师父是"本不开法，但居山修道"的南岳怀让。胡适怀疑怀让并非慧能的弟子，理由是他是个律师。而贾晋华认为其证据不充分，从律师改为禅师的人也很多，并举出各种文献证据，坚持认为马祖应是怀让的弟子。马祖道一提出"即心即佛"的主张引发了一场禅学革命，饱受争议。然而最终洪州宗能够成为禅宗的正统与他的禅学革命和门下弟子的大力弘传密不可分。

② 相关文本如净觉《楞伽师资记》、杜朏《传法宝纪》（710～720）、神会《定是非论》（684～758）、《历代法宝记》（776）、《宝林传》（801）。

③ 贾晋华：《古典禅研究：中唐至五代禅宗发展新探（修订版）》，上海人民出版社，2013，第 173 页。

④ 传世中唐至五代禅师语录，绝大多数编集或改编于宋代以降。参见柳田圣山《语录の历史—禅文献の成立史の研究》，《东方学报》1985 年第 57 期，第 211～663 页。Albert Welter, *The Linjilu and the Creation of Chan Orthodoxy: The Development of Chan's Records of Sayings Literature*, Oxford: New York: Oxford University Press, 2008, pp. 109–130.

⑤ 宋景德元年（1004），东吴法眼宗道原禅师撰《景德传灯录》，令入藏刊行，确立以敕命建立传灯相承系统之权威性；之后临济宗居士李遵勖编撰《天圣广灯录》（1032～1036），主要记录自宋太宗至真宗、仁宗早期的禅宗情况；云门宗惟白禅师著有《建中靖国续灯录》（1101），主要记录宋仁宗元年（1023）之后近 80 年间南岳、青原二系禅师的事迹、语录。其中以云门宗、临济宗的禅僧最多，淳熙十年（1183）临济宗悟明禅师编撰了《联灯会要》（1189），云门宗正受禅师撰《嘉泰普灯录》（1204）。因五灯翻阅不便，故而有临济宗杨歧派的普济禅师编《五灯会元》二十卷（1253），此后五灯遂少流通，甚至残缺。

⑥ "宋景德间，吴僧道原作《传灯录》，真宗诏翰林学士杨亿裁正而叙之。天圣中，驸马都尉李遵勖为《广灯录》，仁宗御制叙。建中靖国元年，佛国白禅师成《续灯录》，徽宗作序；淳熙十年，净慈晦翁明禅师作《联灯会要》，淡斋李泳序之。嘉泰中，雷庵受禅师作《普灯录》，陆游叙斯五灯之所由，始与藏典并传宋季。"见（元）延俊《重刊五灯会元序》，载（宋）普济集《五灯会元目录》，《卍新续藏》第 80 册，第 1 页下。

作时就已经预设了读者和写作目的，撰写时必然所有遮掩、有所修饰、有所彰显，其所呈现的结果必然是光辉的法脉传承、高僧的智慧德行，塑造"高山仰止，景行行止"的圣僧形象，与国家的主流意识形态相结合。禅宗之所以从一个边缘性的僧团蔚然成为佛教的主流派别，是因为与朝廷政治力量的推动息息相关。

三 "祖统建构"并非是禅宗的独创

祖统的编造不是禅宗一家的独创。天台宗智者大师的门人灌顶（561～632）在《摩诃止观》的序论里，曾引用《付法藏因缘传》来编写释迦牟尼以降的传法谱系。从佛灭度时以最胜法咐嘱大迦叶起，其后依次传法给阿难、摩田提、商那和修、忧波毱多、提多迦、弥遮迦、佛陀难提、佛陀蜜多、胁比丘、富那奢、马鸣、比罗、龙树、迦那提婆、罗睺罗、僧伽难提、僧伽耶舍、鸠摩罗驮、阇夜多、婆修盘陀、摩奴罗、鹤勒那、师子。智𫖮（538～597）师从慧思（515～577），慧思师从慧文（约公元6世纪），慧文依《大智度论》，而该论为龙树（约公元150～250）所造，因此智𫖮便成为东土第四代传人，[①] 成为后来天台共认的法统。于是从判教与道统两方面，天台僧团在当时确立了自己在教理上的正统地位。[②] 后来禅宗的二十八祖之说也是借鉴《付法藏因缘传》而形成。

为了树立宗门而编造谱系也并非汉传佛教的特色。巴利文的《岛史》（Dīpava-ṃsa），是斯里兰卡最古老的编年史诗，又称为《岛王统史》《洲史》。古印度伟大的佛教经典翻译家、注释家佛音（Buddhaghosa，约公元4～5世纪）曾经提及这本书。佛音生活于摩诃那摩国王时期，由此推算，该书应当是公元4～5世纪的作品。公元前1世纪，斯里兰卡佛教分裂成大寺派与无畏山寺派后，大寺派教徒为了确立自身在斯里兰卡佛教里的正统地位，便着手编写《岛史》，以抬高上座部佛教，贬抑大乘佛教。[③] 其中第五章《学派及师资相承》就是叙述佛涅槃后的学派及传承，通过师资相承来追溯正统来源。[④] 然而《岛史》的记载往往详略不当，韵律不齐。而后便出现

---

① （隋）智𫖮说、灌顶记《摩诃止观》，《大正藏》第46册，第1页上至下。文中记"止观明静，前代未闻。智者大隋开皇十四年四月二十六日于荆州玉泉寺"云云，说明该书始于公元594年智者大师在荆州玉泉寺的开法。

② 李四龙：《天台智者研究：兼论宗派佛教的兴起》，北京大学出版社，2003，第199～237页。

③ 韩廷杰译《岛史》，慧炬出版社，1971，第Ⅰ～Ⅲ页。

④ 韩廷杰译《岛史》，第29～37页。

了辞藻华丽、被奉为斯里兰卡古典文学瑰宝的《大史》（Mahāvaṃsa）。① 作者是摩诃那摩（Mahanama），他的生存年代大约是公元 5 世纪后半期到 6 世纪前半期，《大史》的第一部分写作自然也是这个时期。② 其中第五章《第三次结集》是基于《岛史》写成，同样叙述了佛涅槃后的学派及传承，意欲凸显上座部佛教的正统与权威。③

四　"祖统建构"并非是佛教特有的文化传统

谱系的编造并非佛教的特色，也并不仅仅是宗教正统性意欲的产物，它本来就是中土的文化传统之一，只是应时代需要而盛衰有时。

沈括在《梦溪笔谈》中说：

> 士人以氏族相高，虽从古有之，然未尝著盛。自魏氏铨总人物，以氏族相高，亦未专任门地。唯四夷则全以氏族为贵贱……自后魏据中原，此俗遂盛行于中国。故有八氏、十姓、三十六族、九十二姓……其后迁易纷争，莫能坚定，遂取前世仕籍，定以博陵崔、范阳卢、陇西李、颍阳郑为（中）〔甲〕族。唐高宗时又增……通（为）〔谓〕七姓。然地势相倾，互相排诋，各自著书，盈编连简，殆数十家。至于朝廷为之置官撰定，而流习所徇，扇以成俗，虽国势不能排夺。④

把氏族分高下的做法在中土自古有之，只是过去没有特别兴盛。边远之地都是用氏族来区分贵贱。自后魏据中原，这种习俗才逐渐流行开来。各氏族间竞争激烈，各自书写自家的谱系，大概有数十家之多，势力庞大。尽管各个历史时期的谱系之

---

① 《大史》取材于《岛史》，又吸取了朝廷文件和三藏注释中的材料，采用编年史诗体，大约从公元 6 世纪开始，到 18 世纪，由摩诃那摩（Mahanama，约公元 5～6 世纪）等不同时期的作者续写而成。该书涉及斯里兰卡、印度等南亚地区，以及南传上座部佛教的历史。从第一章至第三十七章第五十颂，内容为公元前 5 世纪毗阇耶来岛至公元 4 世纪的摩诃舍那王，叙述了近八百年中六十一个国王的事迹。
② 摩诃那摩等：《大史：斯里兰卡佛教史》，韩廷杰译，佛光出版社，1996，第 I～V 页。
③ 摩诃那摩等：《大史：斯里兰卡佛教史》，韩廷杰译，第 29～52 页。
④ （宋）沈括撰《梦溪笔谈》卷 24《杂志一》，胡道静校注，上海古籍出版社，1957，第 241～242 页。

学有其不同的功用，不过都不影响这个结论：祖统的编撰并非佛教独创，边远之地的文化回流激活了原有的文化传统，应时代的需要而兴盛。

宋代著名史学家、目录学家郑樵（1104～1162）在《通志》卷二五《氏族略第一》中说道：

> 自隋、唐而上，官有簿状，家有谱系，官之选举必由于簿状，家之婚姻必由于谱系。历代并有图谱局，置郎、令史以掌之，仍用博通古今之儒知撰谱事。凡百官族姓之有家状者则上之，官为考定详实，藏于秘阁，副在左户。若私书有滥，则纠之以官籍。官籍不及，则稽之以私书。此近古之制，以绳天下，使贵有常尊、贱有等威者也。所以人尚谱系之学，家藏谱系之书。自五季以来，取士不问家世，婚姻不问阀阅，故其书散佚而其学不传。①

可见，自隋唐往前，官府有簿状，世家大族各家都有自己的谱系。选举官员必须要根据簿状所反映的家世，而婚姻也必须要根据谱系来决定。官方和民间的记录互相参照补校，以此谱系来规定贵贱之分。所以谱系的学问很受欢迎，家家都藏有谱系之书。然而，五代战乱之后，士大夫取第不以家世为根据，而婚姻也不再根据谱系，所以谱系之书日渐散佚，谱系之学逐渐失去传承。这一状况不仅引起了郑樵的关注，欧阳修和苏洵等人亦十分留意。欧阳修说："大幸前世常多丧乱，而士大夫之世谱未尝绝也。自五代迄今，家家亡之，由士不自重、礼俗苟简之使然。"② 苏洵指出："盖自唐衰，谱牒废绝。士大夫不讲，而士人不载。于是乎由贱而贵者，耻言其先；由贫而富者，不录其祖。而谱遂大废。"③

欧阳修与苏洵是宋代修谱的两大典范，他们编修的《欧氏谱》与《苏氏谱》被后世奉为圭臬。苏洵曾感叹："呜呼！高祖之上不可详矣。自吾之前，而吾莫之知焉，已矣。"④ 尽管他认为高祖以上的世系难以记载，却仍将远祖追溯至彭祖、祝融

---

① （宋）郑樵撰《通志二十略·氏族略第一》，王树民点校，中华书局，1995，第 1 页。
② （宋）欧阳修：《欧阳修全集》卷 70、居士外集卷 20《与王深甫论世谱帖》，李逸安点校，中华书局，2001，第 1017 页。
③ （宋）苏洵：《嘉祐集笺注》卷 14，《谱例》，曾枣庄、金成礼笺注，上海古籍出版社，2001，第 371 页。
④ （宋）苏洵：《嘉祐集笺注》卷 14，《族谱后录上篇（一）》，曾枣庄、金成礼笺注，第 380 页。

以至于高阳。① 欧阳修也说：“姓氏之出，其来也远，故其上世多亡不见。谱图之法，断自可见之世，即为高祖，下至五世玄孙，而别自为世。”② 然而，他还是将欧阳氏的远祖追溯至勾践到少康，再到夏禹。③ 除了追溯至缥缈的远古圣贤，从欧阳衡的按语中，我们还可以得知欧阳修所编修的祖谱中错漏者不少。例如“当唐之末，黄巢攻陷州县，府君帅州人捍贼，乡里赖以保全。至今人称其德”二十九字应是安福府君之为，而非吉州府君。否则，综合其他记载，唐代帝君十六传而欧阳氏才四世，而南唐国共四五十年，而欧阳氏竟十四世！其余自相抵牾之处暂不赘述。有意思的是，欧阳修曾否定曾南丰将先祖追溯到曾点的做法。④ 不知欧阳公将谱图追溯到夏禹这样的“遥遥华胄”就不欺人了吗？

总之，追溯远系先祖的做法并不是佛教的特色，宋代大儒如欧阳修、苏洵，也难免“编撰”之嫌，可见这在当时是一种风气。12 世纪的曹洞宗在这样的时代大背景下编撰自家的祖统可以说是顺势而为。这也就解释了为何这样的行为在当时没有引起禅林内外的激烈反应。

五　告别与转向：“想象的共同体”何以可能

综上所述，禅宗编撰祖统的做法不足为奇，更不会因此就成为其流行的决定性因素。那么，如何去理解祖统建构的意义呢？

首先，通过这种方式树立一种观念，通过这个观念将不同的人联系起来，使之处于共同的意义网络之中，彼此可以相互理解，满足共同的需要。从社会学的角度来看，这是关乎社会如何可能的问题。正如韦伯所说：

> “共同体”关系，是指社会行动的指向——不论是在个例、平均或纯粹类型中——建立在参与者主观感受到的互相隶属性上，不论是情感性的或传统性的。⑤

---

① （宋）苏洵：《嘉祐集笺注》卷 14，《族谱后录上篇（一）》，曾枣庄、金成礼笺注，第 379 页。
② （宋）欧阳修：《欧阳修全集》卷 74、居士外集卷 24《欧阳氏谱图序》，李逸安点校，第 1091 页。
③ （宋）欧阳修：《欧阳修全集》卷 74、居士外集卷 24《欧阳氏谱图序》，李逸安点校，第 1066 页。
④ “曾南丰修家谱，自以先世乃曾点之派，欧阳文忠公亦否之。盖以遥遥华胄，将谁欺乎？是以君子不可不慎也。”（明）敖英：《东谷赘言》卷上，中华书局，1985，第 16 页。
⑤ 〔德〕韦伯：《社会学的基本概念》，顾忠华译，广西师范大学出版社，2005，第 54 页。

　　笔者更倾向于将这种明代中叶以前的祖统建构理解为韦伯所说的"共同体"的关系。认同这一祖统的参与者至少可以主观感受到这种互相隶属性。若非要从合法性的角度去考虑，笔者并不认为编撰辉煌的法脉和圣传用来树立正统性这一描述本身足以说明问题，而应该转向对"编撰"与"树立"之间具体的因果关系是什么、这种树立何以可能等问题的思考。韦伯在论述行动者赋予某种秩序正当性的效力的方式时列举了以下几种：（1）传统；（2）基于情感上（尤其是情绪的）信仰；（3）被视为绝对价值者所具有的效力；（4）基于被相信具有合法性的成文规定。① 就禅宗的祖统而言，传统和基于情感上的信仰大概是祖统获得僧众认可的方式。而对于广大的在家众而言，传统是祖统编撰被赋予正当性效力的重要方式，而当时的政治精英们竞相编撰家谱也起到了某种主流意识形态的示范作用。祖统的编撰本身就是中土的文化传统之一，是对传统的遵守和效仿带来了合法性，而非仅仅是我们想象中光辉的法脉和传奇故事本身。此外，祖统确实代表了从处于边缘的教团走向正统的愿望，然而法脉传承对于佛教宗派的重要意义不在于所谓编造光辉的谱系，这是谁人都可以去做的事情，不可能成为宗派在丛林中立足的根本。谱系本身的功能不可能止步于溯源，它一定是在僧团的实际运作中发挥了重要作用才会如此被重视。

　　张雪松在《佛教"法缘宗族"研究：中国宗教组织模式探析》中用"法缘宗族"一词来描述法脉谱系在宗派发展过程中的角色和功能。他认为这种拟制性的宗法制度在社会组织、秩序维护、经济活动等方面发挥着实质性的作用，② 与僧侣宗教身份的获得、佛教宗派传承、寺庙组织管理等问题交织在一起，③ 对于僧侣寺院更为重要，在佛教宗派组织制度中更为根本。④

　　　　以禅宗为代表的法缘宗族是一个"实"体，它的谱系性明确地划分出"正统"与"非正统"佛教的界限。⑤

　　　　近代中国佛教宗派的"宗"非常近似于宗族的"宗"（Lineage），即由公认

---

① 〔德〕韦伯：《社会学的基本概念》，顾忠华译，第48页。
② 张雪松：《佛教"法缘宗族"研究：中国宗教组织模式探析》，第2页。
③ 张雪松：《佛教"法缘宗族"研究：中国宗教组织模式探析》，第215页。
④ 张雪松：《佛教"法缘宗族"研究：中国宗教组织模式探析》，第10页。
⑤ 张雪松：《佛教"法缘宗族"研究：中国宗教组织模式探析》，第1页。

一个祖师（祖宗）传承下来的，由各堂（各房各支）组成的一个庞大的师徒关系网络。可以说，近代佛教宗派最大的特征在于"传灯"（法统谱系传承）。所谓临济、曹洞、天台，这些宗派名称就好比是一个大家族的姓氏，一代代延续下来。①

尽管他的研究基于明清的佛教，但笔者认为这一理论模型对于我们理解宋代的佛教宗派组织很有启发。他认为两宋以来数百年的"子院"制度与明中叶以后"各房轮值的佛教宗族"运作模式十分相似，根本目的都是保护原有地方控产集团的利益，利于土地集中而产生规模效益，实际上已经为后者的出现做了各方面的准备。②

此外，回到宋代，我们会发现禅宗的祖统建构笼罩在整个宋代王朝"祖宗之法"的建构之中。邓小南已经在宋代"祖宗之法"的建构、"祖宗形象"的塑造、"祖宗故事"的编写方面有了丰硕的成果。③ 与意识形态相结合的祖统建构是必要的，然而这决不可能是禅宗何以为禅宗的根本缘由。我们应该跳出解构祖统的窠臼，把注意力转移到僧团实际上如何运行，以及祖统对于僧团的自我身份认同和僧团运行的作用等问题上。

---

① 张雪松：《佛教"法缘宗族"研究：中国宗教组织模式探析》，第 3 页。
② 张雪松：《佛教"法缘宗族"研究：中国宗教组织模式探析》，第 206 页。
③ 邓小南：《"正家之法"与赵宋的"祖宗家法"》，《文史知识》2000 年第 11 期，第 34 页；邓小南：《试论宋朝的"祖宗之法"：以北宋时期为中心》，《国学研究》第七辑，北京大学出版社，2000，第 115～146 页；邓小南：《关于"道理最大"——兼谈宋人对于"祖宗"形象的塑造》，《暨南学报》2003 年第 2 期，第 116～126 页；邓小南：《"祖宗故事"与宋代的〈宝训〉〈圣政〉——从〈贞观政要〉谈起》，《唐研究》第十一卷，北京大学出版社，2005，第 95～116 页；Deng Xiaonan, "The 'Ancestors' family instructions': Authority and Sovereignty in Song China", *Journal of Sung Yuan Studies* vol. 35, 2005, pp. 79－97. 邓小南：《祖宗之法：北宋前期政治述略》，生活·读书·新知三联书店，2006；邓小南：《〈宝训〉〈圣政〉与宋人的本朝史观——以宋代士大夫的"祖宗"观为例》，北京论坛（2005）：文明的和谐与共同繁荣——全球化视野中亚洲的机遇与发展，2005 年 11 月，第 39～49 页；邓小南：《创新与因循："祖宗之法"与宋代的政治变革》，《河北学刊》2008 年第 5 期，第 60～62、73 页；邓小南：《宋代"祖宗之法"治国得失考》，《人民论坛》2013 年第 16 期，第 76～79 页；邓小南：《"立纪纲"与"召和气"：宋代"祖宗之法"的核心》，《党建》2010 年第 9 期，第 46～47 页。

21 世纪以来中国《坛经》研究述评

姜　文

【内容提要】　21 世纪以来，中国《坛经》研究承接 20 世纪 90 年代 "禅宗热" 余绪，有发展也有变化。本文从《坛经》的版本校勘研究、佛理思想研究、思想影响研究三方面进行述评。

【关键词】　《坛经》　慧能　禅宗

【作　者】　姜文，南京大学艺术学院 2021 级在读博士研究生。

《坛经》因其种种特殊性而在中国禅宗研究史和中国文化发展史上占据重要地位。它是第一部也是唯一一部由中国僧人撰写并且以 "经" 命名的佛教典籍。它有很多版本，三十多年前就有学者发现至少有四类二十八种。[①] 围绕着它产生了很多方面的争论：成书过程、思想渊源乃至研究方法等。21 世纪以来，在跨学科研究的背景下，《坛经》更是溢出了原有的研究框架。那么，21 世纪以来大陆地区的《坛经》研究有哪些新变化呢？

白光、洪修平在《大陆地区慧能与〈坛经〉研究述评》一文中将百余年来的《坛经》研究分为五期，梳理了 20 世纪以来大陆地区《坛经》研究的基本状况和特点，是一篇极好的研究述评。时段划分法的优势是概括性强，缺点是易流于片面，面对文献繁多的某一时期时尤其如此。例如，该文将 1991 年至今划分为第五期。照文章统计，仅 1991 ~ 2013 年《坛经》的研究文献就多达 1963 篇，[②] 是前四期总和的

---

① 杨曾文：《中日的敦煌禅籍研究和敦博本〈坛经〉、〈南宗定是非论〉等文献的学术价值》，《世界宗教研究》1988 年第 1 期，第 47 页。

② 白光、洪修平：《大陆地区慧能与〈坛经〉研究述评》，《河北学刊》2016 年第 2 期，第 21 ~ 26 页。

7 倍多，约占总文献数的 88.86%。但关于这一时期的学术研究，作者只大致勾勒学科轮廓，并未进一步举例。总的来看，有几大问题贯穿《坛经》研究史：一是《坛经》的成书过程问题，《坛经》的版本研究、校勘研究便是为了解决这个问题。但是因为原本缺失，对于这个问题，在新史料面世之前，学界只能暂时达成妥协的共识。二是《坛经》的思想渊源问题，学者们多将《坛经》作为禅宗思想的重要一环，置于禅宗思想发展史的脉络中进行考察。当下学界普遍认为禅宗是印度佛教中国化的产物，而《坛经》则是禅宗思想成熟的代表，至于具体的思想来源，或儒或道，各有论证。三是《坛经》的后世影响与当代价值问题，其中包括心理学、伦理学、美学、文学、传播学、语言学等研究角度。三个问题之间并不仅仅是"平行研究"的关系，还有着"影响研究"的因素。总的来说，《坛经》的版本校勘研究是《坛经》研究大厦的基石。

一　版本校勘研究

如楼宇烈先生所言："胡适是中国近代史上第一个以非信仰者的立场，用思想史的眼光、历史学的态度和方法研究禅宗史的人。"[①] 胡适站在进化论的立场，用还原主义的眼光、本质主义的态度，开创了 20 世纪《坛经》版本考证的研究范式。首先，胡适站在进化论的立场，认为禅宗是中国佛教的革新、革命运动，也是中国思想史、中国宗教史、佛教史上的一个伟大运动，认为中国禅宗思想有着佛教—禅学—理学的发展轨迹，且持后来者居上的观点。[②] 其实，具体到禅学的发展，倒未必如此。以胡适对神会和尚历史地位的评价为例，胡适撰写《荷泽大师神会传》，称赞神会为"南宗的急先锋，北宗的毁灭者，新禅学的建立者，《坛经》的作者"。但也正如他在《新校定的敦煌写本神会和尚遗著两种》中所说的那样，《菩提达摩南宗定是非论》并非南北禅学之争，而是法统之争。且不论南北禅风差异是否真像神会说的那样大，单只神会避重就轻、重提"袈裟传世"——这是慧能明令禁止过的——就有欺师之嫌。再来说神秀与慧能的禅学思想，两者之间的差别只在

---

① 楼宇烈：《胡适禅宗史研究平议》，《北京大学学报》1987 年第 3 期，第 61~69 页。
② 胡适：《禅宗史的一个新看法》，隆印法师编《中国佛学史》，华东师范大学出版社，2015，第 79 页。

修行方式。日本学者忽滑谷快天就认为慧能"贵从大观自己本分上来""适于上根大器"，神秀则"力说潜行密用""中下之学可学"，因此"南北两宗虽冰炭相阋，在神秀与慧能则水乳相和"。① 如此看来，所谓的南北相争更像是弟子为出名而炮制的一出闹剧。

其次，胡适对以《坛经》为代表的禅宗史研究，持一种还原主义的眼光，而这又离不开本质主义的史学态度。有学者指出，近代以来的佛学史研究，感染了西方史学界的那种还原主义风气，《坛经》的研究也不例外。② 福柯在《尼采·谱系学·历史学》中曾经指出"起源"一词的两种含义，认为人们之所以追求起源，是因为确信起源中蕴含着事物的确切本质、事物最纯粹的可能性，以及先于所有外在的、偶然的不变形式。③ 胡适在《〈坛经〉考之一——跋〈曹溪大师别传〉》中证伪了《曹溪大师别传》，在《〈坛经〉考之二——记北宋本的〈六祖坛经〉》中证实敦煌祖本最古、惠昕本则去古未远。无论是证伪还是证实，其中都蕴含着靠发现、梳理《坛经》谱系，从而能够还原《坛经》本貌的驱动力。由此带来的版本校勘学的研究范式很大程度上主导了 20 世纪的《坛经》研究，经由郭朋先生、杨曾文先生、洪修平先生的接力，一直延续到 21 世纪。

21 世纪之初，随着学术环境和学术观念的变化，《坛经》的版本考证、校勘研究范式也发生了变化。一方面，对版本考证研究方法的反思带来了研究视野的突破。目前学界认为所有版本的《坛经》可以分为四类：敦煌本、惠昕本、契嵩本、宗宝本。大类下的分支，可谓繁杂至极。同时，每有一个新版本的《坛经》面世，就会带来一轮新的考证、校勘研究，以补充和修正已有的版本谱系。其工作量不可不谓之巨大，其得出的结论又往往是大同小异。何照清先生认为一味地考证、校勘会使得本来就模糊不清的《坛经》原貌变得更加扑朔迷离，而主张把研究工作放在更广阔的视野上，以厘清《坛经》诸本与其制造者和权力之间的关系。④ 新世纪涌现出的青年研究者极少从单一的版本考证学角度研究《坛经》，而是采取比较宏观的视野。如余钥在《关于敦博本〈六祖坛经〉慧能生平部分经文的传奇性研究》中，从解经

---

① 〔日〕忽滑谷快天：《中国禅学思想史》，朱谦之译，上海古籍出版社，1994，第 134 页。
② 何照清：《〈坛经〉研究方法的反省与拓展——从〈坛经〉的版本考证谈起》，《中国禅学》2003 年第 2 期。
③ 贺照田主编《学术思想评论第四辑》，辽宁大学出版社，1998，第 382 页。
④ 何照清：《〈坛经〉研究方法的反省与拓展——从〈坛经〉的版本考证谈起》。

学的视角，将敦博本《坛经》中慧能生平自述部分作为慧能的传奇来解读，试图处理其中关于慧能生平部分经文的问题，以获得其普遍意义与历史意义的统一；[①] 张红立在《〈六祖坛经〉版本及得法偈辨析》中对《坛经》的四个版本以及其中得法偈的由来做了比较；[②] 罗二红在《旅顺博物馆藏敦煌写本〈坛经〉研究》中考察了旅博本《坛经》的佛性思想、般若思想、修行思想等，认为旅博本《坛经》是各敦煌本《坛经》中更完善、更有特色的版本；等等。[③] 在研究《坛经》版本谱系的众多青年学者中，白光可谓是独树一帜。其著作《〈坛经〉版本谱系及其思想流变研究》，根据经文字数将 22 个版本的《坛经》分为三类：一卷本法海集记系列，二卷本惠昕所述系列，三卷本契嵩校勘系列。同时又用思想史的视野，将三类《坛经》分别对应慧能南宗发展的三个重要阶段，[④] 资料翔实，论证有力。其《坛经》谱系学研究，既有继承，也有发展。其研究已不仅仅局限于单一的版本考证，而是在整合现有《坛经》版本谱系的基础上，从禅宗思想发展的宏观脉络出发，拓宽了《坛经》的研究视野。视野的拓宽使得原本接近僵化的考证研究活了起来，洪修平、白光合撰的《〈坛经〉版本及其与南宗禅发展之互动研究》，对不同版本《坛经》与南宗禅发展之间的互动关系作了探讨[⑤]，进一步推进了《坛经》的研究深度和广度。另外，张培锋在《〈六祖坛经〉与道家、道教关系考论》中，通过史料分析，提出曹溪本《六祖坛经》的编订者可能是晚唐文人陈琡。[⑥] 向帅在《作为"传宗简本"的敦煌本〈坛经〉考》中，从印顺、净慧等佛教界人士提出的"敦煌本《坛经》为传宗简略本"的观点出发，结合禅宗史料与敦煌本《坛经》文本分析，认为敦煌本《坛经》是用以传宗的简本，而非最接近曹溪古本的版本。[⑦]

　　另一方面，各版本《坛经》的校勘、注释成果丰硕，选择底本的标准从"最早"变成"最流行""最准确"。魏道儒、尚荣、王孺童、丁福保等先生的译注、校释先

① 余钥：《关于敦博本〈六祖坛经〉慧能生平部分经文的传奇性研究》，四川大学硕士学位论文，2006。
② 张红立：《〈六祖坛经〉版本及得法偈辨析》，东北师范大学硕士学位论文，2011。
③ 罗二红：《旅顺博物馆藏敦煌写本〈坛经〉研究》，云南师范大学硕士学位论文，2016。
④ 白光：《〈坛经〉版本谱系及其思想流变研究》，宗教文化出版社，2013，第 13 页。
⑤ 洪修平、白光：《〈坛经〉版本及其与南宗禅发展之互动研究》，《佛教文化研究》2016 年第 1 期，第 30～46 页。
⑥ 张培锋：《〈六祖坛经〉与道家、道教关系考论》，《宗教学研究》2008 年第 2 期，第 91～98 页。
⑦ 向帅：《作为"传宗简本"的敦煌本〈坛经〉考》，《唐都学刊》2016 年第 1 期，第 109～115 页。

后出版，考虑到所有的版本中宗宝本最为流行，因此学者们大都以此作为底本。①
2018 年，由李申校译、方广锠简注的《敦煌坛经合校译注》在依据旅博本《坛经》
的基础上修订，并由中华书局出版。著者在合校说明中表示，因旅博本《坛经》文
字的准确度超越各本，故此次修订多依据旅博本，而以其他版本参校。② 各家在选择
底本时不约而同地把目光投向了空间意义上最流行、最准确的本子，而非时间意义
上最早的本子。标准的变化，呈现出《坛经》研究者问题意识的变化。方广锠先生
曾细致考察过敦煌各本《坛经》的校勘价值，以及敦煌本与其他版本《坛经》的关
系，认为敦煌各本《坛经》校勘价值不一，在整理敦煌本《坛经》时应尽量保持其
本来面貌，不应采用其他版本的《坛经》来改动。③ 虽仍有一种还原主义的倾向，但
相较于胡适，已减弱很多。除此之外，邓文宽先生以敦煌本《坛经》为底本，另取
其余 18 种版本对勘而成《敦煌坛经读本》④，为《坛经》校勘研究又添一巨石。可
以看出，与 20 世纪相比，21 世纪以来的《坛经》研究者们，大都不再把恢复《坛
经》原貌作为版本考证的第一大问题，这个问题在《坛经》原本面世之前也只能暂
时搁置。而探讨版本流变与思想发展、时代背景、社会历史之间的关系，将是未来
一段时间内《坛经》研究的主要方面。

二　佛理思想研究

《坛经》的思想研究并未有多少突破和变化，仍主要围绕三个问题进行：一是
《坛经》中的佛教思想是"般若空"还是"佛性有"？二是儒家和道家思想各在多大
程度上影响了《坛经》乃至于禅宗思想？三是《坛经》对文字的看法是主张"不
立"，还是"不离"？

第一个问题关乎《坛经》在禅宗思想谱系中的坐标。讨论这个问题的前提是把
慧能当成《坛经》作者，或者至少认为慧能的禅学思想构成《坛经》的主体部分。
"佛性有"是《楞伽经》（全称《楞伽阿跋多罗宝经》）中的精髓，自菩提达摩初祖

① 魏道儒：《坛经译注》，中华书局，2010；尚荣：《坛经》，中华书局，2010；王孺童：《坛经释义》，中华书
　局，2013；丁福保：《六祖坛经笺注》，华东师范大学出版社，2013。
② 李申、方广锠：《敦煌坛经合校译注》，中华书局，2018，第 31 页。
③ 方广锠：《敦煌本〈坛经〉录校三题》，《藏外佛教文献》2008 年第 1 期，第 419～442 页。
④ 邓文宽：《敦煌坛经读本》，民主与建设出版社，2019。

至五祖弘忍以来一直传授；"般若空"则是《摩诃般若波罗蜜经》中的思想，在《坛经》中多次出现过。前者强调众生皆有佛性，而佛性在于自心，后者则以绝对空观否定世间万物，乃至自心本身。一有一无，冲突的不仅是修行方式，更是两种不同的终极本体观。"有"与"无"的冲突集中表现在慧能的得法偈上。

敦煌本《坛经》：菩提本无树，明镜亦无台。佛性常清净，何处有尘埃。

而后又有一偈：心是菩提树，身为明镜台。明镜本清净，何处染尘埃。①

以宗宝本为代表的《坛经》：菩提本无树，明镜亦非台。本来无一物，何处惹尘埃。②

敦煌本中的得法偈，尚能体现出"有""无"相对的思想，而到了慧昕、契嵩、宗宝等本子中，则只剩下了"本无"。其中原因，是《坛经》思想研究中的一个关键问题。郭朋认为"本来无一物"是被误解了的般若思想，所谓"本无"是"性空"一词的不确切译语，是在译经过程中受到老庄思想影响的产物。"本无"并非什么都没有，而是"性空缘有"，是《坛经》不明就里的首位窜改者把"佛性常清净"改为了"本来无一物"。③ 郭朋先生首先否定了其中的"般若空"思想，继而在其编写的《中国佛教思想史》中卷论证慧能是属于大乘有宗的"佛性"论者，而非大乘空宗的"一切皆空"论者，因此认为法海本《坛经》第一偈更能代表慧能的思想。④ 印顺认为从道信到弘忍，旧传——《楞伽经》与新说——《文殊说般若经》已经融合并各有侧重，而慧能是专重《文殊说般若经》的一流。⑤ 两位研究者之间的分歧比较大，一说慧能依《楞伽》，一说依《般若》，但落脚点大体相同，即真如佛性是慧能得法偈思想中的终极本体。⑥ 杜继文先生从黄檗希运专释"本来无物"的资料出发，认为"本来无一物"不是惠昕带头妄加，更可能是慧忠所认可的原本所有，其中涉及荷泽与洪州两大禅系的争斗，而其中"真空妙有"的终极本体观是神会的思

① 李申、方广锠：《敦煌坛经合校译注》，中华书局，2018，第23～24页。
② 魏道儒：《坛经译注》，中华书局，2010，第22页。
③ 郭朋：《坛经校释》，中华书局，1983，第6～7页。
④ 郭朋：《中国佛教思想史》中卷，福建人民出版社，1994，第396页。
⑤ 印顺：《中国禅宗史》，团结出版社，2009，第56～57页。
⑥ 郭朋先生依《楞伽》得出这般结论自不必说，印顺法师亦得此结论则需说明一下。二者的分歧关键在于印顺法师与郭朋先生所理解的般若空观很不一样。郭朋先生认为般若空观否定事物的自性，而承认其现象，是所谓"性空假有"；印顺法师则以为般若空的根性在于由空悟不空，在寂灭中直觉出真性。详见郭朋《坛经校释》、印顺《中国禅宗史》。

想，来自《大乘起信论》中"空"与"不空"的统一。① 洪修平先生认为慧能以般若空观来破除执着，又以般若学的无相之实相来会通涅槃学的本净之心性，其禅学思想建立在空有相摄的理论基础之上，"佛性常清净"与"本来无一物"义旨并无二致，其终极本体则既非真心，又非妄心，而是念念不断、念念无住的当下现实之心。② 葛兆光先生从相关史料出发，认为《楞伽经》的思想本身就极为复杂，奉《楞伽》而不专用《楞伽》是达摩一系对经典的态度；《思益梵天所问经》的引入更使达摩一系偏向大成空宗，慧能奉《摩诃般若》，一方面承续"自心即佛"的佛性思想，一方面追求心物皆空的绝对无差别的终极境界；这种"空"境是人心原来本性，是那污染的原初本心，它是修行的起点，也是修行的终点。③ 杨曾文先生认为"佛性常清净"与"本来无一物"无根本差别，慧能把般若中观学说与涅槃佛性理论结合在一起，"空"即心性，但不是空外境，而是指心的一种超然于万物之上的境界，因此，"空"是世界终极本体。④

慧能的禅法思想究竟是"有"是"无"？或许无法探讨出一个明确的答案，这种模糊性却正是令无数后来者着迷并尽力想要澄清的地方。但正如葛兆光先生所言，当思想史被后人加上他们的想象、理解和解释，用文字记载下来而成为《思想史》的时候，它就已经成了"在历史时间中制作思想路程的导游图"。⑤ 但凡治思想史者，所得出的推断纵然有文献和文物的客观证明，但是当作者把各客观事物中所表达的思想抽出来，再联系到一起时，就不可避免地要"夹带私货"了。从以上所引第一首慧能得法偈来看，应该说其中就蕴含了有无相对的思想。所"无"的是菩提树、明镜台和尘埃，所"有"的是清净佛性。这样一种两两相对的表达也符合慧能圆寂前传授给弟子的"三十六对法"以及"临终二颂"。因此可以这样总结，"佛性有"是慧能禅法之体，"般若空"是其禅法之用，而体用不二，两相圆融。我们从中能得到的，以及我们所尽力表达出来的，或许正是这种圆融而又模糊的特性。

第二个问题关乎《坛经》在中国思想史上的坐标。目前学界普遍认为禅宗是印

---

① 杜继文、魏道儒：《中国禅宗通史》，江苏人民出版社，2008，导言第 7~8 页，正文第 198~199 页。
② 洪修平：《中国禅学思想史》，中国人民大学出版社，2007，第 170~179 页。
③ 葛兆光：《增订本中国禅思想史——从六世纪到十世纪》，上海古籍出版社，2008，第 100~110 页，第 190~197 页。
④ 杨曾文：《唐五代禅宗史》，中国社会科学出版社，2013，第 133、142 页。
⑤ 葛兆光：《连续性：思路、章节及其他——思想史的写法之四》，《读书》1998 年第 6 期，第 112~123 页。

度佛教中国化的产物，而《坛经》则被当作禅宗思想成熟的代表，因此探讨《坛经》在印度佛教中国化过程中扮演的角色至关重要。思想溯源很大程度上是一种文化研究，佛教作为一种外来文化，首先是一种外来语，要通过翻译融入本土文化、生根发芽，无法避免借用中国本土儒、道文化。有相当一部分学者认为以《坛经》为代表的前期禅宗主要受老庄玄学思想影响。有些学者注意到魏晋玄学"言意之辨"对佛经翻译乃至思维方法的影响，如钮燕枫先生认为慧能禅宗以老庄之"得意忘言"作为其思想方法和基本宗旨，并以此来调和佛家思想和儒家思想；① 王晓毅先生认为玄学的哲学范畴和"形名学""言意之辨"，构成了魏晋南北朝佛教义学语言环境和思维方法；② 余卫国先生认为佛教的中国化集中体现为佛教玄学化和玄学佛教化的历史过程，"言意之辨"作为两者的根本方法和推动原因，体现在其"性空本无"的本体论哲学体系建构、"言意之辨"的方法论和"明心见性、顿悟成佛"的价值选择上；③ 麻天祥先生认为禅宗之禅，是中国僧人和学者通过创造性翻译而实现的创造性思维，其基础是老庄思想，而非印度佛教；④ 邓志辉、汪东萍则从佛经翻译中文质之争的角度切入，探讨了其玄学"言意之辨"的哲学源起。⑤ 从"言意之辨"入手论证禅宗的玄学渊源，角度确乎新颖，但所用材料限于灯录、僧传，而极少落实到具体的佛经翻译，因此本话题仍有进一步挖掘的空间。张培锋先生则另辟蹊径，提出曹溪古本《坛经》最初作《檀经》，为一卷本，后被唐代文人陈琡扩充为三卷，而中国道家对《坛经》心性论的影响超过了印度佛教，其"色身无常而性常"的思想中道家色彩浓厚。⑥ 另外，也有部分学者比较强调其中的儒家思想，主要从伦理学、人的主体性的角度，如洪修平先生认为《坛经》注意调和佛教出家修行和儒家孝亲观之间的矛盾，并且在遵从儒家伦理的基础上，强调出世不离入世，以此来调和佛法与名教的矛盾；⑦ 张玉姬从道德境界论、道德修养论等方面比较了《坛经》与儒家

① 钮燕枫：《从儒道佛玄看"言"、"意"之辨及其影响》，《学术探索》1999 年第 3 期，第 44 ~ 48 页。

② 王晓毅：《浅论魏晋玄学对儒释道的影响》，《浙江社会科学》2002 年第 5 期，第 105 ~ 110 页。

③ 余卫国：《魏晋"言意之辨"与佛教中国化问题探析》，《社会科学研究》2006 年第 3 期，第 18 ~ 23 页。

④ 麻天祥：《中国禅宗思想发展史》，湖南教育出版社，2011 年第 2 版，第 2 页。

⑤ 邓志辉、汪东萍：《中古佛经翻译"文质之争"的哲学源起》，《亚太跨学科翻译研究》2016 年第 2 期，第 37 ~ 49 页。

⑥ 张培锋：《〈六祖坛经〉与道家、道教关系考论》，《宗教学研究》2008 年第 2 期，第 91 ~ 98 页。

⑦ 洪修平：《〈坛经〉的人间佛教思想及其理论特色》，《河北学刊》2011 年第 6 期，第 15 ~ 19 页。

伦理思想的异同，认为佛性与人性之间是相互斗争、相互融合的过程。①

围绕《坛经》的影响因素问题，可以牵出一连串的相关问题：为什么"三教合一"在中国是一种必然趋势？禅宗如何平衡佛教中超越性和世俗性的问题？《坛经》在哪些方面契合了儒、道思想，又在哪些方面弥合了两者的异质性而自成一家？其背后的政治、经济因素起了多大作用？这些问题仍有待于进一步探讨。

第三个问题关乎禅能不能被理性把握、被文字描述，一定程度上也可看成是胡适和铃木大拙争论的焦点所在。两人的冲突，可以说是"禅外"与"禅内"的冲突。胡适认为禅学运动是中国佛教史乃至中国思想史中的一部分，把禅放到它的历史背景中加以研究才能够理解。② 铃木大拙则区分"禅的事情"和"禅的本身"，前者也即胡适所说的禅的历史背景，铃木大拙认为这是可以客观认识的，但禅之本身，也即禅的历史背后的行为者或创造者，却不容历史学者作客观处理。③ 这个问题并没有随着二人的相继去世而结束。关于这段禅史公案，龚隽先生在其大作《禅史钩沉——以问题为中心的思想史论述》"导论"一节中有相当精辟的见解和论述，兹不赘述。值得注意的是，龚隽先生指出胡适与铃木大拙的论争可能不只是有关禅思想研究方法和历史写作类型的分歧，其背后存在着对现代性的不同立场和更深远的文化和意识形态权力的冲突，也引用了佛雷的观点，认为两者实际是在各自的文化场景下对"现代性的论述"作出的不同回应，表达了对"现代性"问题的不同理解。④ 这便引出禅学研究的现代性维度，无论是我们引而未发的现代性反思，还是方兴未艾的中学西传研究，都值得将其作为一个重要的问题来展开，这是尤其值得我们重视的。

另外，郭建平和顾明栋并不同意铃木大拙的观点，认为人们可以通过智性活动达到对禅的领悟，禅学也可以通过理念和观点来传达，其方式就是以坐禅、公案、问答等为代表的禅修实践，而开悟则需要经过三个阶段：初级觉醒、次级觉醒、三级觉醒。⑤ 其指出的三个阶段，有着极强的同质性，作者并未对所谓的"语言前状

---

① 张玉姬：《〈坛经〉伦理思想研究》，中南大学硕士学位论文，2011。
② 胡适：《中国的禅：它的历史和方法》，张文达、张莉编《禅宗 历史与文化》，黑龙江教育出版社，1988，第25页。
③ 〔日〕铃木大拙：《禅：敬答胡适博士》，张文达、张莉编《禅宗 历史与文化》，第50~51页。
④ 龚隽：《禅史钩沉——以问题为中心的思想史论述》，生活·读书·新知三联书店，2006，第13~14页。
⑤ 郭建平、顾明栋：《禅悟在跨文化语境下的理性解读——从胡适与铃木大拙关于禅宗的争论谈起》，《南京大学学报》（哲学·人文科学·社会科学版）2014年第3期，第124~134页。

态""前自我状态""出生前状态"进行有效的区分，极容易被认为是同一种状态。在之后的一篇文章中，顾明栋先生修正了他的观点，认为禅悟的本质是宇宙无意识的瞬间回归。① 作者区别了"宇宙无意识"与"宇宙意识"、弗洛伊德之"个人无意识"、荣格之"集体无意识"和铃木大拙之"宇宙无意识"的概念，但区别——尤其与铃木大拙的区别——是否像作者说的那么大，却是值得审视的。

具体到"不立文字"和"不离文字"的关系，方立天先生的研究比较有代表性。他不仅充分论证了禅宗在不同发展阶段对文字的复杂态度，还洞见了禅宗之"相"与《周易》之"象"的关联以及与"境"的关系。作者指出曹洞宗、法眼宗以《周易》中的卦象思想来构成、充实自己的"五相""六相"思想，认为运用"象"是禅宗"不立文字"、开辟悟境的重要手段和方式：禅宗大师们仿效"立象以尽意"的思想，结合佛经圆融、圆满、圆通等观念，着重运用圆相来象征禅法、禅理、禅境，表现不立文字的禅悟旨趣，从而丰富了图像语言的内容。② 这一洞见极其重要，禅宗思想研究者在追根溯源时大多止步于儒、道思想，却忽略了儒、道思想也根源于《周易》的事实。极少有学者注意到佛教和禅宗中的"相"与《周易》中"象"以及与后世之"像"的联系，理清其中的关联，对我们进一步探究禅宗思想的发展、后世影响和当代价值或许至关重要。

三 《坛经》的影响研究

21 世纪以来，有不少年轻学者从多学科角度研究《坛经》的当代价值。有从心理学角度进行研究的学者，如陈金宽《禅宗〈坛经〉心理学思想研究》、刘青琬《〈坛经〉心理学思想初探》、湛空《心理学视角下的〈坛经〉心性思想》等；有从伦理学角度研究《坛经》的学者，如李福兰硕士学位论文《佛教哲学中的伦理思想——以〈六祖坛经〉为中心的研究》、张玉姬硕士学位论文《〈坛经〉伦理思想研究》、董群《论作为禅宗伦理经典的〈坛经〉》、王国棉《当代道德建设视域下的〈坛经〉》等；有从叙事学角度研究《坛经》文学性的学者，如杨兵硕士学位论文

---

① 顾明栋：《"离形去知，同于大通"的宇宙无意识——禅宗及禅悟的本质新解》，《文史哲》2016 年第 3 期，第 43 ~ 57 页。

② 方立天：《禅宗的"不立文字"语言观》，《中国人民大学学报》2002 年第 1 期，第 34 ~ 44 页。

《〈坛经〉佛理的文学性表达》等；有从语言学角度研究《坛经》表达策略、修辞方法以及《坛经》英译本的学者，如王静硕士学位论文《不可说之说：〈坛经〉语言表达研究》、赵燕飞硕士学位论文《深厚翻译与禅之再现——基于敦煌本〈坛经〉的三译本解读》、荆宝莹硕士学位论文《敦煌本〈坛经〉介词研究》、马纳克博士学位论文《阐释学视角下的〈坛经〉英译研究》等。其中，《坛经》的美学研究比较突出。

关于《坛经》美学影响、美学价值的研究，与禅宗美学的研究一致，学界似乎有两股趋向：一股侧重于从认识论的前提出发，以受到《坛经》思想影响的艺术创作者和作品为研究对象，并不把《坛经》中的禅学思想直接看作美学思想；另外一股则侧重于从价值论的意义出发，认为《坛经》思想乃至禅宗思想、佛教思想本身就有着美学意味，在行文中将佛经中的禅法思想等同于美学思想。① 前者以周裕锴、张海沙等学者为代表。周裕锴从苏轼点评王维"诗中有画、画中有诗"的"通感"现象出发，认为唐前中国人的观念中，眼、耳、鼻、舌、身五官各司其职，大乘佛教诸经论主张六根互通，加以《楞严经》在宋代的流行，对苏轼、惠洪等宋人审美观念产生了很大影响。② 在另外一篇文章中，周裕锴讨论了佛禅观照世界的独特方式对北宋后期诗人的诗学观念和艺术观念的影响，由"万法平等"观生发出"妙观逸想"，将"周遍含容"观表述为"如春在花"，以"如幻三昧"解释艺术幻觉，等等，论述了"法眼"和北宋后期"诗眼"的相通之处。③ 另外，其著作《文字禅与宋代诗学》研究了宋代"文字禅"与宋代诗学的相互渗透和深层对应，从阐释学的立场出发，注重社会历史的考察，比较客观地呈现了禅宗与宋代诗学的文化互动关系。张海沙、马茂军从三个方面探讨了《坛经》在中唐的流传与中唐诗学观的变革、诗风变革的内在联系：标举自性、推崇顿悟与重心性、重独创的诗美学倾向，直指人心、废除文字与"但见情性，不睹文字"，不拘坐禅形式自然、任诞的诗学追求。④

---

① 本文对两种趋向的划分源于刘方《中国禅宗美学的思想发生与历史演进》导论部分，人民出版社，2010，第9 页。

② 周裕锴：《诗中有画：六根互用与出位之思——略论〈楞严经〉对宋人审美观念的影响》，《四川大学学报》（哲学社会科学版）2005 年第 4 期，第 68～73 页。

③ 周裕锴：《法眼看世界：佛禅观照世界对北宋后期艺术观念的影响》，《文学遗产》2006 年第 5 期，第 78～87 页。

④ 张海沙、马茂军：《宗教革命与诗学观念的革新——〈坛经〉的诗美学意义》，《文学评论》2005 年第 5 期，第 164～170 页。

其中尚有可推敲之处。在最近的一篇文章中，作者认为《坛经》中"三十六对法"的思维方式对苏轼诗歌创作的取境、表达以及主体认知等方面产生了积极影响。① 资料颇为翔实，论述有力。后者以张节末、祁志祥、刘方等学者为代表。张节末从三个方向研究禅宗美学：禅学思想本身的美学特征，禅宗美学与儒、道美学的比较，以及禅思想对中国士人的审美影响。② 比较的视野拓宽了禅宗美学的研究思路，并且为禅宗美学确定了美学史位置，作者设立的三个方向也并非并驾齐驱，而是偏重前两个方向。祁志祥认为以慧能为代表的唐代禅宗美学是主观唯心主义的美学，大体由美本体论（"自心本清净"）、审美方法论（"无念""无相""无住""无言""顿悟"）和审美心态论（"无住""来去自由"）构成。③ 刘方认为禅宗思想对美学的影响研究属于"外部研究"，他推崇"内部研究"，也即研究禅宗思想本身的美学思想。④

　　两股倾向并非完全对立，而是有着整合的可能。皮朝纲的禅宗美学研究将两种倾向整合了起来。皮朝纲是国内较早挖掘《坛经》审美思想与中国美学传统关系的学者，其学生刘方、李天道等人也于禅宗美学研究多有建树。皮朝纲认为慧能禅宗"即心即佛"和"无念为宗"的思想强化了"法自然"的天人合一本体论思想，而"顿悟成佛"的思想则发展为哲理层次上的方法论，引导着中后期中国古典美学对"神韵""神似""意境"等审美范畴的追求。⑤ 皮朝纲对禅宗美学研究的重要洞见之一，在于他提出并确立了禅宗美学的研究对象及研究范式，即以禅师及受其影响的士大夫、文人学士的审美活动为研究对象，以及"人生美论"和"艺术美论"两种研究范式。⑥ 他前期研究禅宗美学的"人生美论"，以《禅宗美学思想的嬗变轨迹》等著作和论文为代表，把禅法思想看作美学思想；后期在建构中国禅宗美学文献学

---

① 张海沙、侯本塔：《〈坛经〉"三十六对"与苏轼诗歌创作之关系》，《华南师范大学学报》（社会科学版）2019 年第 6 期，第 168～174 页。

② 张节末：《禅宗美学》，北京大学出版社，2006，第 23 页。

③ 祁志祥：《佛教美学》，上海人民出版社，1997，第 48 页。

④ 刘方：《中国禅宗美学的思想发生与历史演进》，人民出版社，2010，第 1 页。

⑤ 皮朝纲：《慧能、〈坛经〉与中国美学》，《四川师范大学学报》（社会科学版）1989 年第 1 期，第 1～9 页；皮朝纲、董运庭：《六祖"革命"与中国美学传统的完形》，《四川大学学报》（哲学社会科学版）1989 年第 4 期，第 43～49 页。

⑥ 皮朝纲：《关于禅宗美学的逻辑起点、研究对象与理论范式的思考》，《四川师范大学学报》（社会科学版）1999 年第 3 期，第 45～53 页；《禅宗美学思想的嬗变轨迹》，电子科技大学出版社，2003，第 295 页。

的同时，转向研究"艺术美论"，以"禅宗美学三书"为代表，选择一些有艺术见解、艺术创作的禅僧作为研究对象，并以大量文献佐证，可以说皮朝纲整合了禅宗美学研究的两种倾向。

然而，这种整合尚需进一步有机化，途径之一就是把研究视野转移到特定问题和特定范畴上去，以此作为思考的起点。具体来说，《坛经》通过什么途径又在何种程度上与中国古典审美发生联动？它影响了哪些审美范畴的生成和审美问题的解决？这些影响又是如何产生？

研究方法方面，从美学角度研究《坛经》，不仅需要结合心理机制的分析，从感知层面入手，论证《坛经》中所蕴含的禅宗思想——如顿悟、自性、无相戒等——与艺术在审美发生机制上的相似，更需要从认知层面入手，寻找禅宗与艺术、与哲学在认知上的共通之处。如论者所说，国内一些学者往往缺乏对禅宗哲学与禅宗美学关系的清晰认知，没有找到两者之间合适的过渡，[①] 正是因为没有注意心理机制的前提和认识层面的分析，才导致将禅宗哲学和禅宗美学混淆的情况。在这个意义上，王春艳和张薇的硕士学位论文为我们提供了宝贵的借鉴，她们论证了禅理与艺术在心理发生机制、主体精神活动、思维方式和审美体验等方面的相通之处。[②] 但她们并没有完全吸收西方学者的相关研究成果，导致研究不能进一步深入。同时，有研究者注意到《坛经》美学思想与西方美学思想的异同，并做了比较，如章立明比较了《坛经》和《忏悔录》中的美学思想[③]。也有学者注意到《坛经》与《庄子》美学思想的异同，认为庄子的"心斋坐忘""物我一也"与慧能的"明心见性""顿悟成佛"都是在追问人如何实现诗意栖居。而面对生死之惑，在庄子是"齐生死"，在慧能是"空生死"；面对如何实现审美化生存，在庄子是心之"游"，在慧能是心之"悟"；面对审美境界的追求，在庄子是"无情、无物、无待"的逍遥境，在慧能则是"无念、无相、无住"的禅境。[④] 两者的研究均是突破《坛经》美学研究范式的一种可贵尝试。

---

① 潘永辉：《〈坛经〉美学研究文献综述》，《茂名学院学报》2010 年第 5 期，第 71～75 页。
② 王春艳：《从"顿悟"到"妙悟"——禅思维向艺术思维的转化》，汕头大学硕士学位论文，2004；张薇：《不立文字 直指人心——论禅与艺术的共通内在心理机制》，厦门大学硕士学位论文，2007。
③ 章立明：《〈坛经〉与〈忏悔录〉美学思想对比研究》，《思想战线》2002 年第 1 期，第 50～53 页。
④ 陈守湖：《生命审美的中国理路——以〈庄子〉与〈坛经〉为考察中心》，《社会科学论坛》2016 年第 6 期，第 194～202 页。

四 结语

21世纪以来，中国《坛经》研究承接20世纪90年代"禅宗热"余绪，有发展也有变化。主要集中在三个方面：一是《坛经》版本校勘研究，这一时期的最大特点是不再把恢复《坛经》原貌作为版本考证的第一大问题，而是暂时将其搁置，转而探讨版本流变与思想发展、时代背景、社会历史之间的关系。二是《坛经》佛理思想研究，仍主要集中于三个问题——《坛经》中的禅法思想，其所受儒、道影响的程度，以及《坛经》对"文字"的看法。论者往往在禅宗思想发展的历时结构中考察慧能及其前后禅师的思想异同。三是《坛经》思想影响研究，从心理学、伦理学、美学、文学等多学科视角挖掘《坛经》的价值与意义，其中美学角度的研究取得比较大的成就，但也存在一些问题。

多学科视角是新世纪以来大陆地区《坛经》研究最大的特点。《坛经》版本学、考证学研究不仅需要依赖新文献材料的出土，也需要考察不同版本《坛经》与其所处时代背景之间的关联；《坛经》思想研究需要将其置于中国传统思想的大环境中，进一步理清其异质性和复杂性，尤其需要重视政治、经济因素以及佛经翻译策略的影响；《坛经》审美研究则需拓展研究视野，结合当前的时代环境和社会问题，细致梳理、进一步挖掘其中的审美要素与传统美学、审美风尚的联系，是《坛经》美学研究进一步发展的方向。

太虚法师僧制思想与僧伽教育

明　杰

【内容提要】　1913 年，太虚法师在其亲教师八指头陀寄禅和尚追悼会上提出了"教理、教制、教产"三大革命的主张，或为一时激愤之举，而其后的三十余年中，他确是沿着自己画定的蓝图孜孜以求地从事于佛教革新的事业。特别是在僧伽制度方面，从普陀闭关期间撰写的《整理僧伽制度论》到晚年的"菩萨学处"，他一直都在结合佛教实际构建、调整自己理想中的僧制思想。本文试图围绕太虚法师创办或主持的武昌佛学院、闽南佛学院、汉藏教理院，从僧伽教育的层面，梳理太虚法师僧制思想如何在僧伽教育中得以呈现和落实。

【关键词】　太虚　僧制　僧伽教育　武昌佛学院　闽南佛学院　汉藏教理院

【作　者】　明杰，中国人民大学哲学院 2018 级在读博士研究生，中国佛学院图书馆馆长。

在构建教团和整理教产的同时，太虚法师也非常重视开展教业——教育、文化、慈善，也即是慈航法师所提出的佛教"三大救命圈"。这三者既涉及建设僧团和教团的目标，是佛教适应和融入现代社会的有效途径，也是促进僧团建设和僧制改革的一股推动力量。太虚法师晚年在"菩萨学处"的建立中，仍然强调要通过教育、文化、慈善来具体落实六度四摄的菩萨行，可见开展教业的重要性。

在太虚法师推行僧制改革的过程中，僧伽教育无疑起到关键性的作用，因为唯有推行僧伽教育，才能陶铸人才，培养实行僧伽制度的骨干。这方面，太虚法师主要通过兴办佛学院、培养僧伽人才来实现。由太虚法师亲手创立、主持或讲学的佛学院有武昌佛学院、闽南佛学院、柏林教理院、汉藏教理院等。

一　僧伽教育的重要性——造成住持佛教的僧宝

在《我的佛教革命失败史》中，太虚法师提出"创办佛学院，将以养成'僧教育师范人才'。僧教育则在训练一般僧众，改革僧制寺制而建立新佛教"①。可知，由办佛学院作为师范机构，培养师范人才，再影响一般僧众，从而整体提高佛教僧伽的素质，方能落实改革僧制的设想，以达成他理想中的"新佛教"。洪金莲即认为："佛学院的开办，是为了将佛法普遍地推广，使一般僧众均受基础的佛学教育，及有一般常识的国民教育，储备实施《整理僧伽制度论》中的佛教人才，奠定僧教育的模范。"②

不仅是太虚法师，当时的佛教界有识之士都大力提倡教育的重要性，如仁山法师在《中国佛教会整理僧伽宜先注重教育》中甚至提出由中国佛教会强制执行教育路线，"为今之计，中国佛教会欲整理僧伽，宜调查全国大小寺庵，财产丰啬，某处能设高级佛学社，某处能设中级佛学社，某处能设初级佛学社，组成系统，条然不紊。协同省县佛教会，强制执行，不容情面"③。可见，在当时人们的认识中，整理僧伽制度与佛教教育是相辅相成的。

《太虚大师全书》收录了约四十篇太虚法师本人关于僧伽教育理论的文章，④ 内容涉及僧教育学制、对教育的看法，及对佛学院学僧的训勉鼓励，集中反映了太虚法师在推动僧伽制度改革中的教育观。在太虚法师看来，佛教的教育主要是为了住持佛教、化导社会，因此应从佛教寺院和社会现实需要两个方面着眼⑤。他在《僧教育之宗旨》《僧伽求学之要》中，一再强调僧伽教育的宗旨，开办佛学院"是为造成僧伽资格而住持佛法之僧宝的"，"造成住持现代佛教之僧宝"。从这个意义来看，僧伽教育是推进整理僧伽制度的重要保障。其实，早在普陀山闭关时期，太虚法师

---

① 太虚：《我的佛教革命失败史》，《太虚大师全书》第29册，台北善导寺佛经流通处，2012，第62页。
② 洪金莲：《太虚大师佛教现代化之研究》，台北法鼓文化，1999，第202页。
③ 仁山：《中国佛教会整理僧伽宜先注重教育》，《中国佛教会公报》1929年第2期，第2页。（黄夏年主编《民国佛教期刊文献集成》第19册，全国图书馆文献缩微复制中心，2006，第516页）
④ 洪金莲：《太虚大师佛教现代化之研究》，第214～218页。
⑤ 太虚：《现代僧教育的危亡与佛教的前途》，《太虚大师全书》第18册，第87页。

就曾系统思考教育的问题，曾写作并不涉及僧伽教育的长文《教育新见》[①]，从教育的名义、程序、主义、学科、方针、大同世界圆满生活的教育等几个方面进行讨论。后来，太虚法师得以游历日本及欧美各国，更加深了对僧教育重要性的认识。[②]

在上海觉社时期，太虚法师和觉社同仁们有建立佛教大学部的创议，后因考虑规模大、无以为继而没有实施。嗣后，太虚法师也曾与近代著名实业家、教育家张謇商议，缩减之前的计划规模，参考当年他求学的南京祇洹精舍的办学模式，在授课内容方面也增加了蒙、藏、梵文等语文课程，以五年为期，建立一所学校，并获得张氏允诺在江苏南通"为相地筹设"。议定后不久，太虚法师见到欧阳竟无等所筹备的南京支那内学院一览表和简章，认为"支那内学院能速成立，则所行既同，分不如合，亦何必骈拇枝指"，太虚法师的办学计划遂告中止。[③]

在《从中国的一般教育说到僧教育》一文中，太虚法师曾回顾民国早期的佛教教育。[④] 在他看来，当时的僧伽教育存在一定的问题，办僧教育的人多为讲经法师或讲学的儒者，致使办学与太虚法师理想中'造成住持现代佛教之僧宝'的僧教育有一定差距，所培养的学生也无法适应当时的时代环境，做改革佛教的事业。[⑤] 在太虚法师理想中，办佛学院只是一个过渡时期，第一届学生毕业后，便准备依照他拟定的方针改办"僧律仪院"，但因多种因素而未能实现。太虚法师甚至不无遗憾地表示，今后各地所谓的佛学院培养的学僧不过是为"寺僧社会"增加了一些"不切实际、不符宗旨的游僧"。[⑥] 可谓对于僧伽教育的一种反思。那么，太虚法师是否提出一些僧教育的具体想法？在该文中，太虚法师特别强调僧教育与一般社会教育的不同，认为僧教育应分为"汰除的僧教育"和"考取的僧教育"，前者习农工而自食其力，后者为养成弘法利世的职僧，落脚点在于"适应切近现今各处寺院僧务的需要，以入于各处寺院僧团中，改良发达佛寺之僧务"。换言之，既要有弘法利生的能力，又要适应时代的潮流，即所谓的"现代佛教住持僧"。太虚法师的僧教育思想可

① 太虚：《教育新见》，《太虚大师全书》第23册，第1333～1407页。
② "民六、民十四至日本考察各佛教大学，及民十七、十八至欧美各国考察各宗教学院或各大学神学科之后，尤深知'僧教育'在国家教育制度中之位置，制有国民教育基础上之僧教育表，并另为失教僧尼附设补习之校。"太虚：《建设现代中国佛教谈》，《太虚大师全书》第17册，第260页。
③ 太虚：《太虚宣言》，《太虚大师全书》第31册，第1027～1028页。
④ 太虚：《从中国的一般教育说到僧教育》，《太虚大师全书》第23册，第1431～1432页。
⑤ 太虚：《从中国的一般教育说到僧教育》，《太虚大师全书》第23册，第1432页。
⑥ 太虚：《从中国的一般教育说到僧教育》，《太虚大师全书》第23册，第1432页。

谓立足于现实。

太虚法师一生中直接创办和间接影响的佛学院有多所，① 下面主要介绍武昌佛学院、闽南佛学院和汉藏教理院在太虚法师僧制改革中所发挥的作用。

二　新式僧伽教育的探索——武昌佛学院

因为净慈寺的纠纷，太虚法师将弘法地点由杭州转移到武汉，开始了武昌佛学院的新篇章。武昌佛学院的创办开启了中国汉传佛教新式教育的端绪，"太虚创立武昌佛学院，与他的整理僧伽制度以及人间佛教的实践密切相关"②。

太虚法师对当时佛教界的其他教育机构颇有微词，直言不讳地指出各地的佛学院就是"讲经法师的养成所"，与他本人为了改进佛教而培养整理僧伽人才的理想有差距。③ 太虚法师自己曾求学于祇洹精舍，后来又曾考察日本佛教僧制和佛学教育，对开小现代模式的佛教院校并不陌生，所以武昌佛学院在当时也算颇具特色，其课程设置参考了日本佛教大学的经验，而在管理上则采用丛林规制。在学生来源方面，也是在家出家二众兼收并蓄。需要注意的是，武昌佛学院并非建立在传统寺院中，而是由汤芗铭等人筹措经费，在武昌通湘门内黄河湾第十六号创设佛学院（《佛学院章程》第一章第四节说"设立于武昌城望山门内千家街"），"院宇可容三百人"④。如果把净慈寺的改革视为"丛林学院化"的失败，⑤ 太虚法师在武昌佛学院则在进行"学院丛林化"的尝试。太虚法师对武院的办学确定了明确的预期：第一期就是为了造就类似的"师范人才"，毕业后出家学员可以实行整理僧制的工作，到各地进行改进僧寺和从事佛教教育；而在家众的学员则可以根据太虚法师本人《人乘正法论》的构想组织佛教正信会，进行社会化的弘法工作，加强佛教的人间性和现代性。太虚法

---

① 据太虚法师自己所说："后来各地创办仿效武院的佛学院渐渐多了，如常惺法师在安徽、闽南、杭州、北平等地办的佛学院等，都受了武院风气宗旨的影响。从我造就出去的人才中，办开封、九华、岭东、普陀等佛学院，和武院有连带的关系，更不待言了。"太虚：《我的佛教改进运动略史》，《太虚大师全书》第29册，第93～94页。

② 纪华传：《世界佛教通史》第六卷，中国社会科学出版社，2015，第223页。

③ 太虚：《我的佛教改进运动略史》，《太虚大师全书》第29册，第93页。

④ 参见《武昌佛学院成立之经过》之"呈请军民两长转咨立案文"，《海潮音》1922年第5期，第18页。《佛学旬刊》1922年第19期中《武昌佛学院立案呈文》同此说。

⑤ 事实上，后来的中国汉传佛教僧伽教育基本遵循"丛林学院化，学院丛林化"的办学理念。

师是将人才培养与改进佛教的工作紧密相连,"是改进僧制过程中一个重要的关键"①。

综合考察太虚法师致力佛教革新的历程,武昌佛学院是太虚法师僧制改革的重要实践。太虚法师视武院办学为改进僧制的重要一环,因为以"造就师范人才"为首要目标的办学,可以在两年时间快速毕业第一期学员,出家学僧开始到各地进行僧寺和僧伽制度的整理,并且开办僧教育,在家学员则组织正信会,推动佛法的弘扬,一车双轨地按照太虚法师的构想去实践。1924 年夏,太虚法师在武昌佛学院勉励毕业生"出院后当以教育之职自任"②,可见太虚法师冀望于武院的学生做"星星之火",普及佛教教育。接下来,依照太虚法师的本意,是希望在第一届迅速培养一批从事佛教改进工作的实干人才,学员中优秀者继续留院研究、深造,从第二届开始逐步实行他理想中僧伽人才的培养方法,"专招出家众以律仪为训练,俾佛学院成为新的僧寺"。在僧伽制度论中,特别注重出家僧伽律仪的基础性学习,所以在通过短期培养师范人才之后,他还是希望佛学院的办学能够按照他当初设想的那样,从律仪学习开始,逐渐深入,实现"学院丛林化"或"新的僧寺"的理想。太虚法师的这一宗旨,虽符合他改造中国僧寺的整体构想,但武院的校董并未如他期望的那样接受,仍然希望维持现状,继续按照广泛性的佛教教育模式来发展。③

对于这样的结果,太虚法师也只好"回到浙江休养"。关于休养的原因,一是"前期讲学操劳过度,得了胃病",二是"未全照我的办法去行"④,可能后者的原因更为重要吧。后来武院"受战事的影响而陷于停顿",加之太虚法师已将关注点转向世界佛教运动,后又移向南普陀寺等原因,再没能够完全按照太虚法师整理僧伽思想来推行其教育理念。纵使如此,武昌佛学院在中国佛教近代史上也为现代佛教事业,特别是佛教改革事业培养了一批卓有建树的人才,对太虚法师所推动的以整理僧伽制度为根本的佛教革新运动也具有重要的意义。

印顺法师在《太虚大师年谱》中还曾透漏一个消息,1925 年,太虚法师再度担

---

① 太虚:《我的佛教改进运动略史》,《太虚大师全书》第 29 册,第 93 页。
② 太虚:《论教育》,《太虚大师全书》第 23 册,第 1408 页。
③ 印顺在《太虚大师年谱》中记录:"六月十五日('五月十四日'),武院暑期毕业,得六十余名。大师初拟彻底改革办法:酌留优材生为研究部;续招新生,以比丘为限,(志在建僧)注重律仪,施以严格生活管理,模仿丛林规制,以树整理僧制之基。唯以李隐尘表示异议,未能通过,乃曲从诸董事意,一仿过去办法。"释印顺:《太虚大师年谱》,中华书局,2011,第 113 页。
④ "又因第二期系随他意办,亦减少了热心及松懈了责任。"释印顺:《太虚大师年谱》,第 120 页。实际上,印顺曾作过分析,太虚离开武院还与密教的流行有关,详见印顺《太虚大师年谱》,第 121 页。

任武昌佛学院院长，"然以信众离心，未能实现建僧本意，大有舍弃之心"①。此时的太虚法师拟接收北塔寺，筹办中华佛教大学，并讲有《议佛教办学法》②，提出建立佛教僧伽过渡之大学的想法，"为整顿僧伽制度之预备学校"，"欲达整顿僧伽制度实现之目的，则不可不先造就能整顿之人才。此佛教僧伽过渡之大学，于整顿僧伽制度之后，虽不须有，而今日则不可不无"。这一办学思路与前年理想中的佛学院组织相反，不办小学、中学而专办大学，不收在家学员从而注重戒律的研习，不分宗派以避免过于推崇某家某派之说，甚而与整理僧伽制度论出现差异，充分反映了太虚法师在改革理念不被接受、通过佛学院培养整理僧伽制度的师范人才不能实现的情况下，及时调整应对的态度。此外，太虚法师还特别强调寺院所具有的僧伽教育的功能。③

1932 年秋，在世界佛学苑的总体构想下，太虚法师改组武昌佛学院为世界佛学苑图书馆，④ 作为建立世界佛学苑的一部分。世苑图书馆由法舫代馆长，《海潮音》和《正信》编辑部设于其中。

此外，太虚创办的武昌佛学院、汉藏教理院等佛教教育机构兼有佛教出版的功能：如法尊著《现代西藏》⑤ 由汉藏教理院发行，武昌佛学院流通处担任分发行处。默庵的《杂华集》⑥，1937 年 7 月出版，武昌佛学院发行，由武昌佛学院流通处和上海佛学书局代售。

三　僧伽教育理念的发展——闽南佛学院

福建厦门南普陀寺，原属临济宗喝云派师徒剃度的子孙世袭传承制道场。1924 年，转逢和尚力主革新，改为十方选贤制度，成为十方丛林，推选会泉法师为改制

---

① 释印顺：《太虚大师年谱》，第 133 页。
② 太虚：《议佛教办学法》，《海潮音》1925 年第 9 期，第 21～25 页。（黄夏年主编《民国佛教期刊文献集成》第 163 册，第 159～163 页）
③ 太虚在《议佛教办学法》中说："此之专宗各寺，非摄化，非应俗，非独修，盖纯乎其纯之僧伽教育机关也。"
④ 太虚：《世界佛学苑图书馆馆刊发刊词》，《太虚大师全书》第 30 册，第 845～847 页；法舫：《世界佛学苑图书馆二年来之馆务概况》，《海潮音》1934 年第 7 期，第 3～15 页。（黄夏年主编《民国佛教期刊文献集成》第 187 册，第 282～295 页）《世界佛学苑图书馆馆刊》即为《海潮音》1934 年第 7 期。
⑤ 法尊：《现代西藏》，汉藏教理院，1937。
⑥ 释默庵著，释雨昙编校《杂华集》，武昌佛学院，1937。

后的首任方丈。1925 年，会泉法师于寺内创办闽南佛学院。

1927 年，会泉法师三年方丈任期满后，由常惺法师建议，礼请太虚法师担任南普陀寺住持，并任闽南佛学院院长。对此太虚法师写道，"从我十六年主持南普陀后，重心反移在闽南佛学院了"①。1934 年春，为整顿闽院学风，改进教学，弘一法师也应邀前来，创办了佛教养正院，培养学生的僧格、僧德。在当时的佛教界，闽院精英荟萃，人才辈出，为佛教界造就了众多优秀僧才。现当代一些著名的佛教高僧，如中国台湾的印顺，菲律宾的瑞今，新加坡宏船、广洽、演培，马来西亚的竺摩等，都曾求学于闽南佛学院。至 1937 年抗战爆发、闽院被迫停办前的 12 年间，共培养出 200 多名出色僧才，成为中国佛教界最重要的佛教院校之一。

经历了武昌佛学院办学不如己意之后，太虚法师的教育理念更加务实。在闽南佛学院的办学思路上，太虚法师依然强调律仪的重要性，曾作《僧教育要建筑在僧律仪之上》等演说，来推行他的主张，② 如说："如有志欲使中国现今死气沉沉之僧伽，从佛法中复活起来，将佛法济世利人之活力，深入一般民众的心坎，使民众共沾佛法之利益，以之造成人间的安乐净土；则尔等学僧非先自僧教育基础的僧律仪力行不可！"③

1932 年，太虚法师在闽南佛学院演说《现代僧教育的危亡与佛教的前途》，坦言对社会教育的失望，明确反对将僧教育办成"法师养成所"。太虚法师首先分析了一般国民教育的现状，认为其普及情况也并不理想。国民教育的施设和当时的教育机关是否适合中国社会的需要，是否具有普及教育的实质，太虚法师抱持着怀疑的态度。太虚法师甚至认为，以当时中国教育的实际情况而论，既谈不到普及，更不是中国所需要的教育制度和体系。这其中的缘由，太虚法师认为是当时教育是为上层知识分子设置的，是单纯模仿外国教育而来的。④ 而从佛教的角度来看，应该采取什么样的教育立场？当时的佛教教育又是怎样的状况？通过观察，太虚法师得出的结论是，无论在当时采用何种名义，诸如普通僧学院、佛教大学、华严大学或佛学研究社、法师养成所等，都还是传统意义上的讲经法师主导创办的，与当时中国社

---

①　太虚：《我的佛教改进运动略史》，《太虚大师全书》第 29 册，第 94 页。
②　太虚：《僧教育要建筑在僧律仪之上》，《太虚大师全书》第 18 册，第 62 ~ 66 页。
③　太虚：《僧教育要建筑在僧律仪之上》，《太虚大师全书》第 18 册，第 66 页。
④　太虚：《现代僧教育的危亡与佛教的前途》，《太虚大师全书》第 18 册，第 88 ~ 89 页。

会教育存在类似的问题，就是不能普及，也不具有实用性，是太虚法师眼中的"士大夫教育"①。

太虚法师理想中的僧教育是"学习整个的僧伽生活"，使学僧具有勤苦、劳动、淡薄的品质，"一，要守清苦淡薄的原有的佛教生活；二，要能勤苦劳动"。

这一时期，太虚法师的教育思想也逐渐演进，进而谋求佛教教育的社会地位，希望政府重视佛教教育，平等对待，予以支持：

> 然以正觉人生宇宙真相为目的，于科学的基础上建设人群的安宁秩序与世界和平，而促进人类达到大同世界的佛教教育之类，则大学院原本三民主义的宏远性，应当奖励提倡。而且设立中央的佛学研究院，及特许佛教团体，于科学的基础上，以建设人生佛教之目的。设类乎专门学校的佛学院，以丰富且恢弘三民主义的内容。虽在今日剥削残存的佛教僧产已不足维持僧众在乞丐以下的困苦生活，而奉行三民主义的教育当局，亦应为设法筹集经费以补助之，使此种能丰富且恢弘三民主义而有益世界人类的教育，得以维持发达而更进于创新繁荣之境域。太虚是主张世界教育独立运动的，去年曾提出《以大同的道德教育造成和平世界》一文于世界教育会议，主张销镕一切为经济目的，或政治目的的宗教的、学派的、国家的、民族的教育；创生为尽教育本职，而增进人生智能的大同世界教育。兹所谓人生佛教教育的宗旨，亦不外是。②

这是太虚法师在 1928 年向全国教育会议作出的提议案。其中，提出了"大同世界教育"的理念，与人生佛教教育宗旨相通。从依靠外护开办武昌佛学院，到佛教教育逐步发展、开始向政府提出"奉行三民主义的教育当局，亦应为设法筹集经费以补助之"，太虚法师的教育思路可能在逐渐明晰，那就是不满足于一般性的教内师范养成机构，而是要建立在社会教育体系中占有一席之地的佛教教育系统。

而在 1931 年的《从中国的一般教育说道僧教育》中，太虚法师体现了更加现实、理性的教育理念。在概括了光绪三十年（1904）以来的佛教教育后，太虚法师

---

① 太虚：《现代僧教育的危亡与佛教的前途》，《太虚大师全书》第 18 册，第 89 页。
② 太虚：《全国教育会议提议案》，《太虚大师全书》第 23 册，第 1418 页。

提出了"汰除的僧教育"与"考取的僧教育"。① 总之，这时的太虚法师已经不像往日那样全凭主观理想思考中国佛教僧团建设的问题，而能够注意到佛教寺院的实际需要，开始带有一种循序渐进的"改良"观念，"能适应切近现今各处寺院僧务的需要，以入于各处寺院僧团中，改良发达佛寺之僧务"②。

四 促进汉藏文化的融合——世界佛学苑汉藏教理院

由太虚法师于重庆缙云山缙云寺创建的汉藏教理院，在中国近代佛教史上颇为著名。除了同样为佛教事业培养了一批僧伽人才，更为重要的是，它是第一座汉藏并设、显密兼习的新型佛学院，是近代佛教复兴与改革运动的产物。从汉藏教理院的发展历史来看，它还是太虚法师"世苑"构想中的重要组成部分，也是较好地落实太虚世苑总体构想和理念的佛学院。③

汉藏教理院的开办与四川军政力量的支持密不可分。1930 年 8 月，太虚法师入川弘法。其时，国民革命军第二十一军军长、四川军阀刘湘为了"沟通汉藏文化，联络汉藏感情"，正准备选派僧侣入藏弘法，太虚法师则适时地向刘湘宣传其世界佛学苑的构想，并建议在重庆建立一所汉藏佛学院，"聘请汉藏讲师，招收汉藏青年而教之"。1932 年 8 月，在刘湘等人的支持下，由太虚法师主持在重庆北碚缙云山缙云寺成立汉藏教理院。1936 年 7 月，呈请四川省政府教育厅，正式立案。④

汉藏教理院的设立，在于沟通汉藏文化，强调藏族文化和藏传佛教的重要性，同时，在多年开展佛教革新运动，并游历欧美之后，太虚法师的眼界更为开阔，能够深刻认识到藏传佛教在世界佛学中的意义：

> 然从佛学以言，犹有伟大之意义存焉。当此古今中外镕冶一炉之时代，非

---

① 太虚：《从中国的一般教育说到僧教育》，《太虚大师全书》第 23 册，第 1432 页。
② 太虚：《从中国的一般教育说到僧教育》，《太虚大师全书》第 23 册，第 1433 页。
③ 1929 年，太虚游历欧美回国后，受到欧美热心佛学人士的影响和启发，于武昌佛学院成立世界佛学苑筹备处（后迁北平），开始了打造世界佛学苑的工作。1929 年底，把闽院列为世界佛学苑华日文系。1930 年 9 月，北平柏林教理院成立，设为世苑华英文系。1932 年 9 月，又改武昌佛学院为世界佛学苑图书馆，并成立研究部。至此，太虚与欧美热心佛教人士共议的世界佛学苑设想得到了初步的建构。
④ 见《汉藏教理院呈请备案》，《海潮音》1936 年第 5 期，第 128～129 页。（黄夏年主编《民国佛教期刊文献集成》第 193 册，第 464～465 页）

创造世界性之新文化，不能总承过去而普发未来。然足为创造世界性新文化之因素者，则佛学尚矣。溯佛学之源流，发于印度，历千五百年而斩。每五百年之间，改易一风会：初五百年之传，可征之锡兰；次五百年之传，可征之汉土；而后五百年之传，则必征之西藏。要之，非于锡、华、藏所传为综合之研究，则不能集过往佛教之大成，即无以展将来佛教之全化。此汉藏教理院所以为世界佛学苑之一院，而有关于佛教之弘布寰球者綦重也！①

更深一层而言，当时国民政府西迁，边民教育问题比较突出，太虚法师对边地教育情况也有观察和思考，并给出了自己的判断，主张加强藏地教育水平，普及提高藏民教育素质，最终实现汉藏人民的水乳交融，"蔚为大中华民族矣"②。

当时的太虚法师谋划世界佛学苑的成立，分设不同语系的佛学院于各处，这时的办学已不纯以为整理僧伽制度培养人才这样单一的目的，培养多语言的人才，沟通汉藏、沟通中西、沟通华梵，都是太虚法师开始关注的重点。特别是在抗战时期，因为内地的几所佛学院的办学受到影响，汉藏教理院实际成了太虚法师推行世界佛教运动和佛教改革运动的"重镇"，被太虚法师寄予了厚望。③ 甚至到了 1946 年，太虚法师还在《觉群周报》上发表《专门为造就僧才设的学制》的短文，提出要设立等于佛学院程度的佛学英美文系、佛学藏蒙文系和佛学梵巴文系，"用以通古播今"④，可见在他后期的教育理念中，国际化成为重点考虑的内容。

据现存于南京中国第二历史档案馆的国民政府教育部档，1938 年以后，太虚法师随国民政府西迁重庆期间，将重心投入汉藏教理院的发展，通过国府要员，甚至通过蒋介石，向教育部呈请了多项事由。⑤ 当然，在当时复杂的社会和政治环境之下，除了在汉藏教理院设立编译处的提案获得通过，并得到相应补助以外，太虚法

---

① 太虚：《世界佛学苑汉藏教理院缘起》，《太虚大师全书》第 31 册，第 1034~1035 页。
② 太虚：《改进藏族经济政治教育之路线》，《太虚大师全书》第 24 册 "时论"，第 261~262 页。
③ 何洁：《汉藏教理院（1932~1950）研究》，四川师范大学硕士学位论文，2004，第 11 页。
④ 太虚：《专门为造就僧才设的学制》，《太虚大师全书》第 31 册，第 1392 页。
⑤ 经过龚隽、赖岳山的分析，这是太虚 "尝试将其所倡导的僧教育纳入国家'公立'教育系统，同时也试图扩充汉院的教育规模和方向，进而建立起完善、平行、却独立于国家教育系统的'国立'僧教育系统"。见龚隽、赖岳山整理《"太虚档案"二：太虚法师与佛教教育（1938 年之后）》，《汉语佛学评论》第四辑，上海古籍出版社，2014，第 72~73 页。

师的其他设想几乎落空。① 但是，逐一检阅这些档案的话，太虚法师在当时国家现代教育开始体制化、系统化的大背景下，为争取宗教教育地位而做出的诸般努力跃然纸上。

有一个特例值得一提。1936 年，碧松②从汉藏教理院藏文专修科毕业。当时国民政府为了沟通汉藏文化，制定了每年由中央政府和西藏地方政府分别选派两名研究员到西藏拉萨和内地南京进行研究的计划，为期五年。太虚法师以中国佛学会的名义向政府推荐，经蒙藏委员会通过，碧松获得了作为赴藏学者的资格，成为第一批第一个被批准入藏的研究人员，后来还曾担任国立拉萨小学的校长。这不得不说是太虚法师一直努力参与汉藏交流和边政教育的一次成功。③

虽然，汉藏教理院的办学定位不像 1920 年代的武昌佛学院以培养整理僧伽人才为第一目标，但对于太虚法师的佛教革新事业而言，特别是武昌佛学院、闽南佛学院等因战乱而被迫停顿的时期，汉藏教理院无疑是太虚法师以教育培养人才的希望所在。同时，汉藏教理院也是太虚法师推行佛教教育模式，不断深化教育理念的重要尝试。当时受太虚法师委托主持汉藏教理院的法尊法师，④ 在新中国成立后创办的中国佛学院先后担任副院长、院长。在法尊法师的主持下，中国佛学院在教学研究、管理方式等方面都借鉴了诸多太虚法师办学的经验。甚至在我国改革开放以后，在各地住持、兴办佛学院的法师大多直接或间接出自太虚法师的门下，从这一点来说，太虚法师通过武昌佛学院、闽南佛学院、汉藏教理院和建构世界佛学苑的计划，为日后的中国佛教教育提供了多方面的经验和借鉴。

---

① 1938 年春，太虚在汉藏教理院讲《中国的僧教育应怎样》，即直言"因为那一篇（指《从一般的教育说到僧教育》——笔者注）所讲的僧教育计划，是不为陈氏（指陈立夫，其时陈刚改任教育部部长——笔者注）所注意的"。太虚：《中国的僧教育应怎样》，《太虚大师全书》第 17 册，第 493 页。

② 俗名邢肃芝，藏名洛桑珍珠。

③ 参见邢肃芝口述、张健飞、杨念群笔述《雪域求法记》，三联书店，2008，第 59 页。

④ 1945 年，法尊接替太虚出任汉藏教理院院长。

欧阳渐唯识思想抉择

——以《抉择五法谈正智》为中心

昌　如

【内容提要】　正智与真如在唯识原典中皆为圆成实性，但是，欧阳渐在其《抉择五法谈正智》中将正智改为依他起性，真如依然为圆成实性，由此将正智与真如彻底二分，并以此为标准，批判和否定《大乘起信论》的思想。然而，在唯识原典中，如如是成就佛道的方法论，如如相即真如，是实践此方法论后的样态，而正智是识别如如这个方法论的智力。因此，如如、真如、正智密不可分。欧阳渐的唯识思想显然与此有很大差别。本文将以欧阳渐著《抉择五法谈正智》一文为中心，依据原典中的唯识思想，抉择欧阳渐的唯识思想，并试图沟通原典中的唯识学与《大乘起信论》的思想学说。

【关键词】　欧阳渐　《抉择五法谈正智》　唯识思想　《大乘起信论》
【作　者】　昌如，哲学博士，中国佛学院副教授，研究方向为南北朝佛教、华严宗。

前　言

19 世纪 60 年代，日本开始了"明治维新"运动，脱亚入欧，全面西化。20 世纪初的中国，西学东渐也逐渐成为时尚与主流。在这种大的时代背景下，西方哲学经典之善恶二分的价值标准，也被奉为圭臬。① 20 世纪初，日本学界受西方文献学的影响，掀起有关《大乘起信论》真伪的论争。一开始争论的焦点仅仅是作者以及是否中国撰述的问题，但是，后来以支那内学院欧阳渐（亦名欧阳竟无，1871～1943）为代表的学者加入，争论的焦点发生转移。他们高举自己所建构的唯识思想，批判作为中国宗派佛学基础的《大乘起信论》的思想。欧阳渐所著《抉择五法谈正智》就是其代表作之一。本文即以欧阳先生《抉择五法谈正智》为中心，试图对其为了批判《大乘起信论》而建构的唯识思想进行分析与探讨。

一　欧阳渐对于《大乘起信论》的批判

欧阳渐在其《抉择五法谈正智》一文中，依法相唯识的立场，树立一个他所认为的佛法真理的标准：

> 五法者何？相、名、分别、正智、真如是也。云何为相？谓若略说所有言谈安足处事。云何为名？谓即于相所有增语。云何为分别？谓三界行中所有心心所（有漏心法）。云何为正智（无漏心法）？即是世出世间如量如理之智。云何为真如？即是法无我所显，非一切言谈安足处事。此之五法，前四为依他起（分别一种合诸识见相分而言，然安慧别义，渊源性宗，以相见为遍计无，不可遵信），后一为圆成实。②

五法即是相、名、分别、正智、真如。欧阳渐逐一论述。接着，他又从能缘、所缘的角度将此五法进行分类。他认为五法当中，分别、正智是通能缘与所缘的，而相、名、真如只是所缘，不通能缘。③ 因为真如只是所缘，正智为能缘，所以真如与正智其实一个是体、一个是用的关系。④ 并且认为这个用，是一个能动的思，是源

---

① 林镇国：《起信论与现代东亚主体性哲学》，《汉语佛学评论》（第六辑），第 3～5 页。
② 欧阳渐：《抉择五法谈正智》，张曼涛主编《现代佛教学术丛刊 35·大乘起信论与楞严经考辨》，台湾大乘文化出版社，1981，第 1 页。
③ 欧阳渐：《抉择五法谈正智》，张曼涛主编《现代佛教学术丛刊 35·大乘起信论与楞严经考辨》，第 1 页。
④ 欧阳渐：《抉择五法谈正智》，张曼涛主编《现代佛教学术丛刊 35·大乘起信论与楞严经考辨》，第 2 页。

于种子生现行，现行熏种子的势动，与真如无关；因为真如只是一个体，一个所缘，没有能与用之义，是不可能有种子生现行、现行熏种子的势动的。① 因此，欧阳竟无认为《大乘起信论》所说的真如受熏缘起诸法的思想是立不住的：

> 起信论不立染净种子，而言熏习起用，其熏习义亦不成。"熏习义者，如世间衣服实无於香"，以香熏习则有香气，世间衣香，同时同处而说熏习。净染不相容，正智无明，实不并立，即不得熏。若别说不思议熏者，则世间香熏非其同喻。又两物相离，使之相合，则有熏义。彼蕴此中，一则不能，如遍三性，已遍无明，刀不割刀，指不指指，纵不思议，从何安立？②

　　按照欧阳渐先生所理解的唯识学的标准：第一，熏习必须有种子生现行、现行生种子的过程。他认为《大乘起信论》没有建立种子义而建构熏习义是不能成立的。第二，所谓熏习，必须是同时同处。但是，按照欧阳渐理解的唯识，染与净是严格二分的，二者并能同时同处地存在。此外，欧阳渐将净染分别定义为正智与无明，而不是真如与无明。这一细微的改动，实则改变了唯识学的顶层结构，将真如变为本体，束之高阁。但是，在唯识原典中并不是这样的，详情下述。

　　综上所述，欧阳先生批判《大乘起信论》的逻辑如下：第一，以唯识五法为基础。第二，引入能、所的概念，将相、名、真如归为所，将分别、正智归为能、所。第三，引入体、用的概念，将真如归为体，将正智归为用。第四，引入用与熏习的概念，认为用是从熏习而起，所以正智有种，有熏习义。第五，认为真如只是一个体，无用，无能，与熏习无关，因此认为真如无种子。由此，他认为《大乘起信论》所言真如熏习则有净有，是不能成立的。因为真如没有种子义，没有能义，因此熏习义是不成立的。因此，他否定《大乘起信论》的思想学说。

　　但是，对于欧阳渐先生的抉择，我们还是有必要回溯到唯识原典中去抉择，因为欧阳渐对于原典的唯识思想作了结构性改变。

---

① 欧阳渐：《抉择五法谈正智》，张曼涛主编《现代佛教学术丛刊 35·大乘起信论与楞严经考辨》，第 2 页。
② 欧阳渐《抉择五法谈正智》，张曼涛主编《现代佛教学术丛刊 35·大乘起信论与楞严经考辨》，第 6～7 页。

二 唯识原典中正智与真如的关系

欧阳先生对于《大乘起信论》的批判有一个最重要的基点，即是二分法：用能与所、体与用等将五法进行绝对地二分，并刻意将正智与真如切割，将熏习与真如切割。因此，有必要考察一下唯识原典中五法的定义，据《大乘入楞伽经》卷五云：

> 佛言：大慧！三性、八识及二无我，悉入五法，其中名及相是妄计性；以依彼分别，心心所法，俱时而起，如日与光，是缘起性；正智、如如，不可坏故，是圆成性。……复次大慧！五法者，所谓相、名、分别、如如、正智。此中相者，谓所见色等形状各别，是名为相。依彼诸相，立瓶等名，此如是，此不异，是名为名。施设众名，显示诸相心心所法，是名分别。彼名彼相，毕竟无有，但是妄心，展转分别，如是观察，乃至觉灭，是名如如。大慧！真实决定，究竟根本，自性可得，是如如相。我及诸佛，随顺证入，如其实相，开示演说。若能于此，随顺悟解，离断离常，不生分别，入自证处，出于外道二乘境界，是名正智。大慧！此五种法，三性、八识及二无我，一切佛法普皆摄尽。大慧！于此法中，汝应以自智，善巧通达，亦劝他人，令其通达，通达此已，心则决定不随他转。①

很显然，《大乘入楞伽经》中五法与三性的对应与欧阳渐是不同的：上来欧阳先生将相、名、分别、正智归为依他性，只有真如为圆成实性；而《大乘入楞伽经》将正智与真如都定为圆成实性，分别定为依他起性，相、名归为妄计性。此中最为关键的是正智的属性，如果将正智与真如都归为圆成实性，那么就意味着正智与真如是同一属性；但是，如果将正智归为依他起，而真如为圆成实，那么正智与真如将被分为两个属性。这一微细的调整，涉及的却是唯识学顶层结构设置。实际上，欧阳先生正是依于这一调整，建立起他对于《大乘起信论》的批判基础与标准：正智为依他起，真如为圆成实；正智通能所，真如只为所；正智为用，真如为体；用

---

① （唐）实叉难陀译《大乘入楞伽经》卷 5，《大正藏》第 16 册，第 620 页中至下。

即能义，即种子义，所以正智可以建立种子变现行、现行熏种子的熏习义；而真如为体，无用，无能，即无种子义，所以真如不能建立熏习义。因此，欧阳渐先生认为《大乘起信论》中所说真如与无明的熏习义是不成立的。但是，原典《大乘入楞伽经》是将正智与真如都归为圆成实性，也就是说正智与真如是同一属性，不是二分的。由此，欧阳渐先生对《大乘起信论》的批判的标准是建立在改为唯识原有顶层结构基础上的，其批判自然不能成立。

此外，在《大乘入楞伽经》中，虽然如如与正智同属圆成实的属性，但是，角度与侧重点不同：如如分为如如体与如如相。如如体的核心是觉灭妄心的辗转分别，也就是通过觉照，断灭妄心种种分别流转；如如相的特征是"真实决定，究竟根本，自性可得"，就是在灭了妄心的虚妄分别后，产生的某种表象与特征，即"心则决定，不随他转"。正智则是众生识别与运用诸佛开示演说的如如这个方法论的能力。如果众生能"随顺悟解"如如这个方法论，那么就能出生死海，登涅槃岸，与诸佛同齐。总的来说，如如体是成就佛道的方法论，如如相是运用这个方法论之后所得结果的相状，而正智是众生识别与运用如如这个方法论的能力与智慧。因此，在唯识原典中，如如与正智是密不可分的。但是，欧阳竟无先生将正智与真如分割，将真如归于绝对本体，这其实是源于西方哲学主流价值观点中善恶截然二分的价值判断。但是，这种改变所导致的后果是严重的，因为其意味着成佛方法论的改变。在唯识原典中，如如是一个成佛的方法，而正智是用来识别这个方法的；但是，欧阳渐将改变为正智识别相、名、分别，通过正智灭除相、名、分别，以期证入真如。与西方哲学中通过灭除恶而获得善的路径是一致的。但是，这种路径的前提是必须建立一个形而上的本体，因此欧阳渐先生刻意将正智的属性从圆成实性改为依他起性，以期其与真如的圆成实性对立起来，从而建构一个本体的真如。显然，这是与唯识原典不相符合的。

另，据《显扬圣教论》卷6《摄净义品》云：

> 论曰：五法者，一相、二名、三分别、四真如、五正智。相者，若略说，谓一切言说所依处。名者，谓于诸相中依增语。分别者，谓三界所摄诸心心法。真如者，谓法无我所显，圣智所行，一切言说所不依处。正智者，略有二种。一，唯出世间，二，世间出世间。唯出世间正智者，谓由正智声闻、独觉、诸

菩萨等通达真如。又诸菩萨，以世出世智，于五明处精勤学时，由遍满真如智多现在前故，速疾证得所知障净。世间出世间正智者，谓诸声闻及独觉等，初通达真如已，由初一向出世间正智力，后所得世间出世间正智故，于诸安立谛中，起厌怖三界心。及爱味三界寂静处，又由彼正智多现在前故，速疾证得烦恼障净。①

值得注意的是，《显扬圣教论》与《大乘入楞伽经》中五法的排列顺序是一致的：相、名、分别、真如、正智；而欧阳竟无先生排列的顺序是：相、名、分别、正智、真如。这少许的改动，背后隐藏着欧阳渐对于唯识佛法顶层结构的改变。《显扬圣教论》论文非常明确，正智分为两种：一、唯出世间正智；二、世出世间正智。第一，唯出世间正智的核心是通达真如，无论是声闻、独觉，还是菩萨。与《显扬圣教论》相同，正智与真如密不可分，正智是通达或证入真如的智力。反过来讲，如果不能通达或者证入真如的智力，那么就不属于正智，或者说与正智不相关。第二，世间世出间正智，又可以分为两类：第一，声闻、独觉之世间出世间正智，其前提是通达真如，而后由此出世间正智力，所得世间出世间正智，其核心因素还是"通达真如"之智力，此智力的特征是"厌怖三界""烦恼障净"。第二，菩萨世间出世间正智，也是因为初地菩萨已经证入遍满真如，于五明精勤求学所得之智力，其特征是"速疾证得所知障净"。《显扬圣教论》中对于真如的定义是"法无我所显，圣智所行，一切言说所不依处"，如果单独提出来看，很容易理解成一种本体。但是，在《显扬圣教论》中五法的排列依然是先真如后正智，并且正智都是以证入真如为前提的。也就是说，如果没有证入真如这个前提，就谈不上什么正智，无论是断烦恼障的唯出世间正智，还是所知障的世间出世间正智。因此，在《显扬圣教论》中真如与正智也不是二分的。并不是如欧阳渐那样将真如定义成一个本体，然后用正智去消灭相、名、分别，从而最后证得真如这个本体。如果依照《显扬圣教论》，没有证入真如这个前提，就谈不上什么正智。

但是，《显扬圣教论》的五法并没有说明如何证入真如的方法，而《大乘入楞伽经》中则将方法说得非常清晰，"彼名彼相，毕竟无有，但是妄心，展转分别，如是

---

① （唐）玄奘译，无著造《显扬圣教论》卷6，《大正藏》第31册，第507页上至中。

观察，乃至觉灭，是名如如"，就是通过不断观察相、名、分别，但为妄心所转，毕竟无有，直至其灭而觉慧生。这实际是众生成就佛道的路径或方法。而如如的相状则是"真实决定，究竟根本，自性可得，是如如相"，此与《大乘入楞伽经》五法之中的真如"谓法无我所显，圣智所行，一切言说所不依处"，正好可以相应。因此如如与真如还是有微细的差别，如如是方法论，如如相与真如同一，指的是正确运用这个方法论所产生的相状。也就是说，如如是方法论，真如即如如相。

另外，在《大乘入楞伽经》中如如是方法论，如如相即真如，而正智则是指识别如如这个方法的能力或智力。而《显扬圣教论》则在强调先已证入真如，然后以此为前提的正智分为二种，断烦恼障的正智称为唯出世间正智，断所知障的正智称为世间出世间正智。很显然，《大乘入楞伽经》是就因位的视角，即方法与路径的视角，论述如如、如如相、正智；而《显扬圣教论》是就果位的视角，论述真如与正智。如果将二者综合起来产生的路线图是：因位正智识别如如体，证入如如相（即真如），获得果位的止智。前一段是《大乘入楞伽经》所侧重论述的，后一段是《显扬圣教论》所侧重论述的。总之，如如体、如如相或真如，正智是密可分的，离开如如或真如，无有正智；离开正智，无有如如与真如。因此，欧阳竟无先生刻意将经论当中五法的顺序进行改动，并改变正智的属性，将正智归为依他起，将真如归为圆成实，其目的无非是将正智与真如绝对地二分，将真如归于绝对的善、净，从而建立真如不能受熏的立论。欧阳渐将正智定性为依他起性的另一目的是将正智定义为一种能动，并与种子和熏习义建立联系，认为正智是可以建立种子与熏习义，而真如是体，无能，不能建立熏习义，从而达到否定《大乘起信论》真如受熏，或真如熏习无明思想的立论。但是，我们可以发现，在唯识法相系统中，论及五法之《大乘入楞伽经》与《显扬圣教论》的本意，正智与真如密不可分，因此欧阳渐的立论基础是有问题的。显然，欧阳渐先生对于真如与正智的理解已经脱离佛学系统原有的价值范畴，而是将一般的西方哲学中善恶二分的观点平行移入，无意间将佛学变成了某种西方哲学的学说。

三　唯识原典中的种子义

真如无种而受熏是欧阳渐批判《大乘起信论》的另一个基点，其批判是否恰当，我们还是要先抉择唯识原典中的种子义。

据《瑜伽师地论》所说"种子云何？非析诸行，别有实物，名为种子，亦非余处"①。论中非常明确地指出，种子不是实物，也就是说种子不是某种实在，"譬如谷麦等物，所有芽茎叶等，种子于彼物中，磨捣分析，求异种子，了不可得，亦非余处"②，种子只是对一种功能的安立名言，"即谷麦等物，能为彼缘，令彼得生，说名种子"③。因此，简单地讲，能够作为一种助缘，能够令其生发的这样一种功能，都可以安立名言为"种子"。

另外，《成唯识论》云："此中何法名为种子？谓本识中，亲生自果功能差别。此与本识及所生果、不一不异。"④ 非常明确地指出"种子"只是本识从不同的功能视角开许出来，并不是离开本识另有一个实在的东西称为种子，只是依据世俗义，说为实有⑤。《摄大乘论》也持同样的观点："阿赖耶识中诸杂染品法种子，为别异住？为无别异？非彼种子有别实物，于此中住，亦非不异……有能生彼功能差别，名一切种子识。"⑥

因此，欧阳渐因为《大乘起信论》未安立种子义，所以就否定《大乘起信论》的熏习义，其条件是不充分必要的。因为在法相系统中，种子也只是就本识亲生自果的这个功能而开许出来的一个名言安设，是相分，并非实有。因此，假设法相系统中不安立施设这个种子名言，本识还是具有熏习功能，熏习义照样成立！

四 唯识原典中的熏习与习气义

唯识原典中，熏习义最重要的核心是"带彼生因而生"，也就是两种不同的性味的物品，通过长时间的相互熏习，当分开时，彼此都会带有对方的性味，此即称为熏习，据《摄大乘论释》卷2云：

---

① （唐）玄奘译，弥勒说《瑜伽师地论》卷52，《大正藏》第30册，第588页下。
② （唐）玄奘译，弥勒说《瑜伽师地论》卷52，《大正藏》第30册，第588页下。
③ （唐）玄奘译，弥勒说《瑜伽师地论》卷52，《大正藏》第30册，第588页下。
④ （唐）玄奘译，护法等造《成唯识论》卷2，《大正藏》第31册，第8页上。
⑤ （唐）玄奘译，护法等造《成唯识论》卷2，《大正藏》第31册，第8页上。
⑥ （陈）真谛译，无著造《摄大乘论》卷1，《大正藏》第31册，第134页下。

论曰：复次何等名为熏习？熏习能诠，何为所诠？谓依彼法，俱生俱灭。此中有能生彼因性，是谓所诠。如巨胜中有花熏习，巨胜与花俱生俱灭，是诸巨胜带能生彼香因而生。又如所立贪等行者，贪等熏习，依彼贪等俱生俱灭，此心带彼生因而生。或多闻者，多闻熏习，依闻作意俱生俱灭，此心带彼记因而生。由此熏习，能摄持故，名持法者，阿赖耶识熏习道理，当知亦尔。释曰：谓依彼法俱生俱灭，此中有能生彼因性，是谓所诠者。谓即依彼杂染诸法俱生俱灭，阿赖耶识有能生彼诸法因性，是名熏习。[①]

据引文可知，将熏习分为能熏、所熏。所熏的最重要的特征是"此中有能生彼因性"，也就是所熏通过能熏的熏习，带有了能熏的某种特性。如同用花熏习巨胜（黑胡麻），花为能熏，巨胜为所熏，通过一定的时空同在的熏习（即俱生俱灭），这个所熏的巨胜之中就会带有花香的特性；同样地，如果将巨胜为能熏，花为所熏，经过一定时空同在的俱生俱灭，这个所熏的花之中，就会持有巨胜的性味，如此即为唯识系统的熏习义。所以，如果用贪熏习心，经过一定时空的俱生俱灭，此所熏的心会持有作为能熏贪的性味；反过来，多闻熏习此心，经过一定时空的俱生俱灭，此心就会持有多闻的特性。所以，只要具备能"带彼记因而生"的核心特征，就可以称为熏习。《摄大乘论》世亲释所列举的杂染法与阿赖耶识俱生俱灭，从而阿赖耶识俱有彼杂染法的因性，称为熏习。只是熏习中的一种，世亲没有限定只有这一种情况称为熏习。

另外，据《摄大乘论》卷一所说"何法名习气？此习气名，欲显何义？此法与彼相应共生共灭，后变为彼生因，此即所显之义"[②]。可见，习气的核心规则是"后变为彼生因"，与熏习义同。

但是，到了《成唯识论》，其则将熏习义固定为第七识为能熏，第八识为所熏，然后能熏、种子、现行三法展转。据《成唯识论》卷十所说，所熏应当具备四个条件：坚住、无记、可熏、与能熏共和合。在诸法中唯有异熟识即第八阿赖耶识符合此四个条件。另外，它认为能熏亦应当具备四个条件：有生灭、有胜用、有增减、

① （唐）玄奘译，世亲造《摄大乘论释》卷2，《大正藏》第31册，第328页上。

② （陈）真谛译，无著造《摄大乘论》卷1，《大正藏》第31册，第115页上。

与所熏和合而转，诸法中同时符合这四个条件的只有第七转识及其相应心所。因此《在成唯识论》中并没有从"带彼生因而生"的角度强调熏习，并将熏习固定为第七识及其心所熏习第八阿赖耶识。①

另外，《成唯识论》的顶层结构是如来第八净识中自带旧的净种子，"由此如来第八净识，唯带旧种非新受熏"②，真如不需要受熏而成，只要去除染污，如来第八净识，本自具备，自然显现。因此，同理可知，众生第八染识（阿赖耶识）亦自带染的种子，此染种子生起现行即第七识，为能熏；第七识又熏习第八阿赖耶识成种子，如此种子生现行，现行又熏成种子，三法展转，相续不断，成染法的流转。至于转染成净，《成唯识论》认为"此虽本来有能生种，而所知障碍故不生。由圣道力断彼障故，令从种起名得菩提，起已相续穷未来际"③，也就是说，只要去除染，净就会自然显现，无需熏习而成新的净种。此种结构与西方哲学中善恶二分的结构非常相似，在此结构中，"去恶"是通向善的唯一路径。同理，如果将《成唯识论》将熏习定义第七识熏习第八阿赖耶识，将众生的阿赖耶识与如来第八净识二分，那众生只要去除第八阿赖耶识的染污，如来的第八净识（本自具备）就会显现。这种结构中，如来实际上被"悬置"，只赋予了如来的"本体"性；但是，全程禁止如来参与众生通向如来的进程，有非常明显的二分倾向。但是，用同样的二分原理，众生如何"去恶"或"去污"？如果众生是染污的，那最原初的"去污"的净力从何而来？如果说污中有净，则有违污净二分原则；如果说净从如来而来，亦有违众生与如来二分原则；如果说"一切法相真如理，虽有客染而本性净，具无数量微妙功德"④，亦有违染净二分原则。这就涉及真如与无明的关系，也就是如何转染成净的问题。

五　唯识原典中真如与无明的关系——如何转染成净

关于转染成净，以《摄大乘论》为代表的唯识学的顶层设计是：在一切种子识

---

① （唐）玄奘译，护法等造《成唯识论》卷2，《大正藏》第31册，第9页下至第10页上。
② （唐）玄奘译，护法等造《成唯识论》卷2，《大正藏》第31册，第9页下。
③ （唐）玄奘译，护法等造《成唯识论》卷10，《大正藏》第31册，第56页上。
④ （唐）玄奘译，护法等造《成唯识论》卷10，《大正藏》第31册，第55页中。

中设立染、净二种种子。就性质而言，染就是染，染不能转净；净就是净，净不可以转染；但是，就对治功能而言，净能对治染，染能隐匿净。众生成佛，转染成净的机制是众生因为最清净法界等流种子传来而起闻思熏习，闻思熏习的这一动作，如《摄大乘论》说"世间法，出世心"①，就种子的来源而言，是清净种子，而不是染污种子。因此，由净对治染，直到染灭净显。如《摄大乘论》卷一云：

> 云何世间净品不成？若众生未离欲，欲界未得色界心。先起欲界善心求离欲，欲界修行观心。此欲界加行心与色界心，不俱起俱灭，故非所熏，是故欲界善心，非是色界善心种子。过去色界心无量余生及别心所隔，后时不可立为静识种子，已无有故。是故此义得成，谓色界静心一切种子果报识，次第传来立为因缘，此加行善心，立为增上缘，如此于一切离欲地中，是义应知。如此世间清净品义，离一切种子果报识则不可立。②

此段论证的议题是：世间净品如何成立？也就是什么是从欲界心走向色界心的充分必要条件？即世间众生转染成净的机制。先用排除法：第一，因为众生未离欲，所以欲界众生未得色界心，因此欲界心不是充分必要条件。第二，因为欲界善心与色界心非俱起俱灭，所以欲界善心非是能熏，色界善心非是所熏。因此，欲界善心不是色界善心的种子。第三，色界过去无量余生及别心，后时也不能成为色界善心的种子，因为已经没有了。因此以上三者都不能成就众生转染成净。

再从正面证明，那么欲界众生是如何走向色界的呢？其充分必要条件是：色界静心一切种子果报识次第传来立为因缘。欲界善心只是一个增上缘，并不是充分必要条件。因此，得出的结论是：以欲界众生善心求离欲为增上缘，以色界静心一切种子果报识次第传来为因缘，可以成就众生从欲界走向色界，此为世间清净品义。也就是众生转染成净的第一因是色界静心一切种子果报识次第传来的净种子。

但是，如果染净彻底二分，那么就会存在诸多问题：一、色界静心种子，是如何传来的？二、色界静心种子是如何影响欲界众生善心的？三、色界静心种子与欲

---

① 《摄大乘论》之"世间法，出世心"，与《大乘起信论》之"生灭与不生灭和合"，二者有着异曲同工之妙。
② （陈）真谛译，无著造《摄大乘论》卷1，《大正藏》第31册，第116页下。

界善心，是同一属性，还是不同属性。如果是同一属性，则就没有大费周章地从色界传来的必要了吧？如果是不同属性，成就熏习，那么这与《大乘起信论》中真如熏习无明有什么不同呢？此点在接下来出世间净品成就的论述中体现得更为明显，如《摄大乘论》卷一云：

> 云何出世净品离阿黎耶识不可得立？佛世尊说：从闻他音及自正思惟，由此二因正见得生。此闻他音及正思惟，不能熏耳识及意识或耳意二识。何以故？若人如闻而解及正思惟法，尔时耳识不得生，意识亦不得生，以余散动分别识所闻故。若与正思惟相应生，此意识久已谢灭，闻所熏共熏习已无，云何后时以前识为种子，后识得生？复次世间心与正思惟相应，出世净心与正见相应，无时得共生共灭，是故，此世心非关净心所熏，既无熏习，不应得成出世种子。是故若离一切种子果报识，出世净心亦不得成。何以故？此中闻思熏习，无有义能摄出世熏习种子。[①]

此一段论述出世间正品如何成就，也就是出世间转染成净的机制。据引文，出世正因是正见，而正见得生的原因是闻他音及自正思惟。需要注意的是，《摄大乘论》认为闻他音与自正思惟只是让正见得以产生的助缘，而不是必然因。其理由有二：一、闻与思不可能"共生共灭"，因此闻思不能成为所熏，正见也不是能熏，因此，闻与思不应成为出世间净种子的必然因。二、闻他音与自正思惟为世间染心的属性，而正见为出世间净心的属性。自然地，世间染心不能成为出世间净心的必然因。也就是说，作为世间染心的闻他音与正思惟，不能熏习出作为出世间正见的种子。那么，这个作为出世间正见的净种子从何而来呢？据《摄大乘论》卷一云：

> 云何一切种子果报识成不净品因，若能作染浊对治出世净心因？此出世心昔来未曾生习，是故定无熏习。若无熏习，此出世心从何因生？汝今应答：最

---

① （陈）真谛译，无著造《摄大乘论》卷1，《大正藏》第31册，第116页下至第117页上。

清净法界所流正闻熏习为种子故，出世心得生。①

《摄大乘论》认为出世净心的第一因，是自最清净法界所流出，以此为正闻熏习的种子。也就是说出世间净种子是为本有，非为新熏。但是，最清净法界是什么？自然是如如或真如。因此，以从最清净法界流出的正闻熏习种子为因，正见为果，闻他音及正思惟为助缘，方能证入出世间正因。换一句话，也就是从如如或真如所流出的清净种子为因，闻他音及正思惟为缘，生起正见为果，从而证入出世净法。显然，在转染成净的顶层设计上，是离不开最清净法界，即如如或真如的。并且，真如是正见的正因，是众生转染成净的关键与核心，闻他音与正思惟只是助缘。这些观点与《大乘起信论》所说真如熏习无明，从而转染成净，是否有着某种异曲同工之妙？

其实，《摄大乘论》将正见归为出世间，将其源头回溯到最清净法界的目的是将世间与出世间严格二分，世间因果与出世间因果不能混淆杂乱。但是，无论如何分割，世间与出世间还是有联系，如上文所述，还是不能彻底分割，此为一。另外，第一出世净因归为"最清净法界"流出，一方面有本体化的倾向，然后通过这个"本体化"，模糊了第一因。其实，如果追问是如何流出？从何流出？流出的时机与选择？又会产生很多漏洞与困惑。反过来，如果不设置染与净、世与出世、染与净的二分，就将闻他音与正思惟作为产生正见的正因，在逻辑上反而是顺畅的。事实上，在《大乘入楞伽经》的五法之如如就展现了这一逻辑，即是通过闻他声得知"彼名彼相，毕竟无有，但是妄心"，再通过自正思惟"展转分别，如是观察"而获得正见，不断推进此正见的深度与广度"乃至觉灭"，即为如如，亦真如，世间与出世间密不可分的。因此，《摄大乘论》又对此进行了修补：

> 是闻熏习，若下中上品，应知是法身种子。由对治阿黎耶识生，是故不入阿黎耶性摄。出世最清净法界流出故，虽复世间法，成出世心，何以故？此种子出世净心未起时，一切上心惑对治、一切恶道生对治、一切恶行朽坏对治，能引相续令生是处，随顺逢事，诸佛菩萨。此闻熏习虽是世间法，初修

---

① （陈）真谛译，无著造《摄大乘论》卷1，《大正藏》第31册，第117页上。

观菩萨所得，应知此法属法身摄；若声闻独觉所得，属解脱身摄。此闻熏习非阿黎耶识，属法身及解脱身摄。如是如是，从下中上，次第渐增。如是如是果报识，次第渐减，依止即转。若依止一向转，是有种子果报识即无种子，一切皆尽。①

《摄大乘论》中染污种子与清净种子是绝对二分的，染污种子绝对不能生成清净种子，清净种子也不能生成染污种子，但清净种子可以对治染污的种子，这就是唯识系统真如与无明发生关系的方式，笔者认为与《大乘起信论》无异。《摄大乘论》将闻熏习的性质设定为世间法、出世心，实际上就是让清净种子与染污种子发生联系，否则众生如何成佛呢？也就是说，虽然唯识系统强调染与净的二分，染不能为净因，净不能为染因，染净分明；但是，正因如此，净才可能对治染，众生才能成佛。也就是说，众生无始以来的一切种子果报识中，都有染、净二种种子存在，当闻熏未动时，染无对治，众生为染；当闻熏启动时，出世最清净法界流出的种子启动，并以此对治染，如此染一分一分减，净一分一分增。当染完全消失，众生即成佛。这种对治功能，在论述阿黎耶识差别相时，也有所设计，据《摄大乘论》云：

此阿黎耶识差别云何？若略说，或三种、或四种差别……相貌差别者，此识有共相、有不共相，无受生种子相、有受生种子相。共相者，是器世界种子。不共相者，是各别内入种子。复次共相者，是无受生种子。不共相者，是有受生种子。若对治起时，不共所对治灭，于共种子识，他分别所持，正见清净，譬如修观行人，于一类物，种种愿乐，种种观察，随心成立。②

此一段将阿黎耶识的总体相貌特征进行描述，此识有共相、不共相，就外在与个体众生的关系而言，外在世界即"器世界种子"是共相，各各个体众生即"各别内入种子"，是不共相。此一描述，还有一个背后价值判断，器世界与众生同为阿黎耶识种子显现，即三界唯识义。就凡与圣的差别而言，圣即无受生种子是共相，凡

---

① （陈）真谛译，无著造《摄大乘论》卷1，《大正藏》第31册，第117页上。
② （陈）真谛译，无著造《摄大乘论》卷1，《大正藏》第31册，第117页下。

即有受生种子是不共相，如此则凡圣亦同为阿黎耶识种子，只不过一个是净种子，一个是染污种子而已。如此，在《摄大乘论》中并没有将生灭与真如二分，佛与众生二分，而是将其归为阿黎耶识当中的种子，只是这个种子有染有净，染是染，净是净，但是，众生成佛的关键是用净对治了染；同样的道理，染也可以"对治"净。但就属性而言，染不能变为净，净亦不能变成染。所以在唯识系统中"对治"的功能非常突出，与《大乘起信论》中的"转"有着异曲同工之妙！

事实上，唯识系统从来没有切割真如与八识的关系，据《成唯识论》卷十云："涅盘义别略有四种：一本来自性清净涅盘，谓一切法相真如理，虽有客染而本性净，具无数量微妙功德。"[1] 可见，真如从来没有因为"客染"而缺席。又"二有余依涅盘，谓即真如出烦恼障，虽有微苦所依未灭而障永寂"[2]，注意出烦恼障的主体是真如，而没有刻意强调阿赖耶识。又"三无余依涅盘，谓即真如出生死苦"[3]，"四无住处涅盘，谓即真如出所知障"[4]，其主体皆是真如。由此可见，唯识系统的阿赖耶识，不可能离开真如而独立存在。其净法、染法的根源都必然来自真如。

六　《大乘起信论》原典中真如与无明的熏习义

欧阳先生用五法抉择正智的核心目的是否定《大乘起信论》的真如与无明的相互熏习，认为真如是一个绝对清净的本体，无种，不受染。因此我们有必要先勘察一下《大乘起信论》原典中所论述的熏习义：

> 复次，有四种法熏习义故，染法、净法起不断绝。云何为四？一者，净法，名为真如。二者，一切染因，名为无明。三者，妄心，名为业识。四者，妄境界，所谓六尘。熏习义者，如世间衣服实无於香，若人以香而熏习故，则有香气。此亦如是，真如净法实无於染，但以无明而熏习故，则有染相。无明染法实无净业，但以真如而熏习故，则有净用。[5]

---

① （唐）玄奘译，护法等造《成唯识论》卷10，《大正藏》第31册，第55页中。
② （唐）玄奘译，护法等造《成唯识论》卷10，《大正藏》第31册，第55页中。
③ （唐）玄奘译，护法等造《成唯识论》卷10，《大正藏》第31册，第55页中。
④ （唐）玄奘译，护法等造《成唯识论》卷10，《大正藏》第31册，第55页中。
⑤ （梁）真谛译，马鸣造《大乘起信论》，《大正藏》第32册，第578页上。

　　《大乘起信论》定义的熏习义有四个要素，即真如、无明、业识与六尘。这四个要素构成的熏习义建构了染净转换的机制。《大乘起信论》的例证香熏衣服而香气，与《摄大乘论》之花熏巨胜而带彼花香，实际是同样的例证，都有"带彼生因而生"的意思。此外，对于真如与无明的关系，《大乘起信论》也不是如欧阳渐所说真如与无明互熏，而是强调"真如净法实无於染"，真如虽然受无明熏习，但是真如作为净法的性质并没有改变，只是在相上具有无明的"染相"。因此可见，《大乘起信论》并不是将真如的属性与无明的属性混为同一，而是从相上说明真如因为无明的熏染，就会具备无明的染相，其实是从对治的功能去说明的。如上文所述，唯识染净二分的目的，其实也是着眼于对治的功用，净能对治染，染能染污净；而不是将染净绝对二分，因为作为净法的最初推动因，还是来源于最清净法界，闻熏与正思惟虽是世法，却是出世心，也就是闻熏在相上是世法，在性质上是出世，与《大乘起信论》所说真如因无明熏习而染相是同一意思。

　　同理，无明染法在性质上是染污的，但是因为真如的熏习，可以有净用，也就是在相上的净用。如果借用唯识的口径，所谓的净用，就是因为真如净法的熏习而无明减退直至消失的净用，这也是从对治角度而言。

　　因此，《大乘起信论》与以《摄大乘论》为代表的唯识一样，都是从对治、功用的角度在论述真如与无明、净与染等等，也就是如何成功地转染成净，转迷成悟。这也是解读《大乘起信论》一心开二门最关键的基本点。如果从性质的视角去解读众生心、真如门、生灭门的关系，那只有将众生心替换为绝对的真心论或本体论，在哲学上才能理解一心开出真如与生灭两个性质完全相反的门；但是，如果从功用或对治的视角去解读，那么众生心反而成为最接地气的下手点，真如与生灭只是由众生心的功能状态而开出的：当众生心悟时，则开出真如门；当众生心迷时，则开出生灭门。因此，与其说一心开二门，不如说一心开迷与悟。此点在《大乘起信论》接下来的论述中，更为明显：

　　　　云何熏习起染法不断？所谓以依真如法故有于无明，以有无明染法因故，即熏习真如；以熏习故则有妄心，以有妄心即熏习无明。不了真如法故，不觉念起现妄境界。以有妄境界染法缘故，即熏习妄心，令其念着造种种业，受于一切身心等苦。①

　　依据《大乘起信论》熏习四要素：真如、无明、妄心、妄境界来解读，染法生起的第一因是"不了真如"，所以说"依真如法故有于无明"。"不了真如"就是迷，就会产生无明。这个无明会激发妄心，此妄心起现妄境界，此妄境界又熏习妄心，此妄心又熏习无明。如此四法展转，染法不断。染法生起的第一因是不了真如。反过来讲，如果了真如，也就是《大乘入楞伽经》所说的正智识别了如如，并通过如如觉灭妄心，从而产生如如相或真如，就不会生起无明，以及妄境界、妄心等。因此染净的关键差别是：不了与了的差别，也就是识别如如这个方法的能力，即正智的问题。如果不能识别，就会迷；如果能识别，就会悟。

　　关于净法不断，据《大乘起信论》云：

　　　　云何熏习起净法不断？所谓以有真如法故，能熏习无明，以熏习因缘力故，则令妄心厌生死苦，乐求涅槃。以此妄心有厌求因缘故，即熏习真如。自信己性，知心妄动，无前境界，修远离法，以如实知无前境界故，种种方便，起随顺行，不取不念，乃至久远熏习力故，无明则灭。以无明灭故，心无有起，以无起故，境界随灭，以因缘俱灭故，心相皆尽，名得涅槃，成自然业。②

　　净法熏习四个要素也是真如、无明、妄心与妄境界。染法起是"依真如法故有于无明"，即因为不了真如而产生无明；与此相对应，净法起是"以有真如法故能熏习无明"，其中的"有"应当是了真如，此点与《大乘入楞伽经》正智识别如如是一个意思，即正智识别如如。即是通过观察所谓的名与相都不是真实存在的，只是因为妄心展转分别而有所谓的名与相，如此观察到觉心生起，妄心熄灭，即是如如，即是了真如。此点与引文中"令妄心厌生死苦，乐求涅槃"，"自信己性，知心妄动，无前境界"，"久远熏习力，无明则灭"，无明灭则妄心与妄境界都灭，如此妄心与名相皆尽，"名得涅槃，成自然业"。如如其实是成就佛道的核心方法论，而了真如，

---

① （梁）真谛译，马鸣造《大乘起信论》，《大正藏》第 32 册，第 578 页上。
② （梁）真谛译，马鸣造《大乘起信论》，《大正藏》第 32 册，第 578 页中。

则是识别这个方法论的能力，即是唯识佛法之五法当中的正智。因此唯识佛法与《大乘起信论》在核心思想学说上是异曲同工。

结　语

综上所述，欧阳渐通过改变唯识学的顶层结构，即将五法中的相、名、分别、正智归为依他起性，将真如归为圆成实性；并且将相、名、真如，归为所缘，不通能缘，也就他将清净真如法束之高阁，不让其参与众生成佛的过程，从而使正智等与真如绝对对立起来。他改变唯识原有结构背后的价值判断是：众生成佛，只要消灭染污就可以，如同西方哲学中的去恶，但这个消灭染污，正智就可以，不需要从真如清净法次第传来，因为他将染净建立在正智与相、名、分别上，正智为净，相名分别染，而真如为本体。他在根本上改变了原典中唯识学的结构，但是更符合西方哲学中去恶得善的主流价值判断。19世纪60年代，日本开始了明治维新运动，实行脱亚入欧，全面西化。20世纪初的中国也展开了五四运动，高举"德先生赛先生"即民主与科学的大旗，西学东渐，逐渐成为时尚与主流。在这种大的时代背景下，西方哲学经典之善恶二分的价值标准，必然会被奉为圭臬①。

就《大乘起信论》而言，其核心点是有关成佛方法论，即如何成佛？是先渐后顿，还是直接顿悟成佛？有关成佛方法的问题，在《大乘起信论》出现的南北朝时期的后半期，逐渐成为关注的核心话题。《大乘起信论》立义分就是强调佛与众生之间就是迷与悟的差别，所以众生成佛，转迷成悟（顿悟）即好，无须渐修。与《大乘起信论》同一时代之"地论学派"的南北二道之争，也是围绕成佛的方法论而展开的，"地论学派"南道系强调"真修直显，无须渐修"，即顿悟成佛的方法，此与佛学以迷悟为核心价值标准一致；"地论学派"北道系则强调"先渐修，后真修"的先渐后顿的成佛方法，这是与西方传统哲学价值标准不谋而合。北宋初，天台宗山家山外之争，也是以成佛方法的问题为争论核心，山外强调"直显"，即"顿悟"；但是山外的"顿悟"是以哲学上的本体论为基础的强调心的绝对与万能，与佛学以转迷成悟为核心价值标准并不一致；山家强调"渐修"，强调观心，强调渐次，由量

---

① 林镇国：《起信论与现代东亚主体性哲学》，《汉语佛学评论》（第六辑），第3~5页。

变而质变，这也与西方二分价值标准相符的。20 世纪初有关《大乘起信论》的争论，特别是有关义理之争，其争论的核心实际上也是成佛方法论的问题，即是顿悟成佛，还是渐修成佛。然而，在当时西学盛行的背景下，佛与众生二分，众生渐修成佛的观点显然更符合西方哲学中善、恶绝然二分的主流价值判断标准，所以更容易得到理解和认同。由此，以支那内学院为代表的学者，极力否定《大乘起信论》的基础价值，认为只有唯识代表纯正的佛法。然而，欧阳渐悄然改变了原有的唯识结构体系，从而使之完全符合西方哲学善、恶绝然二分的结构体系。因为在当时西学逐渐成为新潮与主流的背景下，渐修成佛的方法因为符合西哲经典价值判断，所以被奉为圭臬。

佛教文学研究的经典范式*

——以陈允吉《佛教中国文学溯论稿》为中心

司　聘

【内容提要】 佛教文学作为古代文学领域中重要的研究方向之一，在近世以来成为学界较为重要的关注点与研究点，而对佛教文学研究的范式讨论也一直在推进。关注佛教文学中呈现的义理探讨，抑或是倾向于辞章研究与释典考据；在中国古典文学领域探讨佛教文学，抑或是结合中印交通，在中印文化比较的角度解析佛教文学。本文认为《佛教中国文学溯论稿》一书为佛教文学研究的经典范式，拟以此书为中心，探讨佛教文学研究旨趣与学术方法。

【关键词】 佛教文学　陈允吉　《佛教中国文学溯论稿》

【作　者】 司聘，文学博士，中央财经大学文化与传媒学院副教授，研究方向为宗教文学。

佛教对中国文学影响之深远，远非其他宗教所能相提并论。近世以来，有关佛教与中国文学的学术研究作为交叉学科的一个热点议题，著作、论述颇多；又因此领域涉及宗教义理、国别交通、文学体式与题材等不同向度及层面，以及由之而来的研究切入点差异性与连续性问题，在学术界引发了较为持久的讨论，产生了许多令人耳目一新的作品，21 世纪以来尤盛。[①] 在这些研究者中，陈允吉先生无疑是最为

---

* 本文系教育部人文社会科学重大课题招标项目"中国佛教文学通史"（项目号：12JZD008）的研究成果。

① 孙尚勇：《佛教经典诗学研究》，高等教育出版社，2013；孙昌武：《佛教文学十讲》，中华书局，2013；王丽娜：《汉译佛典偈颂研究》，商务印书馆，2016；陈引驰：《中古文学与佛教》，商务印书馆，2017；孙昌武：《佛教与中国文学》，中华书局，2019。

突出的代表之一，若说最能反映陈先生的研究旨趣与学术方法的成果，应属《唐音佛教辨思录》；而论及表述全面性、思想系统性，则当推 2020 年由上海古籍出版社出版的《佛教中国文学溯论稿》①。

陈先生在其上一部著作《唐音佛教辨思录》的跋文中，曾自述"兹书所辑，惟个案是咨，勄于辨思，系乎实证，无考勤量化之功，固乘兴随缘之作。直由切对专题，因应具体，适可假寓形以钩索，援常例而叩求"②。而此本《佛教中国文学溯论稿》可视为《唐音佛教辨思录》的续申汇刊，虽题名相异，但旨趣内涵气类相从，方法论一以贯之。《佛教中国文学溯论稿》一书脉络清晰，主体可分为六部分：佛偈与翻译、传说与变文、王维禅诗、佛教对中唐诗人的影响、佛教与俗文学，以及佛教艺术鉴赏等。文学与佛教之间的牵连与融入，在美学史与文学史上有悠久的传统。在经过研究方式、面向的转向之后，陈允吉先生的佛教文学研究不止限于文学中呈现的义理探讨，而是兼重考据、辞章；同时，陈先生也不仅局限于在古典文学的圈子中谈论中国文学，而是站在中印文化比较的角度，更多地关注文学本身。

一　对佛教文学概念的定位

佛教对中国文学的影响非历史中的偶发事件，而与其自创建之日起便深受印度文学滋养息息相关。换言之，佛教本身便有文学的积淀，尤其有诗歌的影子，"同南亚次大陆诗歌创作长久地保持着密切联系"③，因此，佛教呈现出宗教、文学双方面的性质特征便不足为奇。

然而如何界定佛教文学？这一基本问题在交叉学科的研究中未被清晰厘定，若无法对这一概念准确定义，便无法书写关于佛教文学的总体性认识。从前人研究成果来看，对佛教文学的定义差异较大，简言之，分属佛教本位视角及文学本位视角两大阵营。陈允吉先生较好地解决了这个议题：

首先，在《佛教中国文学溯论稿》中，既有自佛教本位视角出发的佛偈研究，也有比较文学视角考量下的翻译文体特征探究。从宗教学角度而言，佛典偈颂自然

---

① 陈允吉：《佛教中国文学溯论稿》，上海古籍出版社，2020。
② 陈允吉：《唐音佛教辨思录》，复旦大学出版社，2018，跋。
③ 陈允吉：《佛教中国文学溯论稿》，第 1 页。

不可算成纯粹的文学作品，但佛典中向来不乏诉诸情文描写的诗篇。换言之，佛教本身并不排斥文学手段，并频频借鉴美文与诗歌的手法，向受众（信徒）阐明形而上的法理。此外，佛教的本生类叙事亦可视为许多寓言故事的渊薮，"佛教的普及流通很大程度上依靠佛陀的神话故事"①。因此，佛典中对文学体裁与修饰技巧的袭用无疑是陈先生的关注点：佛偈体制虽用于宣教，却可被视为是"诗歌的变种"②；即使在《阿含经》等早期佛教经典中，也有不少取法民谣的短歌，进一步探究，则亦可发现其中有寓言体诗章的影子。而与原始佛教经典相比，流布中原的大乘佛经文学性明显增强，更加注重文字雕琢与文采铺排，以恢宏磅礴的文字构成万千气象。或描摹诸佛菩萨的仪容宝相，或推动情节叙事，无论是结构铺排还是辞章审美，大乘佛经的文本都显示出精心构建的文学脉络及要素。论及佛经翻译中体现的文学之美，历代方家无不将鸠摩罗什大师所译诸多经书奉为圭臬。鸠文因文学化与戏剧化，被研究者称为是"世界上最伟大的宗教戏剧之一"③，陈允吉先生从《妙法莲华经》等经典入手，探究其中譬喻说理。从宗教学角度审视《法华》，自是开演大乘教义，其对诸法实相、如性、实际、法界无差别等命题的探究，诠释佛法本怀；然而作为外来的经典，《法华》汉文译本内容在叙述缘起、文体形式与塑造艺术形象方面，都为文学研究提供了新的元素，且对中国本土文学的嬗变演进产生了直接影响。

其次，《佛教中国文学溯论稿》一书也从文学本位视角出发，不仅将中土文学所呈现的佛理、佛思纳入考察范围，还对中土文学体式演进中所受的佛教影响做考溯研究。七言佛偈在中土流布的过程中，在形式结构上对中古时期的七言诗起到了促进作用，使之更加趋于完善。诚然，佛偈与"诗缘情而绮靡"的传统文学观无法相互兼容，看似难以相互融合，然而佛偈却依旧在内容与形式双方给予中土诗歌养分。如以《华严经·贤首品》为代表的七言佛偈，最长处可达716句，颇为恢宏，足以将内容更好地呈现，以之为代表的一系列长偈因为佛教的流传而进入中土士人的视野，不仅在思想上"给我们诗坛以清新的一种哲理诗的空气"④，并且在形式及语言上对中土诗歌有间接地促进。其一，相比时人的诗歌，佛经中的七言诗体制结

---

① 〔英〕渥德尔：《印度佛教史》，王世安译，商务印书馆，1987，第220页。
② 陈允吉：《佛教中国文学溯论稿》，第17页。
③ 郑僧一：《观音——半个亚洲的信仰》，华宇出版社，1987，第247页。
④ 郑振铎：《插图本中国文学史》，人民文学出版社，1957，第189页。

构较为统一，不似魏晋时期文人七言诗的结构多样性，而更接近齐梁时期较为成熟的体式。其二，以特殊文辞、句格来修饰诗文是五言诗的风尚，而七言诗中大量运用对偶句式，有骈俪化的新倾向，则明显受到偈颂的浸染。其三，佛教偈颂因以宣教为主，所以注重语言的明白流畅，这种浅近、圆熟的俗唱风格为时人所喜，以至于从南北朝后期至初唐的两百年中，诸多名篇的语辞风格都有对偈颂沿袭的痕迹。

陈先生综合了佛教本位与文学本位的双重言说，一方面反观文学史自身脉络中由佛教带来的改变，另一方面则通过对佛教经典文本主题、叙事的归纳，进而挖掘出佛教文学所具有的多元性价值。这是佛教研究发展自身的转折，同时也可视为文学与佛教之间的研究向度转移。

二　见微知著——个案研究方法论的坚持

张炎于《词源》中曾论及抒写咏物题材之难，所谓"体认稍真，则拘而不畅；模写差远，则晦而不明"①。本体与喻体彼此为不同物事，虽有共性，而用言语阐述则不易；佛教与文学在文本载体的思想、内容、形式层面实有交叉，而论述时亦容易犯"拘而不畅""晦而不明"之疾。以唐人诗歌为例，王维在山水诗的题材创作上达到了空前的高度，其诗文尤富韫藉，内有深刻的佛理禅思，历来受到关注。然而如何钩沉其诗歌文本与佛教的关系，将之视为一个整体来研究，则是佛教文学研究领域颇为考察功力的议题。

总体观之，陈先生更倾向于做具体的个案研究，在著作中将一些具体议题仔细阐述，既不脱离诗歌文本，走向虚空的哲学语境，也不耽于文本，徒作寻章雕句之举。从一个小的切入点入手，虽不是宏大叙事，却依旧反映出宏大的文化意识与文化观照。② 如傅璇琮与赵昌平两位先生的评论所言，陈先生"更愿意在一个又一个具体问题的研究中，来同时对方法问题作思索，而并不急于构成什么理论体系"③。诚然，以陈先生之学力学养，若敷衍为一种由佛教影响的角度来全面探究古代诗文艺

---

①　（宋）张炎：《词源注》，夏承焘校注，人民文学出版社，1981，第20页。

②　李小荣：《陈允吉先生的佛教文学研究——以〈佛教与中国文学论稿〉为中心》，《武汉大学学报》（人文科学版）2010年第4期。

③　傅璇琮、赵昌平：《谈古代文学研究中的文化意识》，《文学评论》1989年第6期。

术的著作，并非难事，而其并不采用形式上的宏大叙事，而是从一个个具体细微的题材切入，融摄了佛教史、义理阐释、创作心理、艺术哲学及佛教交通，尽量从多角度揭橥佛教与中国古代文学的关系。

相较一些对诗歌佛教触涉深度较为有限的研究成果，陈先生超越了零敲零打的局面，在一定意义上突破了传统诗论观念的影响，对诗歌深层意趣蕴味作透彻的解释。传统研究方法乐衷对作品本然之意做铺陈张扬，甫一触及核心问题便戛然而止，因此往往流于浅尝辄止。依旧以王维禅诗为例，当今学人着眼其《辋川集》，主要探治《鹿柴》《木兰柴》《竹里馆》《辛夷坞》等较为脍炙人口的名篇，鲜少有人对《孟城坳》等其余篇目作具体分析，即使略有旁涉，也偏重诗文中体现出的具体可感的自然美，忽略其中蕴含的理旨与理趣。实际上，尚值壮年而仕途遭受挫折的王维在对世事无常的感悟中，融入了佛教"诸行无常"的法理，对其移居孟城口的实际经历托兴咏怀，将自己对宗教义理的阐释解读融入诗文中，达成情、理、景三者交融的效果。

陈先生认为，虽"无常""无我"是在释迦牟尼原始佛学体系便有的观念，但因讨论的是人的本体问题，所以较难在诗歌中加以直观的表现。唐之前的文人诗歌中，鲜能看到以直接可感的艺术形象来表述佛教理旨，而在王维的《孟城坳》却能从喻指意义介入，显然是受到了佛教说法手段或通俗佛理诗叙事技巧的影响。有了此般见地，就能更好体会王维的作品。首先，从《孟城坳》切入审视整部《辋川集》，20首五绝之间整合性强、谋篇布局独具匠心。开篇第一首诗，无疑起到统摄全篇的重要作用。其次，向上回溯整个魏晋南北朝诗坛，虽弥漫着"无常"的凄音，然而在融摄佛理方面较为生硬，表述倾向大致是情胜于理。总言之，早期中国古典诗歌虽有佛教的侵染，却因过于注重述情体物，着意于对外在情、景的描摹，而使得理性色彩减少，无法从义理出发，对其中的佛教哲学思维进行具足的开示。相反，创作于盛唐时期的《孟城坳》，因得时代的气象万千，兼之王维的妙手别裁，交替使用象征、移情及譬喻，得以在诗歌中将佛教义旨完整地表达出来。

又如《华子冈》，早期诗论家虽意识到其中的幽趣，称为"穷幽入玄"[①] 之作，而未能参详这首诗语言背后的形而上哲学理念。如果仅从表层文意上去探究，难免

---

① 张进、侯雅文、董就雄编《王维资料汇编》，中华书局，2014，第266页。

言说不清。王维山水诗歌往往将佛家谛义于山水题材，而非诉诸直接说理，《华子冈》亦带有此类征候，是王维引申佛家譬喻意义的产物，诗中"飞鸟去不穷"① 是对佛经"飞鸟喻"的演绎。看似是细枝末节的问题，诗歌只是借助佛经譬喻的色声形相而获得中土文学语境之外的趣味，然而通过对感性事物的相状描摹，契入悟境，亦可以彰显世界的真如。这种创作手法为后世中国山水题材诗歌内涵的深化提供了一种新思路，一方面陈述作者寓目所及的真实所见，一方面与佛经譬喻所设的喻体感触相通，将佛理与山水诗歌中的艺术形象贯通融会；佛理部分在诗歌中不再仅仅起到铺陈与营造氛围的作用，而是真正深入诗歌文本之中，在山水自然美的塑造中加入宗教哲学思想的象征义。

这种见微知著的研究方式让陈先生此书呈现出独特的风貌。佛学思想体系精深博大，不可能在一篇诗歌中悉数展现。微小的诗篇是其渊源所在，通过对具体诗歌的解读，如王维《鹿柴》诗与大乘中道观、韩愈《南山诗》的密宗"曼荼罗画"元素、李贺《许公子郑姬歌》与变文讲唱等，梳理阐述诗歌小说文本中大乘中道观的思辨形式如何赋物造形、分析譬喻手段的使用等具体方式，把握不同层面上的旨趣。陈先生未将所掌握的材料书写成佛教文化史类的通史类作品，相较学术界流行的宏大叙事，陈先生倾向于将佛教视为影响文学发生发展的一种介质，见微知巨，将佛教与文学题材、哲学文化内涵紧密相连。

三　雅文学与俗文学并重

唐代文学研究者多着眼于抒情文学，这一点在佛教文学的研究中亦是如此，而事实上，佛教对中国文学的俗雅两向度都有较大影响。陈先生对俗文学领域较为关注，其在评论罗宗强《隋唐五代文学思想史》时，虽甚多褒美之词，却也明确指出还应当多关注"唐代的传奇、变文、叙事诗、寓言和戏剧等"②，盖因这些文学载体可承担较为复杂的叙事，其中挪借、附会本生故事等佛教叙事内容的情节时有所见。

《佛教中国文学溯论稿》一书收入陈先生三篇俗文学研究作品，其中以《关于王

---

① （唐）王维撰《王维集校注》，陈铁民校注，中华书局，1997，第 415 页。
② 陈允吉：《中国古代文学理论批评研究中的新收获》，《中国社会科学》1987 年第 2 期。

梵志传说的探源与分析》为代表：王梵志传说有俗文学故事的共通点，20 世纪五六十年代，域外敦煌研究界便有部分研究者关注到其故事来源问题，代表人物为日本汉学家入矢义高与法国汉学家戴密微，他们通过对《桂苑丛谈》与《太平广记》所转录的"史遗"传说，认定王梵志故事属于"伊尹生于空桑"类的华夏神话类叙述。80 年代，台湾学者傅锡壬在论文中将王梵志与桃太郎的"果生"传说联系在一起，试图从新角度考察此则故事的成因。然而这只能算是平行比较研究，非梳理故事系统传承与演变的源流。陈先生在论述王梵志传说故事原型时，关注具体文化环境，认为佛教对王梵志故事的生发起到推动性作用，王诗"不守经典，皆陈俗语"与人们持诵佛经有显著联系。佛典中蕴含丰富的印度文化圈神话及民间故事，译经僧将之译成汉语，从而也使得这些域外物语在中华大地传播普及，继而成为促进我国传统文学叙事的一种活跃因素。王梵志故事中有明显的"菩萨示化"情节，可视为参照、模拟后汉安世高所译佛经《佛说㮈女祇域因缘经》及《佛说奈女耆婆经》中的天竺物语，即树瘿产子——佛经中的叙事采用铺垫、烘托手法，脉络较为清晰，结构较《史遗》中的王梵志传说明显更为完整。

奈女耆婆类叙事与王梵志故事结合虽为个例，但此类跨民族文学的碰撞交感在历史过程中绝非罕见，而前辈学人或囿于域外文献搜集渠道较窄，或囿于对宗教题材领域的陌生，未能将此类故事与佛经在中原的广泛流传联系起来。而事实上，域外物语通过佛经进入中土，顺应人们的精神需求，牵引出不同的新鲜神话传说。这些新传说蒙受佛经的熏习，从其奇特的思想方式中得到启发，借用、挪移佛经故事的叙事元素或部分章节来撰写自己的故事。

相较前人研习者偏重从王梵志故事来考证其个人身世与经历，陈先生不认为此类叙事具有考据学意义及价值。俗文学范畴的材料，对同一件事情的记载内容彼此冲突实属屡见不鲜，不能以传统的材料真伪对待，更不能完全用传统考据学的眼光去衡量和审视。民间意识的简率天真呈现在文本中，即使略显幼拙。文学研究不应再耽于本事类的史料迷思中，俗文学在历史与民族认知中获得的情感、知识同样值得研究，突破本事考据类书写的褊狭，同样可以释放出文学书写参与历史的能量。①

整书通篇看来，陈先生文字优美、用词考究，非一般学术论文文从字顺可及。其

---

① 刘大先：《从时间拯救历史——文学记忆的多样性与道德超越》，《扬子江评论》2014 年第 3 期。

辞章之华美、行文之情感充裕，与所论述的唐代诗文艺术相得益彰。如《李贺——诗歌天才与病态畸零儿的结合》一文，"北方的秋意已浓，灰白色的晓雾弥漫在山间，露水沾湿了低矮的蔓草，路旁的莎草好像一簇簇利箭展示着干瘦的姿态，深藏在灌木丛中的秋虫在发出嘶哑的哀鸣，一股冷森的寒气透过衣裳浸入他的病骨，好像一切都面临着行将衰谢的厄运。而诗人自己，也在彷徨和困惑之中逐渐接近他人生旅程的终点"①。再如《敦煌壁画飞天及其审美意识之历史变迁》，"然而他们终究缺少些轻灵和洒脱，看上去总不免有一种身躯沉重的感觉。倘若与唐代全盛时期那些流动美妙的飞天相比较，即殊不能望其项背。艺术美的失落未尝不是痛苦的，倩丽动人的形象只记录着令人怀恋的过去，那股灵动回旋的活力也永远召不回来了"②。如是种种，无不显示出作者卓越的文辞与笔力。另，《佛教中国文学溯论稿》一书收入十篇书序，皆用骈文写就，更显陈允吉先生的辞采华茂与扎实旧学功底。

通篇观之，此书乃陈先生学术史中集大成的研究佳作。佛教文学领域虽经历过赏析热及美学热等重视宗教文学艺术的研究热潮，但研究界重资料考据、轻文本辞章的倾向依旧存在。本书所呈现出的范式，无疑为佛教文学研究在拓宽视野、转换角度方面提供了可供参考的案例。

---

① 陈允吉：《佛教中国文学溯论稿》，第 268 页。
② 陈允吉：《佛教中国文学溯论稿》，第 345 页。

原始佛教时期传戒法制定的脉络、特质与意义[*]

刘晓玉

刘晓玉

【内容提要】 印度原始佛教时期的传戒法，经历了从"佛无师得戒"的唯一性到"五比丘见谛得戒"等得戒的特殊性，再到"善来比丘"等得戒的普遍性，最终发展为"白四羯磨"的固定性，这一演变历程体现了原始佛教时期"随缘""为和""依变""固信"的制戒特质，从而在宗教层面、世俗层面、伦理层面以及制度层面具有重大意义。

【关键词】 原始佛教 传戒法 受具足戒 制戒精神

【作 者】 刘晓玉，哲学博士，中共河南省委党校哲学教研部副教授，主要从事宗教学理论与佛教戒律制度相关问题研究。

一 原始佛教时期传戒法制定的主要脉络

印度原始佛教时期的传戒法，经历了从"佛无师得戒"的唯一性到"五比丘见谛得戒""自誓得戒""问答得戒""八敬法""遣使得戒"的特殊性，再到"善来比丘""三归得戒"的普遍性，最终发展为"白四羯磨"的固定性。总体来说，经历了从简易到复杂，从个体到群体，从男性独有到男女共遵，从注重佛理证悟得戒

---

* 本文系作者主持的 2015 年度国家社科基金项目"中国佛教传戒制度研究"（项目号：15CZJ005）的部分内容，2021 年度河南省社科规划项目"推进我国宗教中国化的内在逻辑与实践路径研究"（项目号：2021BZZ014）的阶段性成果。

到注重仪制戒律遵从得戒的发展过程。

从根本义上讲，佛教传戒法的源头是"佛无师得戒"法，此法只佛陀一人独有，得戒的意义在于宗教圆满修证觉悟的体现。从现实义上讲，佛教传戒法的源头是"五比丘见谛得戒"法，尽管得戒的关键依然是证道觉悟，但是得戒的方式已经有了授受的形式，得戒的意义是使佛教从个体修证实现向僧团发展的转变。从传戒的历史脉络看，佛教创立后的僧团发展初期，传戒法相对简单，戒体的获得更多的是强调对教主佛陀的归信与对佛陀言教的认可。此时的受戒者，体现着先证道再修证的修行理路，戒体圆满无漏本依证道而得。随着佛教的发展、僧团队伍的壮大，在立教、传教、保教、存教的动机引领下，由于传戒法的授受对象越来越普通化，授戒在授受条件的要求、授受形式的表现上也越来越严格、繁复，对于此时的受戒者，也主要体现着先修证再证道的修行理路，戒体的获得重在修证而不在授受。其发展脉络如下图所示：

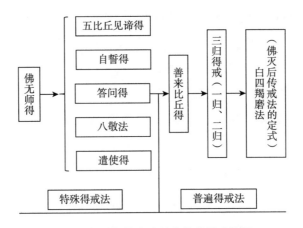

原始佛教时期传戒法制定的发展脉络图

二　原始佛教时期传戒法制定的主要特质

（一）随"缘"而制

原始佛教时期各类传戒法应"缘"而行的施行特点，是整个"佛陀制戒，因事缘而制"这一根本特质的集中体现。依前论梳理可知，佛陀时代早期的传戒法以"善来比丘"受具为主，但同时出现的"见谛得戒""自誓得戒""答问得戒""八敬法""遣使得戒"等法，均是应机应人应时应地而行，既没有固定统一的仪制形式，更没有复制延续的再例。到了佛陀时代的中后期，逐渐形成了较为普遍应用的"一归、二归、三归得戒法"。这些传戒法虽然授受简易，但已有相对固定的仪制形式。随着僧团的发展，出现了妨碍佛教僧团立世发展的种种事缘，原有的适应于特殊根器的，或是仪制相对简易的传戒法在拣择信众、规范僧团方面已有局限，于是佛陀便以创教者的身份对原有诸种传戒法进行扬弃改革，由此而来，仪制内容更加繁复，对受具者要求更高的传戒法——"白四羯磨"法出现了。作为后世共遵的定式，"白四羯磨"并非一开始就仪制完备，内容周密，前后环节不可更改。依前论梳理可知，从设定羯磨法，到结界设坛的规定，以及对欲受戒者进行资格审察遮止内容的限定，再到依止和尚法、阿阇梨法、弟子法的种种规范，每一个环节的制定都是起自于具体事缘的后续遮止，而非先行的预设规定。总之，统一传戒法的制定因之于僧团"种种不如法"的事缘而起，种种事缘虽各各有差，但"根本事缘"则是是否出现了阻碍僧团事件的发生，因此因缘而制的传戒法在根本义上更为了"利益"僧团而制。

（二）为"和"而制

从根本义来看，制戒而起之"事缘"核心在于佛教作为立世宗教团体发展之"事缘"，因此能否纯洁僧团队伍，利益僧团发展是佛陀制定统一传戒法的根本动机。依律典记载，佛陀创立僧团的中期，为了进一步扩大僧团队伍，广行度众，便听允弟子也依"善来比丘"法度众，"善来比丘"即从佛陀一人独用变成了比丘共用之法。当"诸比丘亦学如来唤'善来比丘'，度人出家"① 时，僧团队伍虽然进一步扩大，但僧团成员却品类混杂，出现的种种不如法行为被世人所讥嫌。面对这种情况，僧团中拥有较高身份地位且极具忧患意识的尊者舍利弗向佛陀提出他对这个问题的反思："世尊，我向静虑处作是思惟：'俱名善来，何故世尊所度皆悉如法；诸比丘所度皆不如法？云何令诸比丘度人善受具足，皆悉如法，共一戒、一竟、一住、一食、一学、一说'。"②

由此可见，在尊者舍利弗看来，解决僧团中种种不如法行为的关键在于依统一的传戒法，以共住、共食、共学、共说的方式才能实现，才能规范整肃僧团。对此认识，佛陀回复道："如来所度阿若侨陈如等五人，善来出家，善受具足，共一戒、

---

① （东晋）佛陀跋陀罗共法显译《摩诃僧祇律》第23卷，《大正藏》第22册，第412页中。
② （东晋）佛陀跋陀罗共法显译《摩诃僧祇律》第23卷，《大正藏》第22册，第412页下。

一竟、一住、一食、一学、一说，次度满慈子等三十人，次度波罗奈城善胜子，次
度优楼频螺迦叶五百人，次度那提迦叶三百人，次度伽耶迦叶二百人，次度优波斯
那等二百五十人，次度汝、大目连各二百五十人，次度摩诃迦叶、阐陀、迦留陀夷、
优波离，次度释种子五百人，次度跋度帝五百人，次度群贼五百人，次度长者子善
来。如是等如来所度善来比丘，出家善受具足，共一戒、一竟、一住、一食、一学、
一说。"① 可见佛陀认为自己依"善来比丘"法所度的一切僧众都是完满受具者，均
体现着统一传戒法、共住、共食、共学、共说的一致性，这种认识无疑是佛陀在僧
团中独一至上性的体现。同时他也指出，弟子度众，也可使出家者圆满受具，这个
条件就是"十众和合、一白三羯磨无遮法，是名善受具足"②。

（三）依"变"而制

原始佛教时期佛陀随缘而制戒的一个集中体现就是传戒法的可变通性与灵活性，
即具有依"变"而制的特质。这种变通性在比丘尼戒法上表现为对女性欲出家者
"遣使得戒"的听允；在"十众受具"的仪制上表现为对边地"五众"受具的听允。
比丘尼"遣使得戒"的传戒法，其根本精神在于对女性修行者的保护，为女性修行
者创造出家的便利条件，在一定程度上扩大了女性修行者在僧团中的影响力。这种
传戒法的变通，根本前提在于求戒者强烈而端正的修行意愿，所以在形式上可以不
拘泥于受具者是否在僧众中依羯磨法受具。对"十众受具"仪制的变通即"边地五
众受具"，依《摩诃僧祇律》记载，佛陀的弟子富楼那在输那边国传法，当他看到若
依中地"十众受具"的传戒条件无法在当地传戒时，于是向佛陀提出了五条变更之
法：即"从今日后听输那边国五愿。何等五？一者输那边地净洁自喜，听日日澡洗，
此间半月。二者输那边地多礓石土块及诸刺木，听着两重革屣，此间一重。三者输
那边地少诸敷具、多诸皮韦，听彼皮韦作敷具，此间不听。四者输那边地少衣物、
多死人衣，听彼着死人衣，此间亦听。五者输那边地少于比丘，听彼五众受具足，
此间十众自受具足，善来受具足，十众白三羯磨受具足。输那边地五众白三羯磨受
具足，是名四种受具足"③。由此可见，边地是佛教影响力没有辐射到的地方，是相
对于佛法传播隆盛之"中地"的偏僻之地，因此人、力、物的自然条件很难达到

① （东晋）佛陀跋陀罗共法显译《摩诃僧祇律》第 23 卷，《大正藏》第 22 册，第 413 页上。
② （东晋）佛陀跋陀罗共法显译《摩诃僧祇律》第 23 卷，《大正藏》第 22 册，第 413 页上。
③ （东晋）佛陀跋陀罗共法显译《摩诃僧祇律》第 23 卷，《大正藏》第 22 册，第 416 页上。

"十众受具"的要求。如果在边地坚执十众受具法，必然不利于欲信者归信，更无益于佛教在边地影响力的输出。因此适时、灵活地变更传戒法，当是促进佛教僧团发展的有力保障。

（四）固"信"而制

通过灵活变通的方式扩大僧团队伍，是扩大佛教影响力的保障，能否持续保证不断扩大的僧团队伍的信解持守，是维系与巩固僧团队伍纯洁度的要义，因此传戒法的制定，以及相关程序的补充遮止，就体现了固"信"而制的制戒特质。对僧团队伍纯洁信仰的保证，首先是对欲受具者能否接受受具条件的审查，即"若堪忍直信善男子，与受具足；不堪忍者，不应与受"，堪忍各项法则是保证信仰的基本前提，对佛教出家者而言堪忍的一个重要内容就是四依法。通过律典的梳理，四依法在施行过程中，在白四羯磨法中的前后次序有所变更，这种改变即体现了因"信"而制的制戒特质。① 当有信仰不纯洁者依白四羯磨法受了具足戒，但却不能坚守四依法，佛陀便要求"从今日后不得先受具足后授四依，当先授四依，能堪忍者与受具足。若言：'不堪。'不应与受具足。若先授具足，后授四依者，得名受具足，一切僧得越比尼罪"②。尽管"白四羯磨"法前期对欲受具者有着严格的审查程序，一旦有信仰不纯洁者加入，就必须有保证能入和能出的强力措施。这种措施的后续补救法就是灭摈，即所谓"贼心入道者，于我法中无所长益，不应与出家受具足戒；若出家受具足戒应灭摈"③。灭摈制度是对信仰不纯洁剔除的后续保障法，以此保证僧团队伍的纯洁。

综上，随"缘"而制是原始佛教时期传戒法制定的基本表现，利益僧团发展是传戒法制定的根本动机，灵活变通地制定传戒法是随"缘"而制的主要体现，而保

---

① 《五分律》对这个改变有所记述："有一外道摩纳，薄福乞食不能得，作是念：'沙门释子乞食易得，病瘦医药人所乐与。我今宁可就彼出家受具足戒！'念已，便到僧坊，白诸比丘言：'与我出家授具足戒。'诸比丘即与授具足戒。薄福故，遇僧次请食断，诸比丘语言：'汝可着衣持钵乞食！'答言：'大德！我畏乞食故，于佛法中出家；而今云何教我乞食？'诸长老比丘呵责：'云何度不能乞食人？'以是白佛，佛言：'不应度此人，度者突吉罗。若度人时，应先问：'汝为何等出家？'若言为饮食故，不应度；若言为求善法，厌生老病死、忧悲苦恼者，此应度。若授具足戒时，应先为说四依：'依粪扫衣、依乞食、依树下坐、依残弃药，能尽寿依此四事不？'若言能，应为授；若言不能，不应为授。"详见（南朝宋）佛陀什共竺道生译《弥沙塞部和醯五分律》第16卷，《大正藏》第22册，第112页中至下。

② （东晋）佛陀跋陀罗共法显译《摩诃僧祇律》第23卷，《大正藏》第22册，第413页下。

③ （后秦）佛陀耶舍共竺佛念译《四分律》第34卷，《大正藏》第22册，第812页上。

障信解持守的制戒法则，则是巩固和维系僧团队伍纯洁的根本保障。因此，既壮大僧团队伍，扩大佛教影响力，又维护僧团立世形象，保证僧团队伍的纯洁是原始佛教时期佛陀制定传戒法的根本动因，而种种遮止戒条的制定是解决两者之间矛盾张力的根源所在。从这一意义上看，具足戒法始终都是在解决这一问题。

三 原始佛教时期传戒法制定的意义反思

（一）宗教层面

宗教层面，传戒法的制定是佛教僧团上下"圣"别于"凡"的神圣性保障。这种神圣性首先体现在对佛陀作为创教者神圣地位的确立。在原始佛教时期诸种传戒法中，唯佛陀以"无师得戒"，无师即自以为师，自立、自觉、自度的自我救赎、自我实现，使其具有了不为他者质疑的，教化、导引、度众的崇高资格，巩固并强化了佛陀作为创教者在所创僧团中的至高无上、不可复制的神圣地位。就原始佛教时期而言，传戒法的制定巩固了创教者的神圣地位，而传戒法的制定权、变更权、合法性的解释权、赋予权属且只属于创教者，只有创教者才具有这种权力与能力，因此创教者神圣性的保障与传戒法的制定是两相互动、彼此成就的关系。

如果说对宗教创教者而言，传戒法的确立是在本教僧团内部确立神圣性，那么除教主以外的其他僧团成员一旦认可并加入了这个团体，他们同样也需要有"入圣"以别于"凡俗"的程序、体现与表征。在印度原始佛教时期，在诸种修行团体林立的环境下，这种区别法第一位的就是受戒，受具足戒。依律典解释，具足戒被视为大戒、近圆戒，这个"大"与"圆"是相对于在家修行者所受优婆塞、优婆夷的居士戒而言，是导向解脱最重要、最根本、最圆满的戒法。宗教修行团体只有制定了如此这般圆满无漏的、大不是小的受戒法，才能赋予出家僧团有别于甚至高于在家修行者以及其他宗教修行者的优越性与吸引力，才能保证自身教团的有序发展与壮大。随着僧团队伍的壮大，受戒的环境条件、授受要求、授受形式愈发繁复，种种对欲受具者授受条件的拣择强化使得进入佛教僧团的门槛变高，作为群体组织的进入门槛越高，其超然地位就愈发突显出来。

原始佛教时期，当仪制成熟的"白四羯磨"法确立后，它成为入教者加入僧团的首要仪制，可以说是佛教修行者实现由凡入圣的第一个修行阶梯，更是无限接近创教者、接近佛陀言教的中转媒介。正如日本宗教学者竹中信常所述的宗教仪制对人获取神圣性地位的重要作用在于：

> 宗教礼仪应该是使人接近神，形成一条沟通由神到人的道路。这也就是说，宗教必须有促进人转化为神的作用。同时，神要对人作出应答（基督教称为启示，净土宗表两类适应往相回向的还相作用）。比如做祈祷，单是来自人的一方的祈祷，不能叫作真正的祈祷，在祈祷中应该听到神的声音，知晓神意。从这个意义上说，宗教礼仪应该是一种接受神的启示和佛的慈悲的方式，是一种聆听的方式。①

宗教仪制是人神沟通的媒介，是凡趋向于圣的道路，所以作为原始佛教后期佛陀定制的仪制成熟完备的传戒法——"白四羯磨"法，其受具的核心环节是欲受具者在僧团中的三白乞戒，出家非是强迫，戒也不是强予，"乞"是低者向高者的乞求赐予，"乞"既展现了欲加入者的虔诚与迫切，又体现了僧团中的地位之差。这里的差别，非是世俗年龄造成的客观差别，而是修行证悟境界的高低，是入道先后的高低，诚如律典中对"上座"的解读，所谓"见谛得戒，五人中侨陈如为上座，以先见谛故；善来中宝称为上座，以先来故。如是善来比丘次第为上座。三语、三归亦以先至为上座"②。以先受具者为先、为上，正是受具的仪制赋予和排定了僧伽队伍的位次身份，正是因为有了受具的仪制，才使修行者完成身份转换，有了由凡入圣的可能性。

综上，在原始佛教时期，不论是对创教者特殊受戒方式的突显，以及对加入僧团的欲受具者在形式上不断完备、统一的受具法的确立，都是通过传戒法的仪制形式强化与巩固了佛教、佛教创教者、佛教僧伽的宗教神圣性。

（二）世俗层面

世俗层面，传戒法的制定保障了佛教作为宗教团体立身于世的现实资源。所谓"没有天上飞的宗教，只有地上跑的宗教"，即使是在古代印度这样有着深厚沙门文化传统的国度，宗教修行团体亦不离俗。从佛教创教的历史源流看，作为创教者的佛陀以其舍苦乐两边的证道经历宣告了佛教有别于"苦修外道"的立世特质，出世

---

① 〔日〕竹中信常：《宗教学序论》，山喜房佛书林，1978，第157～158页。
② 佚名：《萨婆多毗尼毗婆沙》第2卷，《大正藏》第23册，第511页下。

又不离于世，于世中求出世的修行指向自佛教创教之初就已发端确立。对于出家修行者而言，一旦依"白四羯磨"法依法受具，即成为僧团共修中的正式成员，正式成员又可以从僧团共修中获取怎样的现实依凭呢？《摩诃僧祇律》的一段记载真实且生动地回答了这个问题。曾经有一个年少婆罗门向比丘求受具足戒，依白四羯磨法授戒完成后，比丘依制向他宣说受持四依法，他却坚定回答不能受持，当众比丘问他既然不能受持为什么还要出家时，他如此回答道：

> 我见沙门释子着好细轻衣，我贪着此衣，是故出家；我见沙门释子食白粳米饭，种种饼肉饮食，我贪此好食，是故出家；我见沙门释子坐大房舍重楼阁舍，我贪住此舍，是故出家；我见沙门释子服酥油石蜜及余种种药，我贪服此药，是故出家。①

饮食、医药、卧具的现实利养只有出家受戒加入僧团才有资格获取，按照佛教规定的四依法是依"粪扫衣、乞残食、树少坐、陈弃药"。这样的规定内容应当只是满足基本修行生活的最低保障，但是依这位外道少年的说法，可知在原始佛教时期，在诸多修行团体并存竞争的环境下，佛教僧团所获利养并不差。尽管诸位比丘听了外道少年的回答后，说道"何有一切比丘出家皆得此好衣、何有一切比丘出家皆得此好食、何有一切出家比丘皆得此好舍、何有一切出家比丘皆得此好药"②，纵然不是所有佛教出家比丘都可获得如外道少年所看到的优厚利养，但至少在法理层面，佛教僧团是不拒绝丰厚利养的。③ 正如佐藤达玄在《律藏に现れた僧伽の财物所有に

---

① （东晋）佛陀跋陀罗共法显译《摩诃僧祇律》第 23 卷，《大正藏》第 22 册，第 414 页中。
② （东晋）佛陀跋陀罗共法显译《摩诃僧祇律》第 23 卷，《大正藏》第 22 册，第 414 页中。
③ 原始佛教时期，真实的四依条件如何，律典对此有详述记述："何等四依？依粪扫衣，比丘出家受具足成比丘法。若更得白麻衣、赤麻衣、褐衣、侨施耶衣、翅夷罗衣、钦跋罗衣、劫贝衣，如是等余清净衣，是一切盈长得。依乞食，比丘出家受具足，成比丘法。若更得为作食、月生食，月八日、二十三日、十四日、二十九日、十五日、三十日、月一日、十六日众僧食、别房食、请食，若僧若私，如是等余清净食，是一切盈长得。依树下止，比丘出家受具足，成比丘法。若更得温室讲堂殿楼、一重舍、阁屋、平覆屋、地窟、山窟、湮头勒迦卧具、漫头勒迦卧具、禅头勒迦卧具，下至草敷叶敷，如是等余清净房舍卧具，是一切盈长得。依陈弃药，比丘出家受具足，成比丘法。若更得四种含消药：酥、油、蜜、石蜜；四种净脂：熊脂、驴脂、猪脂、鱣脂；五种根药：舍利、姜、赤附子、波提鞞沙、昌蒲根；五种果药：诃梨勒、鞞醯勒、阿摩勒、胡椒、荜茇罗；五种盐：黑盐、白盐、紫盐、赤盐、卤土盐；五种汤：根汤、茎汤、叶汤、花汤、果汤；五种树胶药：兴渠、萨阇罗萨谛、披谛、披提谛、披婆那，如是等余清净药，是一切盈长得。"详见（后秦）弗若多罗共罗什译《十诵律》第 21 卷，《大正藏》第 23 册，第 156 ~ 157 页下。

ついて》一文中的见解："在佛陀教团日渐壮大后，印度出现一些因工商业而发达的新城，佛教一方面对内坚持'三衣一钵'的头陀苦行，对外则向这些富裕新城的平民信徒宣扬并建立布施道德观。"①

受具足戒的世俗意义不仅体现在"四依"的获得，也体现在和尚与弟子的师徒关系中，"十众受具"中三师七证的和尚、阿阇梨师法的确立，不仅仅是神圣意义的强调，也是通过受戒的仪制，建立和巩固如世俗社会般父与子的关系纽带，父与子间当然有现实的利养义务，正所谓：

> 和尚共行弟子，若病应看、欲死应救，若病应与随病饮食、随病药、随病供给。若弟子无财，和尚应给。若和尚无，从他索与。若少知识索不能得，乞食得好食应与。若和尚病，弟子亦尔。阿阇梨看近住弟子，近住弟子看阿阇梨亦如是。从今诸有和尚阿阇梨，看共住弟子、近住弟子，养畜如儿想。共住弟子、近住弟子，看和尚阿阇梨如父想。汝等如是展转相依住，于我法中增长善法。②

综上，通过传戒在僧团中建立的师徒关系，依从"四依法"，已不仅仅是慧命、法命的获取与传续，更是现实生存修行的利养保障。如果说在宗教层面，传受具足戒法的制定是在神圣层面强化佛教僧团圣别于俗，那么在世俗层面，传受具足戒法的制定就是在现实层面回应圣立于俗。因此，在传统佛教"戒、定、慧"三学的修学体系中，由戒律持守而生定，由定而发慧，由慧解达至终极解脱的根本在于持戒，而持戒以"戒体"的授受与护持为前提。对于佛教而言，作为于世中达至出世的修行团体，持戒与护戒已不仅仅是获得终极解脱的正道，同时也是于世中获取名闻、利养的保障，正所谓"明人能护戒，能得三种乐，名誉及利养，死得生天上"③。

（三）伦理层面

伦理层面，传戒法的制定提供和规范了僧团共住和合的基本准则与行为秩序。根据佛陀制戒十句义，"一摄取于僧；二令僧欢喜；三令僧安乐；四令未信者信；五

---

① 〔日〕佐藤达玄：《律藏に现れた僧伽の财物所有について》，《印度学佛教学研究》，1956，第110页。

② （后秦）弗若多罗共罗什译《十诵律》第21卷，《大正藏》第23册，第148页中。

③ （唐）怀素集《四分律比丘戒本》，《大正藏》第22册，第1022页下。

已信者令增长；六难调者令调顺；七惭愧者得安乐；八断现在有漏；九断未来有漏；十正法得久住"①，首要三条即指向僧团关系，中间六条指向个人修持，最后指向制戒对于佛教发展的重大意义——令"正法久住"。可见制戒的功用与目标在于通过戒律规范僧众行为，保证僧伽共住欢喜和乐，在和乐共修的氛围下，才可于修持者导向正道，于佛法利于住世长久。因此住世长久是佛教作为立世宗教的终极目标，住世的体现则是世有按照佛陀言教欢喜奉持的修行者，而实现这些需要一个基本前提——僧团共住的和合有序。

原始佛教时期，在佛陀创教的初期，佛教作为群体性宗教团体，其规模相对较小，在集中统一的修行目标指引下，可以自发实现僧众行为的整合与协调，彼此间的关系易于达到融洽和乐。随着佛教的发展，僧团队伍的加入者从最初"证道得戒"者为主变成"求戒修道"的修行者为主，彼此修证、见地有差，教授与指导的相互关系就需要进一步确立与规范，随着佛教传播地从一地变成多地，从中土发展到边地，不同的地域、风俗、习惯，心理认知差别也会影响僧团共住共修，能否适时适宜地整合协调差别直接决定了佛教于世的发展力与吸引力。因此在原始佛教发展的中晚期，内容更为成熟、仪制更加完备的"白四羯磨"传戒法应此时谊而出，对于即将成为僧团一员的出家修行者而言，传戒受具就是在自己即将加入的"第一环节"就僧团关系方面进行教育与规制。因此从关系伦理视角，传戒的根本要义对内在于处理僧团关系，对外在于处理佛教与世的关系，即僧团和合与避世讥嫌。

萨婆多部的律论《萨婆多毗尼毗婆沙》记载佛陀虽然"无师得戒"，在僧团中具有至高无上的神圣地位，但却不为他人作和尚和阿阇梨，分析其阐释的理由，其根本立足点就是"僧团和合与避世讥嫌"两点：

> 问曰："佛何以不为人作和上、阿耆利？"答曰："为平等故。佛等心一切令尽，事以无偏，不与彼作和上、不与此作和上。又止斗诤故。若作和上、阿耆利则有亲有疏，既有亲疏、则有斗诤。又为止诽谤故，若作和上，外道当言：'沙门瞿昙自言慈等一切，与一作和上、不与一作和上，与凡人无异。'又为成三归故，若佛作和上则堕僧数。如受具戒，三师七僧十众受戒，若作和上则入

---

① （后秦）佛陀耶舍共竺佛念译《四分律》第1卷，《大正藏》第22册，第570页下。

十众，若入十众即堕僧数，无有佛宝。若无佛宝，不成三归。又为成四不坏净故，若作和上则无佛不坏净。又为成六念故，若作和上则无念佛。"①

佛陀制和尚法的原始动机是通过"法"的强约束力在僧团中明确与巩固师徒间如父与子的伦理关系，父子关系无疑是亲密的强伦理关系，会有亲疏远近。佛陀在僧团中作为至高无上的神圣存在，不能有亲近于谁的表现，更不能做如父待子的具体事宜，如果如此，既会破坏佛陀在僧团中的神圣地位，更会影响僧团成员的和合关系。因此，佛陀制定和尚法又不担任和尚、阿阇梨都意在建立和巩固僧团和乐的伦理秩序。

传戒法虽确立了僧团共住共修的组织秩序与伦理关系，但是制戒的内涵精义则不仅仅是导向解脱的理性规范，相反，佛陀制戒的精神更多体现着基于人伦的人性关怀。正如《四分律》关于和尚不能呵责弟子的情况记载：

> 世尊既听呵责弟子，彼尽形寿呵责，佛言："不应尽形寿呵责。"彼竟安居呵责，佛言："不应尔。"彼呵责病者，和尚阿阇梨不看，余比丘亦不看，病者困笃，佛言："不得呵责病者。"彼不在前呵责，余比丘语言："汝已被呵责。"彼言："我不被呵责。"佛言："不应不现前呵责。"彼不与出过而呵责，时诸弟子言："我犯何过而见呵责耶？"佛言："不应不出其过而呵责。"当出其过言："汝犯如是如是罪！"彼既被呵责已便供给作使，佛言："不应尔。"彼与作呵责已，便受供给作使，佛言："不应尔。"彼被呵责已故依止，佛言："不应尔。"彼与作呵责已与依止，佛言："不应尔。"彼被呵责已不忏悔，和尚阿阇梨便去，佛言："不应尔。"彼被呵责已，便于余比丘边住，不与和尚阿阇梨执事，亦复不与余比丘执事，佛言："不应尔。"彼被呵责已，无人为将顺、或远行、或休道、或不乐佛法。②

和尚对弟子呵责与不呵责情况的尺度把握，反映了佛教僧团作为强大组织存在

---

①　佚名：《萨婆多毗尼毗婆沙》第 2 卷，《大正藏》第 23 册，第 511 页中至 512 页上。
②　（后秦）佛陀耶舍共竺佛念译《四分律》第 34 卷，《大正藏》第 22 册，第 804 页中。

时，群体伦理精神对个体行为的规范。这种规范既要保证个体行为始终在集体规范下保持集中与统一，又要保证在个体行为出现偏离时不至于完全脱离，致使群体组织力、和谐力破坏。因此，原始佛教时期，佛陀制定传戒法就是在伦理层面保证僧团群体关系的和谐、团结，以此强化佛教作为立世宗教僧团对信众的吸引力与凝聚力。

（四）制度层面

制度层面，传戒法的制定为佛教制度的建立完善提供了理论和实践的逻辑前提。诚如诸部广律每部都以"受戒法"为第一犍度，正是因为有了受戒法的前提基础才使僧团共住的"说戒犍度""安居犍度""自恣犍度""布萨犍度"等诸佛制建设成为可能并具有现实意义。如果说"制度化"的意义在于超越随意性，明确普适性，强调统一性，保证持续性，那么原始佛教时期的传戒法从应机而行发展至仪制成熟完备，就是在现实层面开启佛教制度化的过程。尽管佛陀时代从佛陀至众僧伽在观念层面并没有建立佛制的主观意识，但这却为后世弟子在佛教传播的历史进程进行制度构建提供了理论阐释的支撑。

早期的"善来比丘"法的仪制形式非常简单，关涉两个主体：一个是"右膝着地、合掌恭敬，偏袒右肩"的求戒者，一个是对求戒者言"善来比丘"的佛陀。没有中间者，两相印可即实现授受。到了原始佛教的中期，"三归得戒"法就增加了以众僧团为共同象征的新的授戒主体，求戒对象不仅指向佛陀，更包括由众比丘组成的僧团，"归依佛、归依法、归依僧"的并行宣说使得佛教僧团的地位与佛、法并列，而这种地位的提升与转换正是通过传戒法的确立得以实现。到了原始佛教晚期，当所有的传戒法汇归为"十众受具"的"白四羯磨"法后，传戒就以"法""事""人""处"四项共具的仪制形式确立下来，并具有了制度化的表征，即僧团依"法"在特定地点处理僧团事务，而这个法就是羯磨法。

传戒法于佛教制度建设的重要性，不仅在于它是佛教诸制度建设的实践起点，更在于传戒法的仪制内容奠定并确立了佛教僧团共治的民主决议精神，即"僧事僧决"，僧事僧决的体现方式就是行羯磨法。原始佛教后期，作为传戒定式的"白四羯磨"在仪制上的主要表现形式，就是向僧团先作一遍宣告，再作三番宣说，每宣说一遍，即作一次征求同意。如果一白三羯磨后，众僧默然即表示大家没有异议，事情一致通过，羯磨如法，但只要僧中有一个人有异议，羯磨就不成立。而传戒的诸项事宜，结界、结戒法、请和尚、阿阇梨、正受具等无一不是依羯磨法而行。应该说依羯磨法是诸法程序合法性与合理性的体现与保证，其根本目的与意义在于维护僧团和合。

四　结语

原始佛教时期每一个传戒法的变革，均非佛陀主观先行的预先规定，而是僧团中有对僧众和合有觉悟意识的比丘在发现问题后，及时向作为僧团最高管理者的佛陀反映情况，再由佛陀制定更改，正如随犯而制戒，传戒法也是随事缘而设，非是独断。佛陀这种民主思想，当然是对印度沙门时代婆罗门教统治下种姓等级制度的一种思想革命，这种思想革命通过制度化的仪制形式——羯磨法体现并贯彻下来，可以说制度化的羯磨法体现了佛教之于旧传统的革新性，其重大意义就在于巩固和维护了以"六和敬"为伦理价值取向的佛教僧团的存久传续，而依羯磨法的传戒仪制也伴随着印度佛教中国化的历史进程，在中国随机而适，因缘而成。

蕅益大师五戒思想研究

贺志韧

【内容提要】 "五戒"是佛教戒律中的基础部分,一切戒律都把"五戒"作为必修修持的内容。蕅益大师的"五戒"思想既具有小乘戒律的具体性和周密性,又具有大乘菩萨戒的强调动机。蕅益大师认为"五戒"不仅仅是一种身体上的行仪,而且是一种包含了佛法整体精神的无上法门。蕅益大师将"五戒"与儒家的仁、义、礼、智、信"五常"比附起来,认为"五戒即五常"。并对五戒从理性和事相上进行了区分,强调动机的第一性,而非行为的第一性。

【关键词】 蕅益 五戒 五常 《五戒歌》

【作 者】 贺志韧,哲学博士,金陵科技学院马克思主义学院讲师,研究方向为佛教哲学、中国哲学。

"五戒"是佛教戒律的基础部分,无论是小乘声闻律还是大乘菩萨戒都对"五戒"高度重视,可以说"五戒"是奠定整个佛教戒律发展起来的基础。释迦牟尼在最初制定戒律之时,首先制定的就是"五戒",佛教最早的典籍四部《阿含经》及各部派的律藏之中都有明确的关于"五戒"的记载与讨论。如《长阿含经》中记载:"佛告比丘:'诸佛常法:毗婆尸菩萨从兜率天降神母胎,专念不乱,其母奉持五戒,梵行清净……身坏命终,生忉利天,此是常法。'"[①]《中阿含经》中记载:"长者!我因三归,受持五戒,身坏命终,生四天王天,住此城息门中。"[②]《杂阿含

---

① (后秦)佛陀耶舍译《长阿含经》,《大正藏》第1册,第3页。
② (东晋)僧伽提婆译《中阿含经》,《大正藏》第1册,第460页。

经》中记载："若复有来求为弟子，若复乞贷举息，我悉要以三归五戒，然后受之。"①《增一阿含经》中记载："时梵志妇亦复如是……自归三尊：佛、法、圣众，受持五戒。"② 等等。"五戒"的内容看似简单，其实几乎包含了除却礼敬三宝戒之外的一切其他的戒律条文，其他的除却礼敬三宝戒之外的一切戒律条文几乎都可以视为是对"五戒"的延伸与发展。以《梵网经》中的十重四十八轻戒为例，十重戒中前五戒即是杀、盗、淫、妄、酒"五戒"，后五戒本质上可以归入到"妄语戒"和贪嗔痴"三毒"之中；四十八轻戒中"食肉戒""不看病戒""畜杀众生具戒""不行放救戒""嗔打报仇戒""损害众生戒"等实际上体现的是"杀戒"的仁慈理念，"国使戒""贩卖戒""独受利养戒""受别请戒""为利作师戒"等实际上体现的是"盗"的不贪图物质利益的精神，"谤毁戒""为利倒说戒""恃势乞求戒""无解作师戒""两舌戒""为恶人说戒戒""说法不如法戒"等实际上体现的是"妄语"戒的不可随意言语的理念。声闻律"十戒"中除却"五戒"的其他五戒："不涂饰""不歌舞及旁听""不坐高广大床""不非时食""不蓄金银财宝"等实际上也是体现"盗"戒和"淫"戒的不贪图物质享受的精神。宋代永明延寿大师认为"万行之初，无先五戒"③，认为"五戒"是佛门信众的基础修行学科。

蕅益大师的"五戒"思想是他的戒律思想在实际应用层面的基本表现，体现了他戒律思想中融汇大小乘戒律的基本体征。他的"五戒"思想分为具体内容和果报差别两个方面，前者是对"五戒"的具体的深入剖析与理解，后者是对前者的延伸性探讨。

一 "五戒"思想之性理层面

首先，蕅益大师认为"五戒"不仅仅是一种身体上的行仪，而且是一种包含了佛法整体精神的无上法门。他在《灵峰宗论·示见彻》中说："法法头头，无非至道，人见不彻耳。今受根本五戒，祇须住于戒中，明见佛性。五戒之体，固是无作法身。五戒之相，一一无非法界。慈良清直，正见昭明，念念圆满无上功德。奚必

---

① （南朝宋）那跋陀罗译《杂阿含经》，《大正藏》第 2 册，第 340 页。
② （东晋）僧伽提婆译《增一阿含经》，《大正藏》第 2 册，第 589 页。
③ （宋）永明延寿述《宗镜录》，《大正藏》第 48 册，第 528 页。

吹毛拈拂，方称向上哉？"① 认为"五戒""麻雀虽小，五脏俱全"，只要潜心、专一地守持好"五戒"，那么自然就能够明心见性，直达佛理。并认为五戒的体、相内容本质上就是宇宙中一切事物现象的根本体、相内容，无有差别。因此，如果能够对"五戒"善加护持，就没有必要一定要去追求禅定、慧观等看似层次更为高级的修行法门。从实际功效来看，一门深入地守持好最简单、最基本的"五戒"可能比庞杂地去修行其他禅、教法门更为有效，因为修行禅、教法门如果根性不到，很有可能堕入魔道，而且耗时较长。而守持戒律，则只要在日常生活中多多留心就行了，也绝对不存在堕入魔道的危险。

其次，蕅益大师将"五戒"与儒家的仁、义、礼、智、信"五常"比附起来，认为："五戒即五常，不杀即仁，不盗即义，不邪淫即礼，不妄言即信，不饮酒即智。……然五常只能为世间圣贤，维世正法。而五戒则超生脱死，乃至成就无上菩提，以儒门但总明戒相，未的确全示戒体故也。"②"现前一念能缘一切正报。而悲愍仁慈即是佛，所缘之正报即是法，心境不二即僧，故不杀方为归依三宝也。现前一念，能缘一切依正，而奉公守义即佛，所缘之依正即法，心境不二即僧，故不盗，方为归依三宝也。现前一念，能缘一切正报而清心寡欲即佛，所缘即法，不二即僧，故不邪淫，方为归依三宝也。现前一念，能缘一切正报，而诚实无妄即佛，所缘即法，不二即僧，故不妄语，方为归依三宝也。现前一念，能缘一切旨酒，深恐昏迷即佛，所缘酒即法，不二即僧，故不饮酒，方为归依三宝也。"③ 认为佛教的不杀生与儒家的仁慈理念是一致的，佛教的不偷盗与儒家的奉公守义理念是一致的，佛教的不邪淫与儒家的清心寡欲理念是一致的，佛教的不妄语与儒家的诚实守信的理念是一致的，佛教的不饮酒与儒家的理智清醒理念是一致的。所以"杀戒"即是"仁"，"盗戒"即是"义"，"淫戒"即是"礼"，"妄戒"即是"信"，"酒戒"即是"智"。然而佛教的"五戒"从境界上而言又要高出儒家的"五常"，儒家的"五常"只涉及人类社会、婆婆世间的人与人之间的伦理关系问题，而佛教的"五戒"则可以推广到一切宇宙众生。儒家的"五常"至多只能使人成为世间的圣贤，佛教的"五常"却可以使人超脱生死轮回，证得无上菩提果，解脱成佛。根据佛教的宇

---

① （明）蕅益智旭述《灵峰蕅益大师宗论》，《嘉兴藏》第 36 册，第 289 页。

② （明）蕅益智旭述《灵峰蕅益大师宗论》，《嘉兴藏》第 36 册，第 298 页。

③ （明）蕅益智旭述《灵峰蕅益大师宗论》，《嘉兴藏》第 36 册，第 299 页。

宙观，人只属于六道众生中的一类，在人道之下有阿修罗道和畜生、地狱、饿鬼三恶道，在人道之上有天道，天道中生存着天神与天龙两种有情众生。佛与菩萨则是超越这六道之外的众生，境界已经达到了不可思议的高度。很明显，儒家的圣贤在佛教的宇宙观中尚仅仅处于人道之中的高级层面，连天道众生都算不上，比起菩萨与佛就更加相差巨大了。蕅益大师认为之所以存在这种差别，是因为儒家的"五常"思想缺乏"现前一念心"这种"戒体"来作为理论的根基。他说："何名戒体？谓吾人现前一念良知之心，觉了不迷为佛宝。……内而根身种子，外而山河国土，天地虚空，乃至百界千如，种种差别，皆是现前一念所现。故此心相，尽名法也。如此心外无境，境外无心。……十方三世一切常住诸佛，无不彻证我一心三宝而成正觉。"① 认为"现前一念良知之心"即是"五戒"的戒体，这一戒体从内在而言包含了众生的一切藏识种子和生命可能性，从外在而言包含了一切山河大地、万千法界。正因为如此，"心"与"境"本是一如无二的，"心外无境"，"境外无心"，一切十方三世、过去未来种种诸佛都是因为证悟了这一"现前一念良知之心"才解脱成佛的，他们所宣说的佛法也无不是在宣说这一"现前一念良知之心"的种种性相、变现、功德。毫无疑问，蕅益大师的这一"现前一念良知之心"戒体思想鲜明地受到了阳明心学"致良知"理论的深刻影响。王阳明认为："良知，心之本体，即所谓性善也，未发之中也，寂然不动之体也，廓然大公也，何常人皆不能而必待于学邪？中也，寂也，公也，既以属心之二体，则良知是已。"② 认为"良知"就是人心中的本质、本性、本然的本体部分，是先天存在而且纯然至善的，它具有内在性、静止性、普遍性，是所有人心中都具有的，而不是哪一个才有。"致良知"就是要通过具体的行为实践活动将这种纯然至善的"良知"心性显发出来，使其"发而皆中节"。因此，"良知"之心是作为"未发之中"而存在的，"致良知"是作为"已发之和"而存在的，前者是体，后者用，前者静，后者动。蕅益大师还认为："佛者，觉也。儒亦云明明德，而未知明德即现前一念本觉之体，明明德即现前一念始觉之智。依于本觉而有始觉，以此始觉契乎本觉，始本不二名究竟觉。故此心性即佛也。"③ 认为儒家的"明明德"本质上就是佛家所说的消除妄心、恢复真如，是通过"始觉"之修来

---

① （明）蕅益智旭述《灵峰蕅益大师宗论》，《嘉兴藏》第 36 册，第 298 页。
② （明）王阳明：《阳明先生集要·理学编卷三·与陆原静书其三》，中华书局，2008，第 165~166 页。
③ （明）蕅益智旭述《灵峰蕅益大师宗论》，《嘉兴藏》第 36 册，第 298 页。

完成"本觉"的回归。王阳明对于"明明德"的认识具有类似的含义："故夫为大人之学者，亦惟去其私欲之蔽，以明其明德，复其天地万物一体之本然而已耳。非能于本体之外，而有所增益之也。"①王阳明认为"明明德"就是去除个体私欲对于心灵的遮蔽，从而使心体恢复先天的光明、清净，与天理相应，实现"天人合一"的超越。王阳明的这一思想来源于孟子的"尽心知性"的理论："尽其心者，知其性也。知其性，则知天矣。存其心，养其性，所以事天也。夭寿不贰，修身以俟之，所以立命也。"②孟子认为"天"赋予了一个"性"在人的"心"中，这个"性"就是"心"的本体，是人安身立命之本，也是沟通人与天之间交流的媒介，是核心部分。王阳明对它进行消化，并融入了自己的"良知"论中，把它与《中庸》的"诚明"、《大学》的"明明德"和自己的"致良知"三者结合起来，形成了自己的"良知"理论体系。因此，蕅益大师的"五戒"思想的本质是掺和了阳明心学的内容在其中的。

二　"五戒"思想之事相层面

关于杀戒，蕅益大师认为"杀"的范畴可以包括"自杀""教人杀""方便杀""赞叹杀""随喜杀"以及"咒杀"六种。这里的"自杀"并不是指一般意义上所谓结束自己生命的概念，而是说杀人者自己利用肢体（"内色谓手足等"）或工具（"外色谓刀杖木石等"）结束他生命的行为。"教人杀"指的是通过当面教授或书信教授，或派遣中介人教授他人去实施杀人行为，即法律上所称之"教唆杀人"。"方便杀"指的是为了实施杀人计划而进行的准备工作，即所行"方便"。"赞叹杀"同样属于"教唆杀人"的范畴，只不过它侧重在"赞叹"二字，而且它还有一项特殊强调，即杀人者本来是没有杀人之心的，是在主体的赞叹鼓励之下才出现了杀人之心，比如对他人称赞其勇武，并告知其勇武的突出表现就是杀人，从而诱导其做出杀人的行为。"随喜杀"也属于"教唆杀人"的范畴，他与"赞叹杀"最明显的区别在于它是要求杀人者本来就已经萌发杀人之心，只不过杀人的欲望还不够强烈，

---

① （明）王阳明：《阳明先生集要·理学编卷二·大学问》，中华书局，2008，第146页。
② 方勇译注《孟子》，中华书局，2010，第257页。

经主体的诱导之后终于坚定信念做出杀人的行为。"咒杀"指的是利用咒语或埋伏陷阱等特殊、阴暗的方式来执行杀人的行为。可以看出这六种"杀"虽然都是对"杀"进行分类，却不是一个逻辑层面上讨论的，"自杀"和"教人杀"属于并列层面，即执行杀人行为的主体是自己还是第三者，"赞叹杀"和"随喜杀"则是"教人杀"的子内容，"咒杀"是"自杀"范畴中的特殊情况，"方便杀"则仅仅只是就杀人计划的准备工作进行讨论而已。佛教的思维逻辑具有这种从概念的名称而非实际意义来归类的特点，因此往往会失于形式逻辑上的严密性。比如小乘佛教将"六因四缘"中"四缘"划分为"因缘""等无间缘""所缘缘""增上缘"就明显不符合并列关系的划分原则。"因缘"指的是事物现象的产生所具备的内因和外因，"等无间缘"指的是事物现象的转变过程前后相续、无有间断，这两者都是就事物现象的生起、发展过程而言的。"所缘缘"指的是人的心念会攀附外在事物现象而有所作为，是就人的心念而言的；"增上缘"指的是一切有助于事物现象的发展，或人的心念发生，或人的佛法、智慧的增长的外部影响因素，是就多方面而言的。

关于"杀"的整个行为过程，蕅益大师又进行了分析，他认为这一过程的根本内因（"杀因"）是"杀心"，即"心欲前人命断"；外部缘因（"杀缘"）是"方便助成其事"的种种工具、手段；方法（"杀法"）是利用"刀剑坑弩毒药咒术等"工具、手段进行杀人，与"杀缘"大致是重合的，只不过侧重的角度不同，"杀缘"是相对"杀因"而说的，"杀法"则是针对执行杀人过程而言的；所造成的业报（"杀业"）是被杀者已经付出了生命的代价，"命根不得相续"。关于作为根本原因的"杀心"，他也进行了详细的讨论，他认为"杀心"需要两个条件，即：（一）有了杀的念头；（二）所欲杀的对象是众生。那么由此他进一步认为，犯"杀戒"需要满足四个条件，即：（一）杀的对象是众生（"是众生"）；（二）所欲杀的对象是众生（"众生想"）；（三）"有杀心"；（四）"前人命断"。一和二的区别在于，一指的是客观上造成的被杀对象是众生，二指的是杀人者主观上所欲杀的对象是众生。之所以如此划分，是因为人的认知能力是有限的，容易被外在事物现象迷惑，从而出现混乱，比如将绳子看成蛇，将土看成虫，将草人看成真人。蕅益大师认为，如果"见蛇误以为绳，见虫误以为土"①，即便用刀斧斩削、用手捻碎，对它们进行了伤

---

① （明）蕅益智旭述《梵网经合注》，《新纂卍续藏》第 38 册，第 648 页。

害，也不会犯戒，因为行为主体"本无杀心"；反之，如果"见绳误以为蛇，见土误以为虫"①，对其刀斧斩削，用手捻碎，虽然并不能从现实上伤害任何众生，但是由于行为主体生起了"杀心"，所以也犯轻戒。另外，如果行为主体见到的是蛇、虫，而非绳、土，所杀的也是蛇、虫，而非绳、土，那么他的行为就完全符合了"是众生""众生想""有杀心""前人命断"四项条件，就属于犯下重戒了。可以看出，蕅益大师的戒律精神是十分具体、细致的，十分重视"心"和"想"两方面的内容。

蕅益大师的戒律思想除了在"杀戒"方面表现出对"心"和"想"方面的重视之外，在其他"盗""淫""妄""酒"四个方面也同样表现出了这样的精神特质。关于"盗戒"，他认为"盗"的对象可以分为"有主"和"无主"两种，而"盗戒"的犯戒除了需要被盗的对象是"有主物"之外，还同时需要执行偷盗或教唆他人进行偷盗行为的主体需要有"有主想"，即认为所偷盗的财物是有所归属的。如果不具备这一点，就不构成犯戒。关于"淫戒"，他认为"淫"的行为的发生必须是具体所指的，即必须在"道"中执行，即"小便道""大便道"和"口道"，否则就不能称为"淫"。而"淫戒"的破犯除了需要满足在客观上必须是在以上三种能够进行淫行的"道"中进行之外，还要求犯戒的主体有"淫心"，即其对"淫"的行为"心生喜乐，如饥得食，如渴得饮，非如热铁刺身"②。关于"妄语戒"，他认为"妄语"的对象必须是众生；"妄语"的主体必须具备"众生想"，即认为自己说话的对象是众生，而非草木瓦石；同时，"妄语"的主体还必须具备"欺诳心"，即主体是出于"希图名利"之心，而非傲慢（"增上慢"）或开玩笑（"戏笑假说"）之心，故意欺骗他人。如果是出于"增上慢"的原因，也犯轻垢罪。关于"酤酒戒"，他认为除了戒的对象必须是酒之外，更为关键的是行为主体认为自己饮的是酒，并且感到快乐。即便他喝的是水，只要他认为他喝的是酒，并感到愉快，就已经犯下了罪业。从以上分析得知，《梵网经》中菩萨戒对于"五戒"的要求更强调的是作为"心"的戒体的主观感知状况，如果主体心中不认为自己伤害的是众生、拿走的是有主之物、喝的是水，他就不会犯下"杀戒""盗戒""酒戒"。另外，还有一项重要的内容就是，行为主体在这个犯戒的过程中往往需要心中感到愉快，而非难受，才

---

① （明）蕅益智旭述《梵网经合注》，《新纂卍续藏》第 38 册，第 648 页。
② （明）蕅益智旭述《梵网经合注》，《新纂卍续藏》第 38 册，第 653 页。

算犯戒，比如在进行淫行之时必须心生喜乐，在饮酒时必须感到快乐，因为如果主体感到痛苦，甚至"如热铁刺身"之类，那么他就并非是主动去进行这一行为的，而是被强迫或胁迫的，不属于犯戒。

关于"淫戒"，《四十二章经》中有一段章句提及一个故事，有个人因为不断地犯下了淫戒，故而打算自宫来阻止。释迦牟尼佛则告诫他说："若断其阴，不如断心。"[①] 认为心是主管人的身体行为的核心枢纽，只要掌管好心，身体行为自然就会清净。如果不能停止淫欲之心，则即便是切除自己的生殖器官也是无所作用的，因为自己心中的淫念还在，并不能帮助自己真正地摆脱苦恼。蕅益大师赞同这种说法，他还曾专门作《戒淫文》来阐述淫欲的害处，勉励自己远离淫欲。他说："人知杀生之业最惨，不知淫业尤惨也。人知杀生之报最酷，不知邪淫报尤酷也。盖种种受生，肇端淫欲。种种造罪，托因有生。"[②] 他认为淫欲带来的业报并不比杀业带来的业报要轻，而是更加残酷。因为一切生命的开始都是由于淫欲开始的，而只要生命存在，就难免会出现种种罪恶的行为。蕅益大师进一步认为："一念欲心是铁床铜柱因，一念爱心是积寒坚冰因。况具行非法，灭理乱常，尘沙劫数不足尽其辜，千万亿言不足数其恶。须发大惭惧、大誓愿，宁火炙刀剜，终不与一切男女欲心相触，宁碎身粉骨，终不与一切男女污秽交遘。……不然，纵有多智禅定现前，必落魔道，永无出期。"[③] 他认为淫欲之心念就是堕入充满"铁床铜柱"[④] 和"积寒坚冰"的十八层地狱的一大根由，必须对淫欲之心完全断除才能远离地狱的恶报。如果已经犯下了淫戒，必须要时时忏悔过往的罪业，必须要生起对淫欲的恐惧心和断除心，发下大誓愿，宁愿遭受"火炙刀剜"甚至"碎身粉骨"般的巨大痛苦，也不犯下淫欲之行。只有这样才能够悔过自新，与过往的自己决裂，迎接清净的新生，才能够避免堕入恶业的轮回，不但不能成佛、菩萨，甚至连成魔的资格都没有，只能在地狱中忍受各种痛苦的煎熬，在生死大海中迷惘、彷徨，即便是修行过再多的禅定和慧观也只是空中楼阁、一无所用。

关于"妄语戒"，蕅益大师提出："逢迎希合之言，名谄。随境逶迤之念，名曲。

---

① （明）蕅益智旭述《四十二章经解》，《新纂卍续藏》第37册，第672页。
② （明）蕅益智旭述《灵峰蕅益大师宗论》，《嘉兴藏》第36册，第328页。
③ （明）蕅益智旭述《灵峰蕅益大师宗论》，《嘉兴藏》第36册，第328页。
④ "铁床"指钉板床，因为上面覆盖的全部是铁钉而称"铁床"；"铜柱"指商纣王所发明之"炮烙"之刑，因为该刑罚的突出特点就是让人在一根烧红的铜柱上行走，所以称"铜柱"。

谄则不质，曲则不直。只为自欺诳，亦欺诳他人，决非入道者所有也。直心是道场，心言直故，永无诸委曲相。设非正念真如，岂得名端心哉，初明共世间法要竟。"①他认为"谄"指的是逢迎拍马之言，"曲"指的是随机应变之言，都不是发自肺腑的真心直言，而是一种虚与委蛇的应对之言，其内容是空洞无物，与实际情况不相符合的。之所以出现这种语言的存在，是因为说话的主体内心之中存在某些不正当或不正确的目的，要么是为了欺人，要么是为了自欺。因此，谄曲妄语之言是一种自欺欺人的不正之言，是不符合修行的目的和本质的，应当被舍弃。可以看出，蕅益大师提倡过一种正直的生活，他认为"直心"即是"道场"，是修行的良好助缘，是清洁无污的莲花坛城。蕅益大师的这种见解与佛教初期所提倡的"八正道"是相一致的，"八正道"中有一项重要内容即是"正语"，"正语"很显然与"戒妄语"是同义的。在"八正道"中"正语"同"正见""正思维""正业""正命""正精进""正念""正定"一同组成了一个完整的佛教修行方法及境界，它们之间并不是一种完全并列的关系，也不是一种完全垂直的关系，而是一种互融互通的关系。"正语"中含有"正见""正思维""正念""正业""正定"等，"正见"中也同样含有"正语""正思维""正念""正业""正定"等，因为它们分别涉及人的身、口、意等各个方面的行为活动，其中的每一项都会牵涉到其他各项的境界，而人不是机器，人的思维、语言、活动都是相机相关的。"正语""正见""正思维""正念""正业""正定"等综合起来又构成了"正精进"，因为当人在思维、语言、行为上都在努力做到正直、清净的时候，就是一种不断精进的表现。

基督教同样重视人在语言方面的清净，《圣经》中魔鬼撒旦就是靠谎言才骗取了亚当和夏娃的信任，并把他们带入堕落的深渊的，因此谎言在基督教的教义中是受到很高程度的警惕和批判的。耶稣就曾说魔鬼是一切说谎的人之父，在著名的摩西十诫中曾经提到"不可作假证陷害人"。在《圣经·旧约全书·诗篇5：6》中说："说谎言的，你必灭绝；好流人血弄诡诈的，都为耶和华所憎恶。"《圣经·新约全书·启示录21：3》中说："惟有胆怯的、不信的、可憎的、杀人的、淫乱的、行邪术的、拜偶像的和一切说谎话的，他们的分就在烧着硫磺的火湖里，这是第二次的死。"都明确地将说谎列为基督教伦理中重大的罪恶范畴之一。由于有经典的道德命

---

① （明）蕅益智旭述《遗教经解》，《新纂卍续藏》第37册，第643页。

令以及理论支持，后世的基督徒们一直严格恪守这一条约，始终保持对语言诚实性的注重。在《沙漠教父言行录》中就记载了中世纪时期以圣安东尼为代表的在埃及沙漠中进行灵修的一些伟大教父的言语、行为故事，其中有一位名叫阿伽同的阿爸（基督教中对教士的尊称）就曾告诫一位叫马加略的阿爸说："没有什么情欲比勒不住的舌头更糟糕的了，因此它是诸般情欲之母。所以好的工人都会避免它，即便自己在斗室里独处时也是一样。"① 认为语言上的清洁比任何其他的生理上的欲望都要更加罪恶，而且会引发其他情欲、罪恶的产生，需要特别地加以警惕。加尔文在对摩西十诫中第九诫"不可作假证陷害人"进行解释时，认为该条诫命的目的是要劝告人们既然"神（就是真理）憎恶谎言，我们必须毫无诡诈地诚实相待。所以，我们不可以诽谤或无据地指控陷害人，也不可以欺骗使他的钱财受损。总之，不可以无据的恶言和无礼的言行伤害他人"② 。认为保持语言的诚实、纯洁是对上帝和真理的忠诚与奉献，是灵魂上的仰望与顺从。马丁·路德也认为坚持语言上的诚实是十分无私、正义和勇敢的行为，需要付出极大的代价，承担极大的风险，是值得人们的尊敬的。

儒家对于谎言也非常反对，孔子在《论语》中就痛斥那些擅长以华丽的言辞来粉饰自己的不良用心之人是"巧言令色，鲜矣仁！"③ 同时提倡"君子欲讷于言，而敏于行"④ ，认为"刚毅木讷近仁"⑤ 。在孔子的诸多弟子中，孔子偏爱很少说话的颜渊、曾参，而时常批评、教育善于巧辩的宰予、子贡。孔子自身也具有这种"木讷"的气质，他很少为自己的行为受他人嘲笑和质疑而进行辩解。《论语》中记载孔子很多严格按照周礼行事的行为被各国诸侯嘲笑为迂腐，而为其进行解释、辩解的却不是孔子本人，而是子贡等门下弟子。

关于"酒戒"，蒲益大师认为"酤酒"可以分为以下几种情况：一，所酤之酒为真酒，有酒色、酒香、酒味，能够使人醉倒的，就是犯了重戒；二，所酤之酒没有酒色、酒香，但有酒味，喝了能够使人醉倒的，同样属于犯重戒；三，所酤之酒有酒色、酒香，但没有酒味，即看起来像酒，实际上不是酒，而只是一般性的饮料

① 〔古埃及〕安东尼等著，陈廷忠译《沙漠教父言行录》，生活·读书·新知三联书店，2012，第 71 页。
② 〔法〕加尔文：《加尔文基督教要义》，生活·读书·新知三联书店，2010，第 413 页。
③ （宋）朱熹：《四书章句集注》，中华书局，2015，第 50 页。
④ （宋）朱熹：《四书章句集注》，中华书局，2015，第 68 页。
⑤ （宋）朱熹：《四书章句集注》，中华书局，2015，第 139 页。

（比如格瓦斯），喝了不能够使人醉倒的，无罪；四，所酤之酒为药酒，是为治病所需，喝了不会产生迷乱，在家菩萨酤之无罪。可以看出，一方面蕅益大师对于“酒戒”的分类很细致，洞察很深入；另一方面他还特别关照到治病的特别情况的发生，从目的上对“酒戒”的特征进行了界定。即“酒戒”的制定是为了防止享乐和迷乱的，而不是单纯的“酒”这一事物进行讨论。作为一种单纯的客观事物本身，酒是没有任何罪过的，罪过的是修行人在喝酒之后陷入迷醉的状态，从而有可能陷入“贪、嗔、痴”“三毒”以及“杀、盗、淫、妄”四戒。根据《四分律》《十诵律》《僧祇律》等律典的记载，佛陀最初制定酒戒之时就是因为有比丘在酒醉之后于一日之内连犯“杀、盗、淫、妄”四戒，极大地破坏了自身的修行以及佛教的声誉。“酒戒”作为一种戒律，它关注的是修行者主体的思想行为状况，而非“酒”这一外在客观事物，“酒”只不过是一种表征而已。因此，像“药酒”这样的具有特殊效用的、出于正向动机的事物是属于例外的。另外，还可以看出一点，即蕅益大师对于在家信众的观照有较为开放的一面，即在家信众比出家信众所守的戒律是要宽松一些的，对于出家的信众则是十分严格的，即便是“药酒”这种用作特殊用途、不会带来危害的事物，因其属于酒类，仍旧是不允许饮用的。

值得一提的是，蕅益大师还特别将“酒”一词的含义进行了宏观上的扩展，认为“酒”从广义上可以分为多个种类：“三毒酒”“散乱酒”“禅定酒”“无知酒”“无明酒”[①]，等等。他认为“三毒酒”和“散乱酒”迷醉欲界中人，“禅定酒”迷醉色、无色界中人，“无知酒”迷醉声闻、缘觉二乘之人，“无明酒”迷醉菩萨乘之人。如果仅仅是自己迷醉其中，则情节较轻；如果不但自己沉醉其中，还呼朋唤友，广说这些“酒”的种种好处，诱导他人迷醉其中，则犯戒为重。由此，可以看出蕅益大师对“酒”的意义进行了尺度非常大的扩张，酒已经超越了作为饮料的物质酒，延伸为包含贪、嗔、痴“三毒”等一切障碍、迷惑人修行的事物的总称，等同于“无明”和“魔”了。需要注意的是，“禅定”在此也成了一种障碍人修行的“酒”，这是为什么呢？因为禅定本身也会变成一种对享乐的执着，许多高僧在进入禅定之后贪图禅定之中难以言喻、难以媲美的快乐而不愿从禅定中出来，忽视一切社会性的事务，这本身就是一种执着，而且是一种比其他对世俗妄念的执着更加严重的执

---

① （明）蕅益智旭述《灵峰蕅益大师宗论》，《嘉兴藏》第 36 册，第 657 页。

着，因此需要猛力地加以破除。针对这几种特殊之"酒"，蒻益大师还发明了几种专门对治之的"药酒"，即"中谛酒""俗谛酒""真谛酒""三昧酒"和"十善酒"①。他认为"中谛酒"可以治"菩萨病"，"俗谛酒"可以治"二乘病"，"真谛酒"可以治"凡夫病"，"三昧酒"可以治"散乱病"，"十善酒"可以治"十恶病"。所谓的"十恶病"指的是习气粗恶之人在道德上所存在的自利损他的缺陷，通过修行"十善"，多行善事、善法就能够改善；所谓的"散乱病"是指信仰不坚定者因为怀疑、犹豫而心生散乱、不能精进修行，通过坚持"一门深入"地修行一种"三昧法门"可以加以改善；所谓的"凡夫病"指的是普通众生容易执着于事物现象的表象，因而生起贪念的欲望、烦恼，通过观察事物现象在本质上属于空性这一"真谛"可以加以改善；所谓的"二乘病"指的是声闻、缘觉二种小乘修行者因为过于强调事物本质上的空性，追求无余涅槃，而忽略了对芸芸众生的悲悯、解脱。通过观察事物本身虽然本质上属于空性，但是在表现形式上却需要"假缘而生"，重视"法"的作用，可以帮助"二乘"人生起菩提心，行菩萨道；所谓的"菩萨病"指的是大乘菩萨在超拔、度化众生的过程中很容易形成对超拔、度化这一行为本身的执着，从而堕入"有"病。通过观察事物"缘起性空""性空假有"，可以帮助菩萨打破对于菩萨道本身的执着，不因此陷入烦恼境地，从而证得佛果。

三 《五戒歌》

无论是"贪、嗔、痴"三毒，还是"杀、盗、淫、妄、酒"五戒，从根本上而言都是由爱欲引起的。《四十二章经》曰："人从爱欲生忧，从忧生怖。若离于爱，何忧何怖？"② "爱欲之人，犹如执炬逆风而行，必有烧手之患。"③ 认为爱欲就是一切恐惧、忧虑的根源，有爱欲之人必然会为爱欲之火所灼伤。蒻益大师在对《四十二章经》的注解中说道："吾人心水本澄，即是至道；但由爱欲所搅。故不能于一念中炳现十界影像也。舍三界爱欲，见思垢尽，则真谛道可见。舍偏真爱欲，尘沙垢

---

① （明）蒻益智旭述《灵峰蒻益大师宗论》，《嘉兴藏》第 36 册，第 657 页。
② （明）蒻益智旭述《四十二章经解》，《新纂卍续藏》第 37 册，第 672 页。
③ （明）蒻益智旭述《四十二章经解》，《新纂卍续藏》第 37 册，第 671 页。

尽，则俗谛道可见。舍果报爱欲，无明垢尽，则中谛道可见矣。"① 将爱欲比拟成一股搅动心湖之狂风，使本来宁静的湖水泛起层层波澜，破坏人们心灵中的安宁和喜乐；并且只见眼前的树木，而不见远处的森林和泰山，一心一念只在眼前的细微得失上，却忽视了周遭世界的博大、宏阔，不能见宇宙世界之真实法相。只有舍弃爱欲，也只要舍弃爱欲，就能够使湖水复归平静，就能见一切法界的空、假、中三谛，就能观宇宙世界的本原形态，就能在真空和妙有中获得一种难得的平衡和圆融，并由此产生淡淡的法喜。在早期佛教所揭出的"八苦"中除了"生""老""病""死"四种人的自然生长过程中之苦外，剩下的"怨憎会""爱别离""五阴炽盛""求不得"四苦全部都是由"爱欲"所引起的。如果断除爱欲，就不会有怨憎，因为怨憎与爱是一对辩证体，只要任何一方消失，另外一方也就会瓦解不存；就不会因为失去、别离所爱而伤心；就不存在"求不得"的问题，因为无爱，也就无所求，无所求也就无所谓得与不得；没有爱欲，五根对外在事物的摄受也就不会形成追随之念，而是放之任之，随其来、任其去，不加执着，也就不会"炽盛"。蕅益大师在《灵峰宗论·慈济说》中说："呜呼！四大同体，觉性无差。何彼何我，孰怨孰亲？由迷强故，横计是非；由执重故，妄成憎爱。爱则相生不断，憎则相害不息。顺则憎复成爱，逆则爱复成憎。憎爱递，怨亲互作。别业同造，劫感刀兵。"② 认为人与人的肉体都是由"地""水""火""风"四大元素组成的，心性本体也都是真如佛性，在根本上是没有差别的。之所以出现你我、亲疏的差别观念，是由于心体被妄念迷惑的缘故，生起了一些不正确、不必要的爱憎观念，而这种爱憎观念的泛滥就会导致仇恨和混乱，甚至出现刀兵之灾。因此，综上所述，可以看出，一方面蕅益大师的菩萨戒思想虽然细致、博大，有很多自己的发挥和解释，但是并不脱离佛陀的教诲和佛教的根本，而是一脉相承；另一方面，蕅益大师菩萨戒的根本思想，也可以说是大乘佛教菩萨戒的精神核心在于一个"心"字、一个"念"字和一个"爱"字，放下爱欲，就放下了妄念，放下了妄念就安顿了心灵，安顿心灵就获得了解脱。

关于五戒的开遮的问题，蕅益大师遵从了《菩萨戒本》的原意，认为菩萨在特

---

① （明）蕅益智旭述《四十二章经解》，《新纂卍续藏》第 37 册，第 671 页。
② （明）蕅益智旭述《灵峰蕅益大师宗论》，《嘉兴藏》第 36 册，第 325 页。

殊时间地点、特殊情况下为救人方便可以破戒，不犯恶业。这些情况对应"五戒"分别是菩萨为救众生而杀盗贼、菩萨为保护众生的财产而从盗贼处抢夺或偷窃财物、菩萨为帮助有淫欲炽盛之人认识到淫欲的危害而与其行淫、菩萨为解救众生或增长众生对佛法的信心而妄语。对于酒戒，不存在开的问题。

蕅益大师还专门撰写了一首《五戒歌》，内容如下：

> 受戒易，守戒难，莫将大事等闲看，
> 浮囊度海须勤护，一念差池全体残。
> 理胜欲，便安澜，把定从来生死关，
> 任他逆顺魔军箭，凛凛孤怀月影寒。
> 不杀生，大慈仁，物我一体如长春，
> 蠕动蜎飞佛性等，贤愚贵贱无疏亲。
> 不偷盗，充义奥，正直清廉明节操，
> 心外无法可当情，菩提性具非他造。
> 不淫欲，梵行笃，身心皎洁同珠玉，
> 泰山乔岳立清风，等闲超出娑婆狱。
> 不妄语，诚相与，广长舌相昏涂炬，
> 矢口千金敌国钦，九界同归作洲渚。
> 不饮酒，离群丑，智慧照明师子吼，
> 衣里圆珠岂更忘？免得亲翁再苦口。
> 三皈五戒果精明，观音势至为师友。①

他认为"五戒"是决定生死之途的大事，不可等闲视之。他对"五戒"进行了高度的颂扬。

四　"五戒"果报之差别观

"因果报应"思想与"轮回"思想是佛教的两大重要基本思想，也是其修行理

---

① （明）蕅益智旭述《灵峰蕅益大师宗论》，《嘉兴藏》第36册，第424页。

论的立石之基，约翰·B.诺斯和戴维·S.诺斯所著之《人类的宗教》中言："佛陀相信宇宙中充满男女神祇、妖灵鬼怪以及其他非人的力量和动因，不过他们全都是有限的，无一例外，注定要承受生死轮回……与大多数较晚时期的哲学家的习惯做法相比，佛陀赋予业报以更大的弹性。按照他的看法，一个属于任何种姓或阶层的人，如果能够经历心灵上或气质上的彻底转变，就能够摆脱前世犯下的罪业。业报律对那些以旧的方式（对欲望不加控制）生活的人毫不留情，绝不宽恕。但对一个已完全转变的人，也即对一个已经获得阿罗汉果的人，业报律就无效了。"① 很好地概括了佛教的轮回和业报思想，即佛教的"因果报应"学说是在婆罗门教的轮回学说的基础之上发展而来的，比婆罗门教的轮回思想更加激进。对于戒律而言，佛教认为持戒是一门非常庄重、神圣的事情，一旦受戒之后，如果发生破犯戒律的事情，就要相应地遭受业报。对此，蕅益大师对于破犯"五戒"的业报持有以下的观点：

首先，关于"杀戒"。蕅益大师根据《华严经·二地品》中的相关论述认为犯杀戒的人"上杀堕地狱，中杀堕畜生，下杀堕饿鬼"②。将犯杀戒的人按照三种不同的程度相对应地划入到三恶道之中，形成整齐划一的对应形态。但这并不算是结尾，蕅益大师接着认为"或约前文三品众生分上中下，或约杀心猛弱分上中下。或虽造上罪，殷勤悔过，转成中下。虽造下罪，护过饰非，不知惭愧，转成中上。三义互成，事非一致"③。认为上、中、下三种级别的杀戒每一级别中又可以细分为上、中、下三级，其中每一种级别都不是固定不变的，而是根据造业者的心性活动变化而有所变动的。犯了上品杀戒的人虽然罪重，只要能够在事后殷勤悔过，是可以减省一定程度的业报，从而转为中品或下品的罪业所相应的业报。这种思维与世俗法律中犯下重罪的人只要在监狱中认真悔过、积极改造可以争取减刑的原理是一致的。此外，通过上、中、下三品中又分别有上、中、下三品的思维模式与佛教的"大千世界"的宇宙模型论的思维模式在很大程度上也是一致的。佛教认为整个宇宙是由三千大千世界组成的，每一大千世界中有一千中千世界，每一中千世界中有一千小千世界。可以看出，佛教的思维方式有一种由宏观到微观进行无限细分的空间扩张式

---

① 〔美〕约翰·B.诺斯、戴维·S.诺斯著，江熙泰、刘泰星等译《人类的宗教》，四川人民出版社，2005，第163页。

② （明）蕅益智旭述《梵网经合注》，《新纂卍续藏》第38册，第649页。

③ （明）蕅益智旭述《梵网经合注》，《新纂卍续藏》第38册，第649页。

思维特征，这一思维特征能使人在直观的感觉上产生博大、深邃之感，建立起崇敬、畏惧之情。另外，上、中、下三品杀戒可以互相转化，还体现了佛教的圆融和流变思想，这种流变思想就是"无常"，即认为没有一种永恒不变的绝对静止的事物现在存在，唯一不变的只有作为真如实相存在的佛性。正因为蒣益大师认为人的心性具有一种流变的特性，只有佛才能做到在心性上绝对澄静不动，所以他最后感慨道："故业性差别，惟佛穷尽耳。"[①]

持"不杀戒"得何报应？蒣益大师根据《十善业道经》以及《大乘理趣六波罗蜜经·净戒品》认为持"不杀戒"可以从心灵上远离诸多烦恼、获得安乐，可以在来世的轮回中投入善道或有福人家，可以有机会修成菩萨道离佛之路更进一步。之所以能够获得这样好的果报，是因为持"不杀戒"需要心中常生慈悲之心，常生利益众生、普施无畏之心。这种慈悲之心除了在大的方面带来以上三种善报之外，从具体的细微层面还能够帮助修行者心中安乐、远离过去的不良习气，远离疾病、寿命增长，睡眠安稳、远离噩梦，仇怨消解、与人相处愉快，不怕堕入恶道、心中安稳，冥冥中常有天神护佑、健康安全，命终往生天界或极乐世界等等。可以看出，持"不杀戒"所带来的良好效果是全方位的，无论是从个体的物质生活，还是精神状态上而言，都能带来巨大的利益和满足。不但在尘世中获得安乐、幸福，而且能够在死后获得更好的去处。这种既关怀此岸又观照彼岸的美好愿景，对于人心灵上的冲击无疑是巨大的。实际上，反过来看，如果一个人心中安乐、不与他人结怨，心存慈悲、常无烦恼之心，自然而然就会守持"不杀戒"。从一般的逻辑意义上说，行为是由精神推动、影响的，所以安乐、慈悲之心应当是因，而持"不杀戒"应当是果。这里却出现了持"不杀戒"为因，心存安乐、慈悲为果，反映了佛教的因果相续、前事之果为后事之因的逻辑思维特征，突出了行为对精神的反作用功能，强调人应当在即便精神上没有达到相应的境界之时，也应当事先持有一种高尚的行为操守原则。因为人的精神是对现实世界的反映，故此具有一定的滞后性，现实的变化是快速的、多元的，人在精神上面要与之匹配的话需要一定的时间尺度，故此需要在精神上还未达到与现实相应的认识高度之时，应当先根据先验的道德命令来修饰和约束自己的行为，使之符合、满足现实的需要。先验的道德命令是来自于圣人、

---

① （明）蒣益智旭述《梵网经合注》，《新纂卍续藏》第 38 册，第 649 页。

先知的教导的，这就是哲学和宗教中对圣人和先知推崇的原因。

其次，关于"盗戒"。蕅益大师认为其与"杀戒"一样同样分为上盗、中盗、下盗三品，每品中又分上、中、下三品。关于其所对应的恶报，他仍旧引用了《华严经·二地品》中的相关论述，认为偷盗之罪如同犯杀戒一样会导致行为主体堕入畜生、地狱、饿鬼三恶道，如果是来世投胎仍旧在人道的话，会导致终生贫穷或"共财不可得"。所谓的"共财"是指世间的财物为王、贼、水、火以及不肖子孙五种人、物所共同分配，亦即是说人的财物会被统治者征收一部分、被盗贼劫走一部分、被水火无情之灾害损失一部分以及被不肖子孙败坏一部分。因此，蕅益大师认为，犯下盗戒的人，若仍旧转世为人，其于财物方面必然是有损失的，要么仍受众生贫困，要么财物为以上五种情况所损毁，终不可得。这种思想具有明显的"种瓜得瓜，种豆得豆"的对应性因果报应思想。

关于持"不盗戒"，蕅益大师遵从《十善业道经》的理论，认为这样会获得很多福报：（一）财物非常多，王、贼、水、火以及不肖子孙五种人、物不能够将其资财损坏一空；（二）心存慈悲，关怀他者；（三）不受他人欺负；（四）得到十方之人的齐声赞叹；（五）不用恐惧身心财物受到损坏；（六）会获得良好的社会名誉；（七）在社会交往中从容自在，无所惧怕；（八）身体、精神、财物都能够获得安乐；（九）常怀布施之心；（十）命终之后往生天界，甚至证得菩萨果位。与持"不杀戒"所获得的福报基本相似，持此戒的人同样在物质和精神上都获得良好的业报，精神上的善报是一样的，即安乐、慈悲、远离烦恼，物质上的善报则由身体康健、长寿转换成了资产丰盈、善名广布，由一个寿者相转变成了一个禄者相。

关于"淫戒"。蕅益大师认为其同样分为上淫、中淫、下淫三品，每品中又分上、中、下三品，犯戒之后同样堕三恶道，得两种果报：一是妻子不贞良，二是"不得随意眷属"①。"不得随意眷属"指所娶之妻不如己意，自己想娶的人娶不到，即爱情不如意、婚姻不幸福。在古代，婚姻大多由父母包办而成，要做到"随意眷属"本就很难，这种犯淫戒将来就"不得随意眷属"的果报思想很大程度上只能适用于轮回转世方面的探讨，即今生淫乐，来世"不得随意眷属"。关于上品、中品、下品三种淫邪，蕅益大师对之分别进行了界定："母女姊妹六亲行淫，名上品；余一

---

① （明）蕅益智旭述《在家律要广集》，《新纂卍续藏》第 60 册，第 502 页。

切行淫，名中品；己妻非时非处等，为下品。"① 即有与除妻子之外的有亲属关系的人行淫罪恶最大，与亲属之外的人行淫罪恶居中，与妻子在不正当的时间、场所或于"口道""大便道""小便道"等处行淫属于下品。其中，关于上品淫邪的认定具有鲜明的汉化色彩，儒家认为"孝为仁之本"，将家庭内部的伦理关系作为国家长治久安的一项基本工作，各个地方的乡镇之中也由一个个大家族中的族长来协助国家安定社会秩序、普施教化。因此，与亲属进行行淫将会被视为罪恶滔天的事情。反之，在汉文化圈之外的诸多少数民族文化中并不存在十分鲜明的这种伦理意识，在匈奴、契丹、女真等诸多游牧民族中，兄妹之间发生性关系、儿子与继母之间发生性关系的情况屡见不鲜，甚至可以由此发展出婚姻关系。

关于持"不淫戒"，蒱益大师认为持此戒能使"诸根调顺"，身体上各方面的感觉都很舒服、清净；能远离喧闹，身心平静；能被人们所称赞，获得良好的声誉；其妻女能获得安乐，不为人所欺、淫。其具体的表现就是：（一）能在现世中获得天人称赞，远离恶名，为人敬重；（二）六根清净、调顺，从而扫除过往的淫念业障，使自己的佛性得以显露；（三）在转生来世之后，其父母、妻子等亲属之间都相处融洽，家庭关系和谐、友爱，妇女都保持良好的贞操，不会因为淫行而为家族蒙上羞辱；（四）如果彻底断离淫欲，将会获得佛陀一般的马阴藏相，从而功德成就，证得无上菩提果。

关于"妄语"戒，蒱益大师认为犯此戒将堕三恶道，若来生仍生人道，将会获得两种恶报：一是经常性地遭受他人的诽谤，二是被他人欺骗。这种"妄语"指的是狭义上的怀有自利毁他的邪恶之心而出的语言，从广义上说，"妄语"还包含有"绮语"的内容，即心中并未怀有不良动机，但是言辞本身具有虚浮、欺骗色彩的，乱开玩笑就属于这种。蒱益大师认为"绮语"同样会令人堕入三恶道，若来生仍生人道，将会获得两种恶报：一是其所说语言无人听信。二是语言表达能力有限，说话含糊不清。"恶口"和"两舌"，也属于"妄语"的广义范畴，"恶口"指詈骂他人，"两舌"指搬弄是非，这两种行为都是出于自利毁他的思维所做出的，前者属于"嗔"的表现，后者属于"痴"的表现。蒱益大师认为犯这两种戒的人会堕三恶道，若来世仍生人道中，则会获得两种恶报：一为"眷属乖离"，亲属之间互相不信任、

① （明）蒱益智旭述《梵网经合注》，《新纂卍续藏》第38册，第654页。

友爱，家庭关系不和谐、充满矛盾；二为"亲族弊恶"，亲属德行败坏，为人不良。可以看出，"妄语戒"的果报同"淫邪戒"的果报一样，都是侧重于家庭内部伦理关系的讨论的，这与"杀生戒"和"偷盗戒"的果报侧重于个人身体、精神上的讨论有着明显的区别。它们一方面从个人的直接感知入手，一方面从围绕个体的外部环境入手，全面、系统地构建了一个较为完善的"报应系统"。

关于持"不妄语"戒，蕅益大师认为会有以下几种福报：（一）所说之语为人喜乐、天人赞叹；（二）口常清净，有优钵罗花香般的气息；（三）能以柔善的爱语抚慰心灵受伤之众生，广行菩萨道；（四）所说之言具有信服力，众生欢喜奉行；（五）口业清净、心中欢喜，能助缘修行，获得般若智慧。关于持"不妄语"戒，在很大程度上偏向于说法之人，即常行此戒的人，其语言具有信服力，能教人向善，能引导人皈依三宝，侧重的是"法布施"。

关于"酤酒戒"的果报，《梵网经合注》中仅用了一句话进行概括，即："过酒器与人饮酒，尚云五百世无手，况复酤酒。"[①] 可以想象，犯此戒的后果有多么的残酷！

---

① （明）蕅益智旭述《梵网经合注》，《新纂卍续藏》第 38 册，第 657 页。

5 世纪初期大乘禅法"十方佛观"分析

——以《观佛三昧海经》与《思惟略要法》为例

熊　烨

【内容提要】　禅一词并非起源于佛教，也非佛教独有。但自原始佛教起，禅定与禅法一直贯穿于佛教实践之始终。由于鸠摩罗什、佛陀跋陀罗等僧人译经活动的大规模开展，公元 5 世纪初期的中国佛教进入了一个大乘经典传译的密集期。这一时期翻译的经典中既有侧重于阐明佛教义理之大乘经典，也有重点开显禅修实践要旨之禅法经典。本文的核心是分析《观佛三昧海经》与《思惟略要法》中的"十方佛观"，首先会介绍中国大乘禅法起源之概况，之后会分析《般舟三昧经》中的"十方佛观"，这体现了中国禅法经典中最初的十方佛形态，它为后期大乘禅经与般若的结合提供了初步的思路与框架。此外，本文将重点分析《观佛三昧海经》中"十方佛观"的相关内容并与《思惟略要法》中的"十方佛观"进行适当的对比，同时探讨两部经典中的"十方佛观"是如何受到大乘般若思想之影响。

【关键词】　十方佛观　《观佛三昧海经》　《思惟略要法》
【作　者】　熊烨，香港大学佛学研究中心，博士研究生。

一　绪论

正如吕澂先生所述，大乘佛教在印度的起源时间难以确定，但是大乘佛教的起源是与大乘经"相伴而来"。① 这一思路对判定中国佛教大乘禅法之起源同样适用。有关中原地区大乘禅法之起源，最早可以追溯到稍晚于安世高的支娄迦谶以及他所翻译的《般舟三昧经》。支娄迦谶在洛阳译经的时间大致在公元 178 ~ 189 年。根据《出三藏记集》的记载，"传译胡文出，般若道行品、首楞严、般舟三昧等三经，又有阿阇世王宝积等十部经"②。这里的《般舟三昧经》便是现存汉译禅经中具备大乘特征的第一部经典。其中提到了四种修习般舟三昧的法门，其核心方式是通过持名、观想、观像等方式入念佛三昧。此后，康僧会、竺法护、道安等人陆续译出了多部具有大乘内容与大乘特征的禅法经典。在 5 世纪初期，随着多个译经团队特别是国家译场的出现，中原地区译出了大量的大乘经典，这些经典中既有多部偏重义理的经典，也有少数偏重禅法的经典。

在这一时期，不论是北方译场还是南方译场都处于大乘经典翻译（包括重译）的密集期，甚至可以说是大乘经典在中国传译的第一个高峰期。"十方佛观"已经成为这一时期所译多部大乘经典与禅法经典的共同要素，成为此时大乘义学与禅学的主要内容之一。就义学而言，这一时期传译的净土、华严、法华类经典都浓墨重彩般地强调了十方思想，各部大乘经中不同版本十方佛刹的描述便是具体体现之一。此外，不论是时间上还是空间上，从三世、十方、千佛乃至到一切诸佛的思想都贯穿于这些大乘经的始终。即使各部大乘经的侧重点不同，例如净土类经典更重视对往生西方的指引，华严类经典更重视对毗卢性海与法界缘起的开显，但它们无不是以十方思想作为基础来进行的宣说。就具有大乘特征的禅经而言，《般舟三昧经》《观佛三昧海经》《思惟略要法》等经所开显的禅法也非常重视对"十方佛观"的理解与运用。

在佛教传入中国后，其理论与实践之发展并非一蹴而就，在 6 ~ 7 世纪天台宗或禅宗等宗派佛教出现之前，中国佛教之大乘禅法始终处于一个摸索阶段。根据方立天先生的分析，魏晋时期是佛教中国化的第二阶段，佛教自公元 1 世纪传入中国后已经逐渐站稳脚跟，这一阶段的佛教同时面临着儒道的竞争与融合汇通。③ 在这一时期，中国的禅法既包括了印度与西域传来的禅修方式与内容，又逐渐吸收并且融合

① 参见吕澂《印度佛学源流略讲》，世纪出版集团、上海人民出版社，2005，第 75 页。
② 《出三藏记集》卷 13：（CBETA 2019. Q3，T55，no. 2145，p. 95c26 – 27）。
③ 参见方立天《方立天文集》第 1 卷，《魏晋南北朝佛教》，中国人民大学出版社，2006，第 428 页。

了中原地区的传统思想与文化，以适应本土化的需求。因此，探寻作为大乘禅法主要内容之一的"十方佛观"，既有利于理清禅法在印度与西域发展之轨迹，又有助于深入理解后期发展出的独具中国特色的禅修方式之源头。

二　《般舟三昧经》：中国禅法经典中最初的十方佛形态

《般舟三昧经》又名《十方现在佛悉在前立定经》，有一卷版本与三卷版本①，其大致内容基本相同，由后汉月氏三藏支娄迦谶于光和二年（179）译出。般舟本身就是现在佛前的意思；般舟三昧，"即依本经修行，可使一切诸佛皆立于眼前，所以又称'诸佛现前三昧''佛立三昧'和'见佛定'等"②。《般舟三昧经》中叙述的十方佛体现了中国禅法经典中最初的十方佛形态。

在《般舟三昧经》开篇的《问事品》中，十方佛的内容在飏陀和（贤护）菩萨对佛陀的一段提问中引出："云何行，心一等念，十方诸佛悉现在前？云何行，知四事之本无？云何行，便于此间，见十方无数佛土，其中人民、天、龙、鬼、神及蠕动之类，善恶归趣皆了知？所问如是，当云何行？愿佛说之，释一切疑。"③ 这里主要是问询十方佛现前的方法。佛陀首先提道："有三昧名十方诸佛，悉在前立，能行是法，汝之所问，悉可得也。"④ 这就是介绍诸佛现前三昧。佛陀进一步解释了三昧的概念："有三昧名定意，菩萨常当守习持，不得复随余法，功德中最第一。"⑤ 这里明确提到三昧即是定。在《行品》中，佛陀解释道："欲得见十方诸现在佛者，当一心念其方，莫得异想，如是即可得见。"⑥ 此句依然是对三昧的解释，即：一心念，这还是定的同义表述。《般舟三昧经》（三卷本）的《行品》也将定与十方佛进行了连接："若有菩萨所念现在定意向十方佛，若有定意，一切得菩萨高行。"⑦ 这里侧重

①　本文如未特别标注，则默认为一卷版本的《般舟三昧经》。至于两个版本译者的归属，本文采用《大正藏》的记载，与译者相关的争议则不在本文的讨论范围之内。

②　孔祥珍：《从汉代禅经翻译看早期禅学在中土的开展》，《河南师范大学学报》（哲学社会科学版）2008 年第 3 期，第 28 页。

③　《般舟三昧经》：（CBETA 2019. Q3, T13, no. 417, p. 898a22 – 26）。

④　《般舟三昧经》：（CBETA 2019. Q3, T13, no. 417, p. 898b3 – 5）。

⑤　《般舟三昧经》：（CBETA 2019. Q3, T13, no. 417, p. 898b7 – 8）。

⑥　《般舟三昧经》：（CBETA 2019. Q3, T13, no. 417, p. 899b8 – 10）。

⑦　《般舟三昧经》：（CBETA 2019. Q3, T13, no. 418, p. 904b24 – 25）。

于定与菩萨行的关系，其中的定也是通过十方佛体现的。在《四事品》中，佛陀将"敬善师"①与见十方佛的关系进行了连接，同时提出了必须具足"布施、持戒、忍辱、精进、一心，不得懈怠"②这些条件。而在《劝助品》中，佛陀将十方佛与早期三世思想进行了结合："过去佛持是三昧，助欢喜自致得阿耨多罗三耶三菩阿惟三佛，其智悉具足。今现在十方无央数佛，亦于是三昧中，四事助欢喜得。当来亦当从是四事助欢喜得，我悉助欢喜。"③以上是《般舟三昧经》中与十方佛相关的内容。

由于《般舟三昧经》的重点是介绍多种修习般舟三昧的方法，十方佛并没有作为一个独立的内容出现在经文中。但这并不影响十方佛在佛立三昧中的功能。正如学者所述："《般舟三昧经》在介绍这种禅定时称，得此三昧，十方诸佛就会出现在眼前。"④十方佛与禅定的结合，也首次出现在中国大乘禅法经典之中。此外，这部经典也为般若思想与禅法的结合提供了操作指南。在《般舟三昧经》译出时，般若思想在中国佛教中并非主流，且体系尚未完备，与般若相关的经文也不甚丰富。但是，它为后期大乘禅经与般若思想的结合提供了初步思路与框架。此后译出的具有大乘特征的禅法经典都受到了《般舟三昧经》中般若与禅法相结合这一模式的影响。

三　5世纪初期禅经中"十方佛观"所体现的般若思想

在《般舟三昧经》传译之后，大乘禅法在中国开始逐渐被接受，但在相当长的一个时期内并非主流。随着5世纪初期大量大乘经典在中原地区的翻译与传播，此时的大乘义理与大乘修行方式已经成为中国佛教的主流。不论是偏向义理的经典，还是禅法经典，对"十方佛观"都有了相当具体的描述。"十方佛观"已经成为5世纪初期禅法的重要组成部分。在这一时期流行的多部禅经中，本文选取了南方译出的《观佛三昧海经》与北方译出的《思惟略要法》这两部最具代表性的禅经来讨论其中"十方佛观"的相关内容、禅观方式，同时分析这两部经典中"十方佛观"相关内容所体现的般若思想。

---

① 《般舟三昧经》：（CBETA 2019. Q3, T13, no. 417, p. 900a6）。
② 《般舟三昧经》：（CBETA 2019. Q3, T13, no. 417, p. 900a10 – 11）。
③ 《般舟三昧经》：（CBETA 2019. Q3, T13, no. 417, pp. 901c28 – 902a3）。
④ 洪修平：《中国禅学思想史纲》，南京大学出版社，1994，第14页。

（一）《观佛三昧海经》中"十方佛观"所体现的般若思想

5 世纪初期的多部禅经如《禅秘要法经》《思惟略要法》等经典都由鸠摩罗什在长安译场译出，唯有《观佛三昧海经》由东晋天竺三藏佛陀跋陀罗在南方译场译出。这既反映了 5 世纪初期南、北方对禅法的共同重视，也体现了魏晋南北朝时期佛教禅法实践在南、北方的同步发展。《观佛三昧海经》的核心是讲述如何成就观佛、念佛、见佛，其中的《念十方佛品》专门针对观十方佛的程序、对象、功德等内容进行了分阶段的介绍。

第一阶段，经文明确提到了观十方佛的程序与对象，即从东方世界开始，观佛的佛号、国土、化生、形象等内容，然后依照相似的内容来观其他九方世界。观行者在完成一一佛刹的观想之后，再从整体上观十方佛刹，以至达到"如于明镜，自见面像，了了分明。见十方佛，心欢喜故，不染诸法，住于初心。"① 这里的"不染诸法，住于初心"表示观十方佛的第一阶段已经完成。此时的观行者达到了一个于诸法都无染无住的状态，就如晋译《华严经》《入法界品》中所述的"心如虚空，无所染着。"② 在达到这一境界后，"十方佛广为行者，各说相似六波罗蜜。"③ 这里的相似六波罗蜜并非般若波罗蜜。印顺法师依据《十地经》中"十地菩萨修十波罗蜜多"等相关内容对相似波罗蜜作出了如下解释："在还没证悟以前，也是修菩提分的。依大乘经说：证悟以后，才是真正的波罗蜜多；证悟以前，叫远波罗蜜多，相似波罗蜜多，因为都是有漏的，还不能与法性相应的。证悟以后，无漏的，与法性相应的行，才是真正的菩提分所摄。"④ 这也体现了《观佛三昧海经》对大乘教义的应用。在这一阶段，观行者依然是有漏的，其主要目的并非是为了使行者能够直接理解般若波罗蜜，而是为了消除行者的疑虑。因此，这一阶段只能说是修习念佛三昧禅法的准备阶段。

第二阶段，在行者消除疑虑后，"必闻诸佛说般若波罗蜜，闻第一义空，心不惊疑，于诸法中，得入空三昧，是名相似空相三昧"⑤。这一阶段的行者已经达到了初地，因此已经可以信、解真正的波罗蜜多，已经可以接受一切法皆毕竟空之诸法实

① 《佛说观佛三昧海经》卷 10：（CBETA 2019. Q3, T15, no. 643, p. 694c3 – 5）。
② 《大方广佛华严经》卷 60：（CBETA 2019. Q3, T09, no. 278, p. 784b8）。
③ 《佛说观佛三昧海经》卷 10：（CBETA 2019. Q3, T15, no. 643, p. 694c5 – 6）。
④ 释印顺：《华雨集（一）》，《印顺法师佛学著作全集》（第十一卷），中华书局，2009，第 180 ~ 181 页。
⑤ 《佛说观佛三昧海经》卷 10：（CBETA 2019. Q3, T15, no. 643, p. 694c7 – 9）。

相。相比第一阶段，这一阶段的行者已经进入了观行的正轨，但是这一阶段所观的内容仅能称其为"相似空相三昧"①。这里的"相似空相三昧"在隋朝翻译的《占察善恶业报经》中有着更加具体的解释："渐渐能过空处、识处、无少处、非想非非想处等定境界相，得相似空三昧。得相似空三昧时，识想受行麤分别相不现在前。"②这里的"空处、识处、无少处、非想非非想处"是无色界的四无色天。色有质碍的意思，在无色界已经没有了质碍。超越无色界的四无色天就能够脱离三界。因此，"相似空相三昧"指的还是在三界之内的三昧，所以有"相似"二字；但同时也是超越三界的临界点，因为超过无色界的四天就是超越了三界。因此，《念十方佛品》中第二阶段观行者禅定的状态已经到了突破三界的临界点。

　　第三阶段，也就是在超越三界之后，观行者便正式开始了念佛三昧的修行，这也是一个由浅入深、由粗到细的过程。正如《念十方佛品》所述："欲观十方佛者，于念佛三昧中但知麤相，当自然知无量妙相。"③然后"得此观者见佛无数不可限量，入此定者名见一切诸佛色身……于未来世当成阿耨多罗三藐三菩提，得不退转"④。针对第三阶段，经文中描述的过程可以进一步细分为两个部分，即入（禅）定前与入（禅）定后。观十方佛的行者如果要"入此（禅）定"，首先要在念佛三昧的过程中经历一个由粗显到细致的过程，然后才能够见到无量无边佛陀的相好庄严。在入定后，方能观一切诸佛色身，同时渐入三解脱门。而观佛色身的念佛三昧，"本从大众部系而来，传入西北印度（及各地），显然受到部派佛教者所采用，成为五门禅法之一"⑤。这本身也体现了大乘禅法对早期禅法的继承。此外，三解脱门也显示出了大、小乘禅法的共通。这种入三解脱门后能理解空，同时仰仗佛力又不着空的禅定者，在未来世才能成就无上正等正觉。纵观整个过程，禅定并非观十方佛或者念佛三昧的最终目标，入定后对空的理解才是证得阿耨多罗三藐三菩提与不退转之关键。

　　此外，《念十方佛品》中还有两个问题需要引起重视。第一，经中特别强调了未

---

① 《佛说观佛三昧海经》卷10：（CBETA 2019. Q3, T15, no. 643, p. 694c9）。
② 《占察善恶业报经》卷2：（CBETA 2019. Q3, T17, no. 839, p. 908b17－20）。
③ 《佛说观佛三昧海经》卷10：（CBETA 2019. Q3, T15, no. 643, p. 694c10－12）。
④ 《佛说观佛三昧海经》卷10：（CBETA 2019. Q3, T15, no. 643, p. 694c13－16）。
⑤ 释印顺：《华雨集（二）》，《印顺法师佛学著作全集》（第十一卷），第166页。

来世。例如："于未来世当成阿耨多罗三藐三菩提，得不退转"①，以及 "为未来世诸众生等，当广宣说慎勿妄传"②。因此，此品中现世证得的禅定可以看成是对未来世成佛所做的准备。第二，《念十方佛品》中除了对禅定的介绍之外，还融合了多部大乘经典的内容。举例而言，本品在念佛三昧成就者所需的五因缘③中提到了 "亦当读诵大乘经典，以此功德念佛力故，疾疾得见无量诸佛"④。其中提到的 "见无量诸佛" 自然包括了十方佛刹与净土相关的内容，这与经中所述未来世成佛的相关内容也有着较高的匹配度。因此，此部经典应当是受到了 5 世纪初期净土经典与净土思想传译（包括重译）的影响。

《念十方佛品》结尾处说："渐渐减消诸烦恼结，观法无相，无相力故，当得甚深六波罗蜜。"⑤ 此句明确了本品观十方佛的根本思想。从禅法的角度来看，得六波罗蜜是修习 "十方佛观" 的果，但其核心是 "观法无相，无相力故"。无相是三解脱门的第二门。而上文中提到的 "必闻诸佛说般若波罗蜜，闻第一义空心不惊疑，于诸法中得入空三昧" 即三解脱门的第一门：空解脱门。《大智度论》论述到："三毒是缚，三解脱门是解。是三毒等诸烦恼，虚诳不实，从和合因缘生，无自性故无缚，无缚故无解；破是三毒故，三解脱门亦空。"⑥ 三解脱门虽开三门，但实际上只有一门。在《念十方佛品》中，从消除疑虑、入相似空相三昧、到入三解脱门这一念佛三昧之修习过程中最关键之处在于："于诸法中，得入空三昧。"⑦ 因为只要能入空三昧，便能够突破三界之束缚。因此，本品的核心是在第二阶段，观十方佛的关键也在于对空的理解。如果能得入空三昧，便不会再有退转。本品最后提到的无相实际上就是空的同义词，也是般若思想与 "十方佛观" 的结合并在禅法上的具体体现与运用。

（二）《思惟略要法》中的 "十方诸佛观法" 之根本

《思惟略要法》由鸠摩罗什于 5 世纪初期在长安译出。其中的 "十方诸佛观法" 与《观佛三昧海经》中的 "十方佛观" 基本程序大致相同，都是采用 "先别

---

① 《佛说观佛三昧海经》卷 10：（CBETA 2019. Q3, T15, no. 643, p. 694c15 – 16）。
② 《佛说观佛三昧海经》卷 10：（CBETA 2019. Q3, T15, no. 643, p. 694c19 – 20）。
③ 五因缘的内容请参见《佛说观佛三昧海经》卷 10："一者，持戒不犯。二者，不起邪见。三者，不生憍慢。四者，不恚不嫉。五者，勇猛精进如救头然。"（CBETA 2019. Q3, T15, no. 643, p. 694c23 – 25）。
④ 《佛说观佛三昧海经》卷 10：（CBETA 2021. Q4, T15, no. 643, p. 694c26 – 27）。
⑤ 《佛说观佛三昧海经》卷 10：（CBETA 2019. Q3, T15, no. 643, p. 695b5 – 7）。
⑥ 《大智度论》卷 63：（CBETA 2019. Q3, T25, no. 1509, p. 504c10 – 13）。
⑦ 《佛说观佛三昧海经》卷 10：（CBETA 2019. Q3, T15, no. 643, p. 694c8）。

观各方诸佛、后总观十方佛"的模式。例如，《思惟略要法》也是从东方开始"坐观东方"①，观"结跏趺坐，举手说法"②的一佛，这里的观不仅是用眼识来观，更是用心识，也就是第六意识来观，观察的对象是坐佛的"光明相好"③。这里的"相好"指的是佛陀的三十二相与八十种好。文中强调"心眼观察"④的重点是第六意识。凡夫无论是造善业还是恶业都是第六意识在推动。相比包括眼识在内的前五识的现量，可以"三性三量通三境"⑤的第六意识在听闻佛法、思维、禅定等方面起到了关键作用。正如学者所述："以八识来说，前五识智慧昧劣，难以作观；第七识和第八识的作用又极其微细，凡夫难以觉知；而意识作用明显，众生的迷、悟、升、沉之业都是由意识所造作，又因意识能知晓诸法名义。"⑥因此，在《思惟略要法》所介绍观十方佛的禅定过程中，第六意识起到了关键作用。第六意识的概念在《俱舍论》与唯识宗的多部经典中有着更加详细的解释，故在此不再赘述。这一阶段观一佛刹的目标是要达到"系念在佛，不令他缘；心若余缘，摄之令还"⑦的状态。也就是反复的训练来去除观佛过程中的其他所缘，将心意识放在观佛一念上。

在此之后，便是从一方观一佛扩展到一方观十佛、百千佛乃至无有边际佛刹的过程。其他九个方向也依此程序来观佛。十个方向分别完成观行后，再"总观十方诸佛"⑧达到"一念所缘，周匝得见"⑨时才能得定，在入定后方能听从十方诸佛为其说法。《观佛三昧海经》与《思惟略要法》都有消除疑虑这一步骤，其中《观佛三昧海经》的表述为："时十方佛，广为行者，各说相似六波罗蜜，闻是法已，于初地下，十心境界，无有疑虑。"⑩而《思惟略要法》的表述为："即于定中，十方诸佛，皆为说法，疑网云消。"⑪这两种表述也较为相似，都是行者在听闻十方诸佛宣

---

① 《思惟略要法》：（CBETA 2019. Q3, T15, no. 617, p. 299c4）。
② 《思惟略要法》：（CBETA 2019. Q3, T15, no. 617, p. 299c5）。
③ 《思惟略要法》：（CBETA 2019. Q3, T15, no. 617, p. 299c6）。
④ 《思惟略要法》：（CBETA 2019. Q3, T15, no. 617, p. 299c5 – 6）。
⑤ 《八识规矩颂》中本颂的相关内容请参见演培法师《八识规矩颂讲记》，福建莆田广化寺印刷，2006，第120 页。
⑥ 龚晓康：《佛教论"意识"——以智旭为重点》，《贵州大学学报》（社会科学版）2007 年第 5 期，第18 页。
⑦ 《思惟略要法》：（CBETA 2019. Q3, T15, no. 617, p. 299c6 – 7）。
⑧ 《思惟略要法》：（CBETA 2019. Q3, T15, no. 617, p. 299c13）。
⑨ 《思惟略要法》：（CBETA 2019. Q3, T15, no. 617, p. 299c13）。
⑩ 《佛说观佛三昧海经》卷 10：（CBETA 2019. Q3, T15, no. 643, p. 694c5 – 7）。
⑪ 《思惟略要法》：（CBETA 2019. Q3, T15, no. 617, p. 299c14 – 15）。

说法义后才消除了疑虑。

此外，《思惟略要法》中从别观到总观十方佛的程序与其他经典的描述有所差异。例如《观佛三昧海经》中就是从东方世界开始观东方佛的佛号、形象等内容，然后也依同一程序分别来观其他九方世界，最后再行总观。但是，《思惟略要法》则是从一方观一佛，到一方观十方佛乃至一方观诸佛，再从其他九方依此程序"方方皆见诸佛"①，最后再行总观。二者的差别在于《思惟略要法》中观一佛的内容与程序更加细致，在观一佛时已经能够达到观诸佛之效果。

除了单独分析"十方诸佛观法"的内容之外，本文还需要结合《思惟略要法》的整体内容来分析"十方诸佛观法"的指导思想与最终目的。在《思惟略要法》开头部分介绍到"凡求初禅先习诸观，或行四无量、或观不净、或观因缘、或念佛三昧、或安那般那，然后得入初禅则易"②。因此，经中叙述的多种观法都是为了更加方便的证得初禅，而证得初禅的实质则是"用智定指洗除心垢"③。这里的智指的是般若智，即通达一切法皆缘起性空之智。而这里的心垢指代的是疑。正如印顺法师在《大乘广五蕴论讲记》中所述："能够有如理所引的般若智慧，就能够断除疑惑。"④ 这里的般若智既能使观行者断除疑惑，也能使观行者对三宝、四谛、十二因缘等法产生正信。这是行者在禅修过程中能够通达诸法实相之前提。

《思惟略要法》虽然提到了多种观法，但其根本在于引导禅修者证悟诸法实相，因此诸法实相观法才是包括"十方佛观"在内的诸多观法之根本。诸法实相观法的部分内容与鸠摩罗什本人翻译的《大智度论》等多部经典的相似度极高。⑤ 例如"诸法从因缘生"⑥ 在《中论》《大智度论》等多部般若中观类经典中都有提及。"若法实有，不应说无，先有今无，是名为断。不常不断，亦不有无，心识处灭，言说

---

① 《思惟略要法》：（CBETA 2019. Q3，T15，no. 617，p. 299c12）。

② 《思惟略要法》：（CBETA 2019. Q3，T15，no. 617，p. 298a1－5）。

③ 《思惟略要法》：（CBETA 2019. Q3，T15，no. 617，p. 298a13－14）。

④ 释印顺：《大乘广五蕴论讲记》，摘自《印顺法师佛学著作集》（光碟版）第44册，财团法人印顺文教基金会，第84页。

⑤ 也有学者认为《思惟略要法》是"类似于西域的禅法，可能是后世抄袭编撰而成，不是鸠摩罗什的译经"。请参见圣凯《晋宋时代的禅经译出与禅法传播》，《闽南佛学》第六辑，宗教文化出版社，2009，第12页。

⑥ 请参见《思惟略要法》：（CBETA 2019. Q3，T15，no. 617，p. 300a12）；《中论》卷4：（CBETA 2019. Q3，T30，no. 1564，p. 33b5）；《大智度论》卷6：（CBETA 2019. Q3，T25，no. 1509，p. 105a3－4）。

亦尽"① 与《大智度论》卷六中偈颂的内容也几乎相同。"若在内，不应待外因缘生"② 等内容在《大智度论》卷六中内容完全一致。而《大智度论》本就是解释《摩诃般若波罗蜜经》之论疏，整个《中论》二十七品则是通过但破不立的方式来解释诸法缘起性空之理。在观诸法实相的部分中，既有从正面的角度依照般若思想进行观想的内容，也有类似《中论》这种唯破不立的观法。例如："如是观法，甚深微妙，行者若能，精心思惟，深静实相，不生邪者，即便可得，无生法忍。此法难缘，心多驰散，若不驰散，或复缩没，常应清净其心，了了观察。"③ 这是从正面的角度来解释行者需要精心思维，领悟诸法实相，方可证得无生法忍，同时也强调在观行的过程中需要清净其心。而此部分开头所介绍的观法方式与龙树《中论》中归谬论证的方式极其相似。例如"若法实有不应说无，先有今无是名为断。不常不断亦不有无，心识处灭言说亦尽，是名甚深清净观也。"此句与《中论》《观因缘品》中的"法若实有则不应无，先有今无是即为断，若先有性是则为常，是故说不常不断"④ 表达方式如出一辙。此外，《思惟略要法》观诸法实相部分中破除"生、灭；常、断；有、无；内、外"等内容在《中论》多品原文中都有着极其相似的论证方式。不论是正面说明，还是唯破不立，《思惟略要法》的诸法实相观法都是在般若思想的影响下帮助行者通达诸法无自性之实相。

因此，《思惟略要法》中包括"十方诸佛观法"在内的多种观法之根本，可以看成是在般若中观思想的引导下，通过"精心思惟"⑤，破除各种人我执与法我执，得无生法忍，通达一切法无自性之中道实相。《思惟略要法》中的各种观法虽与净土、法华等多部经典有所连接，但此类连接之目的在于帮助行者理解诸法实相。例如法华三昧观法的最终落脚点还是在"所谓无生无灭，毕竟空相"⑥。《思惟略要法》

①　请参见《思惟略要法》："若法实有，不应说无，先有今无，是名为断。不常不断，亦不有无，心识处灭，言说亦尽"（CBETA 2019. Q3, T15, no. 617, p. 300a14 – 16）；《大智度论》卷6："若法实有，不应还无；今无先有，是名为断。不常不断，亦不有无；心识处灭，言说亦尽。"（CBETA 2019. Q3, T25, no. 1509, p. 107a12 – 14）。此句中，《思惟略要法》与《大智度论》仅有"不应说无"与"不应还无"中的"说"与"还"这一字不同。

②　请参见《思惟略要法》：（CBETA 2019. Q3, T15, no. 617, p. 300a17 – 18）；《大智度论》卷6：（CBETA 2019. Q3, T25, no. 1509, p. 107c3 – 4）。

③　《思惟略要法》：（CBETA 2019. Q3, T15, no. 617, p. 300a23 – 27）。

④　《中论》卷1：（CBETA 2019. Q3, T30, no. 1564, pp. 1c24 – 2a2）。

⑤　《思惟略要法》：（CBETA 2019. Q3, T15, no. 617, p. 300a24）。

⑥　《思惟略要法》：（CBETA 2019. Q3, T15, no. 617, p. 300c5）。

中介绍的包括"十方诸佛观法"在内的多种观法之目的是为了帮助观行者"求初禅"①，其方式虽然各异，观法的侧重点虽有不同，但究其根本都是通过般若思想的引导，以助行者在禅修过程中通达诸法毕竟空相，得证初禅。

四 结论

在《般舟三昧经》的基础上，随着 5 世纪初期大乘经典的传播，南方与北方都各自译出了具有大乘特征的禅法经典，其中的"十方佛观"已经成为大乘禅法体系的重要组成部分。《观佛三昧海经》《思惟略要法》等禅法经典都将"十方佛观"单独作为一品进行了解释，通过上文的分析，总结如下：

首先，从观十方佛的程序来看，《思惟略要法》更加细致。实际上，行者在观一方佛的过程中，就已经完成了"十方佛观"。《观佛三昧海经》采用的方式则是一方只观一佛，分别完成"十方佛观"后，再行总观。但从本质上看，两部经典中的"十方佛观"起点与终点相同，只是方式不同而已。

其次，南、北方两部经典中的"十方佛观"也体现了具有大乘特征的禅法与不同教义的结合。例如《观佛三昧海经》对法相的运用更加细致，它要求行者对相似波罗蜜、相似空相三昧、三解脱门等佛教概念十分清晰；而《思惟略要法》中的"十方佛观"更强调了对第六意识的运用。

最重要的是，两部经典的"十方佛观"都受到了般若思想的影响，也是般若思想在观法上的应用。《观佛三昧海经》从去除疑虑开始的每一个步骤都是寻求诸法毕竟空相的过程。《思惟略要法》更是将诸法实相观法作为了根本观法。5 世纪初期的"十方佛观"既融合了印度与西域的大乘思想与实践方式，又结合了中国本土的文化特征与信仰需求。随着大乘经典在此后的进一步翻译与流传，更适合中国本土化的禅修方式应运而生。6 世纪末期隋朝天台宗与三论宗的兴起，本就是佛教中国化进程进一步深入的表现，它标志着以印度龙树所开创的大乘空宗在实践与理论层面上都正式成为了中国佛教的重要组成部分。

---

① 《思惟略要法》：（CBETA 2019. Q3，T15，no. 617，p. 298a1）。

"空如来藏"与"不空如来藏"在中国的演变[*]

——以《胜鬘经》诸注释书为中心

杨玉飞

【内容提要】　"空"与"如来藏"原本是相对的存在，然而作为如来藏系经典"三经一论"之一的《胜鬘经》却将两者结合起来，提出了"空如来藏"与"不空如来藏"的说法。关于"空如来藏"与"不空如来藏"的说明，《胜鬘经》中仅有寥寥数言，但中国现存的《胜鬘经》诸注释书中却有着相当丰富的论述与阐释。通过对这些《胜鬘经》注释书的分析，可以看出中国佛教思想家对"空""如来藏"以及"空如来藏"与"不空如来藏"的理解，从而把握"空如来藏"与"不空如来藏"在中国的传承与发展。

【关键词】　空　如来藏　空如来藏　不空如来藏　《胜鬘经》

【作　者】　杨玉飞，文学博士，江西省哲学社会科学重点研究基地宜春学院江西宗教问题研究中心副教授、副主任，研究方向为中国佛教与日本佛教。

一　《胜鬘经》中的"空如来藏"与"不空如来藏"

"空如来藏"与"不空如来藏"是由"空"与"如来藏"两个词复合而成。

---

*　本文系国家社科基金青年项目"《胜鬘经》与中国如来藏思想的展开研究"（项目号：18CZJ002）、江西省高校人文社会科学研究项目"南北朝时期的如来藏思想研究——以如来藏系'三部经'为中心"（项目号：ZJ20201）的阶段性研究成果。

空这一概念在佛教初期便已存在，至大乘佛教，特别受到《般若经》及中观派的重视与强调。虽然空的含义，在不同时代及学派中各不相同，但通常指无固定的实体、无我或无实体性等，建立于"人无我"及"法无我"的思想基础之上，即"人法二空"。而如来藏却承认特定意义上的"我"，如常乐我净之"我"。从这一意义上说，空与如来藏应是相互对立而格格不入的。《胜鬘经》却将其有机地结合起来：

> 世尊！空如来藏，若离·若脱·若异一切烦恼藏。世尊！不空如来藏，过于恒沙不离·不脱·不异·不思议佛法。[1]

这段经文的梵文可以从 *Ratnagotravibhāga Mahāyānottaratantraśāstra*（《究竟一乘宝性论》）中析出：

> śūnyas tathāgatagarbho vinirbhāgair muktajñaiḥ sarvakleśakośaiḥ |
>
> aśūnyo gaṅgānadīvālikāvyativṛttair avinirbhāgair amuktajñair acintyair buddhadhar-mair iti | [2]
>
> 如来藏对于可分离、离于智之一切烦恼的库藏为空，
>
> 对于超过恒河沙数、不可分离、与智不相离、不可思议之佛诸德性为不空。

即这里的"空如来藏"是指欠缺烦恼之意，是从消极、否定的方面来解释如来藏的内涵；"不空如来藏"是指具足佛之诸德性之意，是从肯定的方面来解释如来藏的内涵。质言之，《胜鬘经》中的"空如来藏"与"不空如来藏"其实是从遮诠与表诠两方面对如来藏思想的阐释。这种说法不仅被之后的《宝性论》与《佛性论》所继承，传至中国后，更是受到了中国各个时代佛教思想家的青睐。本文拟以中国

---

① （南朝宋）求那跋陀罗译《胜鬘师子吼一乘大方便方广经》，《大正藏》第12册，第221页下栏。本文用简称《胜鬘经》。

② Johnston, E. H. （ed.）. *Ratnagotravibhāga Mahāyānottaratantra śāstra*. Patna: The Bihar Research Society, 1950, p. 76.

佛教中的《胜鬘经》注释书①为主要研究对象，并结合其他佛教思想家的理解，以期对《胜鬘经》在中国如来藏思想中的嬗变轨迹进行把握。下面便按时代顺序对中国现存的《胜鬘经》诸注释书中的"空如来藏"与"不空如来藏"略作考察。

二　魏晋南北朝时期的《胜鬘经》注释书

按照各种僧传的记载，在南北朝时期，《胜鬘经》汉译之后便受到了僧俗两界的欢迎。除了受到广泛的传抄与讲解之外，多位佛教思想家还为该经作注，但遗憾的是，大多都未能流传下来。随着敦煌文献的整理与研究的推进，其中南北朝时期的《胜鬘经》注释书亦逐渐为世人所知。此部分所要探讨的便是敦煌文献中现存的四本注释书——北魏正始元年（504）写，慧掌蕴《胜鬘义记》一卷（S. 2660）；6 世纪中叶写，无名氏《胜鬘经疏》（S. 6388、BD02346）；高昌延昌四年（564）写，照法师《胜鬘经疏》（S. 524）；敦煌本《胜鬘义疏本义》〔BD04224（玉 24、北 113）、BD05793（奈 93、北 114）〕。

（一）慧掌蕴《胜鬘义记》借用"众生佛性"与"如来佛性"的概念

众生佛性·如来佛性体同无异。所以众生当有、如来已有，故有种也。"如来藏智"者，如来佛性也。"是如来空智"者，无生生烦恼一切相累。直举前句，为明此义。"如来藏者"，复举此句者，欲明三乘行人未见、未得也。"有二种"者，第九经（经＝章）名也。"如来藏"者，众生佛性，是一种也。"空智"者，如来佛性，是二种也。"空如来藏"者，若离·说（据文意，疑为"脱"之误）一切烦恼藏，此解空智也。"不空如来［藏］"（据文意，疑脱落

---

① A. 北魏正始元年（504）写，慧掌蕴撰《胜鬘义记》一卷（S. 2660）。

　　B. 六世纪中叶写，无名氏《胜鬘经疏》（S. 6388、BD02346）。

　　C. 高昌延昌四年（564）写，照法师《胜鬘经疏》（S. 524）。

　　D. 敦煌本《胜鬘义疏本义》〔BD04224（玉 24、北 113）、BD05793（奈 93、北 114）〕。

　　E.（隋）净影寺慧远撰（523 – 592）《胜鬘经义记》（卷下：P. 2091 + P. 3308）。

　　F.（隋）吉藏撰（549 – 623）《胜鬘宝窟》。

　　G.（唐）基说·义令记《胜鬘经述记》。

　　以上 A – D 的时代顺序见〔日〕藤枝晃《北朝における〈勝鬘経〉の伝承》，《东方学报》第 40 辑，1969，第 333 页。

"藏"字）讫"不思议佛性法"，此明众生佛性也。①

按照以上的解释可列出下表：

不空如来藏	空如来藏
众生佛性	如来佛性
当有	已有
	如来藏智
如来藏	空智

慧掌蕴将不空如来藏理解为众生佛性、当有，将空如来藏理解为如来佛性、已有。按照慧掌蕴的解释，不空如来藏尚属因位之众生，虽为烦恼所覆，但由于具有如来的智慧，终有一天将会除却烦恼，而彰显佛性成就无量功德，在这一意义上亦可将"不空如来藏"理解为"如来藏"本身；空如来藏已属果位之如来佛性，已断除一切烦恼，证得如来而具足一切佛之功德。也就是说众生佛性与如来佛性虽然有因位/果位、当有/已有的区别，但"体同不异"，其中蕴含的佛性是相同的。但值得注意的是，若按《胜鬘经》的意旨，"空如来藏"应为"众生佛性"，"不空如来藏"应为"如来佛性"。慧掌蕴虽在理解上出现了偏差，但其使用众生佛性与如来佛性的概念来解释的总框架仍然是遮诠与表诠。

（二）无名氏《胜鬘经疏》以真/伪二种相作比

从初至"不思议佛法"，直明真/伪二种相。二从"世尊！此二空智"以下，就人优劣，显真实义也。"空如来藏"者，不实之名也。"若离"者，有生相；"若脱"者，有住相；"若异"者，有坏相。下"不空如来藏"翻上即是。②

这里将"空如来藏"与"不空如来藏"比为"真/伪二种相"。"空如来藏"为

---

① （北魏）慧掌蕴撰《胜鬘义记》，《大正藏》第85册，第259页中栏。
② 〔日〕青木隆他编《藏外地论宗文献集成续集》，金刚大学校佛教文化研究所，韩国 CIR 出版社，2013，第418页。

不实之名、有生相、有住相、有坏相。由于"不空如来藏""翻上即是"，可知"不空如来藏"为实之名、无生相、无住相、无坏相。很明显这是从生·住·坏·空之四劫来解释"空"，生·住·坏这一过程即为"空"。关于"空"，该疏还说：

> 凡"覆"略有三相：若以盖为覆，如库金两别；若以翳为覆，如绳上见蛇；若以映为覆，如绫绵有凶文不明。若今不取三，为隐真之况。真道起三种用：一者生死用，二者烦恼用，三者业行用。此三是有为相，故为"空"，隐于自实，故名"覆"。①

无名氏所理解的"空"为有为相，可起"生死用""烦恼用""业行用"，而"不空如来藏"则必然是破除此"三用"的"无为相"。这里虽使用了真·伪、有为·无为等说法来解释"空如来藏"与"不空如来藏"，但强调的仍是烦恼与"真实"（自性清净心）的异质性，仍未出"遮诠"与"表诠"。

（三）照法师《胜鬘经疏》

> "空如来藏"者，烦恼是可空之法，故可名空如来藏。烦恼鄙恶可指舍，故名若离；可得易脱，故言若脱；可得变异，〔故〕言若异。如此之法未指其体，故次言"一切烦恼藏"也。从"世尊"以下，释佛性。前言"空"者，但尊无其相累，而体极妙有，故从此以下说作"不空如来藏"。"过于恒沙"者，迳于劫数。体不可断离，故云"不离"；常住湛然不可易脱，故言"不脱"；"不异"者，不可变易。虽言不异等指其状，故次言"不思议佛法"是也。②

照法师认为"空如来藏"是指烦恼为可空之法，即烦恼可以被舍弃、断除，此处的"空"即为舍弃、断除等否定之意；"不空如来藏"则是指常住湛然、不可变异的佛性。可以看出此疏的观点与《胜鬘经》的原义一致。

---

① 〔日〕青木隆他编《藏外地论宗文献集成续集》，第418页。
② 照法师撰《胜鬘经疏》，《大正藏》第85册，第275页上栏。

（四）敦煌本《胜鬘义疏本义》

> 第二，出"空如来藏"。从"世尊空如来"已下是，即法身也。空无烦恼、包蕴众德，谓"空如来藏"，此举境以显智也。第三，出"不空如来藏"。从"世尊不空"已下是、未离烦恼，故言"不空"，此亦举境以显智也。①

该注释书将"空如来藏"定义为空无烦恼，且包含万德的法身，将"不空如来藏"定义为未离烦恼的概念。这种观点与前面慧掌蕴的说法一样，明显是将《胜鬘经》"空如来藏"与"不空如来藏"的含义颠倒所致。

因此，就以上南北朝时期的诸注释书而言，虽然解释不尽相同，有时还出现了一些理解上的偏差，但从本质上言，仍是以烦恼与空的异质性来解释，未出"遮诠""表诠"的表达范式。

三　隋代的《胜鬘经》注释书

净影慧远、嘉祥吉藏及天台智顗合称隋代三大法师。他们都极其重视《胜鬘经》，特别是慧远与吉藏分别有《胜鬘经义记》②与《胜鬘宝窟》存世。故此部分主要以慧远与吉藏的《胜鬘经》注释书为中心进行探讨。

首先，慧远《胜鬘经义记》对空与如来藏的关系有以下说明：

> 藏智、空智，齐有二种。问曰，妄法云何名藏？以能藏故。云何名空？以虚无故。真实之法、云何名藏？以所藏故。云何名空？以其无相及无性故。云何无相？如马鸣说，是真如法从本已来，离一切相，谓非有相、非无相、非非有相、非非无相、非有无俱相、非一相、非异相、非非异相、非一异俱相。如是一切妄心分别皆不相应。云何无性？如来藏中恒沙佛法同一体性、互相缘集，

---

① 〔日〕古泉圆顺：《敦煌本〈胜鬘义疏本义〉》《圣德太子研究》通号5，1970，第109～110页。

② 净影寺慧远《胜鬘经义记》完成之后不久，下卷便散逸不存，只有上卷流传下来。近年来得益于敦煌文献的整理与研究，从中发现了《义记》的下卷（P. 2091 + P. 3308），虽然在上卷与下卷的衔接位置仍有一部分缺失，但《义记》的总体面貌已基本可以呈现。

无有一法别守自性，故名为空。如就诸法，说以为常，离诸法外无别有一常住性可得。……是故诸法皆无自性，无此性相故说为空。①

这是慧远对两个问题的说明：一是为何妄法与真实之法皆为藏？二是为何妄法与真实之法皆为空？慧远对这两个问题的回答可以说即为慧远对空与如来藏关系的理解。慧远对第一个问题的回答较为简单，即妄法能藏真实之法、真实之法藏于妄法，故两者皆为藏。这是从隐显与能所的角度对两者关系的说明。慧远对第二个问题的解释较为详细。其中"妄法虚无故为空"不难理解，但真实之法为何亦为空则很容易让人产生疑问。慧远在这里引用了《大乘起信论》的说法，从无相与无性的角度对真实之法进行了解释。即真实之法离一切相，不与妄心分别之虚妄相应；如来藏中的恒沙佛法体性无殊，可以互相缘起。由此推断出真实之法亦为空。此时的"空"显然已不是烦恼的虚无，而是真实法之性空。之后，《胜鬘经义记》还将"空如来藏"视为妄法做出了三种解释：

　　"世尊！空如来藏"总以标举，此义云何？释有三种：一，妄法中空无真实如来藏性，名"空如来藏"；二，妄法虚无故名为空，知此空义能成如来，故名空义为如来藏；三，空法能藏如来真性，名"空如来藏"。②

在这里，慧远从三个方面对如来藏的"空"作了界定：一，妄法（烦恼）中无如来藏性，如来藏性与妄法（烦恼）为隔绝异质的存在；二，烦恼虚无为空，此与《胜鬘经》一脉相承；三，空法能藏如来真性，使如来真性不得彰显。此处的三义虽与《胜鬘经》有所不同，但从本质上看，仍是以烦恼与如来藏的关系来解释"空"。在此值得注意也颇为难解的是，第二种解释直接将"空"定义为了如来藏。另外，《胜鬘经义记》对"不空如来藏"的解释也同样值得关注：

　　"不空藏"者，总以标举，恒沙佛法体有不无，故曰"不空"。……知"不

① （隋）慧远撰《胜鬘经义记》，《新纂大日本大藏经》第19册，第888页下栏。
② （隋）慧远撰《胜鬘经义记》，《新纂大日本大藏经》第19册，第889页上栏。

空藏",云何名空?义如上释,真法离相及离性故,通名为空。①

《胜鬘经义记》认为不空如来藏含恒沙佛法,这与《胜鬘经》的原义接近。但同时又指出不空也属于"空",原因是不空也是离相离性的存在。另外,慧远在《大乘义章》中亦云:

> 一,妄想法互相集起,名之为生,生体虚无,故曰无生,此即经中空如来藏;二,真实法用起名生,体寂无生,此即不空如来藏也。②

从缘起、无生的角度来解释如来藏的"空"与"不空",此处的"空"非烦恼现象之"空",已上升到根本之无生。另外值得注意的是,此处的"空"与"不空"皆为"无生",在"无生"的高度达到了统一。③ 这与《胜鬘经》的"否定、欠缺""肯定、具足"有根本上的不同,是之前的注释书不曾有过的创新之处。由此可知慧远是将空如来藏与不空如来藏看作了"空"的一体两面,其实质都是"空"。

空如来藏	不空如来藏
	具恒沙佛法
妄法	真法
无相无性	离相离性

空

吉藏《胜鬘宝窟》沿用慧远的说法,对"空如来藏"作了以下解释:

> 释有二种:一,妄法中空无真实如来性,名空如来藏,此是互无空也;二,

---

① (隋)慧远撰《胜鬘经义记》,《新纂大日本大藏经》第19册,第889页上栏。
② (隋)慧远撰《大乘义章》卷14,《大正藏》第44册,第745页中栏。
③ 关于"空"与"不空"的统一,慧远在《胜鬘经义记》中亦提道:"空与不空二皆名空,具是空故。"(《新纂大日本大藏经》第19册,第888页下栏),此处"具是空"的"空"所指应为《大乘义章》中所说的"无生"。

妄法虚诳故名为空，此当体明空，以此空义能藏如来，故名空如来藏。①

与慧远不同的是，吉藏不仅认为妄法（烦恼）中不存在真实如来性，同时也认为真实如来性中亦不存在妄法，二者是不互具的，是隔绝的。这更加清晰地表达了妄法与如来性的异质性。吉藏对慧远解释的沿用并未止步于此，而是进一步提出"无生毕竟空"：

> 问，今明藏智空智，欲明何义？答，欲明佛知如来藏义。所以名如来藏者，有能藏所藏，故名如来藏。佛了了知能藏之法，从本已来，无生毕竟空。如《大品》云，菩萨知众生所着处，无毛发许所有。佛照能藏之法毕竟空，故名空如来藏智。佛知所藏中道佛性具一切德，故名不空。②

此处的"无生毕竟空"是对慧远"无生"的发展，"不空"所指为中道佛性具足一切德性。此时吉藏对"不空"的理解虽与《胜鬘经》相差不大，却可以看出吉藏将"空"比作中道的倾向。他这一倾向在下面这段论述中更加明确：

> "空如来藏""不空如来藏"，即是明如来藏是中道义。空藏明烦恼毕竟空，故不可为有；不空藏具一切功德，故不可为无。非有非无，即是中道。故《涅槃经》云，佛性者，是三菩提中道种子。中道种子者，此举隐时为言，故名种子。中道显现，即是佛也。故《涅槃经》云，中道之法名之为佛。得空、不空二智，即是得于中道。故《涅槃经》云，得中道故名大法师。③

至此，吉藏已抛开《胜鬘经》原本的意旨，开始以"空如来藏""不空如来藏"为"非有""非无"之中道。并连续引用三次《涅槃经》的经文来论证自己观点的合理性。也就是说，吉藏引用慧远《胜鬘经义记》、马鸣《大乘起信论》等皆是为论述"中道"之理所作的铺垫，他真正想要表达的始终都是其三论宗"无所得"之中

---

① （隋）吉藏撰《胜鬘宝窟》，《大正藏》第 37 册，第 74 页上栏。
② （隋）吉藏撰《胜鬘宝窟》，《大正藏》第 37 册，第 73 页中栏。
③ （隋）吉藏撰《胜鬘宝窟》，《大正藏》第 37 册，第 73 页下栏。

道的立场。

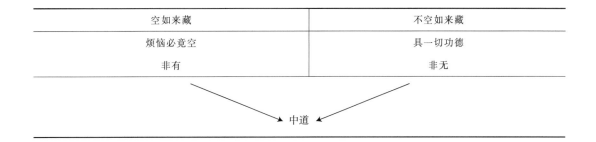

空如来藏	不空如来藏
烦恼必竟空	具一切功德
非有	非无

四 唐代的《胜鬘经》注释书及其他

不知为何，南北朝至隋朝的《胜鬘经》注释书的著作不绝如缕，唐代以后，虽也有很多佛教思想家曾关注、重视《胜鬘经》，但已鲜有专门注释《胜鬘经》的著作。在中国佛教中，窥基的《胜鬘经述记》是目前所知的唐代以后唯一的一部注释书。此外，华严宗的法藏、澄观等人虽未曾注释《胜鬘经》，但在其著作中曾多次引用《胜鬘经》的经文，特别是对其中的"空如来藏"与"不空如来藏"关注较多，故置于本部分一并考察。

首先，窥基的《胜鬘经述记》将"空"与"空性"作了区分：

> 古来相传，以实空为如来藏者，非也。此是清辨等宗。然梵本有二名，若若多①名为空，空者无也。若瞬若多名空性，性者有也。今言空者，从空所显理故名空，据体有也。②

《述记》认为清辨等将"实空"理解为如来藏是错误的。在窥基看来，"空（śūnya）"与"空性（śūnyatā）"有着严格的区分："空"表示"无"，而"空"显示的"空性"则为"有"。窥基认为《胜鬘经》所说的"空"即为"空"所显示的"空性"，因此也是有而非无。随后将如来藏分为了四种：

---

① 此处的"若多（nyatā）"很显然为"瞬若（śūnya）"的错误表述。
② （唐）窥基撰《胜鬘经述记》，《新纂大日本大藏经》第19册，第919页中栏。

如来藏有四种。依《楞伽经》有二：谓阿梨耶识名空如来藏，具足无漏熏习名不空如来藏也。① 依此经有二：谓诸烦恼覆真如性，二真如理性。若本识含无漏种子，后时生报身佛。若烦恼所覆真理当显，得法身也。本识藏故所含也。烦恼藏故所出也。闻熏藏故所生。真如藏故所显也。②

窥基所说的四种如来藏，不过是根据《楞伽经》与《胜鬘经》对如来藏的不同理解而作了区分而已。按照《楞伽经》的理解，尚未转识成智的熏习为空如来藏，转识成智之后，具足无漏熏习即为不空如来藏。按照《胜鬘经》的解释，烦恼隐覆真如即为空如来藏，真如理性本身为不空如来藏。两经的理解角度虽然不同，但对空与不空的理解似乎差别并不大，即都主张空如来藏为应当转依、断除的烦恼，不空如来藏为转依、断除烦恼之后的无漏与真如。窥基的这种观点在以下的释文中表现得更为明显：

释中有二：初释空，二解不空。言"世尊空如来藏"至"一切烦恼"者，述曰，解"空"也。四种如来藏中，能覆隐真理名空如来藏。于金刚道后，此方出故。言"世尊不空如来藏"至"不可思议佛法"者，述曰，解"不空"也。此真理为烦恼所覆，不离脱等诸佛法，故当得法身，名不空如来藏也。③

由此可以看出，窥基虽然试图从唯识的角度对《胜鬘经》的如来藏思想进行再诠释，但遗憾的是，其解释并未脱离《胜鬘经》的原意，而只是作了进一步的说明。

华严宗的实际创始人法藏在《大乘法界无差别论疏》中对空如来藏与不空如来藏亦有所阐述，如：

二"何等"下释中，先释空藏有三义。一谓如来藏与妄染俱，不为所染，

---

① "大慧！言刹尼迦者，名之为空。阿梨耶识名如来藏。无共意转识熏习故名之为空。具足无漏熏习法故名为不空。"（北魏）菩提留支译《入楞伽经》，《大正藏》第 16 册，第 559 页下栏。
② （唐）窥基撰《胜鬘经述记》，《新纂大日本大藏经》第 19 册，第 918 页中栏。
③ （唐）窥基撰《胜鬘经述记》，《新纂大日本大藏经》第 19 册，第 919 页下栏。

故云名为空。以真妄不相到故,如迷木杌,谓以为鬼。即依木之鬼,不到如木,以见鬼者不见木故。鬼依之木,不至于鬼,以见木者不见鬼故。若离者,显鬼木体相全离,而恒不相到。若脱者,以鬼是虚妄不同木故。鬼脱于木,以木实真不同鬼故。木脱于鬼,此之离脱,本性法尔,依是道理。《胜鬘经》云:"烦恼不触心,心不触烦恼,云何不触法,而当有染心?"是故要对妄法,方有空义。《起信论》云:"若离妄心,实无可空"。二以如来藏随妄染时,隐自实体,故名为空,此是自体空也。三以如来藏随缘义,成诸烦恼,烦恼即是如来藏中空义。①

由上述引文可知,法藏的解释分为三个方面:第一,如来藏与妄法(烦恼)虽然有所关联,但如来藏与烦恼是异质的,烦恼并不能对如来藏进行染污;第二,从隐显的角度认为如来藏若与烦恼相关联,如来藏的清净本性便不会显现(隐),当去除烦恼之后,如来藏的清净本性便会显现;第三,如来藏随缘而产生烦恼,烦恼本身便是如来藏中的"空"。法藏释义的前两个方面指的是烦恼与如来藏的异质关系,同《胜鬘经》的原义较为接近。法藏第三个方面的释义较为特别,既不与《胜鬘经》原义相近,亦与慧远的解释有所不同,而是直接将烦恼本身看作了"空"。

澄观的著作中也能看到对《胜鬘经》空如来藏与不空如来藏的解释:

> 自性清净心,不与妄合,则名为空。性具万德,即名不空。②

澄观此处的理解与《胜鬘经》的原义一致,即以自性清净心与烦恼的异质性来解释空,以自性清净心具万德来解释不空。除此之外,澄观还引用真谛三藏以及《大乘起信论》的观点从"阿摩罗识""真如"的角度对空如来藏与不空如来藏作了进一步的解释:

> (真谛)三藏释云:阿摩罗识有二种:一者所缘,即是真如;二者本觉,即真如智。能缘即不空藏,所缘即空如来藏。若据通论此二,并以真如为体。③

---

① (唐)法藏撰《大乘法界无差别论疏》,《大正藏》第44册,第72页下栏。
② (唐)澄观撰《大方广佛华严经随疏演义钞》,《大正藏》第36册,第185页下栏。
③ (唐)澄观撰《大方广佛华严经随疏演义钞》,《大正藏》第36册,第323页下栏。

《起信（论）》云：复次真如依言说分别，有二种义。云何为二？一者如实空，以能究竟显实故；二者如实不空，以有自体具足无漏性功德故。[1]

阿摩罗识在《楞伽经》中被视为第九识，其内涵为第八识。但在中国佛教中，甚至法相唯识宗也不承认第九识，认为第八识即为终极的存在。其实在《胜鬘经》中，阿摩罗识、真如与如来藏并无关联。在澄观这里，阿摩罗识被看作了真如的同义语，并且用两者来解释空如来藏与不空如来藏。若依真谛三藏之说，真如本身虽可分为能缘（不空如来藏）与所缘（空如来藏），但在真如的维度，能缘与所缘是统一的，是一体的，因此空如来藏与不空如来藏皆是真如。若依《大乘起信论》的空与不空来解释《胜鬘经》如来藏的空与不空，则此时的空与不空便是"如实空"与"如实不空"，是能够显示诸法实相的究竟真实。澄观的这种解释空如来藏与不空如来藏的观点对《胜鬘经》的原义已作了相当程度的发挥。

五　结语

大乘佛教运动兴起之后，很快发展为两大系统：中观派和瑜伽行派。这就构成了大乘佛教中的"空""有"二宗。"空宗"主张缘起性空、中道，认为一切诸法的现有状态，仅为众多的因缘和合所出现的表象，并不表示诸法本身具有实在的本质。在性空的观念中，一切诸法皆是无本质的存在，皆是特定因缘之下的虚幻不真。与此相对，"有宗"则主张"三界唯识""万法唯心"。如来藏思想主张的是"妙有"，属"真常唯心系"。空如来藏与不空如来藏结合"空"与"有"，使得大乘佛教两大思想系统在如来藏思想中得到了统一。

空如来藏与不空如来藏虽然最初由《胜鬘经》提出，但经过漫长的发展与演变，其含义已经突破原有的框架体系，成为影响中国如来藏思想发展的重要概念。通过本文的考察可以看出，南北朝时期的佛教思想家基本以烦恼与如来藏的异质性来解释，质言之，他们的注解模式没有脱离《胜鬘经》的原义，只是从"相空"的层面对空如来藏与不空如来藏作了进一步的说明。至隋代，在净影慧远与嘉祥吉藏那里

---

[1] （唐）澄观撰《大方广佛华严经随疏演义钞》，《大正藏》第36册，第185页中栏至下栏。

的解释与南北朝的注解发生了很大变化,已经不再局限于对《胜鬘经》作详细的说明,而是通过引用其他经论从"性空"的角度将空如来藏与不空如来藏统一于某个概念("空"或"中道")。至唐朝,在窥基、法藏与澄观那里,"相空"与"性空"两种阐释方式的使用已经很难划分清楚,更多的是从两种角度分别解释。尤其是在法藏与澄观的解释中不仅能看到"相空"的解释,同时也能看到"性空"的解释。由此可以看出,中国佛教思想家对空的理解大致经历了"相空"至"性空",再至"相空"与"性空"相统一的历程。

论天台智者"四教"与"三番说"
视域下的二谛观

于洋洋

【内容提要】 就天台思想体系而言，三谛说发挥着将智者的思想体系贯穿起来的核心作用，因此，在讨论智者的天台思想时，学界普遍侧重于从三谛来理解。但通过阅读智者作品可知，三谛说其实奠基和形成于其二谛说，鉴于在智者思想体系中三谛与二谛内在紧密的思想关联，本文以智者的二谛说为核心，分析智者在判教基础上对二谛所作的解释与分类，并借此来澄清智者思想当中从二谛到三谛的思想脉络。

【关键词】 化法四教　四种二谛　七种二谛　三番说二谛

【作　者】 于洋洋，南京大学哲学系 2019 级在读博士研究生，研究方向为佛教哲学与天台思想。

在智者的天台思想架构中，往往以三谛为核心将其三观、四教与一念三千等核心理论贯穿起来。若从思想发展的脉络上来看，智者的三谛说源自其判教基础上的二谛说，在藏通别圆判教的基础上，智者提出了四种二谛与七种二谛的分判，并从言说方式的角度，提出了诠解二谛的"三番说"。本文围绕智者的二谛说，主要对以下问题进行澄清：一，智者二谛说的判教基础；二，四种二谛与七种二谛的内涵与分类依据；三，"三番说"二谛的内涵与意义。对这些问题的澄清也有助于理解智者为何最终要以三谛来诠解实相。

一　化法四教——二谛说的判教基础

智者大师从整体上对全体佛法的内容作出了"五时八教"的判释。[①] 在此基础上，依据其所证的诸法实相而从不同角度将实相诠解为二谛、三谛、一实谛乃至无谛。就智者诠解实相的二谛说来说，包括"四种二谛"与"七种二谛"两种说法，但这两种说法都是以化法四教为基础而展开的。因此，对智者二谛说的分析与阐释应以智者的判教思想为基础。

（一）四教的依据与目的

藏通别圆四教的划分是智者与慧思的独创，在经论中并未见到相关的来源，在《四教义》中智者有段文字称"四教"来源于"三观"。

> 问曰：四教从何而起？
>
> 答曰：今明四教，还从前所明三观而起，为成三观。初从假入空观，具有折（析）体、拙巧二种入空不同，从折（析）假入空故有藏教起，从体假入空故有通教起。若约第二从空入假之中，即有别教起。约第三一心中道正观，即有圆教起。[②]

在这段话中，智者指出四教是依据天台师的三观实践而提出的，因此，四教与三观是一一对应的。从假入空观中的析空观对应三藏教，体空观对应通教，从空入假观对应别教，中道第一义谛观对应的圆教。

接着，智者又追溯并回答了"三观"及"观教"的所起之由：

---

① 天台思想历来以"教观双美"为特色，整体的思想架构都是围绕着"五时八教"而展开的，"五时"是智者将佛陀说法的顺序划分为华严时、鹿苑时、方等时、般若时和法华涅槃时，"八教"则指的化仪四教与化法四教。化仪四教指的是智者按照佛陀教导众生方法上的不同，将佛陀的教法分为顿、渐、秘密、不定四种；化法四教指的是智者根据佛陀在教化众生教法与内容上的不同，将佛法划分为藏教、通教、别教、圆教四种。四教虽有化仪、化法两种，但蕅益智旭认为，化法四教才是天台教相的纲要。实际上，在智者的天台思想架构中亦发挥着提纲挈领的作用："教者，圣人被下之言也；观者，禀教修行之法也。教网万殊，大纲唯八，而化仪无体，全揽化法为体，则藏通别圆四教乃教之纲也"（明）智旭：《教观纲宗释义》，《卍续藏》第 57 册，第 501 页下。

② （隋）智顗：《四教义》卷 1，《大正藏》第 46 册，第 724 页上。

　　问曰：三观复因何而起？

　　答曰：三观还因四教而起。

　　问曰：观教复因何而起？

　　答曰：观教皆从"因缘所生"四句而起。

　　问曰："因缘所生"四句因何而起？

　　答曰："因缘所生"四句即是心，心即是诸佛不思议解脱，诸佛不思议解脱毕竟无所有，即是不可说，故净名杜口，默然无说也。有因缘故，亦可得说者，即是用四悉檀说心……因此教观无碍而起。[①]

　　在上面这段话中，智者通过四教与三观循环相起的关系，展示出了四教与三观间的彼此依存关系。此外，由于教观彼此间的相应关系，智者又追溯了教与观二者的所起之由——心。在文义中，智者认为教观皆从《中论》"因缘偈"——"众因缘生法，我说即是空，亦为是假名，亦是中道义"[②] 而起，而"因缘偈"中的四句被智者理解为即是"心"，"心"即是"诸佛不思议解脱"，"诸佛不思议解脱"即是"不可说"，"诸佛不思议解脱"在此指的就是诸佛所亲证到的诸法实相。在《维摩诘所说经》中，维摩诘居士以"杜口默然无说"来表达本不可说的"不二法门"，"不二"意味着无分别，智者在其作品中也称诸法实相为"言语道断心行处灭"，因此，作为无分别智认识对象的诸法实相本是不可言说的，但由于有"因缘"的缘故，诸法实相借助各种因缘条件而被言说与开显出来，也正是借助于众缘诸佛得以说法，众生得以受教。同样，龙树菩萨的"因缘偈"亦是借缘而说的，天台慧思及智者也是依其所证的实相提出了"四教"与"三观"的方便权说，故而，从这个角度来理解，天台师之所以对佛法作出藏通别圆四教的划分，也是为了开显离言绝相的实相义。

　　（二）"四教"名义

　　藏教即三藏教，是以四部《阿含经》为经藏，毗尼为律藏，阿毗昙为论藏的小

---

　　① （隋）智顗：《四教义》卷1，《大正藏》第46册，第724页上。

　　② （后秦）鸠摩罗什译，龙树菩萨造《中论》卷4，《大正藏》第30册，第33页中。

乘三藏，主要阐述生灭四谛、生灭十二因缘、生生四念处等内容，因此，智者在《四念处》中说藏教在"四门"①之中多用"有门"，讲述诸法在缘起层面的"假有"。从教化对象而言，藏教"正教小乘，旁化菩萨"②，也就是说，在智者看来，藏教中也有菩萨道。

通教是进入大乘的初门，《四教义》卷一载："通者，同也，三乘同禀，故名为通……三乘同禀此教，见第一义，故云通教也。"③ 所依经论主要是般若中观学当中那些属三乘共学的大乘佛教经论。在四教中，通教是通于藏教和别、圆二教的一个桥梁；从教化对象来说，通教是"正为菩萨，旁通二乘"；通教的教化内容主要是无生四谛、无生十二因缘（侧重于众缘和合所生诸法性空的那一面）、生不生四念处等，因此，通教在"四门"之中多用"空门"诠解诸法在自性上的空理。

别教，"别"即"差别"，称为"别"是为了显示与藏通圆三教的差别智者在《四教义》卷一解释说："别者，不共之名也，此教不共二乘人说，故名别教。"④ 所依的经论主要有《菩萨璎珞本业经》《仁王般若经》以及《十地经论》《摄大乘论》《地持经》《胜鬘经》《如来藏经》等唯识及如来藏系的相关经论。从教化对象上来说，别教是独被菩萨、不涉二乘，教理主要是无量四谛、无量十二因缘（侧重于众因缘所生诸法作为无量假名的那一面）、不生生四念处等内容。因此，别教在四门之中多用"亦空亦有门"，既能以一切智洞悉诸法之自性空，又能以道种智诠释无量诸法在缘起层面的假名有。

圆教，圆是圆融、圆满之意，为利根人诠释圆融无碍的教理。智者解释称："圆以不偏为义，此教明不思议因缘，二谛中道，事理具足，不偏不别，但化最上利根

---

① "四门"指的是在藏通别圆四教中，各教皆有四种理解实相的途径或方法，分别是：有门、空门、亦有亦空门、非有非空门，四教共有"十六门"。不过，四教对于四门，所依各有偏重。智者在《四念处》卷2中说："三藏虽四，多用有门；通多用空门；别多用亦空亦有门；圆多用非空非有门。"（隋）智颛：《四念处》卷2，《大正藏》第46册，第563页下。

② （隋）智颛：《四教义》卷1，《大正藏》第46册，第721页中。

③ （隋）智颛：《四教义》卷1，《大正藏》第46册，第721页下至第722页上。

④ （隋）智颛：《四教义》卷1，《大正藏》第46册，第722页上。此外，智者在《四教义》卷1中也解释了别教与藏教二乘、通教菩萨及圆教菩萨的差别，"问曰：何故不说为不共教，而作别教之名？答曰：《智论》明不共般若，即是不共二乘人说之，如《不思议经》。今明别教，如说《方等》《大品》，二乘共闻，而别教菩萨，故用别名也。兼欲简非圆教亦别，虽异通，犹是未圆之名也。"（隋）智颛：《四教义》卷1，《大正藏》第46册，第722页中。

之人，故名圆教也。"① 所依经典为《法华经》《涅槃经》等主张人人皆有佛性，最终会三归一、同入实相、涅槃解脱的大乘经论。圆教所讲教理主要是无作四谛、不思议不生不灭十二因缘（因缘所生诸法不空不有、双照空有的中道义）、不生不生四念处等。"四门"之中多用"非空非有门"，体达诸法非空非有的中道第一义谛。

按照智者的理解，藏通别圆四教所诠释的具体内容虽有差别，但四教皆是对诸法实相的诠释，从而在四教基础上提出了"四种二谛"与"七种二谛"的学说。

二　四教基础上的"四种二谛"说

在智者所理解的佛家实相论思想体系中，佛性与佛果的概念也（从因上称为佛性，从果上则称佛果）被纳入到了二谛的含义与范围中进行讨论。佛性是众生成佛的内在根据，智者则以真谛与佛性二者是否相即为标准提出了四种二谛说，并在此基础上衍生了七种二谛说。那么，二谛与佛性之间有何关系呢？

（一）四种二谛说的分类依据——"二谛"与"佛性"的关系

佛性思想多见于大乘经典，《涅槃经》亦是专讲佛性，而天台尤其尊崇《法华经》，智者也是依据《法华经》展开对大乘思想的言诠。但整个汉传佛教奠基性的经典当属《法华经》，其中一个重要的原因就在于《法华经》当中的一个基本意向是要揭示出众生与佛紧密的相关性、亲切性，从众生的角度来说就是揭示佛性，因此，《涅槃经》专讲佛性也可以说是对《法华经》某一方面内容的展开。而在《涅槃经》当中，有段话就阐述了佛性与真谛之间的关系：

> 善男子！佛性者名第一义空，第一义空名为智慧。所言空者，不见空与不空。智者见空及与不空……见一切空，不见不空，不名中道；乃至见一切无我，不见我者，不名中道。中道者，名为佛性……以是义故，不得第一义空；不得第一义空故，不行中道；无中道故，不见佛性。②

---

① （隋）智顗：《四教义》卷1，《大正藏》第46册，第722页中。
② （北凉）昙无谶译《大般涅槃经》卷27，《大正藏》第12册，第523页中。

这段经文是将"第一义空"理解为佛性，而由于第一义空是同时见空与不空，故而又直接称同时见空与不空的中道为佛性。智者根据《涅槃经》中的佛性思想提出了独特的"三因佛性"说，认为众生皆具"三因佛性"，若能开显出此"三因佛性"，则能成就"三德妙果"。

> 法性实相即是正因佛性，般若观照即是了因佛性，五度功德资发般若即是缘因佛性。①

在智者的佛性说中，认为仅仅讲双照空有、不执一边的中道佛性并不能真正或者完全展现出主体成佛的内在根据。中道佛性在智者的理解中被称为正因佛性，但正因佛性需要借着了因佛性与缘因佛性才能开显与成就。如果不依着了因佛性与缘因佛性，以中道为佛性的正因佛性仅仅只是一个孤立的概念而已，因此，在智者的理解中，三因佛性是一个完整的佛性体系，三因佛性彼此之间是不相离的关系，若离开了、缘二因，则不能求得正因佛性。

《法华玄义》卷五中，智者通过"三轨"来诠释"三因佛性"三者之间的关系："类通三佛性者，真性轨即是正因性，观照轨即是了因性，资成轨即是缘因性"② 中"轨"是"规范"之意，"三轨"是对实相进行理解的三个方面，因此，"三轨"本是一体的。智者在《法华玄义》卷五中亦道："总明三轨者：一，真性轨；二，观照轨；三，资成轨。名虽有三，只是一大乘法也。"③

此外，在《金光明经玄义》卷一，智者对三佛性的含义进行了解释：

> 云何三佛性？佛名为觉，性名不改。不改即是非常非无常。如土内金藏，天魔外道所不能坏，名正因佛性。了因佛性者，觉智非常非无常，智与理相应。如人善知金藏，此智不可破坏，名了因佛性。缘因佛性者，一切非常非无常，功德善根资助觉智开显正性，如耘除草秽，掘出金藏，名缘因佛性。④

---

① （隋）智颢：《妙法莲华经玄义》卷10，《大正藏》第33册，第802页上。
② （隋）智颢：《妙法莲华经玄义》卷5，《大正藏》第33册，第744页下。
③ （隋）智颢：《妙法莲华经玄义》卷5，《大正藏》第33册，第741页中。
④ （隋）智颢：《金光明经玄义》卷1，《大正藏》第39册，第4页上。

　　《涅槃经》主张"众生皆有佛性"，智者在此基础上进一步开展，认为一切众生皆具的是三因佛性，以此三佛性为因，才能成就三德妙果（法身德、解脱德、涅槃德）。正因佛性恒常不变地为每一众生所本具，若以实相来理解佛性的话，正因佛性就相当于实相之理体；了因佛性中的"了"是照了之义，指的是能够认识到诸法实相之理的智慧，也就是与实相理相应的实相慧；缘因佛性，缘是助缘的含义，指的是能够资助了因慧来开发正因理体的种种功德善根，也就是开显出实相理体的种种助缘和条件，尤其是指功德与善行等。

　　四明知礼尊者在《金光明经玄义拾遗记》中称三者间不相离的关系为："缘助于了，了显于正，正起胜缘；亦是正发于了，了导于缘，缘严于正，正起胜缘。"[①] 也就是说，"三因佛性"三者是作为一个完整的、不可分离的整体而存在的。而在《法华玄义》卷十智者称："故知法性实相，即是正因佛性；般若观照，即是了因佛性；五度功德资发般若，即是缘因佛性。"[②] 也就是说，智者将"法性实相"视为正因佛性，将"般若智"视为了因佛性，将滋生智慧的"五度功德"善行称为缘因佛性。因此，智者的三因佛性说是将究竟的法性实相之理理解为正因佛性的，而究竟实相即是佛家的最高真理，故而"正因佛性"其实就是"实相佛性"，在智者的真理论思想体系中，正因佛性与真谛乃至种种谛说要开显的都是实相义。但佛性与真谛二者之间的区别在于，真谛是真理之境域（即实相理体），佛性则是主体之所以能够觉悟实相之理的内在根据，故而，佛性其实是众生觉悟实相理的内在智慧之所依。正是由于真谛与佛性之间的内在相关性，智者才能以"真谛"与"佛性"二者是否相即为标准提出四种二谛说。

　　此外，在《金光明经玄义》卷下载："佛者，觉智也；性者，理极也。能以觉智，照其理极，境智相称。合而言之，名为佛性。"[③] 智者是将"佛性"概念拆解开来进行解释，认为要将"（境）理"与"（觉）智"两个方面合起来才能全面彰显佛性的含义。因此，在理解真谛与佛性之间的关系时，也可从"境"与"智"两个角度来切入。

---

① （宋）知礼：《金光明经玄义拾遗记》卷2，《大正藏》第39册，第22页上。
② （隋）智顗：《妙法莲华经玄义》卷10，《大正藏》第33册，第802页上。
③ （隋）智顗：《金光明经玄义》卷2，《大正藏》第39册，第8页中。

首先，若从与实相所展示的境理角度来看，实相之境理是不执着于空有二边，又能双照空有的境理，因此，若二谛中的真谛所揭示的实相理是非空非有的中道实相理，这种二谛中的真谛是与佛性相即的，智者则判其为理内二谛；若二谛中的真谛所揭示的实相理是执于空边或执于有边的偏真之理，这种二谛中的真谛则不与佛性相即，智者则判其为理外二谛。

其次，若从众生觉悟实相之理所需的智慧来看，"佛性"与"真谛"之间的关系可通过与"三因佛性"相应的"三智"来进行理解。"三智"指的是一切智、道种智和一切种智，一切智是了知诸法性空之总相的空性智慧，道种智是了知诸法种种差别的别相智慧，一切种智是通达诸法总相（空相）和差别相的智慧。在智者所理解的真理体系中，真谛揭示的是实相的内涵，而在智者的理解中，真谛包含着空、假、中这三个面向的内涵，因此，若依照智者的三谛实相说来理解"三智"和"三因佛性"的话，一切智是通过观诸法实相的空谛之理所得的智慧，道种智是通过观诸法实相的假谛理所得的智慧，一切种智是通过观诸法实相非空非有的中道第一义谛之理所得的智慧。故而，由于了因佛性是照了诸法皆为自性空的智慧，因此，与了因佛性对应的智慧是一切智；缘因佛性是在安立种种差别的诸法时，以种种功德善行为缘，来资助实相慧生起的助缘及条件，因此，与缘因佛性对应的智慧是能够通达诸法差别相的道种智；正因佛性是离于空假二边、双照空假的，因此，与正因佛性对应的智慧是非空非有、双照空有的一切种智。故而，在智者二谛论的思想体系中，若认识或观照真谛（实相）的智慧是非空非有的中道智（即一切种智），智者则称二谛中的真谛与（中道）佛性相即，并判其为理内二谛；若照见真谛（实相）的智慧为偏空、偏有，未入中道的一切智或道种智，则称此种二谛中的真谛不与（中道）佛性相即，并判其为理外二谛。

因此，在三谛、三智与三因佛性及三德妙果的相应关系中，智者揭示了真谛与佛性之间的内在相关性，并以真谛与佛性二者是否相即为依据，将二谛说划分为了理外二谛（不即二谛、相即二谛）与理内二谛（不即二谛、相即二谛）。

（二）四种二谛说及其内涵

《维摩经玄疏》与《四教义》中都有对"四种二谛"的解释：

> 一明所诠理者，即是二谛理也，二谛有二种：一者理外二谛，二者理内二

谛。若真谛非佛性，即是理外之二谛；真谛即佛性，即是理内之二谛也。

一，理外二谛有二种：一者不即二谛，生灭二谛也，二者相即二谛，无生二谛也。故《大品经》云："即色是空，非色灭空。色灭方空是不即二谛，即色是空相即二谛也。"

二，明理内二谛，亦有二种：一不即二谛，二相即二谛。不即二谛即是无量二谛，故《大涅槃经》云："分别世谛有无量相，第一义谛有无量相，非诸声闻缘觉所知也。二相即二谛，无作二谛也。"

二明能诠四教者，若三藏教诠于理外不即二谛，若通教诠于理外相即二谛，别教诠于理内不即二谛，圆教诠于理内相即二谛也。

三对经论者。《华严经》诠理内二种二谛，三藏教诠理外不相即之二谛。方等大乘诠理外二种二谛。《摩诃般若》诠理外相即二谛、理内二种二谛；《法华经》但诠理内相即之二谛；《涅槃经》通诠理内理外四种二谛。诸论通经类之可解。①

这段话也说明若真谛不是佛性，真谛理也未能直显中道实相义，智者就判其为理外二谛；在理外二谛中，依据对空有关系理解上的不同，智者将"色灭方空"（析空观）、空有二者不相即的二谛关系称为理外不即二谛，将"色即是空"（体空观）、空有相即的二谛关系称为理外相即二谛。若真谛是佛性，真谛理即能直显非空非有的中道实相义，智者则判其为理内二谛；在理内二谛中，依据真谛与俗谛二者间的关系，智者将俗谛与真谛相异为二的二谛关系称为理内不即二谛，将俗谛与真谛相即不二的二谛关系称为理内相即二谛。

在智者的判教中，一般是通过理、教、智、断、行、证、因、果八个方面来阐明藏、通、别、圆四教之差别。但或许是受到了《涅槃经·圣行品》中四种四谛说（生灭四谛、无生四谛、无量四谛、无作四谛）的影响和启发，智者又将理外理内相即不即的四种二谛称为生灭二谛、无生二谛、无量二谛与无作二谛。又因这四种二谛能分别诠解四教之理，故而，智者又称此四种二谛为：藏二谛、通二谛、别二谛与圆二谛。不过，在智者看来，由于四教之理彼此之间并不是完全隔绝的，而是存

---

① （隋）智颛：《四教义》卷3，《大正藏》第38册，第535页上至中。

在着接引关系的，故而在四种二谛说的基础上又开展出了更为全面的七种二谛说。

三　七种二谛说及其内涵

七种二谛广说如前，略说者，界内相即、不相即，界外相即、不相即，四种二谛也。别接通，五也。圆接通，六也。圆接别，七也。[1]

在"四种二谛"上加上三种过渡性的二谛即为"七种二谛"。分别是：藏二谛、通二谛、别接通二谛[2]、圆接通二谛[3]、别二谛、圆接别二谛[4]、圆二谛。"七种二谛"按照四教的顺序与递进关系来划分，代表着修行阶位上的依次递进，而且由于四教之间并不是完全隔碍、没有联系的，所以"四种二谛"中间亦有"三接"，以此构成了"七种二谛"说。

所言七种二谛者：一者，实有为俗，实有灭为真。二者，幻有为俗，即幻有空为真。三者，幻有为俗，即幻有空、不空共为真。四者，幻有为俗，幻有即空不空、一切法趣空不空为真。五者，幻有、幻有即空皆名为俗，不有不空为真。六者，幻有、幻有即空皆名为俗，不有不空、一切法趣不有不空为真。七者，幻有、幻有即空皆为俗，一切法趣有趣空、趣不有不空为真。[5]

藏二谛是二谛不相即的生灭二谛，以实有为俗谛，以实有灭为真谛。故而，藏二谛也被智者称为实有二谛。

实有二谛者，阴入界等皆是实法，实法所成，森罗万品，故名为俗；方便

---

[1]　（隋）智顗：《妙法莲华经玄义》卷 2，《大正藏》第 33 册，第 703 页下。

[2]　"接"又称为"入"，从通教二谛转入别教二谛者，称为"别接通"。

[3]　从通教二谛转入圆教二谛者，称为"圆接通"。

[4]　从别教二谛直接转入圆教二谛者，称为"别接圆"。

[5]　（隋）智顗：《妙法莲华经玄义》卷 2，《大正藏》第 33 册，第 702 页下。

修道，灭此俗已，乃得会真。①

　　如智者理解，藏二谛以五阴、十二入、十八界等为实法和俗谛，俗谛灭后才能契会真谛。由于作为实法的阴入界是世间法生起之因，故而，阴入界灭后，世间法则不生，这样才能出离生死、安住涅槃。但离生死而住涅槃是声闻人证入解脱道的追求，并非大乘菩萨道的终极追求。"实有二谛半字法门，引钝根人蠲除戏论之粪，二谛义不成，此法为粗。"② 智者认为，若依半满二教而言，藏教实有二谛属半字法门，要在灭除阴入界后才能抵达真谛。从生死与涅槃角度来说，即是要舍离了世间生死法才能安住于涅槃，世间生死与解脱是绝对隔碍的，而大乘菩萨道的内涵是不舍生死、亦不住涅槃，故而藏二谛实际上是舍离了世间生死、仅有（安住涅槃）之"一谛"，并不真正构成二谛。

　　通二谛即理外（佛性与真谛）不相即的无生二谛，智者在《法华玄义》中亦称之为幻有空二谛：

　　　　幻有空二谛者，斥前意也，何者？实有时无真，灭有时无俗，二谛义不成。若明幻有者，幻有是俗；幻有不可得，即俗而真。③

　　通教的幻有空二谛是驳斥藏二谛的，因为藏二谛主张以阴入界所构成的实有法为俗谛，灭除阴入界之实有法后才能契入真谛，智者称其为"实有时无真，灭有时无俗"，俗谛与真谛不能并存，生死与涅槃隔碍不即。而通二谛则是空有相即的，以幻有为俗谛，以幻有空为真谛，不像藏二谛要灭除俗谛才能证入真谛。在通二谛中，俗谛与真谛是对诸法从不同角度上的表诠，因此，二者是一体相即的，真谛不在俗谛之外，涅槃亦不在生死之外。而若从缘起的角度来理解，通教的俗谛——幻有指的是由于诸法是众缘和合而生的，所以诸法是无自性的假有；通教的真谛——幻有空则是指诸法皆是无自性的，由于是众缘和合而生起，所以是无自性、无自性故空。在智者看来，藏二谛是教化钝根人（二乘）出离生死的半字法门，而通教的幻有空

---

① （隋）智顗：《妙法莲华经玄义》卷2，《大正藏》第33册，第702页下。
② （隋）智顗：《妙法莲华经玄义》卷2，《大正藏》第33册，第703页下。
③ （隋）智顗：《妙法莲华经玄义》卷2，《大正藏》第33册，第702页下。

二谛则是教化求菩萨道的利根人入实相的满字法门。①

《法华玄义》卷二中解释了通二谛、别接通二谛、圆接通二谛的含义及三者间的区别：

> 幻有空、不空二谛者，俗不异前，真则三种不同：一俗随三真，即成三种二谛，其相云何？如《大品》明非漏非无漏，初人谓非漏是非俗，非无漏是遣著，何者？行人缘无漏生著，如缘灭生使，破其著心，还入无漏，此是一番二谛也。次人闻非漏非无漏，谓非二边，别显中理，中理为真，又是一番二谛。又人闻非有漏非无漏，即知双非、正显中道。中道法界力用广大，与虚空等，一切法趣非有漏非无漏，又是一番二谛也。
>
> 《大经》云："声闻之人但见于空，不见不空""智者见空及与不空"即是此意。二乘谓著此空，破著空故，故言不空；空著若破，但是见空，不见不空也。利人谓不空是妙有，故言不空。利利人闻不空，谓是如来藏；一切法趣如来藏。还约空、不空，即有三种二谛也。②

在这段话中，智者认为通二谛、圆接通二谛、别接通二谛三者在俗谛上的含义都是相同的，即都是以幻有为俗谛，也就是了知众缘和合下所生诸法的假有（或幻有）的一面。因此，通二谛是以幻有为俗谛、幻有空为真谛；别接通二谛是以幻有为俗谛，以即幻有空、不空为真谛；圆接通二谛是以幻有为俗谛，以"幻有空不空、一切法趣空不空"为真谛。具体而言，三者之间的区别在于，通二谛的真谛是只知幻有空，而不知幻有不空；别接通二谛的真谛则是既知幻有空、又知幻有不空，也就是如实知道幻有本身是空与不空相即的；而圆接通二谛的真谛则是除了知道幻有空与不空相即之外，还了达一切法都趣入空与不空、皆是空与不空相即的。

通教的声闻、缘觉（利人）与菩萨（利利人）虽同说"不空"，但利人（即别接通二谛）是将"不空"理解为妙有，侧重于从道种智与菩萨妙用的功能上来理解"妙有"，而利利人（即圆接通二谛）则是从差别妙用即道种智得以生起的内在理据

---

① 《法华玄义》卷2："如幻二谛，满字法门，为教利根，诸法实相，三人共得，比前为妙；同见但空，方后则粗。"（隋）智颢：《妙法莲华经玄义》卷2，《大正藏》第33册，第703页下。

② （隋）智颢：《妙法莲华经玄义》卷2，《大正藏》第33册，第703页上。

上来说，即自心本有的如来藏（又称为佛性），因此圆教利利人的真谛理比别教利人真谛理的高明之处在于，利利人的真谛开显的是摄一切法乃至一切众生根本性的佛性理体，而利人的真谛则是从具体事用上而言的实相境理。因此，总体来看，通教三乘人虽同学"非漏非无漏"之般若，但所证之智则各各有别，原因就在于三乘人对"有"的理解上有浅有深，也就是智者所谓的"三人入智不同，复局照俗亦异"，而这个也是别接通和圆接通的依据。①

别二谛以通教的真俗二谛——幻有、幻有即空为俗谛，以"不有不空"为真谛。《法华玄义》云：

> 幻有、无为俗，不有不无为真者，有无二，故为俗；中道不有不无不二为真。二乘闻此真俗俱皆不解，故如哑如聋。《大经》云："我与弥勒共论世谛，五百声闻谓说真谛"，即此意也。②

这段话的意思是说，别二谛是理内真谛与俗谛的二谛，别教菩萨了知诸法为缘起性空之法，假有与性空两个方面相异不即，则是别教中的俗谛；诸法之空有相即不二，则是别二谛中的真谛。因此，藏教与通教菩萨根本无法理解别教二谛理的含义，因为藏教及通教的真谛与俗谛在别教的理解中都属于俗谛，藏教与通教菩萨也不可能理解到别教空有不二的真谛义，别教的真俗二谛其实也是为了对破藏教与通教在空有上的偏执而立的。

圆接别二谛是以"幻有、幻有即空"为俗谛，以"不有不空、一切法趣不有不空"为真谛。但智者仍将圆接别二谛判为粗法，在《法华玄义》中智者说，"圆入别，理融为妙，带别方便为粗"③，虽然圆接别二谛已经从教理上了达诸法圆融无碍、

---

① 通教三乘所证智之区别可详见智者在《法华玄义》卷 2 的阐释："复次，约一切法趣非漏非无漏，显三种异者：初人闻一切法趣非漏非无漏者，谓诸法不离空，周行十方界，还是瓶处如。又人闻趣知此中理须一切行来趣发之。又人闻一切趣即非漏非无漏，具一切法也……若随智证，俗随智转，智证偏真，即成通二谛；智证不空真，即成别入通二谛；智证一切趣不空真，即成圆入通二谛。三人入智不同，复局照俗亦异（云云）。何故？三人同闻二谛，而取解各异者，此是不共般若与二乘共说，则浅深之殊耳。《大品》云：'有菩萨初发心与萨婆若相应。有菩萨初发心如游戏神通，净佛国土。有菩萨初发心即坐道场，为如佛。'即此意也。"（隋）智颛：《妙法莲华经玄义》卷 2，《大正藏》第 33 册，第 703 页上。
② （隋）智颛：《妙法莲华经玄义》卷 2，《大正藏》第 33 册，第 703 页中。
③ （隋）智颛：《妙法莲华经玄义》卷 2，《大正藏》第 33 册，第 703 页下。

相即不二理，但由于依然是借助于别教菩萨的方便法门才悟入的，因此从悟入方式来说，仍属于粗法。

　　圆接别二谛的俗谛与别二谛相同，二者的区别在于对真谛理解上的不同。若从真谛理与观行实践上来看，圆入别三谛与别三谛的区别有两个层面：其一，"圆接别二谛"除了要知道"别二谛"的"不有不空"外，还需知道"一切法趣不有不空"、知道一切法彼此之间都是"非空非有""相即不二"的中道之理。其二，在观行实践上，"别教二谛"是以别教菩萨的"次第三观"来体达真谛实相，即先以从空入假观、再以从假入空观、最后以中道观来悟入"别教二谛"中的"真谛"，从而了达诸法实相。而"圆接别二谛"是以圆教菩萨的一心三观，当下体悟一切法皆为即空即假即中的方式来达到对诸法实相的理解。在《法华玄义》中，智者提到的两个词最能概括别二谛与圆入别二谛的区别：即缘修与圆具。

　　　　圆入别二谛者，俗与别同，真谛则异。别人谓：不空但理而已；欲显此理，须缘修方便，故言"一切法趣不空"。圆人闻不空理，即知具一切佛法，无有缺减，故言"一切趣不空"也。[1]

　　缘修和圆具思想是智者受到地论师南北二道与摄论师对佛性"当现两说"需真修或缘修的争论而来。南道地论师主张以第八识为自性清净的如来藏心，故而认为佛性本有，而如来藏含摄万法，因此，只需与如来藏理相应的任运而修（真修）。而北道地论师和摄论师则主张第八阿赖耶识性质是与无明相应的杂染心，阿赖耶识含藏万法，又称为一切种子识，主张心（第八识）摄一切法，而通过转识成智的观行实践，缘真如之理而修（缘修）。智者判地论与摄论师同为别教，但二者有初心（初阶）与后心（后阶）的区别。智者主张"一色一香无非中道"，故而，真修与缘修相比，智者思想更倾向于真修说，但真修说强调的是如来藏心本具一切法的含义，而智者主张的则是法法皆圆具一切法，智者的圆具说其实是吸收了真修说中"本来具足"的一面，但圆具说并不强调如来藏心的核心地位，也没有将"心摄一切法"的一面吸收进去。

－－－－－－－－－－

　　[1]　（隋）智顗：《妙法莲华经玄义》卷2，《大正藏》第33册，第703页中。

《维摩经文疏》卷十七云：

> 但通教、别教以缘修为自，圆教以真修为自。①
>
> 二，为别教菩萨，约中道无生真如缘修生智断受双定；三，为圆教菩萨，约无生真如真修生智断受双定也。若通教、别教，缘如生智断，一往事同而理异；圆教真修与通教事理俱异，与别教理同而事异也。
>
> 问曰：别教与圆教，何得理同而事异也？
>
> 答曰：同是一中道真如之理，故言理同；有两修之别，故说事异也。②

智者认为，缘修是通教和别教的主张，真修（圆具）是圆教的主张，而别教缘修与圆教真修的根本不同就在对"真如"的理解上。刘朝霞老师在《早期天台学对唯识古学的吸收与抉择》一书中这样来解释圆教真修与别教缘修的差别："别教以所观真如为理，用智观理，引发真智（契于真如），通教所观真如也是理，不过别教真如为中道真如（不但空），通教为偏真真如（但空），二者之真如为但空与不但空之异，性同为理，故皆称缘修。圆教所观真如与别教真如，理上不异，而有但中、不但中之别，别教只是个中道之理，圆教真如理智不二，即真如不仅是所观境（理），也是能观心（智）。因为圆教真修，所以性是无为，无所造作，因此真修与无作四谛可以互相解释。"③

智者在《维摩经文疏》卷十七中有段话也借助于真修和缘修解释了圆教所言"无作"的含义：

> 经言："不会是菩提者"，若诸方便教明缘修智会理，方名真智，圆教明真修之智，体显寂照，不须智来会理也。④

最后，圆二谛以"幻有、幻有即空"为俗谛，以"一切法趣不有不空，趣不有

---

① （隋）智顗：《维摩经文疏》卷17，《卍续藏》第18册，第590页下。
② （隋）智顗：《维摩经文疏》卷17，《卍续藏》第18册，第590页上。
③ 刘朝霞：《早期天台学对唯识古学的吸收与抉择》，巴蜀书社，2009，第295～296页。
④ （隋）智顗：《维摩经文疏》卷17，《卍续藏》第18册，第594页中。

不空”为真谛。

> 圆教二谛者，直说不思议二谛也。真即是俗，俗即是真。如如意珠，珠以譬真，用以譬俗，即珠是用，即用是珠。不二而二，分真俗耳。①
>
> 唯圆二谛，正直无上道，是故为妙。②

圆二谛中的俗谛与“别二谛”“圆接别二谛”相同，但“圆二谛”中的真谛理为最高。智者将圆二谛又称为“不思议二谛”，因为俗谛与真谛之间消融了界限差别，达到了真正的相即不二。在观行上要观一切法同时具足“假有”“性空”“不有不空之中道”三个面向（空/假/中）。因此，在智者“圆二谛”的理解中，除了消解了“俗谛”与“真谛”间的区别，也直接消解了二谛的概念。《四教义》云：“今明真俗说为谛者，但是方便，实非谛也”③，此处的“谛”就是指佛家的最高真理，亦说智者说法之根本所依的“一实相谛”（又称一实谛）。由此可知，二谛与三谛皆是智者对究竟实相（一实谛）从不同角度进行的诠解，都属言教方便。

在智者的二谛思想体系中，除了上文从教理上对实相进行诠释的四种二谛与七种二谛学说之外，还包括言教方式上的三番说二谛。

四 “三番说”二谛

在《大般涅槃经》卷三十五中有段经文记载了佛陀说法的三种方式，这三种说法方式常被称为如来“三语”：

> 善男子，如我所说十二部经，或随自意说，或随他意说，或随自他意说。④

“三语”即如来说法时所使用的三种方式，即随自意语、随他意语和随自他意

---

① （隋）智顗：《妙法莲华经玄义》卷2，《大正藏》第33册，第703页中。
② （隋）智顗：《妙法莲华经玄义》卷2，《大正藏》第33册，第703页下。
③ （隋）智顗：《四教义》卷2，《大正藏》第46册，第728页中。
④ （北凉）昙无谶译《大般涅槃经》卷35，《大正藏》第12册，第573页上。

语。随自意语是佛陀随自所证的菩提智而为众生直接演说其所亲证的实相法，随他意语是佛随顺众生的根机而说种种的方便法，随自他意语则是指佛在为众生说法时，一方面根据自身亲证的实相随自意而说，另一方面又随顺众生的根机而说。或许是受到了《涅槃经》中如来"三语"说的影响，智者认为诠解实相的种种谛说中都包含着这三种含义。①

因此，在诠解实相的谛说中，智者认为二谛说乃至三谛说都包含随他意说、随自他意说与随自意说三种方式，分别称之为随情说、随情智说、随智说，此即智者提出的三番说二谛。

> 若言：凡夫人即能体达因缘，生于观解，岂非随情说俗？体因缘即空，岂非随情说真？若如此者，即是随情说二谛也。若言凡夫心所见名为俗谛，圣人心所见名为真谛，如此说者岂非随情智说二谛也？若言凡夫行世间不知世间相，凡夫尚不知世间之俗，那得知真？故知二谛皆非凡情所识，如此说者岂非随智说二谛？②

第一种"随情说二谛"。"情"指的凡夫的情执，因此，随情说是从引导众生、破除执着的角度来说实相义的。《法华玄义》中智者将"随情"解释为"不得中道，故称随情"，③ 也就是说，凡夫理解诸法时要么执为空、要么执为有，偏执于空或有都不是实相的本义，因此，佛陀说法后，众生若能体达诸法为众因缘和合而生的道理而不偏执于空，这种说法就是随情说俗谛；众生若能体达因缘和合所生之法为自性空的道理而不偏执于有，这种说法就是随情说真谛。因此，总体来看，佛陀说法时随情说二谛是为了破除众生偏有、偏空的两种执着，在合乎时机的情况下随顺众生根机而说空、说有的方便说。

第二种"随情智说二谛"。"情"是众生的情执、"智"是圣者亲证的实相或亲

---

① 《法华玄义》卷 2 载："夫经论异说，悉是如来善权方便，知根知欲，种种不同，略有三异，谓随情、情智、智等。随情说者，情性不同，说随情异……随情智者，情谓二谛，二皆是俗；若悟谛理，乃可为真，真则唯一……随智者，圣人悟理，非但见真，亦能了俗……若解此三意，将寻经论，虽说种种，于一一谛皆备三意也。"（隋）智颛：《妙法莲华经玄义》卷 2，《大正藏》第 33 册，第 702 页中。
② （隋）智颛：《摩诃止观》卷 3，《大正藏》第 46 册，第 27 页上。
③ （隋）智颛：《妙法莲华经玄义》卷 2，《大正藏》第 33 册，第 704 页上。

证实相的智慧，与随情说二谛相比，随情智说二谛已不单单是为了破执而说的了，也表诠了佛陀所亲证的实相义，因此，随情智说是以实相为依据的。佛陀说法时，若称凡夫所理解的或有或空的相对真理是俗谛、圣者所亲见的非空非有的绝对真理是真谛。这样的说法方式，一方面能让凡夫了解到自身见解的相对性和局限性，从而破除众生在空、有上的执着；另一方面还能开显出佛陀所亲证的究竟实相义，因此，随情智说二谛中蕴含着破除凡夫之偏执及开显实相之理这两个方面的内容。

第三种“随智说二谛”，是佛陀在众生根机相应的情况下，为众生全盘或彻底地说出其所亲证的实相。智者对此的解释是说，如果佛陀对凡夫说：世间的凡夫们连世间相其实都未能知尽，因此而称凡夫们不知世俗，那么，若凡夫们连世间的俗谛都尚不能知，何况世间乃至出世间的真谛呢？智者以为，这种说法方式纯粹是佛陀随自身所证的究竟实相而进行的言诠，目的则是引导众生能直接亲证实相。

由于究竟实相是离言绝虑、不可言说的，因此，智者认为佛陀的一切言教其实都是随顺众生的方便言说，三番说中其实都包含着随情说的内容。比如，即便是最究竟的随智说，佛陀也要在机缘成熟的条件下才能将其所亲证的究竟实相和盘托出。但佛陀在不同时机条件下、对不同根机的众生演说法义的直接目的其实是不一样的。在随情说二谛中，不论是说真谛、还是俗谛，最直接的目的其实是要解答众生当下对空、有的疑惑，而并不是为着直接指向真谛、开显究竟实相而说的。但在随智说二谛中，说真谛与俗谛的直接目的都是开显实相而进行的彻底言说。在随情智说二谛中，说真谛与俗谛都是为了在解答疑惑的过程中开显究竟实相理。若从认识论角度来理解，三番说中的随情说二谛虽然并不以开显真理为直接目的，但为众生解答疑惑、破除偏执的过程也是众生开始理解真理的必要阶段，而随情智与随智说二谛则是众生对真理在认识上不断深化的过程，至随智说时彻底为众生开显实相，并引导众生证入究竟实相。因此，三番说二谛的实质是佛陀以慈悲和愿力为所依而展开的三种方便教法。

五　结语

通过对智者四种二谛乃至七种二谛说的分析可以看出，自通教以后，智者对二谛阐释上的重点已不再放在对空义的解释上，而是将侧重点放在了对“有”义多层内涵的理解与分析上。因此，二谛论的思想体系其实已无法容纳"有"的多层次内涵，基于此，智者最终放弃了以二谛来释实相的理路，进而提出了天台独特的三谛实相论，除了以之为核心建构起天台的思想框架，亦为汉传佛教理解缘起及实相开辟了新的进路。而智者提出的随情说、随情智说与随智说二谛的"三番说"，则开显了佛陀以实相智为根本所依而应机设教，以使众生破执显理、觉悟实相的大乘追求，此三番说的诠解方式也被智者继续代入其三谛实相论的诠释方式当中，彰显了天台智者诠解实相的多种进路和层次。

禅境与诗境的圆融：论唐代文人禅诗的审美涵蕴[*]

张锦辉

【内容提要】 禅境即参禅者获得的一种开悟超脱之境，于禅诗创作而言，是诗人建构的一种特殊审美艺术境界。唐代文人在禅宗独特的思维机制、审美方式以及表达方式的观照下，审美观亦受影响。他们以对自然、寂静、无我以及本心的追寻为旨归，在诗性与悟性思维的相互圆融下，禅境与诗境相互交融，其禅诗最终呈现出冲淡自然、空灵闲静、含蓄蕴藉的审美涵蕴。唐代文人对诗意化禅境的追求，既是他们排遣寂寞与寥落情绪的手段，又是开悟之后超越限境、触目菩提、立处皆真的生命境界的本来呈现，最终成为唐代诗歌审美追求的另一面，形成中国文学、禅学史上的瑰美景观，丰富了中华民族艺术审美理想范畴。

【关键词】 文人禅诗　诗境与禅境　审美涵蕴　唐代文学

【作　者】 张锦辉，文学博士，陕西师范大学文学院教授，研究方向为宗教与文学。

禅境即参禅者获得的一种开悟超脱之境，于禅诗创作而言，是诗人建构的一种特殊审美艺术境界。唐代文人在佛禅思想的浸润下，创作了大量以佛禅为题材的禅

---

* 本文是陕西师范大学中央高校基本科研业务费专项资金重点项目"中华优秀传统文化的精神建构——以中古寺院碑文的文本生成与文学形态为中心"（2022 – 01）、国家社科基金重大招标项目"唐代到北宋丝绸之路（陆路）上的驿站、寺庙、重要古迹与文人活动、文学创作及文化传播"（项目号：18ZDA241）的阶段性研究成果。

诗。至于何为禅诗①，众说纷纭，本文在借鉴学界已有成果的基础上，认为唐代文人禅诗具有宗教（禅宗）与文学（诗歌）的双重属性，"是唐代文人在创作中融入禅悟思维，以对现实和人生的深刻感悟为基础而形诸诗作，浸透着浓郁、强烈的禅学意蕴，具有一定的禅机、禅趣和禅意，渗透着醇醇禅韵和禅味"②。禅宗起源于禅。"禅"，"禅那 Dhyāna 之略，译曰'弃恶'、'功德丛林'、'思惟修'等，新译曰'静虑'。"③ 概言之，就是要求主体的心静下来，排除过多杂虑，集中精神，专注一境的思考。作为印度佛教（外区文化）与中国传统儒道思想（内区文化）④ 的有机结合，禅宗"不立文字、直指人心、见性成佛、教外别传"的宗旨，直觉观照、机锋棒喝等非理性的思维方式，物我两忘、我心即佛的精神境界和随缘任运、平淡从容的生活态度，使文人士大夫阶层深受影响，为他们提供了精神上可以暂获栖居的乐土，故禅宗"从一开始就染上了神秘的诗意色彩，一开始就和诗学结下不解之缘。"⑤ 李唐文人在禅宗独特的思维机制、审美方式以及表达方式的观照下，审美观亦受影响，他们以获得禅意人生为期许，其禅诗较之于一般诗歌，在审美方面又有哪些特点？本文拟结合禅宗思想对唐代文人的影响，对此问题作以阐释，不足之处，还请方家批评指正。

---

① 有关"禅诗"的概念，学术界目前界定不一，如蒋述卓先生认为："禅诗是指宣扬和融入了禅理，或者虽不直接关涉佛理但却能体现禅意禅趣、禅境禅悦的诗歌。"（蒋述卓编《禅诗三百首赏析》，广西师范大学出版社，2003）陈耳东先生则认为禅诗是"参禅者（禅师或居士）把修习禅、理解禅的心得体会表现在诗歌里。"（陈耳东：《谈禅诗的禅味与诗味》，《天津社会科学》1999 年第 6 期）吴言生先生认为禅诗"即禅宗诗歌，从创作主体上来看，历来包括禅僧创作的悟禅之作，和文人创作的带有禅味的诗歌两大类。"（吴言生编《经典禅诗》，东大图书股份有限公司，2002，第 1 页）任继愈先生认为禅诗是"表达禅理的诗。多为僧人所作。禅借诗以寓理，诗借禅以抒情，重视内心的体验，追求象外之旨、言外之意"。（任继愈主编《佛教大辞典》，江苏古籍出版社，2002，第 1232 页）

② 关于唐代文人禅诗的定义，笔者在《猿——唐代文人禅诗的另类书写》（《北京社会科学》2014 年第 4 期）、《论唐代文人对〈法华经〉的接受》[《海南大学学报》（社会科学版）2015 年第 3 期]、《论"空"唐代文人禅诗中的表现及蕴含》[《新疆大学学报》（哲社版）2015 年第 4 期] 都有相关论述，本文在此沿用。

③ 丁福保编《佛学大辞典》，文物出版社，1984，第 2771 页。

④ 顾敦鍒先生首先阐明了内区、中区、外区三种文化的区别："在中心的文化，像近中心的波圈那样，是显殊而有力的，这个区域叫作内区，或中心区，或发源地；一个文化由内区向外去推展，其力量会逐渐衰减，这是文化到了中区的普遍性质；再由中区向外推展，这种文化力量更趋微弱，终至于波平如镜那样，不见迹象，外区文化的性质，大都如此。"本文在此采用文化内区、外区说法。顾敦鍒：《佛教与中国文化》，载张曼涛主编《佛教与中国文化》，上海书店，1987，第 45 页。

⑤ 周裕锴：《中国禅宗与诗歌》，上海人民出版社，1992，第 1 页。

一　冲淡自然：行看流水坐看云

禅宗追求闲适自然、自我解脱，"它所追求的那种淡远心境和瞬刻永恒，经常假借大自然来使人感受和领悟"①，这种"感受"和"领悟"是一种特殊的心灵之旅，"不仅主客观浑然一体，超功利，无思虑，而且似乎有某种对整个世界与自身相合一的感受"②，表现在唐代文人禅诗中，则是一种冲淡自然的境界。"冲淡"指"素处以默，妙机其微。饮之太和，独鹤与飞。犹之惠风，荏苒在衣。阅音修篁，美曰载归。遇之匪深，即之愈稀。脱有形似，握手已违"③。冲淡首先要求创作者必须保持内心平静，以微妙闲适的胸襟广纳大自然的冲和之气，形成冲淡的心态，因为"淡由玄而出，是由实通向虚，通向无的楔结点。只有淡泊，才能虚静、坐忘，也才能心不住念于一物"④。

"自然"指"俯拾即是，不取诸邻。俱道适往，着手成春。如逢花开，如瞻岁新。真与不夺，强得易贫。幽人空山，过雨采苹。薄言情悟，悠悠天钧"⑤。禅宗离不开自然，自然是"将印度佛教教义与中国本土'返璞归真'的老庄思想相结合，而形成的一种通过观照自然、从而随顺自然、以达复归自然的禅悦的境界"⑥。唐代文人禅诗冲淡自然境界的构成不仅包括客观的自然景物，而且亦是他们心态的反映。唐代文人与自然融为一体，以自己的真如之心去接近自然、聆听自然，所建构的禅境是内心情感的自然流露，是一种禅悟后的喜悦。如孟浩然的《耶溪泛舟》：

> 落景余清辉，轻桡弄溪渚。泓澄爱水物，临泛何容与。
> 白首垂钓翁，新妆浣纱女。相看似相识，脉脉不得语。⑦

诗人展现的就是一幅江南水乡夕阳西下图。夕阳西下，舟人轻舞船桨，如在自

---

①　李泽厚：《新版中国古代思想史论》，天津社会科学院出版社，2008，第167页。
②　李泽厚：《新版中国古代思想史论》，第167页。
③　（清）何文焕辑《历代诗话》（上），中华书局，2004，第38页。
④　黄河涛：《禅与中国艺术精神》，中国言实出版社，2006，第208页。
⑤　（清）何文焕辑《历代诗话》（上），第40页。
⑥　许苏民编《历代禅语小品》，湖北辞书出版社，1994，第186页。
⑦　佟培基笺注《孟浩然诗集笺注》，上海古籍出版社，2000，第44页。

然。接着诗人写临水泛舟时的欢愉感受，在明澈如镜的溪水中，观赏游鱼三五成群在水中追逐嬉戏，这是一种何等惬意的享受。溪中鱼儿欢愉自乐，溪边又如何呢？只见身披蓑衣的白发老翁悠然垂钓，梳妆整齐的少女洗衣谈笑。面对眼前这一幕幕闲适、自然的生活场景，诗人不禁吟出"相看似相识，脉脉不得语"的人生感悟，这样的场景是多么的令人眼熟，可以明显感受到诗人从大自然、从日常生活中汲取欢乐的禅者心态。在长安求仕未果的情况下，此刻能享受到生活如此殊荣的待遇，也可谓是对诗人精神上的弥补。整首诗虚实相间、情景交融、言有尽而意无穷，故刘辰翁说："不欲犯一字绮语自足。"① （《王孟诗评》）一旦诗人放下世俗生活的羁绊，以禅者的眼光去看待眼前的这一切时，世俗眼中的主客、物我等二元对立此时皆不存在，留下的只是触目菩提、立处皆真的活泼生命。

此外，孟浩然《春晓》、王维《田园乐》《冬晚对雪忆胡居士家》、储光羲《题破山寺后禅院》、于良史《春山月夜》、刘长卿《送灵澈上人还越中》、李商隐《花下醉》等，同样如此。通过在禅诗中建构禅境，唐代文人进入一种内心的清凉寂静状态，疾驰不羁的心灵此刻获得短暂的休歇，这种出自无心之笔，任运随缘的禅悦之境显然是受到禅宗平常心是道思想的影响。

禅宗讲究平常心是道，马祖道一禅师说：

> 道不用修，但莫污染。何为污染？但有生死心，造作趋向，皆是污染。若欲直会其道，平常心是道。谓平常心无造作，无是非，无取舍，无断常，无凡无圣。经云："非凡夫行，非圣贤行，是菩萨行。"只如今行住坐卧、应机接物尽是道。②

"平常心是道"就是告诫众生不要被是非、善恶、美丑、取舍、凡圣等世俗观念染污本有的佛性，在修行、日常生活中"任性逍遥，随缘放旷，但尽凡心，别无圣解"③。简言之，平常心"就是一种寄寓普通的日常生活之中的世道人心，就是一种以平平常常的心来对待平常的事之为人处世态度"④。平常心在哪儿？其实就在"洗

---

① 陈伯海主编《唐诗汇评》，浙江教育出版社，1995，第 522 页。
② （宋）释道原纂《景德传灯录》，顾宏义译注，上海书店出版社，2010，第 2252 页。
③ （宋）释普济编集《五灯会元》，苏渊雷点校，中华书局，1984，第 371 页。
④ 胡遂：《佛教禅宗与唐代诗风之发展演变》，中华书局，2007，第 10 页。

钵去""神通并妙用，运水及搬柴""吃茶吃饭随时过，看水看山实畅情"的日常生活中。如何做到平常心？"要眠即眠，要坐即坐""热即取凉，寒即向火"，也就是饿了吃，累了睡，一切按照生活的本来面目进行，无须特意而行，有意为之。禅宗"平常心是道"的思想泯灭了主客之分，突出的是一种随缘自适的人生态度，正如德山宣鉴禅师所言："无事于心，无心于事，则虚而灵，实而妙"①。唐代文人遭受仕途挫败，在人生理想无法实现、外在的自由受到压抑时，他们将目光从儒家转向佛禅，正所谓"圣人不作，大道失而求助禅；忠臣孝子无多，大义失而求诸僧"②，他们将佛禅思想转化成一种审美情趣，表现在诗歌书写中。故在对佛禅思想的观照中，唐代文人在禅诗中赋予"自然"新的涵蕴，他们置身其中，忘掉俗世烦扰，所以这种开悟超脱之境便具有了"某种净化心灵的作用，能涤污去浊、息烦静虑，使人忘却尘世的纷扰，产生忘情于山水而自甘寂寞的高逸情怀"③。

在唐代文人禅诗中，"自然"表层是普通的大自然，深层是心态的一种反映，终极层面则指向一种禅悦的境界。它不但可以使唐代文人的心灵获得抚慰，亦可以寄托远离世事、幽居避世的禅悦情怀，故唐代文人笔下出现的自然就不再是一种客观、感性的外在观照和体验，而是一种对宇宙生命的心灵体悟。中国古人推崇"立德、立言、立功"之三不朽，将其视为一生的奋斗目标，可是每个个体的人生追求与复杂现实间不可调和的矛盾却依然存在，即便在大唐这个高度张扬个性的时代同样也未能调解，这就使得李唐文人背负着沉重的精神枷锁。为了消解内心的焦灼，找回迷失的本心，唐代文人走出世俗，结缘山水，陶醉于自然，在大自然中将喜怒哀乐转化为一种恬淡超然的心态，并且融化于诗歌，在活泼的生命中，在大自然的一草一木中，去体验那无限的、永恒的禅悦，因此，他们的人生在经过佛禅思想的洗礼后，呈现出另一番景色。此时他们在诗性的王国悠然栖居，摒弃世俗的尘嚣，适情任性，逍遥自在，其禅诗最终蒙上了"人境俱不夺"④的神秘面纱，获得一种美妙无上的艺术大境界。

---

① （宋）释道原纂《景德传灯录》，顾宏义译注，第1054页。
② （清）屈大均：《广东新语》，中华书局，1985，第352页。
③ 袁行霈、罗宗强编《中国文学史》，高等教育出版社，1999，第242页。
④ "人境俱不夺"源自临济宗。"四料简"是临济宗导引学人悟入的四种方法，即"夺人不夺境"、"夺境不夺人"、"人境俱夺"和"人境俱不夺"。其中"人"指主观存在，"境"指客观存在。夺与不夺，要根据对象的实际情况而定。

二　空灵闲静：心似孤云无所依

"空"，佛教核心理论之一，关于禅宗"空"的发展及在唐代文人禅诗中的表现和蕴含，可参看拙文《论"空"在唐代文人禅诗中的表现及蕴含》①，这里不再赘述。禅宗的"空"是一种充满生机的灵空，并非是耽溺于法相和色相的顽空和枯木寒潭式的死空。它蕴含的随缘任运、不着一物的心性更适合唐代文人对禅境的建构。禅宗之"空"讲求化实为虚，不着色相，反对空疏枯寂，浮于形式，以求神韵天成，极是自然。在"空"中，唐代文人将诗性的感悟与情调、活泼灵动的情思与生机益然的情致融合在一起，形成"灵的空间"。②

"'静'在禅境诗中是个带有普遍性的特点。"③ 禅宗不离静，因为"禅"原本指个体独坐静思冥想时的修持方法。传入中土后，在对儒道文化的适应与融释中，"禅"主要表现为一种特殊的思维方式和生命体验。唐代文人学禅参禅，就是希望在嘈杂纷扰的尘世中为闲静心灵的安放寻求一方净土，借以求得内心的平衡，其实质是他们"在政治上失意后，往往追求宁静、恬淡、超俗的生活，趋向平淡幽静的审美情趣，追求自我精神的解脱与适意的人生哲学"④。

"闲"，是一种超功利、不黏滞、不执着的自足自由心态，这种心态"对于染禅很深的唐宋文人来说主要不是指审美主体的清闲、空闲，而更多是一种悠闲安恬的心境，是一种对外界事物保持'无心'的状态"⑤。故"空灵闲静"是唐代文人在禅静状态中，以直观方式静观万物，呈现他们本真、充实、内在、自由生命心境的反映，如刘长卿《寻南溪常山道人隐居》：

一路行经处，莓苔见履痕。白云依静渚，春草闭闲门。

过雨看松色，随山到水源。溪花与禅意，相对亦忘言。⑥

---

① 张锦辉：《论"空"在唐代文人禅诗中的表现及蕴含》，《新疆大学学报》（哲学社会版）2015 年第 4 期。

② 詹和平：《空间》，东南大学出版社，2006，第 76 页。

③ 张晶：《禅与唐宋诗学》，新星出版社，2010，第 95 页。

④ 洪树华：《从诗歌看唐宋文人染禅的主导审美心态》，《南昌大学学报》（社会科学版）2003 年第 4 期。

⑤ 洪树华：《从诗歌看唐宋文人染禅的主导审美心态》，《南昌大学学报》（社会科学版）2003 年第 4 期。

⑥ 储仲君笺注《刘长卿诗编年笺注》，中华书局，1996，第 190～191 页。

全诗以"寻"为切入点，心随景动，层层递进。"莓苔""履痕"展现出道人居住环境的幽静，这里没有浮华喧嚣，终日与之做伴的是白云、芳草、静渚和闲门。小溪静静流淌，白云悠闲飘荡，芳草安然生长，一切是如此的恬静自然，和谐默契，诗人原本躁动不安的心也被这静穆淡逸的氛围熏化，变得"闲静"了。"过"字，把山中阵雨过后带来的清新宜人景色，轻松自然地托显出来。"随"字将诗人的无心之态表现得淋漓尽致，给人以"曲径通幽"的无限遐想。最后，诗人由眼前的"溪花"浮起"禅意"，在山间美景的观照中，来访不遇的怅然，似乎被眼前清幽、宁静的氤氲所冲化，渐归自然。诗人以有心之笔书无心之情，在对闲淡景色描写中烘托出自己内心对闲适的期盼，实现了从"物境"升华到"心境"，从"有我"小境步入"无我"大境。大历处于盛中唐之间的过渡期，当时不少诗人还尚未从盛唐昂扬向上、乐观慷慨的美好憧憬中走出来，面对突如其来的安史之乱，许多诗人一时还难以适应，反映在诗歌创作中，表现出的是"交融成盛唐之音的观念、气魄、情调全都黯然了、退色了、低沉了，为一种疲倦、衰顿、苍老而又冷淡的风貌所取代"[1] 的现状。刘长卿虽未能脱离时代的影响，但是他的禅诗却没有落入传统桎梏，相反为大历诗坛带来一股清新自然之风。此外，王维《鸟鸣涧》[2]《鹿柴》、孟浩然《夜归鹿门山》、储光羲《题虬上人房》、刘得仁《秋夜宿禅院》、韦应物《幽居》等，亦反映出空灵闲静的禅境。

黑格尔在《美学》中曾指出："艺术究竟要同时服侍两个主子，一方面要服务于较崇高的目的，一方面又要服务于闲散和轻浮的心情。"[3] 对唐代文人而言，前者是要和自己远大的政治理想和抱负相关联，后者似乎更倾向于以闲适心态去展现其本性。然而在李唐这个多元、充满诱惑的社会中，不管是封侯的高适，还是一生穷困潦倒的杜甫，他们在现实面前都只能以压抑本性为前提去适应时代的发展，这样原本自由无染的本心便不由自己支配，终日处于忧、惧、烦之中，疲惫不堪，终为外物所"累"。

---

①　蒋寅：《大历诗人研究·导论》，北京大学出版社，2007，第 7 页。

②　关于《鸟鸣涧》一诗所体现出的空灵闲静禅境，可参看拙文《云在青天水在瓶 闲来自听落花声——王维〈鸟鸣涧〉一诗的禅意解析》，《中国宗教》2013 年第 8 期。

③　〔德〕黑格尔：《美学》（第一卷），朱光潜译，商务印书馆，1979，第 7 页。

去累的关键在于心灵的闲适。那么如何获得闲？《坛经》云："内外不住，去来自由，能除执心，通达无碍。"① 只有"心"去"累"，破除"心执"，超越二元对立，打破精神枷锁，如此"宝月流辉，澄潭布影。水无蘸月之意，月无分照之心。水月两忘，方可称断"②。心闲则静，静则生定。一旦获得禅定，③ 轻安愉悦、闲淡自然，二元对立的思维立即消失，也就破除了"物执"和"我执"，本心自然就浮现出来。只有自己的本心不受束缚，对一切境遇不生忧乐悲喜之情，不执着，不留恋，保持闲适，方可体验到怡悦、和谐、自然的禅趣。

禅宗的终极关怀在于明心见性，重现本来面目。"重现本来面目，就是将相对的意识加以'休歇'，以达到净裸裸、赤洒洒的精神的源头，生命的源头"④，跳出二元对立的窠臼，找回迷失的本心。唐代文人借助禅诗实现内心的闲静空灵，进而达到精神的自由，正如罗素所言："一种快乐的人生，在相当程度上是恬静淡泊的，因为唯有在一种恬静淡泊的氛围中，真正的快乐才能常驻。"⑤ 他们禅诗空灵闲静禅境的形成其实是他们寻找本心的过程，当他们本心与外界融为一体，一种没有束缚、物我双泯、主观与客观融为一体的审美感悟便生成，这是一种超然的、不可言喻的情感体验。故唐代文人以心贴近万物，思索生命，在禅诗中建构出空明、静谧的空灵闲静境界时，也是他们在纯净无染、虚静空荡的氛围中所生发的高度圆融的主观心性，它是灵动的、生机盎然的艺术境界和生命灵气。

三　含蓄蕴藉：归到家山即便休

所谓"含蓄"，指包含不露，有所蓄积。对文学创作而言，要求文学作品具有味外之旨、韵味无穷的意趣，"句中有余味"，"篇中有余意"⑥（《白石道人诗说》）即是。换言之，诗歌要给读者留下丰富的想象和再创作的艺术空间，让读者通过由实

---

① 郭朋校释《坛经校释》，中华书局，1983，第56页。
② （宋）释普济编集《五灯会元》，苏渊雷点校，第890页。
③ 禅定的过程在某种程度上讲它是静虑的过程，在这个过程中，可以摒躁趋静，平和凝息，达到无物我的超然境界，就是一种"心如朗月连天静，性似寒潭彻底清"的境界。
④ 吴言生：《禅宗诗歌境界》，中华书局，2001，第7页。
⑤ 王正平主编《罗素文集》，改革出版社，1996，第304页。
⑥ （清）何文焕辑《历代诗话》（下），第681页。

到虚、由虚到实的再创造，去思索体味诗人在其中省略的笔墨。《二十四诗品·含蓄》说道：

> 不着一字，尽得风流。语不涉己，若不堪忧。是有真宰，与之沉浮。如渌满酒，花时返秋。悠悠空尘，忽忽海沤。浅深聚散，万取一收。①

追求含蓄蕴藉的作品，诗人的内心情志和诗的旨趣一般很难从字面上直接看出，须经过反复斟酌思考从深一层去体认，这样才能领略到它的风流神韵，发现"真宰"。唐代文人汲取佛禅精髓，其禅诗具有一种含蓄蕴藉的审美感悟，尤以《锦瑟》为代表：

> 锦瑟无端五十弦，一弦一柱思华年。庄生晓梦迷蝴蝶，望帝春心托杜鹃。
> 沧海月明珠有泪，蓝田日暖玉生烟。此情可待成追忆，只是当时已惘然。②

元人元好问曾写道："望帝春心托杜鹃，佳人锦瑟怨华年。诗家总爱西昆好，独恨无人作郑笺。"③ 清代诗论家王士禛说道："一篇《锦瑟》解人难"。叶嘉莹先生也不禁感叹："千年沧海遗珠泪，未许人笺锦瑟诗。"④ 对于《锦瑟》主题的理解，历来有爱情、咏物、悼亡、政治、自伤身世等说法，然而哪一种理解更符合李商隐的真实本意，可谓各执己见，聚讼纷纭，所以此诗"像一座美轮美奂的迷宫，古往今来多少人为之惊叹心驰，却寻不到进入的路径，他们一开始便迷失在路口，惝恍猜测，未知所踪"⑤。当然，本文在此无意于各种争执，只是想指出，李商隐由于一生染指佛禅，故受佛禅思想的影响是显而易见的。本文将其视为一首禅诗，其所体现的禅学意韵也正如有些学者所指出的："色空观；无常感和求不得苦。"⑥ 其含蓄蕴藉

---

① （清）何文焕辑《历代诗话》（上），第40~41页。
② 刘学锴、余恕诚：《李商隐诗歌集解》，中华书局，2004，第1579页。
③ 周烈孙、王斌校注《元遗山文集校补》（上），巴蜀书社，2013，第480页。
④ 叶嘉莹：《迦陵论诗丛稿》，北京出版社，2008，第337页。
⑤ 张诗群：《相思树上合欢枝——李商隐的诗歌人生》，重庆出版社，2012，第213页。
⑥ 吴言生先生在《禅宗诗歌境界·李商隐诗歌中的佛学意趣》对其所蕴含的禅学意味做了详细论述，此处不再赘言。

之色彩由此可见。再如王维《山石》、刘眘虚《阙题》、韦应物《烟际钟》、柳宗元《江雪》等，也同样如此，含蓄朦胧，给读者留下不尽的回味空间。

　　唐代文人禅诗含蓄蕴藉禅境的生成自有其因缘。一方面源自中国文学对含蓄蕴藉审美的不懈追求，《周易·系辞下》说，"其称名也小，其取类也大。其旨远，其辞文，其言曲而中，其事肆而隐"①，开启了中国文学对含蓄美追求的大门，此后便成为中国古代文人一直追求的梦想。钟嵘在《诗品》中进一步提出"文已尽而意有余"，在这样一个理论基础上，融合着大唐独有的文化禀赋，唐代文人诗歌更是追求蕴藉空灵。

　　另一面与禅宗思想息息相关。佛教对于语言文字，主张"不可以智知，不可以识识，无晦无明无名无相……一切言语道断"②。禅宗则直接将"不立文字"作为立宗之旨，神会大师说："六代祖师以心传心，离文字故。从上相承，亦复如是。"③ 禅宗消解文字的功用，目的在于让学人摆脱语言的束缚，超越语言文字的局限，强调在当下的直觉顿悟中获得一种开示，故禅宗史上有名的"临济喝""德山棒"，就是通过"喝""打"等这些超出常规的方式，截断修行者的思维定式，从而在突发的直觉顿悟中实现认识的提升、心灵的开悟。

　　禅宗直觉悟道式的"不落言筌"对唐代文人而言，更有助于他们禅诗含蓄蕴藉禅境的建构。唐代文人在面对来自社会和自我精神深处的压抑时，借助诗歌将内心的微妙感受传达出来。而禅宗含糊朦胧、玄妙通灵、似是而非的表达、直觉为主的观物方式以及悟性思维却恰恰满足了诗歌含蓄蕴藉的需要，这种含蓄蕴藉可以将诗人在静默观照、沉思默想中的感受全部包容进去，将唐代文人特有的幽深淡泊、宁静致远的气息展现出来。所以，对禅诗的解读必须借助悟性思维，诚如朱光潜先生所言："诗境与禅境本相通，所以诗人和禅师常能默然相契……禅趣中最大的成分便是静中所得于自然的妙语。"④ 禅悟是参禅者对具有无限性和未知性生命境界的一种认知和体验，在禅悟中所体验到的生命完满圆融之美已经超越了一般审美习惯的定式，通常世俗眼中所谓的长短、好坏、美丑、高低、是非等二元对立的审美规范此

---

① 周振甫译注《周易译注》，中华书局，2012，第 346～347 页。
② （后秦）鸠摩罗什译《维摩诘所说经》卷下，见《中华大藏经》编辑局编《中华大藏经》（汉文部分）第 15 册，中华书局，1991，第 861 页。
③ 杨曾文编校《神会和尚禅话录》，中华书局，1996，第 7 页。
④ 朱光潜：《诗论》，生活·读书·新知三联书店，1984，第 212 页。

时皆不存在，剩下的只是经过禅雨洗涤后的绝对永恒之美。所以当禅的简素、空静、超然等精神追求反映到唐代文人的禅诗中时，他们对仕途多变、人生起伏以及宇宙万物的感悟也随之被带到另外一个崭新的境界，变得更加深邃和含蓄蕴藉，这也正是其魅力之所在。

结　语

禅宗以潜移默化的方式影响着唐代文人的心态，使他们在创作中不断弱化情感色彩，从而达到空寂、超然的境界，这种"淡泊、凄清、冷峭的美的境界，刚好符合相当一部分士大夫文人处在失意不得志情况下的心境"[①]。唐代文人将禅宗内在的精髓转化为文人所特有的情怀和审美趣味，使得他们在观照世间万物、社会百态以及面对诸多变故时能以禅者的心态对待。这样就促成了审美文化在历史上的突破——禅宗的诗意化，最终他们以诗化的写作和悟性思维为禅诗增添了一层神秘的外衣——禅境。禅境，即参禅之后的一种开悟超脱之境，其实就是一种心灵上的妙谛体验，唐代文人禅诗禅境呈现出的审美涵蕴实是他们禅悟体验于诗歌创作中的反映，他们将禅韵诗情融为一体，自然天成，不拘一格。从某种意义上讲，他们对禅境的不懈追求其实就是希望寻找到自己的精神家园，即禅宗的闲适与安逸、放达与开阔。唐代文人好参禅、喜交游，这种丰富的人生阅历使其禅诗呈现出冲淡自然、空灵闲静和含蓄蕴藉的审美涵蕴，在这样一个诗性乐土中，"把宗教修行逐渐转化为生活体验，把终极境界逐渐转化为艺术境界"[②]，既领悟到禅宗的真谛，也获得一种审美上的享受。

总之，"禅学给唐诗带来了禅境，因而也带来了诗境，这对于唐诗来说，是至关重要的。是禅境，才是唐诗获得美好的意象与清醇的意境。这是唐诗艺术质量大幅度提高的关捩或秘密，是唐诗空前繁荣的最重要的遗传基因"[③]。唐代文人禅诗所呈现出的冲淡自然、空灵闲静、含蓄蕴藉的审美涵蕴，以对自然、寂静、无我以及本心的寻找为终极旨归，通过悟性思维的方式，使禅境与诗境相互交融，即诗境中蕴

---

① 刘纲纪：《美学与哲学》（新版），武汉大学出版社，2006，第791页。
② 葛兆光：《中国禅思想史——从6世纪到9世纪》，北京大学出版社，1995，第285页。
③ 张锡坤等：《禅与中国文学》，吉林文史出版社，1992，第244页。

含着禅理，禅境中蕴含着诗韵，二者在一定意义具上有了审美上的关联，都寻求一种玄淡超远之境和静谧幽远的心灵之境。故唐代文人对诗意化禅境的追求，既可视之为他们排遣寂寞与寥落情绪的手段，在这里可以使疾驰放荡的心稍作休歇，有所安顿；又是他们开悟之后超越限境，泯除主客、物我等二元对立思维，是触目菩提、立处皆真的生命境界的本来呈现。源自心灵，也最终走向心灵，使其最终成为唐代诗歌审美追求的另一面，形成中国文学、禅学史上的瑰美景观，丰富了中华民族艺术审美理想范畴。

试论华严宗的"真心"本体论

王国庆

【内容提要】 华严宗思想以法界为体，又以"四法界"为表达《华严经》究竟旨趣的学说。然华严宗诸多所诠之义，皆从一心而出，乃是华严宗所说"一真法界"，亦即自性清净圆明体之"如来藏"。且作为本体意义的"一真法界"，也具有"知"的认识性和"用"的能生性，自在作用，具足种种德相，故所诠诸义及无尽无碍的法界诸相皆是一心所现。实际上，"一真法界"与"法界"本是一种真空妙有、妙有真空的关系。"四法界"的全体，及至究竟的立场，则只是唯一、真实的法界——即"一真法界"所代表的佛之本性觉性。因此，唯有"一真法界"可以包括、统合任一法界。在这样的立场上，通过对"真心"之本体论的研究，有助于我们更清晰地明白一心通达、圆融无碍、心佛众生本无差别的思想。

【关键词】 华严宗 一真法界 四法界 真心 本体论

【作 者】 王国庆，上海交通大学哲学系在读博士研究生。

《华严经》着重阐述了信、解、行、证修行法门，令大众觉悟本心，并通过此能诠之教，达至佛之见地。而且，佛陀在开示宣说的过程中，直指人心，直接为大众宣说一切大地众生皆具如来智慧德相，众生心与佛心无二无别，心、佛、众生三无差别，只因妄想执着不能证得，并作如是言：

"奇哉！奇哉！云何如来具足智慧在于身中而不知见？我当教彼众生觉悟圣

道，悉令永离妄想颠倒垢缚，具见如来智慧在其身内，与佛无异。"①

佛陀将所证得无上正等正觉一语道破，心、佛以及众生三者无差，平等无二，都有佛性，都可成佛，即都能觉悟大道。只因妄想执着染覆内心本来面目，不能证得。故而，《华严经》之主旨也是在向大众宣说修行之法门，以让众生觉悟本有之妙性，一心通达，圆融无碍。

一　华严宗立教思想

华严宗立教思想"不出信解行证四门，此乃能诠之教。其次所诠之义者，不出四分、五周、六相、十玄、四种法界、二十重华藏及无量香水海"②。

且《华严经》中讲"十"数，"十"在《华严经》中指"无尽"的数，二十重华藏世界者，乃是重重无尽，尽虚空遍法界。"许多所诠之义，尽从无边香水海中流出，无边香水海又从一心上流出。"③

实际上，由"无边香水海又从一心上流出"一句便知，能诠之教及所诠之义都是心之所现，唯心所造。而后的华严宗祖师们依《华严经》思想加以发挥，以"法界"为"圆融"的思想核心，在其"圆融"的理论构建中，"四法界"说则是其立教的重要基础之一。

> 四种法界者，圭峰禅师云：'未明理事，不说有空，直指本觉灵源，故曰一真法界。'从一真法界分出理法界，事法界，理事无碍法界，事事无碍法界。法

---

① （东晋）佛驮跋陀罗译《大方广佛华严经》，《大正藏》第 9 册，第 624 页。

② （宋）复庵和尚述《华严经纶贯》（详见于实叉难陀译《大方广佛华严经》序目中《复庵和尚华严纶贯》章节），白马精舍印经会，1986，第 4 页。同时，在《华严经纶贯》中说明："四分者，一举果，劝乐生信分；二修因，契果生解分；三托法，进修成行分；四依人，证入成德分。""五周者，十一卷经，属所信因果周；四十一卷经，前属差别因果周，后属平等因果周；七卷经，属成行因果周；二十一卷经，属证入因果周。""六相者，总相，别相，同相，异相，成相，坏相。""十玄者，一同时具足相应门，二广狭自在无碍门，三一多相容不同门，四诸法相即自在门，五秘密隐显俱成门，六微细相容安立门，七因陀罗网境界门，八托事显法生解门，九十世隔法异成门，十主伴圆明具德门。""二十重华藏世界者，十重表自利，十重表利他。舍那品云于此莲华藏世界海之内一一微尘中见一切法界。"

③ （宋）复庵和尚述《华严经纶贯》，第 7 页。

以轨则为义，界以性分为义。此真空轨则之法：在理为理法界，在事为事法界，在理事为理事无碍法界，在事事为事事无碍法界。盖理无分限，事有千差。①

"四法界"的思想首先来源于"一真法界"，也就是以善巧方便的方式透过对理事的体悟而证得的众生本有之觉性所展开的圆融妙理。因为华严宗是以法界为体所展开的无尽教义，且自在具足圆满和谐的义理，所以"一真法界"作为本觉灵源就自在显示"四种"法界之妙有，通过对"四法界"的理解，及至透彻"事事无碍法界"之本然如此，则贯彻人生种种事理和性相，显示出华严宗思想的圆融之处。实际上，"四法界"之"理法界，事法界，理事无碍法界，事事无碍法界"是一不是四，不能分为肯定的四种法界而言其义。"一真法界"与"四法界"也是一不是二，其实是一体。

因此，方东美先生也称华严宗哲学为广大和谐的哲学，是最能体现佛教圆融特色和广大和谐精神的哲学体系，且"华严宗体系，发为一派理想唯实论，博大精深，极能显扬中国人在哲学上所表现出的广大和谐之性"②。

二　华严宗"四法界"思想的两个哲学范畴

1. 法界与一真法界

华严宗人把法界归于"一真法界"，即归于一心，一心是万有的本体，众生的本原。因而"一真法界"与法界并不是一种对立关系，相反，是一种"真空妙有、妙有真空"的关系。要了解这样一种思想，我们首先要对其基本概念有一个把握。

"法界"一词在《华严经》中最多见于《入法界品》，也正是在这一品中，完整系统地宣说了法界的内涵与思想见地，并为后世华严宗祖师及学者大德所重视，进而推动了华严宗立派思想的建立以及华严教学的弘扬。

据方立天先生研究总结：法界概念，"含义很多，主要有四：一，是'法'，事物。'界'，分界、类别。'法界'，泛指各类事物；二，是指意识所缘虑的对象；三，

---

① （宋）复庵和尚述《华严经纶贯》，第6页。
② 方东美：《中国哲学之精神及其发展》上册，成均出版社，1984，第12页。

是指事物的本原、本体；四，是成佛的原因、根据"①。同时，在《华严经·夜摩天宫菩萨说偈品》中讲到佛身时说："此处无边际，广大如法界，一切无不至，湛然不变迁。"② 说明了法界本身乃具有"佛性""本心本性"的意思。

于是，法界一词逐渐成为华严宗人研究的热点，而为了进一步明确如来"根本智"的概念，华严宗大德李通玄先师创造性地提出了"一真法界"的概念，并在法藏大师与澄观大师等人的充实及完善下，"一真法界"思想逐渐成为华严宗核心思想之一。对此，高峰了州先生有过论述：

> 李通玄大德对于《华严经》，主张文殊乃以理会行，普贤是以行会理；体用相征，成就一真法界。又文殊乃法身妙慧，普贤是万行威德；即根本智与差别智，两圣圆融的体用自在。③

即不动智的信念，成就彰显佛心妙性。因此，"一真法界"，即是自性佛心，自性清净圆明体的如来藏，"一真法界"思想而后融入澄观大师提出的"四法界"说，与一心真如相结合，由宗密大师创立"一心四法界"说。在澄观大师那里，四法界全体，及至究竟的立场，则变成只有唯一、真实的法界，也就是说，只有"一真法界"，可以包括、统合任一法界。因为实际上，四法界非但不是四种并列而成的法界，也不是按照顺序渐次深入的法界。所言四法界，只是用假言名目的方式为众生显示觉悟进路，若能从"一心"上直接明了本心与佛心无二无别，则自然不存在多种法界。再到宗密大师所提"一心"，实指佛心、如来心，即是"自性清净圆明体"的如来藏、本来识，与"一真法界"具有同一种义，因此，可以说，"一真法界"开出"四法界"。

实际上，"一真法界"勉强说为本体、如来藏，而法界是相上的种种差别，虽然是差别、万法，但本体不变，本性毫不动摇，而且依托于本体才能显现。若从佛性本来处，即见地最高处来说的话，理事不分，事理不二，无论四法界，还是法界与"一真法界"，其实是一体，明了"一真法界"便知"法界"，圆融"法界"即融会

---

① 方立天：《试析华严宗哲学范畴体系》，《哲学研究》1985 年第 7 期，第 64~70 页。
② （东晋）佛驮跋陀罗译《大方广佛华严经》，《大正藏》第 9 册，第 464 页。
③ 〔日〕高峰了州：《华严思想史》，释慧岳译，弥勒出版社，1983，第 145 页。

"一真法界",知一便知二,知二即知一,相融互摄,本来如此,所以不能分开说。因此,"一真法界"与"法界"是一种"真空妙有、妙有真空"的关系,依本体而作用、显现万法。

从文字上来说,此处"一真法界"是涵盖万法的,而且万法皆是"一真法界"。不妨如是想:"一真法界"因何生万法,万法为何是"一真法界"。如果没有真心本性,万法从何而生、从何缘起,而"一真法界"与万法的关系实是体与用的关系,也可以借助心与境、水与波的关系来补充阐述本体与万法的关系。这似可以作为对"一真法界"与"法界"内在理路的辅助说明。

在佛教用语中,有用水来做心性的比喻,水的物性里还有冰、雪的状态,看外在环境、温度的不同,便会产生不同的相状,然其水分子并未变。同时,所谓相状皆是众生执着成相,实际上,于此心之外又哪有水性可得。永明延寿禅师在《宗镜录》中就拿波浪的水比喻众生的妄念,平静的水比作心空无念。不管是波浪的水,还是平静的水,水分子或水性都未变,即:

> 如水作波,不失湿性,唯知变心作境,以悟为迷。从迷积迷,空历尘沙之劫。因梦生梦,永昏长夜之中。故经云,当知一切众生,从无始来生死相续,皆由不知常住真心,性净明体。用诸妄想,此想不真,故有轮转。以不了不动真心,而随轮回妄识。此识无体,不离真心,元于无相真原,转作有情妄想。如风起澄潭之浪,浪虽动而常居不动之源。①

因此无论水与冰也好,雪与水、水与波浪也好,其间的关系,便可以说每一个波浪都是水性,心法之外别无色法。同时,水、冰、雪抑或波浪,其不同状态便是存诸不同法界,在一法界即为一种法界的相状显现,但如上所言,无论多少法界,其本体不变,而且法界作为相上的种种差别,需依托于本体才可显现。因此,从根本上来说,其实是一体,不可分开说。所存在于法界之不同,亦是心所显现的相状境界不同而已。

因而,在澄观大师那里看来,所谓"法界",乃是从无名相中,强为立名称谓

---

① （唐）永明延寿禅师撰《宗镜录》,《大正藏》第 48 册,第 430 页。

"无障碍"，因为"一心"是总含万有而绝当体之有无，更非绝灭相生的说法。另外，在《大方广佛华严经·十地品》中也提到了"一心"的概念：

> 佛子！菩萨摩诃萨住是第四地，观内身循身观，精勤一心，除世间贪忧；观外身循身观，精勤一心，除世间贪忧；观内外身循身观，精勤一心，除世间贪忧；观内受、外受、内外受；内心、外心、内外心；内法、外法、内外法循法观，精勤一心，除世间贪忧。①

《十地品》提到的"一心"，在《夜摩宫中偈赞品》也有提到，即：

> 尔时，觉林菩萨承佛威力，遍观十方而说颂言：……
> 如心佛亦尔，如佛众生然，应知佛与心，体性皆无尽。
> 若人知心行，普造诸世间，是人则见佛，了佛真实性。
> 心不住于身，身亦不住心，而能作佛事，自在未曾有。
> 若人欲了知，三世一切佛，应观法界性，一切唯心造。②

此中"一心"乃是法界之意，以无住的心体为灵知三昧，心心作佛，一心即佛心，一尘无非佛国。万法唯心所现，佛与众生的心，无二无别。

而从"一真法界"的根本上看，明了佛性本来时，法界是相上的种种差别，虽然是差别、万法，但本体不变，本性毫不动摇，而且依托于本体才能显现。其实一体，本来如此，即是真空本性假显的种种妙有，而此妙有亦是真空本性的显现和妙用，真空妙有本来无二，法界与"一真法界"亦不能分开来说。

2. 事与理

法藏大师曾明确"法界缘起"的思想，关于法界，将其分述为事法界与理法界，并且在《义海百门》中提出"若性相不存，则为理法界；不碍事相宛然，是事法界。合理事无碍，二而无二，无二即二，是为法界也。"③。其弟子澄观大师受此启发，完

---

① （东晋）佛驮跋陀罗译《大方广佛华严经》，《大正藏》第 9 册，第 553 页。
② （唐）实叉难陀译《大方广佛华严经》，《大正藏》第 10 册，第 102 页。
③ （唐）法藏述《华严经义海百门》，《大正藏》第 45 册，第 627 页。

整地提出了华严宗核心思想"四法界"说。因此,有必要对事与理的内涵思想做一梳理。

事与理看似是对立关系,实则亦如同"一真法界"和法界的演化关系,是一种真空妙有、妙有真空的关系,从而说明世间万法的实相、圆融四法界的整体性,彰显佛性是一个整体,不增不减、不生不灭,而并非是分立的四种法界。用"事与理"相交融进以及理事无碍法界和事事无碍法界的概念关系,可以说明真如本性与事理万法不是对立,而是心与境的关系。同时,也可以从行处上说,事随着理的逐渐明了而更加清净,直到事理不二,清净全明,圆融无碍,也就明心见性,获得解脱觉悟。因此,事与理的关系,在华严宗人看来,可以说明最高佛智圆融无碍的理念。

华严宗人所讲的理,乃是指事物的本性本体,事即是指物质现象和物质作用。澄观大师在《演义钞》中有这样一段论述,可作说明:

> 分与无分皆无碍故,乃至然各四句者,总相而言,分即是事,无分是理。理事既融故无障碍。言各有二四句者,事理皆四故。理四句者,一无分限,以遍一切故。二非无分,以一法中无不具故。三具分无分,谓分无分一味,以全体在一法而一切处恒满故,如观一尘中见一切处法界。四俱非分无分,以自体绝待故,圆融故,二义一相非二门故。事四句者,一有分,以随自事相有分齐故;二无分,以全体即理故,大品云,如色前际不可得,后际不可得,此即无分也。三俱以前二义无碍,是故具此二义,方是事故。四俱非,以二义融故,平等故,二相绝故。①

澄观大师首先肯定"理"是无分,即不能区分、分割之义;"事"是能分,即可以区分、分割之义。但"分"与"无分"皆是所现万法,皆无碍。而在这些定义中,又各有其普遍性与个别性,从《演义钞》可以看出,无论理也好,事也好,都不能只执着于其基本意义,应该深入理解两者之间的相关性。实际上,二者之间的真实关系,非到"事事无碍法界"不能完全说明,亦即事与理,及至四法界全体,到究竟的立场,只是"一真法界"而已,也就是"事事无碍法界"本来这样的圆融佛智。

---

① (唐)澄观述《大方广佛华严经随疏演义钞》,《大正藏》第 36 册,第 181 页。

澄观大师所论述的理与事的内涵关系，乃是受到法藏大师的影响，因此结合法藏大师的研究，我们能够更全面深入地明了事与理的关系问题。法藏大师曾说："事虽宛然，恒无所有，是故用即体供，如会百川以归于海。理虽一味，恒自随缘，是故体即用也，如举大海以明百川。"① 即事与理之知见是体与用的关系，体用相即，并进一步提出二者之间的五重关系，即相遍、相成、相夺、相即、相非，总结来说即是：理的本心自性能生能含事的万法表象，到究竟处，事即是理，理即是事。即便四法界，理法界，事法界，理事无碍法界，事事无碍法界，抑或是"一真法界"也好，其实是一体。此中事与理的关系，亦可参考上节所引述《宗镜录》中之记载，事虽是理相上的种种差别，虽然是差别、万法，但本体不变，本性毫不动摇，而且依托于理之本体才能显现。其实一体，本来如此，即是真空本性假显的种种妙有，而此妙有亦是真空本性的显现和作用，真空妙有本来无二，事理一如而已。如《维摩诘经·入不二法门品》所说：

> 如是诸菩萨各各说已，问文殊师利："何等是菩萨入不二法门？"
>
> 文殊师利曰："如我意者，于一切法无言无说，无示无识，离诸问答，是为入不二法门。"
>
> 于是文殊师利问维摩诘："我等各自说已，仁者当说何等是菩萨入不二法门？"
>
> 时维摩诘默然无言。文殊师利叹曰："善哉！善哉！乃至无有文字、语言，是真入不二法门。"②

在这段对话中言语已将诸法性相尽皆表述，但有说仍是有法，虽能引导众生到可到之境，但有法可立终是二法，不能尽善尽美地表述不二法门之妙旨。于是，文殊师利菩萨以大智慧引导众生悟入不二法门之境，向大众宣说不二法门妙理，并故意问维摩诘。而维摩诘居士则直指人心，此处言语道断，直示大众佛法是不二之法，是一不是二，一就是二，二就是一，体性不变。此时能（智）所（佛性）未分，心境一如，一切的观念都不存在了。另外，值得注意的是，正如所说"心境一如"一

---

① （唐）法藏述《华严经义海百门》，《大正藏》第 45 册，第 635 页。

② （东晋）鸠摩罗什译《维摩诘所说经》，《大正藏》第 14 册，第 551 页。

样，这其中更包含了实修得证的关键之处。若心有无明而默然示众，则是荒谬。

因而，华严宗正是通过理事关系的论证，来说明本体世界的真实与物质世界的虚幻，都是万法。而及至"事事无碍"的"一真法界"，也便没有了本体世界和物质世界，法界之分也不存在了，一心通达，圆融无碍，事理本来不二。正像如来藏，我们的本来佛性一样，不增不减，不生不灭，本来如此，本自清净，无二无别。

三 一真法界的"真心"本体论

因为"一真法界"与法界二者之间是一种"真空妙有、妙有真空"的关系，"一真法界"勉强说为本体、如来藏，而法界是相上的种种差别，虽然是差别、万法，但本体不变，本性毫不动摇，而且依托于本体才能显现。

可以说，"一真法界"开出"四法界"，"四法界"又皆是"一真法界"。"四法界"及至"事事无碍法界"就到了圆融无碍的见地，此处所见皆是一心通达，圆融无碍，一即一切，一切即一。故而，用"一真法界"来表述"四法界"的圆融境识，以明确最终要表达的"自性清净圆明体"的本心本性，同时，在此本心本性的能动作用之下，万法无碍。因此，"一真法界"的"真心"本体论，也就是从根本处入手论述"四法界"中"一心"（即"法界"）的本体论意义。说到根本，皆是唯"心"所现，也就是本自具足、不生不灭的"真心"能动作用的表现。

而"本体"一词的概念，杜保瑞教授曾有过专门研究。他提出："本体这个词汇是传统中国哲学常用的词汇，它所指涉的就是终极价值的意思……亦即是以整体存在界的存在意义以为其价值命题，就此而言，便说为本体，本体一词是传统中国哲学特别是儒佛两家一直使用的概念。"[1] 从中可以看出，中国哲学的本体论不同于西方的知识的、逻辑的本体论，而是以终极价值为关怀的人生实践的本体论。而且，"'本体论'这个名词，它本身就是在传统中国哲学术语中使用的概念，因此它更能准确反映中国哲学的以价值为中心的形而上学思想，它其实是一个关于'实相'之学，即是一个 theory of reality，或是关于'价值'之学，即是一个 theory of value，总之，是一个关于整体存在界的终极意义之学……正是关于整体存在界的价值意识的

---

[1] 杜保瑞、陈荣华：《哲学概论》，五南图书出版公司，2008，第205页。

真相的学问"①。也就是说本体论说的是终极意义与绝对价值。

那么，在"四法界"体系内，作为根源本体"真心"是如何发生作用又起到什么影响呢？这就是此部分要论述的本体论意义。

在智俨大师撰并承法顺大师说的《一乘十玄门》中，有"唯心回转善成门"的思想，且解释如下：

> 第九，唯心回转善成门者，此约心说。所言唯心回转者，前诸义教门等，并是如来藏性清净真心之所建立。若善若恶，随心所转，故云回转善成。心外无别境，故言唯心。若顺转即名涅槃，故经（《华严经》）云："心造诸如来，若逆转即是生死。"……三界虚妄唯一心作，生死涅槃皆不出心，是故不得定说性是净及与不净。②

可知，在法顺大师与智俨大师看来，一切教门义理即万法诸境，皆是"如来藏性清净真心之所建立"，且唯心如是，心外无别境，就连生死涅槃也不出此一心。且将此"心"看成绝对性的实践主体，而且世间善与恶、净与不净等诸多"二种样相"，都是唯心所作，本性是空。诚是罪从心生，还从心灭。万法印染于心，所见所闻所觉所知一切境相，都是"真心"造，"真心"即是"一心"，即是常清净的佛性。而且，由此"心外无境"，也是与"法界缘起"思想通达无碍的，此"唯心回转善成门"正是从形而上的角度说明了"法界缘起"。"法界"亦即"一真法界"，即"如来藏"，因而"法界缘起"的思想也就是"一切唯心造"，一切万法不离真心自性，只此觉心因缘生成法界。法界缘起的世界，总的来说，就是"如来藏"，就是"真心"的世界。

对此，法藏大师在《华严一乘教义分齐章》中，说道：

> 九者，唯心回转善成门。此上诸义，唯是一如来藏，为自性清净心转也。但性起具德故，异三乘耳。然一心亦具足十种德，如性起品中说十心义等者，

---

① 杜保瑞：《中国哲学方法论》，商务印书馆，2013，第115～116页。

② （隋）释智俨撰，承法顺和尚说《华严一乘十玄门》，《大正藏》第45册，第518页。

即其事也。所以说十者，欲显无尽故。如是自在具足无穷种种德耳。此上诸义门，悉是此心自在作用，更无余物名唯心转等。①

　　首先，法藏大师在文中也提到，"此上诸义，唯是一如来藏，为自性清净心转也"，且一心中具足十种德。实际上，借"十种德"是来说明无尽无碍的世间诸相皆是一心所现，并且自在作用，具足无穷种种德。故而，可知"一真法界"所开的"四法界"及种种法界，都是"真心"所显的万法、世间，"真心"乃为"法界"世间之本体，且由此清净"真心"所造世界，因其清净本性，故而世界亦圆融无碍。

　　因为，在澄观大师看来：

　　　　十门同一缘起无碍圆融。随其一门，即具一切。今且于前十中，取一事法明具后十门。如下文中，一莲华叶或一微尘，则具教等十对。同时相应具足圆满，亦具后之九门，及彼门中所具教等以是总故。故下文云"一切法门无尽海，同会一法道场中。"华藏颂云"华藏世界所有尘，一一尘中见法界。"一尘尚具况一叶耶……以一佛土满十方，十方入一亦无余，若一与一切对辩，则摄入各具四句。谓一入一切，一切入一，一入一，一切入一切。互摄亦然。②

　　诚如法藏大师所言"一心具足十种德"③，又"自在具足无穷种种德"④，便与澄观大师所说"随其一门，即具一切"相通；而且，一心通达所现，随说一门，皆具圆满事理，且与后之九门相应并自在具足。因而，一门不仅圆满具足此一门之妙理，更自在作用相应九门之旨趣，而且，门门之间相互圆融，并无大小之分，同会于一"道场"中，即皆是一"真心"所作用。所以，"华藏世界所有尘，一一尘中见法界"，"一入一切，一切入一，一入一，一切入一切"，一切即一，一即一切，尽虚空遍法界亦然，皆是唯心所现，圆融无碍。

　　当然，华严宗祖师的著作所论述的"唯心"思想，实际上还是来源于《华严

①　（唐）法藏述《华严一乘教义分齐章》，《大正藏》第45册，第507页。
②　（唐）澄观述《大方广佛华严经疏》，《大正藏》第35册，第515页。
③　（唐）法藏述《华严一乘教义分齐章》，《大正藏》第45册，第507页。
④　（唐）法藏述《华严一乘教义分齐章》，《大正藏》第45册，第507页。

经》内容本身，即在《夜摩宫中偈赞品》中所说的"心"：

> 若人欲了知，三世一切佛，应观法界性，一切唯心造。[①]

与《十地品》提到的"一心"意义皆通，说到三界唯一心。可见，澄观大师正是在《华严经》心论思想上，立足于根本的真实的心的绝对性和自在性，展开的"四法界"思想建构，并加以说明一切事物、现象的相即、相入的究竟圆满的华严思想。而且，作为本体意义的"真心"，同时也具有"知"的认识性和"用"的能生性。所知与起用处，即是"若人欲了知，三世一切佛，应观法界性，一切唯心造"，直指人心，直接开示佛性见地，心、佛、众生无二无别。若到"一真法界"自性圆明，便连"一心"也没个立处，若论佛法，则是一切现成。在《华严经·菩萨问明品》中以偈回答如何是佛的境界之知时便说道：

> 非识所能识，亦非心境界。其性本清净，开示诸群生。[②]

对此，澄观大师亦有一段注释：

> 知即心体，了别即非真知。故非识所识，瞥起亦非真知，故非心境界。心体离念，即非有念可无，故云"性本清净"。众生等有，或翳不知。故佛开示，皆令悟入。即体之用，故问之以知。即用之体，故答以性净。知之一字，众妙之门。若能虚己而会，便契佛境。[③]

澄观大师在此直接开示究竟之心的本体是灵知不昧的，皆是随缘不变，不变随缘，随体起用，而无"灵知"驱使。这一思想实际上与禅宗思想有可通达之处，而且此种思想在达摩祖师所著的《无心论》中也有此论述，达摩祖师讲道：

---

① （唐）实叉难陀译《大方广佛华严经》，《大正藏》第 10 册，第 102 页。
② （唐）实叉难陀译《大方广佛华严经》，《大正藏》第 10 册，第 69 页。
③ （唐）澄观述《大方广佛华严经疏》，《大正藏》第 35 册，第 612 页。

由是夫至理无言，要假言而显理。大道无相为接粗而见形。今且假立二人共谈无心之论矣。弟子问和尚曰："有心无心？"答曰："无心。"问曰："既云无心，谁能见闻觉知，谁知无心？"答曰："还是无心既见闻觉知，还是无心能知无心。"问曰："既若无心，即合无有见闻觉知。云何得有见闻觉知？"答曰："我虽无心，能见能闻能觉能知。"问曰："既能见闻觉知，即是有心，哪得称无。"答曰："只是见闻觉知，即是无心，何处更离见闻觉知别有无心。我今恐汝不解，一一为汝解说，令汝得悟真理。假如见终日见由为无见，见亦无心。闻终日闻由为无闻，闻亦无心。觉终日觉由为无觉，觉亦无心。知终日知由为无知，知亦无心。终日造作，作亦无作，作亦无心。故云见闻觉知总是无心。"问曰："若为能得知是无心？"答曰："汝但仔细推求看，心作何相貌，其心复可得，是心不是心。为复在内？为复在外？为复在中间？如是三处推求觅心了不可得，乃至于一切处求觅亦不可得。当知即是无心。"问曰："和尚既云一切处总是无心，即合无有罪福，何故众生轮回六聚生死不断？"答曰："众生迷妄，于无心中而妄生心。"①

如是论述，直截了当，华严宗澄观大师与禅宗达摩祖师皆在其著作中向大众开示"真心"的"本体"意义并非"灵觉之知"，诚是"心即知"，待真知后，只是去做，随缘不变，不变随缘，便"心"之认识和作用，也全都无了。

所以，在《六十华严》中《夜摩天宫菩萨说偈品》提到"如心佛亦尔，如佛众生然。心佛及众生，是三无差别"。而在《八十华严》中《夜摩宫中偈赞品》，则说道"如心佛亦尔，如佛众生然，应知佛与心，体性皆无尽。"

此中"一心"的法界之意，是以无住的心体为灵知三昧，心心作佛，一心即佛心，一尘无非佛国。万法唯心所现，而此"一心"，实则能（智）所（佛性）未分，心境一如，自在圆融万相，自在具足不生不灭之真实。心佛众生，无二无别。

四 结语

由"四法界"思想内涵以及"真心"的本体论意义的阐述，可知在认识"法

---

① 〔古印度〕达摩大师：《无心论》，《大正藏》第 85 册，第 1269 页。

界”意义以及把握“四法界”的全面思想时，“心”的本体重要性不言自喻。由此可以看出，华严宗“真心”本体论的作用有以下几方面：

第一，华严宗“真心”本体论的特色，是广大和谐、圆融无碍。通过“一真法界”，即“真心”的认识和起用，我们发现“一真法界”开出“四法界”，并由“四法界”圆融思想的展开，直示本心觉悟之方，由万法到“事事无碍法界”，即本然如此，见地也就明了透彻了，无论是“法界”还是“四法界”，亦或根本的“一真法界”，本来没有差别，其实就是一个，不可分开言说。

因此，四种法界并不是依次递进的，也不是并列而成的法界，而是任一“法界”皆是“一真法界”的显现，并自在具足“如来藏”的清净本心。其中任何一个“法界”皆可以统合、包括其他法界，以及“一真法界”。

如上所述，澄观大师在《华严法界玄镜》明言“四法界”为表达《华严经》之究竟旨趣的学说，因此，“四法界”作为华严宗的核心思想之一，也处处体现圆融和谐的特质。在任一法界中，都融贯了普遍的“理”，而且尽虚空遍法界的万相之“事”也都无一不在其中渗透着“理”，即“华藏世界所有尘，一一尘中见法界”[1]。通过“四法界”体系的构建，由“真心”本体论作用，将一切万法诸相的多元关系综合起来，形成了一个圆融和谐、广大自在的体系。而且，“真心”本体论的这一作用，也具有明显的时代意义，实际上方立天先生就有过一番论述：

　　　华严宗人把消除差异、对立、矛盾的理想境界归结为佛的境界，安置于人的内心，这就从主观上消除了现实与理想的矛盾，把现实提升为理想，给人的心灵以莫大的安慰与鼓舞。再从世界理想来看，佛呈现的圆融无碍世界，是一种整体世界、慈悲世界，在这样的世界里个人的独立存在既被肯定，同时又强调与他人的关联，强调个人是社会的一员；个人的自性既得以最大限度的发挥，同时又与他人、与社会处于相即相入的统一环境中。华严宗人这种包含于宗教理想中的美好社会理想，尤其是既重视个体的独立自性，又强调个性与社会的关联性思想，具有明显的现代意义。[2]

---

①　（唐）实叉难陀译《大方广佛华严经》，《大正藏》第 10 册，第 39 页。
②　方立天：《华严宗的现象圆融论》，《文史哲》1998 年第 5 期，第 68～75 页。

而且,"四法界",是"一心"开出的多种法界,无论"四法界"以及万法诸相,不管是尽虚空遍法界还是微尘刹那之中,都是真如本性的自足体现。

第二,华严宗"真心"本体论的认识特质体现为整体观。虚空法界因真如本具而无有增益,微尘刹那因一心如是乃不减不失。同时,"四法界"观的始末关系,即真空妙有、妙有真空。"四法界"观是由"一真法界"开出,"一真法界"之本来佛性的真空假因缘生成"法界"及"四法界"之妙有,而妙有之显无不是自性真空的体现,且正因真空假因缘而生成,故处处皆含自性,皆是自性作用。究竟处来说,"一真法界"与"法界"以及"四法界"本来都表达了共同的思想,且"真空""妙有"实则也只是一种巧妙假言而显示妙理。"一真法界"是涵盖万法的,且万法皆是"一真法界"。若无真心本性,万法从何而生、从何缘起;若无"真空","妙有"从何而生;若无"一真法界",多重"法界"从何而立。所以"四法界"的始末关系,其实就是真空妙有、妙有真空的衍化。首先,由"一真法界"演化成"四法界","四法界"假托本体显现演化,又及至"事事无碍法界"到达清净"如来藏",还是"一真法界"的"自性清净圆明体"。①

第三,华严宗"真心"本体论的理念作用,表达了众生都可觉悟。由最初的"事法界"的认识到"事事无碍法界"的圆融,就是"见性成佛"的另一种表达,也是华严思想中的"不忘初心,方得始终"。无论在"法界"中哪一个,其实都是"一真法界"的显现,也都具足与佛性无二无别的本心本性。所以,不忘初心,其实是不忘"真心""道心",相信我们每个人都具有本自清净的真心佛性,而且,坚信不疑,并觉悟自心,唯此一心,见性成佛,得以觉悟,乃得之始终。所以,简而言之,不忘初心就是"菩提自性,本自清净"②,方得始终就是"但用此心,直了成佛"③。"四法界"的思想所包含的"不忘初心",也是"信"的可贵之处,"信为道元功德母"④。

第四,华严宗"真心"本体论的心识意义,实际上就是要我们认清觉悟的过程、见地的透彻、境界的圆融以及思想的和谐,要我们坚定地具有可以觉悟的信心和信

---

① (唐)澄观述《大方广佛华严经随疏演义钞》,《大正藏》第 36 册,第 270 页。
② 《六祖大师法宝坛经》行由品第一,《大正藏》第 48 册,第 347 页。
③ 《六祖大师法宝坛经》行由品第一,《大正藏》第 48 册,第 347 页。
④ (唐)实叉难陀译《大方广佛华严经》,《大正藏》第 10 册,第 72 页。

念。总而言之，就是要我们通过对"四法界"的了解，打开我们的心量，逐渐明晰本心本性，使得一心通达，明晓世间万相圆融无碍，实现各种法界世间的自在通达。如此，才真正了解华严宗"真心"本体论的意义，都要众生觉悟见性。

最后，华严宗的"真心"本体论意义，不仅可以从佛教哲学来讲理论思想，也体现在对世间生活中的作用和对思想行为上的指导意义，这一部分实际可专论而谈，在此抛出线索，并将在后续单独论述，以补充完善华严宗"真心"本体论之作用。

吉藏"三种中道"说新探

李政勋

【内容提要】 "三种中道"说对于了解吉藏二谛思想极为重要，但现有研究成果不充分且多有模糊之处，今欲对吉藏"三种中道"说进行新探索。吉藏之师法朗针对"三种中道"有三种方言，每种方言对"三种中道"的论述不仅在表达形式上有所区别，在用意旨趣上亦不相同。吉藏在《中观论疏》"重牒八不"中使用第二方言的论述形式对"三种中道"进行解说。今重新梳理三种方言下"三种中道"不同的表达形式与用意旨趣，并作图表进行阐明。
【关键词】 吉藏　二谛　八不　三种中道　三种方言
【作　者】 李政勋，武汉大学哲学学院博士研究生，研究方向为中国佛教。

"三种中道"是吉藏二谛思想中极为重要的概念，吉藏认为三世十方诸佛所说法皆依二谛，以二谛总摄一切佛法，二谛义若正，则一切佛法皆正，而欲正二谛义，则必须由八不正之使其成三种中道，这三种中道若成，则"十二部经八万法藏一切教正，以一切教正故，即发生正观戏论皆灭，即便得道"①。从此意义来看，对三种中道具体内容的辨析极为重要，但现有研究成果较为不足，且已有成果对此内容的描述相对模糊，虑及于此，笔者欲对吉藏的三种中道说进行新探索，提出自己的见解。本文共分五部分进行讨论：第一部分简要论述现有研究成果，第二部分总论描述三种中道的三种方言，其后三部分则是对此三种方言的分别论述。

---

① （隋）吉藏撰《中观论疏》，《大正藏》第42册，第22页中。

一　现有研究成果

　　吉藏之师法朗对三种中道有三种不同的解释，谓之"三种方言"，此三种方言对三种中道的阐释不仅在表达形式上不一样，在用意旨趣上也不一样。吉藏亲承其师言教，在《中观论疏》"重牒八不"中以第二方言义对三种中道进行阐释。① 现有研究成果对上述情况似未有清晰的认识。平井俊荣先生的《中国般若思想史研究——吉藏与三论学派》认为三种方言是对同一三种中道从三个不同角度而进行的论述，第一方言强调破除自性上的二谛，揭示因缘·假名的二谛中道，第二方言则是在中假·体用的范畴上对其进行阶段性和多层次地展开，第三方言是第二方言的彻底化，要排除中假·体用的固定化，强调它们相即的一面。其在描述初二方言时将三种中道与四重阶级配合，认为"非性有无以为中"是世谛中道（不生不灭），此是"假前中"，"而有而无"为二谛是真谛中道（非不生非不灭），此为"中后假"，"假有非有假无非无"为二谛合明中道（非生灭非不生灭），此是"假后中"②。平井俊荣先生对三种中道的描述是放在其"依名·因缘·理教·无方"四种释义的大框架下进行的，其认为三种方言展现了三种中道由因缘到理教再到无方的倾向。笔者认为这种论述有其义理上的合理性与深刻性，但与吉藏对三种中道的原论述似有不合。原因有二：第一，三种方言是对应三种不同的三种中道，而非对同一三种中道的不同描述，四重阶级义属第一方言所摄，渐舍义则属第二方言所摄，二者不应相混；③第二，将三种中道与四重阶级如此相配似亦非原文所有。廖明活先生的《嘉祥吉藏学说》亦将三种中道与四重阶级相配，但与前揭书有两个显著不同：一是未言及三种方言旨趣，即未如平井俊荣先生一般将三种方言的意义置于四种释义的整体框架中去阐释；二是其将三种中道的解释分成新旧二义，旧义为山中师僧诠所述，新义

---

① 以上所述具体论证见第二部分。吉藏在《中观论疏》中讲述论初"八不"含义时，有"初牒八不"和"重牒八不"两部分内容，其中"初牒八不"中介绍了其师法朗的三种方言，"重牒八不"则是对三种中道进行详细论述。

② 〔日〕平井俊榮：《中国般若思想史研究—吉藏と三論学派—》，春秋社，1976，第 437~438 页。

③ 平井俊荣先生认为第二方言旨趣在于将第一方言的四重阶级分为"中假"，转变为"渐舍义"，并引用日本平安时代三论宗僧玄叡的《大乘三论大义钞》为证。然今细寻玄叡之文，其意似并非如平井俊荣先生所认为那样，详释见后。

则为吉藏所述，新旧二义的区分使其在配合三种中道与四重阶级时与前揭文有所不同。此外，廖明活先生对新旧二义的阐释亦有可商榷之处，其言"旧义是以'生灭合'为世谛中道，'不生不灭合'为真谛中道，'生灭不生灭合'为二谛合明中道"，"故旧义'三种中道'遂谓三论教学是以'生灭合'为世谛中道。至于吉藏以世谛中道为'不生不灭'，这不过是旧义'生灭合'翻转一重而有的话"①。依僧诠原文，其明言"不有不无"为世谛中道，"非不有非不无"为真谛中道，"非有非不有非无非不无"为二谛合明中道，②此三种中道与吉藏新义所述"不生不灭"为世谛中道，"非不生非不灭"为真谛中道，"非生灭非不生灭"为二谛合明中道并无大的不同，③新义亦不需对旧义翻转一重而有。廖明活先生之所以认为旧义"生灭合"为世谛中道，恐怕是对原文"故以生灭合为世谛也"的误读，原文指的是以"生灭"合为世谛假名，非指"生灭合"为世谛中道。真谛中道、二谛合明中道亦如此。

　　刘峰先生《三论宗纲要》认为"世谛中道，但破自性，不破假名，故是缘起性空义。第二，真谛中道，既破自性，又破假名。此中道将真谛不生不灭的假名都非去，都遣除，即是破假，故以非不生非不灭为真谛中道"④。此处对三种中道的描述采用了第二方言的渐舍义，即世谛中道但破自性，真谛中道又破假名，性、假渐次而破，故是渐舍义。但此文所述简略，对破性与破假的区别未能详细展开论述。吉藏在《中观论疏》中论述第二方言渐舍义时，言"不生不灭"为真谛中道，这与此处"非不生非不灭"为真谛中道的论述相违，两者之间的矛盾该如何解决？此亦未得阐明。李勇先生《三论宗佛学思想研究》介绍三种中道时采用了《中观论疏》"重牒八不"中的所述内容，其言"以'有空'为真谛，则'空'不自空，是因缘假空，世谛'空有'为'因缘假生'，因而'真谛''有空'为'因缘假不生'，'因缘假不生'即'不生'，没有'自性'，不是性实之'不生'，因此'对世谛假生明真谛假不生，对世谛假灭明真谛假不灭，不生不灭为真谛中道'"⑤。上述内容虽引用"重牒八不"中讲述三种中道的第二方言文，但对"不生不灭"为真谛中道的解释还是仅指向其破性执的旨趣，而未涉及第二方言破假执之意。

①　廖明活：《嘉祥吉藏学说》，台湾学生书局，1985，第185、198页。华方田《吉藏评传》亦沿用相似说法。
②　（隋）吉藏撰《大乘玄论》，《大正藏》第45册，第27页中至下。
③　（隋）吉藏撰《大乘玄论》，《大正藏》第45册，第27页下。
④　刘峰：《刘峰著作全集》，社会科学文献出版社，2013，第38页。
⑤　李勇：《三论宗佛学思想研究》，宗教文化出版社，2007，第121页。

以上笔者简要介绍了四种较为复杂的观点，除此以外，还有一些学者对三种中道的意义进行了概述性的介绍。① 总而言之，笔者认为现有成果对三种中道的研究是较为不足的，尤其对第二方言渐舍义和第三方言显道义的关注不够，亦未对《中观论疏》"重牒八不"中吉藏以第二方言义论述三种中道的情况有所阐明。因此，笔者于下文提出私见，重论三种方言下三种中道各自的表达形式与用意旨趣。

二　总论三种方言

三种方言是吉藏之师法朗对三种中道进行的三种不同解读。② 今分三部分介绍：第一部分简要说明"方言"含义，第二部分阐明三种方言下三种中道的不同表达形式与用意旨趣，第三部分论证吉藏在《中观论疏》"重牒八不"中对三种中道的叙述是第二方言义。

（一）方言的含义

"方言"之义今略见三释。第一释认为"方言是置言之方轨，系指法朗释中论八不之辞"，此释出自珍海。③ 第二释认为"方者宜方，言者言教，方言谓随众生执病不同宜所设之言教"，此释出自观理。④ 第三释认为"方者方域，言者言教，方言谓随方之言，意指随所化根机之方而能化圣所设言教"⑤，此释同出于玄叡、观理、珍海之文。三释之中最后一释，观理言此释依吉藏法华广疏意，玄叡言从此释者众，笔者认为宜以其义为首。

（二）三种方言下三种中道的不同表达形式与用意旨趣

三种方言对三种中道的表述有不同的表达形式和用意旨趣。就表达形式而言，详细考察《大乘玄论》和《中观论疏》中对三种方言的论述，可以发现在描述第一

---

① 可参考纪华传《吉藏二谛思想研究》、吴建伟《吉藏》、董群《中国三论宗通史》等。各位学者在介绍三种中道时，选用的三种中道亦不相同，如平井俊荣先生和刘峰先生是用第二方言所言三中，廖明活先生是用《大乘玄论》"八不义·第二明三种中道"处所言新旧二义之三中，李勇先生是用"重牒八不"处所言三中，纪华传先生和吴建伟先生是用第一方言所言三中，董群先生是用第三方言所言三中。

② 三种方言文出自《中观论疏》"初牒八不"、《大乘玄论》"二谛义·明中道第六"二处。

③ 〔日〕珍海撰《三论玄疏文义要》，《大正藏》第70册，第245页。珍海《三论名教抄》中又有一释，认为"方"指方法之方，笔者认为与此释同，见《大正藏》第70册，第712页上。

④ 〔日〕观理：《方言义私记》，收录于伊藤隆寿著《三論宗の基礎的研究》，大藏出版株式会社，2018，第641页。此释出字书。又观理存二释，另一释同玄叡。

⑤ 〔日〕玄叡：《大乘三论大义钞》，《大正藏》第70册，第132页中。

方言和第三方言时，二文的内容是高度一致的，因此对于第一方言和第三方言的表达形式没有过多可质疑之处。依据二文：第一方言，假生不可言生，不可言不生，非生非不生即是世谛中道；假不生不可言不生，不可言非不生，非不生非非不生即是真谛中道；世谛生灭是无生灭生灭，真谛无生灭是生灭无生灭，无生灭生灭岂是生灭，生灭无生灭岂是无生灭，因此非生灭非无生灭即是二谛合明中道。第三方言，世谛假生假灭，假生不生，假灭不灭，不生不灭即是世谛中道；非不生非不灭即是真谛中道；非生灭非无生灭同于第一方言，即是二谛合明中道。① 第二方言的表达形式在上述二文中则有不同描述，因此也必然会引起学者不同的观点与看法。今笔者考察吉藏文义并参考日僧玄叡之文后认为，吉藏在第二方言处实际是以不生不灭为世谛中道，不生不灭为真谛中道，非生灭非无生灭为二谛合明中道。② 其中二谛合明中道同于其他两种方言，世谛中道和真谛中道则皆以不生不灭明之。此观点取自吉藏在《中观论疏》"初牒八不"中对第二方言渐舍义的论述，其言：

> 后意明渐舍义。则世谛破性生灭，以辨不生不灭明于中道。真谛破假生灭，以辨不生不灭明于中道。二谛合明中则双泯假性。欲同明二谛俱无生义，故与前异也。③

上文中的"后意"指的即是第二方言。依吉藏之义，第二方言世谛是破性生灭以辨不生不灭明于中道，真谛是破假生灭以辨不生不灭明于中道，因此世谛中道和真谛中道皆以不生不灭明之。既然如此，为何吉藏在《中观论疏》"初牒八不"第二方言处论述三种中道时又直言不生不灭为世谛中道，非不生非不灭为真谛中道，非生灭非无生灭为二谛合明中道？④ 其中非不生非不灭为真谛中道，明显与不生不灭为真谛中道相冲突。笔者认为，此处所言三中与第三方言三中形式相同，应指的是第三

---

① 可参考（隋）吉藏撰《中观论疏》，《大正藏》第42册，第10页下至第11页上、第11页下。

② 玄叡《大乘三论大义钞》中持相同观点，认为世谛中道和真谛中道皆为不生不灭，二谛合明中道为非生灭非无生灭，见《大正藏》第70册，第132页下。

③ （隋）吉藏撰《中观论疏》，《大正藏》第42册，第11页下。

④ （隋）吉藏撰《中观论疏》，《大正藏》第42册，第11页上至中。吉藏《大乘玄论》"八不义·第二明三种中道"中亦明三种中道，其中吉藏新义的论述模式与此处第二方言论述三种中道的模式类似，笔者认为二者等同，见《大正藏》第45册，第27页下。

方言三中，而非第二方言三中。虽然其指的是第三方言三中，但在整个叙述过程中却包含了第二方言三中的内容，如其言世谛中道前先用初章义破性执，此即是第二方言世谛中道不生不灭，言真谛中道前说"待世谛假生，明真谛假不生，待世谛假灭，明真谛假不灭"①，此即是第二方言真谛中道不生不灭。因此，这里虽说是第三方言三中，但亦包含第二方言三中。至于为何要在第二方言处说第三方言三中，笔者认为可能有两个原因：一是为明破病之后显道之义，因为第三方言三中意在显道，第二方言三中意在破病，② 今破病之后明显道之三中，虽非第二方言三中之正说，但亦不违其义；二是为对彼学佛教人所作三中不成，故辨今家显道之三中。《大乘玄论》中称第二方言世谛中道为无生灭生灭，真谛中道为生灭无生灭，二谛合明中道为非生灭非无生灭。③ 世谛中道和真谛中道与前言中道皆不相同，此该如何解释？笔者认为，吉藏在《中观论疏》中论述雪山全如意珠偈时言"八不不性实生灭，始得显无生灭生灭，故成上半偈意。八不明无假生灭，故是生灭不生灭，即下半偈意"④，此言与《大乘玄论》中所说第二方言二谛中道内容暗合，若以此解之，无生灭生灭的世谛中道即是不性生灭，生灭无生灭的真谛中道即是不假生灭，因此二谛中道亦皆是不生不灭，此与笔者所持观点相合。综上所述，笔者认为，世谛中道和真谛中道皆为不生不灭是为第二方言之正义。

就用意旨趣而言，吉藏在论述第二方言时，强调了第一方言三种中道和第二方言三种中道的区别。第一方言是"前明二谛中道，是因缘假名破自性二谛，故名为中"⑤，意思就是说，第一方言的世谛中道和真谛中道都是以因缘假名破性执后而称为中，因此二者皆是破性中。⑥ 第二方言则如上所引"初牒八不"中论述第二方言渐舍义之文，从破病角度而言，第二方言的世谛中道是破性执后而明中，真谛中道是破假执后而明中，先破性执次破假执，故是渐舍义，与第一方言二谛皆破性执不同；若不从破病角度而言，第二方言明二谛俱无生义，即世谛中道不生不灭，真谛中道

---

① （隋）吉藏撰《中观论疏》，《大正藏》第42册，第11页中。"重牒八不"真谛中道处言"对世谛假生，明真谛假不生，对世谛假灭，明真谛假不灭，不生不灭为真谛中道"，此语与此处所言相同，可知此处所言指的即是不生不灭为真谛中道之义。玄叡亦以此处所言为第二方言真谛中道之义，见《大正藏》第70册，第132页下。

② 三种方言破病显道之用意见后文所述。

③ （隋）吉藏撰《大乘玄论》，《大正藏》第45册，第20页上。

④ （隋）吉藏撰《中观论疏》，《大正藏》第42册，第29页下至第30页上。

⑤ （隋）吉藏撰《中观论疏》，《大正藏》第42册，第11页中。

⑥ 《大乘玄论》中称此二种中道为破性中，见《大正藏》第45册，第20页上。

不生不灭，与第一方言世谛中道非生非不生，真谛中道非不生非非不生亦不同。前两种方言皆言破病，第三方言则不言破病，吉藏言：

> 初方言破定性生明不生，第二方言破假生明不生，此中有异，破定性生但破不收，破假生亦破亦收。第三方言，约平道门本来不生，故言不生，不言破病也。①

依吉藏义，第一方言二谛皆破性执，因此说为"初方言破定性生明不生"。第二方言虽亦破性执，但与第一方言主要区别在于多出了破假执，因此说为"第二方言破假生明不生"。第三方言明本来不生，不言破病，故与前两种方言以破病为主的用意旨趣不同。玄叡依据吉藏所言，归纳三种方言的用意旨趣：前两种方言破病而后显道，第三方言显道则病自破。初方言夺假执名性执，二谛俱破性执，第二方言纵假执名假执，二谛渐舍性、假二执。② 其所言夺纵者，意指吉藏所破假执亦为有所得之心，以无所得望之还是性执之义。初方言将此假执归入性执中，二谛但破性执，此称为夺义。第二方言将此假执从性执中独列出来，世谛破性执，真谛破假执，此称为纵义。③ 笔者认为玄叡对吉藏三种方言用意旨趣的归纳较为合理。今依上所述，作表如下：

方言	表达方式			用意旨趣		
	世谛中道	真谛中道	二谛合明中道			
第一方言	非生非不生	非不生非非不生	非生灭非不生灭	破病显道	破性（夺其假执）	破性义
第二方言	不生不灭	不生不灭	非生灭非不生灭		双破性假（纵其假执）	渐舍义
第三方言	不生不灭	非不生非不灭	非生灭非不生灭	显道破病		显道义

注：后二方言二谛中道生、灭二法俱论，初方言二谛中道唯就生法论，如第二方言世谛中道为不生不灭，初方言世谛中道则为非生非不生，不论灭法。玄叡针对此区别，认为后二方言二谛中道是横而作中，初方言二谛中道则是竖而作中，见《大正藏》第70册，第133页上。吉藏于《大乘玄论》中认为，就有、无二法明义是疏，就其中一法明义是密，又于《三论玄义》中言，疏即是横，密即是竖，因此就二法明义是横，就一法明义是竖，上玄叡所言横竖之说符合吉藏之义。今篇幅所限，不展开论述。

---

① （隋）吉藏撰《大乘玄论》，《大正藏》第45册，第20页中。
② 〔日〕玄叡：《大乘三论大义钞》，《大正藏》第70册，第132页下。
③ 夺纵之义可以参考〔日〕安澄《中论疏记》，《大正藏》第65册，第72页上。安澄、玄叡、观理之文同明此义。夺纵之义较复杂，今篇幅所限，不展开论述。

上表仅述及中道，未言及假名，笔者下面别论三种方言时将分述各自中假。

（三）"重牒八不"对三种中道的叙述是第二方言义

吉藏在《中观论疏》"重牒八不"中对三种中道的论述是依循"初牒八不"中的第二方言义进行的。第一方言二谛皆破性执，第二方言世谛破性执，真谛破假执，第三方言不言破病，因此要确定"重牒八不"中所述三种中道是何方言之义，只需观察其对真谛中道的描述即可。上文论述第二方言用意旨趣时，已经谈到了第二方言所具有的两个特点：一是从破病角度而言，第二方言是渐舍性假二执；二是不从破病角度而言，第二方言明二谛俱无生义。① 这两个特点在"重牒八不"对真谛中道的描述中都可以清晰观察到，如吉藏言"问：何以知二谛俱无生耶？……故明二谛俱无生……问：旧何得云世谛破性生，真谛破假生耶？……故二谛俱破性假凡有二义"②。因此，我们可以确定"重牒八不"中采用的是第二方言义。

安澄《中论疏记》中有一段论述亦牵涉此问题，其中观点可为一旁证。其言：

> 然有人云，第二方言不明体中者，盖不见此文焉。若言非是第二方言，辨余方言体中者，上三种用，亦不应第二方言。若言尔者，第二方言，明何义耶？故知，谬传也。③

此文是安澄对"重牒八不"中泯二归不二辨体中内容的疏解，意思指的是"重牒八不"中所述世谛中道、真谛中道、二谛合明用中皆是第二方言义，因此，此处泯二归不二辨体中亦应是第二方言义。从中可以看出当时日本三论宗僧对"重牒八不"采用第二方言义论述三种中道是有共识的。

三　别论第一方言

第一方言分两部分论述：第一部分说明此方言三种中假，第二部分说明此方言四重阶级义。

---

① 观理言第二方言明二义，一渐舍义，二二谛俱无生义。
② （隋）吉藏撰《中观论疏》，《大正藏》第42册，第24页中至下、第25页上。
③ 〔日〕安澄：《中论疏记》，《大正藏》第65册，第85页下。

（一）第一方言三种中假

第一方言三种中假图：

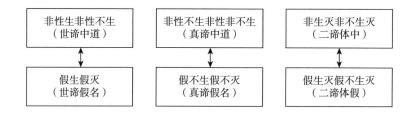

上文已经谈到，吉藏认为第一方言二谛皆破性执，二谛中道亦是破性执后而称为中，因此皆是破性中。二谛合明中道吉藏则解释为"第三双泯二假称为体中"①，意指二谛合明中道是双泯二谛假归于不二中道。前世谛中道和真谛中道皆是破性中，二谛合明中道则是体中，破性中是破病而来，体中则是泯因缘二谛假而来，故二者意义不同。依据上文所述，笔者作中假图时有二处改动②：第一，原文中对二谛中道的描述分别是"非生非不生""非不生非非不生"，今为明二谛假皆破性执之义，故特在二谛中道前加"性"字进行简别，为"非性生非性不生""非性不生非性非不生"；第二，二谛体中不再如前二谛中道一般加"性"字，原因是体中泯二归不二，非破病之义，故不须别加"性"字以明其破性执之义。三种方言皆明体中假无异，详释见下面别论第二方言文。

（二）第一方言四重阶级义

第一方言三种中道根据破病显道的次序可以开为四重阶级，吉藏言"前语有四重阶级"即指此义。③四重阶级是第一方言所摄，非关第二方言，所谓"前语"指的即是第一方言。依吉藏文，第一重阶级，破病之初先以初章义求性有无不可得，故言非有非无以为中道。此非有非无是破性有无而来，因此在《大乘玄论》中又称其为"性空"。④日本三论宗僧人则常称此非有非无为"中实"，依吉藏义，命初破洗一切有所得颠倒之病即是"中实"⑤，因此日僧所称亦合其宜。第二重阶级，外人

---

① （隋）吉藏撰《中观论疏》，《大正藏》第 42 册，第 11 页中。
② 笔者所作三种方言中假图，皆以私意于原文中添加"性""假"等字，虽列引文说明如此加字之原因，但亦未必完全符合原文意旨，仅属笔者一家之言，愿读者详察之。
③ （隋）吉藏撰《中观论疏》，《大正藏》第 42 册，第 11 页中。
④ （隋）吉藏撰《大乘玄论》，《大正藏》第 45 册，第 20 页上。
⑤ "中实"相关定义可参考（隋）吉藏撰《中观论疏》，《大正藏》第 42 册，第 10 页下、第 32 页上。

既闻非有非无，便谓无一切有无，不仅无性有无，亦无假有无，因此不知真俗二谛便起断见，为治此病，则说而有而无以为二谛，接其断心。此而有而无即是因缘假名二谛，因此《大乘玄论》中称此重为"明假"。① 第三重阶级，既已为外人说而有而无，即须为其明此有无是能通中道之假有无，非汝先前所言之性有无，故明二谛用中双弹两性。所言"用中"者，笔者认为，吉藏以真俗二谛为用，以非真俗中道为体，今明假有无能弹破性有无，即是在真俗二谛之用上明中，因此称为"用中"。第四重阶级，病执破尽，则转假有无二谛明于体中，所言"体中"者，即是不二中道。② 四重阶级中前三重明二谛假故重点在用，第四重泯二谛假归不二中道故重点在体。③ 就用中破病而言，依观理义，三重阶级伏断不同，第一重阶级求性有无不得为中实，此但伏性有无，犹未断也，第二重阶级明假有假无，破外人断见，性有无始断。第二重阶级与第三重阶级体同二谛假，皆明断义，但亦有区别，其存二释：一为善议之释，断有正断遮断，约正断第二重阶级断，约遮断第三重阶级断；一为安澄之释，一性执有自性执偏邪执，约自性执第二重阶级断，约偏邪执第三重阶级断。④

四重阶级亦配假前中诸句，此相配有两种方式，⑤ 见下表：

	第一种方式	第二种方式
第一重	假前中	假前中
第二重	中后假	中前假
第三重	中后假①	中前假
第四重	假后中	假后中
四重阶级不摄		中后假

注①：玄叡、观理皆明第二重、第三重阶级体同二谛假，今笔者取其义，第二重、第三重阶级皆为中后假。第三重阶级虽亦为二谛假，但主要明二谛假破性执之义，因此称为"二谛用中双弹两性"。廖明活先生将第三重阶级归为假后中，与第四重阶级相同。笔者认为此观点有待商榷，假后中是明体中，即是不二中道，第三重阶级还在明二谛假，非是不二中道，因此不应与第四重阶级同归假后中。

① （隋）吉藏撰《大乘玄论》，《大正藏》第45册，第20页上。
② 四重阶级原文可参考（隋）吉藏撰《中观论疏》，《大正藏》第42册，第11页中至下；《大乘玄论》，《大正藏》第45册，第20页上至中。
③ 安澄、玄叡、观理同明泯有二义，一为泯破义，"初牒八不"中所言"双泯假性"即指此义；二为泯寂义，此处"泯二谛假归不二"即指此义，不言破因缘真俗二谛。笔者认为，泯破指破病义，泯寂指相即义。
④ 〔日〕观理：《方言义私记》，收录于伊藤隆寿著《三论宗の基础的研究》，第653、654、668页。
⑤ （隋）吉藏撰《中观论疏》，《大正藏》第42册，第11页下。

假前中和假后中二句在两种相配方式中意义相同，前者指初重中实，后者指第四重体中；中后假句在两种相配方式中意义不同，第一种方式指明中实后出二谛假为中后假，第二种方式指明体中后出二谛假为中后假。中前假句第一种方式未言及，第二种方式指明体中前二谛假为中前假。依笔者之见，第一种方式是为明四重阶级破病显道伏断次序而言，第二种方式则是为明体用出入义而言，[①] 故其言中前假是从有无入非有非无，从用入体，中后假是非有非无假说有无，从体起用。

四　别论第二方言

第二方言分三部分论述：第一部分说明此方言四种中假，第二部分说明此方言性假渐舍义，第三部分说明此方言二谛俱无生义。

（一）第二方言四种中假

《中观论疏》中有时言三种中假，有时言四种中假，区别即在于四种中假是从二谛合明中假中开出体用之别，故现在说明四种中假：世谛中假、真谛中假、二谛合明用中假、二谛合明体中假。

世谛中假图：

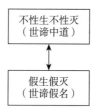

真谛中假图：

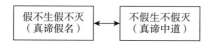

以上二图分别表示世谛假生假灭，世谛中道不生不灭，真谛假不生假不灭，真谛中道不生不灭。依吉藏义，此方言二谛中道与初方言二谛中道所表意义不同，初方言二谛中道皆是破性执明中，此方言世谛中道是破性执明中，真谛中道则不破，

---

① 今见玄叡、观理之文，只说明第二种相配方式。吉藏在《中观论疏·观作作者品》中言中假四句，亦只说明第二种相配方式。

但以假生宛然即是无生明中，因此吉藏言"世谛破实生灭明不生不灭。真谛明假生宛然即是无生，故不破也"①，此即指世谛破性生灭执为不生不灭，真谛假生灭宛然即是无生灭为不生不灭。这里就有一个问题，前言第二方言真谛破假执，何故此处又说不破病，但明相即之义？依吉藏义，因缘假生本为佛眼所见，不须破，但外人于此因缘假生上生有所得心，故成假生病，今对此假生病而言破假执。②吉藏通过初章义的使用，简别了诸佛所见因缘假生和外人假生病两者之间的区别，因缘假生是不假假，假生病则是假故假。③在第二方言中，真谛本身不破因缘不假假世谛，但明此因缘假生灭宛然即是无生灭为不生不灭，若人于因缘不假假世谛上生有所得心，即成假故假之执病，对此假病言真谛破病。故二谛俱破病意义不同，世谛破性生灭执为不生不灭，此即破而不收，真谛因缘假生灭宛然即是无生灭为不生不灭，明此义时即破彼所执假故假世谛，谓之破能迷之情，显今所明之因缘不假假世谛，谓之收所惑之假，此即亦破亦收。④

　　由于第二方言二谛中道与初方言二谛中道所表意义不同，笔者在所作中假图中亦有相应改动，以与初方言相区别。吉藏言：

> 又以世谛无性生，有因缘假生，故世谛成中道。真谛无假生，明因缘假不生，真谛成中道。以具得显二中道，所以明二谛俱不生。⑤

依据上述引文，二谛虽同明不生而所不之生灭有性、假不同，故今笔者分别于世谛中道、真谛中道中添加"性""假"二字，世谛中道原为"不生不灭"，今加"性"字为"不性生不性灭"，表明其是破性执明中，真谛中道原为"不生不灭"，今加

---

① （隋）吉藏撰《中观论疏》，《大正藏》第 42 册，第 24 页下。

② （隋）吉藏撰《中观论疏》，《大正藏》第 42 册，第 25 页上。

③ 初章义可参考（隋）吉藏撰《二谛义》，《大正藏》第 45 册，第 89 页中至下；《中观论疏》，《大正藏》第 42 册，第 27 页下至 28 页中。依初章义，自性有无是有故有、无故无，因缘有无是不有有、不无无，吉藏此处对假名的判别即遵循此初章义。关于吉藏对假故假、不假假的具体使用可参考（隋）吉藏撰《中观论疏》，《大正藏》第 42 册，第 25 页中至下。

④ （隋）吉藏撰《中观论疏》，《大正藏》第 42 册，第 25 页上。笔者认为，此处真谛中道实为第二方言相即义，即是世谛真谛二谛相即，但初二方言以破病为主，故取相即义之破病边为正义，第三方言以显道为主，故取相即义之显道边为正义。

⑤ （隋）吉藏撰《中观论疏》，《大正藏》第 42 册，第 24 页中。

"假"字为"不假生不假灭",表明其是假生宛然即是无生明中。

二谛合明用中假图:

二谛合明体中假图:

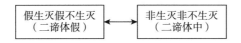

依玄叡义,三种方言的二谛合明中道皆是非生灭非无生灭,但第一方言和第三方言的二谛合明中道只指泯二谛假归不二之体中,第二方言的二谛合明中道则有两种用意:一是双泯性假二执,说二谛合明用中;二是双泯二谛假归不二,说二谛合明体中。① 笔者认为,玄叡所说有其道理,吉藏在"初牒八不"中于第一方言和第三方言处但说泯二谛假归不二之体中,唯于第二方言处说"双泯假性"之用中,因此可以说第二方言二谛合明中有用中、体中二意。至于用中和体中的区别,吉藏认为,二谛合明用中与世谛中道、真谛中道皆属用中,即皆是在二谛之用上明中,只是三者离合不同,各明二谛中道是离,二谛合明用中是合。二谛合明体中则是"收用归体",泯二谛之用归中道之体,因此与前三中道不同。②

吉藏认为二谛合明用中的用意是为了对治前各明二谛中道所产生的偏病。具体而言,若但明世谛不明真谛则偏堕有边,但明真谛不明世谛则偏堕空边,因此须双明空有方能离此二边;若但明世谛绝性不明真谛绝假则其义为偏,但明真谛绝假不明世谛绝性其义亦偏,因此须双明俱绝假性方能离此二偏。③ 依据上义,二谛合明用中假须双明空有,因此二谛合明用假即是合世谛假生灭与真谛假不生灭为"假生灭假不生灭",二谛合明用中即是俱离空有二边为"非生灭非不生灭"。又二谛合明用中须双绝性假,故笔者于用中图上双加"性""假"二字以作区分,为"非性假生灭非性假不生灭",明此二谛合明用中须同时破性生执与明假生即是无生之义。

① 〔日〕玄叡:《大乘三论大义钞》,《大正藏》第70册,第133页上。

② (隋)吉藏撰《中观论疏》,《大正藏》第42册,第26页下。

③ (隋)吉藏撰《中观论疏》,《大正藏》第42册,第26页中至下。

二谛合明体中三种方言相同，如前别论第一方言所言，此是泯二归不二，为"非生灭非不生灭"，亦作"不生不灭""非真非俗"中道。① 二谛合明体中不破性执，因此笔者在体中图上不加"性"字，其亦不表真俗二谛相即之义，故笔者亦不于其上加"假"字。二谛合明体假则有争议，因体是不二，非假之义。安澄《中论疏记》中记载数种说法，今笔者依《中观论疏》文义，认同《淡海记》之说，其言：

> 四种假者：二谛各假为二，单约二谛，而为言之；合说假义，即为三；以此三假，望于体中为四也。②

吉藏言前三中皆是用中，但离合不同，今明体中是收用归体，又用称为假，体称为中。③ 故今笔者之义，前三种用中假就用义明，今体中假就收用归体义明，体假之"假"为用，体中之"中"为体，泯体假为体中即是收用归体。因此，相对于体中而言，前三假即为所收之用，此前三假望于体中故称为假，是为第四假"假生灭假不生灭"。

（二）第二方言性假渐舍义

第二方言破病明性假渐舍义，即先明世谛破性执，次明真谛破假执，吉藏言"后意明渐舍义"即指此义，其中"后意"指的即是第二方言，与用"前语"指的第一方言相对应。渐舍义中所破性执是性生执，而非性不生执，所破假执是假生执，而非假不生执。依吉藏所言，世谛真谛破执共有四句：一者二谛俱破性执，世谛破性生执，真谛破性不生执；二者二谛俱破假执，世谛破假生执，真谛破假不生执；三者世谛破假生执，真谛破性不生执；四者世谛破性生执，真谛破假生执。今第二方言是取第四句为用。④ 因此，渐舍义中所破性执是性生执，所破假执是假生执。至于具体渐舍方式，前文言第二方言破病之义时已略有论述。先说世谛假生而破于性生执，若外人于此病执破尽悟于正道，则不须再破，若外人于所明世谛假生再生执

---

① 《中观论疏》："以空有为世谛，世谛即生。有空为真谛，真谛名为灭。既称空有即不有，故云不生。有空即非空，故云不灭。不生不灭即是非真非俗中道。"见《大正藏》第42册，第26页下。

② 〔日〕安澄：《中论疏记》，《大正藏》第65册，第87页上。

③ 《中观论疏》："此是一往开于体用，故体称为中，用名为假，见《大正藏》第42册，第22页下至第23页上。

④ （隋）吉藏撰《中观论疏》，《大正藏》第42册，第25页中至下。安澄言第一句为第一方言义，第二句第三句与三种方言无关，见《中论疏记》，《大正藏》第65册，第81页下至第82页上。

着，不假假世谛成假故假之执病，则须再说真谛假不生而破于假生执。因此，安澄《中论疏记》中言：

> 净名玄述义第五云：为计性者，故说俗谛假，为计俗假者，故说真谛假。以此义故，言渐舍等。①

此引文即明为破性生执而说世谛假生，为破世谛假生执而说真谛假不生，由此先明世谛破于性生执，后明真谛破于假生执，故是渐舍性假之义。

二谛各中成渐舍义，二谛合明用中亦成此义。前文已言二谛合明用中之用意在于对治二谛各明中道所产生之偏病，因此，若外人已于前渐舍性假二执的过程中病执破尽悟于正道，则不须再破，若外人于此渐舍性假二执的过程中又生偏病，则须再明二谛合明用中以治此偏病。依观理之义，此偏病是在二谛假上起迷，因此亦属于假执，其言：

> 真谛所治之执是粗，合论所治之假是极细，此即初令舍粗，次令舍细，故云渐舍。②

真谛、二谛合明所治皆是假执，但有粗细不同，真谛所治假执是粗，二谛合明所治假执是极细。因此，先令舍粗，后令舍细，由真谛中道至二谛合明用中亦成渐舍之义。

（三）第二方言二谛俱无生义

第二方言亦明二谛俱无生义，此指二谛皆明无生，二谛中道皆为"不生不灭"。"不生不灭"是"八不"最初之"二不"，因此吉藏又常将二谛俱无生义说为"释八不"。依吉藏义，前言破执虽有四句，但为同时在第二方言中明二谛俱无生义，因此只能取第四句为用。具体而言，第一句世谛破性生执，真谛破性不生执，第二句世谛破假生执，真谛破假不生执，第三句世谛破假生执，真谛破性不生执，此三句不论性假，真谛皆破不生，如此真谛中道便成了"非不生"，而不是"不生"。既然不

---

① 〔日〕安澄：《中论疏记》，《大正藏》第65册，第71页下至第72页上。
② 〔日〕观理：《方言义私记》，收录于伊藤隆寿著《三论宗の基礎的研究》，第682页。

是"不生"，便非二谛俱无生，亦不释"八不"。唯有第四句"世谛明无实生，真谛辨无假生"，世谛真谛同明无生，世谛中道、真谛中道皆为"不生不灭"，此可成二谛俱无生义，可释"八不"，故今取第四句为用。① 二谛各明中道皆为"不生不灭"，可释"八不"，二谛合明中道为"非生灭非不生灭"，其中"非不生灭"即是"非八不"，如何可释"八不"？吉藏认为，二谛合明中道"非生灭非不生灭"，"生灭"为"生"，"不生灭"为"灭"，故"非生灭非不生灭"亦是"不生不灭"，因此可释"八不"。②

破病渐舍义与二谛俱无生义同是一句，但义有广狭。就世谛而言，破性生灭执即是世谛中道"不生不灭"，但就真谛而言，破假生灭执只是真谛中道"不生不灭"之旁义，若论正义则指假生灭即是无生灭之相即义。真谛中道只是在对有假病时方言破病，若无假病，则但明相即之义，因此真谛中道同时含有破假执、明相即二义。从这一点来看，二谛俱无生义要比破病渐舍义义广。吉藏在《中观论疏》中又认为二谛俱无生义有四种用意：一是可以同破小乘性有和大乘偏空两种病，二是可以同明两种不生不灭中道，三是为对破由来一谛生一谛不生之执病，四是为明一切法本来毕竟无生，令一切众生悟无生忍。③ 此四意中，第一意约二人破病立俱无生义，第二意约一人前后受二谛明于中道立俱无生义，第三意约由来二谛破病渐舍立俱无生义，第四意约破病后显道边立俱无生义。由此可以看出，第二方言所明二义中，渐舍义明破病，俱无生义俱明破病显道；渐舍义约一人立，俱无生义俱约一二人立，因此渐舍义义狭，俱无生义义广。④

五　别论第三方言

第三方言分三部分论述：第一部分说明此方言三种中假，第二部分说明此方言相即相因义，第三部分说明此方言阶渐义。

① （隋）吉藏撰《中观论疏》，《大正藏》第42册，第25页下。
② （隋）吉藏撰《中观论疏》，《大正藏》第42册，第11页下。
③ （隋）吉藏撰《中观论疏》，《大正藏》第42册，第24页中至下。
④ 此处总结，笔者多分从观理义，少分私意推断。观理之义可见〔日〕观理《方言义私记》，收录于伊藤隆寿著《三論宗の基礎的研究》，第684~686页。

（一）第三方言三种中假

第三方言三种中假图：

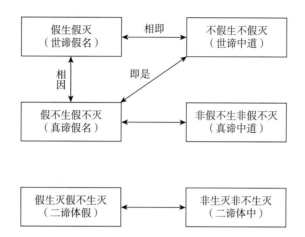

前面说到第三方言不破病，以显道为主。对于显道，吉藏则主要以相即义明之。吉藏言第三方言有二意，一是相即相因义，二是阶渐义。其中相即义所明为一谛中假相即，二谛之间主要是明相因义，此是法朗师正意。但若再加上阶渐义，则二谛之间亦可明相即义，因为在此义中，世谛中即是真谛假，如此则二谛之间亦有相即之义。① 因此，若合论第三方言二意，则其不仅有一谛中假相即，亦有二谛相即，第三方言主要以明相即义来显道。吉藏言：

> 问：师云，假生不生，假灭不灭，不生不灭名世谛中道。此乃是不于假生，云何不性生耶？答：师云假生不生此有三意。若明二谛俱无生义者，即假生不生，此明无有性实之生义耳，非是不于假生也。二者，自有假生不生，即不于假生，为世谛中道，此用真谛之假为世谛之中，具如上释也。三者，明此假生即是不生，若安不生置于真谛，生自在世谛，此乃是真俗二见耳。②

就上引文，安澄《中论疏记》中认为此三种不生义，第一指第二方言世谛中道义，第二指第三方言阶渐义，第三指第三方言相即义。③ 对比吉藏第三方言文，阶渐义与

① （隋）吉藏撰《中观论疏》，《大正藏》第 42 册，第 11 页下至第 12 页上。
② （隋）吉藏撰《中观论疏》，《大正藏》第 42 册，第 22 页下。
③ 〔日〕安澄：《中论疏记》，《大正藏》第 65 册，第 70 页下至第 71 页上。

上第二不生义皆言以世谛中为真谛假，可知《中论疏记》判断无误，上引文中第二不生义指的即是第三方言阶渐义。而于第二不生义中，明言假生不生是不于假生，因此，笔者于第三方言世谛中道上加"假"字，明其所不之生灭是假生假灭。故原文世谛中道作"不生不灭"，今加"假"字为"不假生不假灭"。又依吉藏文，阶渐义中世谛中道表示生灭宛然而未曾生灭，真谛中道表示不生不灭宛然而未曾无生无灭，① 则知二种中道所示之意相同，既然世谛中道所不之生灭是假生假灭，真谛中道所不之不生不灭亦应是假不生假不灭，因此，原文真谛中道作"非不生非不灭"，笔者今加"假"字为"非假不生非假不灭"。②

（二）第三方言明相即相因义

世谛生是不生明相即义，因世谛生说真谛不生明相因义。就相即义而言，玄叡、观理同明相即是不二义，生与不生其体无二，故是不二义。③ 安澄、玄叡认为是一谛相即，以世谛有假有中，故是世谛一谛中假相即。④ 观理则认为此处通一谛相即、二谛相即，若言世谛假生即是世谛不生者是一谛相即，若言世谛假生即是真谛不生者是二谛相即。⑤ 今笔者之义，若依相即相因原义，可言吉藏于一谛处明相即义，于二谛处明相因义，但若结合下阶渐义，世谛中为真谛假，则亦不妨说于二谛处明相即义，故第三方言相即义以一谛相即为正义，二谛相即为旁义。世谛假生即是不生，此是世谛一谛中假相即。真谛假不生即是非不生，此是真谛一谛中假相即。二谛合明体中，假生假不生即是非生非不生，此是体用二不二相即。就相因义而言，观理明相因是不自义，世谛假生待真谛假不生，真谛假不生待世谛假生，故是不自义。观理亦认为此处通二谛相因、一谛相因，世谛真谛互待是二谛相因，世谛中假互待是一谛相因。⑥ 依笔者之见，同上相即义，若依相即相因原义，吉藏于二谛处明相因

---

① （隋）吉藏撰《中观论疏》，《大正藏》第42册，第12页上。
② 笔者认为，若论相即义，则世谛中与真谛中皆是体中，此是法朗师正意。但若论阶渐义，世谛中为真谛假，世谛中则是用中，真谛中亦应是用中。在第三方言中假图中，笔者是以阶渐义而言二谛中道，因此世谛中和真谛中皆是用中，非体中。
③ 观理言"相即是不二义"取自吉藏大品疏，见〔日〕观理《方言义私记》，收录于伊藤隆寿著《三論宗の基礎的研究》，第692页。
④ 〔日〕安澄：《中论疏记》，《大正藏》第65册，第71页上。〔日〕玄叡：《大乘三论大义钞》，《大正藏》第70册，第134页上。
⑤ 〔日〕观理：《方言义私记》，伊藤隆寿著《三論宗の基礎的研究》，第687页。
⑥ 〔日〕观理：《方言义私记》，伊藤隆寿著《三論宗の基礎的研究》，第688页。

义，但若以真谛假为世谛中，亦不妨世谛一谛中假相因，故第三方言相因义以二谛相因为正义，一谛相因为旁义。

（三）第三方言明阶渐义

依吉藏义，方等大意是"言以不住为端，心以无得为主"，因此说世谛生灭而不住此生灭，欲明真谛不生不灭；说真谛不生不灭而不住此不生不灭，欲明真谛中道非不生非不灭；说真俗二而不住此二，欲明非真非俗不二。说世谛令悟真，说真谛令悟真谛中，说真俗二令悟不二，故是阶渐之义。① 此义有两点值得注意：第一，说真谛不生不灭明真谛中道非不生非不灭，何以说世谛生灭明真谛不生不灭？此当是由于阶渐义取真谛假为世谛中，故说世谛生灭明世谛中道不生不灭，即是明真谛假不生不灭。第二，吉藏言世谛中为真谛假，何以不言真谛中为世谛假？笔者认为，二谛中道若皆就用中明，依理推之说真谛中为世谛假亦可。但今此处是阶渐明义，前世谛中道只不住世谛，真谛中道则不仅不住世谛，亦不住真谛，故吉藏言真谛中道"说不生为明非生非不生"②，因此说真谛中道为世谛假名不符合阶渐之义，故吉藏不说之。

---

① （隋）吉藏撰《中观论疏》，《大正藏》第 42 册，第 12 页上。
② （隋）吉藏撰《中观论疏》，《大正藏》第 42 册，第 12 页上。

燃烧与寂灭

——赫拉克利特哲学与《燃烧经》中的"火喻"比较

辛 放

【内容提要】 赫拉克利特和佛陀都曾以"火"比喻世界，但其目的截然不同，甚至相反。赫拉克利特所说的燃烧是真实的燃烧，其火喻旨在诠释世界的本质；而佛教使用"燃烧"比喻揭示了世间本来虚幻，目的是走向永恒的寂灭。通过剖析"逻各斯"和"法"这两个与火喻相关的中心概念，梳理两种火喻，期以窥见古希腊思想和佛教思想的差异。

【关键词】 逻各斯 赫拉克利特 火喻 《燃烧经》

【作 者】 辛放，清华大学哲学系2021级在读博士研究生，研究领域为原始佛教、部派佛教与初期瑜伽行派。

如雅斯贝尔斯曾在《历史的起源与目标》一书提到人类历史上有四个轴心时代。最为现今学界所称道的是第三个轴心时代，即公元前500年左右。在那个黄金时代，中国先秦诸子百家争鸣；佛陀出世于印度，反婆罗门教的六派哲学相继登场；古希腊的哲学家们，赫拉克利特、巴门尼德、苏格拉底、柏拉图等，开始对世界进行理性思辨。这些思想家及其思想对整个世界文明的发展、演变起了至关重要的作用。当时的希腊和印度有两位思想家都曾用过"火"来比喻世界，他们分别是赫拉克利特（Heraclitus）和佛陀（Buddha）。

一 两种"火喻"

赫拉克利特是在宇宙论的背景中提出"火喻"的。古希腊哲学家试图规定世界的本源的做法，被后世的哲学史家称为宇宙论（cosmology）。宇宙论发端于泰勒斯提出的"水是万物的本源"，其后阿拉克西曼德（Anaximandros）将世界的本源诠释为"无定"（ἄπειρον）亦是一例。赫拉克利特的著作虽仅剩部分残篇，但其火喻乃至与之相应的"逻各斯"却为后世西方哲学家所接受。"火喻"见于其残篇三十：

> 这个一切同一的宇宙既不是任何神也不是任何人创造的，而永远过去是、现在是、将来也是一团活火，在一定的分寸燃烧，在一定的分寸熄灭。[①]

赫拉克利特将世界比喻为永恒燃烧的活火，该火作为世界的本源具有普遍性，是适用于整个宇宙的普遍法则。此外，无论是过去、现在还是将来，这团火一直熊熊燃烧，故而在时间上具有持续性。这种试图规定世界的本源的做法，被后世的哲学史家称为宇宙论（cosmology）。宇宙论发端于泰勒斯提出的"水是万物的本源"，其后阿拉克西曼德（Anaximandros）将世界的本源诠释为"无定"（ἄπειρον）亦是一例。

佛陀所说"火喻"见于多部经典，如铜鍱部所传的契经《相应部》（*Saṃyutta Nikāya*）中的《燃烧经》（*Ādittasuttaṃ*）和中国译经家求那跋陀罗所译的《杂阿含经》一百九十七经。[②] 该喻在后世多次被佛教徒重颂，其中最著名的一例或许是《法华经》中的"三界火宅"[③]。但几经结集及后期增补，复原纯粹的佛言已无可能。一般认为，南北传契经中的表述更接近佛言。《燃烧经》就是这样一部契经，其中佛陀提出了火的譬喻：

---

① 〔英〕G. S. 基尔克：《前苏格拉底哲学家：原文精选的批评史》，聂敏里译，华东师范大学出版社，2014，第277 页。

② 因南传佛教所藏的《燃烧经》相对较完整，本文的分析均以此为主。

③ "三界无安，犹如火宅，众苦充满，甚可怖畏。"（后秦）鸠摩罗什译《妙法莲华经》卷2，《大正藏》第9 册，第14 页下。

比丘们！一切都在燃烧。①

由此可知，佛陀提出一切（sabba）都在燃烧。因此，无论是希腊哲学家赫拉克利特还是印度的佛陀，都以燃烧作为比喻来代指整个世界。本文旨在标举两位圣哲对火喻的不同卓见，揭橥两者关于"存在"问题的分歧，分析其间的理路差异，以窥见两个不同的文化传统在此问题上的根本差异。

二　燃烧背后的规则："逻各斯"与"法"

在赫拉克利特看来，火亦可生成其他事物。在残篇三十一中赫拉克利特描述了这种转化：

首先变成海水，海水的一半变成土，还有一半则是火在燃烧。②

因此，火在具有一定的物质性，可以生成其他事物。此处赫拉克利特使用火喻的旨趣是表征宇宙如同火一样无时不刻不在变化。不过这种变化并非毫无章法，而是在"一定分寸中燃烧"，这个燃烧的分寸就是"逻各斯"。

"逻各斯"的希腊文是 λογos（logos），它源于一个动词 λέγω（lego），原意是"说话"，由此派生出道理、理由、理性、规律、尺度等诸多意涵。赫拉克利特在其残篇一中提出"逻各斯"：

对那永恒存在着的逻各斯，人们总不理解，无论是在听到之前还是初次听到之时。因为尽管万物根据这逻各斯生成，但对于它，人们却仿佛是全无经验的人一般，甚至当他们经验了我所讲过的话和事情之时，而我已按照自然分别了万物并且指明了这是如何。至于其余的人，他们不知道他们醒时所做的一切，正像他们忘记了睡时所做的一般。③

---

① *SN.* 35. 28/（6）. *Ādittasuttaṃ.*
② 〔美〕D. W. 格雷厄姆：《赫拉克利特：流变、秩序与知识》，载《世界哲学》2010 年第 2 期，第 21 页。
③ 〔英〕G. S. 基尔克：《前苏格拉底哲学家：原文精选的批评史》，聂敏里译，第 277 页。

　　此处的"永恒存在着的逻各斯"揭示了逻各斯在时间上的持存性，与残篇三十的"永恒的活火"和"在过去、现在、未来燃烧"表述趋同。其次，"万物根据这逻各斯生成"意在表明"逻各斯"是万物的根据。再次，"人们总不理解"和"仿佛全无经验"则是说难对"逻各斯"形成经验。因此，在残篇一中，"逻各斯"包含作为万物生成、构成的原则之意义，因此是万物的法则。同时，因为难以被认识，也具有作为"背后的原因"的意涵。

　　值得注意的是，赫拉克利特却未将"逻各斯"视作与"火"不同的又一本源，而是将"逻各斯"视为"火"背后的尺度、规则。

　　类似的，《燃烧经》之中也认为在"火"背后有某种规则。《燃烧经》列举了燃烧的对象：

　　　　眼在燃烧，色在燃烧，眼识在燃烧，眼触在燃烧，凡以这眼触为缘生起的或乐、或苦、或不苦不乐受，也都在燃烧。舌在燃烧，味道在燃烧，舌识在燃烧，舌触在燃烧，凡以这舌触为缘生起的或乐、或苦、或不苦不乐受，也都在燃烧。意在燃烧，法在燃烧，意识在燃烧，意触在燃烧，凡以这意触为缘生起的或乐、或苦、或不苦不乐受，也都在燃烧。[1]

　　佛教徒将以上"燃烧"的元素统称为"法（dharma）"。该词由动词词根 dhṛ 衍生而来，此词根的意思是持、握，名词化之后的意思是"握住不丢失"，故暗示了必然的规律性。"法"是佛教中的一个非常重要的概念，早期佛教便对"法"有详细的分类方式。

　　引文中燃烧的眼、舌、意代表根（感觉器官），色、味、法代表境（感觉对象），眼识、舌识、意识代表了识（感觉意识）。根、境、识各有六种，前五识所觉了分别的，是色、声、香、味、触。意识所了知的，是受、想、行三者，受是指感情，想是指认识，行是指意志，这三者是意识内省所知的心态，是内心活动的方式。另一种划分方法是包括色、受、想、行、识的五蕴。上述"六根"和"六境"应该摄于

------

①　SN. 35. 28/（6）. Ādittasuttaṃ.

"色蕴"，"六识"应该应该摄于"识蕴"中，而"乐、苦、不苦不乐受"则摄于"受蕴"之中。因此，《燃烧经》中所谓的"燃烧"，指的是"蕴、处、界"的燃烧。

《俱舍论》中将其定义为"能持自相"①，即凡有本质的规定性，并可为人所认识的一切基本元素就是"法"。舍尔巴茨基的《小乘佛学》一书中引述盖格教授及其夫人对于"法"的重要性的描述："这是佛教教义的中心概念，应该得到尽可能明晰的理解。"② 是故对这一概念有诸多先行研究：舍氏的《小乘佛学》中将"法"解释为"存在的诸元素"③，印顺法师则在《佛法概论》一书中将"法"的意涵归纳为三类：一，文义法；二，意境法；三，（学佛者所）归依（的）法。其中，"文义法"指的是语言文字，"归依法"指的是具体的佛教的修行方法，如"八正道"等，本处所提到的"法"重在第二种含义，也就是"意境法"，印顺法师对其有如下解释：

> 意境法：《成唯识论》说："法谓轨持"。"轨持"的意义是："轨生他解，任持自性"。这是说：凡有他特有的性相，能引发一定的认识，就名为法，这是心识所知的境界。④

梵文中"法"即 dharma，有与"逻各斯"类似的规则、规范、尺度等意思，但与具有神秘主义倾向的"逻各斯"不同，佛教更倾向于用认识论的立场来描述"法"。即根据认识对象、认识发生过程和认识结果对"法"进行定义和分类。具体地说，用于定义"法"的"自相"一词具有很强的认识论的特色。以五蕴中"色蕴"为例，其自性是"质碍"（sapratighatva），舍尔巴茨基将其解释为"不可渗透性"，指的是一个物理元素占据的空间位置，是不能同时被别的物理元素所占据。⑤

总之，无论是赫拉克利特还是《燃烧经》，都强调万事万物背后有着恒定的规律：赫拉克利特认为该规律是"逻各斯"，佛教则认为此规律是"法"。尽管赫拉克利特使用更为抽象的语言，佛教则更倾向于从每一法的各自特征来描述这些规律，但在"世界是建立在一定的规则之上"这一观点上，他们达成了一致。

---

① 〔古印度〕世亲造，（唐）玄奘译《俱舍论》，《大正藏》第 29 册，第 1 页中。
② 〔俄〕舍尔巴茨基：《小乘佛学》，宋立道译，中国社会科学出版社，2013，第 1 页。
③ 〔俄〕舍尔巴茨基：《小乘佛学》，宋立道译，第 8 页。
④ 释印顺：《佛法概论》，中华书局，2010，第 4 页。
⑤ 〔俄〕舍尔巴茨基：《小乘佛学》，宋立道译，第 24 页。

三 "逻各斯"与"法"的变与不变

关于变化，赫拉克利特①提出了著名的"河流比喻"：

> 赫拉克利图①曾说：一切变动，无一停留。他把事物和流动的河流相比较而说：无法两次踏入同一条河里。②

乍看之下"河流比喻"是在描述变化，因河水不断变化得出"万物都是变化"的结论。但事实上观察者能感知到河流在流动，说明他并非处于不可把握、不可捉摸的变化之中。类似地，河岸也是相对不变的。正如后来的哲学家大卫·休谟（David Hume）所言：

> 河流的本性在于其组成部分的变动和变化，尽管不到一昼夜这些部分就完全变化了，但是并不妨碍河流在几个世纪里保持一样。③

因而赫拉克利特关于变化的表述可以总结为：纷繁复杂的变化中始终有稳定的、不变的又可以用来衡量万物变化的规则，如同可以观察到河流变化的人们以及相对稳定的两岸。这个规则就是"逻各斯"。虽然在绝对运动的"火"中，"逻各斯"并非一成不变，但一如人和河岸，与瞬息万变的现象世界相比仍然相对稳定。

那么，如何把握这样的"逻各斯"呢？在赫拉克利特看来，唯有智慧可以把握"逻各斯"，抑或从某种意义上说，"逻各斯"就是智慧。对此，他在其残篇五十中指出：

> 不听从我，而听从逻各斯，便会一致同意说，一切是一，这就是智慧。④

---

① 本文其他处根据大陆的习惯用赫拉克利特。
② 〔古希腊〕柏拉图：《克拉梯楼斯篇》，彭文林译，联经出版公司，2002，第63页。
③ 〔英〕休谟：《人性论》，转引自〔美〕D. W. 格雷厄姆：《赫拉克利特：流变、秩序与知识》，《世界哲学》2010年第2期，第21页。
④ 〔英〕G. S. 基尔克：《前苏格拉底哲学家：原文精选的批评史》，聂敏里译，第277页。

赫拉克利特认为"逻各斯"是一种使万物的生灭变化听从于他的智慧。在其残篇二中说道：

因此，应当服从那共同的东西，逻各斯就是那共同者，但许多人活着仿佛有个别的心智。①

类似地，意为"一切都是变化的"的"诸行无常"被佛教视为"法印"之一，用以判定一种观点是否为佛法。在《杂阿含经》中有如下解释：

一切行无常，一切行不恒、不安、变易之法。②

《燃烧经》的"火喻"表明"一切"是变化无常的，而"法"则是"一切"的规则、尺度。这在佛教文献中十分普遍，例如在说一切有部看来，尽管"法"是生灭变化的，但其中依然有着某种具有持存性的力量保障"法"的成立。这种力量就是"法体"。为了说明这种持存性的力量，《大毗婆沙论》中说：

如运一筹，置一位名一，置十位名十，置百位名百，虽历位有异而筹体无异。如是诸法经三世位，虽得三名而体无别，此师所立世无杂乱，以依作用立三世别。③

"法体"具有持存性，在一定意义上是不变的。根据说一切有部的说法，"法体"的不变性被严格限定在"处"的范畴之中。然而，这种相对的不变性在论辩过程中极易被误解为某种恒常不变的实体。众贤在回应相应诘难的时候指出：

法体恒存，法性变异，有为法行于世时，不舍自体随缘起用，从此无间所

---

① 〔英〕G. S. 基尔克：《前苏格拉底哲学家：原文精选的批评史》，聂敏里译，第277页。
② （南朝宋）求那跋陀罗译《杂阿含经》，《大正藏》第2册，第243页中。
③ （唐）玄奘译《大毗婆沙论》，《大正藏》第27册，第396页中。

起用息，由此故说法体恒有而非是常，性变异故。①

可以说，说一切有部对于"法"的理解与赫拉克利特的"逻各斯"类似，即虽然"法"总是在生灭变化中，但依然有相对的不变性。

此外，与赫拉克利特类似，佛教也强调智慧对于"法"的把握。在契经中即多次强调智慧如实知"法"：

> 我昔于色味有求有行，若于色味随顺觉，则于色味以智慧如实见。如是于受、想、行、识味有求有行，若于受、想、行、识味随顺觉，则于识味以智慧如实见。②

阿毗达摩的传统中更是将"智"定义为一种"知法"的心理状态，如《品类足论》所述：

> 所知法云何？谓一切法是智所知，随其事。③

"慧"作为一种心所，被看作是一种分析、判断"法"的能力。如在《入阿毗达磨论》有如下表述：

> 慧谓于法能有简择，即是于摄、相应、成就；诸因、缘、果；自相、共相八种法中，随其所应观察为义。④

因此，"逻各斯"与"法"在绝对意义上都处于永恒地生灭变化中，其相对的不变性也不能被忽视。这种相对的不变性提供了对其进行认识的可能性。因此，无论是赫拉克利特，还是佛教都承许了用智慧认识"逻各斯"和"法"的可能性。

---

① 〔古印度〕众贤造，（唐）玄奘译《大正藏》第29册，第633页下。
② （南朝宋）求那跋陀罗译《杂阿含经》，《大正藏》第2册，第2页下。
③ 〔古印度〕世友造，（唐）玄奘译《大正藏》第26册，第713页下。
④ 〔古印度〕悟入造，（唐）玄奘译《大正藏》第28册，第982页上。

四　两种"火喻"的区别：辩证法与涅槃

"逻各斯"和"法"分别是赫拉克利特和佛陀提出的世界"燃烧"的规则，但对规则的态度，两位哲学家却完全不同。

赫拉克利特对于"逻各斯"的态度是鼓励去把握逻各斯，即"听从逻各斯"。他认为既然逻各斯是代表了普遍的本质，是现象背后的规则，自然应当把握它。赫拉克利特深刻把握了逻各斯这一生成、变化和其在运动中变化和发展的规律，并将其运用在对世界的解释中。因此，他总能从各种各样的看似没有差别的事物之中找到对立与差别，同时也可以在各种看似差异极大的事物之中找到联系。例如，其残篇六十中说：

> 向上的路和向下的路是同一条路。①

聂敏里先生认为在赫拉克利特看来，"逻各斯"与其说是一种抽象普遍性的原则，不如说是一种分别而又结合的力量，它在本质上不是静止和统一，而是运动和斗争；它将事物维持在一种对立面彼此斗争的，生动的变化、发展的统一之中。②

此外，赫拉克利特充分意识到对立与统一的问题，这充分揭示了赫拉克利特的辩证思想。如同他在诠释"逻各斯"之时所谓的"一切是一"。同时，不仅"一切是一"可以成立，而且"一是一切"也非常容易理解：世界如同一团永恒燃烧的火焰是一个整体，虽然各个部分有所差异，但是最终来说都是火焰的组成部分，在火焰之中永恒地变化与发展。

与之相反，《燃烧经》在论述了"燃烧"之后却走向了另一面，那就是寂灭。《燃烧经》指出，这种"燃烧"本质上是焦灼、痛苦和绝望的。

> 以贪火、瞋火、痴火燃烧，以生、老、死、愁、悲、苦、忧、绝望燃烧。③

---

① 〔英〕G. S. 基尔克：《前苏格拉底哲学家：原文精选的批评史》，聂敏里译，第282页。
② 聂敏里：《西方思想起源——古希腊哲学史论》，中国人民大学出版社，2017，第52页。
③ *SN*. 35. 28/（6）. *Ādittasuttaṃ*.

契经中佛陀之所以用"燃烧"作比喻，并非因此强调"燃烧"的生命力，而意在表达被灼烧时的痛苦。佛教认为有情是蕴、处、界这些"法"和合而成的，在和合、相续的生死流转之中无法解脱，因此是苦的。对此，在契经中佛陀通过对十二因缘的诠释指出：

> 所谓缘无明行，缘行识，缘识名色，缘名色六入处，缘六入处触，缘触受，缘受爱，缘爱取，缘取有，缘有生，缘生老死、忧悲恼苦，如是如是纯大苦聚集。乃至如是纯大苦聚灭。[①]

作为胎生学的十二因缘诠释了有情的生死流转。与赫拉克利特强调"燃烧"的生命力不同，佛教则认为其是"纯大苦聚集、纯大苦聚灭"。故"法"的流转的全程都是"苦"的聚灭。因此，《燃烧经》中认为是贪火、嗔火、痴火在燃烧，以生、老、死、愁、悲、苦、忧、绝望燃烧。

佛教还认为有情苦迫的根源在于"根本无明"，对此《杂阿含经》中说道：

> 于无始生死，无明所盖，爱结所系，长夜轮回，不知苦之本际。[②]

因为无明而有愚痴，因为愚痴而产生了贪爱，因此，无明和贪爱是有情的流转、生死的根本。因为贪爱执取有情的身心为自己，也就是产生了"我见"。执取有情身心为自己的也就是"有取识"，这是贪爱的一种表现形式。而执取的过程在佛教看来是：

> 非黑牛系白牛，亦非白牛系黑牛，然于中间，若轭若系鞅者，是彼系缚。如是……非眼系色，非色系眼，乃至非意系法，非法系意，中间欲贪，是其系也。[③]

[①] （南朝宋）求那跋陀罗译《杂阿含经》，《大正藏》第 2 册，第 83 页下。
[②] （南朝宋）求那跋陀罗译《杂阿含经》，《大正藏》第 2 册，第 69 页中。
[③] （南朝宋）求那跋陀罗译《杂阿含经》，《大正藏》第 2 册，第 60 页上。

因此，"六根"与"六境"之所以能建立关系恰恰是因为贪爱的系缚。事实上，这些"法"是贪爱所产生的结果。因此，佛教之中所描述的"八苦"其中最根本的苦就是"五阴炙盛"之苦。对此，在《中阿含经》中说道：

> 云何知苦如真？谓生苦、老苦、病苦、死苦、怨憎会苦、爱别离苦、所求不得苦、略五盛阴苦。是谓知苦如真。①

此处的"五阴"即前文提到的"五蕴"，可以指代一切"法"②，"炙盛"的意思为热烈地燃烧，所有"法"因燃烧而痛苦。因此，佛教所揭示的"法"的燃烧，不是赫拉克利特的燃烧一般，作为需要被人的智慧所把握的真理，而是需要用智慧抉择进而摒除的苦因，必须止息这团燃烧的火焰才能达到解脱。故《燃烧经》中继续说：

> 比丘们！当这么看时，已受教导的圣弟子在眼上厌，在色上厌，在眼识上厌，在眼触上厌，在凡以这眼触为缘生起的或乐、或苦、或不苦不乐受上也都厌；在意上厌，在法上厌，在意识上厌，在意触上厌，在凡以这意触为缘生起的或乐、或苦、或不苦不乐受上也都厌；厌者离染，经由离贪而解脱，当解脱时，有"这是解脱"之智。③

因此，唯有厌离这些"法"才能最终解脱。《燃烧经》中将这种状态描述为：

> 我生已尽，梵行已立，所作已办，不受后有。④

佛教将这样灭后不再生的状态称为涅槃（Nirvāna）。涅槃的意思是"停止、止息"，是"三法印"中的最后一项，也是佛教修行的终极目的。涅槃的本质是断灭终

---

① （东晋）僧伽提婆译《中阿含经》，《大正藏》第 1 册，第 435 页下至第 436 页上。
② 虽然在说一切有部的传统中"一切法"还包括"无为法"，但是在契经中，"一切"仅指十二处等。
③ *SN.* 35. 28/（6）. *Ādittasuttaṃ.*
④ *SN.* 35. 28/（6）. *Ādittasuttaṃ.*

极烦恼，终极的烦恼就是"无明"与"贪爱"。因此，当依靠智慧觉知了"一切无常、是苦"的本质之后，随五蕴而产生的"我见"也就随之消灭。由此获得真实的佛智，成为圣者，最后证入涅槃。因此，"入涅槃"是观察到"法"的燃烧，并通过智慧将其止息的过程，这是佛教的最终目的。对此，《杂阿含经》中说道：

> 然我于五受阴见非我、非我所，而于我慢、我欲、我使，未断、未知、未离、未吐。诸上座听我说譬，凡智者，因譬类得解。譬如乳母，付浣衣者，以种种灰汤，浣濯尘垢，犹有余气，要以种种杂香，熏令消灭。如是多闻弟子，离于五受阴，正观非我、非我所，能于五受阴我慢、我欲、我使，未断、未知、未离、未吐，然后于五受阴如是观生灭已，我慢、我欲、我使，一切悉除，是名真实正观。[①]

因此，佛教所追求的"涅槃"并非某种"更高的存在境界"，而是终极的寂灭。这种寂灭是破除诸法与"我见"之后的寂灭，是用智慧观察诸"法"的不真实性，而后反思"我"的真实性所得，由此破除我慢、我欲、我使之后所证的状态。

虽然赫拉克利特的"逻各斯"和佛陀的"法"有极大的相似性，但他们对"逻各斯"或者"法"的根本分歧却促使了两种思想在后来的发展之中走向了完全不同的道路。从赫拉克利特和《燃烧经》对燃烧譬喻的理解之不同，或许可以窥见西方哲学和佛教在存在论上的本质区别：西方哲学自此走向解释各种存在的形而上学之路，他们始终期待一个更加具有本质性的真实的世界；佛教则认为世界从根本上是虚假的。尽管大多数佛教教派不回避通过"法相"诠释世界，但如同契经一样，这些法相化的诠释旨在揭示"无我"与"无我所"，进而指导个人的修行实践。中观派兴起后，将佛陀关于世界的一切言说都视为某种"方便"，唯有"空性"是最终的真实。

五 结语

综上所述，赫拉克利特哲学和佛陀都曾用"火"来比喻世界。两位圣哲的比喻

---

① （南朝宋）求那跋陀罗译《杂阿含经》，《大正藏》第 2 册，第 30 页中。

有一定的相似性：他们都认为"燃烧"着的世界是瞬息万变的，且这些变化并不是完全无序的，"逻各斯"和"法"分别是两个"火喻"背后的规则，把握背后的规则需要依靠智慧。

但这两个"火喻"的区别也是显而易见的。赫拉克利特认为这些永恒的变化揭示了宇宙生成变化的本质；而佛教则认为，世界的变化恰恰是因为人的无明与贪爱，并非反映了最终的实相，反而是虚幻不实的。有情只能熄灭这样的"燃烧"，然后才能解脱。

由此可见，爱菲斯学派影响下的西方哲学和佛教在存在论上的根本分歧：前者强调"存在"，试图揭示存在的本质和存在者的次序；后者言及"存在"是为修行而施设的"方便"，终极的真实只有"空性"。

"舍"（upekkhā）之概念辨析

——以汉译《清净道论》和《解脱道论》为中心

闫孟珠

【内容提要】 南传上座部佛教觉音论师于 5 世纪左右所作《清净道论》（*Visud-dhimagga*）中明确提出过十种舍的概念。笔者以此为中心，讨论的内容主要集中在三方面：（1）六支舍、梵住舍、觉支舍、中舍、禅舍、遍净舍，六者语义相同但于所用之处不同而采取不同的名称，此是中舍［亦即中舍性心所（tatramajjhamattatā-cetasika）］之义；（2）行舍与观舍（无常、苦、无我）因"慧"而性质相同，又由于"慧"之功用不同而异名，实则与慧心所（paññā-cetasika）相应；（3）精进舍与受舍，则是不同的：前者与通一切心心所之精进心所（vīriya-cetasika）相应，后者则与受蕴或受心所（vedanā-cetasika）相应。这十种舍实际上指向的是中舍。《解脱道论》（*Vimuttimagga*）成书年代早于《清净道论》，其中亦提到"八种舍"的概念。

【关键词】 觉音 《清净道论》 《解脱道论》 中舍

【作 者】 闫孟珠，中国人民大学佛教与宗教学理论研究所 2019 级在读博士研究生，研究方向为佛教哲学。

本文主要根据的文本是 5 世纪左右上座部觉音论师（Buddhaghosa）所著之《清净道论》，由曾在汉藏教理学院参学，后至斯里兰卡留学的居士叶均所译，中国佛教协会 2009 年修订版。涉及重要引文部分，则主要参考由英国学者 Rhys Davids 编辑的 1920～1921 年版的巴利语本 *Visuddhimagga*。

日本学者水野弘元《清净道论》与《解脱道论》进行的对比研究，认为《解脱道论》是无畏山寺派所撰，《清净道论》则是觉音完全按照大寺派的宗旨建立自己的主张。① 《清净道论》由觉音于 5 世纪左右撰写，但并非他的独创，而是以存在于他之前二三百年，名为优波底沙（Upatissa）所作之《解脱道论》为底本，加以增补而成。② 《解脱道论》和《善见律毗婆沙》是仅有的古代有关南传上座部的汉译。其中，《解脱道论》目前暂时只发现汉译本存世，内容关涉佛教禅修理论指导和教义教理，《善见律毗婆沙》则是南传上座部的律藏注释，二者都具有非常高的研究价值。而《清净道论》在头陀行、十四性行人、四十业处、二十八种色法、禅支说等诸多方面与《解脱道论》相类似。在"舍"的问题上，也不例外。由于《清净道论》提出"十种舍"，内容更加丰富；《解脱道论》提出"八种舍"，但内容非常简略，仅百字左右。而在《清净道论》中各种舍的具体含义以及各种舍之间的内在关系并不十分明确。因此，笔者以《清净道论》为主，辅以《解脱道论》，对觉音提出的十种舍的概念进行梳理和辨析。

根据以上所述，本文主要从三方面展开：首先，主要对觉音论师在增上定学所摄之"第四 地遍品"中，明确提出的十种舍的具体内容进行概述。第二，根据十种舍的内涵，概述《清净道论》中提到的四种一般意义上的舍，主要集中在与受蕴或受心所所摄之舍受相应的受舍、行蕴所摄之中舍性心所、以慧为体之行舍智以及与精进心所相应之精进舍。第三，总结本文主要观点，并结合与《清净道论》关系密切的《解脱道论》对"舍"的问题作进一步的说明。

一　十种舍

"舍"，巴利语 upekkhā，梵语 upekṣā（词根 upa-√īkṣ），为阴性名词，意译为近观（upa 接近，√īkṣ 观看，注视，期待），无视；舍弃，舍离。在《清净道论》中，upekkhā 一般作"施舍""舍断"或"弃舍"等理解。如十随念中的"舍随念"，实际上是以施舍作为舍德而修习，也就是"念施"。常修习舍随念的人，心倾向于舍而得正直和"近行之禅"③；由初禅到二禅时，须观初禅寻或伺禅支的过失，舍断此禅

---

① 〔日〕水野弘元：《佛教文献研究》，许洋主译，法鼓文化，2003，第 180～181 页。

② 〔日〕水野弘元：《巴利论书研究》，释达和译，法鼓文化，2008，第 397 页。

③ 觉音尊者：《清净道论》，叶均译，中国佛教协会，2009，第 225 页。

支，从而继续修习，以达到更深层次的禅定。《清净道论》中除此义之外，还有"平衡""平静""清净"等含义。

《清净道论》按照"增上戒学"二品、"增上定学"十一品、"增上慧学"十品来组织，这也是佛教戒、定、慧三学的次第。《清净道论》中首次对舍进行简单归纳与定义是在属于定学的第四品对于第三禅"住于舍"的解释。觉音论师将舍分为十种，可归纳为三类①：一，六支舍、梵住舍、觉支舍、中舍、禅舍、遍净舍语义相同但于所用之处不同而用不同的名称，但实际上都指向中舍；二，行舍与观舍（无常、苦、无我）因慧而性质相同，又由于慧之功用不同而名称有别；三，精进舍与受舍，则由于名称和性质均不同而差别最大。以下，笔者首先根据《清净道论》所定义的十种舍，阐释每一种舍的根本意涵。

（一）六支舍

"idha, bhikkhave, bhikkhu cakkhunā rūpaṃ disvā neva sumano hoti, na dummano, upekkhako ca viharati sato sampajāno"ti（a. ni. 6. 1）evam āgatā khīṇāsavassa chasu dvāresu iṭṭhāniṭṭha·chaḷārammaṇāpāthe parisuddha·pakatibhāvāvijahanākārabhūtā upekkhā, ayaṃ chaḷaṅgupekkhā nāma. ②

"兹有漏尽比丘，眼见色无喜亦无忧，住于舍、念、正知"，如是说则为于（眼、耳、鼻、舌、身、意）六门中的六种善恶所缘现前之时，漏尽者的遍净本性舍离行相为舍，是名"六支舍"。③

觉音论师先引经［《长部》第34经《十上经》（《长阿含》第10经；《增支部》亦有与此相关的内容）］中有关"六等法"的核心内容，并加以解说。这是漏尽者，在触境之时引发的圆满具足的六支舍。漏尽解脱的圣者才有圆满的明相应触，也才有以遍净为本性、以舍离为相的六支舍。这实际上强调的是中舍之舍，而不是六种舍受之舍。

（二）梵住舍

"upekkhāsahagatena cetasā ekaṃ disaṃ pharitvā viharatī"ti（dī. ni. 1. 556; ma. ni. 1. 77）

---

① 觉音尊者：《清净道论》，叶均译，第158～160页。
② *The Visuddhi-magga of Buddhagosa*, 1st vol, ed. by C. A. F. Rhys Davids, PTS, 1920, p. 160.
③ 觉音尊者：《清净道论》，叶均译，第158页。

evamāgatā sattesu majjhattākārabhūtā upekkhā, ayaṃ brahmavihārupekkhā nāma. ①

"与舍俱的心，遍满一方而住"，如是说则为对于诸有情的中正行相为舍，是名
"梵住舍"。②

觉音论师先引《长部》或《中部》有关舍梵住的内容，指出舍梵住的对象为一
切有情，特征为"中正"，以此而名"梵住舍"。

在增上定学所摄的"第九 说梵住品"中，觉音论师详细界定梵住舍以及舍的
修习。

梵住舍，以对有情而维持其中立的态度为相，以平等而视有情为味，嗔恨与爱
着的止息为现起，"'诸有情的业为自己的所有，他们随业力而成幸福，或解脱痛苦，
或既得的成功而不退失'——如是见业为所有为足处，瞋恚与爱着的止息是它的成
就，发生了世俗的无智舍是它的失败"③。世俗的无智舍，觉音论师引《中部·分别
六处经》来说明："愚者、痴者、凡夫、未能制胜（烦恼）者、未胜异熟者、不见
（恶法的）过患者无闻的凡夫，以眼见色而起舍，这样的舍，是不能超越于色的，故
名为世俗的舍。"④ 这世俗的无智舍便是梵住舍的近敌，由于性质的不同，中立之舍
的远敌即是爱著之贪与排斥之瞋。

修习舍的禅修者，在修习慈、悲、喜获得第三禅（四禅说）或第四禅（五禅说，
其中第二禅或说中间禅，为无寻有伺禅）的基础上出定，思维它们的过患，同时也
思维舍之自性寂静的功德，以此而成就自然中立的舍。如是，继续对爱者、密友、
怨敌及自己之间，以一切中立而破除界限，数数修习，如此而达到第四禅或第五禅。
因此，舍梵住是只属于第四禅或第五禅这一禅的。四梵住的修习，是十波罗蜜布施
（布施、持戒、出离、慧、精进、忍辱、谛、决意、慈、舍，与北传所说六波罗蜜或
十波罗蜜不同）等一切善法的圆满者。

对于四梵住，也就是四无量心的修习，如果只从获得禅定的角度来说，还是世
俗的假想观。只修四无量心，虽然能得种种现世的福报，如为人爱敬、为非人爱敬
等等；若能在临死之时，保持相应的定力，则能上升色界天，却无法得解脱。

---

① *The Visuddhi-magga of Buddhagosa*, 1st vol, p. 160.

② 觉音尊者：《清净道论》，叶均译，第 158 页。

③ 觉音尊者：《清净道论》，叶均译，第 320 页。

④ 觉音尊者：《清净道论》，叶均译，第 321 页。

《杂阿含》七四四经：

> 尔时，世尊告诸比丘："若比丘修习慈心，多修习已，得大果大福利。云何比丘修习慈心，得大果大福利？是比丘心与慈俱，修念觉分，依远离、依无欲、依灭、向于舍；乃至修习舍觉分，依远离、依无欲、依灭、向于舍。"①

印顺法师据此指出，"慈、悲、喜、舍与七觉分具时而修，能得大果大功德，当然是通于无漏的解脱道"②。《杂阿含》七四四经和《相应部·觉支相应》中都有提到，修习定已，继续修习七觉支，可得大功德、大利益。《清净道论》中在介绍修习止的时候提到四无量心，但没有说明这与七觉支的关联，并强调空慧相应的无量心的修习，可能是因为这部分主要在介绍止的修习，而不强调观的修习。

（三）觉支舍

"upekkhāsambojjhaṅgaṃ bhāveti vivekanissita" nti（ma. ni. 1. 27）evamāgatā sahajātadhammānaṃ majjhattākārabhūtā upekkhā, ayaṃ bojjhaṅgupekkhā nāma. ③

"以远离修习舍觉支"，如是说则为对具生法的中立行相为舍，是名"觉支舍"。④

舍觉支是七觉支之最后一支。在增上定学所摄"第四 说地遍品"中，觉音论师提到修习定的过程中所运用的十种方便善巧。这十种安止善巧的核心内容，实际上就是以中立为相平衡诸根的七觉支对修习止的辅助作用，如"当策励于心之时，即策励于心""当抑制于心之时，即抑制于心""当喜悦于心之时，即喜悦于心""当舍心之时，即舍于心"⑤，等等。觉音论师提到，信与慧平等、定与精进平等的重要性。慧即是择法觉支，分别善恶诸法，于法如理作意。"信为欲依，欲为勤依"，信得越是深切，则越能起大精进心。信慧均等，才能既不会盲信，亦不会产生邪见。念觉支是保持这两组名法的平衡，策励与抑制护念于心的作用：喜觉支与择法觉支及精进觉支，对治心的怠惰与软弱无力，防止心堕入有分心亦不自知，而误认为已

---

① （南朝宋）求那跋陀罗译《杂阿含经》，《大正藏》第 2 册，第 197 页下。
② 印顺：《空之探究》，中华书局，2011，第 23 页。
③ *The Visuddhi-magga of Buddhagosa*, 1st vol, p. 160.
④ 觉音尊者：《清净道论》，叶均译，第 158 页。
⑤ 觉音尊者：《清净道论》，叶均译，第 129 页。

得证涅槃；舍觉支与轻安觉支及定觉支，对治的是心的掉举与激进。应以平等的努力向于道而行，从而制伏五盖，证得安止定。帕奥禅师亦特别指出，"无论是修习止禅或观禅，太强或太弱的精进都会带来反效果……在你以适度的精进修行时，舍觉支就会生起。"[1] 以适度的精进，时时作意舍，自然也就会令舍觉支生起。当然，在修习观的过程中，七觉支的地位更是无可取代的，直通涅槃的要诀也在此。

（四）中舍

chandādīsu yevāpanakesu āgatā sahajātānaṃ samavāhitabhūtā upekkhā, ayaṃ tatra-maj-jhattupekkhā nāma. [2]

"或者无论于欲等中"，如是说则称对诸俱生法的平等效力为舍，是名"中舍"。[3]

觉音论师对此的定义并不十分明确，是因为这一句并不像其他定义，能明确看出来引用经藏的痕迹。在《摄阿毗达摩义论》中，tatramajjhattupekkhā 也就是中舍性心所（tatramajjhamattatā-cetasika）[4]，词缀 – tā 表抽象义，如"法 dhamma"，"法性 dhammatā"。可以看出"中舍"指向的就是中舍性心所。此中舍性心所有使同一具生心、心所法保持中立的特征。因此，不妨从原因和作用的角度来看待中舍与中舍性心所的关系：微观上的中舍性心所能引发宏观上的中舍的状态。

（五）禅舍

"upekkhako ca viharatī" ti（dī. ni. 1. 230；dha. sa. 163）evamāgatā aggasukhepi tasmiṃ apakkhapātajananī upekkhā, ayaṃ jhānupekkhā nāma. [5]

"住于舍"，如是说则称对最上乐亦不生偏向为舍，是名"禅舍"。[6]

《解脱道论》名为"禅支舍"。此"住于舍"是"禅舍"，乃中舍性心所之舍，属于行蕴，而非舍受之舍。第三禅之所以称为"住于舍"，是因为在初禅、二禅中，虽然也有中舍性心所，但作用并不明显，而在第三禅中，已经没有粗显的寻伺，也没有耗能较大的喜，舍较为明显，也由于它具备清净明显的舍，所以称有第三禅者

① 〔缅甸〕帕奥禅师讲解《正念之道》，园慈等译，社会科学文献出版社，2016，第261页。
② *The Visuddhi-magga of Buddhagosa*, 1st vol, p. 161.
③ 觉音尊者：《清净道论》，叶均译，第159页。
④ 叶均：《叶均佛学译著集》（下），中西书局，2014，第707页。
⑤ *The Visuddhi-magga of Buddhagosa*, 1st vol, p. 161.
⑥ 觉音尊者：《清净道论》，叶均译，第159页。

为"住于舍"。

帕奥禅师指出，"禅舍 = 中舍性（jhānupekkhā = tatramajjhattatā）。相：中舍；作用：对殊胜的乐亦置之不顾；现起：对殊胜的乐保持中舍。换言之，它导致相应法对殊胜的乐保持中舍；近因：厌离喜（pīti），即克制喜"①。虽然在第三禅时，已经离喜得乐，但"如果不以念和正知去守护它，则必然又跑进喜及与喜相应"②。第三禅之乐是最为胜妙的，但同时也必须以念与正知的威力才不至于恋着此乐。

此处的"禅舍"，特指的是第三禅的"住于舍"，由"中舍性"心所所摄；第四禅的"舍念清净"，与舍受相应，但更重要的是这也是中舍性心所所摄，连同此念一起的一切心心所法皆得清净，这即是"遍净舍"，已经不必再像第三禅那样需要念与正知的威力去远离喜而又不恋着乐。而第三禅的状态相对于第四禅的寂静，由于乐的胜妙悦意而显得仍然是躁动的。

（六）遍净舍

"upekkhāsatipārisuddhiṃ catutthaṃ jhāna"nti（dī. ni. 1. 232；dha. sa. 165）evamāgatā sabba·paccanīka·parisuddhā paccanīkavūpasamanepi abyāpārabhūtā upekkhā, ayaṃ pāris-uddhupekkhā nāma.③

"由于舍而念遍净为第四禅"，如是说则称遍净一切障碍，亦不从事于止息障碍为舍，是名"遍净舍"。④

在经论中常提到的第四禅之"舍念清净"，"由于舍而生的念的清净"⑤。水野弘元从语文学的角度列举"舍念清净"的十种意涵。⑥觉音论师认为此"舍"是受蕴中不苦不乐之舍受。此处的"舍"（upekkhā），以反对可意与不可意的经验为相，以中立为味（作用），不明显（的态度）为现起（现状），乐的灭为足处（近因）。⑦同时觉音论师也强调，"当知使念清净的舍，是中立之义"⑧。实际上，此舍受代替第三禅之乐受，其余名法同于第三禅。也就是"中舍性心所"在这里亦非常明显，由于

---

① 〔缅甸〕帕奥禅师讲解《智慧之光》，园慈等编译，社会科学文献出版社，2017，第296页。
② 觉音尊者著，叶均译《清净道论》，第161页。
③ *The Visuddhi-magga of Buddhagosa*, 1st vol, p. 161.
④ 觉音尊者：《清净道论》，叶均译，第159页。
⑤ 觉音尊者：《清净道论》，叶均译，第165页。
⑥ 〔日〕水野弘元：《巴利文法》，《世界佛学名著译丛5》，许洋主译，华宇出版社，1986，第243页。
⑦ 觉音尊者：《清净道论》，叶均译，第165页。
⑧ 觉音尊者：《清净道论》，叶均译，第165页。

在第三禅"住于舍"即是"中舍"已经提到，因而在第四禅并不特提。而且，这里不仅是"念清净"，由"念以忆念为相，不忘失为味，守护为现起"①，而知与念相应的一切法亦均得清净。因此，这称为"遍净舍"。叶均的翻译也是这样的含义，由于舍而念之清净。

同时，觉音论师也认为，"此中的六支舍、梵住舍、觉支舍、中舍、禅舍、遍净舍的意义为一，便是中舍。然依照其各别的位置而有差别"②。以上六种舍即是中舍，由于关涉的对象和所处的位置不同而义同名异。与觉音论师相同的一点是，帕奥禅师指出，第四禅之舍"相：体验可喜与不可喜所缘相反的中可喜所缘；作用：处于中舍；现起：是不显著的受；近因：乐的离去，即无乐的第四禅之近行"③。"不显著的受"，即舍受，所以帕奥禅师也认为第四禅之舍即不苦不乐之舍受。引发"念等一切法清净"的直接原因，是舍受之舍，但觉音论师亦明确提出，第四禅之遍净舍实与中舍义同。

（七）行舍

"kati saṅkhārupekkhā samathavasena uppajjanti, kati saṅkhārupekkhā vipassanāvasena uppajjanti. Aṭṭha saṅkhārupekkhā samathavasena uppajjanti. Dasa saṅkhārupekkhā vipassanāvasena uppajjantī"ti（paṭi. ma. 1. 57）evamāgatā nīvaraṇādipaṭisa ṅkhāsantiṭṭhanā gahaṇe m-ajjhattabhūtā upekkhā, ayaṃ saṅkhārupekkhā nāma. ④

"有几多行舍于定生起？有几多行舍于观生起？有八行舍于定生起，有十行舍于观生起"，如是说则称对诸盖等的考虑沉思安静而中立为舍，是名"行舍"。⑤

行舍，与慧心所相应，以慧为体。觉音在介绍"增上慧学"时，按照源于《中部·七车经》的七清净的架构组建，并次第修习十六观智（《清净道论》中无种姓智），其中行舍智即第十一观智。行舍，是以观智得（无常、苦、无我）三相之时，同时也对诸行无常等的取着不关心了，即名"行舍"。

（八）观舍

"yadatthi yaṃ bhūtaṃ, taṃ pajahati, upekkhaṃ paṭilabhatī"ti（ma. ni. 3. 71；a. ni. 7. 55）

---

① 觉音尊者：《清净道论》，叶均译，第161页。
② 觉音尊者：《清净道论》，叶均译，第159页。
③ 〔缅甸〕帕奥禅师讲解《智慧之光》，园慈等编译，第296页。
④ *The Visuddhi-magga of Buddhagosa*, 1st vol，pp. 160～161.
⑤ 觉音尊者：《清净道论》，叶均译，第159页。

evamāgatā vicinanemajjhattabhūtā upekkhā, ayaṃ vipassanupekkhā nāma. ①

　　"舍其现存的与已成的，而他获得舍"，如是说则称关于考察的中立为舍，是名"观舍"。②

yā āraddhavipassakassa vipassanāñāṇena lakkhaṇattaye diṭṭhe saṅkhārānaṃ aniccabhā-vādivicinane majjhattatā uppajjati, ayaṃ vipassanupekkhā nāma. ③

　　精勤作观者，以观智见得（无常、苦、无我）三相之时，对于诸行无常等的分别便不关心了，是名"观舍"。④

tasmiṃ hissa samaye sabbasaṅkhāresu majjhattabhūtā vipassanupekkhā pi balavatī up-pajjati. manodvāre āvajjanupekkhā pi. ⑤

　　因为他于此时生起对于一切诸行而成中立的强有力的"观舍"，并于意门生起"转向舍"。⑥

　　《清净道论》中提到修习观时强调，依观而起光明等种种善法，修习者应当以觉慧对待，否则便会生起执着此为"我、我所"的观染。并不是说光明等，包括观舍和转向舍在内的舍是不善法，而是说这些是染的基础。

　　其中，转向舍应当是《摄阿毗达摩义论》中所提到的"舍俱五门转向心"和"舍俱意门转向心"二种欲界无因唯作心，⑦ 另外一种无因唯作心是阿罗汉生笑心。无因唯作心，顾名思义，指的是没有贪、无贪等因，唯有作用。《清净道论》中也明确地提到，"意界"是有识知于眼识等的前行的色等的特相，有转向的作用，以色等现前的状态为现状，以断去有分为直接因，它只是与舍相应的。⑧ 这指的是"舍俱五门转向心"。"意识界"，"舍俱意门转向心"有两种，其一，凡圣皆有；其二，"阿罗汉生笑心"，唯独阿罗汉有。舍俱意门转向心，有识知（色声等）六所缘的特相，依其作用，则于五（根）门及意门中有确定、转向的作用，以同样的（确定及转向的）状态为现状，以离去无因异熟意识界（即欲界十八无因心中的不善果报舍俱推

①　*The Visuddhi-magga of Buddhagosa*，1st vol，p. 161.
②　觉音尊者：《清净道论》，叶均译，第 159 页。
③　*The Visuddhi-magga of Buddhagosa*，1st vol，p. 162.
④　觉音尊者：《清净道论》，叶均译，第 160 页。
⑤　*The Visuddhi-magga of Buddhagosa*，2nd vol，ed. by C. A. F. Rhys Davids，PTS，1921，p. 636.
⑥　觉音尊者：《清净道论》，叶均译，第 656 页。
⑦　叶均：《叶均佛学译著集》（下），第 702 页。
⑧　觉音尊者：《清净道论》，叶均译，第 465 页。

度心和善果报悦具推度心及舍俱推度心）及有分（心）的任何一种为直接因。①

行舍与观舍，都是以慧为体，但也由于中立的对象有所差别而名异。当观舍成就的时候，行舍亦即成就。

虽然二者都是以慧为体，但同时二者也都以中立为相，故名为舍。因此，实际上这二者也都是中舍性心所所摄，以此平衡一切心、心所法，防止过与不及。这一点已经由帕奥禅师指出："观舍是与观智相应的中舍性心所（tatramajjhattatā）。"②

（九）精进舍

"kālena kālaṃ upekkhānimittaṃ manasikarotī" ti（a. ni. 3. 103）evam āgatā anaccārad-dha·na·ātisithila·vīriya·saṅkhātā upekkhā, ayaṃ vīriyupekkhā nāma.③

"时时于舍相作意"，如是说则为称不过急、不过缓的精进为舍，是名"精进舍"。④

精进舍，它以精进心所为体，以中舍为相，故称为精进。精进舍与前面所提到的行舍和观舍非常相似，都是以其他心所为体，而为中舍性心所所摄，故名为舍。

《解脱道论》中亦明确提出八种舍，分别是"受舍、精进舍、见舍、菩提舍、无量舍、六分舍、禅支舍、清净舍"⑤，名称上分别对应《清净道论》中的"受舍、精进、观舍、觉支舍、梵住舍、六分舍、禅支舍、遍净舍"。《清净道论》对多出的"中舍"的定义并不十分明确，但其义确是中舍性心所，这已在前面指出；对"行舍"则有专门的大篇幅介绍，可以明确知道行舍是以慧为体，以中立为相，实际上也是中舍所摄。中舍与平等舍一样都有摄其余类舍的作用。

（十）受舍

"yasmiṃ samaye kāmāvacaraṃ kusalaṃ cittaṃ uppannaṃ hoti upekkhāsahagata" nti（dha. sa. 150）evamāgatā adukkhamasukhasaññitā upekkhā, ayaṃ vedanupekkhā nāma.⑥

"在与舍俱的欲界善心生起之时"，如是说则称不苦不乐为舍，是名"受舍"。⑦

---

① 觉音尊者：《清净道论》，叶均译，第 465 页。
② 〔缅甸〕帕奥禅师讲解《智慧之光》，圆慈等编译，第 398 页。
③ *The Visuddhi-magga of Buddhaghosa*, 1st vol , p. 160.
④ 觉音尊者：《清净道论》，叶均译，第 159 页。
⑤ （梁）僧伽婆罗译，优波底沙造《解脱道论》，《大正藏》第 32 册，第 419 页上。
⑥ *The Visuddhi-magga of Buddhaghosa*, 1st vol , p. 161.
⑦ 觉音尊者：《清净道论》，叶均译，第 159 页。

觉音论师的定义非常明确，在"欲界"与"舍俱"相应的"善心"，此"不苦不乐"为受舍。他提到说"不苦不乐为舍"，实际上指的也是舍受之舍，因此才会说"精进舍"与"受舍"相互差别。这是受蕴或受心所所摄的舍受，但他也引用经文强调"舍俱的欲界善心"，中舍性心所与遍一切净（美）心心所相应，因此也必然存在受舍之舍与中舍性心所暗合的问题。

二 四种一般意义上的"舍"

由以上概括可知，觉音论师讨论的"舍"一般有四种：（1）由受蕴（vedanāk-khandha）或受心所（vedanā-cetasika）所摄的舍受（upekkhā vedanā）；（2）舍觉支（bojjhaṅgupekkhā）或四无量心中的梵住舍等是中舍性心所（tatramajjhamattatā-cetasika），《解脱道论》中作"平等舍"；（3）十六观智中的行舍智，与慧心所（paññā-cetasika）相应；（4）此外，觉音论师并未对此进行详细说明，却明确提出的与精进心所相应的"精进舍"（vīriya-upekkhā）。

觉音论师在《清净道论》中对以上四种舍的一般解释如下：

（一）受舍

受舍是十种舍之一，由于它与受蕴或受心所相应，因此首先不得不提舍受的定义：有中（不苦不乐）受的特相；有使相应的（心、心所法）不增长、不消沉的作用；以寂静的状态为现状；以离喜之心为近因。[1] 舍受通于善、不善、无记三性，但《清净道论》提到的受舍则是与舍俱的欲界善心。下文将会进一步详细解说。

（二）中舍性心所

对于诸（心、心所）法抱中立的态度。它有心与心所平衡的特相；有遮止过与不足的作用，或有断绝偏向的作用；以中庸的状态为现状。[2] 中舍性心所是遍一切净（美）心心所之一，与一切善心相应，它的生起与智相应或不相应。舍受与中舍性心所的"舍"是不完全相同的：前者为受蕴或受心所所摄，且通三性；后者乃为行蕴所摄，且亦可以与慧心所相应，应当区别于由于无明而生起无分别的世俗舍。二者

---

① 觉音尊者：《清净道论》，叶均译，第471页。
② 觉音尊者：《清净道论》，叶均译，第477页。

各自的作用、现起和近因均不同，不可混为一谈。

（三）行舍智

此由增上慧学所摄，属于行道智见清净中之第八智。行舍智对所观对象的认知是"我空、我所空"。它所达到的结果即如《清净道论》中提到的"航海者的方向乌鸦"的比喻："以种种相把握诸行，舍断怖畏和欢喜，于审察诸行中而成中立，以（无常，苦，无我）三种随观而住。"① 行舍智之后便是随顺智，随顺智之后便是以涅槃为所缘的种姓智。所以，行舍智是必定能够见道的标志，这也是南传菩萨道所说，凡夫菩萨最多能达到的是此行舍智，再往上就是要证悟道果智了。行舍智亦有依文而异的"欲解脱智"和"审察随观智"之别名。由于行舍智下，出起观的对象（无常，苦，无我）不同而有所差异。此外，行舍智更决定了圣道的觉支、道支、禅支、行道及解脱的差异。② 由以上可知，行舍智实际上是以慧为体。

（四）精进舍

精进舍是以通一切心心所之精进心所（vīriya-cetasika）为体，而以中立为相，故而被称为舍。觉音论师在此虽未明确表示以精进心所为体，但他指出精进舍"作意"的对象是"舍相"。《解脱道论》对"精进舍"的定义是"有时不作意舍相，为精进舍"。③ 虽从不同的角度定义精进舍，但二者都认为它的对象为"舍相"是毋庸置疑的。而精进的特相是努力，作用是支持具生的心、心所法，现状是不沉落的状态，以会起精勤的事为近因，通于善或不善性的，也符合"时时于舍相作意"与"有时不作意舍相"。精进舍是对舍的培育，是以舍为精勤的对象；由于舍的作用是保持相应法的平衡状态，因而亦会对精进的程度起相应的作用，即保持精进的不过急、不过缓。这种舍也因此被称为"精进舍"。当知，四正勤乃是成就一切善法的根本！

三　十种舍与八种舍

觉音论师在《清净道论》中明确定义这十种"舍"，但并没有明确指出十种舍

---

① 觉音尊者：《清净道论》，叶均译，第 676 页。
② 觉音尊者：《清净道论》，叶均译，第 672～688 页。
③ （南朝梁）僧伽婆罗译，优波底沙造《解脱道论》，第 419 页上。

实际上是以"中舍"为宗，摄其他八种舍（除却受舍）。但综合全书，这一点其实不难发现：前六种是与"中舍"同义，这是觉音论师明确指出的；行舍和观舍则以慧为体，为中舍所摄；精进舍，则以精进为体，为中舍所摄；受舍，与受蕴或受心所相应，其实际上即不苦不乐之舍受。"舍"，"以中立为相，不偏为味（作用），不经营为现起（现状），离喜为足处（近因）"①；但因其特指的是欲界舍俱善心，中舍性心又是遍一切净（美）心心所，而非其他悦具善心或不善心、舍俱不善心、忧具不善心等，而有与中舍暗合的特征，故亦被列为此十种舍之中。《清净道论》中定义的"受舍"，则是"舍受"与"中舍性心所"具生的善心中才有的特殊状态。

与《清净道论》关系尤为密切的《解脱道论》，前面已经提到，列举八种舍，"五根为受舍。有时不作意舍相，为精进舍。苦集我今当断成得舍，为见舍。修菩提觉，是为菩提舍。慈悲喜舍，是为无量舍。以眼见色不苦不喜成舍，是为六分舍。无染故成舍住者，是禅支舍。舍念清净，是清净舍。于此八舍除受舍，余七舍法，是为平等舍"②，分别对应《清净道论》中的"受舍""精进舍""观舍""觉支舍""梵住舍""六支舍""禅舍""遍净舍"。"平等舍"，约等于"中舍"。"五根为受舍"的定义，则过于简略：五根，是信、念、精进、定、慧，还是眼、耳、鼻、舌、身，在此处并不明确。但是，可以看出，此"受舍"如《清净道论》中"受舍"一样，被排除在平等舍所摄的其他七种舍之外。行舍在《解脱道论》中并未提及，但在《清净道论》中内容非常丰富。禅支舍之舍，"舍者，何相？何味？何起？何处？平等为相，无所著为味，无经营为起，无染为处"③，这是第四禅舍念清净之平等舍，与《清净道论》中之遍净舍义无差别。因而可以推定，"平等舍"与"中舍"意义相近。

与《清净道论》行文结构非常相似的《解脱道论》中也有将八种舍之中的七种归结为平等舍的事实；在《清净道论》中以"中舍"来统摄八种舍，而与受舍中之中舍性心所之义暗合。因此，笔者认为觉音论师提出的十种舍，除受舍外，另外八种舍实际上是名异而义一，皆是"以中立为相"的"中舍"；而这十种舍，实际上又都指向中舍性心所。

---

① 觉音尊者：《清净道论》，叶均译，第160页。
② （南朝梁）僧伽婆罗译，优波底沙造《解脱道论》，第419页上至中。
③ （南朝梁）僧伽婆罗译，优波底沙造《解脱道论》，第419页中。

结　语

　　《清净道论》是目前上座部佛教非常重要的禅修理论指导书目，而"舍"的问题在整个佛教修行理论中又有着非常重要的地位。由于开合的不同，在不同阶段的禅修体验和禅修过程之中，每一种"舍"就有了不同的指导意义。

　　《清净道论》与《解脱道论》的关系，是国内外学界长久以来讨论的话题。本文在对比研究《清净道论》与《解脱道论》的同时，发现在"舍"的问题上，《清净道论》对《解脱道论》在有所继承的基础上也有所发展，比如"行舍"的概念。这一概念，也与南传上座部佛教的七清净智与十六观智，以及南传菩萨道的高要求有着千丝万缕的关系。

《中国佛学》征稿说明

1. 《中国佛学》是中国佛学院主办的综合性佛学研究学术刊物（半年刊，国内外发行），其宗旨是以展现中国佛学院为主，兼顾与佛教学术研究相关的专家学者最新研究成果，促进教内外学术交流。

2. 本刊以汉传佛教教史、义理研究为主，同时也刊登南传佛教、藏传佛教以及与佛教文化相关的研究综述、动态等。

3. 来稿要求和注意事项。

（1）来稿要重点突出，条理分明，论据充分，资料翔实、可靠，图表清晰，文字简练。每篇字数（包括图、表）一般不超过12000字。

（2）来稿必须包括（按顺序）：题目、作者姓名、中文内容提要（200字左右）、关键词（3~5个）、作者简介、正文，并注明电话号码、E-mail地址等联系方式。

（3）来稿要一式两份打印稿并附软盘或用电子邮件（用word格式）发送至本刊编辑部（zhongguofoxue@126.com），要求用字规范，标点正确；物理单位和符号要符合国家标准和国际标准；外文字母及符号必须分清大、小写，正、斜体，黑、白体；上、下角的字母、数码、符号必须明显；各级标题层次一般可采用一、（一）、1、（1），不宜用①。

（4）所引用的文字内容和出处请务必认真查校。引文出处或者说明性注释，采用页脚注，具体格式为：

专著著录格式：作者、书名、卷册、出版社、出版年、页码。

期刊著录格式：作者、文章名、期刊名、卷号（期号）、页码。

论文集著录格式：作者、文章名、论文集名称、出版社（或会议地点）、出版年（或会议时间）、页码。

学位论文著录格式：作者、题目、类别、学术机构、产生年、页码。

译著著录格式：国籍、作者、书名、译者、出版社、出版年、页码。

网络电子文献著录格式：作者、题目、公开日期、引用网页。

4. 本刊刊登一定比例的校外稿，欢迎投稿。所刊用文章必须是作者的原创性研究成果，文责自负，不代表编辑部观点，不接受一稿数投。本刊有权压缩删改文章，作者如不同意删改请在来稿末声明。

5. 来稿一经刊登，按规定酌付稿酬，并寄赠样刊。

6. 本刊编辑部人员较少，恕不退稿，作者在三个月内未接到录用通知，可自行处理。

《中国佛学》编委会

图书在版编目（CIP）数据

中国佛学. 总第五十期 /《中国佛学》编委会编
. -- 北京：社会科学文献出版社，2023.6
ISBN 978 - 7 - 5228 - 0354 - 8

Ⅰ.①中…　Ⅱ.①中…　Ⅲ.①佛教 - 宗教文化 - 中国
- 文集　Ⅳ.①B949.2 - 53

中国国家版本馆 CIP 数据核字（2023）第 108996 号

中国佛学　总第五十期

编　　者 /《中国佛学》编委会

出 版 人 / 王利民
组稿编辑 / 袁清湘
责任编辑 / 郑凤云　赵怀英
责任印制 / 王京美

出　　版 / 社会科学文献出版社·联合出版中心（010）59367202
　　　　　地址：北京市北三环中路甲 29 号院华龙大厦　邮编：100029
　　　　　网址：www. ssap. com. cn
发　　行 / 社会科学文献出版社（010）59367028
印　　装 / 三河市龙林印务有限公司

规　　格 / 开　本：787mm × 1092mm　1/16
　　　　　印　张：21.75　字　数：378 千字
版　　次 / 2023 年 6 月第 1 版　2023 年 6 月第 1 次印刷
书　　号 / ISBN 978 - 7 - 5228 - 0354 - 8
定　　价 / 98.00 元

读者服务电话：4008918866